14 CONTOS DE KENZABURO OE

14 contos de Kenzaburo Oe

Seleção e tradução
Leiko Gotoda

Introdução
Arthur Dapieve

1ª reimpressão

COMPANHIA DAS LETRAS

Copyright © 2011 by Kenzaburo Oe
Todos os direitos reservados.

*Grafia atualizada segundo o Acordo Ortográfico da
Língua Portuguesa de 1990, que entrou em vigor no Brasil em 2009.*

Títulos originais
Dobutsu soko, Miru maeni tobe, Tori, Kokoyori hokano basho, Jokigen, Kyodo seikatsu, Seventeen, Seiteki ningen, Keiro shukan, Sorano kaibutsu Aguii, Burajiru funo porutogarugo, Mohitori Izumi Shikibu ga umareta hi, Shizukana seikatsu, Shosetuno kanashimi

Capa
Jeff Fisher

Preparação
Jacob Lebensztayn

Revisão
Luciana Baraldi
Thaís Totino Richter

Dados Internacionais de Catalogação na Publicação (CIP)
(Câmara Brasileira do Livro, SP, Brasil)

Oe, Kenzaburo
    14 contos de Kenzaburo Oe / seleção e tradução Leiko Gotoda ; introdução Arthur Dapieve. — São Paulo : Companhia das Letras, 2011.

    ISBN 978-85-359-1979-0

    1. Contos japoneses I. Gotoda, Leiko. II. Dapieve, Arthur. III. Título.

11-10328   CDD-895.635

Índice para catálogo sistemático:
1. Contos : Literatura japonesa   895.635

Todos os direitos desta edição reservados à
EDITORA SCHWARCZ S.A.
Rua Bandeira Paulista, 702, cj. 32
04532-002 — São Paulo — SP
Telefone: (11) 3707-3500
www.companhiadasletras.com.br
www.blogdacompanhia.com.br
facebook.com/companhiadasletras
instagram.com/companhiadasletras
twitter.com/cialetras

Sumário

7   *Introdução* — Arthur Dapieve

15 O armazém zoológico
51 Salte sem olhar
96 Os pássaros
108 Em outro lugar
121 Exultação
161 A convivência
193 *Seventeen*
240 O homem sexual
316 A semana do idoso
331 Aghwii, o monstro celeste
364 Em português brasileiro
387 O nascimento de uma nova Izumi Shikibu
405 Viver em paz
424 A dor de uma história

453 Sobre o autor

Introdução

Arthur Dapieve

    Roppongi é o bairro mais ocidentalizado de Tóquio. Como se estivessem emparedados pelo idioma e pelos três alfabetos, ali se concentram embaixadas e condomínios habitados por estrangeiros que trabalham no Japão. Na fronteira com o vizinho bairro de Azabu-Juban, existe a filial classuda de uma livraria que também vende e aluga CDs e DVDs, além de hospedar um café à moda ocidental, cujas mesas podem espraiar-se pelas calçadas também nos meses frios, graças a aquecedores.

    Na véspera de pegar seu voo de volta, um visitante ocidental vai àquela livraria pela última vez, a fim de comprar lembrancinhas para parentes e amigos. Mangás, cadernetas com capas delicadamente trabalhadas, fitas adesivas com o traçado do metrô de Tóquio. O casal de atendentes no balcão pergunta — em inglês, em japonês, por gestos, difícil dizer — se é necessário embrulhar cada produto para presente. O visitante ocidental pode, então, lançar mão do pouco que julga saber no idioma local e responder, com a reverência que julga adequada: *"Lie, arigatô gozaimasu"* ("Não, muito obrigado"). Por um breve instante, os vendedores parecem hesitar. E o visitante ocidental supõe captar uma expressão de desgosto, quase ultraje, em seus rostos.

    O incidente também perturba o visitante ocidental. A caminho do hotel, ele remói possíveis razões para o casal de atendentes ter, ainda que por um átimo, deixado de lado a proverbial impassibilidade nipônica e acusado algum golpe. Teriam ficado surpresos com o fato de um estrangeiro responder em japonês? Pouco provável, aquilo é básico, obrigatório saber. Teria ele cometido algum erro grave de pronúncia? Pouco provável, porque os sons do japonês são bastante semelhantes aos sons do português (*Sato* é *Sato*, não *Seito*, como diria um americano). O visitante ocidental por fim compreende — com pesar — que usou uma palavra-tabu: "Não".

Desde que chegou ao Japão, pela primeira vez, há quase duas semanas, o visitante ocidental ouviu milhares, dezenas de milhares de "sim" (*hai*), mas não se lembra de ter ouvido ninguém falar um único "não" (*Iie*), fosse para ele, fosse numa conversa entre dois habitantes. Numa sociedade tão precisamente coreografada, algo haveria de significar a virtual ausência dessa palavra na vida cotidiana. A resposta — ou talvez fosse mais correto dizer a confirmação — de sua suposição, o visitante ocidental só encontrou no caminho de volta para casa, numa parada em Paris, no livro de um antropólogo francês, comprado numa livraria da Rive Gauche.

Em *Tokyo, ville flottante* (*Tóquio, cidade flutuante*, 2010), François Laplantine oferece, ao analisar as diferenças conceituais entre o japonês e o seu próprio idioma, uma explicação para o incidente na livraria de Roppongi. "O *não* existe. Se diz *Iie*. Mas raramente é utilizado e não é exatamente nem o *non* francês nem o *no* inglês. [...] À construção francesa 'eu não posso, eu não quero, eu não irei', que tem uma ressonância muito arrogante para um ouvido japonês, serão preferidas fórmulas do gênero 'vou ver o que posso fazer', 'vou pensar sobre isso' ou, mais ainda, 'as circunstâncias são desfavoráveis'", escreve o professor Laplantine, que já lecionou também em São Paulo.

Ou seja, a negativa explícita é evitada por ser uma forma de descortesia, embora os japoneses sejam capazes de relevar leves infrações à sua etiqueta quando elas partem de um estrangeiro das Américas ou da Europa — e, às vezes, até de se divertir com elas, como quando um *gaijin* louro entra no elevador de um shopping falando alto. Porém, ao visitante ocidental que de boa-fé recusou o papel para presente na livraria de Roppongi, o uso descuidado da palavra "não" parece ligeiramente além da margem de tolerância.

Qualquer sociedade enquadra os seus membros ao estabelecer tanto o que eles devem falar quanto o que devem calar. Contudo, no Japão, tem-se a impressão de que a cota de silêncios significativos é sempre maior. Há um acordo tácito de que certas coisas não precisam ser ditas para serem compreendidas. Essa estratégia do falar, do calar e do pensar japonês pode exasperar um observador do Ocidente, mas mesmo este jamais poderá dizer que ela não está funcionando (há séculos). Não seria, portanto, um vazamento de material radioativo que mudaria isso.

Quando reatores da usina nuclear de Fukushima apresentaram índices de radiação muito acima dos normais, como sequela do terremoto e do tsunami que atingiram o Japão em março de 2011, a reação dos executivos e das autoridades japonesas gerou uma espécie de revolta na mídia ocidental. Nela, os responsáveis pelas operações de salvamento eram acusados de enrolar a população, mentir ou, expressão mais apropriada, "faltar com a verdade". Ninguém no Japão — nem os habitantes nem os correspondentes internacionais já lá estabelecidos antes da tripla catástrofe — parecia muito incomodado com isso. Eles se informavam nas entrelinhas do discurso oficial.

A mídia ocidental, porém, cobrava tanto a apresentação de uma verdade nua e crua quanto uma reação compreensível à desgraça. Era notável o tom de frustração ante o fato de os habitantes das áreas afetadas não se impacientarem, desesperarem ou saquearem lojas. Frustração porque os japoneses simplesmente não se portaram como ocidentais. Com o passar dos dias, a mensagem foi apreendida, e o Ocidente se admirou com o Japão.

O equivalente, no campo da linguagem, desse sentimento inato de ordem — ou da ausência dela — é a arraigada habilidade dos japoneses com os eufemismos, as elipses e os subentendidos, habilidade que se mantém firme até entre quem deixou o país muito jovem. Veja-se o caso de Kazuo Ishiguro, escritor nascido em Nagasaki em 1954. Sua família mudou-se para a Inglaterra em 1960. Ele se formou em Inglês e Filosofia pela Universidade de Kent. Foi no Ocidente que se tornou quem desejava ser, um escritor inglês — que, por acaso, nasceu no Japão, país ao qual só voltaria aos 35 anos, como bolsista. Certas coisas, entretanto, são mais fortes até que nossos desejos.

Ao publicar o seu terceiro romance, *Os vestígios do dia*, em 1989, Ishiguro julgou reafirmar-se inglês. Se os protagonistas dos dois livros anteriores ainda eram japoneses, o do novo trabalho era a quintessência do britânico: um mordomo. Pois houve crítico inglês que enxergasse em Stevens uma gueixa disfarçada. "Eu nunca encontrei uma gueixa em toda a minha vida!", divertiu-se Ishiguro na ocasião.

Mais importante em *Os vestígios do dia* era a elipse que omitia a Segunda

Guerra da vida dos protagonistas. O leal mordomo servira a um nobre britânico simpatizante dos nazistas. Todavia, o conflito mundial, essencial à trama, era apenas pressentido em suas causas e consequências. Era um "centro vazio", para adaptar uma expressão usada por Laplantine em *Tokyo, ville flottante*. Ishiguro já tinha feito o mesmo em seu vagamente autobiográfico romance de estreia, *Uma pálida visão dos montes* (1982). Nele, uma viúva deixa Nagasaki com uma filha, em direção à Inglaterra, para tentar esquecer o suicídio da outra filha. (Ishiguro tem duas irmãs.) Apesar de a bomba atômica lançada sobre a cidade natal do escritor em 9 de agosto de 1945 ser o detonador da história daquela família, a explosão não é abordada diretamente.

É como se Ishiguro e seus compatriotas fossem todos discípulos — ou mestres, caso se tenha em mente a perspectiva histórica — do filósofo austríaco naturalizado britânico Ludwig Wittgenstein (1889-1951). Em sua crítica à metafísica, central ao pensamento ocidental desde os gregos, ele encerrou seu único livro publicado em vida, o *Tractatus logico-philosophicus* (1921), com a célebre, perturbadora e brevíssima seção número 7: "*Wovon man nicht sprechen kann, darüber muss man schweigen*" ("Sobre o que não podemos falar, devemos silenciar"). Curiosamente, poucas frases soam mais japonesas.

Prêmio Nobel de literatura de 1994, Kenzaburo Oe nunca silenciou diante dos temas que julgou ser seu dever abordar, fosse o descaso com as vítimas das bombas atômicas de Hiroshima e Nagasaki, fosse a permanência de bases militares americanas no Japão do pós-guerra. Todavia, sua literatura é formada tanto pelas palavras por ele escritas quanto pelas palavras que nunca são ditas por seus personagens. Uma literatura visceralmente japonesa. O próprio Oe já afirmou que seu leitor prioritário é o seu compatriota, por mais que suas obras sejam universais ou reconhecidas no exterior.

Logo, os trabalhos coletados em *14 contos de Kenzaburo Oe* — produzidos entre 1957 e 1990 — não poderiam deixar de ser exemplares também em seus silêncios significativos. O amante não consegue dizer à amante que nada mais quer com ela ("Em outro lugar"). O marido não diz à sua segunda mulher que é homossexual e que sua primeira mulher se suicidou por causa disso ("O homem sexual"). Os estudantes contratados pelo ancião moribundo para lhe trazer notícias do mundo não podem dizer como as coisas vão mal ("A semana do idoso").

Os habitantes de uma aldeia perdida no meio das florestas de Shikoku não querem dizer por que a abandonaram ("Em português brasileiro"). Há algo muito importante, mas nunca dito, em cada uma das histórias.

Quando esse algo muito importante vem à tona é ainda pior. Ou, como diz Maa-chan, narradora de "Viver em paz" (e do conto seguinte, "A dor de uma história"): "Na conversa do dia anterior, fiquei decepcionada comigo mesma. Acho que foi pior que não ter dito nada". Sobre o que não podemos falar, devemos silenciar, certo? Outros personagens, naturalmente, enlouquecem. Um acredita estar coberto e protegido por pequenos amigos alados ("Os pássaros"). Outro crê dividir o quarto com quatro macacos ("A convivência"). Um terceiro conversa com um bebê gigante que volta e meia desce do céu especialmente com esse propósito ("Aghwii, o monstro celeste"). Todos têm de ser vigiados, tratados e enquadrados pela sociedade — ou isso ou perecer.

Talvez ajude na compreensão desses silêncios saber que a psicanálise nunca foi popular no Japão. A prática de ir ao consultório de um estranho e, durante o encontro agendado e cronometrado, falar de seus problemas ainda é vista com extrema reserva, se não como um tabu, como manifestação de uma doença mental. O que para os ocidentais tornou-se algo relativamente natural, desde a popularização das ideias de Freud, para os japoneses demanda um esforço sobre-humano. Revogar a discrição que regula a vida social, suspender o altruísmo em prol do egocentrismo, externar sentimentos... Nada disso entra na cabeça do japonês médio. Os grupos que ofereceram ajuda psicológica aos sobreviventes do terremoto de 2011 tiveram extrema dificuldade de fazer falar (quando fizeram falar) quem perdeu parentes, casas, tudo.

Há nisso certa polidez, certa timidez. Falar de si próprio é atribuir-se uma importância excessiva, ainda que apenas no período da consulta. (Mesmo não sendo japonês, Luis Fernando Verissimo explica assim o fato de ter lido muito sobre o tema e até escrito *O analista de Bagé*, mas jamais ter feito psicanálise.) Falar de si próprio é indelicado. No discurso de aceitação do prêmio Nobel, Kenzaburo Oe pediu desculpas aos ouvintes suecos: "Falar assim como me vejo talvez seja inapropriado neste lugar e nesta ocasião. [...] Espero que vocês me perdoem por falar um pouco mais de meus problemas pessoais". É fácil adivinhar que o escritor não estava a evadir sua privacidade. Oe estava tão somente explicando como sua arte se ligava à sua vida. "Eu sobrevivi apresentando esses meus sofrimentos na forma de um romance", disse.

Há dois sofrimentos cruciais nessa brilhante trajetória literária. O primeiro é histórico. Oe nasceu numa aldeia da ilha de Shikoku, em 31 de janeiro de 1935. Tinha nove anos de idade quando seu pai morreu em combate, dez quando o Japão perdeu a guerra. As bombas de Hiroshima e Nagasaki e a rendição incondicional aos Aliados marcaram o garoto Oe. Quando o imperador Hiroíto foi ao rádio anunciar a derrota, fê-lo em termos tão ambíguos que, como narra John Hersey no livro-reportagem *Hiroshima*, muitos de seus súditos acreditaram piamente que aquele era o discurso da vitória. Talvez estivessem extasiados demais — era a primeira vez que ouviam a voz do imperador, tido como um deus — para prestar atenção na mensagem.

O segundo sofrimento crucial na vida de Kenzaburo Oe é de cunho pessoal. Seu primeiro filho com Yukari Itami, batizado Hikari (algo como "raio de luz", em japonês), nasceu em 1963 com uma hérnia cerebral. Teve de ser imediatamente submetido a uma operação arriscada. Era improvável que sobrevivesse. Sobreviveu. Mas só começou a falar aos seis anos, a propósito de passarinhos que cantavam perto da casa de campo da família. Contudo, desde então a música tornou-se a sua vida. Hoje Hikari faz trabalho voluntário para outros deficientes e compõe. Oe transformou a experiência naquele que é o seu romance mais famoso, *Uma questão pessoal* (1964), no qual o protagonista cogita tirar a vida do filho nascido com problemas cerebrais antes de conseguir aceitá-lo e amá-lo plenamente. No caso de Oe, depois nasceram sem problemas de saúde a filha Natsumiko e o caçula Sakurao. A família está representada nos contos mais recentes desta coletânea, os graciosos "Viver em paz" e "A dor de uma história", narrados pela filha.

Entre a derrota na Segunda Guerra e o nascimento de Hikari, o jovem Oe já havia se tornado um dos mais respeitados autores do Japão. Seu mentor na graduação em literatura francesa — característica estendida a alguns de seus muitos personagens estudantes — na Universidade de Tóquio foi Kazuo Watanabe, especialista em Rabelais que vivera na França antes do conflito mundial. Oe foi profundamente influenciado por outro autor francês, Jean-Paul Sartre, a quem chegou a conhecer (frustrando-se) numa viagem à França, em 1961. Seus primeiros trabalhos, aqui representados por "Salte sem olhar" e "Exultação" em particular, são encarados como um existencialismo à japonesa, embora outros ocidentais façam parte do seu panteão. Twain, Blake, Yeats, Dante...

Além da percepção da náusea difusa que é estar no mundo, Oe também compartilhava com Sartre a militância de esquerda. Obra-prima publicada no mesmo ano do encontro com o existencialista francês, *"Seventeen"* causou furor no Japão ao escolher como narrador um onanista com vaga simpatia pela esquerda — mais para chatear a irmã que trabalha num hospital das Forças de Autodefesa do Japão do que por qualquer outra coisa — que se transforma em membro da sanguissedenta tropa de choque da extrema-direita. Oe escreveu o conto inspirado no esfaqueamento, em 1960, do presidente do Partido Socialista, Inejiro Asanuma, que protestava contra a permanência de bases militares americanas em solo nipônico, por um adolescente ultranacionalista, Otoya Yamaguchi. Enquanto estava preso pelo assassinato, o *seventeen* se suicidou.

Numa entrevista para a revista literária americana *Paris Review*, em 1997, Oe assim definiu seu credo político: "Sou um anarquista que ama a democracia". Em março de 2011, enquanto se desenrolava a crise nuclear no Japão, a *New Yorker* publicou o seu texto "A história se repete". Nele, o escritor lembrava que o Japão do pós-guerra tinha entre suas metas constitucionais ser uma nação pacifista e livre da energia atômica. No entanto, com o tempo, elas foram ignoradas, seja pela reorganização de suas Forças Armadas, seja pela hospedagem de artefatos nucleares americanos. "Como terremotos, tsunamis e outras calamidades culturais, a experiência de Hiroshima deveria estar gravada na memória humana: foi uma catástrofe ainda mais dramática porque foi produzida pelo homem", escreveu Oe. "Repetir o erro ao exibir, pela construção de reatores nucleares, o mesmo desrespeito pela vida humana é a pior traição possível à memória das vítimas de Hiroshima." Como o próprio Kenzaburo Oe já proclamou, sua obra trata da dignidade de seres humanos. Obra nascida da sua própria dignidade.

O armazém zoológico

PERSONAGENS:
 Zelador do armazém
 Escriturária
 Funcionário de circo
 Estudante

CENÁRIO:
 Interior de um modesto escritório anexo a um armazém, boca da noite. Ao fundo, uma extensa porta provida de postigo dá acesso ao armazém; à esquerda, outra porta leva a um jardim externo.

 Ambiente sombrio, mobiliário parco, pobre e tosco, e personagens semelhantes a pequenos animais, miseráveis em sua humanidade.

 Pela porta que leva ao jardim chegam rugidos de animais selvagens e o ruído de um caminhão partindo; quando os sons se distanciam, entram pela porta o zelador do armazém e a escriturária, ambos exaustos.

Zelador:
— Está vendo? Anoiteceu por completo. Isso acontece toda vez que há animais para despachar. E nem por isso recebemos hora extra.

Escriturária:
— A culpa é do pessoal administrativo que não planeja as coisas direito. Agora, por exemplo, foram um elefante, cinco texugos e uma ave-do-paraíso. Esse pessoal precisa aprender a calcular o tempo com folga suficiente quando temos de despachar tantos animais de uma única vez, não acha?

Zelador:
— Hoje foi um dia atípico porque tivemos uma avestruz doente. Eu não sei lidar com avestruzes doentes. A coitada gemeu sem parar.

Escriturária:
— Mas, no fim, deu tudo certo.

Zelador:
— Claro! (*joga-se numa cadeira*) Quase nunca tenho problemas ao lidar com animais. Cuido deste armazém há trinta anos e já supervisionei recebimentos e despachos de inúmeros tipos de carga. No meio disso, houve muitos bichos importados por zoológicos e circos. Mas eu nunca deixei nenhum morrer, nem mesmo um esquilo. Tenho uma bela folha de serviço. Tanto é verdade que, mal um navio aporta trazendo animais, eles são logo encaminhados para este armazém, que eu supervisiono.

Escriturária (*apurando o ouvido*):
— Que silêncio! Chega a dar medo, não é?

Zelador:
— Hum...

Escriturária:
— Até há pouco, havia uma barulheira danada nesta sala com o urso urrando e o avestruz gemendo, mas, agora, nem o chiado de um rato se ouve...

Zelador:
— Todos os ratos fugiram, apavorados com esse magnífico exemplar de jiboia. Até amanhã à tarde acho que eles estarão de volta, correndo pelo armazém.

Escriturária:
— Estou me sentindo um pouco triste.

Zelador:
— Hum...

Escriturária:
— Eu não sou do tipo que gosta de bichos, entende? Mas, ainda assim, sinto uma espécie de solidão quando todo um bando que estava aqui conosco até há pouco desaparece de uma vez. O ambiente fica frio demais, sinto até que vou pegar um resfriado...

Zelador:
— Esse tipo de frio a gente não sente nem mesmo depois de despachar toneladas de pele de carneiro.

Escriturária:
— Vou tratar de pôr o livro do caixa em dia e ir-me embora em seguida, mas só depois de tomar um banho de banheira no prédio da administração. É para evitar que as pessoas olhem feio para mim no trem...

Zelador (*cheirando a roupa*):
— Fede mesmo, o cheiro dos bichos é forte, impregna fundo... Mas até que esse cheiro não me é de todo desagradável (*cheira as mãos*). Acho que nem um homem que viveu trinta anos caçando nas savanas africanas tresandaria a tantas espécies de animais diferentes quanto eu, o zelador de um armazém portuário do Japão. Este cheiro me dá confiança...

Escriturária:
— Pois a mim me dá náusea e dor de cabeça.

Zelador:

— Enquanto tenho este cheiro fortemente impregnado em mim, sinto-me mais tranquilo e a sorte me sorri. Mas quando o cheiro se atenua, aos poucos começo a ficar irritado. E cometo uma série de pequenos deslizes. É então que passo a esperar ansiosamente a chegada de um outro navio que me traga novo carregamento de animais.

Escriturária:

— E quando virá o próximo?

Zelador:

— Deve chegar, no mínimo, mais um ainda este ano. Durante a guerra, a coisa ficou feia para mim... Nenhum bicho durante anos seguidos. Nem um único gato selvagem. Emagreci de puro estresse e, no final das contas, tive de me resignar... Depois, fui recrutado para trabalhar numa fábrica de alumínio até o fim da guerra.

Escriturária:

— Já vi que você realmente gosta de animais... Mas isso não significa que não gosta de seres humanos, não é?

Zelador:

— De seres humanos? Ah, mas não é uma questão de gostar ou não. Veja o urso, por exemplo: bom mesmo é aspirar o cheiro dele impregnado na pele deste ser humano que sou eu, entende? Meter o nariz diretamente no pelame de um urso e cheirá-lo é besteira. Não é coisa para um homem com mais de cinquenta anos fazer...

Escriturária:

— Ah, entendi: é o cheiro dos diversos animais impregnado em sua pele que lhe serve como uma espécie de esteio para você enfrentar o seu dia a dia...

Zelador:

— Agora você vai achar que a minha vida é uma bela porcaria...

Escriturária (*ignorando o comentário*):
— Fico observando esse monte de bichos e começo a pensar que o ser humano não é nada bonito, realmente...

Zelador:
— Pois eu nunca fui do tipo imaginativo, desde pequeno...

Escriturária:
— Quando vou a um banho público e me vejo rodeada de mulheres nuas desconhecidas, sinto uma coisa esquisita e não consigo nem me lavar direito. Nus e reunidos, os seres humanos são desgraciosos, repulsivos, indecentes. Já os animais, ao contrário, mesmo nus e aos bandos, não são feios... A avestruz doente foi um caso à parte: ela havia perdido as penas por causa da doença e aquela pele vermelha exposta parecia obscena, não gostei nada daquilo...

Zelador (*bocejando*):
— Aquela ave deu muito trabalho, eu nunca tinha lidado com uma avestruz doente.

Escriturária:
— Quando eu ficava olhando muito tempo para ela, me dava dor de cabeça e enjoo... Do mesmo jeito que fiquei nos meus tempos de ginasiana quando uma amiguinha safada me mostrou um desenho pornográfico... Tive enjoo, dor de cabeça...

Zelador (*solidário*):
— Você anda trabalhando demais. Está cansada, exausta. Que tal tirar umas férias?

Escriturária:
— Mesmo que tirasse, eu não teria para onde ir. Só posso ficar dormindo no meu quartinho escuro de pensão...

Zelador:
— Às vezes, faz bem sair com um rapaz, ir a um cinema...

Escriturária:

— Nenhum rapaz gosta de sair com uma mulher que cheira mal, como bicho. Um, que certa vez foi comigo a um concerto, não acreditou em mim, por mais que eu explicasse que o cheiro era de texugo e não meu.

Zelador:

— Estou para levar meus filhos ao zoológico no próximo domingo...

Escriturária:

— Você gosta tanto assim de animais?

Zelador:

— Tem hora que eles também me enchem a paciência. Mas as crianças imaginam que as pessoas, quando se tornam adultas, acabam capazes de suportar qualquer coisa... Por outro lado, acho que a educação infantil tem mesmo de surtir esse efeito.

Escriturária (*bocejando*):

— E eu já estou com quase trinta anos e continuo me arrastando nesta vida monótona...

Zelador:

— Pois uma vida cheia de altos e baixos não é boa.

Escriturária:

— Às vezes, chego a querer que estoure uma guerra... Eu disse isso para o estudante que faz biscate aqui no armazém, mas o rapaz fez uma cara neutra e se fechou em copas.

Zelador:

— Será que ele é comunista?

Escriturária:

— Parece que não se interessa nem um pouco por movimentos pacifistas. Mas eu o ouvi dizer que queria ir para o Egito...

Zelador (*bocejando*):
— Egito, é...? Caravanas no deserto... Sabe que cheiro de camelo é muito difícil de tirar? Como é que fazem para desodorizar as camisas feitas com a pele desse animal, hein?

Escriturária (*fechando o caderno*):
— Estou realmente cansada. Você pode ir primeiro que eu vou em seguida, depois de arrumar as coisas por aqui.

Zelador:
— Está bem.

Escriturária (*erguendo-se*):
— Eu até poderia viajar se tivesse alguma economia.

Zelador:
— Está esfriando cada vez mais. Acho que é por causa do vento que vem do porto. A partir da próxima leva, precisaremos de aquecimento nas jaulas da maioria dos animais.

(*Soam passos apressados e alguém bate à porta.*)

Escriturária (*em voz alta*):
— A porta está aberta. Entre, por favor...

(*Entra o homem do circo com expressão ansiosa. Está apavorado.*)

Homem do circo:
— Boa noite...

Zelador:
— Os documentos estavam todos em ordem, não estavam? Será que o homem da transportadora esqueceu alguma coisa?

Homem do circo:
— Vocês não notaram nada diferente por aqui, notaram?

Zelador:
— Como assim?

Homem do circo:
— Não acredito que vocês tenham cometido algum erro operacional, é claro, mas só para ter certeza...

Zelador:
— Aconteceu alguma coisa?

Homem do circo:
— Quem conferiu a mercadoria com o romaneio na hora do embarque fomos eu e aquele estudante que faz biscate em seu depósito. E não é possível que tivéssemos deixado escapar um item naquela hora, isso não, com certeza, mas...

Zelador (*impaciente*):
— Como é que é?

Homem do circo:
— Não me entenda mal, eu não estou questionando o trabalho de vocês. A falha foi nossa. Isso está mais que evidente, mas eu só queria confirmar.

Escriturária:
— Algum problema? Por exemplo, com a avestruz doente...

Homem do circo (*hesitante*):
— Não, só que nós...

Zelador:
— Se você tem queixas a fazer, vá até a administração. Lá encontrará uma porção de gente com diploma universitário só para atender a esse tipo de situação. Nós aqui já encerramos o expediente.

Homem do circo:
— Sei muito bem disso. Só achei que, talvez... Me desculpe se os incomodei nesta hora tardia, até logo.

Escriturária:
— Mas aconteceu alguma coisa, não é? Que foi?

Homem do circo:
— Pois é... Por causa de um pequeno descuido...

Zelador:
— Não gosto da sua atitude. Acho que tenho o direito de exigir maior franqueza de qualquer pessoa que trabalhe comigo nem que seja por um único dia. Não vejo motivo para você esconder nada da gente.

Homem do circo (*a contragosto*):
— O erro foi ter contratado um transportador inexperiente. Sabe, a cobra...

Escriturária:
— Está se referindo àquela jiboia enorme?

Homem do circo (*pedindo para falar baixo com um gesto*):
— Pois ela desapareceu...

Zelador (*assustado*):
— Desapareceu?

Homem do circo (*com desânimo*):
— Tudo indica que fugiu. Mas pode também ter sido roubada...

Escriturária:
— A jiboia fugiu...!

Homem do circo:
— Tínhamos acabado de descarregar e de estabelecer a localização de cada

jaula... O tratador dos animais estava passando todos eles em revista e descobriu que a jaula da jiboia estava vazia. A portinhola estava aberta e a palha onde ela dorme se espalhava para fora da jaula...

Zelador:
— E vocês a procuraram?

Homem do circo:
— A trupe inteira está à procura dela, mas...

Zelador:
— Que confusão vocês foram armar...

Homem do circo:
— Convocamos o homem que fez o transporte e estamos averiguando, mas ele não diz coisa com coisa. Para começar, alega que nem ao menos se lembra de ter transportado a jaula da jiboia...

Zelador:
— Mas aquilo era uma jiboia enorme. Se escapou, o caso se torna realmente preocupante. Aquilo é bem capaz de engolir uma criança.

Homem do circo:
— É por isso mesmo que estamos apressando as providências.

Zelador:
— Que bela enrascada...

Homem do circo:
— Por essas e por outras, queríamos saber se vocês por acaso...

Zelador:
— Não me venha com suspeitas absurdas, homem. Nunca houve nenhum problema com animais neste armazém, entendeu? Você supervisionou toda a entrega dos animais, certo? E não foi só você, o estudante que faz biscate

aqui também estava ao seu lado preenchendo o recibo e iluminando tudo com a lanterna.

Homem do circo:
— Veja bem, não estou tentando impingir a responsabilidade ao seu armazém. Não me leve a mal, por favor. Eu apenas...

Zelador:
— Não o estou levando a mal... Aliás, a questão não é levar ou deixar de levar a mal. Seu jeito de falar é que me irrita.

Homem do circo (*desanimado*):
— Nosso circo também sofreu um grande prejuízo... Nunca tivemos um problema tão sério quanto este desde o fim da guerra.

Escriturária:
— Eu só tinha visto jiboias esplêndidas e majestosas como aquela em filmes de animais selvagens...

Homem do circo:
— De todas as cobras importadas no pós-guerra, aquela é a mais vistosa. Ela era uma das principais atrações de um circo de primeira lá para os lados do Texas. Ultimamente, estava ficando velha e incapaz de suportar os números circenses mais violentos destinados ao público norte-americano, e foi nessa altura que o diretor da nossa trupe, em viagem por lá, a viu e fechou o contrato de compra... Pois o nosso circo vai montar um número em que uma cobra grande e majestosa não precise se mexer, ela terá apenas de ficar ali parada, sem fazer nada. Quando a desembarcamos, ela estava com diarreia e enfraquecida, mas ainda assim tinha um aspecto maravilhoso. Um exemplar magnífico como aquele você dificilmente encontraria, mesmo procurando nos estabelecimentos mais tradicionais do Brasil.

Zelador:
— Foi realmente uma pena...

Homem do circo:

— Tivemos um prejuízo enorme. Este caso pode até provocar a minha demissão... E eu não consigo me conformar, tudo isso aconteceu só porque usamos um carreteiro novato...

Escriturária:

— Vocês já avisaram a polícia, não avisaram? Quero dizer, do desaparecimento da cobra...

Homem do circo:
— Como?

Escriturária:

— Não vê que é perigoso ter uma cobra daquele tamanho rastejando a esmo pela cidade? Nos últimos tempos, ela não comeu quase nada por causa da diarreia. Ela está faminta. Você precisa avisar a polícia e pedir as providências necessárias o mais rápido possível...

Homem do circo:

— Nossa trupe inteira estará a noite toda na rua à procura dela... Temos também um especialista em cobras... Além disso, conhecemos o tipo de lugar onde uma cobra procuraria refúgio... Mas se ainda assim não conseguirmos encontrá-la, acho que teremos de recorrer à polícia...

Escriturária:

— O que você vai fazer se a cobra provocar um desastre de grandes proporções? Lembre-se de que, a esta hora, ainda deve haver crianças andando pelas ruas da cidade.

Homem do circo:

— Estou tentando não superestimar o risco para não me afobar e tomar medidas precipitadas... Essa é uma espécie de regra de vida que adoto... Ademais, se eu procurar a polícia, o problema não poderá mais ser tratado com discrição. Os jornais vão alardear a notícia, a oposição não vai perder a oportunidade de se manifestar na Câmara Municipal, a Liga Feminina talvez resolva fazer uma passeata... É provável que o meu circo chegue até a perder o alvará.

Escriturária:
— A questão não é essa. Neste exato momento, há um cidadão inocente prestes a ser repentinamente assaltado por uma gigantesca jiboia, aliás uma jiboia faminta, que está rastejando pelas ruas da cidade. Neste exato momento em que perdemos tempo discutindo o assunto, pode ser que num canto escuro qualquer uma criança esteja prestes a ser engolida... E você aí querendo ocultar os fatos só para proteger o próprio emprego...! Você deveria telefonar imediatamente para a polícia. Tem um telefone público bem aqui, ao lado da porta de saída, ouviu? Vá, ligue imediatamente para a polícia ou para os bombeiros...

Homem do circo:
— Espere, espere um pouco, se estou tentando abafar o caso não é por safadeza, não... O que eu quero é evitar tumultos desnecessários, ainda mais que a polícia não dispõe de nenhum especialista em captura de ofídios. Nossa trupe vai procurar a noite inteira. Não é possível que não a encontremos até amanhã de manhã... Se eu tomar uma atitude impensada a esta altura, o emprego da trupe inteira e também o dos funcionários da produtora de eventos estarão ameaçados. Poderemos chamar a polícia amanhã de manhã, não será tarde demais.

Zelador:
— Por esta noite, vou deixar como está, uma vez que ficou muito claro que o meu armazém não teve nada a ver com essa confusão. Sobretudo, nós não temos nenhuma intenção de pressioná-lo.

Escriturária:
— Mas se não encontrarem a cobra até amanhã de manhã, vocês tomarão as providências necessárias, certo?

Homem do circo (*totalmente abatido*):
— Quanto a isso, não há dúvida...

Escriturária:

— Se amanhã de manhã a jiboia continuar desaparecida e não virmos carros da polícia saindo à procura dela, esteja certo de que não ficaremos calados. Vamos mandar uma carta expressa aos jornais e fazê-los aprontar a maior confusão, entendeu?

Homem do circo:

— Nós também não temos nenhuma intenção de praticar canalhices, sabemos reconhecer quando uma causa está perdida. Só que, como especialista neste ramo de negócios, tenho a firme crença de que uma cobra não iria longe neste tempo frio...

Zelador (*interrompendo*):

— Não esqueça que existem três testemunhas nessa questão da jiboia: eu, a funcionária aqui presente e o estudante que está fazendo biscate no nosso armazém. O estudante, principalmente, não só supervisionou a entrega dos animais como ajudou a tratar deles. É melhor não tentar manipular os fatos no sentido de envolver o armazém nessa questão porque, se você fizer isso, nós não vamos ficar quietos. Estou avisando para o bem do seu circo, entendeu?

Homem do circo (*ofendido*):

— E de que jeito haveríamos de manipular os fatos? Nós vamos com certeza encontrar a jiboia nas próximas duas ou três horas e avisá-los por telefone; e, se a questão os preocupa tanto, liguem para a administração e mantenham-se a par da situação. (*Recompõe-se e se afasta na direção da porta.*) Seja como for, guardem segredo até amanhã de manhã, por favor. Eu revelei todos os acontecimentos porque confio na discrição de vocês. Desculpem-me se os incomodei. (*Sai.*)

Escriturária (*indignada*):

— Já pensou? Uma cobra gigantesca correndo a toda velocidade pelo asfalto... Ou talvez enrodilhada em cima de uma árvore à beira da calçada, pronta para atacar cães ou pessoas que passem embaixo... Está faminta, e acho que feroz, quase louca. Até eu posso ser comida por ela a caminho da minha pensão... Não suporto a ideia de acabar meus dias engolida por uma gigantesca jiboia texana com diarreia...

Zelador:
— Não há quem suporte essa ideia, certamente.

Escriturária:
— Tenho certeza de que o nosso estudante também não vai gostar nem um pouco desta história. Ele cuidava bem da jiboia, até trocava a palha dela com as próprias mãos...

Zelador:
— E por falar nisso, que é dele...?

Escriturária:
— Ora, eu achava que ele já tinha ido embora há muito tempo...

Zelador:
— *Eu* não sei disso, não. Ah, mas com certeza não foi embora ainda porque não paguei a diária dele.

Escriturária:
— Nesse caso, onde ele terá se metido?

Zelador:
— O malandro...

Escriturária:
— Pensei que ele já tinha se mandado há muito, juro...

Zelador:
— Pode ser que tenha ido até a administração entregar as notas fiscais e, depois, dado por encerrado o expediente. Vai ver, está jantando nalguma lanchonete.

Escriturária:
— Aquele rapaz sempre dá um jeito de tomar chá de sumiço no final do expediente. E me encarrega até do trabalho de fechar o armazém.

Zelador:
— Pode deixar, vou chamar a atenção dele.

Escriturária:
— Também não é para tanto. (*Ergue-se e aperta o interruptor ao lado da porta grande.*) Ele vai se espantar quando souber do que aconteceu com a jiboia e aposto que vai fazer alguma observação excêntrica. (*Abre a portinhola e, prestes a entrar no armazém, abafa um grito de espanto. Leva a mão à boca e se volta, trêmula.*) Ah!

Zelador:
— Que foi?

Escriturária (*com a voz presa na garganta*):
— Ah...

Zelador:
— Que é?

Escriturária (*apontando com a mão trêmula o interior do armazém, quase chorando*):
— A cobra, a jiboia gigante. Ela está aí.

Zelador (*erguendo-se*):
— A cobra está aí?

Escriturária:
— E também... ai!... (*Enterra o rosto nas mãos e geme.*) As roupas e os sapatos do estudante... Ai!

Zelador (*aproxima-se num salto e espia*):
— Ah!... (*Quase urrando.*) Ela o pegou...

Escriturária:
— Ai...! Estou com medo...

(*Desaba molemente e acaba sentada no chão. O zelador permanece em pé, aturdido, depois de fechar o postigo às pressas. Breve silêncio, repleto de ansiedade.*)

Zelador:
— Não consigo acreditar...

Escriturária (*com voz alterada*):
— Ela o engoliu... Aah!...

Zelador:
— Um acidente provocado por um animal *no meu* armazém... É inacreditável...

Escriturária:
— Tenho medo, medo de ficar aqui...

Zelador (*nervoso, acomodando a escriturária numa cadeira e começando a andar a esmo pelo aposento*):
— Como é que isso foi acontecer...?! Com os diabos, como foi acontecer... Justo no meu armazém, onde nunca houve nenhum acidente em trinta anos... Raios, como foi acontecer?!

Escriturária (*ofegando*):
— Ah, ai...

Zelador:
— O idiota...! Se descuidou... Mas como é que isso foi acontecer...?

Escriturária:
— Por que essa cobra ainda está aqui? Ela devia ter sido entregue com os outros animais...

Zelador:
— Maldição!...

Escriturária:
— Não consigo acreditar. Essa cobra...

Zelador:
— Como é que ele foi engolido por uma cobra, justo no meu armazém...

Escriturária (*temerosa, espiando pelo postigo*):
— Ah...

Zelador (*também espiando*):
— Pavoroso!...

Escriturária:
— Olhe, a barriga da cobra está bem inchada... A pele está tão esticada e brilhante que lembra casca de fruta madura...

Zelador:
— A danada está toda mole e largada no chão como se estivesse adormecida. Em silêncio total...

Escriturária:
— Ah... (*Soluça.*) Ser engolido por uma jiboia! Imagine a agonia horrorosa do rapaz... A roupa dele está caída ali, toda enlameada...

Zelador:
— Enquanto nós dois acompanhávamos a saída do caminhão, o rapaz deve ter voltado aqui para fazer uma última vistoria e, nesse exato momento, foi atacado... A cobra devia ter estado à espreita e deu o bote rapidamente...

Escriturária:
— O coitado nem teve tempo de gritar por socorro...

Zelador:
— Nem adiantaria se debater... Uma vez em movimento, esta espécie de cobra é muito ágil...

Escriturária (*empurrando a porta e cerrando-a com firmeza*):
— Não aguento olhar, me dá enjoo. (*Vomita um pouco.*) Ai...

Zelador (*exausto*):
— Que besteira ele foi fazer...

Escriturária:
— Coitadinho!

Zelador (*sobressaltando-se*):
— O gerente já foi embora, não foi? Isso quer dizer que ninguém mais deve aparecer por aqui esta noite.

Escriturária:
— Acho que ele foi engolido aos poucos pela cabeça e descalçou os sapatos aos chutes, de pura agonia.

Zelador:
— Ninguém vai aparecer por aqui até amanhã de manhã. A faxineira também só vem amanhã, isso é certeza.

Escriturária:
— Como é?

Zelador:
— Nós dois temos de dar um jeito nisso ainda esta noite... Nós dois...

Escriturária:
— Ligue para o circo de uma vez e também para a polícia. Ande logo...

Zelador:
— Ligar para o circo! (*Aos berros.*) E para a polícia! Mas você não me ouviu

declarando categoricamente àquele homem que entreguei a cobra para ele? E depois, na certa vai haver confusão quando o pessoal do circo vier buscar a cobra e vir a barriga dela inchada daquele jeito. Os jornais vão alardear que uma cobra engoliu um estudante... Além disso, se os responsáveis pelo circo descobrem que a culpa não é deles, vão usar o incidente para obter publicidade e tentarão acionar nossa empresa por perdas e danos. Nós dois seremos despedidos e, pior ainda, teremos de prestar contas à polícia.

Escriturária:
— E então, que faremos?

Zelador:
— Nós...

Escriturária:
— Nós, o quê?

Zelador:
—...não podemos telefonar para ninguém.

Escriturária:
— E o que pretende fazer então? Está querendo me dizer que nossa única saída é manter a jiboia aqui? Por acaso planeja criar em segredo no interior deste armazém essa cobra que engoliu um ser humano?

Zelador:
— O desastre não pode vir a público. Isto tem de ser mantido em segredo absoluto. Se for revelado, era uma vez a credibilidade da nossa empresa.

Escriturária:
— E se a gente levar a cobra para fora e a jogar nalgum canto escuro ainda esta noite?

Zelador:
— Alguém a encontra, veículos da imprensa vão enxamear por aí. E o re-

sultado vai ser idêntico. Logo, logo, vão descobrir que o estudante foi devorado.

Escriturária:
— Melhor que a descubram fora do que dentro do armazém.

Zelador:
— E como é que você pretende carregar aquela cobra enorme para fora do armazém sem ser vista por ninguém? De que jeito você imagina jogá-la nalgum canto escuro? Se aquela cobra devorou um estudante, quem garante que não fará o mesmo conosco? Mais importante ainda, de que jeito vamos levar em segredo para fora do armazém essa coisa volumosa composta de cobra e estudante, essa coisa que além de tudo é um ser vivo perigoso e que tem vontade própria? É muito diferente de carregar, escondida debaixo de um casaco, a roupa de baixo suja para jogá-la fora nalgum canto escuro, como eu sei que vocês costumam fazer, entendeu?

Escriturária:
— Eu só disse isso porque não vi outra solução. Quer me enganar que você tem uma ideia melhor? Se tem, gostaria muito de ouvi-la. (*Gritando.*) O que você pretende fazer com essa cobra? Que jeito vamos dar nessa jiboia que engoliu um estudante e está esticada bem no meio do armazém, estufada como uma jaqueta velha?

Zelador (*quase cuspindo as palavras*):
— Que jeito? Diabos... Que jeito vamos dar?!

(*Exaustos, os dois afundam nas respectivas cadeiras e se contemplam mutuamente. Breve silêncio.*)

Escriturária (*recordando em tom saudoso*):
— O coitado tinha sempre um jeitão assustado, de gente insegura, mas, apesar do corpo franzino e do olhar desagradável, não era um mau sujeito, não...

Zelador:
— Tipinho introvertido, de difícil convivência, mas ao menos não era impertinente...

Escriturária:
— Uma figura miserável, suja, pálida... Mas acho que ingênua, em certo aspecto...

Zelador:
— Caipira... não que isso seja um defeito...

Escriturária:
— Ele me irritava toda vez que abria a boca para falar alguma coisa, mas era sempre bondoso com os animais e não se metia onde não era chamado. Vivia se queixando que as meninas o desprezavam...

Zelador:
— Ele andava escrevendo alguma coisa nos momentos de folga, não andava?

Escriturária:
— Uma peça ficcional estranha, cheia de erros nos traçados dos ideogramas. Costumava dizer que não tinha dinheiro para se tornar membro desses seletos círculos literários e que às vezes participava de concursos literários mas nunca tivera nenhuma obra selecionada.

Zelador:
— Ele estava juntando dinheiro para viajar, não estava?

Escriturária:
— Para o Egito, dizia que queria morar numa casa de barro no deserto, entrar para o exército de Nasser e lutar. Plano bobo, sem sentido algum, mas ele próprio o considerava seriamente. Dizia que, ao menos uma vez na vida, queria fazer algo irrevogável que ele próprio tivesse escolhido fazer, de sua livre e espontânea vontade.

Zelador:
    — Pois ele realmente acabou fazendo algo irrevogável...

Escriturária:
    — Em vez de lutar no Egito sentindo no rosto o vento carregado de areia, ele está agora dentro do estômago de uma cobra, imóvel e morto, lambuzado de suco gástrico. (*Rindo histericamente.*) Nada é mais irrevogável que isso.

Zelador (*pensativo*):
    — Dentro do estômago da jiboia...

Escriturária:
    — Depois de devorar a presa, cobras desta espécie costumam se estirar e dormir durante dias e meses. Enquanto isso, dentro do estômago inchado da jiboia, a presa aos poucos fermenta, começa a exalar mau cheiro e vai sendo digerida. Aquele rapaz está neste exato momento como um feto dentro do estômago intumescido da jiboia, mãos e pés dobrados, mudo, prestes a fermentar e a ser digerido...

Zelador:
    — Vai fermentar e ser digerido...

Escriturária:
    — E daqui a meio ano, quando a cobra ficar mais leve e começar a contrair de leve o estômago, já então mais reduzido, e a se mover aos poucos à procura de outra presa, esse gentil e infeliz estudante terá se transformado em sangue, carne e num pouco de excremento de uma jiboia velha.

Zelador (*cada vez mais pensativo*):
    — ...em sangue e carne e num pouco de excremento de uma jiboia...

Escriturária:
    — E nós estamos nos propondo a criar dentro deste armazém essa jiboia de barriga intumescida, em cujo estômago ocorre esse pavoroso processo.

Além de tudo, com medo de que alguém a descubra... Limpando de vez em quando a sujeira que se junta embaixo do corpo dela. Tudo isso para que ela possa digerir melhor o rapaz, já pensou?

Zelador (*erguendo-se indignado*):
— Mas isso eu não vou permitir. Essa ideia me é insuportável. *Isso* eu não admito.

Escriturária:
— Que podemos fazer, nesse caso?

Zelador (*excitado, andando a esmo pelo aposento*):
— O rapaz vai acabar digerido e transformado em nutriente no estômago da cobra... E eu não posso permanecer indiferente a isso. (*Estremece de nervosismo.*) Que vai acontecer ao rapaz quando ele for totalmente digerido pela cobra, me diz? Um homem morre, seu corpo fica. Então, o corpo é sepultado. Eu não acredito nessa história de que, depois disso, apenas o espírito permanece. Agora: o corpo do homem, este sim, permanece e é cremado. Seus ossos tornados cinzas são sepultados e na certa se transformarão num punhado de terra. Mas o punhado de terra é desse ser humano. Este estudante, porém, vai ser digerido pela cobra. E dele se originarão sangue e carne de cobra, e um punhado de excremento... Nada mais restará do corpo do rapaz. No momento em que a digestão se completar, o rapaz deixará de existir por completo. O que resta é a cobra, não ele. (*Pequena pausa.*) Mesmo que o morto seja uma criancinha, ainda assim dele restará um punhado de cinzas, que subsistirá teimosamente. Mas no caso atual, um rapaz desaparece de repente, dele não sobra nem um pedacinho de osso queimado, só uma cobra que engorda! Que acha disso?

Escriturária:
— Quando um ser humano morre, surge um pequeno buraco no mundo. E nele se junta um punhado de cinzas... Mas depois da morte deste estudante, não vai surgir buraco algum. O lugar do buraco foi preenchido pelo suco gástrico da cobra.

Zelador (*exaltado*):
— Exatamente, e isso é insuportável. Não podemos ficar impassíveis enquanto o rapaz é digerido e desaparece por completo... É uma violência contra a autoridade humana. (*Gritando.*) É uma humilhação para a raça humana, é a submissão da humanidade a uma jiboia. Isso não pode passar despercebido...

Escriturária (*debilmente*):
— E o que podemos fazer?

Zelador:
— Deter a digestão da cobra.

Escriturária:
— De que jeito?

Zelador:
— Vamos pensar.

Escriturária:
— Só tem um jeito: ligar para a polícia. Depois, a gente pede para matar a cobra e retirar de dentro dela o corpo do rapaz. Acho que o processo digestivo não está muito avançado, ainda dá tempo.

Zelador:
— Polícia? Ah, não. Não podemos chamar a polícia porque, se a gente fizer isso, vai abalar a credibilidade da nossa empresa.

Escriturária:
— E acaso acha que nós dois sozinhos conseguiremos matar aquela cobra enorme?

Zelador (*sombrio*):
— Acho. (*Toma uma decisão e se levanta.*) Não tem outro jeito. É pela dignidade da raça humana.

Escriturária (*erguendo-se também e com a voz fraca*):
— Vai matar mesmo?

Zelador (*exaltado*):
— Vamos matar a jiboia a pauladas antes que ela complete a digestão do rapaz... E, depois, vamos arrastar a carcaça dela até o incinerador e destruí-la. O aparelho é capaz de queimar todo o lixo do armazém numa única fornada. E como neste caso trata-se de uma cobra só, acho que a veremos em cinzas até amanhã de manhã.

Escriturária:
— Você já queimou algum bicho ali dentro?

Zelador (*confiante*):
— Já queimei algumas toneladas de carne de baleia estragada. É seguro. Nós só temos de carregar a cobra morta a pauladas e jogá-la dentro do incinerador. O rapaz vai ser cremado enquanto ainda conserva a forma humana.

Escriturária:
— Nós dois...?

Zelador:
— Nós dois faremos isso.

Escriturária:
— Aquela jiboia, grande daquele jeito...?

Zelador:
— Pois vamos matá-la.

Escriturária (*desabando*):
— Não vou conseguir.

Zelador:
— Deixe que eu a mato, você só tem de me ajudar na hora de carregá-la.

Escriturária (*apavorada*):
— Não vou conseguir.

Zelador (*gritando*):
— É para preservar a dignidade humana, para resguardar a humanidade da humilhação, entendeu?

Escriturária (*falando como uma criança*):
— Estou com medo...

Zelador:
— Nós dois *temos* de fazer isso. (*Passeia o olhar pelo aposento, encaminha-se para uma das paredes, apanha um grosso ancinho de metal encostado nela e a traz.*) É para preservar a autoridade humana. Abra o portão.

Escriturária (*Abre a porta maior com medo e enterra o rosto nas mãos.*):
— Ai!

Zelador (*espiando o interior do armazém*):
— Nós...

Escriturária (*sentando-se no chão*):
— Me desculpe, mas estou com medo. Não me faça ajudá-lo...

Zelador (*com voz trêmula*):
— Nada disso, você também tem de entrar. Precisamos mostrar claramente para a cobra que somos mais numerosos e mais fortes.

Escriturária:
— Não consigo. Não quero fazer isso.

Zelador (*obrigando a escriturária a se erguer*):
— Você é covarde, não vê que estamos fazendo tudo isso pela dignidade da raça humana?

Escriturária:
— Você também está tremendo!

Zelador (*fixando o olhar na escriturária*):
— Mas não vou desistir, vou agir. (*Entra cuidadosamente pela porta grande.*) Em nome da dignidade humana. E você, pare de tremer e entre também, já disse!

Escriturária (*apavorada*):
— Não grite. Não vê que estou com medo...? (*Sempre tremendo, entra.*)

Zelador (*com voz temerosa*):
— Pela dignidade humana...

(*As luzes do palco se apagam repentinamente. Quando, instantes depois, tornam a se acender, zelador e escriturária, exaustos e sentados em cadeiras, lavam as mãos num balde, lenta e cuidadosamente. A porta grande do armazém está fechada.*)

Zelador:
— Vivi cinquenta anos, sempre achando que eu era um homem corajoso. E era para continuar sendo, nominal e virtualmente, até o fim dos meus dias. Nunca duvidei disso, desde a minha infância. Mas eis que, a esta altura da minha vida, descubro que sou covarde, covarde a ponto de ter medo de uma cobra... A esta altura da minha vida... (*Depois de um breve silêncio, em voz baixa.*) Mas eu superei o medo.

Escriturária (*sem entusiasmo*):
— Isso mesmo, você superou o medo. E acabou com a cobra corajosamente.

Zelador:
— O cheiro da cobra morta parece que se impregna fundo no corpo da gente, é um cheiro pegajoso, diferente do de qualquer outro animal... (*Enxuga as mãos numa toalha.*) Tive de lavar os dedos diversas vezes. Esta é uma experiência inédita...

Escriturária:
— Nunca mais vou conseguir me esquecer da sensação de peso morto, de coisa áspera e fria nas minhas mãos, do leve rangido das escamas e do cheiro penetrante e desagradável... A barriga inchada da cobra ficou toda machucada enquanto a arrastávamos pelo corredor... Aquela coisa mole resistia tenazmente enquanto tentávamos metê-la no incinerador... Disso tudo eu jamais conseguirei me esquecer...

Zelador:
— Mas nós precisávamos levar a cabo o trabalho. Em nome da dignidade humana. Num canto escuro, de maneira despercebida mas com tenacidade, a dignidade humana foi salvaguardada... Em parte, graças ao nosso trabalho.

Escriturária:
— E por ter sido capaz de salvaguardar a dignidade humana, você está se sentindo feliz e realizado como ser humano, não é? Exausto e realizado como ser humano...

Zelador:
— Neste momento, o cadáver daquele estudante está sendo devidamente cremado no incinerador, como um ser humano. Acontece apenas que, em vez de um caixão de madeira, é o estômago da cobra que envolve o seu corpo... Mas isso é o de menos, uma questão sentimental, apenas. O que não podíamos era permitir que ele fosse digerido pela jiboia. É inadmissível que um ser humano seja transformado em sangue e carne e um pouco de excremento de cobra. Isso seria o mesmo que profanar o ser humano...

Escriturária:
— Entendi... Nós defendemos até o fim a honra humana, somos os porta-estandartes do humanismo. E, por isso, também temos a fragilidade dos seres humanos. Acho que nunca mais serei capaz de esquecer que carreguei até o incinerador, furtiva como um ladrão, o cadáver pesado e inchado daquela cobra. Acho que, se eu me lembrar da sensação que foi segurar aquele

pescoço sujo de sangue num dia em que eu estiver me sentindo muito triste e sozinha, a lembrança poderá até acabar comigo...

Zelador (*bondosamente*):
— Às vezes, depois que praticamos um ato heroico, acontece de a gente se sentir totalmente incapaz, e isso nos torna infelizes, sabe...

(*A porta se abre e o estudante entra, descalço, mangas da camisa arregaçadas, segurando uma galinha morta que pende molemente de sua mão.*)

Zelador (*gritando*):
— O estudante...

(*Zelador e escriturária, paralisados de espanto, contemplam o estudante que, sem se importar com isso, sorri para a escriturária.*)

Estudante:
— Fui entregar os recibos na administração e achei este frango no meio das sobras da ração dos animais. E eu queria que o frango mantivesse sua forma, mas, ao mesmo tempo, que seus ossos ficassem macios como a carne de um bezerro. E enquanto eu providenciava tudo isso, acabou ficando tarde...

(*Silêncio total recai sobre todos.*)

Estudante:
— Apesar de estar com a digestão bastante comprometida e com o estômago inchado, aquela cobra só come um frango se ele tiver aparência de frango, sabe?

(*Silêncio total.*)

Estudante:
— Retirei todos os ossos pelo ânus do frango e bati cuidadosamente com um bastão enrolado em saco de juta... Ficou macio como um travesseiro

inflável. E ainda assim, conservou perfeitamente sua forma original, não conservou? Olhe aqui, está meio mole, mas...

(*Silêncio total.*)

Estudante:
— Ei! Que está acontecendo?

Zelador (*indignado*):
— Que está acontecendo, você ainda pergunta?

Estudante (*apavorado*):
— Será que eu...

Zelador (*Agarra o estudante pelo braço e o sacode.*):
— Idiota, estudante besta de meia-tigela!

Estudante:
— Mas eu só deixei o frango parecido com um travesseiro inflável...

Zelador (*perdendo a força e soltando o estudante*):
— Travesseiro inflável...

Estudante:
— A jiboia passou o tempo todo muito desanimada aqui no armazém. De modo que fiquei com pena dela e arrastei sua jaula de volta para cá depois que o rapaz da transportadora carregou todas as outras no caminhão. Na certa ela já estaria morta se a tivessem levado embora com os outros animais no carregamento desta noite. E depois, a jaula era improvisada, pequena demais para ela, quase sem luz...

Escriturária (*também indignada*):
— De modo que você ficou preparando para ela uma comidinha saudável e fácil de digerir, não é mesmo?

Estudante:
— Eu não entendo por que vocês estão zangados comigo...

Zelador:
— E com certeza não entende também por que tenho vontade de apertar sua garganta.

Estudante (*depositando o frango em cima da escrivaninha*):
— Pois a decisão de reter essa cobra não foi só minha. Enquanto vocês conferiam a documentação com o rapaz da transportadora, eu telefonei para a administração e conversei com o pessoal. O gerente concordou em atrasar a entrega da cobra por um dia para que ela possa descansar.

(*Escriturária e zelador, sobressaltados, enrijecem-se e avançam contra o estudante.*)

Zelador (*ofegando, exaltado a ponto de quase perder a voz*):
— Você comunicou à administração que ia manter a cobra solta dentro do armazém?

Estudante:
— Não é mentira não, não estou dizendo essas coisas só para me livrar da responsabilidade. Aquela cobra está quase morrendo, não é capaz de fazer mal nem para um cachorrinho...

(*Escriturária e zelador observam petrificados o estudante abrir a portinhola.*)

Estudante (*gritando*):
— A cobra desapareceu...! E a jaula também. (*Volta-se e em tom de protesto:*) Vocês entregaram para o caminhão do circo aquela cobra, doente como estava e com a barriga inchada? Vocês a enfiaram naquela jaula desconjuntada e apertada? Pois vocês mataram a cobra, sabiam?

Zelador:
— Nós matamos a cobra, é? (*Senta-se na cadeira, apoia a cabeça nas mãos e geme.*) Maldição, olhe só o que fui fazer... Estou num beco sem saída. Basta

apenas o pessoal do circo ligar para a administração perguntando pela cobra e estarei acabado. Vou ser sumariamente despedido do armazém em que trabalhei durante trinta anos... E vou ter de pagar por aquela cobra enorme...

Escriturária (*desesperada*):
— Para preservar a dignidade humana e para salvaguardar a honra deste estudante encardido, vejam só...

Zelador:
— Eu acabei matando a pauladas um animal que estava sob minha custódia... E, além disso, queimei-o no incinerador... Fora do expediente.

Estudante (*com a voz presa na garganta*):
— Essa história de ter matado a cobra a pauladas e a queimado no incinerador é brincadeira, não é?

Escriturária (*gritando*):
— Se você quer ver a carcaça mole e pesada daquela cobra de cabeça esmagada gotejando gordura e começando a queimar, ainda está em tempo. Corra, vá ver!

Estudante (*espantado*):
— Não acredito, não consigo acreditar. (*Hesita alguns instantes.*) Eu realmente não acredito, mas...

(*Estudante desaparece às carreiras deixando a porta aberta, e breve silêncio reina entre escriturária e zelador. Zelador apalpa distraidamente o frango morto e mole em cima da mesa.*)

Escriturária:
— Você e eu seremos despedidos, não é? E seremos processados tanto pelo armazém como pelo circo.

Zelador (*gemendo*):
— Diabos, como é que isso foi acontecer? Droga, droga, droga, como é que isso foi acontecer?

Escriturária:
— Esse rapazinho vai armar um escândalo e nós nem poderemos ir para casa esta noite. Teremos de tirar do incinerador a cobra semicarbonizada... Seremos interrogados... E eu, que já estou exausta... Direto, sem dormir até amanhã de manhã...

Zelador:
— Maldição, justo no meu armazém onde por trinta anos nunca houve nenhum acidente, diabos... Que vai ser de mim?

(*Pela porta aberta, entra o homem do circo silenciosamente. Aproxima-se do zelador, que o contempla alheado, e depõe sobre a escrivaninha um documento.*)

Homem do circo (*implorando*):
— Carimbe e assine aqui. De olhos fechados, por favor...

Zelador (*com voz totalmente abatida*):
— Que é isso?

Homem do circo:
— Carimbe aqui sem dizer nem perguntar coisa alguma, por favor. Nossa trupe é composta por mais de cinquenta pessoas, sem contar os familiares. Pense que, ao atender o meu pedido, estará ajudando toda essa gente. Não estou querendo fazer nada que prejudique você. E pretendo lhe dar uma pequena compensação financeira.

Zelador (*desconfiado*):
— Mas o que é esse documento?

Homem do circo (*em voz baixa*):
— Um atestado afirmando que a nossa jiboia morreu em seu armazém enquanto estava sob sua guarda. Vamos também fazer de conta que a carcaça foi queimada no incinerador existente aí ao lado do seu armazém. E se o senhor redigir também uma declaração nesses termos à polícia, nossa trupe inteira estará salva...

Zelador:
— Não consegui entender direito essa história...

Homem do circo (*baixando o olhar e falando rapidamente*):
— Descobrimos que a nossa jiboia, depois de escapulir do porto, fugiu para o mar e se foi embora nadando. Quanto a esse fato, temos uma testemunha ocular confiável. A cobra provavelmente morreu afogada logo em seguida e, como seu corpo deve ter afundado, a polícia nunca mais vai achá-la. Mas se a polícia descobre que, a certa altura, a cobra andou perambulando pela cidade, a coisa se complica. Pois a polícia está de olho em nós, à espera de qualquer minúsculo deslize de nossa parte, entende? Por favor, assine isto e carimbe, eu lhe imploro...

Escriturária (*lentamente*):
— Então, existe alguém que viu a cobra entrando no mar?

Homem do circo (*apavorado*):
— Sim, quanto a isso não há dúvida. A testemunha disse também que a jiboia se afastou nadando com admirável velocidade no mar espelhado, branco e brilhante, como um veleiro iluminado pela lua que tinha acabado de nascer... Do ponto de vista comportamental, nada existe de duvidoso nisso. Como vocês devem saber, mesmo uma cobra fininha, da grossura de um dedo mínimo, tem a capacidade de cruzar um rio.

Escriturária (*com voz lânguida*):
— Acho que você devia assinar e carimbar.

Zelador (*obediente*):
— Está certo. (*Lentamente, assina e carimba.*) Vou declarar aqui que a incineramos nesta data.

Homem do circo (*agarrando rapidamente o documento*):
— Muitíssimo obrigado. Você tem minha eterna gratidão. (*Tira um envelope do bolso.*) Aceite isso, por favor...

Zelador (*sem ânimo algum para fingir surpresa*):
— Como?

Homem do circo:
— Aceite e não diga mais nada, por favor. É pouco, mas de coração...

(*No momento em que o homem do circo sai às carreiras, quase como se fugisse, o estudante entra e os dois quase esbarram um no outro. O homem do circo lhe dirige um cumprimento subserviente, mas o estudante nem o vê.*)

Estudante (*ofegando*):
— Quem foi que fez a crueldade de matar a pauladas uma pobre cobra indefesa e ainda por cima a meteu no incinerador? Quem foi que fez uma coisa tão desumana?

(*Escriturária e zelador, exaustos, contemplam o frango e o envelope sobre a escrivaninha.*)

Estudante (*tremendo de raiva*):
— Isto é insuportável. Quem foi que cometeu tamanha crueldade? (*Olha para os dois.*) Que aconteceu? Hein? Eu não perdoo tamanha maldade...

Zelador (*ignorando o estudante, contempla as próprias mãos cruzadas*):
— Quando eu começo a cheirar como um ser humano, tudo se torna complexo. Tudo se complica. Se dentro de dois ou três dias eu não tiver impregnado em mim o cheiro de qualquer animal, pode até ser o de uma marmota, estarei totalmente perdido. O cheiro de uma única marmota, ao menos...

Estudante (*voz baixa, cansada*):
— Não consigo me conformar de jeito nenhum... Quem cometeu tamanha desumanidade...?

(*Dobutsu soko*, publicado em dezembro de 1957.
Extraído de *Miru maeni tobe*, Editora Shinchosha, 25/05/1974.)

Salte sem olhar

Além da passagem entre muros de pedra frios e úmidos, uma claridade baça de amanhecer impregna o jardim interno circundado pelo prédio das salas de aula. Esta situação não se altera durante o inverno inteiro. E então, quando a primavera chega, o jardim transborda imediatamente num festival de flores e luzes, e resplandece a ponto de ofuscar a vista até a chegada dos dias em que brotos despontados no topo do arvoredo se expandem e, transformando-se em tufos de folhas duras, passam cada vez mais a limitar e a estreitar a visão do céu.

Como, porém, naquele ano a primavera tardou a chegar, eu sentia um amargo silêncio instalado com firmeza tanto em meu íntimo como ao meu redor enquanto cruzava o jardim interno. A sensação não era desagradável, de maneira alguma. Para um estudante de vinte anos de idade, contudo, faltava um pouco de alegria e um pouco de jovialidade, apenas isso.

Lanço um olhar de esguelha para a bica que, de uma base de pedra em estilo barroco a um canto do jardim, emerge como um dedo úmido de brilho suave apontando o céu nublado e, depois de subir alguns degraus da escadaria, paro ao me dar conta de que estou com sede. Andei com sede durante o inverno inteiro. Volto atrás.

Os repetidos avisos emitidos pela secretaria da universidade já tinham me alertado para o fato de que a água dessa torneira continha diversos componentes impuros capazes de afetar a garganta e o estômago dos que dela bebessem. Mesmo assim, curvei-me, arredondei os lábios e tomei a água que jorrava. A ter de suportar o ardor de uma garganta seca, é melhor umedecê-la mesmo sabendo que isso era prejudicial à saúde. Isto é tendência à letargia, pensei, enchendo a boca com o líquido de gosto desagradável e erguendo a cabeça. Mas essa espécie de propensão imperava no ambiente universitário e, ao meu redor, havia muitos estudantes que andavam roucos ou, ainda, pálidos e abatidos em consequência de diarreias por terem arrostado o perigo e matado a sede com aquela água. Em última análise, indiferentes, pensei, enquanto enxugava a boca com as costas da mão fechada em punho. Jovens indiferentes às questões políticas, indiferentes às doenças de que sofreriam mais tarde, indiferentes quanto à necessidade de procurar uma namorada, enfim, jovens que prezavam apenas a sede premente. Não se constituíam em amolação para os outros, ao menos. Tais jovens eram corteses com seus colegas, não desagradavam a ninguém. Não estorvavam.

Contudo, na mesma universidade havia também jovens de olhar faiscante que, longe de ser indiferentes, discutiam com os demais, eram apaixonados por política e fortaleciam-se fisicamente preparando-se para o futuro. Quando, depois de galgar a escadaria, venci o corredor que o ano inteiro permanece sombrio mesmo de dia e cheguei diante do laboratório de inglês, esses rapazes insuportáveis tinham armado uma emboscada e aguardavam.

Costas voltadas para o lado das janelas por onde entrava a claridade, eles estavam em pé atrás de uma escrivaninha baixa. Sobre esta, haveria com certeza um formulário para abaixo-assinado e uma caixa de papelão de donativos para alguma guerra. Como um menino subdesenvolvido que passa mansamente perto de valentões, caminhei tenso, faces e lábios especialmente relaxados a fim de aparentar casualidade e olhos fixos a uma considerável altura da parede oposta àquela em que eles se encontravam. Um deles disse qualquer coisa. Tentei seguir adiante, fingindo-me totalmente absorto no turbilhão que me ia no íntimo.

— Assine a petição, por favor — investiu contra mim uma voz forte, obrigando meu queixo a se voltar na direção deles.

— Mais tarde — disse eu baixando o olhar.

— Contribua para o abaixo-assinado — repetiu outro homem, coercivo.

Senti meu amargo e tranquilizante silêncio íntimo perturbar-se.

— Ei! — disse o primeiro homem. — Você estuda literatura francesa, não estuda? Pois então tem um motivo ainda mais forte para assinar a petição.

O cartaz pregado à escrivaninha falava em oeste asiático e canto da África. Ali se desenrolava uma guerra suja em que sangue nativo e francês vinha sendo derramado por um tempo realmente longo, criando uma situação totalmente confusa. Disso eu também sabia perfeitamente.

— Vamos mandar uma carta de protesto ao governo francês. Vamos apertar a papada gorda cheia de vinho dessa gente até que guinchem. Planejamos estabelecer contato com grupos progressistas de estudantes franceses.

— Pois eu não me interesso — repliquei.

— Não diga asneiras, não é possível que a guerra na Indochina o deixe indiferente!

— Não me diz respeito.

— Mas você é estudante de literatura francesa!

— Estou estudando o século XVI, entendeu? A questão colonialista é tão mais recente!

Bastava apenas empunhar um lápis, curvar-me, escrever meu nome e depositar uma moeda na caixa de papelão. Mas eu me opunha ao ímpeto coercitivo das palavras daqueles estudantes.

— Estou achando que você não sabe direito o que acontece atualmente entre a França e suas colônias — disse um terceiro estudante, o da ponta.

— O que eu sei — disse eu — é que a França se meteu num beco sem saída e que se encontra tolhida em seus movimentos. Não é o tipo de situação que pode ser resolvida com um simples abaixo-assinado. Eles estão encurralados, entendeu?

— Seja como for, assine — disse o primeiro estudante com um meio sorriso irônico. — Esse tipo de argumento nós também estamos cansados de ouvir.

— Pois não assino — retorqui, irritado.

O terceiro estudante se pôs diante de mim impedindo-me a passagem. De tão nervoso, suas pálpebras se contraíam em espasmos.

— Você não considera sua própria atitude estranha? — disse ele com a voz trêmula de raiva. — Está zombando da gente, por acaso?

— O que está bem claro para mim é que não tenho nenhuma vontade de participar à força de protestos ou de apor meu nome em abaixo-assinados — repliquei.

— Assine! Ou assina por bem, ou o forço a assinar!

Tentei livrar meu braço direito das mãos que avançavam na minha direção e cambaleei. No calor do momento, o dorso da minha mão direita bateu acidentalmente no rosto do rapaz produzindo um leve estalo. O sangue subiu à cabeça do rapaz, que voou para cima de mim, e eu lutei para me proteger. Fomos imediatamente apartados, mas o sangue já jorrava da minha narina direita. As portas de algumas salas de estudo se abriram e diversos alunos e preceptores nos contemplavam. Corri apertando minha narina com um dedo, dobrei um canto do corredor e entrei na sala de literatura francesa.

— Ai, ai, ai, que estado deplorável — disse a preceptora com seu rosto curto que parecia sorrir mesmo quando estava séria, fixando o olhar crítico em mim. — Que lhe aconteceu?

— Uma bobagem. Me dê um pedaço de papel — disse eu, sentando-me a uma carteira com o rosto voltado para cima.

Enxuguei o sangue dos lábios e do pescoço com o papel que guardava um leve cheiro da pele da preceptora, limpei o dedo, fitamo-nos e em seguida sorrimos um para o outro. Ela tomou das minhas mãos o pedaço de papel que eu amassara e foi às pressas jogá-lo no lixo.

— Seu nariz está inchando a olhos vistos — disse ela. — Esta é a primeira vez que vejo o nariz de um ser humano inchar.

Como não consegui perceber direito se ela estava ou não admirada, apenas assenti vagamente. Ao meu redor, o amargo silêncio costumeiro começava a se recompor.

— Falando sério, que foi que lhe aconteceu?

— Uma troca de socos, uma briga de frangotes.

— Quanta valentia — disse a preceptora, antes indignada que admirada. A palavra valentia estava na moda. Todos os alunos da nossa faculdade tinham tido acesso negado à "valentia", de modo que a palavra nos acudia aos lábios com frequência, como uma canção.

— Mais para vulgaridade que para valentia.

— Mas brigou com quem? — perguntou a preceptora, levando-me agora um pouco a sério.

— Me empresta seu espelhinho de bolso? — disse eu, precavendo-me contra o interrogatório minucioso que ela estava por começar e me antecipando a ele.

— Você faz cada besteira. Parece até coisa de criança — reclamou ela, retornando para a própria escrivaninha em busca do espelho.

— Concordo, é coisa de criança.

No espelhinho redondo com partículas de pó compacto aderidas inspecionei cuidadosamente meu rosto descorado e magro, o nariz que começava a inchar, a boca em cujo canto havia um pequeno corte com uma gota de sangue que, coagulado, se tornara marrom-escuro, bem como o olho direito congestionado.

— O cara foi bem ágil — disse eu admirado. — Me estapeou num monte de lugares em pouco tempo.

— Quer dizer que você brigou de verdade? — perguntou a preceptora, levando-me agora realmente a sério.

— Foi uma pancadaria cômica.

— Você só faz besteira mesmo — disse a assistente, fixando em meu nariz inchado e no corte em meus lábios com seus pequenos olhos maldosos inesperadamente sequiosos de desejo. — Seus lábios estão sangrando de novo, e isso se cura lambendo, entendeu?

Pus a ponta da língua para fora e lambi. Dois anos atrás, eu andara participando de um movimento contra a expansão da base militar americana e, exausto e tremendo de frio, suportara as gotas de chuva que pingavam do meu cabelo encharcado, corriam por meus olhos e lábios, molhavam meu queixo e se infiltravam em meu corpo pelo pescoço ensopando-me a roupa de baixo. Com a cabeça latejando violentamente, cantei em pé na lama, de braços dados com um trabalhador em cujo pescoço sujo havia uma cicatriz de corte à navalha. Mas quando era espancado e arremessado para fora do renque de manifestantes pelos policiais, meu corpo se contraía em arrogante ira como carne de molusco espetado com agulhas e, com o gosto do sangue proveniente de um corte na gengiva se espalhando por toda a minha boca, eu recuperava a sensação de vigorosa tranquilidade. Naquela ocasião, havia no sabor do sangue uma sensação pequeno-burguesa e galante. Coisa que não acontecia agora.

— Você está se lambendo em êxtase. Lembrou-se da namorada, é?

Perplexo, ergui o olhar para o rosto sombreado da assistente, voltado contra a luz. Pois o rosto e a língua, rosada e brilhante, vinham se aproximando, ávidos por lamber meu ferimento. Sacudi a cabeça e me ergui para acompanhar os demais estudantes que seguiam rumo à sala de aula. A assistente soltou um suspiro sem nenhum sentido especial.

Na classe, tive aula de francês arcaico com a professora de porte físico elegante e belos cabelos brancos. Como sempre, uma aula emocionante que me fez sentir um aperto no coração. Eu não tinha estudado muito e tive tanta vergonha disso que fiquei mudo por um curto espaço de tempo. De modo que, mal a aula terminou, desci cegamente a escadaria correndo de cabeça erguida e ombros alteados, sem me importar com meus colegas que zombavam do meu nariz inchado. Na rua pavimentada de tijolos marcados por sapatos de transeuntes, para além do portão de ferro em estilo inglês, Yoshie e Gabriel, um homenzarrão francês de olhar sensível, me esperavam num carro marrom-acinzentado.

Fui me aproximando do carro deles com um sorriso ambíguo no rosto. Como o nariz tinha inchado a ponto ficar totalmente deformado, não consegui sorrir direito. Gabriel se esticou de trás da direção e me abriu a porta traseira. Enquanto eu embarcava, ele fixou o olhar no perfil do meu rosto e soltou um assobio zombeteiro. Yoshie saiu do lado de Gabriel, desceu do carro e se aproximou de mim.

— Que aconteceu? — disse Yoshie, mal-humorada. — Está todo inchado.

— Sei disso — repliquei com o rosto preso entre as mãos carnudas e macias dela.

— Dói? — perguntou.

— Claro, horrivelmente.

— Está quente — disse Yoshie resvalando os lábios por meu nariz inchado. — Você tem de esfriar isto ou vai piorar muito.

Com a mão esquerda sobre a direção, Gabriel se debruçava sobre o encosto e nos observava. Ele estava querendo dar a partida.

— Espere um pouco — disse Yoshie num inglês correto, diferente daquele comumente usado por prostitutas. — Vou esfriar o nariz dele com água.

Em seguida, correu para dentro do campus fazendo tremelicar a camada de banha que lhe cobria o corpo inteiro. Passou pelo portão de ferro, aproximou-se do segurança e, extraindo um lenço de algum lugar da cintura, perguntou, ao que tudo indicava, onde poderia encontrar uma torneira. Depois, foi-se ainda mais depressa para os lados do prédio do Departamento Literário. Eu enterrei molemente a cabeça no encosto do carro.

— Você apanhou, é? — perguntou Gabriel, o correspondente especial de uma revista estrangeira, espiando meu rosto.

— Eu briguei — respondi.

— Existe uma reputação em vias de se firmar, segundo a qual rapazes japoneses, especialmente os intelectuais, nunca brigam — disse ele. — E por que você brigou?

Perdi um curto tempo tentando compreender o que ele me dizia em língua estrangeira. Gabriel talvez estivesse me criticando do ponto de vista ético. Não, não devia ser isso.

— O motivo por que... — disse eu — briguei, é isso que você está me perguntando?

— É.

— Questões em torno da política francesa — respondi. — Por causa da Argélia, entendeu?

Gabriel tornou a assobiar e encolheu os ombros. Dos amantes de Yoshie, era de Gabriel que eu mais gostava. Então, ri também, ecoando sua risada baixa. Mas rir foi uma agressão ao meu nariz e eu gemi de dor.

Yoshie entrou correndo pela porta que permanecera aberta e apertou meu nariz com seu lenço encharcado de água. Estava frio, agradável. Uma gota, que me pareceu dura e gelada, escorreu na direção dos meus lábios. Yoshie me fitava com as pupilas sombrias e de brilho duro totalmente dilatadas. Ergui o olhar para a pele do seu pescoço que, pesada e caída, balançava acompanhando sua respiração agitada. Tinham se passado apenas dois meses desde que ela completara trinta e cinco anos, mas Yoshie se transformara numa corpulenta matrona. Então, dou-me conta de que, antes, o pescoço de Yoshie era recoberto por uma camada mais generosa de carne. Agora, tinha um aspecto um tanto mirrado.

— Dói? — perguntou Yoshie. Desta feita, perguntou segura da eficácia de seu tratamento. — Vamos, responda.

— Está muito melhor — disse eu com cuidado para evitar que o movimento dos meus lábios alcançasse as proximidades do nariz.

— Vou dar partida ao carro — disse Gabriel, irritado.

— Pode dar — disse Yoshie bastante friamente, segurando o lenço contra o meu nariz e sem ao menos se voltar.

O carro deu a ré lentamente e, mudando de direção, correu pela suave ladeira pavimentada. No começo deste inverno, depois que Gabriel se tornou amante fixo de Yoshie, passou a ser nosso costume jantarmos todas as noites, excetuando as de sábado, num restaurante francês perto do Teatro Haiyuza em Roppongi, restaurante esse que dava para uma ladeira onde se enfileiravam casas de móveis de luxo, após o que eu retornava sozinho para o quarto que Yoshie e eu alugávamos juntos. Quanto aos sábados, era o dia de Gabriel datilografar o artigo que remeteria para o seu país.

Na sala clara com paredes de tijolo à vista não havia outros clientes. Quando entramos, o garçom fitou o meu nariz com um olhar repleto de estranha afetuosidade. Eu o ignorei. Jantamos usando um guardanapo da mesma cor salmão da toalha de mesa xadrez. Yoshie se preocupou durante a refeição inteira com o meu nariz inchado, mas a dor se acalmara por completo. Tomamos vinho depois do jantar.

— Você costumava dizer que queria lutar no Egito ou no Vietnã, não costumava? — perguntou de repente Gabriel.

— É verdade — respondi com a voz dos que se entregam a uma calma embriaguez. — Quero lutar, a paz me aborrece. Cheguei ao ponto de quase desejar uma guerra, sabe?

— Se uma guerra começasse — disse Yoshie com olhos lacrimejantes —, a coisa não ia acabar só num nariz inchado.

— Se uma guerra começasse... — disse eu também. — Quanto a isso, você está certa. Se, por mais que lutasse, tudo acabasse num simples nariz inchado, isso seria uma experiência amarga para um jovem.

— Conversem em inglês — pediu Gabriel.

— Para um jovem — disse eu em inglês —, passar a mocidade num mundo de paz e tranquilidade é uma infelicidade. Crescer em meio ao violento caos de uma guerra, isso sim produziria obrigatoriamente um homem digno de louvor.

— E como Yoshie cresceu e se tornou moça durante a guerra — disse Gabriel —, é uma mulher soberba, admirável.

— É isso — respondi.

Pousando sobre o braço o rosto inchado por causa da bebida, Yoshie nos contemplava. Ela parecia muito satisfeita.

— Acabei horrivelmente prejudicado por ter nascido mais tarde — disse eu depois de me empertigar lentamente e bocejar. Como Yoshie, eu também estava muito satisfeito com a boa comida e bebida, o aposento claro e o serviço correto.

— A mim não me parece que você tenha sido prejudicado — disse Yoshie. — Vem cá, você foi realmente prejudicado?

Nós dois trocamos sorrisos. Mas eu fui, realmente, muito embora eu não saiba direito em que sentido, pensei, a embriaguez me inundando até a ponta dos dedos. Pois, veja bem, gerações existem em que, entre dez amigos que se encontram, seis já passaram pela experiência de ter matado alguém.

— E por esse motivo, você queria ir lutar no Egito ou no Vietnã, certo? — tornou a perguntar Gabriel. — É isso, não é?

— E dormir, enlameado, numa casa de terra com os egípcios e, depois, lutar. E derrotar os sujeitos de Cambridge. Ou suar às bicas escondido num rio barrento do Vietnã enquanto planejo a matança de parisienses.

— Que lindo discurso, gente! — disse Yoshie sonolenta, agitando os dedos diante dos próprios olhos. — Você está todo alegre e fanfarrão, excitado por causa dos sopapos que andou trocando com alguém, não é?

— Andei negociando com a matriz da minha revista — disse Gabriel avançando o corpo por cima da mesa — e surgiu uma possibilidade de levá-lo comigo neste outono, quando eu for ao Vietnã como correspondente especial. Lá, você dá um jeito de escapar e de se juntar ao exército local.

Senti um aperto na garganta. O rosto inchado de bebida de Yoshie, o olhar repentinamente duro de Gabriel, a toalha de mesa cor de salmão, a parede de tijolinho aparente, tudo se distanciou rapidamente. Senti o corpo inteiro queimar.

— Quer ir? — disse a voz fria de Gabriel. Ele não estava embriagado.

Pendi a cabeça. A mão macia e suada de Yoshie aprisionou meus dedos. Ela era capaz de insinuar com eficiência o próprio sexo com os dedos ou o côncavo da sua mão. Como prostituta que lida com estrangeiros, isto se constituía também numa espécie de arte.

— Foi o que eu pensei — disse Gabriel com voz que recuperara a vivacidade. — A paz faz bem para o corpo, sabe?

Senti que tinha se formado algo duro como um caroço em minha mente. A embriaguez se dissipara por completo e o lugar antes ocupado por ela começava a endurecer. Estendi o braço na direção do copo de vidro grosso com um terço de Pernot restante. Gabriel me lançou um triunfante golpe adicional sobre a minha já combalida pessoa:

— A guerra é algo que investe contra nós, e é difícil para qualquer um extrair-se de uma vida pacífica e se jogar voluntariamente nela. Não há lugar para ponderações ou considerações. Concorda comigo?

— Concordo — respondi com voz rouca, abatido.

— Não me lembro de quem era o poema, talvez seja um trecho de uma música popular — disse Gabriel, e recitou alegremente:

Look if you like, but you will have to leap.

— Olhe se quiser, mas você vai ter que saltar. Pois é isso.

— Na hora de conquistar uma mulher? — perguntou Yoshie, sempre satisfeita.

— Na vida em geral. Seja lá o que for que você se proponha a fazer, salte sem olhar, é esse o sentido do verso — disse Gabriel deixando-se levar de novo pela embriaguez. — Existem dois tipos, os que só ficam olhando e os que saltam.

Só eu tinha ficado completamente sóbrio. A dor no nariz voltara. Estremeci e me levantei. Era hora de Gabriel e Yoshie irem para o hotel e para o prazer deles, e de eu voltar para o quarto e dormir sozinho até de manhã, à espera de Yoshie. Troquei um aperto de mão com Gabriel, recebi das mãos de Yoshie o dinheiro para o táxi e saí em silêncio. A rua estava gelada e a neblina veio me fustigar. O táxi demorou a chegar. Eu sentia intensa vergonha por ter claramente admitido que não era capaz de ir ao Vietnã, admitido isso tanto a Gabriel como a mim mesmo. A sensação era de desespero. Muito tempo depois, quando minha pele já estava toda arrepiada, apareceu um táxi de aspecto realmente miserável. E como o veículo balançava de maneira violenta, o mal-estar da embriaguez me voltou seguido de náusea.

Eu sigo até a beira do muro, mas dali sempre volto atrás com o rabo entre as pernas, pensei. Eu só fico olhando, nunca salto. Sou um covarde.

Desci do táxi e vomitei um pouco. De braços cruzados perto de mim, o motorista, um sujeito de corcunda acentuada, disse:

— Ressaca feia, hein? Tudo em ordem?

— Me deixe em paz.

— Claro que deixo — disse o motorista, e sua voz escondia um sorriso zombeteiro. — Desde que você me pague a corrida.

Totalmente humilhado, paguei ao homem e, andando aos trancos pelo caminho escuro, retornei ao quarto que Yoshie e eu alugávamos numa casa por trás de uma espessa cerca viva. Então, mergulhei na cama sem ao menos tirar os sapatos e adormeci. Eu me sentia totalmente decepcionado.

Perto da madrugada, Yoshie retornou. Ela se despiu inteira, enxugou-se e depois tirou toda a minha roupa na cama. Desde que se tornara amante de Gabriel, Yoshie vivia cansada, mais do que nos tempos de qualquer de seus amantes anteriores. Mas o hábito de ser levado ao prazer quase adormecido sob o corpo pesado e macio de Yoshie vinha persistindo por dois anos, desde que começáramos a viver juntos.

Eu havia passado os braços pelas costas sedosas e excepcionalmente largas de Yoshie. Dali, minha mão esquerda escorrega até a área em que a espaçosa planura das costas bruscamente se interrompe e começam as nádegas. Eu gostava de sentir a compressão e a descompressão em meu dedo preso no sulco entre as nádegas a cada movimento do corpo de Yoshie. Mas logo meu dedo deixou de sentir qualquer pressão. Despertei do meu sono leve e abri os olhos. Com as faces brilhando palidamente à luz da madrugada que se infiltrava pelas frestas da cortina, Yoshie dormia.

Descarreguei seu corpo pesado de cima de mim e me virei de lado. Meu peito e braço estavam suados. Esfreguei-os com força no lençol e os enxuguei, e depois dormi com o desejo, aceso e além de tudo insatisfeito, estagnado em meu corpo. Era a primeira vez que isto acontecia. Ela devia estar realmente exausta.

Tarde na manhã seguinte, acordei. Com o corpo gordo e de tronco desproporcionalmente longo afundado na cama de estrutura de madeira marrom, Yoshie dormia como um animal. Do mesmo jeito que há dois anos, quando passamos a primeira noite juntos. Nessa época, eu — que tinha acabado de entrar na faculdade e, entusiasmado com os movimentos estudantis, fora preso e, pior ainda, repentinamente abandonado pelo grupo político que me induzira a praticar atos radicais — estava me sentindo totalmente perdido. E amei Yoshie de maneira apressada e brutal. Vivíamos ambos sempre com olheiras marrom-escuras em torno dos olhos.

Agora, reina entre nós uma tranquilidade amarga, repleta de amor. E assim continuará por muito tempo, creio que jamais abandonarei esta prostituta de corpo jovem e feições envelhecidas, dona de um saudável desejo. Sem nunca saltar pelo resto da vida, na certa serei professor de línguas estrangeiras em alguma universidade particular para poder viver com esta mulher. E estarei sempre olhando, sem saltar...

Prendi com um clipe as bordas dobradas da cortina para encerrar Yoshie numa penumbra aquosa e, depois de levar até a mesinha ao lado da cama a garrafa de leite que fora depositada do lado de fora da porta, deixei Yoshie, que continuava aconchegada e a ressonar baixinho, e me dirigi à faculdade em Hongo.

Depois disso, Yoshie manteve o amante Gabriel por todo o longo período chuvoso do início do verão. Eu já não conversava com ele a respeito do Egito e do Vietnã. Aos poucos, a violenta humilhação que ele me fez sentir também se atenuou. E eu mergulhei uma vez mais em minha amarga tranquilidade.

Quando meio período chuvoso já havia transcorrido, comecei a frequentar a faculdade assiduamente e, vez ou outra, assistia também às aulas de outras matérias. Em parte porque eu começara a estudar latim. Em seguida, jantares com Gabriel e Yoshie, e momentos de prazer cada vez mais suarentos com Yoshie, que retornava de madrugada. Ela dizia que a papada do seu pescoço tinha despencado por completo.

No primeiro domingo de julho, fomos a uma boate existente num porão da área de Yokohama assistir a um espetáculo de strippers. Talvez por estarmos em época de mudança climática, quando é difícil encontrar uma solução adequada tanto para a secura como para a refrigeração de aposentos subterrâneos, o ar do local estava abafado, deixava a pele suada e dificultava a respiração. Nossa mesa ficava ao lado do palco, à sombra de uma coluna redonda, e a ela chegamos depois de percorrer um trecho de piso irregular.

Bem diante do meu nariz, uma mulher baixa e gorda balançava o traseiro nu de maneira admiravelmente suave. E vez ou outra, quando batia o pé no piso forrado de linóleo, eu era obrigado a morder os lábios com firmeza para conter o riso que me sacudia inteiro. A luz repentinamente se concentrou num único ponto e uma cantora jovem, pálida e de lábios firmemente cerrados, usando um vestido verde-escuro fechado até o pescoço, avançou na direção do microfone. Mais que a voz densa e baixa da cantora, o que me atraiu a atenção foi a reação dos espectadores em torno de mim. A aparição de uma cantora num vestido fechado até o pescoço logo depois da apresentação de mulheres nuas fez com que os espectadores se agitassem como se tivessem levado uma bofetada. Enquanto mulheres dançavam rebolando as nádegas, eram certamente elas os objetos carnais. Mas, agora, diante daquela que cantava sustentando com firmeza o perfil altivo, os espectadores é que se sentiam totalmente nus e com nádegas obscenas à mostra, pensei.

Quando a canção terminou e tanto as mulheres nuas como a atmosfera de promíscuo alívio retornaram, eu disse:

— Ela continuou pálida até o fim, repararam? Que garota esquisita...

— E convencida, apesar de desafinada — disse Yoshie, irritada com a atitude impávida da cantora.

— O gerente quer que ela tire a roupa no finale, mas a garota se recusa obstinadamente — informou Gabriel.

— Ah! — disse Yoshie em tom que mal continha o desprezo. — O gerente vai se espantar quando vir os seios dela. Ela tem o peito chato e os seios muito separados, quem os vir uma vez nunca mais terá vontade de revê-los.

Eu me lembrei da cara tensa e pálida da cantora e ri. Gabriel me pediu para traduzir o que Yoshie acabara de dizer, e eu repeti suas palavras em inglês. Gabriel também riu.

No salão de teto baixo e desproporcionalmente longo soava apenas a música incerta de um quarteto, mas em torno da plateia, que contemplava em silêncio as dançarinas, havia uma espécie de balbúrdia.

— Vocês sabem qual é a verdadeira identidade dessa espécie de falatório que permeia o salão? — perguntei num inglês de vogais excessivamente alongadas, em parte por efeito da bebida. — Tagarelice da luz com a música. Não a física, mas a da imagem que se agita e flui.

— Muito bem observado — disse Gabriel. — Eu também estava pensando justamente nisso. E, na leitura de Henry Miller, o que existe é a moral tagarelando.

— Henry Miller... — eu disse, divertido. — E também Sade.

Absolutamente entusiasmado, Gabriel apertou minhas mãos.

— Sade, o magnífico Sade. A tagarelice moral em Sade.

— Ah, parem de se comportar como se fossem homossexuais — disse Yoshie, irritada.

Acabamos embriagados muito antes de saber se a garota do vestido verde-escuro fechado até o pescoço se decidira a ficar nua e a mostrar os seios chatos e distantes um do outro no finale, e resolvemos ir embora. Em parte porque, indiferentes ao que acontecia no palco, Gabriel e eu continuamos cada qual a expressar louvores ardentes a Sade, o que acabou por amuar Yoshie.

No interior do carro, que percorria a madrugada da estrada federal Keihin, continuamos a falar de Sade entusiasticamente. Passado um tempo, Gabriel começou de repente a insistir que Sade não era compreendido pelos japoneses. Tanto eu como Gabriel tínhamos bebido demais, declarou Yoshie tentando pôr fim à nossa discussão, mas ele foi se tornando cada vez mais veemente.

— Eu era soldado raso na guerra da Coreia — disse Gabriel. — E nós jogamos um japonês sujo e mirrado num riacho fétido de Yurakucho e o matamos afogado. Nessa ocasião a população japonesa, em vez de nos linchar, nos observou em silêncio, sabia?

Gabriel explicou detalhada e repetidamente quão parecido era o japonês jogado no rio por eles com um verme miserável, sujo e insignificante no fundo da fossa. Eu começava a me enfurecer.

— Aliás, do mesmo jeito que aquele populacho, a Yoshie também é submissa com relação a insultos, você sabia disso? Quer ouvir?

— Pois quero — disse eu com voz rouca de humilhação e raiva.

Com os olhos brilhantes e mal contendo a risadinha que lhe sacudia o corpo em curtos espasmos, Gabriel apontou com um movimento do queixo na direção dela e disse que nunca tivera uma relação sexual normal com Yoshie, a qual, ao contrário dele, dormia exausta afundada no banco do carro. Ele esperava, deitado de costas na cama. Nua, Yoshie se erguia voltada com os calcanhares rentes às orelhas dele, abaixava-se lentamente em seguida e, mal seu traseiro tocava no nariz dele, deixava-se cair para a frente obedecendo a uma ordem dele. Ele abre a boca...

— Não existe nenhuma outra pose mais indecente que esta — disse Gabriel com os lábios que pareciam escorregadios de saliva. — Eu, ao contrário, tenho um cobertor firmemente enrolado em torno dos meus quadris, não a deixo relar um dedo em mim.

Eu me sentia sufocar de ódio. O braço de Gabriel sacudiu meu ombro quente. Ele parecia cada vez mais satisfeito.

— Seja como for, a meu ver — disse Gabriel — os japoneses se tornaram realmente mansos e pacíficos depois da guerra. Eles nunca se zangam. Mesmo quando são afogados numa fossa e mortos, ficam apenas olhando em silêncio. Por mais indecente que seja a pose, prevalece a vontade do freguês. Mesmo que os seios sejam chatos e desajeitados, cedo ou tarde aquela garota vai acabar por exibi-los. Que povo mais pacato! Você também não tem do que se vangloriar, não é mesmo? Eu lhe dei a oportunidade de ir ao Vietnã para matar franceses e você não conseguiu nem me dar uma resposta. Só ficou olhando. Não se enfureceu, e muito menos teve a coragem de pular fora. Pois Sade foi a vida inteira o representante dos que saltaram antes de olhar.

E depois, Gabriel cantou, todo feliz. A melodia era especialmente alegre.

Look if you like, but you will have to leap.

Tomei uma decisão e olhei para fora. Em meio à neblina áspera da manhã que se aproximava, o carro tinha acabado de cruzar uma longa ponte com pilares enfileirados. Eu disse a Gabriel que parasse o carro. Aparentemente, achou que eu queria esvaziar a bexiga. Estacionou de imediato e abriu a porta. A neblina e um duro ar frio invadiram o carro, fazendo Yoshie acordar com um estremecimento e nos xingar.

Empunhei um pesado objeto metálico que pendia a um canto do painel frontal, arrebentei o cordão que o prendia e saí. Em pé entre dois pilares de ferro e voltado para o terreno pantanoso por baixo da ponte, Gabriel expelia urina num jato vigoroso que fumegava com exuberância. Aproximei-me dele por trás e golpeei-lhe a nuca com a mão que tinha se tornado pesada e volumosa. Ele se curvou vagarosamente para a frente e foi caindo em silêncio na direção do terreno pantanoso, dois metros abaixo.

Voltei atrás, arrastei para fora do carro a abismada Yoshie, e caminhamos às pressas no meio da neblina fluida a fim de nos afastarmos dali. Mas não tivemos de andar muito. Apanhamos um táxi, retornamos ao nosso quarto ao amanhecer e adormecemos profundamente. Ao acordar, examinamos cuidadosamente o jornal da tarde que acabava de nos ser entregue, mas não havia nenhuma notícia sobre um estrangeiro que tivesse sido assaltado ou houvesse morrido de frio. E a polícia também não apareceu para nos prender.

Yoshie mostrou-se grata por eu nada comentar sobre o que ouvira de Gabriel e também por não lhe censurar o comportamento. Como brusca mudança de estação, nosso amor até então adormecido atingiu o ápice e, durante algum tempo, nos amamos noite e dia.

Um mês se passou, o surto serenou e Yoshie encontrou um novo amante. Logo, a papada em seu pescoço se avolumou como antigamente a ponto de ser quase impossível retê-la entre os dedos. No auge do verão, aproveitamos minhas férias escolares e fomos a um balneário à beira-mar. Numa estação férrea em que descemos para baldear, a caminho do balneário, topamos com Gabriel, mas ele mal acenou a mão de longe, não quis aproximar-se de nós. Quando minhas férias terminaram, já tínhamos esquecido esse episódio entre cômico e atroz.

Na tarde do primeiro dia de aula do período letivo de outono, marquei um encontro com a preceptora na cafeteria existente diante do portão principal. Sua pele cheia de sardas tinha ficado bronzeada e com aspecto de casca de ovo de passarinho, tornando seu pequeno rosto muito gracioso. Eis por que resolvi aceitar seu pedido, apesar de algo abusivo.

A preceptora queria que eu aceitasse um trabalho muito mal remunerado de professor particular. Certa moça que fizera o colegial na mesma escola da preceptora, mas em turma posterior, chegara do interior e se preparava para prestar o vestibular para a Faculdade de Belas-Artes na área de música. A moça havia escolhido o francês como língua estrangeira. A preceptora queria que eu a ajudasse nos estudos.

— Você está sendo sustentado por uma amante mais velha que você, não está? O comentário é geral — disse a assistente de maneira sôfrega. — É verdade, não é?

— É — respondi.

— A turma inteira da literatura francesa está comentando.

— Será possível que não tenham nada mais interessante para comentar? Esse tipo de assunto me entedia!

— A história corre à boca pequena no meio deles — disse a preceptora com expressão injuriada.

— E o que tem isso a ver com o que estamos tratando?

— Ah! — disse a assistente às pressas. — Isso quer dizer que você não precisa tanto do dinheiro desse bico, não é mesmo? Quero que você cobre bem barato.

Corada, a assistente passava a língua pelos lábios. Logo depreendi que ela queria esmiuçar minha vida com Yoshie. Isso seria um grande aborrecimento para mim e eu queria evitá-lo, de modo que aceitei o trabalho de professor particular. De um jeito ou de outro, não tomei nenhuma decisão importante, pensei.

Na quarta-feira dessa mesma semana, eu estava à espera da minha aluna no segundo andar da cafeteria existente logo à saída do portão norte da faculdade. Ali não havia música nem balbúrdia. Apenas os raios de um fresco e alegre sol de começo de outono transbordavam do tranquilo aposento. Eu estava com sono. Dormitei por momentos.

Alguém se pôs diante de mim e barrou os raios solares, de modo que comecei a sentir frio. Por causa disso, despertei e ergui o olhar para a estudante em pé diante de mim. Um tanto pálida, ela usava um casaco fechado até o pescoço. Ei!, pensei. Ainda assim, não fui capaz de me lembrar direito. Além disso, o sono não me abandonava e restava em minha mente como uma sedosa areia a escorrer persistente por entre os dedos.

Ela se sentou numa cadeira diante de mim e, num silêncio amuado, estendeu em minha direção uma carta de apresentação da preceptora escrita em caligrafia realmente infantil. Eu a li, preocupado com o fato de que meus olhos começavam a se congestionar. Yuko Tagawa, dezoito anos, reprovada na segunda etapa do vestibular daquele ano.

Ergui o olhar e vi que o peito de Yuko Tagawa era chato e excepcionalmente amplo. E depois me lembrei de repente. O riso percorreu todos os recantos do meu corpo, mas mordi os lábios e evitei que se tornasse audível. Não consegui, porém, impedir que meu rosto se avermelhasse no esforço de conter o acesso de riso. Yuko Tagawa continuava em silêncio, cada vez mais amuada. Tomei um gole de água e, só depois disso, consegui finalmente falar com voz sufocada:

— Desculpe, mas estou atônito — disse. — É que eu já a tinha visto antes.

— Sei disso — replicou Yuko Tagawa, com as feições ainda rígidas. — E eu também.

— Você cantava numa boate de Yokohama — disse eu, um tanto desencorajado. — Achei isso engraçado, nem sei por quê.

— Você estava em companhia de um jornalista estrangeiro e uma mulher — disse Yuko. — Estavam tão empenhados numa discussão que nem se incomodaram em ouvir o que eu cantava.

Lembrei-me de Gabriel com a cabeça tombada para a frente, mergulhando lentamente no terreno pantanoso, e ri baixinho.

— Aquele estrangeiro tornou a aparecer na boate?

— Todas as noites a partir da semana seguinte, em companhia de outra mulher. Lembro-me bem porque ele tinha uma bandagem grande envolvendo a cabeça.

Incapaz de me conter, ri tanto que até chorei. Yuko Tagawa parecia ofendida.

— E quanto a você? Continua trabalhando lá? — perguntei com a voz entrecortada pelo riso.

— Parei — disse Yuko, franzindo o cenho com expressão angustiada. — No auge do verão.

— Por quê?

— O gerente queria que eu tirasse a roupa, não que eu dê muita importância a isso, mas, quando o gerente transformou o caso em cavalo de batalha, achei ridículo e pedi a conta.

Tornei a me contorcer de tanto rir.

— Acaso alegou que se você não se despisse a plateia ia se amotinar?

— Se eu me despisse, aí sim, a plateia decepcionada podia se amotinar.

Lembrei-me das palavras de Yoshie e ri. Yuko Tagawa também riu, crispando o narizinho com ar satisfeito. Eu me congratulava pela acuidade visual de Yoshie.

— Fez bem em largar o emprego — disse eu enxugando as lágrimas com as costas da mão. — E então?

— E então — disse Yuko Tagawa, pálida e assumindo outra vez sua típica expressão obstinada —, você vai me aceitar como sua aluna particular?

— Aceito, e não vou cobrar nenhum tostão — respondi. — Vamos experimentar nessas condições e ver no que dá.

Metidas numa dessas sacolas feitas de corda de papel trançada, Yuko tinha algumas partituras, uma gramática francesa para iniciantes e uma apostila com questões para o exame vestibular. Examinei o material rapidamente e, depois de prometer que me encontraria com ela duas vezes por semana naquela cafeteria, despedimo-nos. Resolvi também que, além dessas obras, leríamos Renard modificado como material didático.

Tarde dessa noite, enquanto fazia amor com Yoshie, falei de minha aluna. Yoshie gostava de tomar água, de comer ou de conversar avidamente durante o ato sexual. Quando lhe contei da bandagem na cabeça de Gabriel, ela riu tanto que, depois, seu corpo pesado e voluptuoso se tornou escorregadio de suor e não se equilibrava mais sobre meu peito e minha barriga. Com resquícios do riso pairando ainda nos lábios torcidos e na face enrijecida, Yoshie se abandonou ao prazer e gemeu alto. Fechei os olhos e, sentindo uma doce satisfação me invadir, pensei a respeito do rostinho pálido de Yuko Tagawa. Eu começava a me entusiasmar pelo trabalho de ensinar francês de graça.

A partir da semana seguinte, encontrei-me todas as terças e sextas-feiras com Yuko Tagawa e lhe ensinei os rudimentos da língua francesa. Ela estudava em silêncio, acompanhando com atenção o livro de leitura. E nossas aulas se tornaram producentes.

Às três da tarde, eu saía pelo portão norte da faculdade e ia me encontrar com Yuko Tagawa, que me esperava no segundo andar da cafeteria repassando suas lições. A tarde caía silenciosamente enquanto eu lhe ensinava gramática ou lia um capítulo curto de Renard. Dias bonitos se seguiram no começo de outono daquele ano. E, da janela do segundo andar da cafeteria, eu observava a claridade febril do entardecer destacar em tons flamejantes o turbilhão de folhas de intenso alaranjado dos ginkgos, assim como as escuras copas do arvoredo do campus universitário. Do lado direito, para além de uma colina, eu avistava um grupo de estudantes de mandíbulas poderosas e corpos escorregadios de lama e suor jogando futebol.

Mergulhado em meu amargo silêncio, eu via a luz proveniente da janela delinear nitidamente o contorno do perfil magro e pálido de Yuko Tagawa que, com dificuldade para se lembrar da conjugação de um verbo, quedava-se pensativa e taciturna. Quando terminávamos os estudos, tomávamos mais uma xícara de café e, depois de trocar algumas palavras, descíamos a escada e nos despedíamos diante do estabelecimento. Então, acontecia às vezes de haver, no balcão da cafeteria no térreo, um bando de atletas que, terminados os treinos, se reuniam tresandando a suor; em outras, Yoshie e seu amante me aguardavam dentro de um carro na rua diante do estabelecimento.

Eventualmente, dávamos carona para Yuko Tagawa até a estação Ocha-no-mizubashi. Nessas ocasiões, Yoshie se mantinha calada e fixava em Yuko Tagawa o olhar crítico de quem examina um rato aprisionado. Yuko, por seu lado, mordia o lábio inferior e ignorava Yoshie. Não obstante, Yoshie parecia gostar de Yuko e esta, por seu lado, declarava que Yoshie era um tipo magnífico, digno de respeito.

Seja como for, Yoshie vinha exercendo a profissão de prostituta havia quase dez anos. E Yuko Tagawa não passava de uma garotinha. Eu também pensava assim. Yuko nunca demonstrava o menor interesse por minha relação com Yoshie, o que era muito conveniente para mim. Passado um mês desde que começara a dar as aulas, encontrei-me com a preceptora e reportei que Yuko Tagawa tinha aptidão para os estudos.

Dias chuvosos se sucederam quando o outono já ia a meio. A temperatura caiu e os fins de tarde passaram a ser gelados. Yoshie teve uma crise de nervo ciático. Altas horas, fui acordado e até apliquei compressas quentes sobre sua coxa rija e roliça, mas elas não surtiram efeito porque a aérea era excessivamente carnuda. Irritada, Yoshie vivia resmungando e descarregava seu mau humor sobre o amante.

Chovia também naquele dia. A palestra extracurricular sobre o século XVIII na França excedeu o tempo previsto e, ao sair de minha classe, eu já estava trinta minutos atrasado para o horário que combinara com Yuko Tagawa. Corri pela passagem existente entre o Departamento de Literatura e o de Direito, forrada de folhas de ginkgo que a chuva derrubara. No momento em que pus um pé na curta escadaria de pedra com a intenção de descer até a ladeira forrada de pedriscos que leva ao portão norte, sofri uma leve queda de pressão sanguínea. Cambaleante, procurei me firmar, mas acabei sentado com espantosa presteza numa poça de água sob a escadaria.

A água, áspera e gelada, impregnou a pele do meu traseiro, as partes internas das minhas coxas e o meu baixo-ventre. Cabeça abaixada, estremeci e levantei-me. Da elevação em frente ao relógio, alguns estudantes me observavam. Pus-me em movimento e só depois de dobrar a esquina do prédio da Engenharia descalcei as galochas e despejei a água que havia se empoçado nelas.

Naquele momento, Yuko Tagawa vinha saindo da cafeteria. Ela observou as calças aderidas às minhas pernas com extrema naturalidade.

— Pensei que você não vinha mais — disse ela.

Depois, começou a rir sacudindo vigorosamente o rostinho redondo. Fiquei exasperado.

— Levei um tombo — disse, irritado. — Basta me desequilibrar um pouco e já caio. Não tenho mais força para me suster e reequilibrar. Perdi essa capacidade por completo nos últimos tempos.

— Sei, sei — disse Yuko, solícita e preocupada. — Você deve estar com frio.

— Estou — respondi. E estava mesmo. — Sinto arrepios de frio.

— Você não pode ficar assim — disse ela mordendo o lábio inferior. — Vai se resfriar. Tem de trocar essa roupa molhada.

— Compre roupas de baixo e uma toalha para mim na lojinha da faculdade — pedi aspirando ruidosamente a secreção que corria em minhas narinas. — Eu a espero naquele hotel. Quero me trocar.

De uma elevação do lado esquerdo da cafeteria sobressaíam, do terceiro para cima, os andares superiores de um hotel de aspecto antiquado. Eu o conhecia bem porque o frequentara muitas vezes nos tempos em que conheci Yoshie.

— Vou correndo — disse Yuko Tagawa com voz tensa. — Tire a roupa e mergulhe na cama que eu compro tudo e levo até lá num instante.

Com um casaco escondendo as calças molhadas, reservei um quarto no hotel, cuja entrada era mantida às escuras durante o dia. Depois, subi a escada estreita e também escura e entrei num dos quartos do terceiro andar. Eu estava começando a ficar com dor de barriga de tanto frio. Depois que a camareira me trouxe chá e alguns doces e se retirou, despi-me, mergulhei na cama e friccionei o corpo com o lençol. Em contato com o tecido, minha pele logo se aqueceu e eu me senti bem. Bocejei e me acomodei.

Yuko Tagawa vinha entrando. Carregava um embrulho de papel e estava emocionada. Eu lhe pedi que saísse para o corredor enquanto me trocava. Ela, porém, me mandou erguer a barra do meu suéter e, com a toalha, esfregou minhas costas em direção às nádegas com tanta força que chegou a doer. Depois, vesti as roupas de baixo. Mas, como a calça estava encharcada e pesada de água, tive de estendê-la diante do aquecedor para secá-la. Sentamo-nos, pois, lado a lado na cama, aguardando a secagem. Não tínhamos absolutamente nenhum assunto para conversar. Impregnado de umidade, o ar quente do quarto afogueou nossas faces até a altura das orelhas. Yuko e eu nos abraçamos em silêncio e afundamos na cama. E sempre em silêncio, trocamos carícias. Foi tudo muito rápido, rápido demais. Pensei no amor com Yoshie. Yoshie costumava estremecer, gemer e ofegar, como se soluçasse. E, no ínterim, dizer que estava com fome e comer alguma coisa. E permanecíamos abraçados por um tempo realmente longo. O ato que eu e Yuko Tagawa consumáramos calados e furtivamente no escuro, aquilo não podia ser chamado de amor.

Tarde dessa mesma noite, quando me deitei na cama ao lado de Yoshie, logo identifiquei em mim a sensação de conforto. Aquilo era com certeza muito diferente do sexo com Yuko Tagawa. Eu não tinha traído Yoshie, pensei. Atirei-me com ímpeto selvagem sobre Yoshie. Com voz esganiçada, quase chorando, Yoshie elogiou meu vigor. Depois do amor, Yoshie cheirou meus ombros e meu peito de maneira barulhenta, como um cão que fareja. Sorri em resposta para seus olhos travessos. Logo, enterrei o rosto sob a soberba axila de Yoshie, que ressonava esplendidamente, e adormeci sentindo-me em segurança. Nunca, nada aconteceria em nossa relação.

Na terça-feira seguinte, quando me encontrei com Yuko Tagawa, ela estava num silêncio amuado. Estudamos obedecendo à programação costumeira. Yuko Tagawa não falou nenhuma vez da tarde que passáramos no hotel. Nem eu. Contudo, entre nós se estabelecera uma relação bastante cordial que fazia lembrar um caloroso aperto de mão. Yuko Tagawa ficava bonita quando as aulas se aproximavam do fim e o ar em levedura do crepúsculo aderia ao seu perfil magro e repleto de ardor e à sua testa abaulada. Posteriormente, passamos a ir de vez em quando ao hotel. Uma vez lá, uníamos nossos corpos, calados e furtivamente.

Foi num domingo, no começo de dezembro. Por ter dançado numa boate até tarde da noite de sábado em companhia do amante, Yoshie tinha, além de uma ressaca, dor nas costas e nas coxas e passava mal. Massageei-lhe a cabeça batendo nela de leve com meu punho e apertei-lhe com força as têmporas com as pontas dos dedos. A cabeça de Yoshie estava ajeitada, dura e pequena sobre meus joelhos, e o couro cabeludo se mostrava esverdeado por entre fios de cabelo. Enquanto eu lhe massageava a cabeça com leves batidas, Yoshie cerrava as pálpebras com firmeza e gemia enrugando o rosto. Passado um tempo, meus dedos se tornaram escorregadios por causa da pomada que ela passava nos cabelos. Lá fora, uma chuva de começo de inverno caía mansamente. Uma folha encharcada de intensa cor de abóbora grudara na vidraça fechada. Massageei durante muito tempo a cabeça de Yoshie. Vez ou outra, ela entreabria os lábios e suspirava, pondo à mostra a cavidade bucal carnosa. Seu hálito vinha impregnado de um cheiro metálico penetrante e desagradável. Massageei-lhe a cabeça com ternura e repugnância, assim como o faria por uma amante com quem tivesse vivido durante vinte anos.

Eu não tinha ambições, nem precisava me sustentar. Contudo, sentia-me tranquilo e realizado. Pelo menos não precisava correr atrás de dinheiro. À tarde, Yoshie se recuperou um pouco. Com o reflexo do próprio rosto intumescido e esverdeado preenchendo inteiramente o espelho da penteadeira, ela gemeu. Disse que queria se maquiar, mas nem sabia por onde começar. Eu a consolei. Resmungando mal-humorada, ela conseguiu terminar a difícil tarefa.

Uma buzina pomposa soou na rua forrada de pedriscos úmidos da chuva diante do nosso quarto. Eu incomodava o novo amante de Yoshie. Assim, Yoshie saiu sozinha, às pressas. Abri a janela e ventilei o quarto. Quando o cheiro de Yoshie se atenuou e foi banido para um canto, senti que recuperava, intensa, a sensação de liberdade e tranquilidade. Afundei-me na cama e fechei os olhos. O tempo passou e eu continuei deitado.

O telefone tocava. Do andar de baixo, a empregada do dono da pensão estava me chamando.

Despi o pijama confortável, fiquei nu, vesti calça e casaco e desci correndo a escada. Na certa era Yoshie que me convocava com sua voz terna e sonolenta. Mas do receptor me veio uma voz feminina jovem e tensa. Yuko Tagawa falava.

— Hum... — eu disse.

— Não consigo falar quando estou com você — dizia Yuko, e sua voz me soou zangada. — Vou lhe contar por telefone, estou agora numa cabine de telefone público.

— Que foi? — perguntei.

— Vou ter um bebê.

— Hum? — eu disse.

— Estou grávida.

Ofeguei em silêncio. Fiquei aturdido, como se tivesse recebido um golpe pelas costas. Em seguida, senti o calor invadindo meu corpo inteiro. Segurei o receptor com força.

— E daí — continuou Yuko com voz que perdera a firmeza — não sei direito se você me ama ou não, e o seu estilo de vida também não me agrada. Posso dar um jeito na criança sozinha. Só queria que você soubesse disso.

— Deixe de bobeira — disse eu repentinamente fustigado por intensa alegria. — Não diga bobagens, *eu* não vou deixá-la fazer o que bem entende. Espere, vou ao seu encontro, espere-me no segundo andar da cafeteria.

— Mas eu não estou com vontade de ver você hoje — disse Yuko de maneira infantil.

— Pois eu tenho o direito de me encontrar com meu filho. Você não pode mais fazer o que bem entender.

Do outro lado do fio, me veio o som de suaves soluços. Eu queria lhe dizer palavras de incentivo. E então, com o peito transbordando de emoção, depositei o telefone no gancho sem falar nada. Em pé diante do aparelho telefônico, eu batia, trêmulo, em meu peito nu que surgia pela gola aberta do paletó. A garganta, seca, queimava. Subi correndo para o meu quarto. Tirei o paletó e, prestes a vestir a camisa, dei-me conta de que tinha o cheiro de Yoshie impregnado em meus braços, peito e ventre. Umedeci uma toalha com água fria e com ela me esfreguei até sentir a pele arder. Eu tinha um corpo jovem, de coloração rosada, saudável. Senti-me atraído por minha própria pele, por meus músculos, por minha carne macia, compacta e firme.

Uma alegria violenta me excitava. Ah, diabo, diabo, disse para mim mesmo, torcendo o corpo com violência. Eu, frente a frente com a realidade, enrolar o rabo entre as pernas e fugir? Eu, não ser jamais capaz mergulhar na realidade? Pois estou firmemente entremeado na realidade. Eu enlaço a realidade com o meu corpo e molho meu sexo em sua secreção morna e pegajosa. Vou gerar uma criança, ela começa a viver. Eu, não serei capaz de fazer coisa alguma? *Eu*, diabos, estou vivo, suplantei maçantes desavenças e estou vivo, bem vivo.

Joguei uma capa de chuva sobre os ombros e saí correndo pelo caminho forrado de pedregulhos. A chuva, mansa, me molhou a cabeça e o pescoço. As gotas geladas eram agradáveis sobre o fogo de minhas faces. E escorreram lentamente para os meus lábios. Eu tinha vontade de gritar de tanto orgulho. Eu exultava.

O metrô estava lotado. E escuro por causa de uma pane no sistema elétrico. Exaustos, pálidos e com sebo aflorando sobre a pele, os humanos mantinham um silêncio taciturno. Eram feios. Senti forte solidariedade para com eles. Ao anoitecer, o pênis dos homens endureceria, o sexo das mulheres umedeceria e se abriria exalando um intenso cheiro acre e eles se dedicariam a um sufocante ato sexual. Então, fariam filhos — e eu estou de braços dados com eles fazendo um filho. Diante da cafeteria, uma mulher de meia-idade se abrigara da chuva tendo nos braços uma criança coberta com um pano. Sorri para ela e só depois abri a porta e entrei.

Vestindo uma capa de chuva creme, Yuko Tagawa estava sentada numa cadeira ao lado da janela. Extremamente agitada, seu rosto tinha se congestionado e intumescido. Fui pisando de leve, temeroso de que a vibração produzida por meus sapatos se transmitisse do piso para a cadeira, e da cadeira para o baixo-ventre de Yuko fazendo estremecer o rebento de vida. Yuko tinha os olhos baixos, e as sobrancelhas, espessas e longas, sombreavam seu rosto. Sentei-me diante dela.

E nós nos encaramos. Os olhos de Yuko Tagawa estavam úmidos e brilhavam intensamente. Seu rosto, excetuando os olhos, tinha uma aparência abatida e um tanto envelhecida. Ainda assim, brotava do seu íntimo uma intensa emoção que me chegava diretamente.

— É verdade, tem certeza? — perguntei. Eu estava estonteado, incoerente.

— Fiz o teste do coelho — disse Yuko com um jeito zangado, encarando-me com firmeza.

— Pois sinto vontade de dar muitos vegetais para esse coelho — repliquei.

— Você está feliz? — perguntou ela, encarando-me com mais firmeza ainda.

— Estou — respondi com honestidade.

— Eu o vi chegar correndo na chuva, você estava sorridente e muito orgulhoso.

— É — disse eu.

Depois, dei-me conta de que minha cabeça estava encharcada e, erguendo-me, enxuguei-a, assim como o pescoço e o rosto.

— Enquanto eu via você chegar correndo — dizia Yuko — eu pensava que queria lhe falar um monte de coisas, mas agora nada mais tem importância. Eu vou ter esta criança.

— Se você não quisesse — disse eu energicamente — *eu* não concordaria.

Nós dois conversamos sobre uma grande variedade de assuntos. Eu estava realmente incoerente. E Yuko Tagawa, emocionada o tempo todo. Além disso, seu rosto inteiro tinha enrubescido. Trouxe à minha mente a esmagadora expressão de abandono e expectativa que se apossava dela no início do intercurso sexual no curto espaço de tempo entre o contato macio e úmido, o aprofundamento da imersão e a obtenção da quente estabilidade.

Meus ouvidos já não captavam o que ela dizia. Eu tinha sido acometido por um violento desejo. Com voz rouca, instei que saíssemos de lá. Meu desejo imediatamente contagiou Yuko. Descemos a escada firmando os passos que tendiam a cambalear. A mulher de meia-idade com a criança nos braços ali continuava em pé a contemplar a rua onde a chuva caía intensa. Yuko e eu lhe lançamos um olhar repleto de amor e compreensão.

No interior de um táxi, corremos sob a chuva até o hotel situado na colina. Nós nos abraçamos calmamente por causa da criança que engordava dentro dela naquele momento. Além de estar deitada e imóvel como um animal morto, Yuko Tagawa continuava a respirar normalmente, mas senti pela primeira vez que meu prazer se transmitia a ela. Movi os quadris gentilmente e senti por todo o corpo uma sensação saudável me completar, intensa como uma alegria. O movimento era totalmente diferente daquele que eu fazia enquanto amava Yoshie. Bosque transbordante de luz solar, seiva perfumada, folhas germinando. Senti repentinamente a solidão se ampliando em mim, mas era uma solidão saudável, repleta de saudável orgulho. Eu era parte de uma união segura. Nosso hálito queimava.

Despertei só depois que o precoce crepúsculo marrom-acinzentado vedou o vidro da janela. Bem próximo à minha face estava o profundo corte vertical do umbigo castanho-claro de Yuko Tagawa. Lá no fundo, por baixo dessa pele, e lá no fundo, por baixo da pele sob o tufo de pelos igualmente castanho-claros que se expandiam remoinhando, nosso filho crescia. Soergui meu ombro nu. Yuko dormia com a leve penugem que lhe cobria o pequeno queixo clareada pela luz que formava uma penumbra dourada. E no côncavo existente no canto do olho cerrado uma lágrima tiritava toda vez que ela respirava. Percebi que Yuko Tagawa dormia sentindo-se em completa segurança. Desci da cama sem fazer barulho e me vesti. Eu já tinha resolvido que me separaria de Yoshie naquela mesma noite. Em seguida, sacudi Yuko Tagawa e a despertei.

Retornei ao quarto de Yoshie e levei um tempo considerável para juntar minhas coisas. Contudo, a bagagem era pouca e coube tudo numa única maleta de mão. Fechei o cinto de couro em torno dela, deitei-a no chão e descansei. A noite ia avançada. Sorrisos me subiam ao rosto como borbulhas, mesmo estando apenas sentado sem fazer nada. Eu me abracei. Deitei-me então na cama e, tremendo de alegria, pensei em Yuko Tagawa. Eu sentia um cansaço vigoroso, como se tivesse realizado uma longa jornada de trabalho. Estava exausto como um trabalhador braçal. E fui caindo em leve modorra.

Despertei com o barulho de uma chave fechando a porta de entrada. Uma violenta tensão me dominou. Continuei deitado na cama, imóvel. Yoshie entrou no quarto cantando baixinho. Estava um pouco embriagada. Cantava em ritmo ora lento, ora acelerado, repetindo diversas vezes a mesma melodia. Trocou-se à luz de um pequeno abajur aceso atrás de minha cabeça e saiu pela porta usando apenas uma combinação pueril com enfeite de renda. Ouvi uma torneira ser aberta. Eu esperava com o coração batendo forte. Talvez devesse me erguer naquele instante e assumir uma posição adequada para um diálogo. Mas continuei imóvel.

Oh! Happy day..., dizia a canção.

Yoshie se despiu e começou a enxugar-se com uma toalha umedecida na pia. Observei o corpo gordo de Yoshie, de ventre proeminente. Lentamente, mas com meticulosidade profissional, Yoshie esfregou as axilas e as coxas. À luz fraca, a obesidade de Yoshie, seus braços e suas pernas curtos apresentavam uma flacidez desgraciosa. Um sentimento semelhante ao de compaixão se apossou de mim. E quase me levou de roldão. Estremeci e estendi o braço, apertei o interruptor ao lado da cama e acendi a luz do quarto.

Soergui-me e acompanhei com o olhar as costas longas e as nádegas caídas de Yoshie, que se afastava às pressas na direção da janela para fechar a cortina.

— Você estava acordado, à minha espera? — perguntou Yoshie voltando-se para mim. — É isso mesmo, meu fofinho?

Encarei Yoshie com firmeza e sacudi a cabeça, negando. Eu não queria conversar. Mas precisava. Aprumei-me e pus os pés para fora da cama. Tentei abrir a boca. Yoshie descobriu a maleta fechada com o cinto de couro.

— Hum? — fez ela. — Está pensando em viajar?

Sacudi outra vez a cabeça, negando. Seu rosto empalideceu visivelmente. Seu corpo nu e rosado contrastava de maneira estranha com seu rosto empalidecido.

— Que aconteceu? Que pretende fazer? — disse ela com voz rouca.

— Vou-me embora — eu disse. — Resolvi sair daqui.

Yoshie tentou tomar minhas palavras como uma brincadeira. Mas suas faces pálidas e enrijecidas impediam o sorriso de jorrar.

— Do que é que você está falando? — perguntou Yoshie.

— Pretendo sair daqui ainda esta noite — declarei. — Não vou mais viver com você, quero que compreenda isso.

— Não acredito — disse Yoshie com voz esganiçada. — Está querendo me enganar, não está?

Mordi os lábios e fixei o olhar em Yoshie. Seu corpo inteiro começou a tremer.

— Que pretende fazer depois de sair daqui, fofinho?

— Vou viver minha vida — declarei. — A atual é realmente estéril demais, quero mudar tudo isso.

— Você vai morar com aquela menina, não vai? — disse Yoshie com um repentino brilho no olhar. — Não consigo acreditar.

Baixei o olhar. Uma sensação de vergonha me sacudiu.

— Sua vida deixa de ser estéril se morar com ela?

— Nós vamos ter um filho — disse eu tomando uma decisão.

— Filho? — disse Yoshie externando claramente o seu espanto. — Sua vida deixa de ser estéril só porque vai ter um filho, é? Que história mais boba!

Eu não sabia se conseguiria convencer Yoshie. Como lhe explicar o sentido impactante de que se revestia para mim o fato de que eu ia ter um filho.

— Não encha a sua cabeça de caraminholas.

— Vou-me embora, disso eu não vou nunca abrir mão — reafirmei energicamente.

Yoshie fixou o olhar em mim. Seus braços pendiam ao lado do corpo como os de um macaco e seu peito e ventre de pele amarelada subiam e desciam suavemente. Totalmente perdido, contemplei as lágrimas inundando os olhos grandes de Yoshie. Ela se aproximou de mim lentamente. Depois, ajoelhou-se e apertou meus braços com força impressionante. Gemi de dor. Yoshie chorava. Grandes gotas de lágrimas molharam meus joelhos, atravessaram o tecido da calça e, mornas, impregnaram minha pele. Yoshie implorava soluçando. Afinal, tínhamos estado juntos durante dois anos inteiros, repetia ela. Tínhamos nos dado tão bem por um tempo tão longo! Senti repentinamente que os dias e os meses dos dois longos anos reviviam diante de mim. A tristeza me apertou o peito. Livrei-me do abraço de Yoshie, implacável.

— Quer dizer que você vai embora de verdade — disse Yoshie, erguendo o olhar que queimava de raiva.

Confirmei com um forte movimento de cabeça. Yoshie se ergueu e, fazendo ondular a carne das costas e nádegas, correu para a penteadeira. Em seguida, examinou às pressas o conteúdo de uma das gavetas. Dentro dela, devia haver, em pilha ordeira, os quinhentos mil ienes que ela juntara. Eu apenas contemplei com vago interesse Yoshie manifestar sua desconfiança em relação a mim.

Logo, Yoshie achatou as nádegas contra o piso e, movendo os ombros em arquejos, voltou para mim o rosto exausto. Ergui-me e peguei minha mala. Yoshie ficou me olhando, arfando como um cão. Abri a porta e desci a escada pisando de leve. Já era madrugada. O ar gelado investiu contra mim e me fez hesitar. Talvez eu estivesse tomando uma atitude sem sentido, pensei. Mas, curvado para diante, fui andando às pressas pelo caminho de pedriscos. O primeiro trem corria além da rua escura.

Até o sol nascer, fiquei tomando chá numa cafeteria que permanece aberta a noite inteira. Depois, fui para a pensão de um amigo. Era uma pessoa complacente, de bom coração. Resolvi me acomodar em seu quarto e fui em busca de bicos no centro de aconselhamento da faculdade. Depois de correr de um lado para outro até as cinco da tarde, arrumei sete serviços semanais de professor particular. Ou seja, eu iria dar aulas particulares de francês ou de inglês a uma criança diferente todos os dias e, terminada a semana, voltaria a dar aula para a primeira criança da lista. Além disso, consegui que um estudante de pós-graduação me passasse o trabalho de tradução de um romance popular. Era um romance sobre cowboys do faroeste, imaginado por uma escritora francesa. Homens brutos bebiam uísque puro em canecos de lata e disparavam suas pistolas, ocultos em moitas ou em celeiros. Quando a lua surgia, cravavam a espora na roda de madeira do carroção e cantavam à espera da namorada — uma história sem graça alguma.

Uma vez estabelecido o esquema dos meus bicos, telefonei para Yuko Tagawa numa pensão mantida por uma associação provinciana, e depois nos encontramos num pequeno restaurante ao lado da faculdade. Ela me ouviu com real interesse. Em seguida, comemos o magro jantar que nos foi servido. Como Yuko teve de ir para a aula de piano do curso pré-vestibular, quase não tivemos tempo para nós. Andamos pela calçada que ladeava a biblioteca, onde a tarde já caíra mansamente. Eu me sentia repleto de vigor. Séria e compenetrada, Yuko assentia com leves movimentos de cabeça enquanto eu falava sem parar. E quando alcançamos o prédio da Faculdade de Medicina, já não nos restava tempo. Sorrimo-nos e nos despedimos às pressas. Acompanhei Yuko com o olhar enquanto ela se afastava rumo à estrada de ferro: andava com passos firmes e ancas equilibradas sobre o pavimento de madeira. Eram passos de uma mãe jovem e prudente. Durante um bom tempo permaneci sorrindo, como uma criança de boa índole.

Trabalhei com afinco. Andei ocupado a ponto de poder me encontrar apenas uma vez por semana com Yuko. Também não consegui frequentar as aulas com assiduidade. Por outro lado, a literatura contemporânea francesa, que quase não me interessara durante o tempo em que vivi com Yoshie, começou a me atrair. Dentro de trens, enquanto me dirigia às casas de meus alunos, ou ainda madrugada adentro, virava páginas com rispidez e me absorvia na leitura dessas obras. Antes, eu costumava desprezar os estudantes nada brilhantes mas ainda assim estudiosos, que viviam de bicos e que com um sorriso manso nos lábios costumavam levar emprestados em primeira mão os livros recém-adquiridos pelo laboratório de estudos franceses. Agora, porém, eu estava na mesmíssima condição deles. E assim como todos eles, eu andava exausto por trabalhar demais, mas me sentia sereno e satisfeito.

Um mês se passou e, com a chegada de um novo ano, tínhamos obtido uma modesta opulência. Havíamos decidido aumentar para duas semanais as aulas de canto de Yuko, e, muito embora eu as pagasse, ainda nos sobrava um bocado de dinheiro. Decidimos então passar as férias de inverno numa região nevada.

Saímos de manhã bem cedo de Tóquio e fomos até Matsumoto. De lá, trem entre plantações de amoras e, depois, ônibus. E então, tínhamos de repente em torno de nós uma suja neve marrom. O ônibus foi subindo lentamente nesse meio e parou ao anoitecer. Quando descemos, havia neve fresca acumulada em torno. Conversamos com o motorista e soubemos que o ônibus retornaria daquele ponto porque havia muita neve acumulada na estrada e que as termas Shirahone, onde queríamos pernoitar, situavam-se ainda a um bom trecho montanha acima. Pedimos ao motorista que avisasse a hospedaria por telefone e fomos subindo o caminho da montanha pisando a neve.

Caminhamos um longo tempo. E então, repentinamente, começou a cair uma neve dura e áspera, como areia. Do lado direito da estrada havia um vale, e do seu fundo nos chegava um murmúrio de água. Em silêncio, caminhamos lentamente. Hesitamos por momentos numa bifurcação do caminho, mas, como o ramo direito dava para uma ponte coberta de neve que transpunha o vale escuro, escolhemos o caminho largo e seguro que beirava a encosta da montanha. A noite já havia caído, mas não era difícil andar à claridade que a neve proporcionava.

O caminho coberto de neve brilhava solitário. Parecia subir sempre, indefinidamente, rumo ao céu. Das profundezas da floresta contida na noite nos chegavam os estalos das cascas de árvore que se partiam. As árvores se assemelhavam a inofensivos seres humanos. Nossa pele úmida de suor gelou com rapidez. E o vilarejo que visávamos demorava a surgir. Exaustos, descansamos num tronco de árvore caído. Como estávamos sedentos, comemos a neve. Yuko Tagawa se queixava de sono sem parar e soltava bocejos desanimados.

Quando nos preparávamos para partir, um grupo de homens portando lanternas de acetileno surgiu muito abaixo do caminho gritando alguma coisa. Segundo nos disseram, havíamos errado o caminho e, caso tivéssemos seguido adiante, teríamos com certeza morrido de frio. Exaustos como estávamos, sentíamos muito pouca disposição para falar, de modo que, sem ao menos expressar nossa gratidão com clareza, retomamos o caminho percorrido e, conduzidos pelos homens, cruzamos o vale escuro e profundo, contornamos uma encosta que, como uma barriga, avançava formando uma proeminência e chegamos à área das fontes termais que subitamente se abriu à nossa frente. Entramos no estacionamento escuro da hospedaria, livramo-nos da neve em nossos calçados e sentamo-nos em torno de um fogareiro. Só então, o medo se apossou de nós repentinamente.

O vento soprou forte durante a noite inteira e a neve que penetrou pelas frestas dos painéis de proteção corrediços bateu ruidosamente no *shoji* e se acumulou nos corredores externos. Percorremos um corredor que ziguezagueava como uma galeria de drenagem subterrânea e fomos nos banhar nas águas termais. Os seios de Yuko Tagawa tinham escurecido, mas seu formato não era tão feio. A distância entre eles também não era descabida. Yuko disse que eles tinham se tornado assim depois que começara a manter relações comigo. A pele branca e ressecada de seu rosto assim como seus olhos, que tinham se tornado maiores, revelavam claramente sua condição de grávida, mas em seu ventre, pequeno e esverdeado, visível na água cristalina, quase não se notava nenhum crescimento. Tudo isso, contudo, era óbvio para Yuko.

Retornamos ao nosso quarto e tivemos um jantar tardio. A empregada da hospedaria disse que éramos tão parecidos que só podíamos ser irmãos. E como irmãos dormimos, já que não sentíamos desejo.

Pela manhã, observamos que a neve se acumulara apenas do lado oriental das bétulas no jardim interno da hospedaria. Depois, contemplamos o suave contorno das cristas das montanhas totalmente cobertas de neve. Fomos convidados a esquiar mas recusamos, temerosos de uma consequência mais séria caso Yuko caísse. Fazia frio. Passamos o tempo todo aquecendo-nos à beira do fogareiro. No fim da tarde, Yuko foi se banhar nas águas termais em companhia da idosa proprietária da hospedaria e retornou depois de obter da mulher minuciosas informações sobre primeiro parto. Com as faces rubras de emoção, ela me explicou essa técnica de espantosa vulgaridade e de igualmente espantosa beleza, mas, como eu não compreendia direito, ela se irritou e emudeceu afinal. Durante dois dias, permanecemos quase sempre em silêncio, apenas trocando mútuos sorrisos solenes, esquecidos completamente de nos amar. Enquanto calçávamos os sapatos que por nossa solicitação tinham sido postos a secar, a empregada e a proprietária da hospedaria discutiram na nossa presença se éramos irmãos ou amantes, mas não chegaram a uma conclusão definitiva.

As férias de inverno terminaram, eu tornei a me dedicar com afinco às minhas aulas particulares e Yuko Tagawa, aos seus estudos. Ela se abatia a olhos vistos. Eu me preocupava com isso, mas a situação não podia ser remediada até o fim do vestibular. Yuko dizia que queria pedir afastamento para ter o bebê só depois de ser aprovada e de fazer a matrícula. Por meu lado, eu pensava em voltar para o interior durante as férias de primavera e providenciar a papelada do casamento.

As provas tiveram início no fim do inverno daquele ano. Com desmedida emoção, Yuko Tagawa me disse que tinha ido bem tanto nas provas teóricas como nas práticas. Em seguida, uma entrevista simples. Uma semana depois, o exame físico.

O exame físico feminino teria início no fim da tarde. Esperei Yuko Tagawa terminar os exames na colina diante da clínica médica. O conjunto de árvores, ao qual também pertencia aquela em que eu me recostava, compunha um ralo bosque, além do qual havia um gramado por onde alunos saídos do Departamento de Belas-Artes caminhavam lentamente. Eu os contemplei sentindo-me normal e realizado. O silêncio ao meu redor já tinha amadurecido, nada havia de amargo nele. O tempo correu com lenta serenidade.

Da entrada escura da clínica médica avistei Yuko Tagawa saindo cabisbaixa em companhia de algumas estudantes. Pretendia correr ao encontro dela, mas, abalado por um forte choque, imobilizei-me. Yuko Tagawa não aparentava normalidade. Ela veio andando totalmente exaurida e com o queixo trêmulo. Eu a chamei. Yuko, porém, passeou vagamente o olhar em torno da minha cabeça e já ia passando por mim. Ela tinha o olhar de um pássaro doente.

— Ei? — disse eu, emparelhando-me com ela e andando ao seu lado. — Que aconteceu?

— Ah! — gemeu ela no fundo da garganta.

Depois, ela se pôs a soluçar. Senti um aperto no coração. Parou ao enroscar o sapato na grama e, enquanto tentava se desvencilhar, soluçava cobrindo o rosto com as duas mãos. Sua garganta lembrava a de um menino e se contraía em espasmos produzindo um choro tremido. Outras vestibulandas de faces e queixos frios e indiferentes passaram desviando-se de nós.

— Que aconteceu, fale! — disse eu invadido por uma tristeza irritada.

— Ah! — gemia e chorava Yuko. — Ai, ai!

Amor intenso reiterado no cotidiano, reiterado como enchentes e vazantes, o amor agora se expandia dentro de mim e me fez estremecer. Segurei seu queixo molhado de lágrimas e o ergui. Yuko Tagawa chorava com os dentes cerrados, como se sentisse forte rancor. Por entre os lábios arreganhados, espiava a gengiva, esbranquiçada pela força que suportava. Elas pareciam lustrosas, molhadas de saliva e das lágrimas que escorriam. Fixei o olhar em seus olhos, avermelhados e inchados, e tentei divisar o que havia represado por trás deles.

— Que aconteceu?

— O médico... — disse Yuko com um grosso suspiro, sacudindo a cabeça e espalhando lágrimas em torno.

Eu aguardei.

— ...disse que, no meu caso, dar à luz — disse Yuko soluçando — é sinônimo de suicídio. Estou com os pulmões muito doentes.

Meu corpo, a epiderme inteira produziu uma espécie de ereção repleta de violenta paixão. Rosto afogueado e trêmulo, gritei:

— Não acredito.

— Eu também não quero acreditar — disse Yuko. — Mas não se trata disso.

— Ah! — gemi.

Uma série de impulsos começava a se formar em mim para em seguida se dissolver e desaparecer. Refletido nos olhos congestionados e intumescidos de Yuko, observei meu queixo minúsculo que o susto e o consequente atordoamento tinham enrijecido. Eu estava realmente arrasado. Tinha vontade de deixar Yuko para trás e sair correndo.

— Não consigo acreditar.

— Nem eu — replicou Yuko, recomeçando a chorar, desta vez cabisbaixa e com os lábios trêmulos.

Ao chorar, Yuko Tagawa parecia infantil, cansada e feia. Eu já não suportava mais continuar observando seu pescoço fino e escuro. Batendo os dentes de emoção, levei Yuko Tagawa até um banco de pedra sujo no meio de um canteiro de rosas e a fiz sentar-se.

— Então, é isso...

— Disseram que, antes de mais nada — disse Yuko — tenho de providenciar um aborto.

Com a boca inteira quente, contemplei em silêncio o meu dedo sujo. Já não tinha mais nada a dizer. Eu tremia incessantemente. O tremor contagiou Yuko. Não fazia frio, mas estávamos ambos tremendo e com os lábios roxos. Um longo silêncio se fez entre nós.

Depois, Yuko Tagawa começou a falar. Falou sem parar com sua voz sem inflexão que guardava uma calma sinistra. E eu a ouvi estoicamente, extenuado de espanto. Ela repetiu as palavras e as explicações médicas minuciosamente. Uma pequena dúvida se apossou de mim e eu perguntei:

— Você está bem informada a respeito de tuberculose. Acaso tinha algum tipo de pressentimento, andou lendo livros?

— Se eu tive pressentimentos ou sintomas, de nada adiantou — disse Yuko.
— Não adiantou, concorda?

Agora, ela recuperava a couraça de ressentimento e rejeição. O único recurso que me restava era balançar a cabeça em sinal de compreensão e fazê-la calar-se.

— Você achava que criava uma semente de vida em sua barriga, mas, na verdade, sua barriga estava colada à da morte, não é? — disse eu brincando para tentar consolar Yuko, mas o final da frase soou trêmulo, proporcionou apenas um efeito realmente pífio tanto para ela como para mim. — Estou falando besteira, não estou?

— Está mesmo — disse Yuko.

Sua voz, ácida, continha uma vaga e amarga animosidade. Em seguida, Yuko Tagawa recostou-se no banco com movimentos morosos e soltou um longo e tênue suspiro. Seus modos tinham perdido a austeridade de que o amor os revestira até aquela manhã e que proporcionara um lustro melancólico a todos os seus movimentos e, agora, evidenciavam de modo ostensivo e vulgar a repulsiva tenacidade dos que repentinamente se veem na necessidade de defender-se da morte. Desviei o olhar dela e passei o braço em torno de seus ombros.

— Ei! — disse eu.

Como um corpo emurchecido depois do amor, Yuko chorou em meus braços, pequena, miserável e estremecendo de vez em quando e, apesar de tudo, transbordante de um deplorável desejo. Fui obrigado a sufocar a aversão que me amargava o peito. Nós dois ficamos ali sentados, nossos flancos tensos tocando-se como se fôssemos filhotes de um animal qualquer. E então, o denso ar noturno chegou como um pássaro de asas abertas e nos encobriu.

O frio inundou com presteza todas as coisas ao redor. Não podíamos continuar sentados naquele lugar. Erguemo-nos e fomos andando pelo caminho pavimentado de blocos de madeira sobre o qual desciam as primeiras golfadas de névoa e rumamos para a área urbana, acima da qual o céu se avermelhava.

No estreito espaço entre mim e Yuko eu sentia, obstrutivo como um escrúpulo, a existência de um feto insuportável já condenado à morte, esponjoso, de olhos intumescidos desprovidos de visão e em lento processo de desintegração, e contra ele, talvez, andei batendo rigidamente o meu quadril. Minha vida antiga, até então esquecida, minha vida anterior ao nosso amor repleta de tédio rotineiro começou a se aprumar lentamente, pronta a me aterrorizar outra vez. A inquietação foi tomando conta de mim. Estremeci diversas vezes.

— Está difícil — disse Yuko como se gemesse. — Não consigo imaginar uma boa solução.

E então, eu e Yuko, que se calara em seguida, continuamos a caminhar, ainda mais curvados que antes, entre folhas secas que farfalhavam nos galhos logo acima de nossas cabeças e folhas mortas que, pisadas, chiavam expelindo água e se compactavam sob nossos sapatos. Vez ou outra, Yuko murmurava alguma coisa entre lábios semicerrados. Senti que ela repetia "está difícil, está difícil".

Comecei a achar que Yuko queria fazer amor comigo e temi que ela quisesse apagar dessa maneira, se bem que por um breve instante, sua insegurança. Eu não sentia nenhum desejo. Embora já estivesse condenado à morte, eu considerava mortificante introduzir meu sexo até a proximidade da pequena boca desse feto que, envolto naquele momento numa membrana pegajosa, ainda procurava a todo custo engordar.

Yuko estacou de repente e ergueu o olhar brilhante para mim. Apavorado, sacudi a cabeça violentamente.

— Hum? — fez Yuko.

— Amanhã — disse eu, acuado, em desespero. — Vamos procurar um hospital amanhã. E então você vai fazer o aborto. É muito simples, você não precisa fazer nada. É tudo muito rápido.

Yuko estremeceu. Desalentado, irritei-me com minhas próprias palavras. Tinha vontade de sugá-las dos ouvidos dela. Mas nós dois já tínhamos mergulhado de cabeça num emaranhado infeliz. Não havia nada que eu pudesse fazer. Tentei beijar-lhe a orelha gelada, mas ela se afastou de mim com rispidez e desgosto, e disse afinal com a voz rouca de rancor:

— Isso mesmo, é tudo muito rápido. E muito simples. Não há nenhuma dificuldade. Antes de mais nada, eu faço o aborto e, depois, tudo vai dar certo, só isso.

A situação realmente difícil, insustentável, se delinearia depois que a criança, esse embrião maldesenvolvido enrodilhado sob a pequena proeminência do baixo ventre, sofresse o ataque de um duro bisturi e fosse esmagado numa polpa disforme e depositado sobre uma bandeja prateada. Eu sabia disso. Ainda assim, só nos restava, antes de mais nada, fazer isso.

Furtivamente, fomos procurar um médico que fizesse esse aborto maculado de ignomínia. Em nossas mentes, o aborto tinha se consolidado numa imagem suja, deplorável. E em busca de um hospital à altura dessa imagem, andamos pela cidade soprada pela brisa da primavera. Viela com um bueiro destampado recendendo esgoto, fundos de uma peixaria com paredes de madeira e soleira uniformemente ressecadas de sol, pracinha com água de drenagem minando — foi por ali que entramos.

Contudo, no momento em que, diante do consultório ginecológico que lográramos descobrir depois de muito andar, deparamos com uma paciente pálida espiando por trás da vidraça embaçada e com uma mulher de aspecto exausto saindo do prédio com gotas de suor em seu pescoço sujo, retornamos sem nada dizer. Noutra ocasião, conseguimos perseverar até entrar por um vestíbulo estreito, onde os calçados dos familiares do médico se espalhavam em desordem, e sentar em cadeiras da sala de espera. Mas da parede de folhas de compensado empenadas pendiam desenhos tão rústicos que chegavam a parecer obscenos, desenhos de fetos em diversos estágios de desenvolvimento em conformidade com os meses de gravidez e que lembravam peixe seco. Mas não conseguimos continuar ali, sentados, à espera da nossa vez, expostos aos olhares curiosos de enfermeiras e de mulheres grávidas que liam revistas em silêncio. Ao me afastar pela viela do hospital, eu nada podia fazer para distanciar do pensamento as figuras que pendiam da parede e que se tinham gravado profundamente em minha memória. Havia grávidas que se alegravam ao ver aqueles quadros, pensei. Senti vontade de vomitar.

Procuramos durante uma semana. Pensei em me aconselhar com Yoshie. Mas não fui capaz disso. Era humilhante demais para mim.

No décimo dia, decidimo-nos. E optamos por um pequeno hospital na área tradicional da cidade baixa. Não havia outros pacientes na sala de espera. O filho do médico brincava de lançar argolas, mas errava tanto que estava a ponto de chorar. Cenho franzido, Yuko o observava num silêncio amuado.

Abordei o assunto com uma enfermeira. Ela era bastante atilada e de uma eficiência profissional. Entramos numa sala equipada com piso racionalmente projetado para permitir o despejo de grandes volumes de água e uma mesa de exame ginecológico exposta de maneira ostensiva. Ali estava à nossa espera um médico cuja cara lembrava uma foca. Com voz forte que incutia coragem, combinou os procedimentos com Yuko Tagawa. De minha parte, observei os dedos grossos e obscenos do médico — dedos em cujas costas cresciam tufos cerrados de pelos pretos e grossos —, que ora se comprimiam, ora se entrelaçavam sobre seus joelhos. Havia manchas suspeitas em seu avental.

Depois, senti de repente uma onda de náusea me agitar e me levantei para vomitar numa bacia metálica que ainda não tinha sido limpa. Como eu não vinha tendo apetite nos últimos dias, o que me encheu a cavidade bucal foi apenas suco gástrico cor de terra e com leve brilho dourado. Além disso, alguns poucos grãos de arroz e fibras duras de vegetais.

Faces molhadas de lágrimas e enjoado, voltei-me e lancei um olhar apologético na direção do médico e de Yuko Tagawa, e me abandonei em seguida a uma nova onda de náusea. Desta vez, expeli uma quantidade razoável de grãos velhos que submergiram na espuma marrom do suco gástrico. Ajoelhado diante do suco gástrico, dos grãos e das fibras vegetais, eu queria desaparecer. Tive realmente vontade de me desfazer como névoa que se infiltra em quarto aquecido. Mas eu permanecia sólido e rijo. Limpei os lábios amargos com as costas da mão e retornei à minha cadeira ostentando um sorriso de puro desespero. O médico não me repreendeu, mas Yuko Tagawa desviou o rosto e se imobilizou em silêncio.

Firmamos um contrato, combinamos voltar no dia seguinte e paguei um terço do valor da intervenção. O médico alisou cuidadosamente o papel do contrato com seus dedos grossos e o guardou na gaveta. Fora, fazia muito frio e havia ameaça de neve no céu. E durante a noite, a neve realmente caiu e se acumulou no solo.

No dia seguinte, ainda restava uma neve suja no caminho que percorríamos em silêncio. O inverno procurava se agarrar ao céu e às cascas das árvores com a mesma tenacidade com que a pele resistiria à tentativa de ser separada da carne. O pedaço de firmamento visível entre prédios de argamassa que avançavam pelos dois lados da rua por onde andávamos era estreito e curvo como o dorso de um cão.

— Você acha que vai dar tudo certo? — perguntei, temeroso.

— Como poderia? Não vai dar certo de jeito nenhum — disse Yuko Tagawa, louca de raiva. — Não há nada, nada mesmo, que possa dar certo para nós.

Observei a raiva enrubescer por um breve momento o rostinho pálido e visivelmente crispado de Yuko Tagawa e desaparecer em seguida. Fui tomado por uma onda de compaixão. Segurei-a pelo braço para protegê-la dos dedos peludos do médico. E ela se desvencilhou.

— Venha me buscar dentro de três horas — disse Yuko. — Vou sozinha. Não quero que você entre comigo.

Trêmulo e com a boca cheia de saliva, tentei persuadi-la. Mas persuadi-la a fazer o quê, e de que maneira? Deixei meus braços penderem molemente, acenei em concordância e a deixei na entrada estreita e suja da clínica.

Crianças chamavam-se mutuamente e corriam como animais, à toa sob o céu nublado. Levemente cabisbaixas, mulheres andavam apressadas carregando sacolas de compras. Ultrapassei as crianças, ultrapassei as mulheres e segui sempre em frente. O sangue fervera e me subira à cabeça, eu mordia os lábios e sentia uma gota de sangue no queixo. Eu não sabia aonde ir, nem o que fazer. Com arrepios percorrendo-me o corpo, andei a esmo sem atentar para nada, volúvel como um pé de vento que sopra e verga o topo da relva. Sobretudo, evitei as ruas claras cheias de transeuntes e fui me metendo por vielas estreitas e emaranhadas em meio a casas apinhadas, onde nem a baça claridade proveniente do céu nublado alcançava.

Repentinamente, havia um terreno baldio diante de meus olhos. Um terreno estranho num beco com três lados barrados por fundos de prédios sujos, e nele havia um minúsculo poço de areia negligenciado, dois bancos e uma balança torta como lábios em ricto. O terreno se destinava às crianças, mas não vi nenhuma brincando. Em vez disso, havia num dos bancos um homem vestindo capa verde desbotada, sentado com pernas abertas, mãos segurando a cabeça. Eu me sentei no banco restante, do outro lado do poço de areia. Minhas panturrilhas exaustas estavam rígidas e irradiavam uma dor lancinante por todo o corpo. Uma vez em repouso, pareceram inchar como dois tocos roliços de madeira.

Descalcei os sapatos, pus os pés sobre o banco e abracei meus joelhos. Era a hora em que Yuko Tagawa, vestida com um saco branco e áspero que lhe viria até a altura das virilhas e com nádegas e coxas encharcadas de um líquido antisséptico, estaria sustentando bem alto o sexo desnudado. Depois de lavar o sexo de Yuko Tagawa, congestionado e aberto em posição forçada, a mão robusta do médico, com tufos de pelo forte nas costas de cada um dos dedos, estará remexendo com força tentando trespassar o feto. Gemi. Eu era o covarde que entregara a amante para um assassino sujo de sangue e fugira. Solucei, aos prantos. Eu me contorci e chorei durante muito tempo. Depois, as lágrimas se esgotaram e um cansaço desolador me invadiu. Meu olhar turvo se concentrava no espaço entre a tampa estreita de uma valeta e uma pilha de caixotes vazios a um canto do terreno.

O tempo passou. Naquele momento, dois gatos apareceram miando de maneira particularmente obscena. Eu não sabia de onde tinham vindo. Surgiram de repente e pretendiam copular. A fêmea, preta e esbelta, resistia sentando-se com o traseiro colado ao chão, enquanto o nervoso macho tigrado assediava-a com persistência rodeando-a com um misto de movimentos sinuosos e brutais de estranho erotismo. Os gatos tentavam conter o excitamento, mas afinal, incapazes de refrear o ímpeto, enredaram os corpos soltando miados pegajosos. O pênis do macho cintilava refletindo os fracos raios solares. Recusado seguidamente, o macho começava a ficar frenético. O desejo insano do macho estava por me contaminar. Senti-me totalmente encurralado. Irritado, apanhei uma pedra e a joguei nos gatos. Eles fugiram precipitadamente. Descalço, eu me erguera com os pés em contato com a terra fria e ofegava. Depois, exausto, sentei-me no banco e calcei os sapatos. Os pés estavam úmidos e intumescidos e não entravam nos sapatos com facilidade. O homem no banco do outro lado havia erguido a cabeça e me observava. De meia-idade, sua pele tinha um tom terroso. Parecia totalmente murcha. Não senti aversão pelo homem. E continuei não sentindo quando ele, passados instantes, veio se sentar em meu banco. Lado a lado, ficamos os dois, sentados e cabisbaixos.

Em voz baixa e insípida, o homem resmungou alguma coisa. Voltei-me para ele.

— Não comi nada ainda esta manhã — declarou com total falta de originalidade. — Estou com tanta fome que não tenho nem vontade de andar.

Fiquei quieto. O homem sorriu com incômoda familiaridade, meteu a mão direita no bolso da capa de chuva e procurou alguma coisa.

— Você me compraria uma foto, por favor? Não são pornográficas, é material científico.

Eu tinha preguiça de gesticular para dar a entender que não queria, de modo que permaneci imóvel. Encorajado por meu silêncio, o homem retirou do bolso um envelope de papel pardo amarfanhado. Nele havia um carimbo com os dizeres "material médico". Ao ver que eu não pretendia pegá-lo, o homem tirou de dentro do envelope algumas fotos e tentou mostrá-las para mim.

— As que eu tenho agora comigo são em sua grande maioria fotos de hemorroidas em mulheres; hemorroidas em mulheres costumam rasgar no sentido longitudinal. É o que a maioria dos médicos diz.

O homem introduziu bruscamente a foto sob o olhar que eu mantinha abaixado. Ali estava retratada uma mulher de cócoras quase a ponto de tombar para trás. Cercado de pelos ásperos e parecendo um fruto podre, havia um ânus ampliado. Na foto seguinte, a mulher mudara de posição e com os joelhos ainda mais afastados, exibia nem tanto o ânus, mas o sexo. A mulher tinha expressão mal-humorada e deprimida, mas fazia força para manter os joelhos afastados. Eu me senti arrasado. Urrei como um animal, derrubei o homem com um empurrão e atravessei o beco às carreiras, lágrimas escorrendo pelo rosto. Ante o ímpeto da minha corrida, alguns cães debandaram, esquecidos até de latir contra mim.

Três horas depois, quando abri a porta da sala de espera, Yuko Tagawa tinha acabado de ser operada e, com o rosto pálido e feio voltado para cima, estava deitada exaurida num sofá de couro sintético. Estava exausta e tinha os olhos fundos. Eu também me sentia totalmente esgotado, como se tivesse vagado a esmo por longo tempo.

Nós nos contemplamos por um breve momento. E, como numa revelação, dei-me conta de que, dentro de mim, o amor acabara. As lágrimas secaram em meus olhos, e em seu lugar uma secura cínica começava se alastrar. Yuko Tagawa ergueu-se lentamente e pôs-se em pé. Veio andando em minha direção de um jeito estranho que lembrava o de uma pata. Aguardei com repugnância e extrema resignação, como em penitência, que Yuko me caísse nos braços molhada de lágrimas. Ela, porém, passou por mim encolhida, parecendo temer o meu contato.

Dentro do carro que nos levou à pensão onde Yuko morava, fomos em silêncio. Uma vez diante da pensão, Yuko desceu sozinha. Ela permaneceu acamada durante vinte dias. No vigésimo primeiro dia, nós nos encontramos na cafeteria ao lado da universidade. Quase não tínhamos o que conversar. A única coisa que nos retinha ali era a mútua sensação de fadiga e de inutilidade. Ainda assim, fizemos um desesperado esforço conjunto para recuperar nosso amor. Tudo em vão. Yuko partiu para o interior sem conferir a lista de aprovados no vestibular. E antes disso ainda, tínhamos nos despedido com frieza.

Em abril, meu amigo se formou na faculdade, arrumou emprego num banco e deixou o quarto da pensão para mim, de modo que passei a ter um aposento só meu. Não fiz nada durante toda a primavera. Não me ocupei mais com nenhum bico, nem como professor particular, tampouco frequentei a faculdade. Cerrei as grossas cortinas e vivi sempre numa semiclaridade semelhante à que antecede o amanhecer, tanto à noite como de dia. Saía apenas para ver as novas remessas de livros franceses no Maruzen.

Certa tarde em que enfim a chuva deu trégua, fui ao Maruzen buscar uma revista francesa recém-importada. Mandei embrulhar um semanário, cuja capa estampava uma marcha de manifestantes universitários argelianos e, com ele debaixo do braço, descia a escada quando avistei Yoshie com expressão distraída e um tanto entediada, parada diante do departamento de artigos de golfe. Senti um aperto no coração, mas pretendia sair sem falar com ela. Contudo, quando já tinha andado metade da extensão do corredor central, senti que fora visto por ela. Resignado, voltei-me e a encarei. Na pele do rosto, em que sinais de cansaço eram evidentes, ardiam restos de pó compacto da maquiagem desfeita. Apesar de tudo, nos olhos orlados de olheiras e na papada sob o queixo havia uma imponente dignidade. Sorrimo-nos, ambos constrangidos, mas saudosamente. Yoshie veio se aproximando lentamente.

— Tudo bem com você? — disse Yoshie sem quase mover os lábios carnudos e firmes.

— Tudo.

— Já faz seis meses, não é? — disse ela tranquilamente. — Gabriel me mandou um cartão-postal do Vietnã.

— Está vivo ainda?

— Está, aquele não morre facilmente. Acho que tem o corpo fechado — replicou Yoshie.

Sorrimo-nos.

— Você continua com aquela garota?

Ao ver minha reação, Yoshie pareceu arrepender-se de ter perguntado. Ela procurava desesperadamente mudar de assunto.

— Vamos tomar um chá? — indaguei.

— Nesse caso, não vou trabalhar esta noite — disse Yoshie carinhosamente.

— Pois reencontrei meu antigo patrão.

Nós dois tomamos chá no restaurante do subsolo do Maruzen e conversamos longamente. E logo já era hora de jantar. Jantamos e, depois, muito naturalmente fomos para um bar em Ginza e tomamos vinho. O local me trazia gratas lembranças, era ali que eu costumava me reunir com Yoshie e seu amante para beber nos tempos em que vivia com ela. Yoshie e eu nos embriagamos rapidamente. A penumbra e a bebida fizeram com que ela logo recuperasse sua juventude e sua imponente beleza. E conversamos interminavelmente. Depois de me perder, Yoshie voltara à desvantajosa condição de prostituta de estrangeiros, sem amante fixo. Ela assim decidira a fim de evitar que algum amante acabasse eventualmente se acomodando na posição que eu antes ocupara. No entanto, por estar em condição desvantajosa, Yoshie envelhecera rapidamente. Ela quis me fazer compreender tudo isso chamando ansiosamente a minha atenção para suas bochechas caídas e para as rugas miúdas que se juntavam em torno dos lábios e dos olhos.

— Tenho ido para a cidade todos os dias, excetuando os domingos. Os domingos são de descanso, acompanho os hábitos dos meus clientes — disse Yoshie. — Depois que nos separamos, dormi com estrangeiros de todos os tipos, realmente. Quando andei com um capitão de barco indiano, então, não tive descanso nem nos dias em que menstruava. A situação não devia ser nada divertida para ele mas, para mim, foi pura loucura.

— Indiano de verdade? — disse eu duvidando. — Não era um japonês disfarçado, não?

— Dormi com um japonês no último dia de chuva forte — disse Yoshie lambendo os lábios, pensativa. — Um japonês sem graça, pequenininho.

Naquela noite, a chuva caíra torrencial e prendera os estrangeiros ricos em seus hotéis. A cidade transbordava de japoneses. E um deles, moço ainda, se aproximara dela timidamente. Um novo tipo de curiosidade, como o que acomete as pessoas que se veem diante de um animal raro, fez com que Yoshie fosse com ele para um hotel. O homem estava tão nervoso que tremia inteiro, e como levara quase trinta minutos para despi-la, Yoshie imaginara que aquilo podia ser um bom sinal, um sinal talvez muitíssimo bom. Mas a luz do quarto, que fora apagada, tivera de ser acesa outra vez trinta segundos depois...

— Ai, trinta segundos — lamentou Yoshie franzindo o cenho à recordação e gemendo. — Acabou em trinta segundos, nunca me decepcionei tanto em toda minha vida.

Olhos cintilando na escuridão, contemplamo-nos mutuamente e ri da total indignação de Yoshie por causa da apressada e estabanada cópula do "japonês sem graça e pequenininho". Mas minha garganta se apertou repentinamente e a risada saiu curta e cortada. A tristeza tomou conta de mim.

— Que aconteceu? — perguntou a sensível Yoshie enrijecendo a face. — Você está estranho.

— É — respondi fechando os olhos e sorvendo uma única gota da bebida que restara debaixo do gelo.

Bem no fundo de minha barriga, na altura do estômago, eu sentia um bloco ardente. E isso se espalhou num crescendo e foi umedecendo lentamente o meu corpo aquecido pela bebida. Perto, tão perto a ponto de quase tocarem minha testa, os dois olhos grandes e trágicos de uma prostituta de trinta e seis anos me contemplavam por baixo de pálpebras cansadas e enrugadas, pálpebras suaves e escurecidas como polpa de fruta decomposta. Depois de uma série de bocejos, seus olhos estavam encharcados de lágrimas. Da esplêndida cabeça de Yoshie me chegou o saudoso cheiro da pomada que ela usava. Eu queria contar tudo para Yoshie. E comecei.

Yoshie ouviu minha história com gestos de desprezo, gemendo de raiva ou acabrunhada de tristeza. A história demorava a terminar. A hora de fechar o estabelecimento chegou e o garçom, totalmente constrangido, veio nos apressar. Resolvemos sair do bar e pedimos um táxi.

No interior do táxi rumo ao novo quarto alugado por Yoshie em Seijo, continuei contando a história e, no trecho final, incapaz de me conter, chorei e soluçei. Minha cabeça tremia sobre os joelhos gordos e macios de Yoshie. Ela passava os dedos por meus cabelos.

Descemos do carro no final de uma escura ladeira em zigue-zague. Por trás da cerca viva, mais escura ainda que a ladeira, havia um cheiro pesado e acre de folhas verdes. O quarto de Yoshie ficava no extremo norte de um corredor gelado. Calados, andamos pelo corredor na ponta dos pés. Depois de abrir uma porta às escuras, a luz subitamente acesa doeu em meus olhos feridos por lágrimas. E ali, furiosamente polidos e submersos em silêncio, estavam as saudosas cadeiras de pernas finas e a mesa marrom assim como os demais móveis da mesma cor e que eu me habituara a ver.

— Estou bêbada e com sono, de modo que vou dormir — disse Yoshie. — Ultimamente, estou levando uma vida meio desregrada, nem me limpo mais com uma toalha úmida depois de chegar em casa. Hoje é uma exceção, sabe.

— Eu também estou com sono. E com frio.

— Eu o aqueço — disse Yoshie. — Já estou acostumada a esquentar o meu fofinho. Vou aquecê-lo com a minha barriga.

Nós dois mergulhamos na conhecida cama de lustrosa estrutura marrom. Soltando pequenos bocejos consecutivos, Yoshie tentou me aquecer, mas suas pernas para lá de carnudas enroscadas em mim estavam ainda mais geladas que as minhas e demoravam a esquentar. E quando enfim o calor principiou a circular por nossos corpos nus, Yoshie começou a me provocar com sua voz apressada e rouca de desejo. Era a exata repetição dos velhos tempos.

Soergui-me e fui me introduzindo entre os joelhos brancos e roliços dela. Contemplei o pescoço e os seios também roliços de Yoshie, que aguardava de olhos fechados, e hesitei de repente. Era impossível, óbvia e excessivamente impossível. Fiquei aflito.

— Que aconteceu? — perguntou ela com voz rouca, erguendo a cabeça do travesseiro e abrindo os olhos.

Cabisbaixo e com braços descaídos ao longo do corpo, eu me sustentava sobre meus joelhos magros entre os carnudos de Yoshie. Exposto ao meu olhar e ao de Yoshie, aquilo parecia um peixe morto, encolhido e murcho. Eu me sentia desesperadamente envergonhado.

Yoshie experimentou erguer o corpo. Em seguida, enrolou o cobertor em torno do peito e das coxas para se proteger do frio e fez nova tentativa com relação à área teimosamente murcha do meu corpo nu, trêmulo de frio. Mas foi uma tentativa inútil. Nós dois nos deitamos de costas, lado a lado, e apagamos a luz.

— Desde quando você está assim? — perguntou Yoshie com a voz ainda mais rouca, mas com extrema gentileza.

Eu não sabia. E estava confuso, aturdido.

— Depois que fui ao hospital, acho.

— Pobrezinho, foi a cirurgia daquela garota, não foi? Pobrezinho — disse Yoshie.

Suportei em silêncio. E continuei acordado e imóvel mesmo depois que Yoshie se pôs a respirar pausadamente em seu sono. Eu me sentia totalmente humilhado. A imagem do órgão murcho e sem vitalidade até o fim não saía de trás de minhas pálpebras cerradas.

Ah, sou realmente incapaz de qualquer coisa, pensei. *Eu* é que sou o japonês pequeno e sem graça. Derramei lágrimas amargas, e estremeci de frio e do desejo insatisfeito que, como escuma, tinha se estagnado em meu baixo-ventre. A cabeça começava a latejar. Em sofrimento, continuei acordado até a manhã branquear a janela.

Depois, em meio a uma leve modorra, sonhei que soldados estrangeiros lançavam um japonês realmente feio e miserável numa fossa escura e malcheirosa. Em seguida, foi a minha vez de ser encurralado. Olhei o poço escuro e hesitei. Para escapar dos soldados que se aproximavam, só me restava saltar. Em torno de mim, havia uma cerca compacta e silenciosa de japoneses. E eles não se mostravam dispostos a se mover. Abaixo de mim, eu via o tempo todo a outra vítima enfraquecida que se debatia fracamente de vez em quando. Sua pele tinha uma cor escura, parecida com a do meu mísero sexo. Um dos soldados estrangeiros era um Gabriel remoçado, e ele cantava:

Look if you like, but you will have to leap.

Totalmente encurralado, eu tremia. Se quiser, olhe à vontade, mas tenho a impressão de que você terá de saltar. Aterrorizado a mais não poder, parecia-me que jamais me decidiria a saltar. Afinal, no decorrer dos meus vinte e um anos de vida, eu nunca havia saltado. Assim como jamais o farei, futuramente. De manhã, enquanto Yoshie ainda dormia, vesti minhas calças e o paletó, cuidando para não fazer barulho. Yoshie ressonava vigorosamente, submersa na atmosfera pesada e escura. Diante da porta, parei e me voltei. Yoshie não acordou. Abri a porta e saí.

(*Miru maeni tobe*, publicado em junho de 1958. Extraído de *Miru maeni tobe*, Editora Shinchosha, 25/05/1974.)

Os pássaros

O ruflar das asas de incontáveis pássaros o despertou. Era manhã, manhã de outono. Em torno do corpo estirado, inúmeros pássaros compactamente premidos uns contra os outros agitavam as asas de maneira contínua. As patas finas, duras e trêmulas cobriam as faces e a pele nua do peito, da barriga e das coxas do rapaz. Sem jamais piar nem esvoaçar, os pássaros que lotavam o quarto escuro empenhavam-se em bater as asas repetidas vezes fazendo-as farfalhar como folhas numa floresta. Tudo indicava que um susto inesperado ou uma ansiedade súbita, por excessivos, tinham amedrontado os pássaros, alvoroçando-os.

O rapaz apurou os ouvidos e percebeu as vozes tênues da mãe e do homem que continuavam a conversar na sala de visitas do andar inferior. Ah, então é por isso, sussurrou ele docemente para os pássaros. Parem de bater as asas, vocês não têm nada a temer, ninguém poderá pegá-los. Esses sujeitos, gente do lado de fora, não têm olhos para vê-los nem ouvidos capazes de detectar o ruflar de suas asas e jamais conseguirão apanhá-los.

Tranquilizados, os pássaros cessaram o agitado bater de asas, e a pressão leve e agradável das patas trêmulas sobre o corpo inteiro do rapaz foi aos poucos enfraquecendo até desaparecer. Depois, restou apenas a sonolência, a rastejar sob o couro cabeludo e a lhe provocar leve sensação de formigamento e febre.

Ele deixou escapar um bocejo feliz e tornou a cerrar os olhos. Era difícil espantar a sonolência, pois ela não reagia à voz suave, como os pássaros. Quanto a isso, não havia o que fazer. A sonolência é parte da realidade, e a *realidade* não possui nem a gentileza nem a delicadeza dos pássaros. Comparada aos *pássaros*, que desapareciam ao mais leve sinal do rapaz, a *realidade* nada tinha de submissa e permanecia irredutível do lado de fora do quarto repelindo os sinais do rapaz. Toda *realidade* trazia fortemente impregnado em si o cheiro de estranhos. Por essa razão, ele vivia há mais de ano encerrado em seu quarto escurecido, tendo por companhia os pássaros que, dia e noite, vinham visitá-lo em enormes bandos capazes de lhe lotar o aposento.

Passos vinham subindo a escada, coisa rara. Os passos se aproximaram e pararam do outro lado da porta. Rijo de tensão, ele esperou. Dedos suaves bateram à porta.

— Filho, quero que você abra a porta. Uma pessoa está aqui e quer conhecê-lo — disse a mãe com voz contida. — Abra, por favor. Este homem não é mau.

Em silêncio, ele prendeu a respiração. Do outro lado da porta também reinou um silêncio igualmente substancial. E se prolongou de maneira obstinada durante todo o tempo em que o próprio rapaz permaneceu calado. Normalmente, pessoas que vinham de fora costumavam sacudir a porta com impaciência ou falavam com raiva, sem cessar. Em seguida, ou se iam pisando duro ou pressionavam o ombro contra a porta na tentativa de invadir o quarto. Mas o visitante desse dia mantinha-se em atitude reservada e, persistente, continuava à espera. O rapaz se soergueu na cama e pensou por um breve instante. Fazia quase um mês que não via ninguém de fora. Andou silenciosamente pelo tapete grosso que forrava o assoalho e foi remover a tramela da porta.

Um homem baixo com rosto de traços fortes e pele morena se achava ali em pé, empertigado e, sem jeito, sorria. O rapaz observou a mãe e o homem com toda a calma. O homem do lado de fora, o primeiro que o rapaz via em muito tempo, tinha um jeito rude que não lhe era desagradável.

— Esta pessoa diz que quer falar com você a respeito dos pássaros — disse a mãe, baixando o olhar e encolhendo-se cada vez mais. — É um profissional dessa área.

Com um vago meneio de cabeça, o rapaz respondeu ao olhar implorante, realmente humilde e repleto de entusiasmo que o homem fixava nele. As pessoas que o procuravam com esse tipo de propósito apresentavam geralmente um meio-sorriso constrangido, ou o olhar frio dos que alardeiam conhecimento médico especializado, ou ainda um olhar extremamente crítico e ofensivo, mas esse homem era diferente. Esse tinha um aspecto humano, repleto de cordialidade. Além disso, parecia também disposto a assumir, com relação aos *pássaros*, a atitude séria de alguém que considera necessidades do cotidiano. O rapaz se sentou na cama e o homem e a mãe, em cadeiras diante dele.

— Que quer me falar? — perguntou o rapaz serenamente, enfatizando o tom casual, pois sempre detestara ser tratado como um ser humano anormal.

— Acho melhor deixá-los a sós — disse a mãe soerguendo-se, antes ainda de o homem responder à pergunta. Em seguida, saiu às pressas do aposento.

— Pois não, pois não — disse o homem, entre levemente constrangido e incongruente, passeando o olhar pelo quarto a que as cortinas baixadas davam um sombrio aspecto de amanhecer. — Tenho algumas perguntas a lhe fazer.

— Pois faça. Se estiver em mim respondê-las... — replicou o rapaz cada vez mais calmo. E depois, sentiu-se bem.

— Sou psicólogo, e tenho um interesse muito grande por sua experiência. Espero não tê-lo ofendido ao abordar o assunto desta maneira.

— Absolutamente. Pode até dizer que tem um interesse muito grande "por seu tipo de doença" que não me incomoda — concedeu o rapaz, magnânimo. — Pois não posso afirmar que eu seja muito normal.

— Normalidade ou anormalidade são coisas sem importância — disse o homem transbordando boa vontade. — Quero apenas ouvir os fatos.

Ele sentiu ao redor de si o ruflar de asas de alegria do bando de pássaros brotando cintilantes e incontáveis como ondas num oceano banhado de sol e, satisfeito, passeou o olhar ao redor. Isso mesmo, pensou, isto é um fato; normalidade ou anormalidade à parte, isto é com certeza um fato.

— Os pássaros — disse o homem com seriedade, abrindo uma caderneta sobre os joelhos. — Quando foi que surgiram à sua volta?

— Foi no dia do meu vigésimo aniversário — explicou ele. — Antes disso, houve alguns sinais tênues, mas, a partir daquele dia, tudo se tornou claro.

— Quando fez vinte anos, sei, sei... — disse o homem com entusiasmo, anotando na caderneta.

— Deixei de frequentar a faculdade e tomei a decisão de me trancar neste aposento para poder viver com os pássaros.

— E por quê, se me permite perguntar? — disse o homem, sério e pensativo.

— Porque me dei conta de que, excetuando os pássaros, todos eram estranhos para mim. Porque percebi claramente que fora deste quarto só havia estranhos — respondeu o rapaz com franqueza. — Acho que, a certa altura da vida, surge em todo ser humano a tendência a evitar a convivência com estranhos. E, comigo, isso se deu por ocasião do meu vigésimo aniversário.

— É mesmo? — disse o homem, cada vez mais pensativo. — Lembra-se de algum episódio que possa ter tido relação direta com tais acontecimentos?

— De acordo com minha mãe, tudo isso aconteceu porque meu pai morreu — respondeu ele com exagerada objetividade. — Depois da morte de meu pai, meus três irmãos mais velhos me excluíram e formaram um grupo unido. Essa foi a causa, segundo minha mãe.

— Um equívoco, com certeza? — disse o homem com um sorriso retorcido e afável.

— Não me dou ao trabalho de explicar tudo à minha mãe. Pois sou bastante feliz só de poder me enclausurar neste quarto escuro, com os pássaros tão próximos a mim a ponto de senti-los tocarem o lóbulo das minhas orelhas, entende?

— Feliz, bastante feliz — repetiu o homem como se falasse consigo mesmo. — Sei.

— Às vezes, passo muitas noites seguidas sem dormir, apenas absorto em sentir os pássaros ao meu redor. E então, fico exausto e dormito durante o dia.

— Quer dizer que você ama esses *pássaros*, não é? — disse o homem.

— Sim, gosto demais destes bichinhos.

— Bichinhos — repetiu o homem, olhando em torno de si da mesma maneira que o rapaz.

— Neste momento, há um número considerável de pássaros nesta sala — disse o rapaz franzindo o cenho e ouvindo atentamente os sinais de suas presenças. — Por vezes, os pássaros reunidos são tão numerosos quanto folhas numa floresta. Amparado nessa profusão de asas, meu corpo chega a flutuar nessas ocasiões.

O homem deixou aflorar uma expressão distante e sonhadora no olhar, o que animou o rapaz e o deixou cheio de si. O rapaz sentiu forte amizade pelo homem e não conseguiu impedir-se de falar demais.

— Há algo sexual na minha relação com os pássaros, falando com franqueza.

— Eu me sinto muito grato por sua cooperação irrestrita — disse o homem de maneira formal.

E então, quando o homem se ergueu, o rapaz começou a sentir grande relutância em deixá-lo partir. Desde que se trancara no quarto, pareceu-lhe ser aquela a primeira vez que descobria um amigo de verdade.

— Já vai embora? — perguntou o rapaz de um modo que soou ressentido aos próprios ouvidos.

— Sim — respondeu o homem e, depois de breve hesitação, encarou o rapaz com firmeza e abriu o jogo. — Você acha que os *pássaros* são um fenômeno exclusivo deste quarto?

— Não sei ao certo — disse o rapaz pensativo. — É que eu fico o tempo todo encerrado neste quarto, entende?

— Não quer fazer uma experiência? — indagou o homem com repentino entusiasmo. — Porque, segundo imagino, as circunstâncias se alterariam se os *pássaros* se manifestarem fora deste quarto também. Concorda?

— Acho que sim — disse o rapaz. — Mas não entendi muito bem o que você quis dizer com "fazer uma experiência".

— Entre no meu carro e venha ao meu instituto de pesquisa. Uma vez lá, vamos verificar se você consegue ou não fazer os *pássaros* se manifestarem. E então ficará bastante claro se o fenômeno tem origem em você ou se existe uma relação mais profunda com este aposento.

Aos poucos, o homem se tornou mais eloquente. E o rapaz foi sendo pressionado pela eloquência. A experiência talvez fosse importante, determinaria se os pássaros eram ou não unicamente dele, pensou o rapaz, ao mesmo tempo em que hesitava em se deixar levar pela conversa do homem. Nesse momento, repentinamente a mãe disse, introduzindo a cabeça pela abertura da porta:

— Por que não experimenta fazer isso, meu filho?

— Ah? — fez o rapaz espantado.

— Se você quer, este é um bom momento, pois se os seus irmãos estivessem aqui, na certa se oporiam com veemência.

As palavras da mãe fizeram sua vontade se firmar. O rapaz mergulhou fundo na experiência. Eu quero, pensou ele, e não vou nunca permitir que os idiotas dos meus irmãos intervenham.

— Vou tentar — disse o rapaz com firmeza fixando o olhar no homem. — Assim, estarei também contribuindo para o seu experimento.

Pela primeira vez em muito tempo vestiu o uniforme escolar e, dominando certa dose de dificuldade, calçou, também pela primeira vez em muito tempo, o sapato embolorado, tarefa que lhe pareceu árdua. Meu pé engordou enquanto estive trancafiado neste quarto, pensou ele alegremente.

Estacionado diante da entrada da casa, havia um carro de passeio com a traseira reformada para facilitar o transporte de volumes e nele o rapaz embarcou, conduzido pelo homem. Considerou um tanto cômico o olhar atormentado da mãe, que o seguira até a entrada para vê-lo partir. Além disso, a luz que vinha do céu coberto de nuvens precursoras de chuva deixava-o estonteado como se estivesse convalescendo de uma longa doença, e sentia os pés também trôpegos, o que era um tanto estranho.

Contudo, quando o carro se pôs em movimento, pareceu-lhe que recuperava a calma. Afundado no assento, percebia no pescoço e nos ombros o contato hesitante dos pássaros multiplicando-se num instante. Uma sensação de alegria se apossou dele, uma sensação de alegria com leve gosto de vitória que o fez estremecer.

— Os pássaros vieram, eles acabam de chegar ao meu redor neste instante — sussurrou ele para o homem.

Com o perfil de expressão severa sempre voltado para o rapaz, o homem se concentrava em dirigir o carro e não mostrou nenhuma reação às palavras a ele dirigidas. O jovem, porém, estava tão feliz com a chegada dos pássaros que nem se deu conta disso. Eles são realmente parte de mim, pensou, posso ser banido para o país mais distante do mundo, mas jamais me sentirei sozinho, isso é certo.

Homens, mulheres e também crianças andavam na rua. O rapaz sentiu que eles eram um tanto risíveis. Que coisa mais estranha, essas pessoas não possuíam *pássaros*, mas isso não as tornava inseguras, caminhavam sem ao menos olhar para os lados. Naquele momento, sentiu-se como um malfeitor capaz de exercer forte coerção sobre o *lado de fora*. O *lado de fora* continuava, como sempre, fortemente impregnado com o cheiro de estranhos mas, naquele instante, o odor se esvaía e se tornava tênue. Ele não se intimidou diante dos estranhos, sentia-se como um rei perante inúmeros súditos.

O carro continuou a percorrer uma longa distância e, com o passar do tempo, o rapaz se cansou de observar o luminoso cenário externo. Cochilou um pouco. O carro parou, mãos fortes o agarraram pelos ombros. Ele despertou e percebeu que havia entrado no pátio de um hospital de aspecto sujo, cercado de árvores.

— Desça de uma vez — disse o homem de maneira tão arrogante que espantou o rapaz pela total alteração do comportamento de até então.

— Hã? — disse ele a custo depois de ser arrastado para fora do carro pelos braços brutais do homem. — Onde estamos?

— Tenho o meu laboratório aqui — disse o homem com frieza. — Não foi isso o que eu lhe disse?

Sentado ao pé de uma parede mal pintada, o rapaz descobriu um menino que, trêmulo, abraçava os próprios joelhos contemplando fixamente um canto sombrio do muro, e sentiu um aperto no coração. O pulso acelerou, e percebeu que suas faces começavam a queimar, nem tanto de raiva, mas de pavor.

— Este não é o lugar de que você me falou — disse o rapaz fincando o pé no chão para dar a entender que dali não se moveria por nada deste mundo. — Isto aqui é um hospital para loucos!

— Isso mesmo. E daí? — disse o homem sorrindo zombeteiro. — Você vai simplesmente ser internado aqui.

— Não, não vou entrar, você está tentando me internar com o uso de recursos covardes, mas nessa não caio — replicou o rapaz, tomado de raiva.

— Pois você já entrou — disse o homem, tentando agarrar-lhe o braço à força.

O rapaz se desvencilhou, mas o homem curvou-se lentamente e lhe aplicou um doloroso soco na boca do estômago. O rapaz gemeu e com lágrimas escorrendo pelo rosto tentou dobrar-se, mas não conseguiu. Nem teve tempo de curtir direito a dor, já que, indiferente a tudo, o homem o empurrava com brutalidade e o levava rapidamente para um local que lhe pareceu ser a porta dos fundos do hospital.

Arrastado por uma escada acima, viu-se repentinamente obrigado a subir numa balança no fim de um corredor e dela desceu depois de breve escaramuça; em seguida, quando o homem abriu uma porta diante deles, foi empurrado sem nenhuma consideração para dentro de um aposento.

— Sente-se nessa cadeira — ordenou o homem.

O rapaz não só não queria sentar-se como também ansiava por se rebelar contra as ordens do homem, mas um único forte empurrão deste o obrigou a desabar sobre a cadeira. Pior que tudo, o rapaz começava a se apavorar.

— Não faça cara feia e vista as roupas que estão em cima da poltrona — disse o homem.

Cabisbaixo, o rapaz mordeu os lábios e ignorou as ordens. Pareceu-lhe que o homem o fitava, irritado, rangendo os dentes. Em silêncio, esperou, imóvel, resolvido a não se trocar por nada deste mundo.

— Por que essa cara ressentida? — disse o homem, passados instantes. O rapaz mantinha um silêncio de pedra, esforçando-se em vão por deter o tremor que lhe sacudia os ombros.

— Sua mãe e seus irmãos estão de acordo. Você vai ficar aqui algum tempo a fim de se recuperar da doença.

Silêncio. E fúria e raiva.

— Pássaros ao redor do corpo, diz você? Pois eu digo que você vai tratar da cabeça em vez de ficar falando bobagens. Obedeça às minhas ordens.

O rapaz continuou em obstinado silêncio.

— Tanto eu como sua família o ludibriamos, mas isso foi inevitável. No final das contas, tudo que fizemos foi para o seu bem, e você não está em posição de nos fazer desaforos, entendeu?

Cansado de esperar por uma resposta, o homem recomeçou a falar de maneira irada:

— Ora, garoto, pássaros..., que é isso!

O rapaz não lhe deu atenção. Passados instantes, o homem também cerrou os lábios e se calou. E então, entre o rapaz e o homem não restou nem sombra da cordialidade de momentos atrás.

Frente a frente, os dois se quedaram silenciosos, ambos imóveis. Do lado de fora do aposento lhes chegavam vez ou outra estranhos gritos, vozes trêmulas ou agudas que lembravam risadas, sem dúvida humanas, mas cuja motivação era impossível precisar. Havia também pessoas que passavam sussurrando de maneira conspiratória pelo corredor, logo além da porta. Que significa essa história de perturbação da disciplina hospitalar, que tipo de gente existe aqui dentro? Nós temos de consertar nossas cabeças, não temos? Disciplina e tudo o mais vem depois, depois...

O homem o contemplou com um mudo convite no olhar, mas o rapaz ignorou-o com firmeza. Não disse uma única palavra e continuou a repelir o convite para o diálogo por mais de uma hora. Não tinha nenhuma intenção de entabular conversa. Estava extremamente irritado com o homem. E profundamente desapontado consigo mesmo. Imaginou que nunca mais conseguiria escapulir daquele quarto sujo, de teto baixo, inteirinho pintado de azul-claro, daquele hospital onde pululavam loucos, e estremeceu. Vou ficar trancafiado aqui dentro recebendo tratamento de louco e viver uma longa vida repleta de humilhações. Tentou chamar os *pássaros* de volta para desviar a atenção do homem, que fumava em irritado silêncio, com o olhar fixo no piso de linóleo envelhecido diante dele. Mas os *pássaros* também não atenderam de imediato ao seu chamado. Muito tempo se passou antes que surgissem apenas dois, míseros, de presença bastante diluída, os quais, uma vez presentes, provocaram-lhe inequívoca sensação de vazio. Em vez de consolá-lo, irritaram-no e até o fizeram sentir-se humilhado.

Não adianta nada ter esses pássaros bestas ao meu redor, é bobagem chamá-los para tentar me consolar com eles do mesmo jeito que eu faria com meus amigos, eles nada mais são que um truquezinho barato, desses que só enganam crianças, pensou com raiva, fazendo com que os pássaros, a tanto custo convocados, se dispersassem num instante. Depois, não teve mais forças para se concentrar e voltar a chamá-los. É realmente um truquezinho barato para enganar crianças, como foi que me dediquei até hoje com tanto entusiasmo a esta infantilidade?, pensou, atormentado por uma sensação de solidão, todo encolhido. Enquanto isso, o homem o contemplava friamente. A destruição da imagem dos *pássaros*, uma vez iniciada, continuou num crescendo demolidor e extinguiu tudo de maneira impecável. Vou ter de suportar a rotina monótona e humilhante deste hospital sem ao menos a presença dos *pássaros*, pensou ele, quase sucumbindo aos soluços. E uma vez que não pretendia de maneira alguma exibir cara ou atitude de derrotado enquanto o homem continuasse diante dele, permaneceu durante um período que lhe pareceu extremamente longo com as faces rígidas, dentes cerrados e ombros orgulhosamente alteados, lutando contra os soluços e o tremor. Seu íntimo, porém, era um escuro túnel sem luz.

A porta se abriu com violência e a cabeça robusta que por ela espiou voltou-se para o homem. Quando este assentiu com um gesto, o rapaz forte com uniforme de enfermeiro veio entrando com o olhar fixo no rapaz. Atrás dele entrou outro enfermeiro igualmente forte, este, porém, grisalho.

E então, os dois se precipitaram sobre o rapaz de maneira súbita e, com uma brutalidade que o fez gemer de dor, arrancaram-lhe a jaqueta, despiram-lhe a calça e, finalmente, até as roupas íntimas, deixando-o completamente nu. Em seguida, os enfermeiros jogaram as roupas num rústico cesto de bambu e se retiraram, silenciosos como feras, e o rapaz ali se deixou ficar, atônito pelo inesperado, totalmente nu, braços envolvendo os joelhos e tremendo de frio.

— Vou mandar trazer as roupas que você deverá vestir aqui dentro, mas não há razão para pressa, há? — disse o homem lentamente, fitando-o de maneira desafiadora.

— Já que você tem pássaros envolvendo seu corpo inteiro, é o mesmo que andar com um cobertor de penas. É quentinho e não o deixa passar vergonha, não é mesmo? E essa coisa marrom-escuro e rala que cresce em seu baixo-ventre é com certeza a penugem da cabeça de um pardal, certo?

Trêmulo de raiva, o rapaz se ergueu mas, sem nada a cobrir-lhe o corpo, não era fácil assumir uma atitude ameaçadora. Conseguiu apenas ocultar a região do baixo-ventre com as mãos espalmadas e fixar um olhar selvagem no homem que continuava aboletado na cadeira em atitude arrogante.

— Você é um louco difícil de ser tratado, um louco meio mentiroso — disse o homem com voz rouca e feroz, como se o olhar irado do rapaz lhe tivesse incitado um ódio veemente. — Me dá raiva ver loucos não convictos como você. Na verdade, você nem acredita nesse bando de pássaros de que tanto fala, mas continua mentindo de maneira descarada. Se os pássaros realmente obedecem ao seu comando, amarre uma mensagem na pata de um deles e faça-o levá-la até a sua mãe. E peça a ela que o tire daqui. Se, conforme você diz, os pássaros são tantos quanto as folhas de uma floresta, use-os ao menos para isso.

Com um rugido de fúria, o rapaz avançou sobre o homem, uma saliva pegajosa escorrendo por entre os dentes à mostra. Viu então o homem sentado na cadeira apoiar as costas contra o encosto e, no mesmo instante, sentiu um violento chute no baixo-ventre desnudado: tombando para trás, o rapaz mergulhou de cabeça contra uma janela de vidro. Sem sequer um gemido, perdeu os sentidos.

São maus-tratos, vamos denunciar, é um ato de espantosa desumanidade — enquanto soaram as vozes inflamadas dos irmãos, o rapaz permaneceu de olhos fechados e respiração contida. Fora, parecia estar chovendo forte. E quando enfim a chuva estiou e os irmãos se foram, ele finalmente abriu os olhos gemendo baixinho com dores lancinantes. Estava deitado em seu próprio quarto e bandagens o envolviam do topo da cabeça às faces. Exausto e prostrado.

Quando a chuva parou, as nuvens se abriram com espetacular rapidez e surgiu o céu de outono de um comovente azul. Depois, a tarde foi imediatamente inundando tudo com suas sombras e seu lustro dourado. O rapaz ficou observando, deitado na cama e sentindo na cabeça a aspereza de remédios e sangue secos. Aparentemente, chorara a mais não poder enquanto dormia, pois sentia agora as pálpebras quentes. Alquebrado, nem lhe restava energia para erguer o corpo.

Algo que não conseguia precisar molhava o lençol sob suas costas e dessa área lhe vinha um frio que pulsava como sangue. Sentiu como se estivesse prestes a pegar um resfriado. E também que, se realmente pegasse, jamais em toda a sua longa, ah, tão longa vida, conseguiria recuperar-se.

A mãe entrou no quarto pisando mansamente e vedou as janelas com as pesadas cortinas. Mas, em vez de acender as luzes, sentou-se à cabeceira dele sustendo o rosto pequeno e branco, o rosto de lábios protuberantes e enrugados. E, sacudindo-lhe os ombros, verteu por entre os lábios do rapaz uma sopa quentinha. Ele engasgou, tossiu e, apático, vomitou um pouco, gemendo da dor lancinante que sentia na cabeça. A despeito de tudo, continuou a sorver a sopa, pois a fome o atormentava.

— Pobrezinho, pobrezinho, como você deve ter sofrido! — sussurrou a mãe. — Eu o trouxe de volta de ambulância porque você se debatia demais, desesperado por vir embora, você queria ver seus pássaros, não queria?

Com um sobressalto, ele contemplou fixamente a mísera e estreita testa da mãe. Já não estava mais pensando nos *pássaros*, de maneira alguma. Eles não passam de uma porca fantasia, incapazes de me apoiar quando me vejo mergulhado em humilhações.

— Pois acabo de cortar relações com aqueles pássaros irritantes — disse ele.

— Não, não, agora você está a salvo, pode viver com seus passarinhos queridos, sem medo de ser mandado de volta para o hospital. Eu é que estava errada — disse a mãe entre soluços. — Fiquei apavorada quando os ouvi em seu quarto batendo as asas violentamente, como se estivessem com muito medo e, então, fui ao hospital, onde encontrei você caído no chão, coberto de sangue.

— Mentira! — disse ele, mas no mesmo instante o ferimento na cabeça doeu de maneira atroz, levando-o a um passo do desfalecimento. Exaurido, ele se calou.

— Não é mentira! — disse a mãe com voz repleta de um zelo quase religioso. — Neste momento, estou sentindo os pássaros tocando-me o corpo com verdadeiro carinho, e eles estão todos trinando a plenos pulmões, ouça!

Mas o rapaz não percebia absolutamente nada dos pássaros em torno dele.

A tarde de outono era deprimente, monótona e enfadonha, e ele se encontrava deitado num aposento totalmente vazio, sentindo-se prestes a pegar um resfriado por causa do lençol úmido sob suas costas.

— Você estava certo, você é a criança escolhida para viver a vida inteira em companhia dos pássaros. Creio nisso agora.

Na certa terei de levar uma vida insuportável de agora em diante, sem visões de espécie alguma, pensou o rapaz cerrando os olhos, o corpo inteiro tremendo sem parar. Além de tudo, com uma mulher louca seguindo-me por toda parte... Ah!, que vida insuportável!

(*Tori*, publicado em outubro de 1958. Extraído de *Miru maeni tobe*, Editora Shinchosha, 25/05/1974.)

Em outro lugar

Num quente meio-dia de verão, um velho encharcado de suor vai e vem na calçada banhada de sol diante do hotel, à espera. Ao ver o rapaz e a amante descendo do carro, aproxima-se às carreiras e contempla os dois com implorantes olhos amarelados. Nestes olhos amarelados, nós dois estamos retratados como numa foto antiga e desbotada, pequeninos e também amarelados, pensou o rapaz tomado de repugnância. Em seu íntimo, o desejo foi se arrefecendo drasticamente. O rapaz estremeceu e, amparando a amante pelo braço, procurou entrar no hotel.

— Não estou pedindo esmola, quero apenas formar um grupo com qualquer um que queira sair daqui. Tenho um bom navio, você não gostaria de embarcar nele comigo e ir para outro lugar? — perguntou o velho com voz contida.

O rapaz nem parou e, imprimindo mais força ao braço que tinha passado pelo antebraço nu da amante, escapuliu andando rapidamente. Ao se voltar no vestíbulo refrigerado, o velho os contemplava com ar desanimado, sombreado e preto em meio à luminosidade ofuscante dos raios solares. Era uma dessas cidades interioranas que tem o porto por centro, nada havia de incoerente num velho querendo embarcar num navio. De compleição miúda, o homem, que tinha jeito de esportista aposentado, usava uma camisa de cor espalhafatosa, mas suas feições denotavam seriedade. Já os atendentes do hotel, comparativamente, tinham cabeças que lembravam moscas importunas.

Quando o rapaz, suspirando diversas vezes, ergueu a cabeça depois de arranhar o formulário de modelo ocidental com uma caneta de pena dura e registrar idades falsas de vinte e quatro e vinte e um anos, dois a mais que os reais, o homem cabeça-de-mosca da recepção fitava, de cenho franzido e imóvel, a amante que se mantinha cabisbaixa, pálida de vergonha. O rapaz se irritou com a amante e com o recepcionista.

— De quantos dias seria a sua permanência?

O rapaz não disse nada. A amante o fitou com olhar severo, repleto de profundo ressentimento. Um olhar azulado, que não parecia humano. Nos olhos amarelados do velho, neles havia verão, verão habitado por seres humanos. Mas o olhar da amante era o de um cão prestes a ser abatido, o olhar de alguém prestes a ser violentado.

— Até o fim do dia — respondeu o rapaz.

— Perfeitamente — disse o cabeça-de-mosca, carrancudo.

O rapaz começou a seguir o boy que carregava a maleta de mão dos dois e pensou com intensa apreensão a respeito desse fim de dia, do momento da partida que viria no fim do dia. Ir embora tranquilamente no fim do dia — isso seria possível? Um fim de dia pacífico e rotineiro — isso seria possível? Ao lado dele, a amante parecia totalmente desnorteada de tanta vergonha e medo. Dava a impressão de que iam estraçalhá-la naquele momento, que ela estava por se deitar toda ensanguentada em leito de morte. O pescoço da amante, inclinado de maneira forçada, parecia duro como uma prancha ao olhar do rapaz no instante em que este lhe espreitou o perfil. E a orelha, que se projetava por entre seus cabelos como um dedo, parecia ainda ecoar a voz rouca do rapaz: "até o fim do dia", "até o fim do dia".

O rapaz desviou o olhar da amante. Pareceu-lhe que ele próprio se transformara num carrasco cruel e sentiu um aperto no coração. "Tenho a impressão de que ponho o pé no reino da morte toda vez que entro num hotel", considerou o rapaz, esforçando-se por pensar em outra coisa. "Sinto-me como se tivesse entrado por engano num castelo guardado por moscas monstruosas. O hotel se situa fora do mundo real, e o mundo real se transformou num pequeno quadro esmeradamente detalhado, com o velho dos olhos amarelados recuando do primeiro plano para um lugar bem distante às minhas costas. Neste momento, sou uma alma perdida que vive numa antítese de mundo real, no mundo da morte. E no exato momento em que eu e esta mulher somos trancados no pequeno aposento do mundo da morte, inicia-se uma luta solitária, um entrevero infernal, muito embora o desejo tenha sido completamente erradicado de mim."

O quarto dos dois jovens se situava na extremidade do corredor escuro e comprido do sétimo andar, para além do qual só havia a estreita porta da saída de emergência. O rapaz percebeu, com uma espécie de leve náusea, o olhar brilhante da amante contemplando a saída de emergência. Ah, se a amante tivesse a coragem de dar um súbito mergulho no imenso vazio do mundo real existente além daquela porta, a luta solitária dos dois não teria de acontecer e o problema talvez assumisse um novo aspecto.

A amante, porém, tornou a pender a cabeça e, diante dos dois, a porta do quarto já tinha sido aberta pelo boy. Enquanto este lhes preparava o banho, a amante ficou sentada diante da penteadeira. Em pé ao lado da janela, o rapaz contemplou o céu azul de um meio-dia de verão, assim como a sequência de telhados de prédios, a calçada e o mar cintilante.

Do lado de fora da vidraça dupla, hermeticamente fechada, o quente mundo real transbordava de luz, submerso em calmo silêncio. Paulatinamente, o rapaz sentiu crescer em si a impressão de ser um órfão banido do mundo real. E atrás dele, a amante, inquieta, transbordando intenso rancor e igualmente banida para o mundo da morte, contemplava-lhe as costas e a nuca pelo espelho do toucador, mas a amante também era órfã. Quando o boy surgiu do banheiro com leves traços de vapor aderidos à sua silhueta, o rapaz desejou mentalmente que ele se demorasse o máximo possível no quarto. Mas assim que recebeu sua moeda, o boy saiu imediatamente para o corredor. O rapaz chaveou a porta por onde o homem acabara de sair e se voltou. A amante o contemplava.

— Já vi que você pensou em tudo, até a respeito do momento de nossa partida, e que disse "até o fim do dia" com muito descaso — observou a amante, raivosa.

Não vou ter nem um segundo de folga?, já vai começar?, e esta briga vai se emendar com aquilo?, pensou o rapaz. Um cansaço profundo tomou conta dele e nublou seu sol íntimo. Mas ele tinha de dar uma resposta, não importava o tipo de pergunta, ele tinha de responder em seguida. Pois seu silêncio levaria a amante a um estado próximo à loucura.

— Você tem de estar em casa à noite, não tem? Portanto, sairemos daqui até o fim do dia.

— Pois eu não posso ficar pensando na hora da partida, pode ser que eu nem parta. Acho que vou ficar aqui neste hotel sofrendo e sentindo vergonha até morrer. Quando você diz "até o fim da tarde" com tanto descaso, não posso deixar de pensar, com o coração pesado, em toda a vergonha e sofrimento por que vou passar até esse momento.

O rapaz tinha de ouvir cuidadosamente a voz da amante e desvendar a armadilha destinada a engoli-lo.

Mas o fim do dia pode não chegar depois de sofrimentos, podemos até partir no fim do dia sem termos precisado sofrer, eu digo. E na mesma hora caio na armadilha. Esta mulher acredita que o corpo dela é *especial*, feito para se opor a todos os tipos de experiências sexuais, e que toda e qualquer experiência sexual só lhe traz sofrimento e desconforto. E se a contradigo e afirmo que a experiência sexual vem acompanhada de prazer, esta mulher se descontrola. Acredita que lhe negam a personalidade.

— Você poderia partir sem ter sofrido — eu digo.

— Então, parto sem sofrer.

E assim chegaremos a um impasse, nós dois iremos embora do hotel sem ao menos tirar a roupa. Depois, andaremos deprimidos pela calçada no auge do calor e, mal-humorados, implicaremos um com o outro. Não serei eu o único a estar frustrado e mal-humorado. Ela também estará. Terei de adular esta mulher que se faz de vítima, fazer as pazes com ela e, depois de tudo, voltar ao hotel amanhã, quando então chegaremos ao fim de um ciclo, mas não ganho nada com isso, nada terá sido resolvido. Uma protelação momentânea do calor sufocante, só isso.

Com o desejo totalmente entorpecido, o rapaz deu-se conta de que sentia gana de se levantar e sair dali, de meter voluntariamente a cabeça na armadilha. Isso era outra coisa que ele vinha fazendo repetidas vezes nos últimos tempos. Mas naquele dia, naquele quente meio-dia, tinha a impressão de que, caso se deixasse cair de maneira intencional na armadilha, as consequências seriam inimaginavelmente funestas. O rapaz tinha o homem dos olhos amarelados, assim como a sua voz, colados num recanto da mente. Agora, não vou conseguir escapar do velho outra vez, passar diante dele cabisbaixo e deprimido em companhia de minha amante e ainda escapulir, pensou o rapaz.

— Por que não diz nada? Por que você se mantém calado e com essa expressão fria no rosto?

(Cuidado, lágrimas!, ser afogado nelas — isso é algo que não quero de jeito nenhum, quando esta mulher dá vazão às lágrimas e começa a soluçar, ela se transforma numa espécie de monstro para mim. Diante de um monstro que dá livre curso às lágrimas, não sou capaz de inventar preliminares que possam estimular desejos arrefecidos. A situação só tenderia a piorar. Sem falar que, depois de chorar, esta mulher sempre se torna fria, tanto em relação a si mesma como ao mundo externo, e acaba caindo em letargia. Transforma-se em pedra. Desafiar uma pedra com o desejo arrefecido, isso é ultrajante!)

— Eu pensava naquele velho: ele tinha olhos amarelados, não tinha? — disse o rapaz tentando desviar a atenção da amante à beira das lágrimas e dessa maneira fazê-la retroceder — Você ouviu a voz dele?

— Quer dizer que você ocupava sua mente com a voz do velho louco e não com a minha?

Por um curto espaço de tempo o rapaz sentiu-se perplexo com a mordacidade na voz da amante. E, pensando bem, achou que ter ocupado a mente com o que lhe dissera um velho semelhante a um mendigo diante da porta do hotel e trazer o assunto à tona naquele local e naquela hora era um comportamento estranho, incongruente. Mas a voz do velho de olhos amarelados parecia ter-se alojado de maneira segura em seus ouvidos.

(Aquele velho não deve ser um mendigo. Vestia camisa limpa, tinha os dentes escovados e não cheirava mal), pensou o rapaz agastado, mas aproximou-se da amante e lhe pôs uma mão sobre o ombro. A pele do ombro nu estava fria e suada e lhe pareceu que tocava a carne de um peixe vivo.

— Não é nada disso. Eu vivo pensando em você — disse o rapaz. — Mas é que me incomoda o fato de aquele velho ter os olhos amarelados. É porque estou irritado, o calor me deixa assim, acho.

— Eu também estou irritada.

Totalmente perdido, o rapaz contemplou o mundo real além da janela, transbordante de uma luz radiosa.

— Mas eu não estou irritada por causa do calor — disse a amante. — Estou por achar que tudo isto não tem sentido.

A amante fez escorregar a mão do rapaz pousada sobre o seu ombro, ergueu-se e, pondo-se frente a frente com o rapaz, encarou-o com severidade.

— É porque parece sem sentido para mim.

O rapaz percebeu que a amante tinha entrado num novo estágio. Até o dia anterior, ela nunca havia usado a expressão "sem sentido".

— É porque me parece tão sem sentido quanto aquilo que o velho louco estava dizendo.

— E por quê? — perguntou o rapaz.

— *Aquilo* me parece sem sentido e me irrita, não há nenhuma razão especial. Me parece que todas as suas *precauções* tornam aquilo ainda mais sem sentido, e me deixam irritada.

— Mas — disse o rapaz dando-se conta de que corava — a *precaução* é necessária, não é?

— Suas *precauções* estão fazendo com que aquilo se torne ainda mais sem sentido e provocam sofrimento em mim, isto é certeza — disse a amante com firmeza.

(Por esta eu não esperava, talvez ela me faça espernear inutilmente, acho melhor eu ficar alerta e me pôr na defensiva ou as coisas vão ficar bastante estranhas.)

— Sem minhas *precauções*, você poderá engravidar, não é? Ou você acha que não?

— Acho que sim, não engravidar é que seria antinatural.

— E é por isso que eu tomo *precauções*.

— Tomar *precaução* para não engravidar é o mesmo que trucidar uma criança. Não só torna tudo sem sentido como também trucida uma criança.

— Desde quando tomar *precauções* é trucidar uma criança? — disse o rapaz como se estivesse soltando um grito. — Como é que você pode trucidar uma criança que ainda nem existe?

— Você não entende? Impedir a formação de uma criança que poderia nascer não é o mesmo que um assassínio cruel? Se você não tomar *precauções*, a criança nascerá, entendeu? Ou você está querendo dizer que nascer tem mais a ver com matar?

O rapaz engoliu em seco e encarou a amante. Naquele ponto, ele tinha de dar um passo à frente e assegurar a linha avançada.

— Isso mesmo, pôr nem que seja uma única criança no mundo e transformá-la num ser humano é a maior das crueldades. Nós dois darmos vida a mais um japonesinho, isso é cruedade, entendeu? O pobre coitado terá de viver a vida inteira aos sobressaltos, como um perdedor, ou acabará louco de medo na juventude e assassinado a tiros. Vamos dar vida a um filho só para poder lhe preparar um golpe impiedoso. O coitado nascerá sem que ninguém se regozije com isso e sem ter nada meritório a favor dele.

— *Você* pode pensar assim, mas a criança talvez não — disse a amante. — Do mesmo modo que seus pais não pensaram mas, você, o filho, pensa. Eu não penso como você.

— É porque você não considerou direito o sentido da palavra nascer; você não sabe o que significa para uma criança nascer nos dias de hoje.

A amante encarava o rapaz com um olhar de brilho aguçado que só podia significar ódio intenso, passava a língua pelos lábios e, em vez de se calar, pretendia lançar sobre o rapaz um aguaceiro de palavras e encharcá-lo, uma situação que podia ser considerada totalmente nova. No íntimo, o rapaz já começara um movimento de retirada parcial.

— E você, compreende? Você diz que não vai ter um filho para o bem do próprio filho, mas isso é verdade? O motivo por que você veio tomando as *precauções* é a possibilidade de seu filho ser morto a tiros futuramente? Isso não seria mentira ou simples desculpa? Você não teria pensado nisso como uma desculpa porque você mesmo não quer se sentir tolhido?

Inundação de interrogações, perguntas, saraivada de denúncias — com a área dolorida exposta a elas, o rapaz continuou em pé, imóvel e em silêncio. Ele precisava recuperar-se e abrir caminho de alguma forma, mas a amante era agora um edifício sólido que se agigantava diante dele e o rechaçava.

— Você realmente acredita que dar vida a um filho é o mesmo que trucidá-lo? Em vez disso, não está achando que ter de ser pai significa trucidar a si mesmo?

(As duas versões estão corretas, é exatamente isso. Eu ainda sou novo, e só de pensar em ser pai me dá calafrios. Além disso, pensar no rosto, nas mãos e nos pés pequenos e avermelhados de meu filho me dá vontade de morrer), pensou o rapaz, mas não podia externar o pensamento. E então, quedou-se em silêncio, triste.

— Se ter um filho é o mesmo que trucidá-lo, para que existe *aquilo*? Por que temos de continuar fazendo *aquilo*, além de tudo tomando *precauções*? Não faz sentido, faz?

A amante sacudiu a cabeça irritada e lançou um olhar duro para a enorme cama em evidência, o cobertor cor-de-rosa claro e o lençol, teso como um colarinho. O rapaz teve a impressão de ver as próprias costas e nádegas desnudadas sobre a cama. (Todo suado e desprovido de desejo, tenho nos braços uma amante que sofre e não vê sentido algum no que fazemos. Além do mais, tenho de manter uma área da mente sempre desperta para não esquecer as *precauções*. E sou até capaz de ver minhas costas e nádegas se movendo pouco à vontade), pensou o rapaz. Realmente, isso lhe pareceu algo sem sentido e cômico.

— Por que temos de nos trancar num quarto horroroso de hotel e fazer *aquilo* tomando *precauções*? Para o "recreio" de Vossa Excelência?

— Não use expressões desagradáveis, e nunca mais repita essa "recreio de Vossa Excelência", ouviu? — disse o rapaz, indignado.

A amante estremeceu ante a agressividade daquela voz. Ao ver o olhar assustado dela, o rapaz se deu conta de que estava louco de raiva, de que seu rosto se afogueara e a voz saíra rouca e feroz. E então, sentiu nova onda de raiva brutal se apossar de si. (Não sinto desejo, e ainda assim me empenho para dormir com esta mulher tomando trabalhosas *precauções*. Tenho até a impressão de que isso vem acontecendo há muito tempo. Eu nem sinto desejo por ela, mas mesmo assim venho lutando desesperadamente para trazê-la a este hotel. Sou como um tigre sem fome que arrosta o perigo para pegar um ser humano. Eu até preferia assistir a um filme sozinho a ter de dormir com esta mulher, tenho a impressão de que existe alguma coisa muito errada em tudo isso. A impressão de que não é real, absolutamente. Desde quando isso acontece?)

— Estou irritada, esta situação me desagrada — disse a amante, recuando. — Fico tentada a lhe dizer essas coisas porque considero extremamente desagradáveis as *precauções* e tudo o mais. Sem sentido e desagradáveis a ponto de se tornarem insuportáveis, entendeu?

— Desde quando você se sente assim? Você nunca disse nada até hoje a respeito das *precauções*. É a primeira vez que você fala de filhos e de gravidez.

— Nem sei desde quando, mas faz muito tempo, acho até que estávamos errados em começar tudo isso. Tenho a impressão de que tínhamos uma série de outras coisas a fazer.

O rapaz voltou as costas para a amante e se sentou na cama. Achou que realmente havia um monte de outras coisas que precisavam ser feitas. Ele existia como um jovem ser humano não para manter por longo tempo relações sexuais com uma amante por quem não sentia desejo, tomando *precauções* e se consumindo em discussões inúteis sobre gravidez. Havia muito mais que fazer, realmente.

— Mas — disse o rapaz — não há nada recriminável na coisa em si.

Palavras sem nexo. Palavras ditas apenas com o intuito de preparar uma pausa, protelar a questão e dissolvê-la. O rapaz sentiu às costas os passos da amante aproximando-se e se voltou. Ela estava pálida, com lágrimas nos olhos e trêmula.

— Não há nada recriminável? — disse a amante num gemido. — Pois eu só venho tendo sofrimento e desgosto a cada vez que fazemos *aquilo*! E, no entanto, você não só lida com o meu corpo como se ele fosse um bolso ou algo parecido, como também toma *precauções* furtivamente e de acordo com sua própria conveniência. E isso não é recriminável? Não há nada recriminável no fato de eu suportar sofrimento e desgosto sem sentido só para satisfazer seu desejo?

O rapaz sentiu o sangue subir-lhe à cabeça e também gritou:

— Pois eu não sinto desejo algum!

Os dois se encararam. Em silêncio. A explosão acabara acontecendo. (Isto é o fim, assim termina o nosso longo caso de amor. Isto é basicamente diferente das discussões que vinham se repetindo até hoje. É o fim para nós dois), pensou o rapaz. Depois, sentiu-se repentinamente livre. E teve também a impressão de que a voz que ele viera procurando por todos aqueles deprimentes dias era aquele grito que acabara de lhe sair da boca.

— Saia daqui — disse a amante, e sua voz parecia ter-se coado por diversas camadas de filtro no fundo da garganta. — Saia, neste instante, saia, por favor.

O rapaz se levantou. (Vou sair deste inferno, do país da morte, sair para o meio-dia do mundo real como um homem livre. E então, serei acolhido pelo velho de olhos amarelados.)

Recostada à parede à prova de som, a amante chorava. E diretamente à frente do rapaz estava a porta que se conectava com o exterior. Ele caminhou para a porta e segurou a maçaneta. (Essa mulher vai, conforme ela mesma disse, permanecer neste hotel sofrendo e passando vergonha até morrer. E eu sairei sentindo-me leve como uma pluma. Sairei como um homem totalmente livre), pensou o rapaz. Depois, percebeu que a força para girar a maçaneta que segurava se esvaía rapidamente. (Ah, mas não posso me comportar de maneira tão desprezível.)

O rapaz se voltou e, com o ressentimento consumindo-lhe corpo e alma mas com um sorriso no rosto, retornou para perto da amante. E sussurrou, tentando escapar dos olhos amarelados do velho:

— Isto é errado, nós temos a opção de pôr fim às *precauções*.

Enquanto encharcava o peito do rapaz de lágrimas, a amante balbuciou coisas a respeito de gravidez e casamento. Ele se esforçou por não pensar na maravilhosa liberdade de cintilação dourada que o visitara por um brevíssimo momento e que se esvaíra no ar como ralo vapor. O homem dos olhos amarelados não passa de um velho doido, está mais que evidente, tentou convencer-se o rapaz, era infinitamente mais fácil pensar assim.

— Você decidiu se casar comigo e ter um filho, não é? — disse a amante, empurrando-o na direção da cama. — Agora, tudo deixa de não ter sentido.

— Isso mesmo — dizia o rapaz, completamente aturdido. — Tudo agora passa a fazer sentido.

— Hoje, acho que *aquilo* não será nem penoso nem desagradável para mim — disse a amante com evidente esperança. — Eu estava esperando por isso.

O rapaz usava roupa de linho especial para caçada, cinto atado por cima da roupa, uma espingarda ao ombro e um chapéu de aba larga na cabeça. O homem idoso que andava ao lado dele vestido da mesma maneira era o velho dos olhos amarelados e, além deles, havia também alguns nativos acompanhando-os. O velho e o rapaz andavam corajosamente em frente, abrindo caminho pela selva. Feras rugiam e pássaros de cores brilhantes, inclusive papagaios, voavam no pedaço de céu quadrangular sobre uma pequena clareira. Um leão os espreitava das sombras, e os nativos gritaram, mas o rapaz e o velho apenas golpearam os quadris dos homens com a coronha dos fuzis e não deram atenção para a fera. Depois de cruzar a densa floresta, pararam para um descanso num abafado terreno pantanoso banhado de sol e tomaram coca-cola. Depois, andaram por uma trilha sufocante e longa, e o sol continuava sempre quente, de violenta luminosidade. E finalmente encontram o que buscavam à sombra de gigantescos fetos. O velho ordena que os nativos recuem. O rapaz ajusta o cabo da espingarda ao ombro e acerta a pontaria. Um enorme sapo do tamanho de uma caminhonete estava ali, imóvel. No dorso, tinha manchas de claro-escuro dramaticamente realçado e que lembravam as de fotos telescópicas da superfície lunar, assim como mãos e patas fortes que, embora trifurcadas, não possuíam membranas nadadeiras. E também olhos tristes, mas ao mesmo tempo ferozes, boca grande e rasgada, papada inchada. O velho faz um sinal, o rapaz atira. As balas penetram no corpo do sapo às dezenas, mas ele continua impassível, sentado no mesmo lugar.

Em pé na proa com o velho, o rapaz observa através do binóculo um cachalote em fuga. O barco corre, as ondas são violentas. O céu está límpido e o tempo, abafado. O rapaz repousa o binóculo no peito, corre pela prancha e vai avisar o capitão. Às suas costas, o velho parece testar o funcionamento do arpão. (Isto é um sonho, não é possível que seja realidade. Não é possível que haja situações tão convenientes na vida real. Pois não vou partir, não vou sair daqui para ir a nenhum outro lugar, isto não passa de um sonho, sou apenas a metade fragmentada do casal de amantes deitados lado a lado com o baixo-ventre desnudado.)

O fim do dia chegou e a amante, já vestida, sentava-se diante da penteadeira. Com as costas voltadas para ela, o rapaz vestiu as calças e foi para o banheiro lavar o rosto. Parecia-lhe experimentar desconforto físico de uma maneira realmente estranha e queria tomar um banho. Sentia algo sujo e pegajoso por todo o corpo. Na época em que começara a se barbear, o rapaz costumava usar uma loção cítrica. Depois de usá-la por longo tempo, certa vez espalhou por algum motivo a loção na palma da mão sob o sol e a viu brilhar como escama de borboleta. E ao pensar que usara a loção por longos anos, achou que acabara sujeitando a pele a uma contaminação de que jamais lograria livrar-se. Naquele momento, o rapaz sentia-se da mesma maneira, queria entrar numa banheira e lavar o corpo. Como uma jovem violentada, queria lavar-se interminavelmente.

O rapaz ficou contemplando a banheira por algum tempo. Depois, cerrou os dentes e desistiu de tomar banho. Enquanto lavava o rosto, sentiu que tentava habituar-se, habituar-se a ele próprio, cuja existência fora modificada para a de um homem que tem um filho, ama a mulher e sustenta uma família. O rosto dentro do espelho, avermelhado pela toalha com que se enxugara, já tinha a expressão mansa de alguém totalmente habituado a isso. (Vou me casar, ah, casar! Nunca pensei que isso viesse a acontecer. Minha liberdade termina aqui. Mas nunca imaginei que isso fosse acontecer tão cedo, ah, vou me casar!)

Até então, quem costumava se trancar no banheiro depois do ato era a amante e não ele, mas agora as posições estavam invertidas. Tinha a impressão de que naquele momento era ele que aceitava a experiência sexual como algo penoso e desagradável e que, totalmente perdido de vergonha e medo, tinha no rosto a expressão de alguém submetido a um carrasco.

O rapaz saiu da sala de banho. A amante o acolheu com um olhar circunspecto que o fez sobressaltar-se. O ato sexual sofrera reversão, disso não havia dúvida. O rapaz estava taciturno, mas a amante falava muito. Não havia nenhum sinal de depressão aferrado ao corpo dela. Em contrapartida, o rapaz foi se sentindo oprimido, a depressão aos poucos se alastrava. O diálogo seguinte aprofundou a sensação e o deixou sem saída.

— Jante em minha casa esta noite, está bem? Quero comunicar oficialmente à minha família que vamos nos casar.

— Mas não acho interessante falar disso de repente. Podemos dar um pouco mais de tempo, não podemos?

— Esta manhã, eu já tinha dado vagamente a entender aos meus, não se preocupe.

No momento em que o rapaz e a jovem andavam pelo corredor, cruzaram com um casal jovem que levava pela mão uma criança pequena. A amante espiou o rosto da criança com olhar repleto de amor e o rapaz sentiu calafrios.

— Você comparou o hotel ao mundo da morte, não é? — disse a amante enquanto esperavam o elevador. — E agora, você ainda tem a impressão de que o hotel é o mundo da morte e que se assemelha ao inferno?

O rapaz entrou no elevador, estupefato. Realmente, naquele momento ele já não sentia que o hotel era o reino da morte. O ascensorista não era uma monstruosa mosca, era apenas um garoto sorrindo cordialmente. E em vez de cabeça-de-mosca, o recepcionista que recebeu o dinheiro das mãos do rapaz tinha agora um sorriso bem-intencionado no rosto de traços bem definidos. Ele parecia sinceramente empenhado em se mostrar bondoso para com os jovens noivos que tinham vindo se amar furtivamente no curto espaço de tempo de que dispunham naquela tarde. Os jovens já não eram mais órfãos inseguros, banidos para o mundo da morte. E o velhinho de olhos amarelados e voz rouca também não os esperava na calçada diante do hotel. Tudo parecia ter-se alterado no decorrer de um curto espaço de tempo daquela tarde. Para onde teria ido o inferno?

Enquanto transportava o casal rumo à casa dela no alto de uma colina, o carro chegou a uma esquina de onde se avistava o mar. Banhado de sol, o oceano parecia amarelo e fez o rapaz se lembrar dos olhos amarelados do velho e de sua voz baixa.

— Não estou pedindo esmola, quero apenas me associar com um homem que queira sair daqui. Tenho um bom navio, você não gostaria de embarcar nele comigo e ir para outro lugar? (Aquele velho talvez fosse um mensageiro celestial que surgiu para me proporcionar uma importante guinada, e aquela voz baixa talvez fosse a voz do céu), pensou o rapaz com um aperto no coração. (Se eu tivesse me juntado a ele, poderíamos ter ido a algum lugar distante, para outro lugar, diferente deste. A oportunidade de partir se perde para sempre por puro acaso. E eu nunca mais poderei ir a um lugar diferente deste.)

— Quando saímos do hotel, aquele homem não estava mais lá, reparou? — disse o rapaz.

— Na certa associou-se com alguém, talvez com o homem que chegou depois de você, embarcaram no navio e foram para algum lugar, não é? — disse a amante alegremente.

E então, depois que parou de rir, a amante fechou os olhos, afundou o corpo no assento do carro e se dobrou em dois. Ela parecia estar defendendo com muito zelo o sêmen do rapaz dentro dela, o futuro feto, como se a gravidez já tivesse começado.

(Aquele velho partiu com outro rapaz, associou-se ao jovem que chegou depois de mim e partiu para bem longe. Eles é que vão atirar no sapo no meio da selva e perseguir o cachalote no oceano) pensou o rapaz. Quis rir ante o cômico da situação, mas, em vez disso, quase chorou.

— Era um velho estranho, não era? Não consigo me esquecer dele — disse a amante, muito contente.

— Eu também não consigo — disse o rapaz. — Afinal, ele apareceu bem no dia do nosso noivado, não é mesmo?

(*Kokoyori hokano basho*, publicado em julho de 1959.
Extraído de *Miru maeni tobe*, Editora Shinchosha, 25/05/1974.)

Exultação

Com o peito nu exposto ao sol de verão e os olhos cerrados, eu me deitava na relva, dedos entrelaçados com os da atriz cinematográfica K, cujo torso também se encontrava quase inteiramente nu, e, imóvel, ouvia na estrada que corria acima do barranco onde nos escondíamos, o ronco de motocicletas, sentindo-me vez ou outra invadido por uma imagem qualquer relacionada com a do inferno. E foi assim que me aconteceu de testemunhar essa morte tão sugestiva do motociclista. A relva a que me refiro se situava a cerca de duzentos metros do topo de uma montanha de quase mil metros de altura — dali eu tinha uma vista maravilhosa do porto abaixo e das ruas da cidade em torno dele — e, por se situar no fundo de uma cavidade aberta na encosta da montanha, não podia ser vista da estrada, constituindo-se em excelente local para aqueles que tinham vontade de se ocultar com seus torsos nus ao sol e possibilitando que eu e a atriz cinematográfica K nos entregássemos à dissolução sem ser molestados por ninguém. Nós dois pretendíamos visitar um resort de verão no pico da montanha e, ali chegando, almoçar na filial de um hotel existente nas cercanias do porto, hotel esse onde eu na verdade pousara tempos atrás, mas como o motor do carro aquecera demais, tínhamos largado o veículo na estrada e descido até a referida área relvada correndo considerável risco. Contudo, uma vez acomodados nesse maravilhoso relvado, e embora sentíssemos certa fome, começamos a achar que era muito mais digno de um dia de verão passar algumas horas da tarde deitados ali do que subir até o topo da montanha para comer perca, preocupados, além do mais, com o superaquecimento do motor. Em consequência, deixei K ali mesmo, subi um instante até a estrada, tirei de uma cesta em estilo antigo, acomodada no assento posterior do carro, uma garrafa de Johnny Walker com seu alegre cavalheiro marchando no rótulo, assim como uma garrafa térmica com gelo e dois copos, e retornei para perto de K suando frio ante o perigo de tropeçar em raízes de plantas. Sentei-me na relva, despi a camisa para desnudar o torso e, depois de ajudar a envolver os ombros de K — que por nunca usar sutiã estava com os seios à mostra depois de também despir sua blusa de seda fina — num lenço grande à guisa de manta, começamos a beber o uísque. K lamentava sem parar o fato de não termos trazido a vitrola portátil e os discos de hot jazz que considerava tão preciosos quanto a própria vida, mas, ao sentir os efeitos da bebida, logo deixou de se interessar por qualquer coisa que não fosse banhar o corpo todo ao sol, e eu, que igualmente me sentia longe e isolado de todos os desejos mundanos, me deitei a seu lado e, dedos entrelaçados, ambos tínhamos começado a dormitar como dois castos namorados.

  Lembro-me agora de que aquela era uma tarde do começo de verão e, na relva daquela área da encosta que se constituía quase numa meseta, espiralava uma contínua brisa fresca e os raios solares também não eram tão fortes a ponto de serem desagradáveis. Os únicos ruídos que nos chegavam aos ouvidos eram o ronco das motocicletas, a lembrar a exata amplificação do quente e prazeroso zumbido de uma abelha, e o alarme do trem expresso a correr pelas ruas da cidade. Eis por que, naquele momento em que, livres até da negra angústia que recobre o mundo inteiro, desfrutávamos de uma desanimada paz, ocultos em certa relva ensolarada de uma cavidade e fomos subitamente despertados por uma ensurdecedora explosão seguida de um único gemido humano e de um capacete que passou rolando ao nosso lado, nós dois nos vestimos às pressas e subimos até a estrada, onde nos aconteceu testemunhar a sugestiva morte do jovem motociclista. Enquanto eu me deitava na relva da cavidade com o peito nu queimando ao sol de verão, segurando a mão de K, familiar e ao mesmo tempo indiferente como uma terceira mão minha e, olhos fechados, ouvia motocicletas que passavam a toda velocidade, esse rapaz, que logo haveria de morrer numa batida, pagara a taxa devida na cabine do pedágio à entrada da via e, inconsciente de que dentre as diversas pessoas que subiriam a montanha naquele dia teria o infeliz destino de ser a única a não descer, apertara o acelerador com violência e viera em disparada rumo a esse importante local, e eu com certeza ouvira também o rugido do motor de sua motocicleta. Contudo, até o exato momento da eclosão do acidente, não tive, naturalmente, a atenção despertada para essa moto eleita para correr em direção à morte e, olhos fechados e imóvel, estava absorto pensando na realidade e neste mundo enorme e infinito que me cercava, enquanto o peito progressivamente queimava ao sol. E pelo fato de estar deitado na relva ensolarada de uma cavidade, isolado tanto da estrada, onde circulavam motos e coisas menos barulhentas como carros e pedestres rumo ao topo da montanha, bem como da cidade que circundava o porto, eu experimentava enquadrar tanto a mim como a K na imagem de dois demônios existentes num mundo à parte do humano. Assim sendo, mesmo no momento em que o mundo sofresse uma gigantesca explosão de proporções universais em reação à bomba nuclear, eu e K, dois pequenos demônios do bem, poderíamos continuar deitados na relva da cavidade com os dedos entrelaçados, ouvindo como se fossem vozes bem distantes o pandemônio que se seguiria à explosão, e chego a imaginar que poderíamos até ascender como um deus *da negra angústia que recobre o mundo inteiro* (gosto muito desta expressão usada costumeiramente por um pastor que faz parte daquilo a que chamo de círculo de amigos frequentadores do bar ao lado do porto, razão por que, além de eu mesmo a empregar, recomendo a K que faça o mesmo) e atuar como árbitros. E enquanto isso, dentro da garrafa térmica, o gelo derretia suave e lentamente, suave e lentamente, mas ainda assim de maneira incessante, como a sugerir o fim do mundo. Neste ponto, vou falar um pouco da atriz cinematográfica K. K é uma atriz que chegou a ser o centro de uma frenética popularidade que envolveu não só o Japão inteiro como também o Havaí e até o Brasil mas, de acordo com certo jornal extremamente grosseiro da imprensa marrom, ela "já é uma heroína ultrapassada que, por causa de seu comportamento devasso, forçosamente originado em sua verdadeira natureza ninfomaníaca e em nada relacionado com as exigências da sua profissão, está repentinamente sofrendo as agruras da decadência". Acredito que jamais se escreverá outro artigo de jornal a respeito de K que desperte tantos e tão profundos pensamentos em mim quanto o trecho acima citado. Isso porque, na verdade, o autor desse artigo concebeu essa passagem fumegando de ódio e ressentimento depois de ter tentado na minha frente seduzir K de maneira descarada e de ter sido espetacularmente recusado por ela. Segundo o senso profissional desse crítico de artes, K sem dúvida deveria ter feito uso da "devassidão que *tem tudo* a ver com as exigências da profissão dela" com o intuito de entretê-lo. Não é minha intenção aceitar sem restrições as alegações desse repórter, mas devo apenas reconhecer que K realmente tem tendência à ninfomania, e que isso acrescenta à sua personalidade um traço sombrio e misterioso. K me contou repetidas vezes o seguinte episódio: quando o notável *jazz-man* Louis Armstrong esteve no Japão, ela foi altas horas da noite ao local onde o homem se hospedava e, com a coragem que lhe veio da emoção, bateu-lhe à porta. E com o famoso homem teve um contato íntimo que lhe possibilitou declarar de maneira peremptória que, caso Great Satchmo não estivesse impotente, talvez por estar drogado, com ele teria tido uma relação sexual completa. Neste ponto, tenho a ressaltar que, muito embora a união carnal não se tivesse concretizado em consequência dessa incontornável condição física, Louis e K experimentaram total harmonia espiritual e K havia tido inúmeros e espetaculares orgasmos no ínterim e se exaurido de tal maneira que, ao sair do hotel depois de apenas vinte minutos de entrevista, estava à beira de um desmaio quando enfim conseguiu recuperar-se. Ah, Louis Armstrong, o notável, heroico, maravilhoso Louis Armstrong! Acredito nas reminiscências desse memorável caso amoroso em todos os seus detalhes, relatadas entre suspiros e estremecimentos na voz baixa, rouca e repleta de paixão da estrela cinematográfica K, e por tudo isso a amo de maneira extremada. Além dessa lenda envolvendo Satchmo, há outro fato importante para melhor compreensão de K, qual seja: ela vivia possuída pelo fantasma de *The Big Man*, seu antigo e infeliz amor. *The Big Man* era o diretor de cinema que havia feito K compreender pela primeira vez em sua vida o que significava representar de verdade, e K era a atriz principal dos filmes desse diretor e, ao mesmo tempo, sua amante. E assim houve um período em que K viveu dias de felicidade, mas K possuía uma espécie de natureza maternal piedosa que a impedia de recusar qualquer homem que persistisse em obter-lhe as graças e com ele acabava dormindo, fosse o homem um joão-ninguém ou o típico esnobe do mundo cinematográfico, natureza essa que lhe rendia contínuas confusões mesmo no período de suma bem-aventurança com *The Big Man*, quando então muitas vezes acontecia de o deixar esperando num hotel enquanto dormia em outro com alguém por quem nem se sentia atraída e, em plena transa inconsequente, debulhar-se em lágrimas de autocensura pensando em *The Big Man*, o qual por sua vez descobria a traição e, ciumento, batia em K a ponto de lhe deixar o rosto inchado e torto. Contudo, este foi sem dúvida um período de suma bem-aventurança para K e, mesmo hoje, passados já alguns anos desde que se separou dele sem nenhum motivo aparente, o espectro deste *Big Man* lhe domina corpo e alma: toda vez que K fala dele, sua garganta sofre uma reação alérgica e se constrange, e a voz lhe sai estranhamente ressecada, fina e trêmula. E quando penso no quanto esse espectro torna K misteriosa e lhe possibilita imbuir-se de um fascínio magnífico enquanto individualidade de pés enraizados na genuína profundeza da realidade cotidiana, quando penso no quanto um espectro transforma K numa mulher de forte realidade, numa mulher que parece armazenar em si a própria realidade inúmeras vezes ampliada, não posso deixar de sentir ciúmes desse *Big Man*, o pequenino diretor de cinema, bruto, presunçoso, repleto de complexos e que sofre de forte miopia. Num período de apenas seis meses, esse homem não só acabou por recriá-la desde a essência como também transformou K, que já era uma atriz mas não passava de uma garota depravada de vinte e dois anos, num ser provido de personalidade, deixando-a desde então impossibilitada de interpretar com autenticidade qualquer personagem feminino de menos de trinta anos e, na vida real, fazendo-a parecer quase dez anos mais velha do que é na verdade. Quando conheci K, imaginei que ela fosse uma mulher de mais de trinta anos, mas hoje, um ano depois, ela apenas completou vinte e quatro anos de idade. Maravilhosa reforma da realidade operada por um espectro. Esse *Big Man* deve ser realmente um homem que faz jus à fama e, segundo imagino, em alguma parte de seu corpo se abriga uma característica rara e estranha, vigorosa e super-humana, mais que suficiente para ocultar os defeitos da aparência insignificante e do convencimento e, de acordo com K, no órgão sexual dele se abrigava algo indescritível, algo semelhante a um tipo de força magnética, que transformava o ato sexual naquilo que talvez possa ser definido como um ritual destinado a convergir o magnetismo terrestre para o cóccix. Nestas reminiscências, mais que ambíguas, se oculta um mecanismo que me atrai fortemente e que me sugestiona, disso não tenho dúvida. Sempre penso nisso, mas nunca cheguei a uma conclusão clara. Enquanto eu permanecia quieto deitado na relva da reentrância queimando o peito ao sol com o contato dos dedos de K atiçando vez ou outra aquilo que se assemelha a fogo no interior do meu corpo, eu havia trazido esta questão à mente mais de uma vez. No ínterim, o gelo derretia suave e lentamente na garrafa térmica, suave e lentamente mas ainda assim de maneira incessante como a sugerir o fim do mundo, e os seios de K começavam a dourar ao sol, e motocicletas zumbiam à distância como asas de abelhas, e em última análise reinava em torno de mim e da atriz cinematográfica K uma paz desanimada, a própria paz imóvel e enrodilhada como uma criança sonolenta, e a negra angústia que recobre o mundo inteiro não avançara até ali. No entanto, havia num canto do meu peito uma voz pequenina e esquisita gritando que o inferno era aquela situação, e que introduzia imagens infernais em minhas inúmeras e variadas visões, e, ao me lembrar dessa voz agora, tenho a impressão de que ela foi em verdade estranhamente sugestiva. E nestas circunstâncias aconteceu o ainda mais sugestivo acidente do motociclista quando uma ensurdecedora explosão seguida de um único gemido vindo de cima de nossas cabeças desabou sobre nós, e um capacete, imponente como uma pesada bomba, passou rolando rente ao local onde nos deitávamos. Num canto da estrada onde o pavimento era ainda mais duro, o jovem estava caído de costas, morto: de sob sua cabeça pequena e bem conformada, o sangue, de um alegre e infrutífero vermelho, escorreu e se empoçou num instante. O corpo do jovem motociclista morto tinha sofrido uma estranha deformação, não sei bem se por causa do abalo da pancada ou porque a morte seja ela própria um enorme aparelho compressor dotado dessa espécie de força variável. Dos quadris para baixo, seu corpo tinha encolhido de maneira lastimável parecendo desproporcional em relação ao torso volumoso e forte. O encolhimento tinha se processado de tal maneira que a fralda da camisa parecia prestes a espiar pela barra da calça. Daquele jeito, ele não poderia andar pavoneando pelo inferno e, mesmo que revivesse, só poderia caminhar vacilante como uma criancinha. Fui então tomado de uma espécie de sombria curiosidade: os membros inferiores do jovem motociclista morto teriam sido comprimidos dessa maneira que extrapolava a imaginação em consequência do choque físico da colisão, ou a morte, ao tomar de assalto a nós, pobres moços do século XX de pele amarela e pernas tortas, encolheria nossos membros inferiores por algum princípio psíquico desconhecido? Eu mesmo tentei o suicídio de diversas maneiras e, ao recordar os fatos posteriormente, já não sei bem se desejei realmente morrer ou se tudo não passou de um recurso para escapar de algum desconforto que enfrentava no momento, mas a verdade é que na maioria das vezes eu abandonava a experiência no meio do caminho porque o sofrimento era excessivo (no fim das contas, minhas tentativas falharam e, para mim, que continuo vivo até agora, aquelas tentativas não foram na verdade atos que realmente visaram à morte e, Deus, oh Deus, se realmente existis, acho adequado que me concedais vossa bênção por eu ser um jovem que em nenhum dos diversos momentos da vida jamais desejou morrer *de verdade*. O local onde me *deitei* depois de tomar a minuciosamente calculada quantidade letal mais vinte e cinco pílulas de sonífero era uma encosta de colina voltada para o sul, onde vicejavam moitas de rosáceas, e ali cheguei durante uma viagem à região de Hokuriku, mas acordei dois dias depois, após ter exaurido todo sangue útil existente em minha cabeça com dezenas e dezenas de pesadelos e, uma vez que me descobri emporcalhado com colossal quantidade de excrementos, porém *ainda deitado* neste nosso mundo real repleto de desgraças, na qualidade de um jovem que também neste caso não quis morrer e apegou-se ferrenhamente à vida, Deus, oh Deus, se realmente existis, deveis conceder-me permissão para saudar vossa bênção com um arroto!), mas, na eventualidade de eu conseguir morrer sobre uma cama de hotel em total segurança e sem que ocorra nenhum choque físico, será que ainda assim minhas pernas encolheriam? Nesse caso, neste momento em que desfruto a vida, eu queria obter, com meus próprios olhos, uma clara visão dessa morte que se manifesta na forma de pernas encolhidas. Em consequência, adiantei-me afastando a multidão, momento em que um policial robusto abriu uma esteira suja escurecendo por completo meu campo visual e, em seguida, com um movimento que lembrou o de um caçador de insetos mirando um exemplar com sua rede, saltou na direção do motociclista morto, acabando por ocultar cadáver sob a esteira. O que restou foi apenas uma pequena poça de sangue de um vermelho tão alegre que parecia prestes a entoar uma canção. Então, fui tomado por uma alucinação excessivamente vívida e monstruosa semelhante àquelas sonhadas por solteironas recalcadas em que nada existe além da essência da masculinidade agarrada a um baixo-ventre, uma alucinação em que, debaixo da esteira, os membros inferiores do jovem se encolhiam cada vez mais até o ponto em que algo semelhante a pernas de um recém-nascido se agarravam manhosas como criancinhas ao corpo do rapaz de heroico esplendor. Ou seja, eu havia tido uma alucinação repleta de desejo sexual típica de solteironas recalcadas com relação ao motociclista morto, mas, estritamente falando, o desejo sexual se pusera em ação com relação à morte, e como naquelas histórias medievais francesas escritas em péssimo latim por juízes imprestáveis, eu tinha meu membro rosado e rígido erguido contra as nádegas nuas da Morte, a mulher-demônio. Depois, dei-me conta repentinamente de que abandonara K e, temeroso de que ela, ciumenta, pudesse consumir-se em ódio pelo motociclista morto, mergulhei no meio da multidão uma vez mais, e ainda a procurava quando a descobri, em pé e imóvel, de costas para mim e afastada da multidão, parecendo perdida em pensamentos. Quando me aproximei, K se voltou e moveu a cabeça num aceno, mas seu corpo inteiro tremia de tanta emoção enquanto lambia, com a ponta da língua, rosada e úmida, palpitante como a de uma víbora, o lábio superior arreganhado. Ei, você está se sentindo nauseada?, perguntei. Ela sacudiu a cabeça energicamente e, erguendo um dedo, indicou um homem de presença estranhamente comovente perto dela. O referido homem parecia não ter nem vinte anos de idade e era um motociclista de pescoço imaturo e tenro como o de uma criança: de costas para um profundo penhasco que circundava a cidade em torno do porto, ele estava sentado sobre a grade de segurança da estrada com as longas pernas dobradas de maneira desajeitada e chorava com o rosto enterrado entre os joelhos. Aquele tinha sido o instante de sentido verdadeiramente sugestivo que se transformou em motivo principal de uma mudança dramática na minha relação amorosa com K e o subsequente desmantelamento de tudo, o instante em que vimos literalmente pela primeira vez aquele *rapaz destacado pelo inferno*. Ah, não consigo me esquecer: usando calça de brim preta e camisa de tecido rústico de cor mostarda, cinto largo de couro cor de sangue, botas, óculos de sol cujas hastes — duas patas de caranguejo rastejando na direção das orelhas — se projetavam de ambos os lados do rosto enterrado entre os joelhos, esse rapaz, estranhamente comovente paramentado como um robusto tanque de guerra, chorava copiosamente.

— Ele vinha subindo de moto com aquele homem morto, e este que chora como uma criancinha acaba de perder para sempre o amigo, na cidade na base desta montanha, a família do homem morto não sabe de nada e está à espera dele, e este homem aqui tem de procurar essa família para avisá-la do acidente, sabe?, e vai passar por uma situação tão penosa que terá vontade de morrer, e ele chora ao pensar nisso, coitado, tão novinho que mais parece uma criança, e a esta altura até essas roupas de motoqueiro devem lhe parecer uma carga ridícula, um peso insuportável para ele — disse K num sussurro trêmulo.

— Ah, entendi, este rapaz deve ser mesmo o companheiro daquele outro infeliz.

— Ele está chorando, apavorado com o destino ainda mais infeliz que o do rapaz morto e que subitamente se abateu sobre ele, ah, deve estar se sentindo desolado, desolado como o inferno.

E tão sugestivo quanto possa parecer, K realmente sussurrou "como o inferno" para mim naquele momento crucial com sua voz rouca e sensual, repleta de pesar. Eu me lembro agora, quase tomado de estremecimentos, da voz de K dizendo "como o inferno".

— Deve estar se sentindo desolado como o inferno, esse homem está achando que o mundo real é no final das contas um lugar desolado como o inferno e, enquanto chora com o rosto mergulhado entre os joelhos, deve estar sentindo agudamente que o diabo-pegador deste sinistro pega-pega do inferno alcança num instante até motociclistas que correm a cento e trinta quilômetros por hora, afinal, o pobrezinho não passa de uma criança, não é mesmo? — disse K já com voz lacrimosa.

Aqui também havia uma pista. A voz chorosa de K devia ter me lembrado, pois era idêntica àquela de quando falava de seu *Big Man*, fina e ressequida, emitida pela garganta congestionada por alergia, eu devia com certeza ter me dado conta da movimentação de algo extremamente importante na direção de K. E mesmo que isso jamais impedisse a destruição do nosso amor por esse *rapaz destacado pelo inferno*, percebo agora um tanto tardiamente que eu devia ao menos ter tido o correto pressentimento da aproximação dessa tempestade poderosa; não obstante, eu apenas fiquei ali observando, com o peito apertado de emoção, o homem que soluçava. (Oh, arrependimento, voa de mim como um pássaro, é chegado o momento de me abandonares, oh, arrependimento, batendo as asas vigorosamente como um grande pássaro!) Não só isso como também demonstrei sincera concordância pela atitude emocionada de K para com o homem, e enquanto contemplava suas pernas longas dobradas de maneira desajeitada assim como a cabeça firmemente enterrada entre os joelhos, sentia ao mesmo tempo despertar em mim certa emoção que quase me levava também às lágrimas, e me via tentado a acariciar sua trêmula nuca juvenil.

— O pobre sujeito parece realmente acabado, deve estar triste como o inferno, é verdade — disse eu também então.

— Para os que se amam, exatamente para aqueles que se amam de verdade, a morte se apresenta desta forma e destrói o amor num instante. Talvez tenhamos aqui, diante de nós, uma representação do momento em que eu teria sido fulminada por um acidente e você estaria chorando com suas longas pernas dobradas. Aqui, é a violência da própria natureza, do próprio fato de estarmos vivos, que tudo governa, não é? A morte é a violência perpetrada pela sábia providência divina, e dela dificilmente escapamos. O amor não só não consegue se rebelar contra isso, como também muitas vezes funciona como um sugadouro e a atrai.

— Pois a própria morte tem poder de sucção — disse eu acompanhando o gosto místico de K, mas, naquele momento, eu me lembrava vividamente do pavor que havia sentido certa vez em que, estando eu na banheira de um hotel, a tampa do ralo se soltou e a carne de minha nádega mergulhou no orifício pela sucção da água vazante e tive uma dificuldade imensa em soltá-la. E também de outra sensação de pavor proveniente de um sonho em que, levado pela descarga gorgolejante de uma latrina, eu ia sendo empurrado com os excrementos por uma tubulação escura, longa e profunda, e quem apertava o botão da descarga nesse sonho era K, de nádegas desnudadas.

— Ah, se a gente pudesse, bem que podia fazer alguma coisa por esse rapaz — dizia K.

Reparei que, ao lado do rapaz que chorava com o rosto enterrado entre os joelhos, havia uma moto com o motor ainda ligado encostada ao gradil de proteção. E então dei-me conta subitamente de um problema. Pois eu havia percebido pela pintura especial no corpo da motocicleta que esta pertencia a uma locadora de carros utilizada por mim certa vez e que, além de tudo, a moto era de corrida. Aproximei-me do homem e lhe disse:

— Ei, se você continuar por aqui, vai se envolver em confusões com a polícia; afinal, você era amigo do morto? Ou ele era apenas um desconhecido com quem você resolveu apostar uma corrida?

O homem ergueu o rosto rosado lavado em lágrimas e me fitou com olhar implorante. Em seguida, respondeu com voz de choro e espantosa candura:

— Nós nos conhecemos lá embaixo, junto à cabine de pedágio, ele disse que ia me ensinar a fazer zigue-zagues e, mal partiu na frente, bateu e foi lançado à distância com moto e tudo — disse o homem soluçando. — Ele passou voando bem devagar diante de meus olhos e foi despencando estrada abaixo.

— A polícia já o interrogou?

— Ainda não.

— Desça então o mais rápido que puder, ou a polícia vai incomodá-lo com seus métodos sujos, sem falar que sua moto está com o escapamento serrado e isso é ilegal, pode até levá-lo à prisão; ou você prefere descer a montanha com o homem morto no camburão da polícia?

— Não quero — disse o rapaz tornando-se ainda mais infantil. Difícil de lidar.

— Vá, desça de uma vez.

— Estou com medo de andar de moto — disse o rapaz, abatido, sem saber o que fazer. — Minhas pernas tremem tanto que não consigo nem subir no selim.

Foi nesse instante que K, ao meu lado, interveio com firmeza dizendo o seguinte. E enquanto falava, já estendia a mão para o rapaz.

— Entre no meu carro, ele devolve a moto para você, vamos, não fique aí chorando e entre no meu carro de uma vez.

Depois, K andou com passos rápidos e decididos na direção de nosso carro, praticamente carregando em seus braços o rapaz que, sempre soluçando, esticara as longas pernas, erguera-se mas, sem conseguir se aprumar, hesitava em posição estranha e ridícula. No momento em que consegui mudar o rumo da moto abandonada pelo rapaz e montá-la, o carro dirigido por K disparava montanha abaixo em total desrespeito ao limite de velocidade — trinta quilômetros com freio motor — e o ar deslocado por ele atingiu minha camisa fazendo-a drapejar. Só me restou contemplar com uma ponta de inveja o motociclista deitado inerte no banco traseiro do carro e dar-me conta uma vez mais de que, em alguns momentos, K mostrava um poder de decisão rápido e explosivo. E como eu considerava intolerável ser preso pela polícia no lugar do rapaz, desci também a montanha em razoável velocidade assim que levantei a moto. E fui devolvê-la. Para mim, foi muito conveniente que a locadora de carros apenas me reembolsasse o valor correspondente a seis horas de aluguel sem nada perguntar mas, quando passei no hotel de K para saber se havia algum recado para mim, já que eu queria devolver o dinheiro ao infeliz motociclista, soube que ela ainda não tinha retornado. Esperei durante algum tempo, mas não houve sinal de K. Liguei então para todos os bares que costumávamos frequentar, principalmente aqueles em torno do porto, onde K poderia ter levado o rapaz soluçante a fim de lhe oferecer um conhaque e assim devolvê-lo à normalidade, mas não a encontrei. E enquanto me sentava num sofá no vestíbulo do hotel lendo revistas de cinema, lembrei-me de que K me falara a respeito de um trabalho numa emissora de TV, e achei que, se o serviço era para aquele dia, K devia ter ido de carro diretamente à emissora. Ah, no momento exato em que se desenrola um acontecimento que toldará por completo nossos longos anos futuros, nós, jovens, somos perfeitamente capazes de nos absorver na leitura de uma revista de cinema, ou de considerar um grande achado lembrar-se de uma emissora de TV no preciso instante em que a pessoa que mais amamos espia as profundezas do inferno, mas nós, os jovens, assim como os idosos, jamais recuperamos aquilo que perdemos e, sobretudo, nós, os jovens, temos à nossa espera um longo futuro de muitas e muitas noites de amargura para lamentar o que perdemos. Realmente, naquele dia, depois de despender longo tempo no hall do hotel, eu disse ao recepcionista que pedisse a K para me telefonar quando chegasse e, sem absolutamente nenhum mau pressentimento a me perturbar o espírito, retornei ao meu hotel. Quando fechei as cortinas duplas e me deitei na cama, um misto de excitação e ansiedade que aos poucos avolumava me fez começar a suar frio como um selvagem e, após hesitar, acabei afinal por me levantar e desencavar um cigarro de maconha, cujo uso eu havia decidido abandonar e efetivamente já não usava havia algumas semanas. O cigarro de maconha me fez perceber o tempo, volumoso e pesado como água, e as horas, correntes e suaves como um rio em que eu me banhasse, tudo isso tendo o efeito de me aproximar da essência fluida, não estática, da realidade e de aprofundar essa percepção. Eis por que fui capaz de me distanciar da ansiedade e de experimentar claramente a passagem do tempo e o fluir da realidade, tão claramente que os sentia roçarem por minhas pernas, braços e ventre. Aliás, em nenhuma circunstância a realidade existe de forma estática. Na própria palavra *existir* já está implícito o conceito de hora, e *algo existir* significa continuar a existir durante certo período em cada um dos instantes do transcorrer das horas. E uma vez que inexiste uma realidade estática, o processo de apreender a realidade como se fosse algo estático está errado. Nesse sentido, há no processo de captação da realidade do cinema um propósito essencialmente correto, enquanto instantâneos se baseiam num falso juízo. O material captado em instantâneos, principalmente o humano, exibe, em maior ou menor grau, feições cômicas porque sofre franca crítica por este erro de percepção da realidade. Eu sinto com clareza a passagem do tempo através do cigarro de maconha, o que em outras palavras significa que sou capaz de apreender de maneira clara o fluir da realidade paralelo à passagem do tempo e de percebê-lo tridimensionalmente. Em oposição a este estado de suprema bem-aventurança, no exato momento em que desperto dos efeitos da maconha, fico aturdido ante a imprecisão da passagem do tempo e a inconsistência da realidade. O *tempo* passa a não ser nada mais que um conceito vazio, abstrato e desprovido de sensação real, e a realidade se torna estagnada, imprecisa como uma foto excessivamente ampliada, perde atratividade. A realidade se transforma numa substância morta, inorgânica. Gostaria de citar aqui a impressão que uma amiga minha teve ao fumar pela primeira vez um cigarro de maconha. "Sinto que meu corpo é impulsionado para a frente, como se a cama fosse um MG e, deitada nela, avanço sem parar como se estivesse sendo sugada." O corpo dela, não há dúvida, percebia a si mesmo como um ser real que avançava sem parar, paralelamente ao fluir do tempo. Naquela quente tarde de verão, fechei as cortinas duplas do quarto do sétimo andar do hotel e, deitado na cama, enxuguei o suor gelado, fumei o cigarro de maconha e deixei meu corpo flutuar na corrente do *tempo*. E então, amparado em corajoso realismo, pus-me a meditar sobre o morto que tombara na estrada, o jovem e infeliz motociclista. A maconha tinha despertado um movimento turbilhonante em minha imaginação, e no centro desse turbilhão havia o par de óculos de sol quebrado que estivera caído ao lado da testa estreita e curta do motociclista morto, enfatizando seu sentido de maneira cada vez mais precisa. Aqueles óculos de sol de lentes fortemente escurecidas deviam ser o verdadeiro foco do evento e, caso buscássemos na mitologia um padrão para a tragédia que envolveu o motociclista morto, encontraríamos no âmago do mito de Orfeu a melhor aproximação. Por que motivo aquele motociclista morto (o infeliz cujos membros inferiores tinham encolhido a ponto de a fralda da camisa alcançar os joelhos) corria com tanta pressa, e por que essa morte acidental lhe caiu sobre a cabeça como um raio e, com uma explosão estrondosa, ele morreu derramando pegajoso sangue rubro e de gosto agridoce sobre o pavimento quente, produzindo uma pequena poça de sangue? De costas para um despenhadeiro que dava para o porto e a cidade, o companheiro dele soluçava sentado no gradil baixo, pernas cruzadas de maneira desajeitada e cabeça enterrada entre os joelhos, mas não seria ele um Orfeu?

Aquele rapaz pensava no amigo morto repentinamente, pensava na família dele, pensava nos longos e solitários dias e anos que se seguiriam a partir do dia seguinte, e soluçava enquanto era lambido pela gigantesca língua da insegurança que provavelmente lhe atingia o âmago da existência, e tinha certo aspecto arrasado, total e profundamente aturdido de alguém que se deu conta outra vez da solitude da existência humana, como naqueles versos de W. H. Auden: "E assim pensando, vi-me de repente/ Diante de um homem sentado num banco sozinho a chorar,/ Cabisbaixo, boca retorcida/ Desamparado e feio como embrião de ave". Mas por que teria ele vindo em disparada de motocicleta com o companheiro? Aqueles dois constituíam com certeza uma moderna dupla de Orfeu e seu amante. Ergui-me da cama, dependurei do lado de fora da porta um cartão com o aviso "Por favor, não perturbe. Estou trabalhando", acendi um novo cigarro de maconha, retornei para a cama, ajustei no toca-discos ao lado da cabeceira um disco de Mezz Mezzrow de um exuberante estilo "negro voluntário", deitei-me sem ânimo algum e comecei a pensar na tragédia do moderno Orfeu e seu amante, que eu acabara de testemunhar num entre um milhão de acasos do mundo real. Eu me sentia violentamente excitado por uma repentina inspiração de transformar esta nova lenda em ópera jazzística e de encená-la no outono. O papel do motociclista que morrera com o rosto premido contra fragmentos de seus óculos escuros deverá ser encenado pela atriz cinematográfica K *travestida* de homem. A representação do *amante* de Orfeu por K, que mesmo travestida de homem é uma exuberante encarnação do erotismo feminino, resultaria bastante sugestiva e original. "Por favor, não perturbe. Estou trabalhando." Os personagens que imaginei para o trabalho do próximo outono são os dois motociclistas e, além deles, inúmeros habitantes da Terra dos Mortos. É verão, e o palco da ópera é a cidade em torno do porto com a estação de veraneio no topo da montanha de cerca de mil metros de altura ao fundo e a estrada que leva ao pico. A música tem necessariamente por tema o rugido ensurdecedor de motos. A cidade em torno do porto, e nela aliás está o hotel onde moro, é a Terra dos Mortos, o Além. Em busca do amante morto, o motociclista Orfeu é o único vivente que chega a essa Terra e ali passa por inúmeras provações. Fazendo acrobacias com sua moto, consegue impressionar o prefeito da Terra dos Mortos e dele obtém um salvo-conduto que lhe possibilita reconduzir seu amante morto para a Terra dos Vivos, o mundo real. Os dois partem montados em motocicletas, não sem antes ouvir do prefeito uma série de restrições e proibições comuns à lenda de Orfeu. Até chegar efetivamente à Terra dos Vivos, Orfeu não poderá ver o rosto do amante, que está coberto por um par de óculos escuros, grandes e resistentes, do tipo usado por motociclistas de corrida. Montados em suas respectivas motos, Orfeu e seu amante disparam por uma íngreme subida rumo ao topo da montanha, fazendo rugir suas máquinas. Os dois escapam da Terra dos Mortos e estão em vias de alcançar a Terra dos Vivos. Com a fuga rumo à vida prestes a se concretizar, aproximam-se de uma curva acentuada da estrada da montanha, a cerca de oitocentos metros de altura. À visão dos músculos das costas, quadris e nádegas do amante que se agita sobre a moto diante de seus olhos, Orfeu arde de desejo. O fato de o amante de Orfeu ser um robusto rapaz e de existir perversão na sexualidade dos dois terá influência também neste trecho de forma bastante sugestiva. O moderno Orfeu motociclista acaba enfim por se render ao desejo urgente de ver o rosto do amante sem os óculos escuros e começa a tecer um artifício para alcançar seu objetivo. A Terra dos Mortos já se encontra oitocentos metros abaixo deles e se achata como um besouro pisoteado em torno do porto de brilhante cor alaranjada, e talvez o risco de morte já esteja afastado. Orfeu pede ao amante que o ensine a correr em zigue-zague. Sem perceber o artifício, o amante sente o orgulho espicaçado e ingenuamente ergue os óculos à testa, volta-se e, dando instruções a Orfeu, começa a ziguezaguear com sua moto. No mesmo instante a moto vai de encontro a um paredão de rocha: o rapaz voa com o impacto, é jogado sobre o asfalto, cai de bruços e morre instantaneamente. O infeliz amante que não conseguiu escapar da Terra dos Mortos jaz encolhido sob a luz do sol, e o sangue que escorre de seu corpo forma uma pequena poça de um vermelho excessivamente vívido, inorgânico, alegre e enlouquecedor. Sentado de costas para o precipício, de cuja base lhe chega aos ouvidos o coro vitorioso do prefeito e dos habitantes da Terra dos Mortos, Orfeu chora com a cabeça enterrada entre os joelhos. Óculos quebrados, motor da moto que, qual arma mortífera, continua a rugir de maneira ensurdecedora e feroz, suor a escorrer, e o cadáver do amante, percorrido por tremores, já em processo de rigor cadavérico. "E assim pensando, vi-me de repente/ diante de um homem sentado num banco sozinho a chorar,/ cabisbaixo, boca retorcida/ desamparado e feio como embrião de ave./ Lembrei-me então de todos aqueles cuja morte/ É condição necessária para a estação começar,/ aqueles que nesta época pesarosos apenas se voltam para o passado/ Para a intimidade natalina, um diálogo hibernal/ que se extingue em silêncio, em lágrimas os deixando."* No outono, terei com certeza terminado de escrever a ópera de jazz moderno, "O Orfeu motociclista", cuja composição musical pedirei a um dos meus talentosos amigos, homem que, além de escrever romances de mistério sob pseudônimo, grava em fita uma infinidade de sons e os usa como um treinador acústico, e que em 1984 idealizou

---

* *"But thinking so I came at once/ Where solitary man sat weeping on a bench/ Hanging his head down, with his mouth distorted/ Helpless and ugly as an embryo chicken./ So I remember all of those whose death/ Is necessary condition of the season's setting forth,/ Who sorry in this time look only back/ To Christmas intimacy, a winter dialogue/ Fading in silence, leaving them in tears."*, W. H. Auden, *Selected poems*. (N. T.)

simultaneamente com Pierre Schaeffeur a *musique concrète*. Este homem, que chegou até a cantar em dueto com uma cantora de jazz filipina, tinha um olhar bondoso, gestos que lembravam os de um pequeno animal e hábito de espirrar quando encarava o sol, complexos que, somados à experiência de viver como *room boy* em casa de família estrangeira, resultaram em certa propensão a considerar mulheres estrangeiras como monstruosidades, mas, musicalmente, é um verdadeiro gênio. O cigarro de maconha se consumiu entre meus dedos, queimando-os, e a agulha do toca-discos percorria o redemoinho das linhas centrais produzindo aquele som desagradável e extremamente monótono que se associa à imagem da eterna recorrência. Procurei no criado-mudo ao lado da cama e descobri, com algo semelhante à sensação de pavor, que os cigarros de maconha tinham acabado. E o mundo externo além da cortina já se encerrava em escuridão mais densa que a morte. Ergui-me, entrei no banheiro de um branco imaculado e, sentado na latrina, refleti minhas pupilas no espelho. Como pupilas pertencentes a um estranho, as minhas na certa contemplavam uma paisagem que eu desconhecia, abriam-se, dilatadas e absortas, indiferentes à minha pessoa. Enquanto eu observava essas pupilas alheias, o pavor que me constrangia o peito começou a se derreter suavemente como um pedaço de gelo e, reconfortado, fechei os olhos, urinei e saí do banheiro. Eu havia me livrado da solidão que investia contra mim como uma fuzilaria e, embora fechado num quarto com estoque zero de cigarro, seria capaz de aguardar o amanhecer, feroz como um urso, sem ter de me atormentar. Tornei a mergulhar na cama e, enquanto ouvia o aparelho de ar condicionado emitir um som lastimoso como o que escapa da garganta de uma criança doente, tornei a pensar em minha ópera. Depois, lembrei-me de um verso do poema de Auden, e pensei: que nova estação a morte daquele motociclista preparara, a que começo de estação a morte dele teria sido necessária? Quando o outono chegar, terei escrito o roteiro de uma ópera jazzística moderna de morte e violência que terá por tema o motociclista Orfeu e, sob minha direção, K, a extremamente feminina, erótica e também ninfomaníaca atriz de cinema se travestirá de vigoroso homem em calças de brim preto, camisa mostarda, cinto largo de couro cor de sangue, botas e óculos escuros de armação robusta semelhante a gesso. Isto provocará um furor arrebatado que haverá de se disseminar, com a fúria da peste, por entre milhares de espíritos humanos. Depois, quando o outono chegar, uma fantástica história se espalhará, segundo a qual, em noites de chuva, o estrondo ensurdecedor de uma motocicleta e uma luz cegante transformam por instantes a escuridão em pleno dia nas proximidades daquela perigosa curva da estrada, semeando uma sensação de inusitado pavor entre numerosos jovens malucos por motociclismo. Mas esse outono não foi preparado pelo jovem e infeliz motociclista. Aliás, nenhum dos jovens japoneses, e neles eu me incluo, teve afinal a oportunidade de ser o indivíduo cuja morte se tornasse condição necessária para uma nova estação começar. E este pensamento era a causa da minha estagnação, e por causa disso eu conseguia continuar deitado numa cama no sétimo andar de um hotel de uma cidade portuária sem muito constrangimento, deixando-me invadir por uma inútil exaltação enquanto fumava um cigarro de maconha e sentia o denso passar do tempo. E sem tornar a morte de indivíduo algum condição necessária para a sua chegada, a nova estação estava prestes a empurrar a porta e entrar ostentando no rosto uma expressão mal-humorada e segurando o chapéu de encontro ao peito. Nos poucos minutos que precederam meu mergulho no pântano do sono, uma prancha de plástico transparente e dura tinha se estendido a cerca de trinta centímetros acima de minha cabeça, e por ela corriam a esmo algumas centenas de motociclistas vivos — que por causa das pernas longas demais projetavam seus joelhos para fora em pose que lembrava a de alguém evacuando — em companhia de motociclistas mortos, com seus volumosos torsos quadrangulares semelhantes a caixotes e com suas pernas encolhidas que mal se agarravam aos selins, fraldas de camisas aparecendo pela barra das calças, o ronco ensurdecedor das motos estrondeando como um acorde de Wagner e o louco balé dos óculos escuros lembrando um enorme bando de morcegos em raide. Frenético, gritei a plenos pulmões de medo e excitação como uma menininha enquanto caía no sono, ou melhor, perdia os sentidos. E durante todo esse tempo, as paredes do inferno estavam sendo aos poucos erguidas, cada vez mais altas. Este acontecimento marcou o término da primeira etapa da minha vida com a atriz cinematográfica K numa cidade portuária de Kansai, onde tínhamos ido com o intuito de passar o verão, e onde pretendíamos ainda permanecer até o fim do verão para, no outono, anunciarmos oficialmente o casamento e assim terminar de vez o inconveniente arranjo de morar em hotéis separados só para atender às convenções. Ah, casamento em outubro!

Pela manhã acordei porque o telefone à cabeceira da minha cama cacarejava em desespero, como galinha prestes a ter o pescoço torcido, mas me recompus, apanhei o receptor e cumprimentei K com bom-humor e, assim que comecei a lhe falar da ópera do motociclista do dia anterior, a voz de K me caiu sobre a cabeça como uma violenta descarga elétrica:

— Ele está tomando banho agora, dormiu aqui a noite passada porque já era muito tarde — comunicou K com a voz vibrante de alguém que começa a amar, voz com fragrância de rosas. — Ele é realmente uma graça de menino, *você também* vai se entusiasmar por ele.

Não sou capaz de afirmar que nem naquele momento compreendi o exato sentido desse golpe fulminante, mas logo eu haveria de perceber, aos poucos e penosamente, que esse tinha sido apenas o primeiro golpe, o abominável golpe preliminar que me lançaria com presteza nas profundezas do inferno e que, naquele exato momento tudo caminhava para a destruição a passos largos, como o deslocamento continental ocorrido séculos atrás, mas, deitado na cama sufocante bem tarde naquela manhã em que prenúncios de pleno verão já se faziam sentir no ar, eu segurava com firmeza o receptor negro semelhante a um órgão genital e que transmitia a voz de K com uma sensação ácida a me queimar o peito. Na qualidade de noivo com quem ela se casaria em outubro próximo, no outono, ou mesmo na de antigo e íntimo amante corroído pelo ciúme, talvez eu devesse naquele momento ter dirigido algumas palavras raivosas a K, então fascinada por seu novo amor e, mesmo que ao assim fazer não me tivesse sido possível reconduzir ao cais o grande navio que já zarpara, a tentativa teria sido válida. Eu, porém, evitei deixar transparecer o menor vestígio de perturbação na voz depois daqueles segundos que se seguiram ao golpe, breves mas desesperadamente profundos como uma fenda e, com voz transbordante de autêntica cordialidade, respondi o seguinte:

— O sujeito deve ser realmente maravilhoso para tê-la deixado tão entusiasmada, quem sabe ele e o motociclista que morreu são dois anjos que caíram do céu no topo da montanha com suas motos, não é?, e um deles infelizmente morreu por uma falha no sistema de aterrissagem e retornou antes ao céu. Apresente-me a ele esta tarde, podemos até jantar juntos, isto se ele se dispuser a desperdiçar o seu segundo dia na terra partilhando uma refeição conosco, *eu também* quero participar de seu entusiasmo por ele.

— Fico bastante aliviada ao ouvi-lo falar assim, eu me afligi de verdade por uns breves cinco minutos antes de me decidir a ligar para você, não tive tempo de pensar nisso longamente porque precisava cuidar do rapaz, entende?, e fiquei muito feliz enquanto ouvia sua voz cheia de entusiasmo, pois percebi que os cinco minutos de sincera aflição por que passei me deram a solução correta.

— Vá, vá cuidar do motociclista que aterrissou com êxito, por tudo que sei, ele pode estar no banheiro chorando sentidamente com aquelas pernas compridas dobradas, e dê-lhe um abraço por mim.

Repus o receptor no gancho, juntei a mão agora vaga à outra atrás da nuca, descansei molemente todo o peso do meu corpo na cama e, lábios cerrados com firmeza, acompanhei com olhar sombrio as marcas do estuque no teto. K muitas vezes perdia-se de amores por um novo homem desta mesma maneira e a ele se entregava de corpo e alma, após o que *a própria K o abandonava* e voltava para mim, e, de cada vez eu deixava K partir para sua jornada amorosa à maneira de um pai que vê a filha querida partir sem rumo e a recebia de volta quando, enfastiada de seu novo amor, ela retornava voando para os meus braços algum tempo depois, como se literalmente *tivesse o traseiro em fogo*, conforme se diz vulgarmente. Ainda hoje, K vive momentos sob a influência do espectro de *The Big Man*, poderoso a ponto de lhe provocar um surto alérgico, mas nem no período de extrema bem-aventurança que o amor de *Big Man* lhe proporcionou, esta atriz ninfomaníaca teve intenção alguma de coibir seu hábito nocivo, essa espécie de amor maternal que a levava a dormir com outros homens em inúmeros hotéis baratos. Desde que K se tornou minha amante, eu nunca reclamei dos momentos em que, com o mesmo orgulho com que o galo mantém a sua crista no topo da cabeça, ela afagava a lembrança de seu *Big Man* preciosamente guardada no fundo do coração, tampouco a repreendi quando, rompendo um compromisso que tinha comigo, ela foi jantar num restaurante taiwanês com certo indivíduo de caráter duvidoso que planejava importar capital de Taiwan para fundar uma produtora independente e, em solidariedade a esse homem, que ora lamentava ora amaldiçoava o fato de a própria esposa, abismada, tê-lo abandonado ao saber dos detalhes absurdos desse projeto, K com ele passara uma noite, nem quando comentou que se sentiu acarinhando um recém-nascido porque o referido homem não tinha nenhum pelo em toda a cabeça, exceto por alguns fios à guisa de sobrancelhas, e muito menos quando disse que o homem, apesar de ter cara de entendido e olhar pegajoso e desagradável que a fez sentir certo tipo de expectativa vulgar, ejaculara *com a rapidez de um fofo coelhinho* no momento do ato sexual.

Em outra ocasião, fomos altas horas da noite a um restaurante italiano frequentado por pessoas do mundo cinematográfico para comer uma salada italiana e, lá chegando, topamos com um jovem ator que eu conhecia de vista e que costumava aparecer em filmes policiais usando um bigode postiço e, a certa altura do jantar, fui procurar K, subitamente preocupado com o fato de que ela demorava a retornar da toalete — ela estava com pressão baixa e se sentia indisposta naquela noite — imaginando que talvez tivesse desmaiado, momento em que a vi recostada a uma parede num canto escuro do banheiro com o jovem ator que também havia desaparecido, ambos em pé mas sem dúvida alguma fazendo sexo. Fingi não notar o canto escuro, urinei, saí do banheiro e, instantes depois, continuei a comer a salada italiana com K, que, pálida da pressão baixa, havia retornado à mesa com a cabeça orgulhosamente erguida, mas nem mesmo então — aliás em nenhum momento até hoje — toquei no assunto, e, terminada a refeição, cheguei até a cumprimentar o jovem ator (muito embora tenha me recusado a apertar-lhe a mão) quando o encontrei no patamar da escada, e só depois tomei o caminho de casa.

Não suporto a ideia de ter minha liberdade cerceada por K (não pretendo aceitar de ninguém o cerceamento de minha liberdade e, se nos dias de hoje alguma preciosidade ainda me resta incólume, lutarei por essa raridade até a morte, pois essa raridade é a razão de minha liberdade individual. Esse ponto de vista me obrigou, em sofrimento e lágrimas, a me separar dos meus amigos comunistas que eu mais amava, mas abandonar esse ponto de vista não me passa pela cabeça e, mesmo que eu renasça e ressurja *na atualidade futura* do século XXI, pretendo manter essa visão, com ela viver e novamente morrer), tampouco quero cercear a liberdade de outros e ser morto por eles, e isso vale também para a liberdade de K. O amor me unia a ela, era certo; porém, uma vez que sou homem e não peixe de virilidade férrea inesgotável, não pretendo manter todos os momentos do cotidiano de K presos à ponta do meu falo. Eis por que, embora ame K, eu lhe concedia toda a liberdade sem que o ciúme me atormentasse e, na verdade, nada havia tão distante da minha vida com K do que o ciúme. Entretanto, com K arrumando um amante durante o verão e o meu casamento com ela se realizando em outubro, sempre havia o perigo de surgir um complexo relacionado à identidade do verdadeiro pai ou em minha mente ou na do filho que eu teria com K quando ele crescesse. Mas como K teria legado à prole a glória de ser uma mulher extremamente moderna, esse aspecto extrapolaria o âmbito das generalizações e perderia o poder de nos incomodar. Todos estes variados pensamentos que rumino agora são, sem tirar nem pôr, os que eu, corpo ardendo e deitado na cama do hotel daquela cidade portuária, tinha em mente enquanto contemplava com humor sombrio algumas marcas no estuque no teto. Ao fim e ao cabo, resolvi me levantar por ter chegado à conclusão de que nada havia para eu me preocupar com relação ao novo caso amoroso de K, e foi então que pela primeira vez dei-me conta de que não estava em condição de me erguer com agilidade, e de que eu simplesmente tinha sido vítima de profunda crise depressiva. A depressão tinha a ver com o abalo emocional que eu sofrera ante a imagem do jovem motociclista chorando com as longas pernas dobradas de maneira desajeitada e o rosto enterrado entre os joelhos e, por um breve momento, tive o nefasto pressentimento de que estávamos, não apenas K mas também eu, prestes a ser devorados pelo comovente fascínio daquele rapaz. O pressentimento, que afinal se provou acertado, pareceu me tragar para as profundezas do inferno, e o motociclista que soluçava desconsoladamente era afinal o próprio *rapaz destacado pelo inferno*! Momentos depois, porém, eu, que já não suportava o calor, me ergui, tomei uma chuveirada e, ainda nu, abri as cortinas e contemplei o porto, mas enquanto fazia tudo isso tinham desaparecido sem deixar vestígios a minha disposição sombria e, com ela, os funestos pressentimentos. Em consequência, vesti-me corretamente e fui para o bar ao lado do porto a fim de me encontrar com K e o motociclista. Eles já tinham chegado e, sentados em cadeiras dispostas em ângulo reto, bebiam num canto escuro no fundo do bar com os ombros se tocando. Além deles, estavam apenas o pastor, recostado ao balcão e bebendo uma cerveja, e a amiga dele, uma mulher que tinha queloides de radiação da bomba atômica em toda a extensão das largas costas — eu estava casualmente presente certa vez em que ela, embriagada, ficou nua —, mulher essa pouco dada a falar, mas que, apesar disso, nada tinha de antipática, tanto assim que entretinha o barman e o pastor num acolhedor silêncio. Senti um vago desconforto em me dirigir diretamente à mesa ocupada por K e o motociclista, de modo que parei ao lado do pastor e conversei com ele brevemente. Este pastor, praticamente a única amizade que K e eu fizemos naquela cidade, tem sua igreja numa colina que dá para o porto, mas costuma passar o tempo no bar. Pois o pastor visava à salvação de uma pobre alma, um trabalho cuja realização era impossível na igreja por certas razões. A alma que precisava ser salva era a da amiga que naquele momento bebia vinho ao lado dele, e o motivo que o obrigava a ir até o bar em busca de sua ovelha perdida era a recusa peremptória da referida ovelha em frequentar a igreja. A mulher era casada com o tripulante de um navio de rota internacional — no momento, ele trabalhava alimentando a caldeira de um navio a caminho da América do Sul — e se tornara amiga do pastor porque, assim quisera o destino, o marido dela era o foguista do navio movido a carvão em que o pastor viajara ao Japão. A mulher estava grávida, o foguista queria o filho, mas ela desejava abortar por temer que o primogênito nascesse com microcefalia ou algum outro tipo de anormalidade decorrente de sua doença radioativa. Temendo que a mulher realizasse o aborto em sua ausência, o foguista pedira ao pastor, antes de partir para a Bolívia, que cuidasse da mulher e, em decorrência disso, o pastor passara a surgir todos os dias no bar, dessa forma procurando solver o problema que seu país natal criara ao explodir uma bomba atômica sobre a cabeça desta lacônica japonesa. Sem conseguir se livrar da persistente ideia de que carregava no ventre um microcéfalo, a mulher se deixava ficar no bar bebendo até se embriagar, pilheriando vulgarmente com o pastor, provocando uma discussão sobre doença radioativa e gravidez, ou ainda mantendo-se apenas parada no balcão com o sereno e simpático rosto em repouso. Quanto ao pastor, ele próprio já tinha como obsessão particular, desde os tempos em que vivia nos Estados Unidos, um horrível e mórbido medo de bomba atômica, medo do tipo alimentado por close-up de filmes de terror americano, e quando, somado a isso, se viu obrigado a ver desalentadoras vezes os queloides que cobriam as costas da mulher por causa de certo impulso exibicionista que se apossava dela e a fazia se despir toda vez que se embriagava, o pobre homem ficou em dúvida se podia ou não rejeitar peremptoriamente a ansiedade dela, e a aflição da espera pelo *fatídico parto* fazia com que o infeliz pastor, que, mal chegado ao Japão, se vira tolhido por essa enorme dificuldade, não conseguisse passar sem beber, de modo que estes dois amigos preferiam o bar perto do porto à igreja. E também naquele dia, quando eu os cumprimentei enquanto pedia um conhaque duplo ao barman, os dois discutiam uma grande questão que envolvia raízes religiosas.

— Se você tiver um filho microcéfalo, eu na certa abandonarei esse Deus que impôs um absurdo tão cruel a você, minha amiga, e merecerei ser morto por seu marido por tê-la forçado a parir esse filho arrostando tamanho perigo.

— Ah, não me fale em microcéfalos, não me imponha mais medo além daqueles que já enfrento. Quero apenas que, depois desse parto desastroso, você diga ao meu filho microcéfalo quando ele crescer a ponto de compreender o que lhe dizem — se ele for capaz disso — que a culpa do nascimento dele não é minha, mas sim do seu Deus, pastor, que assim ordenou.

Ouvi tantas vezes esse tipo de diálogo que já não conseguia demonstrar um interesse genuíno e adequado pelo assunto, de modo que meti minha cabeça no meio dessa discussão que cheirava a inquisição e os cumprimentei, quando então tanto o pastor como sua amiga pararam a discussão por instantes e devolveram meu cumprimento cordialmente, logo retomando a polêmica que agora começava a cheirar a eterna recorrência.

Pensando como sempre que gostaria de retornar a esta cidade portuária dentro de alguns meses para saber que tipo de cartada Deus e o feto apresentaram como resposta a esse problema crucial, apanhei o copo que o barman me apresentou naquele momento e, finalmente, me fui na direção de K e do motociclista, mas não posso deixar de reconhecer que, naquele instante de suma importância, eu estava sendo permissivo, que eu estava permitindo *alguma coisa* entre K e seu novo amante. Como um corpo estranho, um espinho que se crava nos laços íntimos de dois amantes, sentei-me ao lado de K e de frente para o motociclista. A partir daquele momento, eu me rebaixara à posição de *ex*-amante de K. Analisado de um ponto de vista inverso, isso se dava porque o motociclista, que, longas pernas dobradas e rosto enterrado entre os joelhos, chorara desconsoladamente no dia anterior, me recebeu naquele momento com ar magnânimo, sentado ali de maneira realmente descontraída e triunfante, a estreita testa morena e viril voltada para cima em pose segura e protegendo K à moda de um macho poderoso, enquanto K, por sua vez, sorria de maneira a me dar a impressão de que se amparava fragilmente no motociclista. Muito satisfeita, ela então sussurrou para mim:

— Ele estava me falando de um esquema de contrabando em que ele embarcaria num pequeno navio pesqueiro, entraria clandestinamente em Hong Kong, onde faria negócios, e traria narcóticos para cá, e daqui ele levaria rádios transistores, mas o grosso do lucro viria dos narcóticos, é claro. O tio dele é comerciante em Hong Kong e tem amplas conexões na área de narcóticos. Eu mesma fiquei fascinada com essa história porque conheço realmente uma porção de *jazz-men*, artistas, frequentadores de clubes noturnos e diretores de cinema que vivem pagando caro por narcóticos de procedência desconhecida e acho que todos eles me agradeceriam muito se eu lhes apresentasse este rapaz. O rapaz aqui diz que, quando o destino quis que ele e o infeliz motoqueiro morto ontem pagassem ao mesmo tempo a taxa do pedágio na boca da estrada, logo pensou em convidar o outro a participar desse esquema de contrabando enquanto descansassem no topo da montanha e que, com isso em mente, subiu a estrada falando entre outras coisas de manobras em zigue-zague.

— Procuro um homem corajoso o bastante para sair de maneira clandestina do país comigo. Procurei muito e, quando enfim encontrei por acaso esse motociclista estupendamente corajoso, o sujeito me morre.

— Talvez você esteja predestinado a conhecer parceiros que morrem em colisões violentas segundos depois de encontrá-los — disse-lhe eu.

— Quando ele me contou essa história hoje cedo, meu peito até doeu de tanta vontade de fazer essa viagem clandestina com ele. Mas ele pôs na cabeça que vai se associar com um homem corajoso e forte, um homem semelhante àquele infeliz motociclista que teve as pernas encolhidas ao morrer, e não quer saber de mim, e por essa razão não precisei morrer instantaneamente mas estou aqui sentada enchendo meu estômago de bebida neste momento.

De repente, o motociclista voltou para mim um olhar ambarino, intenso e ardente. Sua cabeça lembrava a de um animal poderoso e, na certa, a estrutura de seu cérebro era uma disparatada mixórdia de volubilidade, pureza, cupidez e falta de vontade, algo frouxo que ora se distendia ora se encolhia como clitóris de velha. Este era o tipo de homem que, prestes a surrar indivíduos da minha classe em bares e becos escuros, detinha-se momentaneamente para resmungar "xi, um intelectual" com voz desanimada, momento em que, se me permitem acrescentar, enlameados e caídos no chão, meus pares tremeriam como pepinos-do-mar em seus últimos estertores. Realmente, se um desses meus pares tivesse um amigo que morresse numa colisão violenta tentando ensinar a este rapaz de cabeça semelhante a uma fera a técnica da marcha em zigue-zague, esse meu par a que me refiro com certeza odiaria este rapaz por uma centena de anos, mas, o rapaz que agora me contemplava lembrava o céu seco e aberto de maio, não guardava nem sombra da imagem do dia anterior quando, longas pernas dobradas de maneira desajeitada, chorara a mais não poder.

— Ah, se não mareasse em viagens marítimas, eu talvez embarcasse num navio muambeiro com o rapaz aqui e fosse a Hong Kong — eu disse. — E no mesmo instante em que eu firmasse compromisso e me associasse a ele nessa empreitada, o braço da morte se aproximaria de mim e alguém me abateria pelas costas enquanto eu estivesse comprando um remédio contra enjoo numa farmácia do porto.

K e eu rimos, mas o motociclista sobrevivente não esboçou nem sombra de sorriso e continuou a me fitar com um olhar feroz. O olhar não se originava de um eventual sentimento de hostilidade, mas do fato de ele ter um leve estrabismo convergente e de ser do tipo nervoso e histérico a despeito de sua aparência de crocodilo invencível, e, em decorrência disso, nos momentos de grande excitação, ele costumava sofrer agudas crises ópticas em que todos os objetos começavam a lhe parecer distantes e minúsculos como numa reprodução em ponto pequeno, sintomas que passou a sofrer naquele momento enquanto ouvia a minha voz, conforme vim a saber posteriormente. E, também posteriormente, vim a saber que havia alguma verdade nesse plano de sair clandestinamente do país que me impossibilitava de classificá-lo como ficção pura, pois no momento em que eu, K e o jovem motociclista percorremos de carro uma tortuosa estrada por trás do porto e chegamos a um velho quebra-mar que funcionara antes da construção do referido porto, vimos algumas dezenas de marinheiros deitados à toa no chão e, ancorados, alguns barcos quase sucateados, à venda por uma bagatela, quando então vimos também esses marinheiros desempregados e sujos cumprimentarem cordialmente o nosso motociclista. Por conseguinte, naquela tarde, enquanto conversávamos no bar, eu talvez devesse tê-lo ouvido com maior seriedade e ter-lhe feito perguntas pertinentes, mas, depois daquele instante em que eu e K rimos e ele me olhou em silêncio, acabamos nos entendendo por algum motivo e passamos a tagarelar incansavelmente sobre os mais diversos assuntos: bebemos, jantamos e em seguida formamos um quarteto com o pastor e jogamos bridge. Enquanto isso, a amiga do pastor se sentou ao lado dele, projetando para fora o traseiro e a barriga naquela pose característica de grávidas, e assistiu em silêncio ao jogo. Eu e o pastor ganhamos neste jogo, K perdeu, o motociclista não ganhou nem perdeu, de modo que eu e o pastor — os dois ganhadores — abrimos mão de todo o nosso lucro para promover uma festa comemorativa no bar do hotel, para a qual convidamos K, o motociclista e a amiga do pastor, e para lá nos dirigimos os cinco no carro de K, juntos ficando por ali a beber em harmoniosa camaradagem até a boca da noite, ora perdendo dinheiro no caça-níqueis, ora deixando o pastor — que não dominara sequer o primeiro estágio do aprendizado da língua japonesa — desesperado num concurso de trava-línguas. Em seguida, e por sugestão do motociclista, que se criara no porto, fomos assistir a um show de strippers num teatro pequeno na periferia da cidade, mas trinta minutos do show foram suficientes para nos dar uma ideia do baixo nível artístico do espetáculo, pois todos nós já sabíamos de cor o formato e a densidade dos pelos púbicos das garotas que se revezavam no palco e — que pasmo! — uma delas os tinha pintado de azul. Do lado esquerdo das cadeiras em que nos instalamos ficavam o banheiro e uma banda que zoava sem parar, composta de bateria, clarinete, sax tenor, baixo e piano, mas o que mais chamou a atenção foi o fato de os músicos, com a desculpa do calor, estarem todos sem calças e de tamancos, e também o fato de serem os numerosos marujos de navios estrangeiros, pequenos e empertigados, em sua maioria negros, os mais entusiasmados pelo espetáculo. No intervalo entre os shows, um comediante grosseiro e obsceno e uma stripper encenavam uma espécie de pantomima de vulgaridade ímpar: quando o comediante mal-encarado se saía mal de suas investidas amorosas, ele encenava uma masturbação e, quando se saía bem, os dois atores, depois de desaparecerem por instantes atrás da cena, ressurgiam totalmente nus, com roupas e preservativo nas mãos, mas cômico foi ver tanto o comediante em estado de ereção contínua, quanto os marinheiros negros, excitados, rirem a bandeiras despregadas mal a pantomima começava e, no momento seguinte, quando a mulher derrubava o comediante no chão e berrava, num gesto orgulhoso, "sou a favorita do Rikidozan!", soltarem um suspiro de admiração e sussurrarem entre si: "Riki, Riki!", com respeito medroso. Quando fui ao banheiro durante a exibição dessa pantomima, uma stripper nua em pelo urinava ruidosamente com a porta do banheiro aberta: ela me contemplou com um olhar circunspecto, sacudiu os quadris uma vez vigorosamente e retornou para os bastidores do jeito como veio ao mundo. Divertimo-nos imensamente nessa casa de espetáculos, mas, no momento em que a amiga do pastor ficou enojada e nervosa a ponto de sentir náuseas ao se dar conta de que aquilo que julgara ser seu próprio suor e que começava a lhe umedecer a pele era na verdade uma impressionante quantidade de esperma que um indivíduo qualquer largara sobre a cadeira em que ela se sentava, o pastor se ergueu às pressas e a levou para fora, e K, ao vê-la afastando-se e ao descobrir que a mancha que sujava o vestido tinha quase o tamanho da cabeça de uma criança, começou também a se sentir mal, de modo que fomos todos no encalço do pastor e saímos do teatro. Contudo, como nem eu, nem K, nem o motociclista tínhamos sofrido os efeitos diretos da contaminação, logo recuperamos o ânimo e começamos a emitir sucessivas opiniões altamente laudatórias a respeito da meninota dos pelos púbicos tingidos de azul, e K, principalmente, começou a falar em voz que mais parecia um ronronar, tão satisfeita se sentia:

— Estou até pensando em tingir os meus também de azul ou de cor-de-
-rosa, já que as calcinhas coloridas que aquela matrona esquisita produz e vende
são a esta altura de um gosto totalmente ultrapassado.

E quando o carro chegou diante do meu hotel, K disse o seguinte em vez de
subir para o meu quarto:

— Até amanhã, então. Este rapaz conhece uma porção de coisas e pessoas
interessantes e amanhã na certa nos levará a lugares mais divertidos ainda, ele
será o cicerone perfeito para nos conduzir pelos inferninhos locais, resolvi que
nós o chamaremos de Saburo Koga.

De modo que, depois de ter a amante raptada pelo guia dos inferninhos,
fui deixado sozinho no piso de pedra da entrada do hotel. Depois, enquanto eu,
triste e sozinho, esperava o elevador, um rapaz americano de cerca de dezenove
anos que se hospedava no hotel, e que eu já conhecia de vista, trouxe consigo
uma prostituta velha que usava sandálias e mascava chiclete, e, no exato momento em que eu pensei "isso não vai dar certo", o gerente do hotel surgiu correndo
no vestíbulo do hotel e começou a protestar:

— *No, no, no, it's hotel rule, no, no, no, it's hotel rule, no, no!**

Tomei o elevador que descera justo naquele momento e subi para o meu
quarto, mas, nesse ínterim, ouvi lá das profundezas, do fundo do poço, do inferno, os berros em inglês incompreensível do gerente, entremeado ao som do
elevador, e que me soavam como *"datta, dayadhvam, damyata"***. Então, dei-me
conta de que eu já conseguia pensar com tranquilidade e simpatia a respeito do
insano amor de K pelo motociclista, o que, em outras palavras, significava que
eu começava a reconhecer em mim mesmo um sentimento de amizade pelo
motociclista, e lembrei-me da cena de característica ancestral que presenciara no
teatro de strippers, em que uma mulher nua urinava enquanto me lançava um
olhar repleto de interesse e, exultante, comecei a rir baixinho e a gritar *"datta,
dayadhvam, damyata, shantih, shantih, shantih"*. Troquei-me em seguida, desci outra vez de elevador e, enquanto comprava cigarros de maconha na viela escura
ao lado do hotel, reparei que, na área ainda mais escura ao fundo, o rapazote

---

* "Não, não, é o regulamento do hotel, não, não, é o regulamento do hotel, não, não!" (N. T.)
** "*Datta, dayadhvam, damyata*" (dai, sede solidário, controlai-vos) e também "*Shantih, shantih, shantih*" (paz, paz, paz), que aparece na sequência: do poema "The Waste Land", de T. S. Elliot (1922).
(N. T.)

americano de há pouco se recostava na parede do hotel, pensativo, totalmente deprimido e parecendo prestes a cometer suicídio. Paguei ao vendedor de cigarros, mandei-o embora, aproximei-me do jovem americano e entabulei conversa com ele, quando então o enorme rapaz me disse, com as faces brilhantes de lágrima:

— Sofri um grande prejuízo quando aquela mulher, a quem eu tinha pago adiantado todo o dinheiro de que eu dispunha, foi mandada embora, e agora, sem poder comprar outra mulher, vou ter de dormir sozinho em sofrimento e queimando de desejo, e fico angustiado quando penso nisso, não quero voltar ao quarto, de modo que estou aqui rezando, à espera de que aquela maravilhosa mulher volte e o gerente mude a regra para eu poder transar.

— Mas a mulher não voltará, nem o gerente mudará a regra vamos, esqueça isso e venha comigo beber alguma coisa no bar.

— Não, vou ficar aqui mesmo, sofrendo os tormentos do desejo, rezando pelo retorno da mulher e por uma mudança de regra do gerente, sei que você não é um jovem de um país cristão mas, se acaso lhe acontecer de ler a Bíblia, lembre-se de um versículo de Lucas, eu o aprendi de meus pais que moram em Dakota e nunca mais o esqueci.

Sacudi a cabeça, interrompi o jovem americano que se pusera a recitar "e estando em agonia, orava com maior instância" e, desistindo de convidá-lo, bebi uísque sozinho no bar do hotel, retornei em seguida ao quarto do hotel, fumei uma grande quantidade de maconha e dormi profundamente, sentindo, momentos antes de cair no sono, uma leve tristeza ao pensar no desejo sexual do rapaz americano. E em sonho, vi nitidamente que a ereção forçava a um volume incomum a área frontal da calça do rapaz americano que, angustiado como um cão doente, continuava a recitar o evangelho de Lucas.

No dia seguinte, encontrei-me no bar costumeiro com K e o motociclista — eles já tinham construído uma relação sólida como uma cidadela — e, da mesma maneira que no dia anterior, desfrutei com imenso prazer do original serviço de guia do rapaz pelos inferninhos, após o que, me despedi dos dois que, lado a lado, se apressavam rumo ao leito comum com o intuito de passar a noite, e retornei ao meu hotel, sozinho, mas nem por isso irritado. E assim, teve início a segunda etapa de nossas férias de verão, a qual progrediu de maneira prazerosa e alegre, sem originar conflitos notáveis. Digno de registro, nesta altura, é o fato de que, ao ser amada por esse motociclista de corpo semelhante ao de um golfinho em pleno movimento na água — segundo definição da própria K —, o erotismo de K tinha se aguçado tanto no aspecto físico como no espiritual, adquirindo aquela característica cortante, incomparavelmente sensível, agressiva e ao mesmo tempo destrutiva que sax-tenoristas do jazz moderno ocasionalmente alcançam, um erotismo monstruoso que fazia lembrar falo de negro viciado em drogas, e por ter K alcançado esse Renascimento erótico, todos os homens que a viram nesse período demonstraram certo tipo de prazer assombrado, como se estivessem na presença de uma mulher nua ou do próprio órgão sexual feminino. Apenas como esclarecimento, faço constar aqui que a impressão de K a respeito do "golfinho em pleno movimento na água" não foi uma abstração, pois, enquanto contemplava, mal contendo a emoção, as costas negro-esverdeadas e a barriga branca de um golfinho real a nadar — nessa ocasião, visitávamos um aquário de espécimes marinhos próximo ao porto, visita essa também ciceroneada pelo motociclista —, K tinha dito com a voz rouca, as narinas infladas e os olhos congestionados dos momentos em que atingia o orgasmo:

— Eu ainda não tinha percebido porque tenho o hábito de fechar os olhos quando ele me toma em seus braços e me deixa suspirando de êxtase, mas sei agora que ele se movimenta acima de mim ou ao meu lado dessa exata maneira.

Ainda numa outra ocasião em que nós três fomos mais uma vez juntos a uma boate e em que K e eu dançamos — o motociclista, coisa rara, preferira descansar —, ela colou o rosto contra o meu com tanta paixão e suas costas nuas eram tão eróticas que ela percebeu minha ereção em seu baixo-ventre, momento em que ela disse o seguinte na tentativa de explicar sua própria atitude:

— Você sabe muito bem que me satisfazia quando dormíamos juntos, não é mesmo? Só que, quando transo com ele, sinto um prazer vibrante muito maior do que se eu tivesse todos os demais homens do mundo em mim, de modo que já nem consigo me lembrar de como eram as transas com você. Apesar de tudo, quando um dia eu me separar dele e voltar a dormir com você, acredito que passarei a ter orgasmos tão intensos que me farão perder os sentidos.

Por tudo isso, não dormi com K durante muitas semanas neste segundo estágio das férias de verão. E, solidário comigo, que me via na embaraçosa situação de ter uma ereção só de dançar com K, o motociclista tentou me apresentar um número realmente grande de amigas, mas eu não me sentia receptivo. Certo dia, K e o seu jovem amante vieram me buscar no hotel onde eu, pelas razões já expostas, me encontrava em estado de leve depressão e fumando maconha em excesso, e do hotel me levaram diretamente para um banho turco num quarteirão de aspecto bastante suspeito. Deixei-me então levar pela solicitude dos dois e acabei obtendo um estranho tipo de liberação da situação de castidade em que me encontrava, uma experiência que acabou acrescida de diversão extra, isto é, a do descobrimento em mim de certa tendência masoquista que me permitiu, aos vinte e quatro anos, já crente de que nessa idade nada de novo havia a ser descoberto em meu íntimo, vislumbrar uma tênue luz no fundo da inescrutável providência divina. O dito banho turco nada mais era que uma simples cela solitária repleta de vapor onde havia, é verdade, uma instalação de banho a vapor — um caixote verde com rebites dourados do tipo usado por mágicos —, mas, mal me lavei na banheira existente ao lado dele, fui deitado totalmente nu e sob fortíssima luz numa espécie de maca forrada de couro sintético semelhante à de consultórios médicos, e uma mulher em uniforme branco de tecido áspero e resistente se debruçou sobre meu corpo totalmente indefeso e se pôs a massagear meus músculos. Aliás, ela devia ter assumido esta profissão com o firme propósito de tratar, com a mesmíssima consideração, tanto os músculos do meu falo enrijecido quando os dos meus ombros. Em seguida, senti o inquietante odor de um creme medicinal e uma pressão no ânus e no falo, e, enquanto eu erguia o olhar para a mulher de uniforme branco com jeito de policial militar que, perfilada ao meu lado, tentava despertar o meu prazer, descobri que ela tinha o hábito de se masturbar e que era presa de uma trabalhosa espécie de antinomia em que fazia inferir por analogia ao falo e ao ânus as diversas manobras que ela efetuava na própria genitália. E depois, no instante em que vi a robusta e lacônica mulher usando uniforme e sapatos projetar a cabeça para a frente com o intuito de verter sobre meu corpo sua saliva pegajosa, dei-me conta de que eu suportava esta posição vergonhosa porque estava sendo torturado por um inimigo poderoso e que, deitado ali de costas completamente nu com meu falo agarrado por mãos fortes e até com o ânus friccionado com persistência, eu estava simplesmente sendo humilhado até a morte. E então comecei a rir baixinho e, com a sensação de vergonha avolumando, alcancei o clímax. Depois disso, enquanto ela me esfregava o corpo vigorosamente e me lavava, voltei-me de súbito e a vi cuspindo com os lábios enrugados franzidos em expressão de nojo e, no momento em que a saliva espirrou em minhas nádegas, senti — ah, cúmulo do masoquismo — a área tão cruelmente tratada começar a se enrijecer outra vez e corei de vergonha. Saí tão rápido quanto pude e encontrei K e o motociclista abraçados e totalmente distraídos no interior do carro, ouvindo o rádio e cantando baixinho. Naquele instante, senti pelo motociclista um ódio intenso, do tipo que ferve as entranhas.

Contudo, nós três — eu, K e o motociclista — mantivemos uma tranquila amizade que dia a dia irradiava seu fascínio. E assim o verão se aprofundou, o outono tentava se aproximar e nós passávamos os dias alegremente. A infelicidade talvez tenha se aproximado de nós tentando nos alcançar, mas errou o alvo por um triz e acabou atingindo o pastor e sua amiga, nossos mais próximos e melhores amigos. No entanto, o pastor não denominou o ocorrido de infelicidade, mas de manifestação de desgraça inigualável e sem precedentes que envolve o mundo num véu escuro, ou, ainda, de castigo correto para aqueles que atentaram contra Deus, afirmando também que através do dito castigo tinha obtido de Deus o perdão da crise de fé que o fizera duvidar d'Ele; seja como for, a amiga do pastor enlouquecera e acabara internada no hospício municipal. A infelicidade que sobre eles se abatera se resumira no seguinte: certa noite, a amiga do pastor se embriagara e, como de costume, tirara toda a roupa e, imitando a stripper criativa e obscena daquele pequeno teatro que visitáramos, passara ketchup nos pelos púbicos, subira na mesa, começara a dançar, caíra e abortara, e, em decorrência, o pastor não precisou saber se o feto herdara ou não a doença radioativa, mas a amiga, embora tivesse insistido em realizar o aborto até momentos antes da dança, enlouqueceu de desespero com a inesperada ocorrência. K, que fora ao hospital psiquiátrico visitar a amiga, me contou que a encontrou um tanto mais esbelta e, como sempre, calada, mas que a mulher devia ter impressionado favoravelmente suas colegas de quarto porque tinha um canto só dela, onde ninguém a perturbava, e que esmagara contra a vidraça uma mosca enfraquecida pelo calor, comprazendo-se em ver uma quantidade mínima de sangue rosado exsudar do inseto, quando então teria declarado que perder a capacidade de pegar uma mosca com as mãos nuas era o mesmo que perder um poder místico; que se era para tal capacidade lhe faltar, ela preferia continuar louca e passar o resto da vida naquela instituição apenas apreciando o prazer de esmagar moscas; que desprezava a si própria pelo fato de não ter tido a coragem de pegar uma única mosca no tempo em que era sã; e, finalizando, K contou que a mulher somente demonstrara desagrado pela diminuição da quantidade de moscas com a aproximação do outono. O pastor, por seu lado, acabou retornando à igreja da colina, pois o desaparecimento da amiga o desobrigava de frequentar o bar e, desde então, nem eu nem K o vimos mais. Tanto eu como K nutríamos um grande carinho pelo pastor e por sua amiga, de modo que toda vez que íamos ao bar ao lado do porto pedíamos notícias dos dois ao barman, mas quase nunca conseguíamos obter uma resposta satisfatória. O bar quase não tinha outros frequentadores além de nós três — eu, K e o motociclista —, e em companhia do barman (este, ex-tripulante de um vapor postal, foi o melhor de todos os barmen que encontrei em minha vida, o de atitude mais serena e o que menos se imiscuía na vida dos clientes, jamais abandonando sua postura de calma majestade; mas o pobre homem era doentiamente cocegudo, e vê-lo gritar e contorcer-se inteiro como floresta em dia de tempestade nos momentos em que K, ao se embriagar, lhe fazia cócegas, me causava tanta tristeza que me sentia impossibilitado de recuperar o bom humor por mais doses de uísque que tomasse. A princípio, K fizera cócegas levada pela embriaguez e por um espírito de travessura, mas os berros e a agonia do barman eram tão intensos que ela perdeu o controle da situação e, embora se sentisse desconfortável e desalentada como quem se vê diante de um objeto aziago, continuou a atacá-lo com gritos assustadores, até que o barman, pálido e coberto de suor frio, se enfureceu repentinamente, aplicou-lhe uma bofetada no rosto e tentou fugir. O motociclista, porém, atracou-se com ele, derrubou-o no chão e montou em suas costas, de modo que K se viu compelida a se agachar e a continuar a fazer cócegas no barman em agonia e, no momento em que eu, incapaz de manter a indiferença, apartei-os dizendo que deixassem disso, já que ninguém estava se divertindo, o elegante cinquentão arquejava como um cão prestes a ejacular), que parecia pouco se incomodar com a escassez de fregueses, constituíamos um quarteto e jogávamos bridge quase todos os dias. Como resultado dessa jogatina diária, o motociclista, que ganhava sempre, não só conseguiu o perdão da conta de bebida acumulada no bar, como também acabou por comprar uma motocicleta de corrida que encontrara numa loja de carros usados.

O auge do verão passou e, quando notícias sobre a aproximação do primeiro tufão começaram a ser veiculadas, o empresário de K entrou, conforme era de se esperar, em contato a respeito do trabalho dela do próximo outono, de modo que tanto eu como K tínhamos de planejar a nossa partida da cidade portuária e o retorno a Tóquio. K, contudo, fazia o possível para não tocar no assunto, e já estava me preocupando o fato de vê-la franzir o cenho em expressão de desânimo nas poucas ocasiões em que, estando ela em minha companhia, o assunto do filme que faríamos no outono surgia, mas como falar disso na presença do motociclista me provocava um vago desconforto, fui deixando o tempo passar sem nada dizer. E então, certo dia em que o tufão se deslocou para mais perto ainda da cidade portuária e sobre ela convergiu uma zona de baixa pressão, eu, K e o motociclista, que por coincidência nos sentíamos bem em dias de baixa pressão atmosférica, tínhamos nos reunido desde cedo no bar ao lado do porto e nos divertíamos promovendo uma algazarra inconsequente. Passados instantes, o motociclista começou a dizer, algo misteriosamente, que precisava testar o limite de velocidade e diversos outros níveis de desempenho da moto exatamente em dias como aquele, de baixa pressão atmosférica, e como K temia andar na garupa de motos desde o desastre ocorrido na estrada da montanha (ah, a verdadeira causa de nossa aproximação com o motociclista) e não podia ser cogitada como sua acompanhante, o rapaz foi procurar uma garota adequada na área do porto, voltando quase imediatamente com uma garota, nem tão feia, que usava calça vermelha justa e, com ela na garupa, partiu em louca disparada fazendo o motor trovejar diabolicamente. E assim, eu e K fomos deixados a sós; mas como, pensando bem, não nos víamos nessa situação havia muito, sentimo-nos estranhamente inibidos e começamos a falar com certa formalidade a respeito de velhos acontecimentos como, por exemplo, da vez em que K convidara um jogador de beisebol profissional à casa dela e ele se referira à cerveja como "essência de xixi". Eu, porém, já havia recebido uma chamada de longa distância do empresário de K, na qual ele encarecidamente me pedira providências e, aliás, eu mesmo tinha trabalhos a realizar em Tóquio, de modo que, sem pensar duas vezes, comecei a falar da programação com vistas ao retorno a Tóquio. Então, o rosto de K, que exibira momentânea expressão de desânimo, começou gradativamente a se enrijecer como se ela estivesse me odiando, mas ainda assim ela permaneceu em silêncio, mordendo os lábios. Em consequência, eu também senti que meu rosto traía desânimo, mas persisti no questionamento, quando enfim K rompeu o mutismo e disse com voz inesperadamente fraca e triste. Fraca e triste, realmente:

— Eu também estou pensando nisso; mas, se eu começar a falar em voltar para Tóquio, o rapaz é até capaz de enlouquecer. Pensa que o nosso amor é algo sublime, é capaz de começar a dizer que tem relação com o grande caos do fim do mundo, entende? Ele está realmente enterrado até o pescoço no lamaçal que é o nosso amor e propenso a afundar cada vez mais. E toda vez que penso na fascinante espiritualidade daquele corpo, até eu começo a pensar em viver o resto da minha vida na beira deste porto, conforme ele quer; depois, se eu quebrar o contrato do filme programado para este outono, vou ter de pagar uma série de multas e a empresa tomará a minha casa de Tóquio... mas, ainda assim, o carro é meu, de modo que, se eu o vender, acho que terei o suficiente para viver com o rapaz por cerca de um ano naquele lugar que mais parece uma favela, lá onde mora a mãe dele. Contudo, pensando bem, cedo ou tarde vou acabar me cansando desse rapaz que parece feito inteiramente de pênis, isso é certeza, assim como é certeza de que não vou conseguir permanecer mais que uma hora ao lado da mãe dele — ela vive de fazer flores artificiais de cores berrantes na favela — com quem aliás só me encontrei uma única vez. E depois, estou nesta espécie de indecisão só porque o rapaz meteu na cabeça que o nosso amor é algo muito sério e sublime, que fomos predestinados um para o outro — ele vive me dizendo isso — e eu acabei acreditando nele; agora, porém, conversando a sós com você pela primeira vez em muito tempo, percebo que recupero aos poucos o meu raciocínio normal e começo a pensar que preciso terminar o mais rápido possível este meu caso, perfeito no aspecto da satisfação sexual mas realmente acabrunhante em outros, e retornar a Tóquio em sua companhia a fim de prosseguir com o plano primitivo de me casar com você em outubro. Quanto a esse plano, você não está pensando em fazer objeções a esta altura e em me deixar na mão, está?

Admiráveis palavras ditas com a maior seriedade por uma mulher que obrigou o noivo a rolar sozinho na cama durante mais de vinte noites abafadas de verão, enquanto ela própria se abandonava ao prazer nos braços de um rapaz que era pura carne. Mas eu não me senti especialmente ofendido, na certa em função da personalidade de K, incomum mesmo para uma artista de cinema, e lhe respondi com um sorriso sincero o seguinte:

— Eu também pensei em prosseguir com o plano primitivo mas, quando eu a ouvi dizer certa vez que o pênis desse robusto rapaz era tão impressionante que chegou a lhe causar sofrimento no começo, temi que por causa disso você tivesse ficado fisicamente distendida e que, ao dormirmos juntos a esta altura, você nada sentiria nem eu me satisfaria, caso em que eu teria de pensar em outro plano, naturalmente.

— Acho que isso não aconteceu — foi a resposta que K me deu entrecerrando os olhos, com expressão cautelosa, como se procurasse relembrar alguma coisa.

— Então, eu nada tenho a objetar, pois, se você se separar do rapaz antes que a simples visão dele comece a lhe causar asco e retornar a Tóquio comigo, pode ser que mais tarde, na sua velhice, quando você se voltar e contemplar sua vida pregressa, este episódio tenha se transformado numa linda flor capaz de alegrar essa visão.

— O único problema é que ele cismou de achar que eu sou algo sublime. Se ele apenas não me tivesse em tão grande conta e fosse tolerante o suficiente para achar que podia me liberar a favor de qualquer outro quando ele próprio não estivesse disposto para o sexo, eu poderia estabelecer um tipo de relação a três que incluiria você e esperar com tranquilidade até o momento em que ele fosse capaz de me abandonar serenamente; no ínterim, eu mesma acabaria enfarada com o pênis dele e poderia então abandoná-lo sem angústia. E depois — acho que essa é a verdadeira forma do amor — como ele acredita piamente que eu e também o amor dele por mim são uma questão de vida e morte, quando, dias atrás, dei a entender que nalgum momento eu retornaria a Tóquio, ele, que até então lia uma história em quadrinhos deitado no chão, empalideceu, ergueu-se de repente, tirou um revólver da mochila que traz sempre atada atrás da moto e avançou contra mim, sabe? Eu já desconfiava que ele possuía uma arma, mas senti um medo mortal quando vi o objeto real apontado na minha direção. E se este tipo de tendência se agravar, sinto que não poderei mais escapar. Eu gostaria de saber se não existe um jeito de fazê-lo compreender que o nosso caso não é tão importante. Importante neste momento é fazê-lo compreender que sou ninfomaníaca, que durmo com quase todo o mundo e que, por conseguinte, o fato de eu estar dormindo com ele não significa muita coisa.

— Pois fale tudo isso para ele, ora.

— Ah, não posso, isso é impossível para uma mulher.

— Quer que eu fale, nesse caso?

— Acho que ele não vai acreditar, tanto o QI dele como a capacidade de abstrair e a de imaginar são baixos como os de um retardado mental, só acredita no que vê com os próprios olhos e acha que tudo que não é possível ver pode ser ignorado.

— Muito bem, vamos comunicar aos *olhos* desse rapaz que o caso entre vocês dois não é nada importante — disse eu. (No final das contas, quem lançou o primeiro dado que culminou naquela trágica sequência de acontecimentos fui eu e, posteriormente, toda vez que em meio a intensa dor me lembro do ocorrido, não consigo deixar de pensar que o lançamento desse primeiro dado se revestiu de certo sentido de vingança, foi uma distorção da indignação que senti contra K e o motociclista naquele instante em que saí do humilhante banho turco.) — Depois, vamos curar o rapaz dessa mania de levar tudo a sério e ensinar-lhe que relações amorosas podem ser prazerosas mesmo quando não são sérias e que, pensando bem, como na sociedade real não existem questões que mereçam grandes angústias ou preocupações, devemos morrer exultando, e que o próprio fato de nós — eu e você — nos casarmos é bacana mas não significa grande coisa, que *nada é muito importante neste mundo.*

E assim, eu e K pedimos ao barman que dissesse ao motociclista para me procurar em meu hotel assim que retornasse de sua excursão, e fomos embora para o meu quarto com o intuito de preparar a farsa para a conversão do rapaz, farsa essa que consistia em nos deitarmos, K e eu, nus em minha cama, e sermos vistos nessa condição pelo rapaz quando este chegasse. Era para ser uma farsa, realmente, mas como K julgava anormal deitar-se com um homem nu sem se excitar e eu mesmo não me esforcei por me conter por ter permanecido longo tempo em abstenção, logo transávamos de maneira muito natural, sem que no entanto em momento algum, nem quando alcançamos o auge, eu conseguisse me livrar de uma horrível imagem em que o motociclista, ao entrar repentinamente em nosso quarto, conforme previsto, ficava frenético e dava um tiro de revólver em minha nádega nua; K, por seu lado, com certeza também não se satisfez plenamente. Seja como for, o fato é que terminamos antes do retorno do motociclista e, dedos entrelaçados, continuamos ali deitados lado a lado, conversando interminavelmente à espera do rapaz.

— Pensando bem, desde aquele momento, em que dormitamos lado a lado com o torso nu debaixo do sol quente ouvindo sobre nossas cabeças o ruído dos carros passando na estrada e os repentinos gritos de crianças, até este, em que nos encontramos aqui deitados, eu pertenci inteiramente àquele rapaz e você ficou sozinho, não é? Aliás, no dia em que vi o rapaz pela primeira vez ele estava em trajes de motociclista com a cabeça abaixada sobre os joelho e, hoje, acho que ele virá também em trajes de motociclista, segurando o capacete debaixo do braço... Ai, emoção intolerável deve ser isto que estou sentindo neste exato momento, meu peito dói só de pensar que o rapaz, menino ainda, vai entrar por essa porta com roupa de motociclista.

Eu, porém, me sentia apavorado ante a ideia de que, ao nos ver ali deitados, nus e abraçados, o dito rapaz, frenético, talvez sacasse o revólver e atirasse em nós, de modo que eu disse a ela algo nos seguintes termos:

— Se esse rapaz se puser diante de mim com suas roupas de afoito motociclista enquanto eu mesmo me encontro nu, acho que o único recurso que me restará para disfarçar o medo é ficar imaginando que não é fácil mirar a arma e atirar num pobre coitado indefeso que, sem as roupas, na certa parece menor do que quando está vestido...

O porto, sombrio e cinzento visível da janela daquele andar alto do hotel, continha em si um aspecto realmente lúgubre como o de animais selvagens uivando de medo, e o ruído das rajadas de vento que batiam na janela provocava em nós, seres humanos encerrados num quarto, uma vaga sensação de iminência. Sugeri então a K beber um pouco de uísque enquanto esperávamos pelo motociclista e, ainda nu, eu tentava tirar um pouco de gelo da geladeira do banheiro com um picador numa das mãos quando ouvi às minhas costas o barulho de uma porta se abrindo e um curto grito, que me fizeram erguer-me e me voltar instintivamente, momento em que vi, primeiro o motociclista em pé, trêmulo e pálido como um cadáver e, depois, saindo às carreiras pela porta sem dizer palavra. Empunhei o picador de gelo como se fosse uma arma, retornei ao quarto e vi K imóvel, toda encolhida sobre a cama, cabeça enterrada no cobertor e coxas e traseiro brancos e opulentos como os de uma mulher nua de Flandres voltados para mim. Sacudindo o picador de gelo no ar, rolei no chão de tanto rir e, momentos depois, K também se ergueu e, após certificar-se de que o perigo já havia passado, começou a gargalhar até que lágrimas rolaram de seus olhos.

— O sujeito fugiu correndo sem esboçar nem sombra de protesto — eu disse com voz aguda que o alívio deixara até esganiçada, entrecortada de riso. — Esse homem é uma figura e tanto, nem se deu ao trabalho de fazer escândalos infantis, acho que agora tudo entrou nos eixos.

— Ah, entrou mesmo, realmente, e eu não precisava ter me atormentado, não é?, o amor dele por mim também não era algo tão sério quanto eu imaginava.

— Mas que ele ficou pálido, isso ficou.

— Ficou pálido e isso foi tudo, ele não levava o caso a sério a ponto de tentar matar você com um tiro, nem de exigir explicações por minha traição, e eu aqui, me angustiando a ponto de inventar esta farsa! Isso é que é sofrer inutilmente.

— Seja como for, vamos brindar ao final feliz — disse eu, correndo para o banheiro e de lá trazendo gelo e uísque.

E assim, cada vez mais exultantes, eu e K bebemos, falamos, rimos às gargalhadas da comédia algo obscena que acabáramos de representar e discutimos o filme que rodaríamos no outono, cujo planejamento nos parecia agora viável graças à rápida saída de cena do motociclista, e em oposição ao vibrar das janelas e ao estrépito da chuva provocados pelo tufão, que no ínterim aos poucos recrudescera, tocamos jazz moderno mais alto ainda. Embriagado, deitei-me de costas, apoiei a cabeça na parede e continuei a rir baixinho, pensando com satisfação que eu, nu, rechaçara o motociclista vestido dos pés à cabeça em traje que lembrava uma armadura completa, e que, naquele momento, ele talvez estivesse desesperado, totalmente perdido, acocorado nalgum canto a chorar com as longas pernas dobradas de maneira desajeitada e com a cabeça enterrada entre os joelhos, do mesmo jeito que o víramos naquela primeira vez. Seja como for, neste mundo não havia aflições, nem problemas, nem dificuldades, e a maioria das coisas nada tinha a ver com os tormentos de vida ou morte, nada era realmente importante, ninguém pensava "isso é realmente importante" a respeito de coisa alguma, todos viviam exultantes neste mundo real, e se sofrimento existia, seria aquele referido em "estando em agonia, orava com maior instância" relembrado pela mente de um homem que não conseguira dormir com uma prostituta a quem pagara adiantado, e nos meus ouvidos a bateria da dupla Gerry Mulligan e Chet Baker e o tambor de Larry Bunker soavam com o vigor dos primórdios do ritmo *bop* e sussurravam *datta, dayadhvam, damyata,* e a chuva na janela cantava *shantih, shantih, shantih*. Mas então, dei-me conta de repente de que K, até então exultava tomando uísque em grandes goles e ria baixinho, tinha se erguido cambaleante e, soluçando, tentava se vestir enquanto grossas gotas de lágrimas lhe caíam do rosto sempre que se curvava ou se esticava para ajustar o gancho da roupa. A princípio, imaginei que se tratava de outra de suas improvisações teatrais favoritas destinadas a provocar o riso, e a observei sorridente, mas como tudo indicava não ser uma pantomima cômica, eu também me ergui e, pondo a mão sobre o ombro dela, perguntei:

— Que foi? É o medo da tempestade que a faz chorar?

— Não, não é nada disso — disse K fungando com a voz rouca das lágrimas, e depois de assoar o nariz com o lenço que lhe ofereci, explicou o seguinte:

— Acaba de me ocorrer que, se o rapaz considerava seu amor por mim importante a ponto de me querer junto a si mesmo morta, eu poderia ter fugido com ele para Hong Kong; se, por outro lado, penso que ele pode não ter me levado tão a sério, e que na verdade me dava pouca importância, sinto dor, tristeza, uma desagradável sensação de repugnância por mim mesma e nenhuma vontade de continuar a rir e a beber com você.

Mal acabou de falar, K saiu do quarto com o rosto lavado em lágrimas. Eu permaneci sozinho no quarto em estado de espírito sombrio, e continuei a beber e a ouvir os discos de jazz. E foi assim que, trinta minutos depois, recebi do gerente do hotel de K a notícia de que K e o motociclista de dezenove anos tinham se suicidado com um tiro de revólver num pacto de morte. Descrevo aqui a cena conforme as palavras do gerente, já que eu mesmo não pude vê-la pessoalmente:

— O homem morreu usando os óculos escuros de motociclista e com o capacete ao seu lado; tem a metade da cabeça destruída pela bala do revólver, mas a metade inferior do seu corpo parece muito encolhida, e K, conforme diz também a polícia, deve ter aceitado o tiro do homem com alegria, pois tem um sorriso estampado no rosto, e o tiro — que crueldade — a pegou no fundo da boca. Acho que ela pôs o cano da arma na boca, sorriu para o homem e lhe fez um sinal de assentimento.

E foi assim que perdi minha amada, e o nosso amor foi para o inferno. Quando acabei de falar ao telefone, um policial molhado e recendendo a chuva entrou em meu quarto e me levou para a delegacia, onde, na qualidade de testemunha, fiquei detido durante uma noite e, em parte porque no ínterim o tufão se afastara reinstalando tanto a zona de alta pressão como o calor, debati-me em agonia com sintomas de abstinência naquele prédio sujo onde não era possível obter nem um único cigarro de maconha. E numa das vívidas imagens alucinatórias que se me apresentou na ocasião, eu tinha sido enterrado vivo num bloco de gelo no fundo de um buraco negro e, nessa situação extrema e insuportável em que eu gemia sentindo dores no corpo enregelado, a cabeça numa escuridão fria, as mãos e os pés pesados, vi a estrada brilhando branca nas profundezas à distância, e por ela o motociclista disparava em sua moto usando óculos escuros grandes, blusão de couro, calça de brim preta apertada e botas, e K, cabelos negros esvoaçando ao vento, agarrava-se tenazmente às costas do rapaz, ambos correndo direto para o inferno. Enterrado no bloco de gelo, empenhei toda a minha força para mover minha língua pesada como chumbo e gritava para eles, mas os dois nem se importavam em ouvir meus impropérios repletos de maldição. Reproduzo a seguir as palavras que gritei:

— Não há nada realmente importante neste mundo, nenhuma aflição, nada digno de angústia. Ponham-se então na pele daqueles que, sabendo disso, tudo têm de suportar em silêncio e continuar a viver, daqueles que têm de viver exultantes aturando estoicamente esta amargura que vocês, que ora correm rumo ao inferno, não conseguiram afinal suportar!

E assim fui abandonado sozinho no mundo real.

(Jokigen, publicado em novembro de 1959. Extraído de *Miru maeni tobe*, Editora Shinchosha, 25/05/1974.)

A convivência

Exausto, o jovem alto e pálido deposita sua pasta de documentos sobre uma cadeira e fecha a porta às costas. Os macacos começam a observá-lo fixamente com suas pupilas arroxeadas cercadas de íris marrom brilhante nos olhos que tanto se parecem com os de humanos em momentos de tristeza. O rapaz torna a apanhar a pasta de documentos, deposita-a sobre a escrivaninha e, agora, acomoda o próprio corpo na cadeira. Sente que os olhares intensos dos macacos continuam fixos na parte posterior de sua cabeça, na nuca, nas costas, nos quadris e nos pés, os últimos, enroscados nos pés da cadeira. Este é o seu cotidiano. Este é verdadeiramente um dos aspectos de seu cotidiano.

Imóveis, agachados e com os traseiros assentados no chão, joelhos unidos diante do peito estreito, braços pendendo ao lado verticalmente como fios de prumo, queixos levemente erguidos para evitar o escorrimento de saliva, os macacos contemplam o jovem. À semelhança de crianças doentes, evitam movimentos desnecessários: viram as cabeças conforme o jovem se locomove e só movimentam seus corpos quando o âmbito de deslocamento do rapaz se amplia e os impede de vê-lo apenas virando as cabeças. Primeiro, inclinam o tórax para diante, erguem o traseiro, até então colado ao piso, e o expõem ao ar como se estivessem prestes a defecar. A cabeça se afasta cada vez mais do peito inclinado para diante. Esta posição faz com que, firmemente plantadas no chão, as duas pernas dos macacos se transformem em eixos de rotação. Isso não significa que eles venham a rodar realmente seus corpos mas, uma vez que o centro de equilíbrio está firmemente assentado no corpo rotante, o mérito de pisarem alternadamente com os referidos eixos e de assim mudarem de posição reside no fato de não correrem o risco de balançar a cabeça de maneira descuidada e derramar a saliva no peito ou nas coxas. Uma vez reposicionados, os macacos assentam de novo o traseiro no chão, erguem o torso, trazem o queixo para perto do peito, abrem os olhos que estavam quase cerrados e tornam a olhar fixamente para o rapaz. Os macacos estão sempre olhando fixamente para o rapaz.

Os macacos, quatro ao todo, dividem o aposento de quase oito tatames em quatro zonas de iguais dimensões e cada um deles possui seu próprio território. Como resultado, o rapaz é visto pelos macacos em qualquer parte do quarto, não há lugar algum onde ele possa se esconder. Fazia já algum tempo que o rapaz examinara todos os cantos do quarto, assim como todos os móveis, em busca de um vão onde pudesse escapar dos olhares e, embora não estivesse disposto a refazer a inútil experiência, vez ou outra dá conta de si mesmo procurando num canto qualquer o vão inexistente de maneira inconsciente e quase instintiva, à semelhança de uma criança que procura evitar os raios solares enquanto dorme.

Os quatro territórios dos macacos mantêm-se praticamente inalterados, mesmo considerando pequenas modificações no traçado de suas linhas demarcatórias. O rapaz nunca os viu mudarem de posição, ao menos de maneira consciente. Os macacos não demonstram, por intermédio de gestos ou de expressões faciais, satisfação com a localização de seus respectivos territórios mas, por outro lado, também não externam descontentamento nem se envolvem em disputas territoriais. Na certa nutrem o mesmo tipo de sentimento dos seres humanos para com os locais em que se habituaram a viver.

O quarto do rapaz ocupa o andar superior de uma velha mansão em estilo ocidental e dois lados do aposento são providos de janelas que se abrem para o sul e para o leste. A janela que faceia o leste se situa lado a lado com a porta que dá para um corredor. Na face meridional, existem duas janelas do mesmo estilo lado a lado e, de permeio, uma parede branca. Contra estas janelas que se abrem para o sul foi posicionada a escrivaninha, e a ela se senta o rapaz numa cadeira coberta de plástico verde-acinzentado.

A parede do lado oeste está inteiramente tomada por prateleiras de livros e um armário embutido. O armário, além de pouco profundo, tem as prateleiras abarrotadas de bugigangas — livros velhos, caixas de papelão, apetrechos de alpinismo e material elétrico defeituoso — empilhadas e cobertas de poeira e, portanto, em seu interior não há espaço para o jovem se ocultar. Para entrar ali, fechar a porta e assim fugir dos olhares dos macacos, o rapaz teria, antes de mais nada, de se desfazer de muitas das inutilidades acumuladas.

Tanto a parede que fecha o lado setentrional do quarto como as providas de janelas são revestidas de lambri de madeira, que vai desde o chão até a altura correspondente à da maçaneta da porta de modo a proporcionar padrão de altura e ideia de conjunto ao aposento. A cama foi colocada paralelamente à parede setentrional mas, como sua posição diante da entrada poderia impressionar negativamente eventuais visitantes, uma cômoda foi situada bem diante da porta, entre esta e a cama, para funcionar como divisória de madeira. E uma vez que o guarda-roupa tem a mesma largura da cama, este arranjo dá certo aspecto de ordem ao quarto. Sob a cama, estão algumas caixas amarradas com barbante contendo sapatos em desuso, bem como algumas peças de porcelana, mas aqui não se percebe a confusão existente no interior do armário. A cama e a cômoda ocupam quase um terço do quarto e, no espaço restante, ficam a escrivaninha, a cadeira, duas poltronas para visitas em estilo Windsor e uma mesinha de cabeceira do mesmo estilo, sobre a qual existem um rádio e um toca-discos pequeno. Quando se deita na cama com os pés voltados para o armário embutido e a cabeça protegida da porta pela cômoda, o rapaz fica com a mesinha de cabeceira bem ao alcance de sua mão esquerda e assim consegue manipular o dial com conforto.

O teto alto é revestido de estuque branco do mesmo jeito que as paredes mas, como já são passados muitos anos desde que o revestimento foi executado, uma sujeira cor de terra semelhante a ondulações em superfície aquática recobre toda a superfície. Um orifício de ventilação quadrado, escuro e fuliginoso se abre no teto no ponto em que as paredes oriental e a meridional se encontram, e outro, idêntico ao primeiro, no ângulo oposto. Apurando a vista, pode-se divisar uma tela metálica em seu fundo escuro. O rapaz não pode esperar que os macacos se transportem para outro lugar pelos orifícios de ventilação.

A decoração do quarto consiste apenas em dois quadros e um relevo. O rapaz não se interessa muito pelo aposento em si nem pensa em dedicar-se com entusiasmo à sua decoração, de modo que, no momento, e levando em consideração o estado das paredes, os itens decorativos são suficientes. Contudo, na época em que os macacos não existiam, o rapaz queria mais alguns quadros e passava mais tempo na contemplação dos que já possuía. Ele havia perdido a vontade de possuir outros quadros e de despender mais tempo na contemplação dos que já possuía desde que ele próprio passou a ser observado pelos referidos macacos. Observar outras coisas enquanto se é objeto de observação — isso é desconfortável, a atenção logo se desfoca e, no final das contas, não se consegue ver coisa alguma com clareza. Nos últimos tempos, o rapaz apenas relanceia o olhar pelos objetos decorativos com uma sensação de ressentimento escurecendo-lhe a alma.

O quadro que pende perpendicular ao piso, na parede branca acima do lambri e entre as duas janelas que faceiam o sul, é uma detalhada água-forte de algum tipo de árvore desfolhada, a décima impressão de uma série de vinte. Na certa são árvores da família das faias: a fina galhada que se estende rumo ao céu é de uma delicadeza extrema, mas não é possível saber-se com clareza se suas folhas acabam de cair ou se já existem algumas novas brotando. Contudo, certa atmosfera depressiva que envolve o quadro dá a impressão de que é inverno.

Quem enquadrara essa água-forte e a dera de presente ao rapaz em comemoração à formatura universitária tinha sido a pessoa que ele mais amava no mundo. A namorada mora num bairro residencial de classe alta, na região de Kansai, em companhia da mãe e do padrasto, e deseja, se possível, casar-se o quanto antes com o rapaz e viver com ele. Toda semana, o rapaz recebe duas cartas da namorada nas quais ela lamenta de maneira intensa o fato de não receber dele o convite para vir a Tóquio. Antes do surgimento dos macacos no aposento, o rapaz achava que estava perto o dia em que a chamaria para junto de si e, com isso em mente, ela por seu lado embalara todos os seus pertences, medida que a indispusera com o padrasto. Contudo, com a chegada dos macacos, o rapaz teve de abandonar a ideia de chamar a namorada para perto de si e se viu num impasse. No momento, a namorada, irritada, mandava duas cartas semanais pedindo providências ao rapaz, mas este não tinha a menor ideia de quando a chamaria para morar com ele. Contudo, ser-lhe-ia possível revelar à namorada a existência dos macacos? Será que ela continuaria a amá-lo depois de ouvir essa revelação? E supondo que ele revelasse, será que a namorada tomaria a decisão de morar com ele e os macacos naquele quarto?, uma vida conjugal sempre observados pelos macacos, sem espaço algum para se esconder, seria possível? O mero pensamento provoca no rapaz uma desagradável impressão de sacrilégio. Sacrilégio com relação a si mesmo, à namorada e ao próprio ser humano. Às mãos do rapaz que se atormenta com a decisão pendente, as duas cartas semanais da namorada chegavam sem falta todas as segundas e quintas-feiras, cobrando com veemência providências imediatas que lhe tornassem possível ir no dia seguinte para perto dele, mas o rapaz já não consegue pensar em desculpa alguma capaz de manter a namorada em Kansai. Uma vez por semana, aos domingos, ele escreve para a namorada em Kansai uma carta curta e insípida em estilo que lembra um despacho e, de cada vez, seu coração parece prestes a se consumir nas chamas de sua paixão por ela e de ódio pelos macacos. Porém, às costas do rapaz que escreve a carta, os impassíveis macacos continuam a observá-lo.

Na parede que faceia o norte e em cima da cama pendem dois quadros. Um deles é uma reprodução elaborada de uma aquarela de Picasso e o outro, um relevo prateado de um pequeno carneiro. Os dois quadros foram dependurados na parede com inclinação apropriada para serem contemplados tanto em pé no chão como deitado na cama.

A aquarela, quadro mais próximo ao armário embutido, representa três indivíduos em tons de verde sombrio mas translúcido, rosa pálido, preto suave e marrom queimado, esta última cor também nem muito intensa nem muito escura. À direita de quem olha, uma mulher nua segura um espelho na mão direita e com a esquerda ajeita os cabelos levemente arroxeados, arrumados em coque. Tensa, ela curva para baixo as bordas dos lábios cerrados, tem olhos sombrios e parece estar zangada mas, como prova de que não está, seu corpo nu se distende, desinibido. É uma dessas moças pobres que ficam com expressão zangada quando se estressam. Excetuando a área da cabeça, a única que se destaca em seu corpo branco livremente alongado é a pequena forma paraboloidal do baixo-ventre preenchido com tons de verde e preto-acastanhado. Lembra um saco pendente e, ao contrário da cabeça, tem o papel de dar ênfase à livre curvatura do corpo nu.

O homem com uma criança nos braços usa uma fantasia de arlequim e observa a mulher nua, que está se maquiando. A família está em pé diante de uma cortina verde e castanho-escura e, do outro lado da cortina, pode ser que haja uma multidão à espera de sua aparição. Por isso, esta família tem estampadas no rosto expressões de secreta intimidade e de tensão. A calça justa de xadrez preto e branco que o homem veste está na tela para tornar erótico o corpo nu da mulher.

Esta cópia de uma aquarela de Picasso pode ser classificada como único objeto erótico no quarto do rapaz. Ele, porém, sente por vezes a presença dos macacos como algo incomparavelmente mais erótico que essa mulher atraente com seu suave e macio monte de pelos púbicos. Nesses momentos, longe de odiar os macacos, sente por eles inexplicável apego físico e intensa paixão ou, em outras palavras, amor puro e erótico. E isso complica a relação do rapaz com os macacos e a transforma em algo complexo, especialmente vergonhoso e impossível de ser tornado público.

O pequeno relevo prateado de um carneiro que está na parede do lado sul, lado a lado com a cópia da aquarela, foi o rapaz que descobriu e comprou quando andava com a namorada por Kobe. Excetuando a área dos chifres enrolados como um enfeite floral, a do quarto traseiro e a do dianteiro estão em perfeita simetria e, por causa disso, o traseiro do animal não se define, o que enfraquece visivelmente a totalidade do carneiro como esboço. O relevo não tem o poder de despertar nem animação nem emoções no espírito do rapaz. E sendo um objeto incapaz de lhe despertar emoções, quase como uma mesa ou uma cadeira, o rapaz consegue vê-lo sem se perturbar. Contemplar esse relevo com os macacos observando-lhe as costas não era tão estranho quanto observar a aquarela e a água-forte nas mesmas condições. Atualmente, dos três objetos de arte, o rapaz contempla apenas o mais banal e insignificante — o relevo do pequeno carneiro prateado.

O piso do quarto do rapaz é revestido de placas de cortiça. As placas de cortiça que recobrem este piso, assim como o de todos os aposentos da casa em estilo ocidental, são tão velhas e sujas que lembram a pele grossa e resistente do costado de um rinoceronte. Quando o crepúsculo escurece o quarto envolvendo-o em sombras e o piso de cortiça começa a se assemelhar cada vez mais com dorso de rinoceronte, os macacos, que dividindo o referido piso em quatro estabeleceram seus respectivos territórios, parecem ficar apreensivos e se agitam. O rapaz deveria desfrutar da maneira mais proveitosa possível o crepúsculo — única oportunidade em que os macacos se agitam — mas, na maioria das vezes, ele está exausto do trabalho desempenhado durante o dia e passa inutilmente os decisivos minutos do entardecer apenas repousando a cabeça sobre a escrivaninha, à espera de que o ânimo lhe volte.

E quando a noite cai e o rapaz, com o ânimo a muito custo recuperado, retira da pasta de documentos as fichas catalográficas e começa a ordená-las, os macacos no interior das respectivas áreas já estão tranquilos e contemplam as costas dele.

Os quatro macacos estão distribuídos pelo quarto da seguinte maneira. Há um debaixo da janela do lado oriental. Sua posição é tal que lhe permite observar o rapaz com imóvel fixidez mesmo quando este, em pé no estreito espaço escuro entre a porta e o guarda-roupa, se desnuda para trocar suas roupas íntimas e, ao mesmo tempo, ser o primeiro a ver o rapaz quando este abre a porta e entra no quarto.

Frente a frente com esse macaco e sob a estante de livros da parede ocidental fica o segundo, imóvel, junto aos pés do rapaz enquanto este se senta à escrivaninha. O rapaz tem por hábito descalçar as meias enquanto está no quarto para evitar que os pés, abafados, comecem a cheirar mal mas, sentir a presença do macaco ao lado dos próprios pés nus, desprovidos de proteção, faz germinar um obstinado rebento de desassossego nalgum canto escuro de sua mente. Parecia-lhe então que seus pés nus aos poucos ressecavam e encolhiam, vergando-lhe as plantas dos pés. Mas envolver os pés com um pano por temer o olhar repleto de desconfiança dos macacos e suportar o mau cheiro semelhante ao que exala da polpa de um vegetal podre não seria degradante para o orgulho humano, não significaria submeter-se aos macacos? Para o rapaz, submeter-se aos macacos é insuportável, seria o mesmo que pôr em risco a própria existência como ser humano. Assim, ele obriga seu próprio apavorado ser a expor diante dos animais os dois pés nus e a sentar-se à escrivaninha.

Na estreita parede meridional entre as duas janelas e sob a água-forte das árvores situa-se o terceiro macaco. Este escolheu o melhor lugar para continuar observando o rapaz depois que ele se deita na cama. Quando desperta, se acaso está com a cabeça voltada para a janela, o rapaz encara este macaco e é encarado por ele. Nessas ocasiões, o animal ergue o traseiro do piso, recosta-se no painel de madeira e se estica tanto quanto pode na tentativa de posicionar a própria cabeça na mesma altura da do rapaz. Estar deitado com a cabeça na mesma altura da do macaco e encará-lo lançando um olhar paralelo ao piso — isso também profanaria a dignidade do rapaz enquanto ser humano. Por conseguinte, ao despertar, o rapaz prefere ter sempre a própria cabeça voltada para a parede setentrional, onde não está inserido o olhar altivo do animal mas, desde que sua sombria convivência com os símios teve início, a cabeça do rapaz se volta — mesmo durante o sono negro e pesado, o sono angustiante obtido com o uso de grande dose de soníferos — para a janela em busca de um mínimo de claridade, de modo que, quase toda manhã, ao despertar, ele se descobre fitando frontalmente a cabeça do macaco posicionado na ponta dos pés. Além de tudo, depois de ter o próprio rosto adormecido e indefeso longamente contemplado pelo macaco... Ao pensar nisso, o rapaz não consegue se sentir afortunado nem mesmo quando, com a consciência lhe voltando uma fração de segundo antes de abrir os olhos, consegue se virar na direção da parede setentrional para evitar o olhar do macaco.

O último macaco se senta voltado para a parede meridional no ponto em que a cama e o guarda-roupa se encontram. Isto significa que, enquanto o rapaz dorme, este animal se posiciona imóvel logo abaixo da cabeça dele, atento à sua respiração pausada. Se este animal esticasse o corpo e deixasse a cabeça emergir da borda da cama, sua presença tornar-se-ia ainda mais ameaçadora do que a daquele, na parede meridional. Mas ele não se mostrava propenso a isso, fato que se configurava em única sorte, em única ventura em meio ao infortúnio angustiante e cruel. Isso talvez resultasse da contenção que os próprios símios exerciam entre si e que os fazia hesitar em expor as costas desguarnecidas perante os demais, principalmente na escuridão noturna. Imaginar que o quarto macaco não espiava o rosto do jovem adormecido por ser misericordioso era, no mínimo, um engano.

Contudo, o rapaz se sentia mais ameaçado pela posição do quarto macaco. Não conseguia acreditar em sã consciência que este animal permaneceria para sempre em calma imobilidade contemplando a parede meridional. Isso o fazia temer o sono e lhe provocava uma insônia resistente, dura como pedra. O rapaz se via assim obrigado a fazer uso de uma dose de sonífero tão grande que lhe desarranjava por completo o estômago. E embora o sórdido sono assim obtido não resolvesse nenhum de seus problemas, o uso já se tinha transformado em longo hábito. Esse hábito fatal nunca mais haveria de abandonar o rapaz. Da mesma maneira que os macacos jamais abandonariam o aposento nem libertariam o rapaz, a insônia também jamais o largaria. A insônia não era mais um mal momentâneo, já se transformara em sua segunda natureza e, para extirpá-la, seria necessária uma intervenção cirúrgica tão invasiva quanto a de remoção de um dedo ou de parte de um órgão.

Sentado à escrivaninha e vigiado pelos macacos que se mantinham em seus respectivos lugares, o rapaz continua a organizar as fichas catalográficas daquele dia. As fichas são muitas e as chaves para a classificação são fatores extremamente obscuros inscritos nas próprias fichas, de modo que sua classificação e organização constituem trabalho penoso e desgaste mental considerável. Além de tudo, nas fichas existem letras que, em vez de encorajarem, provocam desânimo no rapaz. No trabalho de classificação das fichas não existe um único elemento capaz de alegrá-lo.

Sempre vigiado pelos macacos, o rapaz continua seu trabalho monótono e depressivo até altas horas da noite e se exaure. A tarefa chega ao fim. O rapaz retira o sonífero e uma jarra de dentro do armário embutido, mastiga ruidosamente as pílulas, mal suportando seu desagradável gosto amargo, e as engole. Mas não consegue tomar a decisão de se deitar até que a droga comece a surtir efeito. Despe-se com gestos lentos e, sempre exposto aos olhares dos macacos, fica apenas com a roupa íntima. Senta-se de novo na cadeira, do jeito que está, e lê uma revista. O conteúdo é pobre e, pior ainda, foi lido à exaustão. Ele apenas não tem condição financeira para comprar uma revista nova todos os meses.

Quando a droga começa a agir, uma espécie de embriaguez depressiva que em nada lhe melhora o ânimo se apossa dele. Lembra-se dos tempos de faculdade e se sente tentado às lágrimas. Naquela época, ele era um indivíduo corado, ativo, desprovido de complexos e nutria um generoso amor pela namorada. Sonhava com viagens internacionais, queria uma máquina fotográfica requintada e o sonho estava ao alcance de sua mão, não destoava da vida real. Mais importante que tudo, não havia macacos em seu quarto.

A droga se apodera do rapaz transformando-o num ser desgraçado e disforme, num ser semelhante a um feto morto e, momentos antes de ver o aposento que o rodeia assim como a noite que, por sua vez, rodeia o aposento convertido em algo estreito e arredondado como uma espécie de ninho, o rapaz transporta o corpo cambaleante para a cama e apaga a luz. Então, apenas os macacos passam a existir de maneira clara, fria e determinada, e seus olhos esbugalhados põem-se a brilhar intensamente na escuridão. O rapaz deixa escapar um bocejo apático e, submetendo-se inteiramente aos macacos, vai imergindo no sono como um corpo naufragado. Vez ou outra, o rapaz tem sonhos em que é sodomizado pelos quatro macacos, um por vez. Mas no instante em que cai em sono profundo, o sonho desagradável se desfaz e o mesmo acontece com o aposento, com os macacos e com o decepcionante cotidiano real em que vive desde a formatura na faculdade. Em torno do corpo adormecido do rapaz, a porta da inconsciência, a porta totalmente revestida de argila espessa e úmida da inconsciência se fecha.

Com a mente enfraquecida pela embriaguez do entorpecente, já esquecida de se preocupar com os macacos e totalmente desprovida do senso de decoro, o rapaz grita na fração de segundo que antecede o fechamento da porta: aah, até onde vai esta vida!?, quando terminará esta vida?

O rapaz acorda cedo. O que o desperta é a tosse violenta do velho do andar de baixo. Envolto a princípio em sensação de felicidade, o rapaz continua deitado na área cinzenta, macia e gelatinosa entre consciência e inconsciência, ambígua como um *fade out* cinematográfico. Contudo, seus ombros começam imediatamente a se vergar sob o peso da carga e sua mente se fecha ante a percepção da infelicidade. Pois se lembrara de que os macacos o observam fixamente. O rapaz estremece no gélido ar matinal. Uma espécie de estremecimento conformado. Ele inicia sua longa e mortificante jornada diária abrindo mão de algo ainda durante o período matinal. No passado, ele costumava sentir, a cada despertar sadio, certo entusiasmo, embora disforme e vacilante, ainda assim repleto de esperança invadir-lhe os quatro membros. Mesmo o estremecimento que perpassava seu corpo saído de sob o cobertor quente em contato com o frio ar matinal era repleto de vitalidade, assemelhava-se muito mais ao tremor de corajosa expectativa de um guerreiro prestes a entrar em batalha.

Agora, porém, se o rapaz acaso sente alguma alegria ou sensação de felicidade, mesmo que tênue, é apenas nos momentos em que, de olhos fechados, aos poucos se traslada do estado de inconsciência para o de consciência e se regozija por haver passado a perna nos macacos. Não era nem tanto alegria, era muito mais uma curta e insubstancial sensação de alívio do tipo experimentado por um eventual morador das profundezas do inferno ao se ver momentaneamente livre do olhar opressivo do demônio, alívio que em nada alterava o fato de o referido morador estar nas profundezas sob o jugo do demônio. Os momentos de sua máxima infelicidade eram aqueles em que despertava no meio de um sonho e abria os olhos de repente como um animal atemorizado e se via cara a cara com os macacos. Contudo, aos poucos ele se habituara à situação e se tornara capaz de despertar com cuidado, mantendo as pálpebras cerradas com firmeza. E conforme essa sabedoria de fraco, essa sabedoria de pobre, se transformava em hábito, a única alegria do rapaz também se amortecia.

O rapaz desperta. Não conseguira recuperar-se do cansaço durante o sono.

Assim como nos momentos em que está desperto, o peso que instantaneamente lhe cai sobre os ombros no instante em que desperta não é apenas psicológico, é também físico. Além disso, é obrigado a sentir o gosto amargo da grande quantidade de soníferos que tomou na noite anterior espalhado por todo o interior da boca: o estômago lhe dói e dele sobem arrotos malcheirosos intumescendo-lhe a garganta. Ah, como lhe parecem distantes os dias em que experimentara um refrescante despertar.

Uma vez desperto, o rapaz ouve a tosse persistente do velho do andar inferior. O som é desagradável, mas lhe parece também um comunicado do mundo humano que nada tem a ver com os macacos. O rapaz ouve como um nostálgico comunicado essa tosse irritante que ecoa em sua cabeça e lhe desperta a dor e, levantando-se, aguarda a recuperação da coragem e do vigor físico de que necessita para se trocar diante dos macacos. No dia em que a recuperação dessa coragem e desse vigor físico não ocorrer mesmo após longa espera — esse será o momento de sua morte. Despido e enrolado no cobertor quente, o rapaz aguardará sua humilhante morte, observado fixamente pelos macacos.

O velho do andar inferior tosse por um longo tempo. Deve estar tossindo enquanto pensa no resultado insatisfatório da longa batalha judicial que empreendeu. Ele é um servidor público, há muito aposentado, que moveu processo por difamação de caráter contra um importante jornal de Osaka. Os familiares do idoso já perderam interesse pela referida ação. Que valor teria o caráter de um mero velhinho que já se encontra às portas da morte e não tem mais tempo de voltar à ativa?, pensam eles. Também o jornal, alvo do processo, quase não demonstra interesse pelo acontecimento que, muito, muito tempo antes dera origem à ação judicial, a sociedade já o esqueceu. Aliás, esqueceu a própria existência do velhinho. A justiça também não demonstra entusiasmo pela restauração da honra de um homem que a sociedade esqueceu. Em consequência, o julgamento se arrasta interminavelmente. Àquela altura, os familiares do velhinho não sabem mais se o processo por difamação de caráter contra o jornal de Osaka ainda vige ou se já foi extinto. No entanto, o velho continua a lutar com persistência. Vez ou outra, ele explica em termos acalorados ao rapaz, seu inquilino, de que maneira fora difamado. E então, acrescenta que planeja aniquilar a empresa jornalística, contra a qual luta, organizando o boicote tanto do jornal com tiragem de dez milhões de exemplares, como da revista com tiragem de um milhão de exemplares. Isso não vai acontecer *ainda*. Contudo, dia e hora virão em que tanto o jornal como o periódico da referida empresa jornalística serão totalmente extintos, o instante de sua total submissão a mim virá, dizia o ancião. Crente nisso, o velhinho lutava. Ele jamais esquecerá que sua honra fora vilipendiada e que a retaliação não ocorrera.

    O velho tossia desde cedo no andar inferior. Ainda deitado, o rapaz escuta. Tempos atrás, o rapaz ouvira do idoso como se dera a difamação do seu caráter em detalhes, mas agora já não consegue lembrar-se direito. O que ele sabe com certeza é que a empresa jornalística difamara o velhinho injustamente, que o dia da vitória do idoso, homem que movera ação por difamação de caráter, não chegara ainda e que ele continuará lutando para sempre. O velho já estava em plena decrepitude mas não quer abandonar a luta. Uma vez por mês, ele se arrumava, saía e voltava em completa exaustão. Algo penoso e aviltante certamente ocorria durante suas saídas. Na noite de suas saídas, o ancião se embebedava, esbraveja e se debatia em fúria. Nessas noites, por mais que o rapaz aumentasse a quantidade de sonífero, o sono não lhe vinha. Tinha então de enfrentar a falta de sono, a náusea provocada pelo entorpecente e um amanhecer de fome. Permanecia em vigília, sentindo contínuo medo dos gritos coléricos do velho até os macacos serem iluminados pela débil luz do amanhecer de cinza e rosa sutilmente mesclados.

    Salvo o único dia de sua saída mensal, nos restantes o ancião permanecia trancafiado em seu aposento, espreitando a movimentação do seu inimigo. Lia de capa a capa as publicações do importante jornal em busca do texto de revogação do processo por difamação que movera contra o jornal. Contudo, até o momento, a expectativa vinha sendo sempre frustrada, a persistente batalha do ancião se prolongará. Até o dia e a hora em que um texto de retratação lhe devolver a honra perdida, o ancião continuará a esperar, a lutar e a ler do começo ao fim tanto o jornal como a revista, com o sacrifício da visão deteriorada pela idade.

    Cessa o som da tosse do ancião e soa um leve barulho para os lados da entrada da casa. Em seguida, o silêncio se prolonga. O velho se apoderara do matutino e começara a examiná-lo. Hoje também não haverá de obter o resultado que almeja e muito menos de terminar sua luta. Em que consistia a cláusula do processo de difamação movido pelo velho?, pensa o rapaz, ainda deitado na cama. Todavia, não consegue lembrar-se. Devia ser algo de extrema e absoluta sutileza, algo como um erro de procedimento, mas com certeza relacionado à honra do ancião. Embora não conseguisse lembrar-se, o rapaz se recordava de ter ouvido do velho a explicação e de ter compreendido que isso lhe difamara o caráter. Do andar de baixo lhe vem o ruído de páginas sendo viradas com irritação. Naquela manhã, é certo que não achara o texto destinado a alegrá-lo.

O rapaz sacode a cabeça e extingue o leve ruído de papel que buscava persistir em seus ouvidos. Ele não consegue sentir afeição por ninguém no mundo, nem mesmo pelo velho. Não tem empatia por nenhum outro ser humano. Vivia com os olhares dos macacos fixos nele, os outros não os tinham como uma carga sobre os ombros. Quem não tivesse relação alguma com os macacos também não teria com ele, ser-lhe-ia um estranho total. E como lhe parecia que todo e qualquer ser humano não tinha relação com os macacos, sentia-se ilimitadamente só.

O rapaz se soergue sobre a cama. Os macacos começam a observá-lo fixamente. Ele necessitava romper a teia do olhar dos macacos usando a força do corpo inteiro pois, caso contrário, não conseguiria sequer pôr-se em pé. E isso o faz perder a coragem. Mas o rapaz se ergue sobre os pés descalços e começa a se vestir. Precisava trabalhar. Os macacos contemplam imóveis o rapaz que, já vestido, começa a calçar as meias. Ele continua sendo fixamente observado enquanto introduz na pasta as fichas catalográficas que pusera em ordem durante a noite anterior. Dirige-se lentamente para a porta. Os macacos torcem o pescoço conforme o rapaz se move e enfim mudam aos poucos a posição dos próprios corpos da maneira que lhes é peculiar. O rapaz caminha sentindo na nuca, pescoço, costas, quadris e pernas o importuno olhar dos animais. Sente-se tomado de um súbito desejo de se voltar e de esbravejar. Contudo, abre a porta em silêncio e sai para o corredor. Não pode deixar de se sentir exausto antes mesmo de sair para trabalhar. Pois recuperar-se do cansaço na presença dos macacos é uma proposição impossível. O cansaço vai se acumulando como sedimento em fundo de solução. No exato momento em que fecha a porta com seu braço cansado, sente a fixidez do olhar dos macacos atingir seu ponto culminante. Ele fecha a porta e encerra uma faceta real da sua vida.

O rapaz trabalha no Departamento de Pesquisas de uma empresa. Com a pasta contendo as fichas catalográficas debaixo do braço, ele entra por uma porta lateral do prédio cor de tijolo onde se situa a empresa e avança para o seu interior escuro. O Departamento de Pesquisas fica num canto no extremo de um corredor. O local é acanhado e nele existe apenas uma pequena janela. Anteriormente, era usada por empregados do escalão inferior. No forro, há algo a respeito de cavalos rabiscado por um antigo morador do aposento mas, como o teto é muito alto, ninguém se deu ao trabalho de apagá-lo. Quem fez o rabisco deve ter posto uma cadeira sobre a mesa e, mal se equilibrando, sobre elas deve ter subido apoiando-se numa das paredes com um dos braços. As letras estão retorcidas, sombrias e trêmulas aqui e ali, como uma pobre criança tiritando de ansiedade.

Quando uma parelha de cavalos avança de maneira oblíqua...

O rabisco diz o seguinte: quando uma parelha de cavalos avança de maneira oblíqua, é impossível adivinhar o que acontecerá em seguida. O pessoal do Departamento de Pesquisas não tenta imaginar o significado dessas palavras, nem como se desenvolveria a curta frase. Ninguém se interessa pelo rabisco no teto. Mesmo que se interessasse, não era uma questão passível de elucidação, e mesmo que fosse, não teria importância alguma. No Departamento de Pesquisas houve um consenso: antigamente, existira nessa sala escura e pobre um varapau maluco, e o assunto não se desenvolve para além desse âmbito. Mesmo que tivesse havido realmente um varapau maluco nessa sala, nunca se saberia com certeza a relação dele com a parelha de cavalos, nem se a expressão "avançando de maneira oblíqua" significava que os animais seguiam em direções não paralelas ou se os dois juntos seguiam de maneira oblíqua a determinada parede. E caso indicasse uma das duas possibilidades, que haveria de acontecer se a parelha de cavalos avançasse de maneira oblíqua? "Parelha de cavalos" indicaria um conteúdo simbólico? Por que o desconhecido inscrevera a frase lá em cima, no teto?

A área externa da empresa — onde se realizavam as negociações com clientes — era clara e, embora calma, tinha certo ar de animação. A claridade, simbolizada na ampla porta de vidro da entrada, reinava no local. As moças que trabalhavam ali aparentavam vivacidade e os rapazes vestiam roupas limpas e corretas, sorriam ao tratar com os clientes. Ali era uma terra ensolarada como a Califórnia.

No entanto, os luminosos raios solares não chegavam à área interna. O Departamento de Pesquisas era sempre escuro e sombrio. Sobretudo, não estava claro se o trabalho que os rapazes realizavam naquela sala tinha relação com a atividade funcional da firma. Ou seja, não se evidenciava a maneira pela qual o trabalho dos rapazes naquela área escura e despojada se ligava com a atividade brilhante da área externa. Mas eles tinham de continuar trabalhando. Por vezes, o rapaz sentia que a sala de pesquisas em que trabalhava e a clara área externa eram duas regiões distintas, sem nenhuma relação entre si.

Havia quatro escrivaninhas na sala de pesquisas, cada qual com dois de seus lados em contato com outra mesa mas, uma vez que não eram do mesmo tamanho, o conjunto perfazia um formato complexo, cheio de ângulos. Na escrivaninha mais distante da porta de entrada sentava-se o chefe. Estava às vésperas de se aposentar e queria ser transferido para trabalhar na área externa, animada e ativa. Ele não demonstra quase nenhum entusiasmo pelo trabalho desenvolvido no Departamento de Pesquisas. A todo instante manifesta claramente que agarrará qualquer oportunidade de trabalho na área externa. E isso contribui para tornar o ar de negligência na sala de pesquisas ainda mais evidente. É um cinquentão lacônico com pronunciada calva na parte posterior da cabeça e estranho corte de cabelo em estilo pajem.

Na mesa situada ao lado dele e de frente para a porta, há uma máquina de escrever e a ela se senta uma funcionária. A mulher tem mais de trinta anos. Ela se diz casada, mas murmura-se também que isso não é verdade. Oficialmente, o marido está lotado na Austrália, é comprador de lã de carneiro e o responsável pelo escritório local.

O rapaz observa com cuidado a atitude desta funcionária. Ele se esforça por divisar algo definitivo na expressão dela, mas se irrita por não saber se ela realmente está a par do segredo ou se apenas finge estar. Segredo: para o rapaz o segredo é algo interligado à vergonha.

O rapaz precisa lidar com sua situação de abstinência sexual, mas em seu quarto, no quarto onde é observado pelos macacos, isto se torna impossível. Em consequência, quando a abstinência chega ao nível máximo suportável, o rapaz é obrigado a se trancar no banheiro dos funcionários e a ejacular solitariamente. Certo dia, após uma rápida e secreta masturbação, ele se sentiu espiado por alguém que ocupava o compartimento feminino vizinho. A parede divisória dos compartimentos terminava a dez centímetros do chão, talvez como medida destinada a facilitar a limpeza. Do vão assim formado, espiava um pequeno espelho de mão feminino que, segundo lhe pareceu, foi rapidamente recolhido no instante em que o rapaz percebeu sua existência. Morto de vergonha, o rapaz correu para fora do banheiro sem confirmar quem se escondia no compartimento vizinho e, ao retornar ao Departamento de Pesquisas, viu o lugar da funcionária vazio. A partir desse dia, o rapaz passou a perceber na funcionária certo olhar de repulsa e se eventualmente sua mão tocava a da funcionária, ela a recolhia rapidamente com um gritinho, por vezes derrubando fichas catalográficas já concluídas. Contudo, não sabia com certeza se a dona do pequeno espelho de mão era a funcionária. Ela podia ter se ausentado de seu local de trabalho por qualquer outra razão.

Espionar alguém — este ato degradante era também merecedor de repreensão, e quem o praticasse fazia jus a uma cusparada de desprezo. Contudo, o que o rapaz fazia enquanto era espionado era também um ato degradante. A masturbação secreta e rápida era um ato também merecedor de cusparadas de desprezo. Enquanto olha para o perfil alongado e ríspido da funcionária, o rapaz se sente atormentado por dois sentimentos, ódio e vergonha. Por vezes, ele resolve exigir explicações da funcionária. Entretanto, as palavras são aspiradas pela mucosa da garganta, delas restando apenas uma mancha feia.

— Você andou espionando? Era você que espionava enquanto eu me masturbava?

Estas eram perguntas impossíveis de serem formuladas em voz alta. Que resposta correta existiria para elas? Mesmo que a funcionária tivesse realmente espionado, ela não confirmaria e, caso a pergunta errasse o alvo por completo, que escândalo não haveria de resultar disso? O rapaz apenas observava a funcionária dominado por diversos sentimentos complexamente mesclados. Ainda que a observação lhe fornecesse um resultado claro, a situação provavelmente em nada se alteraria, mas o rapaz não podia deixar de pensar a respeito disso toda vez que a via.

A escrivaninha do rapaz situa-se em frente à do chefe. E à esquerda, diante da escrivaninha da funcionária, há uma de melhor qualidade que as três restantes, mas ninguém a ocupa no momento. Pois nela devia sentar-se o sobrinho do dono da empresa, mas este jovem privilegiado está no momento em viagem de observação pela Europa e América.

Quando o rapaz se formou na faculdade e começou a trabalhar no Departamento de Pesquisas, o sobrinho já havia partido para sua viagem ao Ocidente. O rapaz ouvira alguns boatos, em sua maior parte provenientes da funcionária, a respeito deste jovem de futuro brilhante, deste indivíduo solteiro que futuramente teria nas mãos o poder de gerir a empresa. Normalmente lacônica, a funcionária se tornava eloquente apenas nos momentos em que falava deste indivíduo. Dizia do interesse dele por ela e, às vezes, do quanto ele fora apaixonado por ela. Nessas ocasiões, a funcionária se parece muito mais com uma mocinha solteira do que com uma mulher casada com um comerciante de lã de carneiros.

O taciturno chefe do Departamento sentia também inesgotável simpatia pelo sobrinho do dono da empresa. Esperava que, com o retorno dele da longa viagem pelo Ocidente, os holofotes se voltassem para o Departamento de Pesquisas e este se tornasse o centro das atenções da empresa. Contudo, o sobrinho demorava a voltar. Era muito duvidoso que tal fato acontecesse antes da aposentadoria do chefe. Em consequência, o chefe passou, de maneira mais realística, a desejar ardentemente a própria nomeação para a área externa. Nesse caso, ele achava que ainda poderia desenvolver um trabalho mais vistoso do que no Departamento de Pesquisas e assim obter a oportunidade de ser notado pelo dono da empresa. O chefe costumava dizer o seguinte:

— Fui confinado neste Departamento em meio à grande bagunça que foi o fim da guerra, entendem? Se as coisas tivessem seguido seu curso normal, eu estaria ainda na área comercial. Seja como for, o meu azar foi, nada mais, nada menos, a grande bagunça do fim da guerra. Este trabalho aqui não se coaduna com o meu temperamento, entendem?

O trabalho no Departamento de Pesquisas não se coadunava com o temperamento de nenhum dos três funcionários. O mesmo devia acontecer com o sobrinho do dono em maravilhosa viagem pelo Ocidente. Havia indícios de que o Departamento de Pesquisas continuava a existir sem nenhum significado especial para o sobrinho. E, pior ainda, o rapaz fora admitido depois de sua partida.

O trabalho que realizavam o dia inteiro na sala de pesquisas era o de busca por qualquer texto concernente aos negócios da empresa em jornais e revistas econômicas estrangeiras, sumarização dos referidos textos para posterior classificação e registro em fichas e catalogação destas. Com o passar do tempo, a quantidade de fichas catalográficas atingiu um volume assustador, mas ninguém se interessava em consultá-las ou lê-las. Os funcionários apenas classificam, registram e catalogam. Quando o sobrinho do dono da empresa retornar de sua viagem ao Ocidente, esse volume assustador de fichas empilhadas irá resplandecer gloriosamente e arrogará a si sua importância vital. No momento, porém, as fichas apenas se multiplicam em vão. Ninguém as usa.

Os três da sala de pesquisas continuam a trabalhar com dedicação. Ao longo dos dias, o trabalho deles em nada se modifica, sempre prosseguindo de maneira automática por inexistir alternância entre períodos de trabalho intenso e de inatividade. Os funcionários não conversam entre si durante o expediente. Eles se falam apenas durante o curto intervalo do almoço. Nesse período, o telhado e o pátio atrás da empresa transbordam de funcionários das animadas e claras áreas externas. Eles aproveitam ao máximo o período de descanso, cantando em coro, saltitando e jogando badminton. Contudo, os três do Departamento de Pesquisas apenas permanecem imóveis no escuro aposento de trabalho, falando de temas do seu próprio interesse. Aferram-se aos respectivos interesses e nunca se interessam por assuntos alheios nem reagem ao que os demais contam. O chefe expõe esperançosas opiniões a respeito de seu desejo de ser transferido para outro cargo e a funcionária fala do marido que é comprador de lã de carneiro na Austrália.

— Eu acabei neste serviço na bagunça que se seguiu ao fim da guerra, mas pretendo em breve me transferir para a área comercial e ali mostrar o meu valor. Mas se o sobrinho do dono retornar e este Departamento começar a progredir, aí então serão outros quinhentos.

— Ah, queria tanto que ele fosse transferido da Austrália para um posto na matriz... Ele quer montar uma casa na Austrália para morar lá comigo, mas prefiro ficar por aqui porque sou do tipo que se sente mal só de pensar em viver numa terra quente. E depois, imagino que poderei ser de alguma utilidade para o sobrinho do dono quando ele retornar, entendem?

"Quando o sobrinho do dono retornar!" — era o único elo que unia o chefe à funcionária. Empolgados e suspirosos, murmuram: "Quando o sobrinho do dono retornar!". Apenas aguardam, ansiosos, o retorno do sobrinho do dono de sua viagem ao Ocidente.

Mas não há lugar para o sobrinho do dono na mente do rapaz. Certo felizardo viaja pelo Ocidente e certas pessoas aguardam seu retorno esperançosas, isso é tudo. Cotovelos fincados na mesa, o rapaz pensa nos macacos durante o descanso da hora do almoço. Nos macacos que o observam fixamente no aposento onde mora, no local onde se desenrola seu cotidiano real. Mesmo que o sobrinho do dono retornasse de sua viagem ao Ocidente, que diferença faria isso na vida do rapaz e dos macacos? Enquanto ouve a alegre balbúrdia promovida pelos jovens funcionários da empresa sob os gloriosos raios solares, o rapaz pensa: macacos não existem para eles. No mesmo instante, as vozes em balbúrdia se afastam. As pessoas suspirosas que ao lado dele falam do sobrinho do dono também se afastam. O rapaz pensa nos macacos. Seu pequeno mundo está atulhado só com macacos. Contempla o rabisco no teto e continua sempre a pensar apenas nos macacos.

Quando uma parelha de cavalos avança de maneira oblíqua...

No momento em que o rapaz começa a pensar nos macacos, tudo o mais se torna imediatamente insignificante. A suspeita com relação à funcionária também esmaece. Não faz mal se ela realmente o espionou, começa ele a achar, uma vez que não existe a menor possibilidade de ela sequer ter ouvido falar nos macacos. Não tem nada a ver com o verdadeiro caráter dele.

Como prova de que nada é capaz de perturbar seu devaneio acerca dos macacos, o rapaz enfia em sua pasta até a carta da namorada que o contínuo lhe trouxe depois do almoço sem ao menos abri-la. Quero que você me receba amanhã mesmo em Tóquio, não aguento mais viver em minha casa, deve estar clamando a namorada na carta, mas o rapaz deixa para depois a leitura e concentra o pensamento nos macacos. Enquanto os macacos não desaparecerem, a namorada clamará em vão. E em vão será também tudo o mais.

Tem início o expediente da tarde.

É estranha a relação entre os funcionários que trabalham na área externa da empresa e os três do Departamento de Pesquisas. Não há intercâmbio entre eles. Vivem no interior de uma empresa quase sempre com aparente indiferença. Porém, em seus íntimos, os dois grupos nutrem recíprocos interesse e curiosidade. Quando está em sua sala, o chefe do Departamento de Pesquisas fala com franqueza a respeito de sua vontade de ser transferido para o Departamento Comercial, mas nunca diante dos funcionários da área externa. Por sua vez, os funcionários da área externa suspeitam que os três do Departamento de Pesquisas têm um acordo secreto com a diretoria da empresa e que investigam o desempenho profissional e a vida particular de todos eles. Tal suspeita é alimentada pela expressão "o sobrinho do dono", que tanto o chefe do Departamento de Pesquisas como a funcionária mencionam continuamente. Ao pensar no retorno do sobrinho do dono de sua longa excursão ao Ocidente, os funcionários da área externa com certeza sentem que não é de bom aviso ignorar por completo os três do Departamento de Pesquisas. Vez ou outra, surgem para convidá-los a participar das reuniões sindicais. Mas os três do Departamento de Pesquisas recusam o convite de maneira terminante.

Em contrapartida, o chefe e a funcionária demonstram interesse incomum pelas resoluções tomadas pelo sindicato. Ao mostrar aos da área externa sinais de que investigam os movimentos do sindicato, os dois procuram forçá-los a reconhecer o poder do Departamento de Pesquisas e, ao mesmo tempo, cuidam em não exagerar os sinais para evitar que os sindicalistas se apavorem a ponto de solicitar à direção da empresa o fechamento do Departamento de Pesquisas.

Os sindicalistas apareciam invariavelmente uma vez por mês no Departamento de Pesquisas. Seu objetivo, solicitar ao chefe e aos outros dois a participação no sindicato. E eram sempre recusados. Esta era a única ocasião em que o chefe, a funcionária e o rapaz externavam a mesma intenção e, ao menos superficialmente, mostravam-se coesos. O chefe e a funcionária recusavam a participação no sindicato para se mostrarem alinhados ao sobrinho do dono e, o rapaz, por saber que nenhum dos membros do sindicato carregava macacos em suas costas. O rapaz vive uma vida solitária em companhia dos macacos. Como poderia andar de braços dados com quem quer que fosse se ninguém vivia com macacos...?

Depois de muito insistir, os sindicalistas desistiam. Contudo, expunham algumas matérias decisórias que necessitavam da colaboração dos três não sindicalizados. Na maioria das vezes, o chefe ou a funcionária estava a par das referidas matérias. Mas o rapaz não conseguiu manter a calma quando o sindicalista expôs, não exatamente uma matéria decisória, mas a reclamação de outro sindicalista nos seguintes termos:

— Ultimamente, estão acontecendo casos de voyeurismo no banheiro, tomem cuidado.

O rapaz relanceou a funcionária, mas ela se mantinha impassível. Isso não provava não ser ela a voyeur. Porém, a funcionária era do tipo que quase nunca desfazia a rigidez pétrea de sua fisionomia.

— Ficou estabelecido que haverá um prêmio para aquele que descobrir a identidade do voyeur e o denunciar à administração. A delação é uma covardia, mas o voyeurismo é covardia ainda maior. O Sindicato também vai apoiar essa política. Quem for descoberto praticando o ato deverá ser sumariamente despedido. O mesmo acontecerá se a descoberta se der por delação.

— E no que consiste o tal prêmio? Poderia ser, por exemplo, a realocação desse funcionário dentro da empresa, não poderia? Digamos, de um departamento interno para a área comercial?

Rígida como uma pedra, a funcionária ouve o diálogo do sindicalista com o chefe. Com o sangue afluindo ao rosto e aos olhos, o rapaz observa os três, transferindo o olhar de um para outro. Mas nem então os macacos lhe saem da cabeça.

Com o início do longo período de chuvas de verão, a umidade no aposento do rapaz tornou-se mais pesada e os macacos começaram a sofrer um tipo de infestação. E então, o cotidiano deles acabou assumindo novo aspecto.

Os insetos se assemelhavam a uma variedade de artrópodes da ordem dos isópodes da classe dos crustáceos. De acordo com as averiguações do rapaz, mediam à primeira vista entre cinco e quinze milímetros, com raros espécimes maiores que, contudo, nunca ultrapassavam vinte milímetros. No início da infestação, quase todos os insetos mediam entre cinco e dez milímetros.

Sua coloração é marrom-acinzentada e têm forma oval, no que lembram uma baratinha, mas não são achatados: suas costas são abauladas com segmentos abdominais distintos, no que se parecem com tatuzinhos. Quando o rapaz o ameaçou com a ponta de um lápis, um inseto se fechou em forma de bola, momento em que seu corpo assumiu uma coloração marrom-acinzentada. Nesse aspecto, fazem lembrar uma variação dos tatuzinhos mas, quando relaxados e em imobilidade, lembram mais baratinhas-d'água. Certa vez, o rapaz dispôs nas proximidades de um deles alguns vegetais folhudos e macios para ver se ele as comeria, mas não obteve resultados nítidos. Não tivesse os macacos a observá-lo fixamente, o rapaz poderia perseverar na verificação por um período de tempo mais longo e obter algum dado, mas saber-se observado pelas costas e pesquisar os artrópodes marrom-acinzentados era um trabalho deprimente, impossível de ser prolongado. Sobretudo, quanta satisfação traria ao investigador o esclarecimento de que os insetos se assemelhavam mais a baratinhas-d'água do que a tatuzinhos? A princípio, era tão pequena a quantidade deles que lhe foi possível capturar apenas alguns exemplares, mesmo procurando em todos os cantos e recantos do aposento. Quando o rapaz descobriu um andando lentamente pela prateleira de livros, buscou outros cuidadosamente, mas encontrou só mais um sob o peitoril da janela da parede oriental, este um tanto menor, mas imóvel.

Contudo, achar dois insetos da mesma espécie talvez fosse um sombrio sinal de que dentro em pouco proliferariam no aposento. A previsão se provou certeira e deu a ideia exata do que seria a situação do aposento em dias posteriores. No dia seguinte ao do primeiro achado, o rapaz descobriu mais três insetos da mesma espécie no piso forrado de cortiça, um na prateleira de livros e outro grande na parede do dormitório que faceava o norte e, a partir da semana seguinte, tornou-se óbvio que os insetos tinham começado a proliferar no aposento. De onde teriam eles vindo e para onde iriam? A resposta à questão era impossível de ser encontrada ou ao menos especulada, mas, seja como for, os insetos tinham se estabelecido com firmeza e se proliferavam.

Apanhar o inseto, embrulhá-lo num pedaço de papel e esmagá-lo, jogar o papel amassado e sujo no buraco de lixo no fundo do quintal. Os pedaços de papel amassado vão aos poucos aumentando de volume e quantidade. A cada domingo, a dona da pensão queimava o lixo contido no buraco e, mesclado ao cheiro de detritos queimados, o inconfundível odor de insetos chegava também ao aposento do rapaz. Dava-lhe a impressão de que os insetos esmagados no interior dos pedaços de papel riam-se do esforço do rapaz e retornavam ao aposento para vingar a própria morte. A cada dia os insetos proliferavam e, como o cheiro de seus cadáveres incinerados retornava ao aposento, provocavam também certa impressão de eterna recorrência.

Por algum tempo, o rapaz não se deu conta de que os insetos se reproduziam nos macacos. Contudo, num determinado e fortuito instante, o elo mortificante que juntava insetos a macacos estabeleceu-se com firmeza. Esse instante fortuito nem era digno de registro mas, uma vez descoberto o elo, o rapaz se deu conta de que já sabia da relação dos insetos com os macacos no momento em que descobrira o primeiro desses artrópodes e, depois desse momento, não alimentou mais nenhuma dúvida quanto a essa relação. Insetos de coloração marrom-acinzentada com minúsculas pernas semelhantes a pelos agarrados com firmeza nas úmidas e escondidas virilhas dos símios — isso era congruente. Além de quase não se mexerem, os macacos não se coçavam nem se sacudiam, de modo que deviam constituir-se em refúgios apropriados para os insetos. Contudo, em determinados instantes, esses artrópodes pequenos e arredondados abandonavam as virilhas dos macacos e caíam sobre o piso, onde alguns permaneciam imóveis, enquanto outros subiam pelos painéis de madeira para alcançar as esquadrias das janelas, ou rastejavam para as prateleiras de livros. Certa vez, o rapaz teve a impressão de que macios pelos de cor marrom-acinzentada começavam a crescer no relevo prateado do carneiro e descobriu que a impressão se devia também à presença de dezenas de insetos agarrados à superfície do quadro.

Isso, porém, aconteceu depois que a infestação atingiu um estágio bastante avançado e a captura, o esmagamento e a disposição se transformaram gradualmente em algo trabalhoso, que demandava tempo.

Toda vez que passava diante de uma farmácia a caminho do trabalho, ou de volta dele, o rapaz tinha os olhos atraídos por propagandas de inseticidas. Alguns tipos de inseticidas ou de vermífugos pareciam adequados ao extermínio dos insetos que infestavam os macacos. Em determinados momentos, o rapaz sentia uma atração violenta por tais produtos. Contudo, não os comprava. Exterminar os insetos que infestavam os macacos por intermédio dos medicamentos talvez tornasse seu quarto mais limpo e confortável, mas a medida também proporcionaria bem-estar aos macacos. Com o aposento usurpado de maneira afrontosa e na situação de eterno vigiado, trabalhar em prol do referido usurpador e vigia seria humilhante.

Se os macacos batessem em retirada, apavorados com os incontáveis insetos que lhes infestavam as virilhas, ou, mesmo não sendo possível desejar tamanha ventura, se os animais começassem a se interessar mais pelos insetos do que pelo rapaz e, em vez de vigiá-lo, se empenhassem em exterminar os artrópodes, talvez a situação, embora aviltante, se tornasse esperançosa.

Esperança — um clarão de esperança deflagrado pelo ataque dos pequenos insetos ovalados de coloração marrom-acinzentada. Costas abauladas, corpo que se move de maneira canhestra por intermédio de anéis encarreirados, patas semelhantes a certa espécie de fungo — tais eram os portadores da tênue esperança para o rapaz.

Enquanto realizava a nova tarefa de captura, esmagamento e disposição dos insetos incorporada ao seu cotidiano, o rapaz descobria-se por vezes sentindo uma espécie de agitação espiritual nessa monótona e deplorável atividade. A atividade visava apenas benefício próprio, nada tinha a ver com os insetos que proliferavam nos macacos e lhes provocavam desconforto, pensava o rapaz. Os que eliminava de seu quarto já tinham abandonado o corpo dos macacos, já não os incomodavam. Visto pelo ângulo oposto, isto não significaria que o rapaz tinha deixado os insetos proliferarem para que agredissem os macacos e lhes proporcionassem desconforto, e que estava se desfazendo apenas dos que não suportaram a tarefa de atacar os animais? Ao ignorar o dissabor que representavam ao próprio cotidiano, o rapaz estaria efetuando um ataque passivo contra os macacos. E comparada ao extremo desprazer de viver com estes no mesmo quarto, chegava ao ponto de pensar que uma mera infestação de insetos nem era digna de consideração.

Contudo, essa tarefa cansativa o exauria cada vez mais e lhe consumia as horas livres. Deixava de escrever para a namorada em Kansai. Esta se irritava cada vez mais e lhe enviava cartas diárias de sentido excessivamente tenso. "Quando poderemos viver juntos?, quero sair daqui ainda amanhã, quero morar com você o mais rápido possível, vamos viver juntos a partir de amanhã, mande-me um telegrama dizendo 'venha!', mande-o amanhã mesmo, meus dias são insuportáveis, não tenho muita certeza se vou conseguir viver até amanhã, por que razão você nunca me chama?, se não me explicar, vou entender que não existe nenhuma razão e, nesse caso, partirei amanhã. Amanhã mesmo, amanhã mesmo."

O rapaz não consegue explicar os macacos para a namorada. Não consegue explicar que o papel dele na defesa de um futuro repleto de esperança conta apenas com a ajuda de alguns insetos pequenos e esbranquiçados. "Razão? Nenhuma razão que impeça a sua partida?" Ele não consegue escrever a carta em que explicaria as razões. Razão que impeça a namorada de partir — onde existiria isso? Pois durante muitos anos ele viera desejando ardentemente viver com a namorada.

Contudo, os macacos existem. E os insetos que infestam os animais existem como prováveis aliados do rapaz. Não encontra palavras para explicar por escrito a batalha que se trava entre os três. Nenhuma razão, nenhuma razão que impeça a partida.

A namorada está a ponto de morrer de tanto esperar, e finalmente partirá para ficar perto do namorado. E então, o dia da catástrofe chegará. Mas a proposta não era essa, recém-formado na faculdade, o rapaz iria arrumar um emprego, uma janela para o futuro se abriria em sua vida, e à sua vida se juntaria a namorada. Tanto o rapaz como a namorada estiveram longamente à espera disso. Mas os macacos, os macacos que, agachados, observavam fixamente o rapaz, surgiram para fechar todas as janelas voltadas para o futuro. A única variante tinha sido a infestação dos insetos, e mesmo isso não era conclusivo, tanto podia sinalizar a vitória do rapaz ou um golpe de misericórdia desfechado contra ele pelos próprios insetos com a ajuda dos macacos. Se os macacos ali continuarem para sempre, se os macacos continuarem para sempre...

Quando chegar o telegrama da namorada comunicando sua partida, a catástrofe acontecerá. A namorada está cansada de tanto esperar e morre de vontade de partir. Mas com o rapaz os macacos, sempre os macacos...

★ ★ ★

Os funcionários que trabalham na área externa despem o paletó, é verão. Mas os do Departamento de Pesquisas trabalham de paletó. Pois o chefe ressalta que o sobrinho do dono cultivava esse hábito. Certa tarde muito quente, dois funcionários sem paletó da área externa surgiram no Departamento de Pesquisas. O chefe ergue a cabeça e lança um rápido olhar de desagrado na direção dos dois mal-educados sindicalistas e, sem modificar em nada a expressão, baixa a cabeça e continua a trabalhar. Pois aquele não era o dia da visita mensal dos sindicalistas. O rapaz contempla os sindicalistas com olhar repleto de inveja. Pensa na própria pele amarelada, no corpo magro cozido sob o paletó, e não pode deixar de invejar os dois que estão apenas de camisa branca. A funcionária tem o rosto inexpressivo.

— Queremos conversar — diz um sindicalista para ninguém em particular. — A questão já está decidida entre o sindicato e a empresa, mas como vocês não são sindicalizados... É a respeito dos ajustes internos, e a empresa quer que vocês também sejam incluídos.

Os três funcionários de paletó ficam tensos repentinamente. Ajustes internos e reorganização do quadro de funcionários eram assuntos comentados havia já algum tempo. Contudo, até então a questão vinha sendo tratada entre o sindicato e a direção da empresa. Pelos boatos, parecia nada ter a ver com o Departamento de Pesquisas. O chefe aperta os olhos, verga os lábios e, com tiques nervosos contorcendo-lhe a face, fixa o olhar nos sindicalistas. Na pele acinzentada do rosto o suor poreja. Os sindicalistas parecem frescos e lépidos.

— Que tipo de conversa? — indaga o chefe com voz grossa e rouca para ocultar a agitação.

A funcionária e o rapaz esperam tensos que um dos sindicalistas fale. É uma tarde quente de verão.

— E então, quer conversar sobre o quê?

— A direção da empresa solicita que escolhamos três funcionários demissíveis entre o pessoal da área externa e o da interna.

— Esses três serão despedidos?

— Paciência, estamos atravessando uma crise econômica.

O sindicalista cerra os lábios com firmeza e se cala. Em seguida, diz com voz formalizada:

— Vamos escolher dois da área externa. E queremos que o outro seja escolhido da área interna.

O chefe contesta. Está nervoso.

— Nós não somos sindicalizados. Não aceitamos suas ordens.

— Não estamos ordenando nada, apenas não queremos excluí-los para demonstrar nossa consideração por vocês.

— Pois não precisamos que demonstrem consideração, não nos interessa nem um pouco ser despedidos por consideração.

Os sindicalistas se ofendem. Mas não querem abandonar o trabalho de convencimento.

— Nós, da área externa, podemos iniciar uma greve, vocês sabem disso. E podemos também impedir que haja vítimas no nosso setor. A direção da empresa nos consultou porque sabe muito bem disso. Vocês não são sindicalizados. Sua situação é frágil. É por esse motivo que estamos lhes oferecendo uma mão amiga.

— Querem chantagear, é? — diz o chefe com voz ameaçadora.

— Não queremos chantagear. Estamos tentando apenas dividir o sacrifício de maneira equânime. A natureza do trabalho do setor externo é diferente da do interno. Mas os dois setores trabalham para uma mesma empresa, não são totalmente estranhos. Isso é tão difícil de compreender?

A funcionária intervém. Fala devagar, fitando alternadamente cada um dos sindicalistas. Seu jeito de falar dá a entender que está lançando mão de uma última cartada.

— Por outro lado, não acho que o setor externo e o interno sejam também tão próximos. A natureza do trabalho difere e a posição perante a direção também. Foi por isso que não quisemos fazer parte do sindicato. Nós aqui temos de manter este Departamento até o retorno do sobrinho do dono, entenderam?

A funcionária se cala momentaneamente para estudar o efeito da cartada que acabou de jogar. O *sobrinho*: até o momento, o sobrinho do dono da empresa vinha sendo uma poderosa força a amparar a autoridade do Departamento de Pesquisas.

Os dois sindicalistas se entreolham por um breve momento. A funcionária desiste de dizer aquilo que já estava na ponta de sua língua. O chefe e o rapaz também não podem deixar de sentir algo diferente no ar. Os sindicalistas não se abalam. Calmos, mantêm a compostura.

— Vocês não respeitam devidamente a vontade do sobrinho do dono? — diz a funcionária, irritada.

— Não há o que respeitar ou desrespeitar — diz o sindicalista. — Parece que ele obteve emprego lá fora, na sucursal de uma companhia marítima.

O chefe e a funcionária estão estupefatos e, ao ver isso, o rapaz também se abala.

— Desde quando?

— Ouvi essa história há pouco, mas parece que já faz algum tempo que aconteceu. O dono ficou furioso e não quis contar para ninguém. Acho, porém, que agora, com essa crise econômica, ele está é contente.

A funcionária empalidece e baixa a cabeça. Além de ficar com o orgulho ferido, está também começando a sentir ansiedade. O chefe também se cala.

— Seja como for, escolham um demissionário aqui no setor interno. Contudo, acredito que a demissão só se concretizará depois que o dono da empresa for consultado.

Tanto a funcionária como o chefe continuam cabisbaixos e silenciosos. Um dos sindicalistas senta-se de maneira algo agressiva na cadeira do sobrinho do dono, mas ninguém reclama. O outro se mantém recostado à parede. Na certa pretendem permanecer estoicamente em seus lugares até obter uma resposta.

Enquanto ouve um ou outro se movendo em meio ao silêncio, aos poucos o rapaz começa a sentir leve animosidade com relação ao chefe e à funcionária. Ora, o sobrinho, o homem que transformaria o Departamento em algo resplandecente assim que retornasse..., pensa o rapaz. O sobrinho, o homem da esplêndida imagem, começa a lhe parecer agora insignificante e cômico, como o rabisco no forro. (Quando uma parelha de cavalos avança de maneira oblíqua...) Estes caras são realmente cômicos e insignificantes.

O rapaz sente algo semelhante a saudade dos quietos macacos de seu quarto. Os macacos o atormentam, levam a vida dele à beira da catástrofe. Mas não são cômicos nem insignificantes. Eles se fazem notar de maneira perseverante, não lhe dão tempo para sonhar ou esperar em vão. Eles são a própria realidade.

— E então, quem é que vai se demitir, quem é que decide isso? — diz o chefe em voz alta e atormentada.

— Tudo ficaria mais fácil se houvesse um voluntário... — diz um sindicalista com calma.

Os três funcionários do Departamento de Pesquisas umedecem os paletós de suor e se mantêm em silêncio. O rapaz sente os olhares inquisitivos dos outros dois em sua cabeça e em seus ombros e acaba deixando-se submergir cada vez mais numa sensação de nostálgica familiaridade para com os macacos de seu quarto. Acho que foi um erro permitir a proliferação dos insetos que lhes causam desconforto, eu devia ter comprado um inseticida, pensa ele. A ideia era nova, mas lhe pareceu possível acostumar-se e aderir a ela rapidamente.

— Se não há nenhum voluntário, acho que a decisão caberá ao dono da empresa, o sindicato só pode decidir quanto ao número de demissionários...

— Você está sugerindo que nós três nos coloquemos em condição de igualdade diante do dono para que um de nós seja demitido? Com isso não posso concordar. Acho que a demissão devia se basear nalgum motivo.

A violência nas palavras da funcionária pressiona o chefe e o rapaz contra a parede. Para confrontá-la, os dois erguem a cabeça e olham para a funcionária.

— Por exemplo, o voyeur devia ser demitido. Eu sei quem devia ser demitido.

A funcionária olha repentinamente para o rapaz. Este se sobressalta. O indicador da funcionária aponta o peito do rapaz. Trêmulo e recurvado como um arco, o dedo aponta o rapaz. Ele se ergue. Sente-se tomado de pavor. O dedo trêmulo e recurvado da funcionária continua a apontar para o rapaz, que agora está em pé. Reina um silêncio substancial, semelhante ao que precede um grito.

— Você não vai fugir — advertem com voz forte os dois sindicalistas segurando com firmeza os braços do rapaz. — Ei! Se tentar fugir, vai apanhar!

Só depois de se sentir aprisionado pelos dois robustos sindicalistas, o rapaz se dá conta de que tentava escapar de alguma coisa aterrorizante. Mas então, já era tarde.

— O voyeur é este homem — diz a funcionária pálida, num gemido. — Eis o culpado! Eu o peguei espiando e fazendo indecências. Ele espiava e fazia indecências! Desde que foi pego, ele vive me evitando.

Desesperado, o rapaz tenta se livrar dos braços dos sindicalistas e rechaçar o falso testemunho da funcionária lançando-se contra seus lábios trêmulos, cor de terra. Tenta apertar-lhe a garganta esverdeada. Contudo, os sindicalistas, que aparentam impressionante irritação, esmurram o rapaz e o fazem aquietar-se. Desanimado, o rapaz desmorona numa cadeira, apenas fitando com olhar selvagem o rosto feio da funcionária que, num ataque histérico, desmaia com as pupilas voltadas para ele, dilatadas e brilhando esverdeadas.

— Eu já vi este homem saindo exausto do banheiro — diz o chefe apresentando novo testemunho. — Este sujeitinho tem uma cara de cor desagradável, típico de quem espia e depois faz aquilo. Ah, sem-vergonha, era você, então!

O outro sindicalista dispara agilmente para o corredor e começa a gritar para os funcionários do setor externo:

— Achamos o voyeur, ele espionava e depois fazia indecências! Achamos o voyeur!

No momento seguinte, gente furiosa cheirando a suor abarrota o Departamento de Pesquisas. Imobilizado contra a cadeira, o rapaz range os dentes, enquanto lágrimas escorrem por suas faces. Ele está afásico. Pessoas lotam a sala, incontáveis olhos o contemplam com desconfiança e suas incansáveis bocas o censuram de maneira incessante.

— Um voyeur, como pode! Espia e depois faz indecências! Voyeur dos infernos, sujeito porco! Aposto que espiava com essa cara pálida e depois fazia aquilo! Pálido, anêmico, voyeur sem-vergonha, você se excedeu! A cor da sua cara e a sua atitude já revelam tudo, seu voyeur ordinário!

Empenhando o máximo esforço, o rapaz ergue a cabeça. Julga que esta é a sua última oportunidade de protestar. Opondo-se a incontáveis vozes, grita:

— Não sou eu, minha prostração não é consequência do voyeurismo!

— Eu vi você praticando indecências — grita a funcionária recuperando-se do desmaio e invalidando no mesmo instante o protesto do rapaz. — Digo isso morrendo de vergonha! Anormal, voyeur nojento, você é que devia ser despedido!

— Não é por causa de voyeurismo que ando abatido deste jeito! São os macacos que me deixam abatido!

Uma gargalhada de excitação percorre o aposento, reverberando.

— Macaco é você!

O rapaz ouve uma funcionária jovem, quase criança, gritar perto da porta. O grito é decisivo. Obrigado a se acocorar no chão do mesmo jeito que os macacos — traseiro contra o piso sujo, joelhos contra o peito e braços pendendo molemente ao longo do corpo — o rapaz vai imergindo num fundo abismo de humilhação. (Você, sim, é um macaco, macaco é você, este sujeito é da mesma espécie dos macacos!)

O rapaz esbraveja. Mergulhado até o pescoço nas profundezas da humilhação, ele está prestes a sufocar e, sempre esbravejando, debate-se e tenta emergir.

No momento seguinte, afunda aos gritos nelas — nas profundezas escuras e malcheirosas da humilhação.

Enquanto um médico providencia o transporte do rapaz para uma ambulância, um pacato carteiro de meia-idade entra e grita o nome do rapaz diversas vezes. Mas o rapaz está tentando morrer afogado no poço da humilhação. Não consegue responder ao chamado do carteiro. O médico embarca na ambulância curvando o corpo comprido, e a ambulância se afasta.

É pleno dia, mas não faz calor. O médico e o rapaz sentam-se frente a frente, vestindo roupas de outono. Estão no quarto do rapaz, e do andar de baixo vem o barulho da louça que a namorada está lavando. Tanto o médico como o rapaz comeram bem e sorriem serenamente um para o outro.

— Foi um simples caso de neurose obsessiva e, a esta altura, você deve estar achando uma bobagem essa história de que havia macacos espalhados em seu quarto, não é mesmo?

— Sim.

— Trabalhou demais e, além disso, havia uma série de preocupações acumuladas, não é?

— Sim, realmente havia.

— É comum verem-se rapazes recém-formados na faculdade desenvolver esse tipo de neurose, um deles frequenta o meu hospital, sabe? Este não mantém relação com macacos; ah, desculpe se o ofendi.

— Não me ofendi.

— O caso dele é de obsessão por sífilis. Ele se imagina infectado, faz mil exames de sangue e, apesar de todos eles garantirem que é sadio, continua desconfiando que está com sífilis. Mas nem por isso acredita que realmente tem sífilis. Ele se despe inteiro em madrugadas frias de inverno e examina todos os cantos do corpo. Procura erupções rosadas na pele. E, caso encontre qualquer coisa rosada em qualquer parte da pele, aparece ensandecido em meu consultório. E ele aparece muitas vezes por lá porque, em pele humana, você sempre consegue encontrar uma ou outra mancha rosada. Acho que esse rapaz sofre muito. Não consegue pensar em nada além disso. Deve ser penoso, não é mesmo?

— Deve ser.

— Já que é assim, digo, vamos considerar que é sífilis e realizar o tratamento básico da doença. Então, o rapaz se enfurece e parte para cima de mim. Tenho obsessão por sífilis, não sou sifilítico, diz ele agressivamente. Estranho, não é?

— Sim.

— Chego a pensar que esse rapaz ama secretamente a sífilis, as imaginárias manchas rosadas dele. Ou então, a ideia de eliminar sem deixar vestígios um eventual gérmen oculto no escuro âmago do organismo — o gérmen da sífilis, entende? — deve provocar ansiedade nele. A mim me parece que ele vai preservar teimosamente a condição atual de indivíduo acometido por mania de sífilis. É um pobre rapaz solitário. E lidar com uma paranoia na solidão deve exigir muita coragem.

Em silêncio, o rapaz contempla a paisagem externa pela janela. É a janela do lado oriental e, pelo caminho que brilha esbranquiçado além do arvoredo do jardim, avista o velho retornando lentamente para casa. Os ombros do ancião engravatado pendem em desânimo, seu terno está todo amarrotado e as rugas parecem formar uma rede. Naquela noite, o velho beberá demais e gritará de raiva contra seu inimigo, o importante jornal de Osaka. Enxugando o suor da testa, ele desaparece na sombra da esquadria da janela. Na rua, o calor continua.

— O fato de você ter se recuperado da sua paranoia é também uma alegria para mim. Pois se os jovens continuarem encerrados em si mesmos, entregues às suas solitárias obsessões, o futuro do país vai se tornar uma decepção cada vez maior, não é mesmo?

A namorada vem servir chá preto para todos. O médico entabula uma conversa amistosa com ela. Tanto o médico que logrou recuperar seu paciente como a moça que conseguiu enfim mudar-se para perto do namorado conversam cordialmente com os rostos iluminados de felicidade e enrubescidos do chá quente que bebericam. Conversam agora a respeito do quadro de árvores que pende na parede entre as janelas do lado meridional.

Repentinamente, o rapaz se sente invadido por descomunal solidão. Esta sensação, ele acha, jamais haverá de se extinguir enquanto não descobrir o destino dos macacos e dos pequenos artrópodes marrom-acinzentados que desapareceram nas sombras. Ele tenta falar com os outros dois: (Me faltou coragem, não sei aonde foi a minha verdadeira vida.)

Contudo, ele se mantém em silêncio. O médico e a namorada conversam parecendo realmente felizes. Com um sorriso nos lábios, ele presta atenção ao diálogo sem ao menos pensar nas perspectivas sombrias — despesas médicas, dinheiro para viver com a namorada — que lhe recaíram sobre os ombros de desempregado. Em seu íntimo, algo vertia lágrimas e se afligia pelos macacos e pelos insetos, algo que aos poucos se avolumava, se espraiava e era incompreensível para os dois lados sorridentes do triângulo, cujo terceiro lado era ele. O rapaz começa a sentir ódio por eles. (Eu convivi realmente com os macacos. Isso é certeza. Não teria sido um erro estirpar esse cotidiano com choques elétricos e medidas semelhantes?)

O médico sorri para o rapaz e lhe sussurra:

— Os macacos nunca mais voltarão. Vocês dois poderão ter uma vida feliz.

O rapaz está no limite da paciência. Risos ressoam no aposento vazio.

(Kyodo seikatsu, publicado em janeiro de 1961. Extraído de *Seiteki ningen*, Editora Shinchosha, 25/04/1968.)

Seventeen

1

Hoje é o dia do meu aniversário, faço dezessete anos, *seventeen*. Minha família — pai, mãe, irmão, todos — não se lembrou disso ou fingiu que não. De modo que eu também não disse nada. No fim da tarde, minha irmã, que é enfermeira no Hospital Militar das Forças de Autodefesa, retornou do trabalho e veio até a sala de banho, onde eu me besuntava da cabeça aos pés com sabonete, para me dizer: "Dezessete anos, hein? Você não tem vontade de apalpar suas próprias carnes?". Ela sofre de miopia forte, usa óculos e, como tem vergonha disso, decidiu permanecer solteira por toda a vida e trabalhar no Hospital Militar das Forças de Autodefesa. Vive lendo livros como uma desesperada, sem dar importância para o fato de que, assim, sua vista só tende a piorar. Aliás, acho que ela extraiu de algum livro as palavras que acabou de me dizer. Seja como for, pelo menos alguém da família se lembrou de meu aniversário e eu me recobrei um pouquinho da solidão que sentia enquanto me lavava. E ao pensar repetidamente nas palavras que minha irmã acabara de me dizer, meu sexo começou a se enrijecer em meio à espuma do sabonete e eu fui chavear a porta do banheiro. Tenho a impressão de estar o tempo todo com uma ereção e gosto disso porque sinto como se a força brotasse em meu corpo inteiro, gosto também de observar meu sexo ereto. Sentei-me de novo, besuntei de sabonete cantos e recantos do meu corpo e gozei. A primeira masturbação depois de completar dezessete anos. No começo, pensava que a masturbação fazia mal à saúde, mas, depois de folhear um livro de medicina sexual numa livraria, soube que o único mal era o de sentir culpa por estar se masturbando, e isso me aliviou bastante. Não gosto do órgão sexual adulto, de um vermelho enegrecido e todo exposto. Não gosto também da imaturidade do órgão das crianças, que lembra um vegetal. O tipo de que eu gosto é o meu próprio, envolto em pele que pode ser arregaçada se você quiser e que, nos momentos de ereção, cobre a glande rosada como um suéter confortável: com a ajuda dessa pele e do lubrificante que é o esmegma derretido pelo calor, alcanço o orgasmo. Na aula de Higiene e Saúde, o médico da escola falou como se tira o esmegma, e todos os alunos riram. Pois como todos nós nos masturbamos, não temos esmegma acumulado. Eu me transformei num especialista em masturbação, inventei até a técnica de, no instante da ejaculação, juntar o sêmen no saco de pele, apertando-lhe a borda da mesma maneira que se torce a boca de um saco de papel. Desde então, tornei-me capaz de me masturbar até em plena aula, bastando para tanto estar usando uma calça com buraco no bolso. Voltando ao meu banho, masturbei-me rememorando a confissão de um marido que, na noite de núpcias, rompeu com o seu órgão a parede vaginal da mulher e lhe provocou uma peritonite, segundo li numa reportagem especial colorida de uma revista feminina. Meu órgão sexual enrijecido, envolto em macia pele branca com leve sombra esverdeada, é belo, repleto de vigor, lembra uma bomba-foguete e, no antebraço da mão que o acaricia, percebo agora músculos que começam a se formar. Atônito, observo por instantes o músculo recém-formado semelhante a uma membrana elástica. Meu músculo, aperto de verdade o meu músculo, a alegria brota em mim, sorrio, *seventeen*, que coisa boba. Deltoide do ombro, bíceps do braço, quadríceps do fêmur, músculos novinhos, infantis, mas capazes de se avolumar e endurecer livremente dependendo de como forem cultivados. Como presente de aniversário, pensei em pedir ao meu pai que me compre um extensor ou um haltere. Meu pai é sovina, vai relutar em me comprar artigos esportivos mas, extasiado como eu estava com o mormaço do vapor e com a suavidade da espuma do sabonete, achei que conseguiria convencê-lo de algum modo. Até o próximo verão, meus músculos estarão fortes, desenvolvidos de ponta a ponta, chamarão a atenção das meninas na praia e implantarão um fervoroso respeito no espírito dos rapazes da minha idade. Gosto salgado de vento marítimo, areia quente, pele queimada sobre a qual o sol lança seu pó pruriginoso, odor do meu corpo e do de meus amigos, abismo vertiginoso de alegria, calma e solidão em que repentinamente me vejo em meio à balbúrdia da multidão de banhistas de corpos expostos, ah, oh, ah, fecho os olhos e sinto em toda a superfície palmar o instantâneo enrijecimento do órgão sexual que empunho, assim como o vigoroso jorrar do sêmen de dentro dele, o movimento do meu sêmen. Enquanto isso, percebo no mar ensolarado de pleno verão existente em meu corpo a multidão silenciosa, feliz e nua nadando calmamente. E então, ao mar existente em meu corpo chega o frio de uma tarde de outono. Estremeço e abro os olhos. Havia sêmen espirrado por toda a área da banheira. Agora, já não me parecia ser meu sêmen, era apenas um líquido frio, artificial e turvo. Joguei água quente para todos os lados e limpei a área. Uma pelota esponjosa restou entre as tábuas do piso de escoamento e não quer sair. Minha irmã talvez engravide caso se sente em cima disso. Seria incesto, e minha irmã é capaz de se transformar numa louca asquerosa. Continuei a jogar água e, então, senti que meu corpo esfriava e logo eu começaria a tremer. Mergulhei na banheira e me ergui em seguida, jogando ruidosamente água quente para todos os lados. Minha mãe vai sem dúvida começar a desconfiar se eu ficar muito tempo no banho e fará observações sarcásticas (que coisa, até o ano passado, este menino só tomava banhos rápidos como um passarinho, que graça ele descobriu no banho ultimamente?) e, irritado, destranquei a porta cuidadosamente para não fazer barulho. No instante em que saí da sala de banho, todo o resíduo da sensação de alegria, de companheirismo simbiótico por gente que não conhecia nem nunca vira e que brotara tanto dentro como fora de mim no momento do orgasmo acabou encerrado no vapor que cheirava levemente a sêmen. Dependurado na parede do vestiário de quatro tatames e meio há um espelho grande. Sob a luz amarelada, vi a mim mesmo em pé, nu, solitário e descorçoado. Um *seventeen* descorçoado, realmente: no baixo-ventre mal coberto de pelos ralos, meu pênis murcho e encolhido, de pele enrugada e escurecida como uma pupa, pende baço e aquoso da água e do sêmen aspirado, e apenas os testículos que a água quente amoleceu parecem longos a ponto de quase alcançarem os joelhos. Nada atraente. Além disso, meu corpo iluminado pelas costas e refletido no espelho é tão somente pele e osso, nele não há nada que se assemelhe a músculos, a luz havia me favorecido na sala de banho, só isso. Desanimei. Vesti a camiseta totalmente decepcionado. Minha cara emerge da gola da camiseta e me contempla. Aproximei-me do espelho e examinei meu rosto minuciosamente. Cara desagradável, não é uma questão de feiura ou de pele escura, meu rosto é realmente desagradável. Antes de mais nada, a pele é grossa demais, branca e grossa, lembra cara de porco. Gosto de rostos angulosos como os de praticantes de atletismo, recobertos de pele morena, fina e bem tesa, mas o meu tem muita carne e gordura sob a pele. Dá a impressão de que sou gordo só no rosto. Além disso, tenho a testa estreita e nela cresce uma profusão de pelos ásperos que contribuem para estreitá-la ainda mais. As bochechas são gorduchas. Só os lábios são pequenos e vermelhos como os de uma menina. As sobrancelhas são espessas e curtas, sem formato definido porque os pelos crescem nelas de maneira desordenada, e nos olhos finos, de expressão ressentida, as íris se posicionam rente às pálpebras superiores deixando à mostra o branco dos olhos na área inferior; quanto às orelhas, são carnudas e se projetam em ângulo reto em relação à cabeça — isso mesmo, são de abano. Tenho a impressão de que meu rosto chora histericamente de vergonha por ser afeminado e flácido, e fico arrasado a cada vez que tiro fotos. Elas ficam deprimentes, principalmente as comemorativas, tiradas com todos os alunos da classe, quando então tenho vontade de morrer, sobretudo porque o fotógrafo sempre retoca o meu rosto e me deixa com cara de galã de segunda classe. Olhei feio para a minha cara refletida no espelho, sentindo vontade de gemer alto. A pele está começando a ficar de uma palidez sombria, típica de masturbadores habituais, pode ser que eu esteja andando pelas ruas e por toda a escola apregoando: sou onanista. Ao me verem, as pessoas talvez percebam de imediato que me masturbo habitualmente. Pode até ser que elas já tenham intuído e digam, toda vez que veem meu narigão ressentido: "olhem, este cara costuma fazer aquilo". E pode ser que estejam fazendo comentários. Fui tomado pelo mesmo tipo de sensação do tempo em que imaginava que a masturbação talvez fizesse mal à saúde. Pensando bem, o problema, em comparação àquela época, não melhorou nada. Por problema me refiro à vergonha mortal de que os outros fiquem sabendo que me masturbo. Ah, acho que essa gente me olha como uma coisa nojenta, cospe e diz: "vejam, ele se masturba rotineiramente, olhem só a cor da cara dele e os seus olhos turvos!". Tenho vontade de matar, apanhar uma metralhadora e acabar com todos eles. Experimento dizer em voz alta: "tenho vontade de matar, pegar uma metralhadora e acabar com todos eles, ah, se eu tivesse uma metralhadora!". Minha voz saiu baixa e, por causa disso, o hálito que não se transformou em voz embaçou o espelho, ocultando de imediato atrás de uma névoa suja o meu rosto que queima de ódio. Eu me sentiria tão livre e solto caso meu rosto pudesse ocultar-se desta maneira dos olhares dos outros!, pensei, rancoroso. Mas esse tipo de milagre não aconteceria e eu sempre serei aos olhos dos outros um indisfarçável, assíduo onanista, um *seventeen* que vive fazendo aquilo. No final das contas, dei-me conta de que nunca tive um aniversário tão deprimente. E pensei que, vida afora, meus aniversários restantes seriam todos tão ou mais deprimentes que este, esta premonição deve estar correta. Não devia ter-me masturbado, pensei, arrependido e com enxaqueca. Em desespero, comecei a cantarolar "Oh, Carol!", vesti às pressas o resto das roupas, você me magoa e me faz chorar, mas se me deixar, com certeza vou morrer, você é tão cruel comigo!

Na hora do jantar ninguém me felicitou pelo meu aniversário, e minha irmã nem se dignou a repetir o que viera me dizer no banheiro. No final das contas, fui compreendendo que nem havia palavras comemorativas adequadas ao meu décimo sétimo aniversário. Para começar, em casa não temos o hábito de conversar durante as refeições. Meu pai, diretor de uma escola particular, não gosta que se converse à mesa. Ele acha que conversar enquanto se come é um hábito deselegante e não permite. E como eu, depois de me haver masturbado, me sentia cansado, com dor de cabeça e totalmente emporcalhado pela nojeira dos meus dezessete anos, não senti nenhuma vontade de reclamar do silencioso final de refeição. Eu mesmo já pensava ser adequado o tratamento frio que dispensavam aos meus dias, tanto de aniversário como os comuns. Apesar disso, continuei me demorando à mesa depois do jantar, sem pensar em aniversário nem em halteres, apenas mordiscando o picles coreano, ardido e avermelhado, e bebericando meu chá. Pode ser que em algum canto de minha mente eu ainda cismasse com o meu aniversário.

Sempre mordiscando o picles e bebericando o chá, continuei ora a reler o jornal da tarde, ora a lançar olhares irados para a televisão. Estava me lembrando das perseguições que, só por ter sido um garoto miúdo, sofrera nas mãos de certo coreano alto que tinha sido meu colega de classe no ginasial na época em que estudava no interior e, sempre pensando nisso, eu mordiscava o picles coreano e bebericava o chá. No noticiário da TV, surgiram então o príncipe herdeiro japonês e sua consorte divulgando uma mensagem referente à viagem deles ao exterior. Com um olhar ladino que parecia contemplar algo à distância, o príncipe disse alguma coisa no sentido de "se esforçar para corresponder à expectativa do povo", enquanto, ao lado dele, a consorte sorria de maneira um tanto afetada e fixava o olhar em nós, o povo. Irritado, eu disse para mim mesmo:

— Seu ladrão de impostos, quem ouve até pensa!, eu não estou esperando nada de você, ouviu?

Nesse instante, minha irmã, que estivera estendida no tatame ao lado da televisão lendo um livro de bolso, ergueu-se com admirável impetuosidade e me atacou:

— Quem é ladrão de impostos aí? E como é essa história de que "quem ouve até pensa"?

Vacilei momentaneamente e senti que tinha dito algo inconveniente. No entanto, como meu pai parecia totalmente indiferente e continuava a fumar com o rosto desviado; meu irmão, que trabalha numa emissora de TV, tinha a atenção unicamente concentrada na montagem de seu aeromodelo; e minha mãe, que trabalhava na cozinha, torcia o pescoço e assistia à TV com a intensa seriedade de uma palerma; ou seja, como todos pareciam desinteressados pela discussão que estourara entre mim e minha irmã, irritei-me ainda mais e acabei comprando a briga:

— Ladrão de impostos é esse casal herdeiro do trono imperial, e nós não estamos esperando nada dessa gente. E tem outros ladrões de impostos, o maior de todos sendo as Forças de Autodefesa, está bem? Pior cego é aquele que não quer ver.

— Vamos deixar de lado os herdeiros do trono imperial — disse minha irmã com uma voz sussurrante e admiravelmente calma, imobilizando de maneira estranha os finos olhos míopes no fundo das lentes. — Agora, por que as Forças de Autodefesa são ladrões de impostos? Caso elas não existissem e o Exército americano não estivesse estacionado no Japão, como você acha que ficaria a segurança deste país? E se não houvesse as Forças de Autodefesa, onde você acha que conseguiriam emprego os segundos e terceiros filhos dos agricultores que atualmente trabalham nas Forças?

Embatuquei. Meu colégio é um dos mais progressistas da área metropolitana de Tóquio, nós até realizamos passeatas. E toda vez que meus colegas começam a falar mal das Forças de Autodefesa, eu lembro que minha irmã trabalha como enfermeira do hospital das Forças e me ponho a defendê-las. Mas eu na verdade quero ser da ala esquerda, sinto-me mais confortável como esquerdista. Participei de passeatas e escrevi um artigo para o jornal do colégio defendendo a participação de colegiais nos movimentos de oposição à instalação das bases militares americanas e, por causa disso, cheguei a ser certa vez intimado pelo professor de ciências sociais, que tinha a função de conselheiro do jornal. Eu precisava, portanto, rebater a argumentação de minha irmã, mas embatuquei.

— Puro estereótipo, tudo isso que você disse é a ladainha de sempre do pessoal do Partido Liberal Democrata — disse eu com um muxoxo de pouco caso, dando um espetáculo de falsa bravura. — Coisa de simplórios, que nem percebem que roubam impostos debaixo do nariz deles.

— Posso até ser simplória, não faz mal. Mas então, esclareça agora minha dúvida simplória com a sua inteligência complexa. Se todos, realmente toda a força militar estrangeira se retirar do Japão e as Forças de Autodefesa também forem desmanteladas e se formar um vazio militar no território japonês, você acha que, por exemplo, a relação com a Coreia do Sul poderá ser levada adiante de maneira que se torne proveitosa para o Japão? Nas proximidades da linha de Syngman Rhee, pesqueiros japoneses são ainda hoje aprisionados. Se um país qualquer, mesmo pequeno, desembarcar suas tropas em terras japonesas, que poderemos fazer sem um exército?

— Ora, pedimos ajuda às Nações Unidas, deixando de lado a Coreia do Sul, essa história de exército pequeno de um país qualquer é balela pura, não existe país algum querendo invadir o Japão, aliás, o Japão não tem importância alguma, não existe nenhum suposto país inimigo.

— Acontece que as Nações Unidas não são um instrumento de mil utilidades. Além disso, se não é Marte invadindo a Terra e sim o exército de um país qualquer da face da Terra invadindo outro, há que considerar as relações de interesse desses países no seio das Nações Unidas, não podemos esperar que defendam sempre os interesses dos japoneses. E depois, as Nações Unidas em geral só intervêm depois que uma guerra eclode. E se uma guerra se instaurar em terras japonesas, nem que seja apenas por três dias, muitos japoneses morrerão. A essa altura, mesmo que as Nações Unidas intervenham, já não fará sentido algum para os japoneses que tiverem morrido. Você diz que não existe país algum que queira invadir um país sem importância como o Japão, mas ter ou não o Japão como base militar representa enorme diferença em termos de Oriente Extremo. E depois, caso os Estados Unidos se retirem, será que os esquerdistas não se sentirão tentados a introduzir uma base militar soviética para eliminar a insegurança? Eu com certeza tenho tido mais oportunidade de entrar em contato com soldados da base americana do que você. E penso que não está certo ter soldados americanos em território japonês. Acho mais conveniente que as Forças de Autodefesa atinjam sua plena capacitação. Ainda mais que representariam a salvação de segundos e terceiros filhos de agricultores.

Senti que começava a perder terreno e me irritei, eu não queria perder, pois meu ponto de vista devia ser o correto, opiniões semelhantes às de minha irmã costumavam ser totalmente ignoradas, descartadas e pisoteadas durante as discussões que mantínhamos entre colegas da escola e, do mesmo jeito, eu tinha de ganhar também. Maldita esperteza feminina, pensei, procurando incitar a mim mesmo. Nunca me passara pela cabeça que a teoria da remilitarização pudesse ser correta.

— Os segundos e terceiros filhos de agricultores não têm emprego porque a política da atual administração conservadora é ruim, ora essa, este governo está apenas empregando os desempregados que ele mesmo criou com sua política errada para fortalecer outro erro político — repliquei, nervoso.

— Mas a recuperação e a expansão econômica do país no pós-guerra se processaram sob essa administração conservadora supostamente ruim — disse minha irmã que, ao contrário, estava totalmente calma. — É o governo do Partido Conservador que está fazendo o Japão prosperar, esta é a verdade nua e crua, não é? E não seria por isso que a grande maioria da população japonesa apoia o Partido Conservador?

— A expansão japonesa atual é uma bosta, e é também uma bosta esse bando de japoneses que elege o Partido Conservador, tudo isso é uma nojeira só! — berrei, com lágrimas escorrendo, e com a impressão de que eu era um ignorante, um burro total. — E se isso é o Japão, ele que se dane, e se os japoneses são assim, que vão todos para o inferno!

Por um breve instante minha irmã vacilou, mas depois de examinar com seus olhos frios de gato satisfeito com o rato que acabou de matar o meu rosto sujo de lágrimas, provavelmente repugnante, baixou o olhar para o jornal como se estivesse lendo alguma coisa e disse:

— Se é assim que você pensa, você está sendo totalmente coerente. Porque a mim me parece que os esquerdistas são um bando de velhacos. Falam como se fossem defensores da democracia mas não apoiam o parlamentarismo, e põem a culpa de tudo na tirania dos partidos majoritários. Dizem que são contrários ao rearmamento porque é inconstitucional, mas não tomam nenhuma iniciativa no sentido de criar opções de emprego para os soldados das Forças de Autodefesa.

Tenho a impressão de que não são sérios, fazem oposição só por fazer. Bebem o caldo doce produzido pelo liquidificador do governo conservador e, se o caldo é amargo, culpam o governo. Acho que devíamos deixar os partidos progressistas tomarem o poder nas próximas eleições. Eu só queria ver se eles expulsam o Exército americano da base, desfazem as Forças de Autodefesa e depois baixam os impostos, acabam com o desemprego e ainda conseguem um aumento vertiginoso da taxa de crescimento econômico. Aliás, para sermos totalmente francos, eu também não quero continuar sendo malvista como enfermeira das Forças de Autodefesa: muito pelo contrário, eu aceitaria de bom grado ser uma trabalhadora honesta e progressista, se isso fosse possível....

Uma sensação de vergonha pesada como chumbo já me entupia da cabeça às nádegas só pelo fato de ter chorado. Sentia também que a atitude tanto de meu pai como de meu irmão, que ouviam a discussão com total indiferença, me mergulhava num abismo de incontida raiva e miséria. O filho derrama lágrimas, mas o pai continua lendo o jornal aberto diante de si com ostensiva tranquilidade, ele acha que essa é a atitude liberal à moda americana. Na escola particular onde trabalha, eles têm orgulho da educação liberal que nada impõe aos alunos nem nunca interfere em seus problemas particulares. Ouvi de um cara, transferido de lá para a minha escola, que meu pai era considerado indigno de confiança, desprezado e odiado por seus alunos. Certa vez, quando os jornais questionaram o fato de um grupo de vinte alunos da escola de meu pai ter sido levado perante a Comissão de Proteção à Criança e ao Adolescente por envolvimento em exploração sexual juvenil, meu pai se manteve impassível declarando que, na qualidade de defensor do liberalismo, acreditava ser proibido reprimir alunos fora do horário escolar. É o tipo de crença irresponsável. Estudantes da minha idade são revoltados e irresponsáveis, mas o que eles mais querem é um professor que se interesse pelos problemas deles e que pense sinceramente numa maneira de resolvê-los. Aliás, há momentos em que eu também gostaria que ele se intrometesse nos meus problemas a ponto de encher minha paciência, o que aconteceu aqui, agora, não sei se é moda americana ou estilo liberal, sei apenas que não é coisa de pai, é coisa de estranho. Meu pai não tinha formação acadêmica e, por causa disso, passou por inúmeros empregos, estudou por conta própria a duras penas, foi aprovado nos exames de licenciatura e conseguiu afinal a posição atual; em vista disso, tenta, na medida do possível, defender sua posição sem tratar com estranhos. Tem medo de que alguém o comprometa ou de ser prejudicado envolvendo-se em problemas alheios e, em decorrência, recair na vida dura. Ele não despe a armadura da autopreservação nem na frente do filho, nunca expressa suas emoções e só faz críticas frias e inconsequentes para não se ver nu e expor a risco a dignidade. No momento, acho que ele pensa ter assumido a atitude mais representativa desse liberalismo americano...

Com a intenção de fazer pouco dos continuados resmungos de minha irmã exultante, ergui-me pretendendo recolher-me ao meu minúsculo refúgio no depósito anexo à casa. Ou seja, no momento em que me levantei era só nisso que eu pensava. Meu peito fervia de fúria e vergonha e eu não estava em condição de pensar em mais nada. Ergui-me, portanto, dei um passo e acabei chutando a mesinha com estrépito. As tigelinhas de chá tombaram e o chá frio e amarelado escorreu parecendo urina. Naquele instante, prendi a respiração e me voltei para meu pai. Mas em vez de gritar comigo, ele deixou aflorar em seus lábios um sorriso frio e zombeteiro sem desgrudar o olhar do jornal.

— Eis a Federação Nacional dos Estudantes expressando seu desagrado — disse minha irmã, sarcástica.

O sangue me subiu à cabeça e, com um rugido, dei um chute certeiro na testa da minha irmã. Com as mãos ainda estendidas na direção da mesinha, ela caiu de costas. Vi então um caco da lente dos seus óculos rasgar-lhe a pálpebra e o sangue escorrer. Seu rosto feio ficou tão pálido que me arrepiei e, da pálpebra cerrada com força, o sangue gotejou sobre a maçã do rosto estranhamente saliente. Minha mãe veio correndo da cozinha e começou a cuidar da minha irmã. Aturdido com o que eu fizera, permaneci em pé, estático e trêmulo, havia sangue da minha irmã nos dedos do meu pé também e, ao olhar para eles, prurido e dor abrasiva me subiram corpo acima. Meu pai depositou lentamente o jornal sobre os joelhos e ergueu o olhar para mim. Pensei que ele ia me surrar e decidi com firmeza que apanharia até morrer sem opor resistência. Contudo, meu pai apenas disse:

— Agora, sua irmã não vai mais pagar seu curso universitário e não vejo outra opção para você senão estudar muito e entrar na Universidade de Tóquio, sabe? Universidades federais são baratas, e a chance de se obter bolsas de estudo é alta. Estudar muito não vai ser suficiente, você vai ter de estudar a ponto de ficar neurótico, está bem?, quem mandou plantar vento? Ou entra na Universidade de Tóquio ou vai trabalhar, mas se você quiser entrar na Academia das Forças de Autodefesa a conversa seria outra.

Dei as costas ao meu pai e aos outros e, sentindo-me enregelar até as vísceras, saí para o jardim. Era uma noite de primavera e o céu se duplicava: debaixo do escuro, havia outro, rosado. Em bafos quentes, vapor e poeira tinham subido da face da terra e formado uma camada que obliterava a luz proveniente do alto, e nessa camada se difundiam as luzes das lâmpadas elétricas de todas as casas de Tóquio. Durmo numa cama semelhante a um beliche de navio, eu a construí no depósito existente num canto de um exíguo jardim. Depois de fechar a porta, tenho de ir tateando até a cama porque não há luz elétrica. Construí essa cama no depósito para conseguir algumas horas de solidão longe da família. O aposento tem o tamanho de apenas três tatames, dos quais minha cama ocupa um e, pilhas de bugigangas, os dois restantes. Avancei na direção da cama tateando entre os cacarecos. Minha mão roça o monte de cadeiras e mesa amontoadas de qualquer jeito. É minha cabine de comando nos momentos em que imagino que minha cama neste depósito é um barco e, com os olhos abertos em vão no escuro, puxo uma gaveta e tiro de dentro uma espada curta. Esta arma é minha, eu a encontrei entre os trastes enquanto montava a minha cama, mede apenas trinta centímetros de comprimento mas tem até o nome do artífice gravado, Rai Kunitada, o qual, segundo pesquisei certa vez na biblioteca da escola, tinha sido um artesão da espada do fim do período Muromachi. Há quatrocentos anos. Extraí a espada, empunhei-a com ambas as mãos e investi com toda a força contra a escuridão dando seguidas estocadas. Ar carregado de ímpeto mortífero — era isso que impregnava o depósito naquele momento, uma sensação que fazia disparar o coração, pensei. *Eih! Eih! Yaah!* Soltei *kiai* baixos e concentrados e continuei a investir contra a escuridão com a espada curta de Rai Kunitada. Um dia, ainda vou trespassar inimigos com esta espada, vou trespassar e matar inimigos como um verdadeiro homem — era nisso que eu pensava não sei desde quando. Tinha a impressão de que o pensamento vinha acompanhado de uma espécie de pressentimento violento, repleto de convicção. Mas onde estaria o inimigo, o inimigo seria meu pai? O inimigo seria minha irmã? Os americanos da base militar, os soldados das Forças de Autodefesa, os políticos conservadores, onde estava o inimigo?, eu o mato, eu o mato, *eih, eih, yaah!*

Enquanto liquidava todos os inimigos que se agarravam à escuridão como piolhos em pregas de camisa, comecei a me acalmar aos poucos. Até me arrependi de ter machucado minha irmã. Caso eu tenha ferido seu olho e por causa disso ela venha a perder a visão, vou sacrificar meu olho e oferecer-me para uma operação de transplante de córnea, pensei. Eu tinha de pagar pelo que fizera, e quem não expia o próprio crime com a própria carne e sangue é um covarde nojento. Eu não sou do tipo que não expia os crimes que cometeu.

Guardei a espada na bainha de madeira e ambas numa gaveta, despi-me tateando e me deitei na cama. Estirado de costas na escuridão, olhos abertos e ouvidos atentos, senti como se vozes e formas de uma verdadeira multidão de espíritos maléficos que habitavam rios e montanhas avançassem em minha direção. Da construção principal, me vinha a música de um disco. Era algo do sexteto de Miles Davis, meu irmão é vidrado em jazz moderno. Lembrei-me então de que, enquanto eu chutava minha irmã e meu pai me dizia coisas desagradáveis, meu irmão permanecera sentado sobre o tatame em meio a peças de plástico e tubos de cola, entretido na montagem de aeromodelos e ignorando-nos por completo. Assim como uma câmera grava detalhes que aos olhos do cameraman passam despercebidos, descobri que a película de minha lembrança registrara devidamente a imagem de meu irmão nos ignorando. E agora, esquecido por completo da pequena tempestade de dez minutos atrás, ele devia estar sentado diante do aparelho de alta-fidelidade, totalmente embevecido com o jazz, sacudindo a cabeça de maneira instável como um viciado em drogas. Vez ou outra, deve estar descascando finas camadas de cola seca grudadas nas pontas de seus dedos, enquanto se atormenta imaginando se não deveria ter dado uma surra no irmão menor ou mandado a irmã se mancar e, para escapar desses pensamentos, deve estar aumentando o volume do aparelho com agudos e graves artificialmente intensificados. Meu irmão, o gênio e a esperança da família, formara-se em pedagogia no ano retrasado pela Universidade de Tóquio e fora contratado por uma emissora de televisão. Líder de classe na faculdade, seu desempenho em convenções escolares tinha sido fenomenal e, mesmo depois de começar sua vida profissional, dedicou-se a princípio com entusiasmo à produção de programas especiais, desenvolvendo um bom trabalho. Naqueles dias, eu acreditava em meu irmão e o respeitava, dele extraía, à guisa de nutriente, tudo que não obtinha de meu pai. Desde o verão do ano passado, porém, ele começou a se queixar constantemente de cansaço e, no começo do outono, tirou uma semana de férias. Terminado o período, retornou ao emprego, mas era então outra pessoa. Tornou-se calado, amável, anormalmente interessado por jazz moderno e maníaco por aeromodelismo. Desde o outono do ano passado, nunca mais ouvi meu irmão falar de seu trabalho, nem de questões políticas. Mais importante ainda: desde o começo deste ano, meu irmão, que era uma pessoa tão apaixonada, segura de si e falante, não conversou comigo nem por meros cinco minutos. No inverno do ano passado, ele tinha me prometido que escalaríamos juntos um paredão difícil do pico Tanigawa, mas me deixou a ver navios e me fez sofrer. Eu, porém, ao ver meu irmão com o corpo largado como um bêbado apenas ouvindo jazz, pensei, em parte levado pelo despeito, que não gostaria de empreender nada em parceria com ele, nem mesmo uma excursão a um pântano. Ah, por que teria ele mudado tanto?

Desde que meu irmão ficou diferente, estou absolutamente só em minha casa, sou um *seventeen* solitário. Aos dezessete anos, preciso obter a compreensão de todos para crescer e me transformar, porém não tenho ninguém disposto a me compreender, estou totalmente desesperado...

Do lado de fora do depósito, tem alguém me mandando um sinal, tênue mas seguro, eu tinha me esquecido dele, soergo-me na cama e abro a janela redonda, semelhante a uma escotilha, cavada na parede. O sujeito escorrega vagarosamente para dentro da minha cabine e, ronronando, se enrodilha sobre o cobertor que tenho em torno dos pés: é Gangue. É um gato ladino que vive de assaltar casas da vizinhança. Meus pais são sovinas, do tipo que sentem calafrios só de pensar num hipotético animal de estimação roubando-lhes a comida. De modo que eu só posso ter animais de estimação que não precisem de comida. No ano passado, criei uma colônia de cinquenta formigas numa garrafa, mas elas não conseguiram sobreviver ao inverno. Em minhas mãos restou apenas uma garrafa contendo terra e um labirinto de espantosa tridimensionalidade, e eu chorei de tristeza. E foi depois disso que domestiquei o Gangue. Ele é um macho tigrado absurdamente grande e, já que furta comida na vizinhança, não preciso me preocupar com sua alimentação. Volta de madrugada só para dormir comigo. Ele chegou quando eu me encontrava absorto em meus próprios pensamentos e me comoveu. Com os lábios, produzi ruídos semelhantes a beijinhos. Gangue ergueu o pesado corpo do cobertor sobre os meus pés e veio beber minha saliva. Emocionado, expeli a saliva com a língua e a dei de beber ao felino enquanto pensava que só ele veio comemorar meus dezessete anos. Mas Gangue é um bandido muito mais perigoso que Al Capone, nunca se deixa levar pelos sentimentos. Mesmo enquanto bebe minha saliva, suas unhas à mostra estão cravadas no cobertor — firmes a ponto de quase penetrar na pele do meu peito —, garantindo-lhe sólida base de sustentação e rápida fuga a qualquer momento. Nunca consegui pegar Gangue no colo, só posso recebê-lo sobre as coxas ou sobre o peito quando ele se aproxima de mim voluntariamente. Mesmo quando ronrona de olhos fechados e freme as pequenas narinas úmidas, como uma beldade lacrimejante, se eu passo um dedo que seja em torno de seu ventre ele se enfurece e foge. Não quer ser cerceado. Apesar de saber disso, quando minha saliva se esgotou, minha faringe seca começou a arder e Gangue começou a se afastar na direção da borda do cobertor, senti que caía num fundo buraco de solidão e não consegui resistir. No momento em que o dorso grande e tigrado do gato começou a descer com toda a calma e compostura de cima do meu peito, tentei impedir que se afastasse e agarrei-o. Com uma violência que lembrou explosão de fogos de artifício, minha mão e Gangue se separaram, foi faísca de trem elétrico, lambi as costas da mão cuja pele Gangue rasgara e senti gosto de sangue. Com uma cabeçada, o gato fez voar a vedação da escotilha e, transformado em tubarão tigrado, fugiu mergulhando no mar revolto. A mão ferida doía mas, muito antes de ficar com raiva, pensei, tomado por um sentimento de admiração: o salafrário! Ele é selvagem, a materialização do mal, ingrato, desavergonhado, explosivo, lobo solitário, não confia em ninguém, furta somente as coisas que lhe interessam, e ainda assim é soberbo a ponto de me inspirar respeito, o jeito como anda no escuro em busca de uma presa é belo como uma construção robusta mas tem também a flexibilidade da borracha. Quando ele olha feio para mim, titubeio, fico com vontade de me justificar, enrubesço. Por que é que ele não tem nenhum ponto fraco em nenhum cantinho do corpo? Já o vi no seu canto secreto comendo um gato branco que tinha acabado de matar e me arrepiei inteiro, mas mesmo então ele estava imperturbável, soberbo, admirável.

Quero me transformar num ser semelhante ao Gangue, pensei, mas, ao mesmo tempo, eu sabia que este era um desejo que só se realizaria caso um milagre acontecesse. Isto porque dentro da cabeça tenho um cérebro fraco que lembra feto de porco e, também, autoconsciência. Tomo consciência de mim mesmo e, no instante seguinte, sinto que todos do mundo inteiro me olham de cima a baixo com olhares malévolos, meus movimentos se tornam desajeitados, e todas as partes do meu corpo se rebelam e começam a agir por conta própria. Sinto vergonha e vontade de morrer só pelo fato de eu, meu corpo e meu espírito *existirem* neste mundo, sinto tanta vergonha que gostaria de morrer. É então que tenho vontade de, se possível, viver sozinho numa caverna como um homem de Cro-Magnon doido. Tenho vontade de *apagar* os olhares dos outros, ou então apagar a mim mesmo. Gangue não deve ter consciência de si mesmo, não deve sentir que o próprio corpo não passa de um monte de pelos sujos, carne, ossos e bosta, e por isso não titubeia nem enrubesce quando os olhos dos outros o examinam. Invejei os sonhos do pequeno cérebro de Gangue no interior da cabeça grande e sólida, com pequenas áreas sem pelo de ferimentos cicatrizados aqui e ali, pesadelo de gato deve ser, no máximo, névoa acinzentada. O horror de meus pesadelos é ainda pior que suco com cianureto.

Receando que meus olhos acostumados à escuridão começassem a divisar fantasmas nas formas e sombras das bugigangas de minha cabine esperei, temeroso e com olhos fechados, a aproximação do meu sono apavorante. Antes de cair no sono, sou acometido de pavor. É o medo da morte, tenho tanto medo da morte que chego a sentir náuseas, toda vez que o medo da morte toma conta de mim, fico enjoado e acabo vomitando, é verdade. A morte que eu temo é aquela em que, depois desta curta vida, eu teria de suportar centenas de milhões de anos na inconsciência, zerado. Este mundo, este universo, e também outros universos vão continuar a existir por mais centenas de milhões de anos e, enquanto isso, eu sou zero, para sempre! Quase desmaio toda vez que penso no tempo passando infinitamente depois de minha morte. Durante a minha primeira aula de física, enquanto o professor explicava em linhas gerais que na distância infinita a que chega um foguete lançado em linha reta a partir do universo havia um "mundo vazio", ou seja, iríamos a um "lugar onde nada existe", e que o foguete no final das contas acabaria chegando a este universo, isto é, que ele retornaria enquanto se afastava infinitamente em linha reta, acabei desmaiando. Coberto de urina e bosta, berrando, desmaiei de pavor. Ah, a vergonha de quando voltei a mim, o nojo de mim mesmo, tão malcheiroso, os olhares femininos difíceis de serem suportados, mas pior que isso foi tentar desesperadamente fazer meus colegas e meu professor acreditarem que eu era epilético pela simples incapacidade de confessar que eu desmaiara de medo da eternidade e da minha nulidade pós--morte, um medo que provinha da noção do nada e da infinitude do espaço físico. Depois disso, não tive mais nenhum amigo verdadeiro com quem partilhar meus sentimentos. Além do que, precisei experimentar em meus pesadelos o terror de encetar sozinho uma viagem a essa distância infinita. Uma pessoa morta não se aterroriza porque não tem consciência. Contudo, em meus sonhos, acordo sozinho numa estrela nessa distância infinita, de modo que tenho consciência do terror durante todo o tempo. Invenção maliciosa de um oficial distribuidor de sonhos malignos. Pois o medo da morte e esse pesadelo se aproximavam. Desesperado, tento pensar em outra coisa. Quando li nos jornais que Michiko Shoda tinha sido escolhida para ser a consorte do príncipe herdeiro, pensei que ela ia para uma estrela na distância infinita, senti um peso no peito e chorei, trêmulo de pavor, qual a causa disso? Lembro-me de ter ficado aterrorizado como se ela estivesse prestes a morrer. Colei a foto dela na parede e rezei para que o casamento desandasse, aquilo não foi ciúme. E quando vi na televisão a foto do garoto que jogou uma pedra neles, tornei a sentir o coração oprimido e a ficar com os olhos cheios de lágrimas. Dizem que o sujeito também tinha a foto dela colada no armário. Naquela noite, sonhei que eu era ela e também o garoto que jogou a pedra. Por que será? Por quê?, me perguntei, soerguendo-me com os olhos abertos, abraçando meu próprio corpo trêmulo, incapaz de fugir do medo da morte e fixando furiosamente a escuridão. Nessa noite, tive o maior medo de todos os tempos e comecei a suar frio. Desejei intensamente, como em oração, casar-me o mais rápido possível para que minha mulher, não necessariamente bela mas compassiva e afetuosa, pudesse passar a noite inteira acordada, vigiando para eu não morrer durante o sono.

Ah, como me seria possível fugir deste terror?, pensei. Dei-me conta então de repente de que tudo estaria bem se, mesmo depois de minha morte, eu não me extinguisse, como se apenas um galho de uma grande árvore secasse, mas a própria árvore, que me incluía, continuasse a existir para sempre. Se assim fosse, eu não teria de me apavorar. Mas eu sentia que estava sozinho no mundo, inseguro e temeroso, desconfiado de todas as coisas, incapaz de compreendê-las direito e de pegar o que quer que seja com minhas mãos. Sinto como se este mundo fosse de alguma outra pessoa e que nada nele pode ser livremente manipulado por mim. Não tenho amigos nem aliados. Será que eu devia me tornar esquerdista e me inscrever no Partido Comunista? Será que assim eu deixaria de ser sozinho? Mas, há pouco, eu repetira o que os figurões da esquerda costumam dizer e fora rechaçado por minha irmã, que não passa de simples enfermeira. Percebi que era incapaz de compreender o mundo da mesma maneira que os esquerdistas. No final das contas, eu não sabia nada. Eu não tenho a capacidade de descobrir o gigantesco carvalho, eternamente resistente a ventos e neve, que consinta que eu seja seu pequeno galho. Daria tudo na mesma se eu entrasse para o Partido Comunista sem compreender as coisas e conservando na mente restos de insegurança, eu não seria capaz de acreditar e continuaria inseguro. Além de tudo, era óbvio que os membros do Partido Comunista não levariam a sério um fedelho que tinha sido encurralado numa discussão com a irmã míope, enfermeira do hospital das Forças de Autodefesa.

Ah, se este mundo pudesse me estender uma mão que eu pudesse agarrar com facilidade, segurança e fervor! Conformei-me, como o fracote que era, tombei de volta no beliche de minha cabine e, remexendo entre as dobras da coberta, segurei meu órgão e comecei a forçar uma ereção com o intuito de me masturbar. Amanhã, haverá prova simulada de vestibular e também exame de Educação Física. Depois de me masturbar duas vezes, estarei exausto pela manhã e a prova dos oitocentos metros rasos vai ser uma desgraça total. Senti um vago medo do dia de amanhã. Mas para escapar da noite pavorosa, nem que fosse por um breve momento, só restava masturbar-me. Fora do depósito, a noite da metrópole pertencente aos outros gemia e, proveniente de um remoto, recendente bosque de faias, a essência da primavera, gradualmente desgastada pelo sujo ar urbano, veio agitar minhas carnes e meu sangue e me levar de roldão para um mar de ansiedade. Dezessete anos, triste, miserável *seventeen*. Parabéns, feliz aniversário, remexa a virilha e faça aquilo, premido pela necessidade de imaginar obscenidades, pensei em meu pai e minha mãe gemendo alto no ato, pensei nos dois, contentes, seus ânus nus em contato direto com o ar morno e malcheiroso do interior das cobertas e, de repente, desconfiei que não nasci do sêmen do meu pai mas, sim, do adultério de minha mãe, e que meu pai era tão frio comigo porque sabia disso. Contudo, quando o orgasmo se aproximou, flores de pessegueiro desabrocharam ao meu redor, fontes termais jorraram, luzes estonteantes de Las Vegas me iluminaram e dissiparam o medo, o terror, a inquietação, a tristeza e a miséria. Ah, como eu seria feliz se pudesse viver sempre, o tempo todo, em orgasmo, ah, ah, ah, sempre em orgasmo, ah, ah, ah, ejaculei, umedeci a virilha e, gemendo e arfando, entrevi outra vez na escuridão do depósito a tristeza e a miséria do meu décimo sétimo aniversário e, deprimido, me pus a chorar e a soluçar amargamente.

2

Não acordei bem disposto. A cabeça me doía, o corpo todo parecia tomado de febre fraca, os braços pesavam, os pés pesavam, senti como se os outros do mundo inteiro tivessem vindo comunicar ao meu corpo recém-desperto que eu era um fraco, incapaz de qualquer coisa. Tenho a impressão de que algo ruim me acontecerá hoje. Até o ano passado, eu tinha resolvido que estabeleceria um novo hábito a cada aniversário. Mas meu décimo sétimo aniversário não me proporcionou a vontade de começar nada novo. Aos dezessete anos, já estou descendo a ladeira, há os que começam a descê-la aos cinquenta e os que continuam a subir até os sessenta. Senti que minha subida ladeira acima tinha terminado solenemente no dia anterior. E como, assim que despertei, senti meus pés profundamente metidos num pântano de mal-estar, continuei imóvel, deitado no aconchego das cobertas com os olhos abertos, sem ânimo para me erguer: por mais mal que eu estivesse me sentindo, por mais desagradáveis que tivessem sido meus problemas, até o ano passado eu costumava sentir, ao menos no instante em que acordava, um cálido torrão de felicidade em meu peito, eu gostava das manhãs. Pressionado pelo "torrão" em meu peito, eu sentia que tinha de correr logo para fora e cumprimentar o mundo matinal. Eu conseguia sorrir e aceitar com simpatia a voz do instrutor de ginástica das transmissões radiofônicas matinais que, sem motivo algum, gritava comandos com voz alegre, pois era manhã, e eu tinha vontade de, por minha vez, dizer ao instrutor: a felicidade e a esperança brotam em você porque é manhã, certo? Agora, porém, só consigo me irritar quando ouço os comandos em voz autoritária e falsa que vêm do rádio em volume alto do meu vizinho, um colegial boboca. Tenho vontade de lhe dizer que ninguém tem o direito de comandar os outros!

Dentro do depósito, raios de sol penetravam pelas frestas da porta, da parede e do teto e começavam a dar um brilho dourado ao guidão da bicicleta infantil coberta de poeira. A bicicleta dos tempos em que eu era um menino feliz: no dia em que andei com ela no ringue de patinação do parque, uma mulher estrangeira correu atrás de mim querendo me fotografar. E quando encostei a bicicleta numa treliça de glicínias para descansar um pouco, essa mulher loira e grandalhona, que se aproximara por trás de mim, sorrira para mim com a face corada encostada no selim e me fizera sentir que tocava minhas nádegas nuas, de modo que, envergonhado, deixei a bicicleta ali mesmo e fugi, mas por trás de mim a risada convulsiva e meio louca da mulher continuou a me perseguir ora crescendo, ora diminuindo. E depois que comecei a aprender inglês, me lembrei das palavras que a mulherona gritara, eu ainda me lembrava delas porque tivera muito medo.

— Oh, *pretty little boy, please come back! Pretty little boy!*

Eu tinha sido pequeno e bonitinho. Tudo isso acabara naqueles dias de alegria e de excitação de minha infância, mas eu tinha sido realmente pequeno e bonitinho. E minhas manhãs tinham sido agradáveis, e as pessoas do mundo inteiro tinham sido agradáveis, e todos os lugares do universo do sistema solar tinham sido agradáveis. Mas se agora encontro uma variedade realmente grande de sementes negras e maléficas neste pequeno espaço do depósito e até no interior do meu próprio corpo, que dirá no universo! Sinais indicativos de constipação, dor de cabeça e também de existência de grãos de areia rangendo no interior de cada uma de minhas articulações... Com a cabeça metida debaixo do cobertor, fui mergulhando cada vez mais fundo num poço de mal-estar. Mas, por mais que eu chore oculto nas cobertas, meu estado de espírito não há de melhorar, a não ser que aconteça um milagre. Pois do lado de fora do depósito, os outros do mundo inteiro acordaram cedo e estão em franca atividade, só para me provocar mal-estar.

Desisto então de uma série de coisas, desço da cama, bocejo, umedeço de leve a pálpebra inferior com lágrima ou outro líquido qualquer que talvez possa ser descrito como muco transparente e, cabisbaixo, puxo a calça para cima: meu sexo está inteiramente encolhido e, como um pássaro de penas arrepiadas no frio, pousa quietinho sob o teto da entreperna, que é isso, é de manhã e estou impotente, penso eu com leve alegria masoquista, visualizando a mim mesmo aos quarenta anos a dizer: "tive os primeiros sintomas no meu décimo sétimo aniversário", com as calças arriadas até os joelhos e exibindo ao psicanalista o meu inhame peludo e impotente. "Será que me excedi na prática daquilo, hein...?"

Percebo para os lados do vestíbulo indícios de que meu pai e minha irmã deixam a casa discutindo, voz mal-humorada de minha irmã, voz tranquila, exageradamente reservada e judiciosa de meu pai, mas meu pai está longe de se sentir tranquilo, essa, ele acha, é a voz do individualismo à americana. Seja como for, sinto alívio ao perceber que não há nenhum sinal de que minha irmã está cega e que não tenho de encará-la esta manhã. Eu sempre sofro por antecipação, sempre imagino o pior, tanto com relação a acontecimentos como a doenças. Apesar de tudo, nunca cometi nenhum erro irreparável, não sou do tipo que faz algo que realmente importe. Não sou nem capaz de chutar para esmagar de vez o olho de minha irmã. Sou daqueles que, depois, se arrependem e sentem uma onda de alívio. Sou um homem incapaz de mudar minimamente a realidade, um *seventeen* impotente, a única coisa que sei fazer é escapulir dos olhares dos outros e, escondido, me masturbar. E quem, à maneira de construtores, refaz ou reforça a estrutura do mundo inteiro são afinal os outros, eles remexem o mundo e dizem: "pronto, está decidido!", enquanto eu, encerrado em minha cabine no barco-depósito, dedico meu tempo àquilo. Política, principalmente, é uma atividade que os outros fazem, do começo ao fim. Até nos momentos em que participo de passeatas me sinto sozinho intimamente, estou sempre pensando: tudo isso é inútil. Sei que tudo isso é totalmente inútil porque não tenho capacidade alguma de ajudar politicamente. Políticos são um grupo de outros no meio de um bando de outros, tomam decisões políticas no Parlamento ou em restaurantes, batem palmas para selar o acordo e apenas dizem: "pronto, está decidido!", isso é política. Tenho certeza de que, mesmo aos vinte anos de idade, estarei ainda me abstendo de votar, nunca irei a um posto de votação até morrer. A opinião que minha irmã brandiu ontem à noite diante de mim parece afinar-se muito mais com o meu verdadeiro eu do que aquela que expus aos berros, pensei. A vergonha brotou de todas as partes de meu corpo e azedou meu sangue e minha carne: no final das contas, sou um idiota que não entende absolutamente nada de política, não possuo o que se possa chamar de opinião própria, tenho mais é que ficar fazendo aquilo, mudo como um chimpanzé, pensei, sentindo uma vez mais uma alegria masoquista. Parecia até que os outros me maltratavam e eu me alegrava com isso. Saí do depósito cantando "Oh, Carol!", e fui para o cintilante mundo dos outros sob o céu espantosamente transparente e de um ofuscante azul. Saí cantando: você me magoa e me faz chorar, mas se me deixar, com certeza vou morrer, oh, Carol, você é tão cruel comigo!

 Cheguei vinte minutos atrasado à escola. Para meu azar, o teste já tinha começado. Totalmente afobado, recebi a folha de questões e a de respostas e fui me sentar na última carteira. Enquanto me acomodava, espiei a folha de respostas do cara da carteira vizinha: letras a lápis semelhantes a pegadas de soldados de chumbo já se apertavam em fileiras, preenchendo um quarto da página. Pensei no tamanho da desvantagem que eu levava ao começar o teste atrasado e senti ódio da turma, que se sentara cedo nas carteiras, se acalmara, apontara os lápis e os ajeitara sobre a mesa. É prova de língua pátria, li a questão, mas não consegui entendê-la, afobado como estava e com sangue em ponto de fervura transbordando na cabeça. Tomado de pavor, reli e tentei me concentrar, mas outras questões se infiltravam como espuma, borbulhavam em minha mente e eu não conseguia pensar direito.

> A lua caía no céu claro e translúcido,
> e a brisa soprava refrescante;
> grilos cantavam de maneira sugestiva na folhagem
> prendendo-lhe os passos à relva. 'Ainda que chorasse exaltada como os grilos até a voz perder, meu pranto incessante correria por toda esta longa noite', diz ela, ainda hesitando em embarcar na liteira. 'Mais e mais choram grilos por ver-vos, nobre senhora, nesta humilde choça em meio ao mato'.*

Quem é o autor e a que obra pertence o presente trecho? Deve ser de Murasaki Shikibu, em *Histórias de Genji*, mas não tenho certeza. Que pretendeu a autora dizer com a expressão "de maneira sugestiva"? Não sei, achei que "maneira sugestiva" tinha uma conotação erótica e me vejo imediatamente imaginando indecências, lembrei-me da vez em que, folheando uma revista numa livraria, li a respeito de uma personagem chamada Ogin Folha-de-Bambu, e ela dizia a um *ronin*, se não me engana a memória, "eu sugiro...". O período contém dois versos: são eles de um único personagem ou não? Ponha entre parênteses os diálogos. O trecho "meu pranto incessante correria por toda esta longa noite" me traz à memória a sensação úmida do meu baixo-ventre depois de me masturbar, sou mesmo um retardado, um maníaco sexual. Quando tinha preenchido um terço do questionário, a campainha soou, estou ferrado, fora do páreo!, murmurei brincando para disfarçar o desastre, mas a brincadeira atingiu o centro do alvo e quase me esqueço de assinar a prova.

---

* Trecho da obra *Histórias de Genji*, o primeiro romance da história da literatura universal. Escrito pela cortesã Murasaki Shikibu no começo do século XI, período Heian, é o relato dos amores do príncipe Hikaru Genji. No trecho em questão, Hikaru Genji, formoso príncipe ainda criança, acaba de perder a mãe, e a corte envia uma mensageira à casa onde a referida mãe se retirara para tratar da saúde. Recebe a nobre mensageira a avó de Genji e as duas falam da dolorosa perda. O primeiro poema entre aspas simples é da mensageira que, prestes a embarcar de volta na liteira, lamenta entre lágrimas a morte da formosa mãe do príncipe, uma das mais amadas concubinas do Imperador. O segundo poema entre aspas simples é a resposta da avó de Genji, que, sensibilizada pela visita da nobre mensageira, diz que a presença dela em sua casa a faz chorar ainda mais, ela própria comparando-se aos grilos. (N. T.)

Terminado o teste, o ambiente da classe se torna repulsivo: uma vez que todos responderam às questões com as cabeças abaixadas em intensa concentração, os alunos têm o rosto afogueado e os olhos umedecidos em expressão obscena, como se acabassem de se bolinar, e ou parecem inusitadamente excitados ou totalmente desanimados, eu pertenço a este último grupo. Meus colegas começam a se juntar em pequenos grupos de sua escolha para comentar os resultados do teste, mas eu continuo sentado à minha carteira, cabisbaixo e desanimado. A nata da classe se juntou num grupo à parte e conversa em tom sereno e, embora eu mesmo tenha pertencido ao referido grupo até o ano anterior, não tenho coragem de abordá-lo neste momento. Mas eu apurava os ouvidos para ouvir os comentários. Os cobras da classe estão sempre a par de tudo e de algum modo sabem extrair dos professores informações sobre planos futuros. Eles conversavam com uma calma asquerosa, como se fossem técnicos, técnicos em tirar boas notas. Sem prestar a mínima atenção à minha presença, comentavam com altivez e bom humor:

— A questão sobre Kiritsubo foi inesperada, eu tinha estudado "O grande espelho" porque apostava em alguma coisa relacionada com a literatura chinesa.

A resposta desta turma foi perfeita, tenho certeza.

— Ouvi dizer que formarão uma classe especial só com os alunos que tirarem nota média acima de oitenta e cinco, considerados aptos a seguir para a Universidade de Tóquio, de modo que eu estarei fora.

— Quanta modéstia, se você não for para essa classe especial, mais ninguém irá.

Essa turma de sabichões me dá náusea, mas então, lembro-me do que meu pai me disse ontem à noite e o desespero me invade: raios, eu com certeza não vou conseguir entrar nessa classe especial de aptos a prestar o vestibular da Universidade de Tóquio, enquanto esses caras estudam na classe especial, elegantes e satisfeitos como noivos escolhidos a dedo na nata da sociedade norte-americana, eu terei de lutar uma luta inglória na classe dos fadados ao fracasso, onde os professores na certa não se empenharão em ensinar de verdade.

— Mas eu acho que a questão foi muito bem formulada, está acima do padrão.

— Achei a questão um tanto trivial para ser algo extraído das *Histórias de Genji*. Acho que na hora H não vai ser assim, pois é muito simples formular uma questão mais complexa com relação à mensageira do Imperador, não é?, bastaria apenas incluir na prova a frase seguinte àquele parágrafo para que já não se soubesse direito a quem se referem as expressões honoríficas ali usadas, ficaria tudo muito confuso.

— Você disse "na hora H"? Ah, quer dizer que você pretende prestar na Universidade de Tóquio!

— Eu? Que é isso, não estou à altura, eu me referia aos testes de admissão dos cursinhos!

Que nojo, quase vomito, esses caras estão lambendo os beiços e gozando os resquícios da excitação que experimentaram durante o teste. Mas há também outro grupo formado por gente mais franca, diferente deles. Esses provocam o riso dos que estão por perto e das meninas em geral. O palhaço da turma está esbravejando:

— Pois o papai aqui achou que a autora tivesse sugerido que alguém tinha mijado: no período Heian não havia banheiros públicos, certo? Vai daí que, incapaz de se conter, ela podia ter feito correr na folhagem onde grilos cantavam, certo?

A turma toda explode em risos, esse palhaço é muito inteligente e excêntrico, tem consciência disso e se comporta sempre de acordo com o que esperam dele; seu apelido é "Shin-Toho" porque nunca assiste a filmes de outras companhias, seu interesse se concentra nos do tipo erótico-grotesco dessa produtora e vai a cinemas da periferia atrás de programações do tipo "semana de seção tripla", por vezes até a província vizinha de Chiba.

— E então, Shin-Toho, diz para mim o que significa esse trecho "lamentar me fazem"? — pergunta uma aluna atraída pelas risadas, ela mesma mal contendo o riso à espera de uma resposta cômica.

— Esse trecho se refere à reclamação do guarda, entendeu?, porque ela afinal cometeu uma contravenção leve.

— Ora essa!, e havia guardas no período Heian, Shin-Toho?

— Como você é ingênua, meu bem! — replica o palhaço imitando a voz da garota. — Pois vou lhe revelar a verdade nua e crua: ela disfarçou o barulho dizendo "ouçam, os grilos também lamentam" e, depois, se enxugou.

— Credo, você é tarado! — esganiçou a garota, quase se contorcendo de excitação e fugindo às carreiras da sala. O palhaço é aplaudido vivamente e, com as mãos, faz um gesto pedindo silêncio numa imitação dos populares mestres de cerimônia dos programas americanos, o sujeito está exultante.

Seja como for, esse é outro que compreendeu a questão melhor que eu, pensei, abatido. De repente, não suportei mais continuar sentado sozinho na carteira. Senti-me como se estivesse em pé num estreito e instável caminho arenoso, com um abismo de insegurança, de um lado, e de incapacidade, do outro. Eu me ergui da carteira, mas não tinha coragem de me aproximar do grupo dos estudiosos. Contudo, no momento em que Shin-Toho fez um gesto que parecia me convidar para o grupo dele, senti-me tratado como um ser inadequado e inferior e, ofendido, dei as costas ao comediante e saí da sala de aula. Arrependi-me de imediato do meu comportamento, achei que eu era mesquinho e me desprezei. Pensei então que eu era realmente solitário, inseguro, um siri mole de casca recém-trocada, extremamente vulnerável. Depois, o sinal soou e eu tive de retornar à classe, apavorado só de pensar que o teste seguinte era de matemática. A minha prova de matemática foi ainda pior que a de língua pátria, de vergonhosa lembrança. Aturdido e com vontade de chorar, ouvi a campainha que sinalizava o fim da prova. No período da tarde, porém, cheguei a achar que, apesar de tudo, a manhã tinha sido bem suportável, até.

À tarde, tivemos teste de aptidão física. De todas as matérias, a de Educação Física é, para mim, a de pior desempenho, por não conseguir me movimentar direito quando tomo consciência do meu corpo e por imaginar que posso ter uma ereção enquanto estou usando apenas um calção de ginástica, e isso me apavora. E então, pensei que teria de correr oitocentos metros perseguido por constante pavor. Além de tudo, na quadra esportiva grande, diante de garotas e de espectadores em geral, compostos de pessoas que passam na rua...

A quadra esportiva grande se situa no fundo da escola e, na calçada oposta, há estabelecimentos comerciais. Adultos com tempo de sobra e crianças recostam-se na cerca baixa e observam a quadra. Eles não estão ali para apreciar belas e vigorosas atividades esportivas, eles se reúnem ali apenas pelo prazer de rir dos alunos que cometem erros cômicos. Enquanto contemplam os alunos que correm suportando as imposições do professor, gargalham esquecendo-se momentaneamente das determinações humilhantes de chefes, assim como das implicâncias de compradores e clientes que lhes pesam sobre os ombros.

À semelhança de uma manada de bois, nós, alunos do sexo masculino agrupados no centro da pista da grande quadra esportiva — alguns apavorados, outros esbanjando vigor, ainda outros não pensando em nada, apenas gozando o sol daquele fim de primavera — executávamos os exercícios preparatórios, à espera do instrutor que deveria vir da quadra coberta, munido de cronômetro e caderno de pontuação. Percebia-se claramente que os estudiosos, pálidos, fisicamente debilitados pelos estudos, estavam estonteados e ofuscados com a claridade do sol e temiam a longa corrida que teriam de enfrentar dentro de instantes. Contudo, imaginei que aquela corrida penosa e humilhante era para eles — que dentro da turma gozavam do conceito de alunos aplicados, cansados de tanto estudar — mais fácil de suportar do que para mim. Naquele momento, incumbiram-se de comandar o ritmo dos exercícios preparatórios os rapazes do atletismo, uns caras de vigor exuberante, e um deles em especial, o detentor de alguns recordes da categoria, exibia uma atitude semelhante à dos estudiosos após a prova, só que ainda mais exagerada. Ele parou momentaneamente os saltos, examinou o tornozelo com desconfiança, balançou a cabeça duas ou três vezes e retomou os saltos que alcançavam o dobro da altura dos demais. Era pura fita, mas ainda assim senti inveja dele e comichão em meu complexo de inferioridade. Os que, sem se dedicar aos exercícios preparatórios, pareciam apenas aproveitar o banho de sol, esses eram assim mesmo até durante as aulas. Eles mesmos posicionam a própria capacidade no grau mais baixo e não se importam nem com isso nem com o que os outros possam pensar disso, são um bando de diletantes desavergonhados. Eu não me assemelho a ninguém da minha classe e, sozinho, provavelmente mais assustado que qualquer um, desejava apenas que tudo aquilo terminasse o mais rápido possível e me esforçava para não pensar muito nisso.

Na quadra esportiva pequena, que se projeta como uma excrescência entre a quadra grande e o prédio escolar, garotas jogavam vôlei. Elas vestiam calções malcortados que as deixavam parecidas com patas e tinham tiras de pano branco cingindo-lhes a testa. Em pé à beira da quadra, algumas garotas vestindo saias observam o jogo com expressão abobalhada e imobilidade semelhante à de animais feridos, elas estão menstruadas, pensei com desprezo, era um segredo de polichinelo, todo mundo já sabia, Shin-Toho andou anotando cuidadosamente o nome dessas espectadoras de saia todas as semanas e, ao fim e ao cabo, compilou uma tabela com o período menstrual de cada uma das alunas do colegial, ensinou a cada uma os períodos seguros de acordo com a tabela Ogino e ficou famoso por ter dito a elas sem pejo algum: eu sempre tenho um tempo sobrando, de modo que, caso você se decida a abrir mão da sua preciosidade, ligue para mim sem falta, ouviu? O cara apronta essas e outras, mas não só não se torna malquisto pelas garotas como ainda consegue ser popular entre os rapazes. Se eu fizesse qualquer coisa para uma garota, seria seguramente banido do daconvívio dos meus colegas a partir do dia seguinte, ou melhor, nem teria coragem de aparecer na escola. Por que é que ele pode tudo? Além disso, ele era tido como o único experiente da classe. Ele me lembra o diabo de certa peça teatral a que assisti num evento da escola dominical: enquanto Deus e os homens eram obrigados a sofrer, a trabalhar e a se penitenciar, só o personagem do diabo ficava sempre deitado gritando indecências, sacrilégios e inconveniências enquanto se banqueteava. Ah, eu também queria ser o diabo, mas como é o diabo do mundo moderno? Que tipo de profissão esse cara vai exercer depois de se formar: será que ele vai escolher uma profissão de diabo desta sociedade moderna que ainda desconheço? Por exemplo, a de envenenador?, pensava eu, já sem fôlego dos exercícios preparatórios àquela altura.

Quanto a Shin-Toho, este continuava a divertir os colegas: "Ei, gente, que fria, que fria! Ou o teste atômico realizado em Nevada na semana passada originou anormalidades e eu terei de efetuar algumas correções na tabela, ou a senhorita Emiko Sugi está com diarreia!". Apurei os ouvidos e lancei mais uma vez um rápido olhar furtivo na direção da quadra esportiva pequena, coisa que quase todos os rapazes fizeram. Um vulto alto de feições claras, que parecia ser Sugi, estava olhando para o nosso lado, só ela com o rosto altivamente erguido no meio das deprimentes meninas de saia. Senti um calor no peito e minha boca expeliu um bafo quente juntamente com o suspiro de admiração dos demais rapazes. Em todas as classes há sempre uma garota que ocupa a posição de rainha e que costuma ser não só bela, como também possuir uma dignidade dominante e, ao mesmo tempo, uma faceirice carismática que desperta a inveja de todas as alunas e o entusiasmo de todos os alunos. Em nossa classe, Sugi era a personificação dessa garota ideal, eu também fui um dos que escreveram cartas de amor para ela, mas perdi a coragem de entregá-la e a rasguei. Senti-me outra vez agoniado ante a perspectiva de representar um papel ridículo diante do olhar de Sugi. Se ela ao menos estivesse de calção, eu talvez pudesse vencer a sensação de vergonha contemplando por minha vez suas coxas gordas e brancas, isso se eu tivesse coragem para tanto. Mas não há pontos fracos em garotas vestidas com saias severas, nenhuma possibilidade de desestabilizá-las transformando o observador em observado, ainda mais em se tratando de Sugi.

— Por que acham que a princesa Sugi nos olha com tanta intensidade? — perguntou Shin-Toho aos berros, seu rosto grosso de acnes e suado brilhando de maneira triunfante como o sol e dando o golpe de misericórdia em mim.

— Pois saibam que joguei sobre a escrivaninha dela um papel contendo uma notícia perturbadora: quem vive se masturbando vai se trair porque entregará os pontos num instante!, a princesa Emiko Sugi vai agora conhecer uma verdade do tipo "Relatório Kinsey"!, praticantes da castidade, resisti!

O instrutor de ginástica veio correndo e controlou a confusão, e o teste de oitocentos metros rasos teve início em seguida. A pista de quatrocentos metros deve ser percorrida duas vezes em grupos de dez. O ponto de partida se situa do lado oposto ao da quadra esportiva pequena e, embora possamos realizar tanto a partida quanto a chegada no ponto mais distante das garotas, somos observados de perto pela plateia postada na rua. O teste começou e, mal o primeiro grupo se pôs a correr, os ávidos espectadores aproximaram-se do ponto de partida, sentaram-se na cerca e puseram-se a contemplar o turfe.

No momento em que me posicionei no ponto de partida, tive a impressão de que a linha traçada a cal sobre a terra ressecada de sol continuava interminavelmente; o tiro sinalizando o início da prova soou e, quando comecei a correr acotovelando os caras que corriam ao meu lado, senti as pernas se embaralhando e uma instantânea pressão no peito que me fez ofegar. Desde a partida, os cruéis corredores já disparam a todo vapor com incrível velocidade, e eu pensei que a vida era um inferno, nada mais sou que um escravo que, ofegante, tenta escapar dos ditames de um diabo que usa calça de abrigo limpo, um boné de beisebol e segura uma pistola de sinalização, mas não tinha jeito de escapar. Logo, fui me distanciando do grupo de corredores e fiquei bem para trás, sozinho. Meus pés pesavam como nos pesadelos em que sou perseguido por monstros, minha mente queimava. Então, tomo consciência de mim mesmo correndo e gemendo. No momento em que passo diante das garotas, forço-me a empinar o peito, a erguer a cabeça e a levantar bem os calcanhares para correr de forma correta, mas logo em seguida vem o troco. Queixo projetado para frente, eu já não consigo mais balançar os braços e, com os pulsos pendendo abaixo dos quadris, corro cambaleante arrastando os pés, gemendo sem parar. Ainda assim, percorri quatrocentos metros; e quando, a muito custo, retornei ao ponto de partida, tentei sorrir para os caras que ali esperavam a vez, mas a pele do rosto parecia espessa e dura, recusava-se a contrair e eu provavelmente apenas voltei para eles um rosto triste e lamuriento e movi os olhos de maneira inquieta. "Ei, corra como homem, não dê passinhos curtos com os pés voltados para dentro!", gritou o instrutor. "Está tão verde que parece doente!", perseguiu-me uma voz de criança vinda da rua, provando que eu tinha ficado realmente para trás. Todos agora contemplavam a minha corrida tristemente cômica e cambaleante, todos os outros do mundo inteiro observavam com um sorriso zombeteiro o emporcalhado *seventeen* que, com lábios amarelados e lágrimas de sofrimento escorrendo pelo rosto, corria em passinhos miúdos com os pés voltados para dentro, os outros estão limpos, secos, másculos e bem-compostos, enquanto eu, tonto de vergonha, miserável, desajeitado e apavorado, gordo como um porco e prestes a apodrecer, expelia líquidos fedorentos, realizava uma corrida humilhante. Os outros olhavam para mim, que corria com a barriga projetada para frente e com saliva escorrendo pelo queixo como um cão, mas eu sabia que o que eles realmente viam era eu, nu, enrubescido e titubeante, eu, que me perdia em fantasias indecentes, eu, que me masturbava, eu, o inseguro, eu, o covarde e mentiroso. Os outros me olhavam, riam de mim e berravam: "Sei tudo sobre você, você, o garoto que foi atacado pelo veneno da autoconsciência e pelo despertar da primavera e que apodreceu a partir das entranhas, eu consigo ver até a sua ridícula virilha úmida! Você é um gorila solitário que se masturba à vista de todos!". Corri seiscentos metros e me vi outra vez diante dos olhares da garotas. Desejei morrer de ataque cardíaco, porém esse milagre não aconteceu, em vez disso, fui obrigado a perceber minha autoconsciência, totalmente desperta, urrando como um urso de pura humilhação, cheguei ao final cambaleando, cem metros atrás dos demais corredores e, quando senti meu peito umedecer de alívio por ter enfim terminado a corrida, o instrutor apontou às minhas costas com um sorriso amargo e eu, que pensava em não sorrir, sem querer assim o fiz timidamente e me voltei, quando então descobri, em meio às gargalhadas dos outros do mundo inteiro que zuniam como uma tempestade na floresta, o longo rastro preto de urina que deixei escapar! No momento em que eu, frenético, com tanto empenho e desespero terminei minha desajeitada corrida, recebi isso como prêmio, sou um mísero e feio *seventeen*, é verdade, mas o mundo dos outros tinha realmente me maltratado, maltratado demais, não vou mais tentar divisar boa-fé neste mundo real dos outros, não vou mais me agarrar a ele, decidi com firmeza, exausto e mergulhado num abismo de humilhação, espirrando por causa do frio que me vinha do calção molhado, talvez porque se não atiçasse o autodesprezo e incitasse o ódio por mim mesmo eu começaria a chorar.

3

— Ei, não quer trabalhar como chamariz da direita? — disse-me alguém às minhas costas, aproximando-se.

Eu estava ali sozinho à espera do trem, havia uma reunião do Conselho Estudantil depois do teste de aptidão física, mas eu não tive coragem de tomar parte nela. Voltei-me e dei com Shin-Toho aproximando-se de mim com cara séria. Ele hesitou momentaneamente, como se tivesse sentido que eu ameaçava surrá-lo, mas depois começou a falar depressa, de maneira eloquente, até me ver relaxar:

— Não fique tão nervoso, tá?, eu também não tive vontade alguma de comparecer a essa reunião besta do Conselho Estudantil. Eu o vi na bilheteria e corri para alcançá-lo. Acho que você é realmente corajoso, subiu no meu conceito, eu não teria coragem de fazer o que você fez. Professores de Educação Física em geral são um bando de zeros à esquerda, mas aquele é especialmente ordinário. Ninguém é cavalo para gostar de correr oitocentos metros. Mas ele obriga a gente a correr, é o tipo do professor violento, dizem que ele está nervosinho porque foi recusado pela gracinha da professora de música. Eu também estava bastante revoltado enquanto corria, a turma toda ficou bastante contente por você ter mijado, acho que todo o mundo devia ter feito o mesmo, deixou o professor tirano desconcertado.

Sensível como era, logo percebeu que essa conversa só servia para me irritar e mudou de assunto:

— Sabe, a turma da direita que eu frequento de vez em quando inventou de fazer um comício na praça diante da estação Shinbashi e eu fui encarregado de procurar alguém que sirva de chamariz para eles, querem um chamariz usando uniforme escolar, pagam diária de quinhentos ienes, você não gostaria de aceitar? É coisa séria, entendeu?

Senti que eu metia medo em Shin-Toho. Era a primeira vez que eu percebia nele uma expressão tão séria e uma voz tão cheia de desesperado apelo. Ao notar que eu, incrédulo, continuava calado, começou até a me falar de sua vida:

— Eu mesmo não sou propriamente da direita, sou antes um anarquista, um neoanarquista tipo beat. Mas, você sabe, o Partido Progressista e o Partido Comunista costumam falar mal das Forças de Autodefesa, não costumam? É aí que sinto raiva. Sabe daquela vez em que você andou tomando as dores das Forças de Autodefesa? Você disse que sua irmã era enfermeira das Forças, lembra?, pois eu fiquei muito feliz naquela hora porque, na verdade, meu pai também trabalha nas Forças de Autodefesa, mas não falei nada porque sou covarde, ele exerce o cargo de coronel. Por tudo isso, tenho vontade de acabar com o Partido Progressista e o Comunista. E se a direita é capaz disso, vou mais é colaborar com essa gente. Essa é a razão por que às vezes dou as caras nas reuniões deles. Você já ouviu falar na ala direita denominada Kodo, não ouviu? O mandachuva lá é Kunihiko Sakakibara, durante a guerra ele trabalhou na Agência de Serviços Especiais de Hoten (China). Ele não reconhece nenhuma autoridade japonesa e mantém relações com o primeiro-ministro Oka desde os tempos da Manchúria.

Percebi que Shin-Toho era um sujeito muito mais ingênuo do que eu imaginara. E o ingênuo Shin-Toho, no final das contas, não era ninguém. Senti alívio e me apoderei com firmeza do pássaro da superioridade que veio voando diante dos meus olhos. A essa altura, o trem chegou. Assenti com um movimento de cabeça para Shin-Toho e embarcamos os dois no trem. Seja como for, eu não conseguia suportar a ideia de voltar para casa e ficar sozinho. Podemos ficar tranquilos quando estamos com um amigo por quem sentimos apenas desprezo, corremos muito menos risco de tocar em feridas do nosso orgulho do que quando estamos sozinhos. É quase o mesmo que se embebedar com bebida barata para escapar da ansiedade. Mal tomamos o trem, Shin-Toho mudou drasticamente de comportamento e se tornou calado. Pelo jeito, queria transformar o convite para chamariz da direita em segredo da categoria de espionagens atômicas, talvez ele realmente acreditasse que era. Pois o tagarela Shin-Toho nunca havia contado para ninguém que mantinha relações com a direita; se houvesse, metade do colegial que frequento já estaria sabendo disso na manhã seguinte. Eu e o espinhento Shin-Toho íamos sacudidos pelo trem tão próximos um do outro que nossos peitos quase se tocavam. E só depois que sua cabeça de aspecto sujo — poeira e brilhantina pareciam ter compactado seu cabelo — tocou o meu queixo é que percebi que eu era muito mais alto que ele, e era a primeira vez que me dava conta disso. Por estranho que pareça, essa percepção me consolou profundamente. Assim permanecemos, em silêncio, peito contra peito, até chegar à estação Shinbashi. Enquanto andava com Shin-Toho pela inusitada calma de três da tarde de uma estação central, ombros e braços tocando-nos mutuamente, ocorreu-me de maneira repentina que talvez fosse dessa maneira que as pessoas se tornam parceiras de jogos sexuais. Mais tarde, lembrei-me disso diversas vezes. Naquele instante, um acontecimento de extrema importância para minha vida estava por se cristalizar a uma velocidade impressionante; seja como for, foi essa a impressão que eu tive naquela tarde de fim de primavera na estação Shinbashi. Numa análise fria, acho que parecíamos dois colegiais — um espinhento e outro pálido — a caminho de uma experiência sexual, e assim devíamos parecer ao olhar imparcial do idoso funcionário da estação que, naquele instante, varria a plataforma com uma antiquada vassoura de bambu.

O discurso de Kunihiko Sakakibara, da facção Kodo, era horroroso, conforme deu para se perceber só de entrar na praça onde o evento acontecia. Além de não haver um único indivíduo ouvindo com seriedade, o próprio velhote exaltado que esbravejava no palco parecia não esperar que alguém o levasse a sério, ele apenas gritava sozinho coisas sem nexo. Tenho a impressão de que Kunihiko Sakakibara queria ser o primeiro homem a confrontar sozinho o rugido dos trens que entravam na estação Shinbashi, pois, em vez de olhar para as pessoas, berrava observando os trens em disparada pelos trilhos da estação. Eu e Shin-Toho, como convinha a dois conscienciosos chamarizes, devíamos aplaudir ou gritar incentivos, mas, incapazes de captar o momento oportuno, hesitávamos. Além disso, o homem-leão de feições perigosas que urrava a plenos pulmões parecia ter-se esquecido por completo dos chamarizes que ele mesmo contratara. Por trás dos transeuntes descomprometidos, eu e Shin-Toho observávamos com bastante interesse o vociferante homem. Eu, principalmente, estava admirado de ver que tinha gente capaz de berrar, aguerrido e imponente como um exército, para uma multidão fria, desinteressada e escarninha e, sobretudo, num palco sem nenhum material de apoio além de uma única bandeira nacional pendendo inerte da ponta de uma vara de bambu. Dos dois lados do palco havia jovens usando braçadeiras sobre camisas pretas assim como velhos de terno, mas eles também pareciam mais interessados num cartaz com notícias do hipódromo do que em Kunihiko Sakakibara, na certa sonhando em apostar num azarão chamado Kodo e tirar a sorte grande. Mas, instantes depois, um dos chamarizes recuperou o entusiasmo pelo trabalho. Era um homem franzino e corcunda, de curioso aspecto friorento, e se sentava abraçando os joelhos no centro de um dos bancos de concreto que faceavam o palco: no exato momento em que Kunihiko Sakakibara fez uma pausa para umedecer com saliva a maltratada garganta e fitou o espaço com expressão mortificada, o chamariz aproveitou a breve pausa no berreiro para aclamar e aplaudir com entusiasmo. O entusiasmo desse único homem despertou nas pessoas que vagavam pela praça — gente que parecia ter jurado no leito de morte do pai que nunca, jamais abandonariam a posição de simples observadores e nunca, jamais se envolveriam em coisa alguma — certo tipo de curiosidade semelhante ao de testemunhar um escândalo. Pessoas começaram a se juntar e a formar um círculo. E, antes que o círculo se fechasse, eu e Shin-Toho nos metemos praça adentro, como se instigados por mão invisível, e nos sentamos num dos bancos da fileira mais afastada do palco. Afinal, éramos chamarizes, mas a mim tinha começado a parecer que Shin-Toho não mudaria sua posição de chamariz negligente, e que essa história de comparecer vez ou outra às reuniões da facção Kodo também era mentira. Pois se ele era realmente membro da referida facção não deveria aparentar tanto nervosismo nem permanecer tão silencioso. Uma vez acomodado no banco, senti que as cerca de vinte pessoas sentadas à nossa frente também tinham sido contratadas pela facção Kodo, da mesma maneira que o chamariz exemplar que aplaudia e aclamava no meio de todos eles. Elas tinham a aparência de trabalhadores diaristas e se sentavam com ar entediado, pareciam à espera de que distribuíssem um gato no colo de cada um e, toda vez que o homem no meio deles aplaudia com um fanatismo crescente, eles se agitavam de maneira desconfortável em seus lugares, seus rostos traindo desassossego e tristeza. Espreitei Shin-Toho para ver se ele pretendia começar a aplaudir, e isso o apavorou. Explicou então, às pressas, que todos aqueles homens eram chamarizes contratados, "hoje o tempo está firme, mas Kunihiko Sakakibara costuma fazer seus discursos em dias de chuva, entende?, porque assim ele consegue arrebanhar os diaristas que não conseguiram trabalho. Nessas ocasiões, Sakakibara costuma dar-se importância e dizer que por ocasião de seus comícios, o céu se sensibiliza com a devoção dele e faz chover lágrimas de lástima por estes tempos decadentes, e que ele, Sakakibara, é o devoto que faz chover, mas as pessoas que procuram abrigo à espera da chuva passar não se irritam com isso, elas até gostam em certos dias!". Eu pensei que isso até podia ser verdade. A chuva torna as pessoas mais sensíveis, eu, particularmente, me sinto bem e me torno mais tolerante em dias de chuva, de umidade alta e pressão atmosférica baixa. "E tem mais, os diaristas que não conseguiram trabalho por causa da chuva também ficam contentes, este trabalho não é sofrido, basta apenas permanecer em silêncio, ouvir e aplaudir de vez em quando", acrescentou Shin-Toho justificando-se, ele parecia achar que eu o olhava com desconfiança. Dei-me conta de que eu exercia pressão sobre ele, e isso não era nada deprimente. Senti que me livrava, pelo menos durante aquele curto espaço de tempo, da lembrança da humilhação que sofrera na quadra esportiva grande. Quando a noite chegar, na certa me sentirei tão humilhado que vou tremer e até ter vontade de me matar, mas, ao menos naquele momento, a sentença de morte estava suspensa.

Os trabalhadores diaristas que, sentados nos bancos, contemplavam as próprias mãos também davam a impressão de terem obtido suspensão temporária de execução. Acima das cabeças, costas e ombros deles, flechados por centenas de olhares de transeuntes, a claridade do sol daquela tarde de primavera foi recuando como maré vazante, e uma sensação de desespero, fria como um anoitecer de inverno, começou a se infiltrar nos raios solares. A megalópole chamada Tóquio se desesperava, castigada pela sensação de trabalhar em vão. Somente o chamariz dedicado e incorrigível aplaudia e aclamava entusiasticamente. Sobre o palco, Kunihiko Sakakibara continuava a esbravejar, mas sua voz áspera e grossa galopou suportando o próprio peso rumo ao céu sobre nossas cabeças. Apenas o riso escarninho dos desocupados que cercavam de longe a praça a perseguiu como uma águia. E eu fui aos poucos mergulhando em algo que se assemelhava a um sono em vigília, meus ouvidos captavam o bramido da megalópole, não como vozes e sons individuais, mas como uma multidão. Como um pesado mar noturno de verão, o bramido fez meu corpo cansado se destacar da realidade e flutuar. Esqueci-me dos desocupados às minhas costas, esqueci-me de Shin-Toho, dos trabalhadores diaristas e do vociferante Kunihiko Sakakibara e, com uma ternura repleta de paz jamais sentida em toda a minha vida, perdoei a mim mesmo, este ser exausto, tão insignificante quanto um grão de areia no deserto da megalópole. Em troca, dispensei hostilidade e desprezo apenas ao mundo real, apenas aos outros. O crítico que dentro de mim sempre me censura, me trespassa o ponto fraco, me deixa enlameado de autoaversão e me faz pensar que não há no mundo ninguém mais repulsivo que eu, tinha desaparecido repentinamente. Eu lambia minhas feridas e mimava a mim mesmo e ao meu pobre corpo coberto de cicatrizes. Eu era um filhote de cão e, ao mesmo tempo, a mãe que o amava cegamente, eu perdoei incondicionalmente a mim mesmo, o pequeno cão, e o lambi com carinho, e também estava pronto a latir e a morder incondicionalmente todos os outros que se atrevessem a me maltratar. Eu fazia tudo isso em transe, como se estivesse com muito sono. Contudo, logo as palavras malignas e rancorosas que eu, como num sonho, lançava contra os outros do mundo real começaram a soar em meus próprios ouvidos. E quem realmente gritava tais palavras era Kunihiko Sakakibara, mas as expressões de malignidade e rancor no discurso eram vozes de meu íntimo, era o meu espírito gritando, pensei com um estremecimento, e juntando toda a força existente em meu corpo, comecei a atentar para os gritos furiosos: "Esses caras, esses bostas desqualificados, essa corja de caftens que vende a pátria — vocês não acham estranho que esses canalhas construam suas casas no Japão, terra dos deuses, e sobre ela criem suas mulheres e filhos? Por que não vão para a Rússia ou a China, terra de animais, por que não desistem da cidadania japonesa? Eu não os deteria, pelo contrário, eu os mandaria para lá com um chute no traseiro. Os caras vão ter que dar tanto para o veado do Kruschev que nem vão ter tempo de peidar. Vão ter que subornar com o dinheiro sujo que ganharam incitando greves para o Mao Tse-tung, esse chantagista. Mesmo assim, não dou mais que dois anos para serem vistos como tendentes à direita e expurgados, serão decapitados depois de obrigados a fazer um exame de consciência, bem feito! Eles dizem que somos uma gangue, não dizem?, mas pense bem, minha gente: quem faz da violência grupal seu ganha-pão são eles!, e tome manifestações, tome greves e tome paralisações! Nos tempos atuais, vocês acham que tem mais terrorista da direita ou da esquerda? Os porcos da esquerda mataram muito mais, não tenham dúvida, campos de concentração não são apenas nazistas, tem de soviéticos, que aliás são bem piores. Dizem que representantes deles foram à China e comeram de graça com o dinheiro da exploração do povo chinês e depois fizeram o favor de pedir perdão, ouçam bem, pediram perdão em nome do povo imperial japonês dizendo que o imperialismo japonês cometeu assassinato em massa, matou, queimou e fez coisas ainda piores. Um amigo meu que retornou da Manchúria me disse, chorando, furioso, que gostaria que violentassem e matassem as mulheres dessa gente. Essa corja vendeu a pátria, são uns sem-vergonha, bajuladores, irresponsáveis de língua viperina, uns assassinos, trapaceiros, adúlteros, vômitos! Posso até jurar, vou matar toda essa corja, vou massacrá-los, violentar suas mulheres e filhas, dar seus filhos de comer aos porcos, isso é justiça! Esse é o meu dever! Nasci com essa incumbência divina sobre os ombros! Vou jogá-los no inferno! Não há outro recurso senão queimá-los vivos para que possamos sobreviver! Somos fracos, não há outro recurso senão matar todos eles e sobreviver, e estas são palavras que Lênin, o *Big Brother* deles, gritou!, minha gente, vamos acabar com todos eles para proteger nossas frágeis vidas, isso é justiça!". A melodia brutal, maligna e hostil repercutiu pelo mundo inteiro numa altura capaz de destruir aparelhos de som, vou eliminar todos eles para proteger minha vida, isso é justiça, eu me ergui, aplaudi e aclamei, aos meus olhos com sintomas histéricos, o líder sobre o palco revelou-se um brilhante ser humano dourado, surgido do fundo de um abismo de negrume, eu aplaudi e continuei aclamando, isso é justiça, isso é justiça para os espíritos frágeis que foram maltratados e feridos, isso é justiça!

— Credo, esse cara é tão novo mas já é da direita, é profissional.

Voltei-me com violência e vi o grupo de três escriturárias que me criticavam tremer momentaneamente. Isso mesmo, sou da direita, estremeci invadido por súbito prazer. Eu havia tocado em minha verdade íntima, sou da direita! Dei um passo na direção das garotas que, abraçadas umas às outras, soltaram um gritinho de protesto. Eu me postei diante das garotas e dos homens em torno delas e, dirigindo-lhes um olhar repleto de animosidade e ódio, permaneci em silêncio. Todos me observavam, eu sou da direita! Percebi então um outro eu que não titubeava nem corava enquanto era observado pelos outros. Naquele momento, os outros não viam o pobre coitado que, depois de se masturbar, fica com o órgão sexual minando umidade como talo de erva daninha recém-quebrado, o solitário, miserável e titubeante *seventeen*. Os outros não me viam com aqueles olhos que, mal me avistavam, diziam: "sei tudo sobre você". Os adultos me olhavam agora com o mesmo olhar com que adultos de personalidade independente contemplam-se mutuamente. Senti então que, naquele momento, eu havia envolvido no interior de uma robusta armadura o frágil e insignificante ser que era eu mesmo, e que me insulara para sempre dos olhares dos outros. Era a armadura da direita! Além de tudo, quando dei mais um passo à frente, as garotas soltaram um grito de pavor, mas não conseguiram fugir, seus pés pareciam pregados ao chão, e eu senti que o medo das garotas, no interior do peito que latejava sangue quente, provocava em mim uma alegria espiritual violenta, semelhante a desejo sexual. E eu gritei:

— Que tem a direita, hein?!, que tem se somos da direita, hein?!, bando de putas!

Em vez de chorar, as garotas conseguiram, à custa de muito esforço, fugir para dentro da multidão apressada que movimentava a rua, onde a tarde já caía, e os homens restantes, embora resmungassem seu desagrado, empenhavam-se em esconder o medo que sentiam de mim. Ah, os outros têm medo de mim! E quando finalmente aqueles homens decidiram me fazer juntar o lixo do escândalo que se espalhou pela praça como papel picado no momento em que eu usara a palavra "puta", ao meu redor já havia um grupo de pessoas usando braçadeiras do Partido Kodo, éramos um grupo da direita.

Uma mão pousou com firmeza sobre o meu ombro, uma mão forte, musculosa e repleta de afetuosa emoção. Voltei-me e fitei o velhote que, excitado por forte paixão, estava agora em pé a meu lado. Seus olhos grandes, injetados e ardentes, me fixaram e eu sorri como uma criança, expressando toda a minha admiração por esse orador do ódio e da malignidade.

— Muito obrigado, eu estava à espera de um garoto patriota, puro e corajoso como você, você é o exemplo do homem japonês capaz de satisfazer os anseios de Sua Majestade o Imperador, você é verdadeiramente o eleito, aquele que possui a autêntica alma japonesa.

A voz da revelação dominou o burburinho da rua, o ruído do trem, o som do alto-falante e todos os rugidos imagináveis da cidade grande e me tocou, bela e suave como uma rosa. E, uma vez mais, fui assaltado por uma espécie de histeria visual: a megalópole do entardecer submergiu num abismo de escuridão, embutindo um fulgor semelhante ao de tinta *sumi* recamada de ouro líquido, e dali surgiu, resplandecente, o sol do amanhecer, o homem dourado, Deus, o Imperador, senti, você é o exemplo do homem japonês que satisfaz os anseios de Sua Majestade, o Imperador, você é verdadeiramente o eleito, aquele que possui a autêntica alma japonesa!

4

Depois de prestar o juramento na sede do partido Kodo, Kunihiko Sakakibara me disse que, com isso, eu me tornava o mais jovem elemento do partido, mas no começo da minha vida na sede, cheguei a imaginar que não havia nenhum outro partidário da minha faixa etária. Com o tempo, encontrei três elementos de dezenove anos, os quais, porém, não correspondiam absolutamente à imagem que eu fazia dos jovens dessa idade. Estes direitistas nunca desfazem a expressão altiva, solene e grave. Quando eu inadvertidamente tocava em assuntos como cinema, jazz e música popular, eles se enfureciam como se tivessem sido menosprezados e me descompunham chamando-me de companheiro frívolo. E, toda vez que usavam esse tipo de palavreado, eu juntava mais um pequeno torrão de desilusão compactada na borda do meu formigueiro da direita. Pois esses jovens da direita pareciam-se demais com a imagem caricatural que eu fazia deles de maneira inconsequente antes de entrar para o partido. Lembrei-me então de que, havia muito tempo, quando assisti ao trailer de um filme intitulado *O Imperador Meiji e a guerra russo-japonesa*, eu imaginara que jovens da direita deviam gostar de assistir a esse tipo de filme. E, pela primeira vez em conversas sobre cinema, eles se entusiasmaram quando lhes perguntei a respeito, e me disseram que viram o filme diversas vezes, que se comoveram, e em seguida passaram a discuti-lo entre si com fervor fanático, misturando por completo personagens com atores, como se a obra fosse um documentário histórico: "Viram o olhar repleto de tristeza que sua majestade, o Imperador Meiji, dirigiu a seus soldados?", ou ainda, "o cavalo do comandante Nogi era espetacular, o marechal Togo não aparentava cansaço mesmo no campo de batalha, mas é isso que se espera de um verdadeiro guerreiro, guerreiro que se preza deve cuidar sempre de sua própria saúde e enfrentar a crise em sua melhor condição física". E pelo jeito assistiam também, vez ou outra, a outros filmes de guerra e a epopeias históricas, desde que neles houvesse cenas de lutas armadas. Sentiam o coração palpitar em filmes de guerra com cenas de ação militar japonesa, e também em filmes com espadachins por exibirem técnicas de matança de seres humanos com o uso de espadas. Desprezavam e não davam a mínima atenção a filmes de faroeste e de gangsterismo porque neles as armas usadas eram revólveres. Eles não conseguiam obter armas de fogo, as quais, aliás, estavam proibidas pelo comando e, assim sendo, talvez considerassem mais valiosa e realística a técnica de matança perfeita que o uso único e exclusivo da espada japonesa possibilitava. Um desses teenagers, especialmente, guardava com muito zelo o desenho de um corpo humano nu marcado com pequenos sinais vermelhos que lembravam pontos de pressão da medicina oriental, e eu fiquei sabendo o sentido desses pontos vermelhos certa manhã em que houve um assassinato no bairro de Shinjuku, cometido com uma estocada de arma branca. Pois o rapaz examinou cuidadosamente a cobertura jornalística e marcou um novo ponto vermelho no desenho do corpo humano.

— Você também pretende matar alguém com uma estocada? — perguntei então, pois, naquela época, eu ainda sentia um interesse puro por meus companheiros, momento em que o rapaz cerrou os olhos com força à semelhança de alguém que reza e disse com uma voz violenta, repleta de solidão, sem se dirigir especialmente a mim:

— Se esses caras não pararem de fazer coisas estranhas, se esses caras da esquerda não desistirem nunca de fazer coisas estranhas, pretendo.

Impacientei-me com a expressão "coisas estranhas", mas ainda assim julguei compreender muito bem o que ia na alma de meu companheiro que, cenho franzido, se torturava ante a incapacidade de encontrar uma expressão mais adequada. Era isso mesmo: nós, do partido Kodo, não precisávamos de eloquência, entendíamo-nos muito bem com expressões simples como "se esses caras não pararem de fazer coisas estranhas".

Realmente, os jovens membros do partido Kodo não eram eloquentes: o nosso chefão era e, na diretoria do partido, havia gente igualmente loquaz, mas os jovens não eram de jeito nenhum eloquentes e não falavam muito no cotidiano. Ao contrário, mantinham-se quase sempre calados e, nos momentos em que se viam obrigados a discursar, esbravejavam, fuzilavam com o olhar e agitavam os braços como se pretendessem meter medo num imaginário inimigo armado diante dos olhos deles: "temos a obrigação de impedir que esses infames comunas continuem fazendo coisas estranhas!".

Nas ocasiões em que se viam com os jovens do Partido Conservador, os da facção Kodo mergulhavam em mutismo total e suportavam estoicamente a verborragia dos jovens colegas do outro partido, cujo entusiasmo parecia concentrar-se apenas na própria eloquência. De uma forma geral, os jovens da facção Kodo desprezavam intimamente os do Partido Conservador. Quando acontecia de estarem reunidos apenas os membros da facção, costumavam externar suas críticas do tipo "os caras são todos uns carreiristas". "Só pensam na carreira deles, tagarelam o tempo todo só para aparecer, eles têm certa semelhança com os carreiristas da esquerda. Eles também precisam parar de fazer coisas estranhas..." Lembro-me agora de um bilhete que certo elemento da ala jovem do Partido Conservador me mandou: embora nos conhecêssemos apenas de vista, esse tagarela desagradável de faces vermelhas veio me confessando todos os seus planos para o futuro, "juntei duzentos mil ienes no mercado de ações, e as ações que estou comprando no momento estão também valorizando satisfatoriamente. Hoje, tenho vinte e quatro anos e, como ambiciono a Câmara Estadual aos vinte e cinco, a Federal aos trinta, e o Ministério aos trinta e cinco, aspiro, de um lado, a obter o poder financeiro através da manipulação de ações e, de outro, ao trânsito livre às facções através do cargo de Relações Públicas do Departamento Juvenil da regional Bunkyo do Partido Conservador. Sou partidário da meritocracia e não perco a oportunidade de iniciar um debate de igual para igual com os diretores do partido toda vez que me apresento na sede. Dias atrás, estive em certo restaurante da cidade e discuti a situação internacional e a nacional durante duas horas com o secretário-geral do partido e o deixei totalmente embasbacado. Imaginei então que, na época em que eu vier a ser Ministro, o senhor poderá ter-se tornado um dos poderosos no círculo político fora da câmara e, incapaz de refrear o deleite que sinto antecipadamente, resolvi me corresponder com o senhor. Vamos trocar ideias. Se quiser saber alguma coisa do mercado de ações, posso apresentá-lo ao presidente da Corretora Matsukawa e, na esfera política, ao diretor de divulgação do partido, sr. Kikuyama". Esta carta me espantou e me escandalizou, esses caras são realmente uns caipiras revoltados, desesperados por agarrar a ponta de uma corda que os conduza ao sucesso. Vez ou outra, ocorriam entrechoques entre esses caras e a ala jovem da facção Kodo, mas, depois de sermos verbalmente massacrados por eles, nós os encarávamos em silêncio ameaçador, quando então se tornava evidente que a razão estava do nosso lado. O contato com esses caras nunca nos foi proveitoso. Nosso chefão era o nosso único instrutor e os livros que ele nos indicava eram os únicos que nos forneciam conhecimento e suporte. E o conhecimento nem era tanto, era apenas um pouco de conhecimento de ouro, cravado no cerne da mente como um rebite duro e quente de firme convicção. E isso nos transformava também a nós em rebites duros e quentes. Eu, principalmente, desde aquela decisiva tarde de fim de primavera da minha conversão, acatava apenas os ensinamentos contidos na voz do meu chefe e lia apenas os livros que ele me emprestava. Apenas e somente isso, tudo o mais eu negava com desprezo e animosidade.

Penso que Kunihiko Sakakibara me concedeu tratamento especial e que eu retribuí igualmente o zelo que ele me dedicou. Kunihiko Sakakibara costumava dizer: "implantar nossa ideologia em você é o mesmo que verter saquê numa garrafa pronta a recebê-lo. Além do mais, esse vasilhame que é você não se quebra, e este saquê doce como néctar jamais se derrama. Você é o jovem eleito, e a direita também é a eleita, e logo isto se tornará tão evidente quanto o sol para os cegos do mundo inteiro, isto é justiça, entendeu?".

Algumas semanas depois daquele entardecer, Kunihiko Sakakibara, que queria encarregar-se de minha criação na sede da facção Kodo, veio à minha casa para obter a permissão de meus pais. Meu pai disse, no seu já referido estilo liberal à moda norte-americana, que não me impediria, uma vez que eu não viesse a prejudicar o bom nome da família e que eu abrisse sozinho meu caminho na vida. Disse também que, embora participássemos de movimentos políticos, éramos basicamente patriotas e que devíamos ser, portanto, mais saudáveis que os comunistas da Federação Nacional dos Estudantes, o que soou como bajulação. Lembrei-me então de que meu pai, ao contrário do que preconizava sua ideologia liberal norte-americana, havia dito certa vez que ter o filho metido em manifestações estudantis da esquerda prejudicava sua posição de educador e concluí que, agora sim, meu pai estava em paz. Ao ser encarado por mim, meu irmão baixou o olhar, perplexo. Assim como na ocasião em que eu machuquei minha irmã, minha mãe nada me disse de maneira direta. Quanto à minha irmã, enrubesceu tanto que suas faces pareceram sujas quando ouviu de Kunihiko Sakakibara palavras altamente elogiosas com relação ao seu trabalho como enfermeira das Forças de Autodefesa, e ela respondeu com voz fina, como as que nos chegam por intermédio de fones de ouvido, que o livro dele *Como amar verdadeiramente o Japão e os japoneses* tinha boa aceitação entre suas colegas de profissão. Em seguida, Kunihiko Sakakibara agradeceu a todos os membros da minha família por terem permitido a minha mudança para a sede do partido, prometeu assumir inteira responsabilidade pelo meu futuro e foi-se embora sozinho. Depois disso, minha família me perguntou desde quando eu me inscrevera num grupo da direita e me tornara conhecido de um figurão como Sakakibara. Consegui calar a todos com uma mentira: "desde a época em que a mana se tornou enfermeira do hospital das Forças de Autodefesa, eu não suportava as pessoas que falavam mal das Forças". Dei-me conta então de que eu possuía a capacidade de fazer a família inteira recuar com um único golpe. Apenas cinco semanas tinham se passado desde o dia do meu décimo sétimo aniversário em que eu chorara de raiva por ter sido derrotado num bate-boca com minha irmã, mas agora eu me transformara milagrosamente numa pessoa diferente, eu me convertera.

Minha conversão obteve o mais espetacular sucesso na escola. A partir do instante em que me inscrevi oficialmente na facção Kodo, o tagarela Shin-Toho deu-se conta de que eu agora sabia que ele não passava de simples simpatizante da facção e, desde então, tornou-se meu relações-públicas e meu biógrafo. De acordo com ele, eu já era da direita havia alguns anos e a desesperadora ignomínia que sobre mim se abatera por ocasião da corrida de oitocentos metros nada mais fora que uma expressão direitista de desdém contra o professor de Educação Física e, além disso, "esse cara enfrentou um grupo de cerca de vinte comunistas que veio falar mal da direita na praça da estação Shinbashi e comprou briga sozinho contra todos eles. Kunihiko Sakakibara, o chefão da facção Kodo, o considera seu sucessor, e agora esse cara vive lá na sede da facção, sacaram? Ele é realmente da direita, legítimo". A notícia de que eu era da direita e membro da facção Kodo se espalhou imediatamente entre todos os alunos do colegial e se transformou também no maior escândalo na sala dos professores. E quando o professor responsável pela minha classe chamou minha atenção, repliquei que, da mesma forma que era admissível a existência de alunos da ala esquerda, também deveria ser a de alunos da direita, e dei também a entender que, se os professores dissessem qualquer coisa que se assemelhasse, mesmo vagamente, a uma crítica à direita, eu poderia transmitir tal crítica a Kunihiko Sakakibara, e assim, de maneira ainda mais sutil, sugeri o poderio da facção Kodo. Como a demagogia de Shin-Toho tinha exercido maior influência sobre os professores do que sobre os alunos, minha sugestão teve total eficácia. Boatos de que o professor de História Geral se tornava especialmente conservador apenas nas aulas a que eu assistia começaram também a se espalhar.

Não que não houvesse alunos que nutriam animosidade por mim no colegial. Membros da Comissão Autônoma de Alunos que costumavam manter contato com a União Nacional dos Estudantes para planejar a participação em manifestações estudantis começaram a provocar discussões. E eu sempre os vencia apenas usando como contra-argumento a insegurança que eu sentia antigamente ao ouvir os líderes da esquerda externarem seus pontos de vista. Da mesma maneira que minha irmã venceu a discussão que manteve comigo na noite do meu aniversário, assim também eu os vencia. Além disso, eles mesmos não tinham apreendido, em profundidade suficiente, noções sobre paz, rearmamento, União Soviética, China e Estados Unidos capazes de lhes proporcionar convicção. Bastava-me investir contra seus pontos fracos. Além de tudo, eu tinha um ás escondido na manga:

— Seja como for, atualmente, a maioria dos intelectuais japoneses tende à esquerda e a minoria, à direita, claro. Eu, porém, quero muito mais me aliar aos pobres filhos de lavradores, os quais, para não passar fome, foram obrigados a se alistar nas Forças de Autodefesa, do que aos brilhantes professores universitários progressistas. Professores universitários têm prestígio e defendem seus princípios: isso basta, não basta? Se os seus amados professores universitários correrem para a ONU e denunciarem, os conflitos locais no Extremo Oriente talvez sejam resolvidos, mas o que eu quero é defender os pobres filhos de lavradores que na certa serão mortos no decorrer desses dois ou três dias pelas tropas de ı Sung-man. Além de tudo, de acordo com o que o tão amado Sartre de vocês diz, de que adianta falar em justiça se você não está disposto a pô-la em prática? Seja como for, eu mesmo posso ser burro e fraco, mas estou apostando minha vida no movimento juvenil da direita; enquanto isso me digam agora, algum de vocês, um só que seja, tornou-se membro do Partido Comunista para se devotar discretamente à causa? Vocês vão entrar na Universidade de Tóquio e logo irão fazer parte da diretoria de alguma grande empresa, não é verdade?

Lembro-me agora que, por trás do grupo de alunos estudiosos que, pálidos, tinham se calado, a arrogante Emiko Sugi me fitava com um olhar emocionado, claramente interessada em mim, e disse: "acho que um direitista anacrônico como você devia ir para a Academia de Defesa". Expus então a Kunihiko Sakakibara que eu tinha vontade de entrar na Academia de Defesa, juntar partidários e, no devido tempo, transformar-me em poder capaz de detonar um golpe de estado. Kunihiko Sakakibara demonstrou profunda satisfação por minha vontade. Senti meu corpo arder de violenta alegria.

O uniforme da facção Kodo era uma imitação do usado por ss nazistas e, nos momentos em que eu o vestia e andava pela cidade, sentia também violenta alegria ao me dar conta de que, qual um besouro, tinha o corpo inteiro coberto por uma robusta armadura que impedia os outros de verem meu íntimo mole, frágil, disforme e quebradiço, parecia-me que eu ia ao céu. Pois toda vez que os outros me fitavam eu costumava me apavorar, enrubescer e me sentir tomado de mísero desprezo por mim mesmo, a plena consciência de mim mesmo me tolhia por completo. Contudo, agora, em vez de ver o meu íntimo, os outros viam o meu uniforme da direita e, além de tudo, levemente receosos. Por trás da espessa cortina do uniforme da direita, eu tinha ocultado para sempre o espírito do frágil menino. Eu já não sentia mais vergonha, o olhar dos outros já não me fazia sofrer. Aos poucos, essa condição foi se expandindo até alcançar um extremo em que o olhar dos outros não mais conseguia me ferir de vergonha mesmo nos momentos em que me achava sem uniforme ou sem roupa.

Tempos atrás, imaginava que se fosse pego me masturbando eu me mataria de tanta vergonha. Isso era o drama genuíno do poder máximo do olhar dos outros e da fraqueza máxima de minha carne, horrorizada de vergonha. Contudo, certo dia tive uma experiência definitiva, momento em que vivenciei o desmoronamento do próprio caráter crítico desse drama. Começou com o seguinte diálogo com Kunihiko Sakakibara. "Acho que o desejo o atormenta às vezes, mas não vale a pena suprimi-lo, quer dormir com uma mulher?" "Não, não quero." "Nesse caso, vamos fazer o seguinte: vamos pedir a uma das mulheres de um banho turco que lhe aplique uma massagem em seu sexo, pegue este dinheiro e vá."

A princípio, não imaginava que isso seria possível, nem que a raiz da minha vergonha fosse extraída em sua totalidade. Meus colegas me disseram para ir uniformizado. Era noite, mas, como eu estava perturbado, segui a orientação dos meus colegas e vesti o uniforme completo da facção Kodo, a minha armadura da direita, cujo uso tinha sido acordado apenas para o período diurno; e, longe ainda de ter uma ereção, entrei pela porta decorada de um banho turco existente na área da antiga Linha Vermelha de Shinjuku, pálido e transtornado como uma mísera criança em vias de receber punição cruel, maldizendo o chefão pela primeira vez desde o meu ingresso na facção. E num átimo, dei-me conta de que, para nós, o uniforme do partido Kodo se transformara em lastro de sustentação, mais pesado que um escafandro de chumbo, e de que nossa armadura da direita envolvia os outros em medo de maneira mais violenta que camisas de força de couro.

Uma moça robusta com cabelos tingidos cor-de-palha me recebeu numa saleta cor-de-rosa vestindo apenas sutiã branco e shorts. Por apenas precisos cinco segundos a moça observou meu uniforme sob a lâmpada nua úmida de vapor e, depois, sua expressão mostrou tão intenso acovardamento que a enfeou, e ela baixou o olhar. A partir desse instante, ela não ergueu mais o olhar. Eu então me despi pela primeira vez diante de outra pessoa, que além de tudo era uma mulher jovem. E senti que meu corpo nu e magro, onde músculos mal começavam a despontar, vestia uma armadura grossa como a de soldados encouraçados — a armadura da direita —, e tive uma formidável ereção. *Eu* era o homem do falo semelhante a um rebite de ferro incandescente (um *falo*, conforme dissera Kunihiko Sakakibara) que romperia a parede da vagina pura da recém-casada. Estarei ereto para o resto da vida, orgástico a vida inteira conforme o milagre que desejei em lágrimas no meu miserável décimo sétimo aniversário, e meu corpo e meu espírito também estarão para sempre eretos. Existem tribos nas selvas sul-americanas cujos órgãos sexuais estão em permanente ereção, e certo deus, temeroso do que lhes poderia acontecer por ocasião de enfrentamentos com animais selvagens ou inimigos, fez com que os homens dessa tribo os tivessem aderidos ao ventre, como cachorros, e eu era uma espécie de *seventeen* dessa tribo. A moça me pôs no vapor, lavou-me, deu-me um banho de imersão, enxugou-me e me borrifou com talco, me deitou sobre uma cama semelhante às usadas em consultórios médicos, me massageou e, em seguida, começou a acariciar meu falo em silêncio e carinhosamente. Isso depois de arregaçar com temor e circunspecção a pele que o meu hábito de masturbar havia deformado. Arrogante como alguém da realeza, eu me mantinha deitado, e a moça estava corada de vergonha como se ela própria estivesse praticando um ato vergonhoso. A moça me fez lembrar um verso que eu copiei de um livro de poesias de minha irmã numa carta endereçada a Emiko Sugi, aquela que eu, no final das contas, acabei rasgando.

Fica de pé no piso mais alto da escadaria
Debruça-te sobre o vaso do jardim
Tece, tece os raios de sol em teus cabelos
*Aperta as flores de encontro a ti em dolorosa surpresa.**

Meu falo era a luz do sol, meu falo eram as flores, fui tomado por um extraordinário prazer orgástico e vi outra vez o homem dourado flutuando no céu escuro, ah, oh Imperador! Ó esplendoroso Imperador Sol, ah, ah, oh! E em seguida, quando meus olhos se recobraram da histeria visual, vi que, no rosto da jovem, meu esperma se espalhava em gotas brilhantes como lágrimas, e, em vez da sensação de desespero que costumava sentir depois de me masturbar, banhei-me em alegria triunfal, e até vestir o uniforme completo da minha facção, não dirigi uma única palavra à moça-escrava. Esta era a atitude certa. A lição que obtive nessa noite foram três: eu, o rapaz da direita, vencera por completo o olhar dos outros; eu, o rapaz da direita, possuía o direito de exercer qualquer tipo de crueldade contra frágeis os outros; e eu, o rapaz da direita, era o filho do Imperador.

Fui então tomado por um entusiasmo febril de conhecer a fundo tudo que se relacionava com o Imperador, até então eu imaginara que somente as pessoas de gerações mais velhas que a do meu irmão e que durante a guerra tinham decidido morrer pelo Imperador estivessem a ele relacionados. Eu sentia ciúme

---

* "Stand on the highest pavement of the stair/ Lean on a garden urn/ Weave, weave the sunlight in your hair/ Clasp your flowers to you with a pained surprise...", T. S. Elliot, *La figlia che piange*. (N. T.)

e antagonismo toda vez que ouvia pessoas da geração que viveu a guerra falarem do Imperador. Mas isso estava errado, pois eu era filho da direita, filho do Imperador.

O tempo todo mergulhado na biblioteca de Kunihiko Sakakibara, li com voracidade tudo que me esclarecesse o Imperador, li *Kojiki*, as crônicas antigas, a coletânea das obras poéticas do Imperador Meiji, os livros didáticos usados por veteranos da corporação paramilitar Shinpeitai e do grupo direitista Daitojuku, e também *Mein Kampf*. E por sugestão de Kunihiko Sakakibara, li *O absolutismo imperial e sua influência,* de Masaharu Taniguchi, e fiquei frenético de emoção por ter apreendido o que eu tanto buscava, "a lealdade não admite egoísmo", eu apreendera o princípio mais importante.

Com fervente entusiasmo pensei: é isso, a lealdade não admite egoísmo!, o motivo por que eu, medroso e intranquilo, temia a morte e me sentia impotente, sem compreender o mundo real, estava em meu egoísmo. E por causa de meu egoísmo, sentia-me estranho, cheio de incongruências, inconsistente, complexo, vulgar e pária, e isso me deixava ansioso. Toda vez que fazia algo, perguntava-me se não escolhera errado, o que me deixava totalmente ansioso. Mas a lealdade não admite egoísmo. É isso mesmo, eu tinha de me esquecer e dedicar-me de corpo e alma ao Imperador! Abandonar o egoísmo, renunciar por completo a mim mesmo! Senti então toda a névoa repleta de incongruências que me havia atormentado até então desfazer-se em chamas. As incertezas que me fizeram perder a confiança em mim mesmo voaram longe sem terem sido solucionadas, foram varridas em sua totalidade. O Imperador tinha me ordenado: abandone seu egoísmo!, e eu abandonara. O indivíduo "eu" morrera, o egoísmo morrera e, com ele, as perguntas sobre mim mesmo. Eu me tornara um desinteressado filho do Imperador. No instante em que massacrei meus interesses particulares, no instante em que encerrei meu eu individual numa cela subterrânea, nascera um novo e destemido filho do Imperador — eu mesmo — e me senti livre enfim. Eu já não tinha a insegurança dos que precisam escolher, pois o Imperador escolheria. Árvores e pedras não são inseguras, são incapazes de sentir insegurança, ao abandonar meus próprios interesses eu me transformara em pedra e árvore do Imperador, não sou inseguro, sou incapaz de sentir insegurança. Senti que conseguia viver com leveza, sem o peso de responsabilidades. Senti que o mundo real, até então complexo e inescrutável, tornava-se absolutamente simples e compreensível. Isso, é isso mesmo, a lealdade não admite egoísmo, a suprema bênção dos que abandonaram o egoísmo era a lealdade! Além de tudo, dei-me conta repentinamente de que tinha me livrado do medo da morte, naquele momento eu percebi que a morte, que tanto me desesperara e me fizera tremer de pavor, perdera sentido para mim, já não era capaz de me aterrorizar. Se eu morrer, não serei destruído, pois eu não passo de uma folha nova no galho da majestosa árvore chamada Imperador. Eu jamais serei destruído. O medo da morte tinha sido vencido! Oh, meu Imperador, meu Imperador, sois meu deus e meu sol, minha eternidade, por vosso intermédio comecei a viver de verdade!

Alcançado o objetivo, saí da biblioteca de Kunihiko Sakakibara. Eu já não precisava de livros. Comecei a me dedicar com afinco ao judô e ao caratê. Kunihiko Sakakibara escreveu em meu quimono de treino: *"Shichisho Hokoku, Tennoheika banzai!"* ("Sete vidas dedicadas à Pátria! Viva o Imperador!"). Achei que as palavras que Kunihiko Sakakibara me dissera certa vez podiam ser agora dedicadas a mim, "você é verdadeiramente o eleito, aquele que possui a autêntica alma japonesa".

Em maio, a esquerda começou a fazer repetidas manifestações no congresso e eu, entusiasmado, juntei-me ao grupo juvenil da facção Kodo. Comunas trabalhadores, comunas estudantes, comunas intelectuais, comunas artistas, pancada neles, chute neles, dispersem esse bando a pontapés! As regras férreas do nosso grupo juvenil foram estabelecidas com base no discurso inflamado feito por Himmler no dia 4 de outubro de 1943 perante os líderes da ss de Hitler: "1) lealdade; 2) obediência; 3) coragem; 4) confiança; 5) honestidade; 6) camaradagem; 7) alegria na responsabilidade; 8) diligência; 9) sobriedade; 10) valorizamos o Imperador, apenas a ele e ao patriotismo devemos, a nada mais precisamos atentar". Pisoteiem, derrubem, esfaqueiem, estrangulem, queimem os comunas! Lutei com bravura, avancei contra os estudantes empunhando o bastão do ódio, golpeei o grupo de mulheres com a espada de madeira adornada de pregos da hostilidade, pisoteei-as e as afugentei. Fui preso diversas vezes e, cada vez que me soltavam, voltava imediatamente a atacar os manifestantes, quando então era preso outra vez e solto de novo. Dos vinte rapazes do grupo juvenil da facção Kodo que lutou contra os cem mil esquerdistas, eu fui o *seventeen* mais valente, mais violento e mais à direita, e enquanto lutava no meio da noite, em meio à escura noite de gritos, berros, imprecações de dor e medo, eu era o único *seventeen* abençoado que viu o Imperador surgir envolto em resplandecentes raios dourados. Na noite garoenta e fria, enquanto a notícia da morte de uma estudante devolvia momentaneamente a serenidade à caótica multidão, e os estudantes, encharcados, abatidos, tristes e exaustos choravam e prestavam silenciosa homenagem à companheira morta, eu era o único abençoado *seventeen* que sentia um orgasmo de estuprador e jurava à visão dourada que mataria a todos.

(*Seventeen*, publicado em janeiro de 1961. Extraído de *Seiteki ningen*, Editora Shinchosha, 25/04/1968.)

O homem sexual

Em meio à escuridão noturna, o grande Jaguar cor de marfim avança em louca disparada pela crista de um promontório rumo à sua ponta. Com o mar à frente, o veículo envereda repentinamente à direita por uma estrada secundária que, como cachoeira, despenca em íngreme ladeira rumo a Miminashi, uma baía que se oculta, à semelhança de uma axila, sob o lado meridional do promontório. O Jaguar transporta uma Arriflex 16mm. Tanto o carro como a câmera cinematográfica pertencem a um rapaz de vinte e nove anos que todos chamam de J. O próprio J, a mulher dele, a irmã de J, que dirige o Jaguar, um cameraman de meia-idade, um jovem poeta, um ator de vinte anos e uma cantora de jazz de dezoito anos — os sete estão no automóvel a caminho da casa de veraneio de J. Têm por objetivo filmar algumas cenas de um curta dirigido pela mulher de J.

A cantora de jazz está totalmente nua. Embriagada, ela canta. Como ninguém se propõe a ouvi-la com atenção, ela acaba obcecada pela ideia de que está sendo desprezada por todos os passageiros do Jaguar e resolve contar novamente certo episódio obsceno que fizera sucesso em outra ocasião. Com exceção da irmã de J, ao volante, todos beberam uísque durante as quatro horas que durara a viagem desde Tóquio, mas a cantora de dezoito anos adiantou-se sozinha à frente das fileiras de embriaguez compostas de seus companheiros. Como sempre. Ela carece de comedimento.

— Aconteceu um dia quando fui trabalhar na festa de alguns políticos. Numa sala de espera tinha comigo uma menina de dezesseis anos, sem maquiagem alguma, sentada com bolas de pingue-pongue e uma roupa de vinil no colo, sabem? Então, nós duas fizemos amizade. E chegou a vez dela de se apresentar, e nada da menina se maquiar. Só ficou pelada. Depois, rastejou para dentro de uma fantasia que parecia um saco de dormir de vinil verde e me pediu para fechar o zíper que ocupava a metade inferior das costas. Pois essa fantasia verde era de sapo, e escondia todo o corpo da menina, menos na entreperna, onde havia um buraco que nem boca de peixe, entenderam? De modo que os políticos viam um sapo com genitais femininos, e como, além disso, havia bolinhas de pingue-pongue dentro da fantasia, elas faziam um barulho que lembrava o coaxar de um sapo conforme ela dançava.

Os seis restantes riram com desânimo. Todos sabiam que, se não rissem naquele momento, a cantora começaria a chorar e a se debater violentamente. Exultando com a risada dos companheiros, ela continuou.

— Mas a dança do sapo da menina era espetacular, uma arte realmente fascinante — disse ela com ar orgulhoso, correndo o olhar por seus ouvintes com a intenção de criar suspense.

— Os políticos dessa festa não viram arte nenhuma, viram apenas até que ponto pode chegar a sem-vergonhice de uma garota de dezesseis anos — disse J, sentado ao lado da irmã motorista e da mulher.

— E isso acontece em espetáculos obscenos de qualquer espécie. Você não pode mostrar uma arte e em troca tornar transparentes as partes pudendas do corpo, claro. O que a plateia quer ver é esse corpo impudente, a vergonha em si, entendeu?

Decepcionada e mal-humorada, a cantora de jazz de dezoito anos começou a soluçar. Todos, inclusive a mulher de J, sabiam que este e a cantora tinham um caso. E por isso mesmo a rapariga chorou, cada vez mais sentida, com os ombros nus sacudidos por soluços. Se não estivessem no interior de um carro, ela teria apanhado uma faca ou uma garrafa quebrada e aprontado uma grande confusão, como gato acuado.

— Por que maltratar a garota, J? Não vê que a estrada é escura e cheia de curvas? Custa muito ficar quieto, ao menos por algum tempo? Quer morrer antes de chegarmos à cabana? Antes de terminar o filme? — repreendeu a irmã de J, continuando a dirigir. Ela não suportava as maldades de estranho e intrincado cunho psicológico do irmão.

Excetuando a irmã de J e a garota que chorava, os demais apenas sorriam em silêncio, bebiam e ouviam o motor e seus próprios íntimos. Ninguém se perguntou por que sorriam. Eles costumavam sempre sorrir de forma reservada quando em silêncio. O Jaguar acabou de descer a íngreme ladeira, entrou na asa direita da baía e percorreu lentamente o estreito caminho revestido de pedras da vila Miminashi, rumo à asa esquerda da baía.

— Vocês não querem fechar a janela? Não gosto desse cheiro de peixe morto e de rede de pesca, será possível que só eu me se incomode com isso? — reclamou a irmã de J.

Dois dos passageiros fecharam as janelas.

— Apesar de eu ter guiado com todo o cuidado, vai descobrir alguns arranhões quando você olhar amanhã de manhã — disse a irmã para J em tom de lamúria. — Por que é que você não dirige? Justo você que é um ás no volante.

— Estou bêbado, correríamos o perigo de cair no mar — respondeu J, sem mover os lábios ainda distendidos num sorriso.

Percorrendo a rua pavimentada, o carro atravessou diversos canaletes repletos de água do mar. Rente ao lado interno da baía, o caminho descrevia uma curva suave, ligando um extremo da vila ao outro. As casas em ambos os lados da rua assemelhavam-se a uma fileira de elefantes mortos. De um cinza escuro, pareciam encerradas em si mesmas. Uma luz fraca vinha da direção do mar, para além dos canaletes. Era a luz de sinalização dos navios pesqueiros ancorados. As casas estavam nas sombras.

O Jaguar corria produzindo um ruído ainda mais furtivo que o do mar sereno. E então, repentinamente, o farol dianteiro capturou a imagem de pessoas aglomeradas. A moça, na direção, pisa o freio. Garrafas de uísque rolam dos assentos tilintando. A cantora de dezoito anos para de chorar e tenciona xingar, mas se cala. Todos no interior do Jaguar contemplam com curiosidade o grupo de pessoas iluminado pelos faróis.

Eram cerca de trinta pescadores, repentinamente iluminados pela forte luz e aturdidos como marmotas cegadas. Na maioria, mulheres. Há alguns idosos e crianças entre eles. Todas as mulheres vestem quimonos curtos de cor forte e escura que lembram os usados por ainos,* e parecem todas de meia-idade. Um grupo de mulheres maduras, exaltadas, irritadas, ranzinzas. A luz forte do farol faz seus rostos parecerem feios, animalescos, desprezíveis. Em pé diante de uma casa, o grupo ocupa a largura inteira da rua. No momento, todos os rostos se voltam para o Jaguar, mas é claramente perceptível que, segundos antes, todos os olhos se fixavam na referida casa.

— Escondam a Keiko. Ponham a menina agachada no espaço à frente do assento e joguem um casaco sobre ela — diz a irmã de J.

Keiko Sawa é o nome da cantora de jazz. Ela obedece sem reclamar. O pequeno corpo da garota, que se ajoelhou no piso do carro com um lado do corpo premido contra as costas do assento dianteiro, é logo coberto com casaco, saia e lenço. Os outros três passageiros do banco de trás amparam a cantora com seus joelhos para que ela não tombe quando o carro se puser em movimento. O Jaguar se adianta na direção das pessoas. No momento em que J, hesitante, estende a mão na direção da buzina, a irmã o repreende com voz amedrontada e severa:

— Não faça isso, ou essas pessoas são capazes de virar o carro e tocar fogo nele. Não vê que elas estão se preparando para sair da nossa frente?

Quando o Jaguar se aproximou, as pessoas realmente se afastaram num movimento calmo e suave para o alpendre das casas em ambos os lados da rua. A essa altura, elas já não pareciam nutrir nenhuma curiosidade em relação ao carro e aos seus sete ocupantes. Pareciam, antes, indiferentes. Dentro do Jaguar, os passageiros tentavam imitar-lhes a atitude, mas a garota nua agachada entre eles tremia. Só quando o carro passou entre os moradores da vila foi possível perceber que apenas na casa que eles contemplavam, localizada no lado da rua mais próximo ao mar, havia uma luz acesa além da janela aberta e que essa luz iluminava tanto a rua pavimentada como o rosto das pessoas.

Uma vez ultrapassado o local, o Jaguar acelerou. A princípio, os sete se mantiveram num silêncio sombrio. Todos sentiam que tinham sido ameaçados. E então, o cameraman, homem de meia-idade sempre encarregado de espantar o silêncio e a tensão dessas situações, soltou uma estrondosa gargalhada e disse o seguinte. Na hora de rir, ele só sabia gargalhar.

— Nós parecíamos um bando de expedicionários atravessando uma aldeia de nativos que não nos molestariam caso não lhes fizéssemos nenhum mal! Eu

---

* Ainos: povo que vive no norte do Japão (Hokkaido) e sul da ilha de Sakhalina (Rússia). (N. T.)

me lembrei de quando fui fazer um filme educativo em Bornéu! E de filmes de faroeste.

Keiko Sawa ergueu o corpo nu e acomodou o traseiro sobre a coxa gorda e curta do cameraman. E com a voz um tanto sombria dos que começam a despertar da embriaguez, perguntou, dengosa, se eles eram índios.

— São moradores desta aldeia. Os homens devem ter saído para pescar, de modo que as pessoas que vimos devem ser o restante da população local. Moldei em argila os diversos tipos de cabeça dos habitantes desta baía — disse a irmã de J. Ela tem vinte e sete anos, é escultora e retornara de Paris no começo do verão. Deverá ser a diretora de arte do filme que será produzido por J e sua mulher.

— Devíamos ter parado o carro e encomendado alguns peixes para amanhã — lamentou J.

— Está visto que você não sabe nada a respeito do povo desta baía. Pudera!, na época em que viemos morar aqui refugiando-nos da guerra, você só vivia trancado dentro de casa com seus desenhos, tinha medo de descer até esta baía! Medo dos filhos dos pescadores!

O Jaguar chegou ao fim da rua pavimentada no extremo da vila e, tendo à frente o mar negro que brilhava escuro como bile além da linha do quebra-mar baixo, desviou por uma variante. O veículo começou então a galgar outra ladeira. Galhos de arbustos que perderam a batalha contra o vento marinho se estendem na direção do para-brisa, sofridos como braços torcidos à força. Atingido por eles, o Jaguar estrondeia e os sete encerrados no veículo sentem-se momentaneamente no meio de um aguaceiro.

— Eu não tinha medo dos filhos dos pescadores coisa alguma. Eu não descia à baía porque esse povo receava a nossa família só porque possuíamos terreno e cabana no alto da montanha, eu não gostava disso. Eu era menos insensível que você, só isso — diz J para a irmã.

— Eles pareciam excitados, assustados e raivosos, estavam com cara de alguém pego de surpresa no meio de uma transa! — disse Keiko Sawa.

Todos riram, excetuando a motorista.

— Você não se importaria nem um pouco de ser pega no meio de uma transa, não é, Keiko? Reconheço, porém, que às vezes você faz observações judiciosas — disse o cameraman.

— Aquelas pessoas estavam ali para humilhar uma adúltera — disse a irmã de J em voz baixa e deprimida, pretendendo ser ouvida apenas pelo irmão. —

Houve um episódio semelhante na época em que nos refugiamos da guerra nesta localidade. Naquela casa se esconde uma mulher que praticou adultério. Acho que as saídas estão todas pregadas. Hoje não deu para ver isso porque tinha muita gente na frente da casa.

— Mas que pretendem eles se reunindo no meio da noite? Humilhar de que jeito?

— Só vão ficar ali em pé, imóveis, todas as mulheres, velhos e crianças da vila! E os homens também, quando estiverem em terra. Isso não é humilhação suficiente? Só de pensar nisso me sinto mal.

— Concordo, eu também me sinto mal!, que coisa, é um simples caso de adultério, gente! — disse o ator de vinte anos, do assento de trás.

— Claro que você se sente mal, garoto, pois se o povo inteiro de Tóquio se reunisse diante do seu apartamento todas as noites, não seria brincadeira, seria? — aparteou o cameraman.

— Exatamente, pois o garoto aqui transformou em adúlteras as mulheres de no mínimo uma centena de maridos — disse a cantora de jazz referindo-se ao ator como alguém muito mais novo que ela.

O jaguar tinha subido uma estrada cheia de curvas e alcançado um platô de onde repentinamente se descortinava, logo abaixo, a vila em torno da baía.

— Ei, pare um pouco, a luz estava acesa na janela de cima da casa cercada pelo povo, não estava? Talvez a gente consiga ver alguma coisa — disse o cameraman.

Os sete desceram do carro. Keiko tinha jogado sobre os ombros, à maneira de poncho mexicano, a manta que forrava o assento. O cameraman montou rapidamente a lente de filmagem e produziu um par de binóculos. Ele trabalhava numa empresa especializada em filmes educativos e promocionais mas, por ser do tipo descuidado, à moda antiga, pouco afeito a cooperar com colegas, era um proscrito na empresa. Ao perceber claramente que esta não o valorizava e que jamais seria promovido, deixou o bigode crescer e, em vez de paletó cinza, passou a usar um suéter sujo, a dirigir um carro antiquado e a inventar pequenas engenhocas. Como, por exemplo, montando lentes de binóculos. E ao saber que seus jovens amigos pretendiam produzir um filme, entusiasmou-se, deixou de lado família e emprego e devotou-se a esse projeto incerto. Não era dotado de excepcional talento mas tinha bom coração, gostava de beber mas não era indolente. Embora já não se sentisse atraído pelo trabalho na empresa, não o negligenciava.

Tanto assim que, mal terminasse a filmagem, programada para acontecer durante uma hora ao longo da madrugada seguinte, retornaria de carro a Tóquio, sozinho se fosse preciso, só para poder se apresentar ao trabalho.

Quando o ajuste dos binóculos terminou, os sete espiaram, cada um por sua vez, a única janela iluminada da vila logo abaixo. Havia uma mulher agachada que movia os braços laboriosamente, mas não era possível discernir o que ela fazia. Os sete continuaram a espiar por um longo tempo. A mulher continuava a se mover. Da posição em que estavam, os sete só conseguiam ver-lhe as costas e os cabelos bastos e desgrenhados oscilando, mas o movimento do braço era impreciso. Contudo, o vigoroso deslocamento dos ombros, que ora subiam, ora desciam, era marcante. Os sete contemplaram por um tempo realmente longo. Em seguida, a curiosidade nunca satisfeita os cansou.

— Vamos voltar para o carro, estou com frio — disse Keiko Sawa a certa altura, com muita oportunidade. Esta garota ninfomaníaca de dezoito anos tinha essa espécie de tino, uma aguda sensibilidade que lembrava as antenas de um sonso besouro-de-chifre.

E então, todos desistiram de tentar adivinhar o sentido dos movimentos da mulher e retornaram ao Jaguar. O veículo partiu levando J, sua mulher e sua irmã no banco da frente e, no de trás, o cameraman, a cantora de jazz, o ator e o poeta, que se mantivera o tempo todo em silêncio, apenas bebendo uísque. Esse poeta silencioso tinha vinte e cinco anos e acabara de publicar, por conta própria, uma coletânea de seus poemas. Na qualidade de amigo do casal J, aceitara comentar o filme. Tinha sido colega de classe da mulher de J na faculdade. E amigo íntimo dela no último ano do curso. Dormira com ela, e não só uma vez. Nessa época, a mulher de J era uma moça pobre, mas altiva como uma leoa, e almejava ser diretora cinematográfica. Esta garota fanática por cinema e o poeta se separaram após a formatura mas, um ano depois, ele recebeu o convite do casamento dela. J, o marido, era quatro anos mais velho que ela e filho do presidente de uma empresa siderúrgica. J tinha vocação para patrono das artes, possuía uma filmadora Arriflex 16mm, uma irmã artista plástica, um Jaguar de cor marfim com pneu radial branco, uma casa de veraneio que dominava uma baía, e também passagem de volta ao mundo da Pan American. J surrupiou do pai até o dinheiro necessário para a produção do filme da mulher. Esta era louca por J e pelo projeto de produzir um filme. Por intermédio da ex-colega, o poeta conseguiu que J lhe emprestasse dinheiro e publicou sua coletânea de poemas e, em troca, aceitou a tarefa de escrever o comentário do filme. Oficialmente, era amigo do jovem casal, mas nunca conseguiu aplacar por completo certa aversão por J. Teria o poeta ciúme do marido da ex-colega com quem dormira no passado? Ela o convidava para as festas promovidas pelo marido em seu maravilhoso apartamento, festas nas quais J reunia jovens atores e cantores. O poeta se sentia inseguro, sem saber se devia o convite à vontade dela, exclusivamente, ou também à de J.

— Ei, que achou daquilo? — perguntou J à mulher que, como o poeta, estivera calada o tempo todo. No momento, ela bebia uísque diretamente da garrafa.

— Ela estava lavando arroz — disse a mulher de J sem perder tempo pensando.

Claro, a adúltera encurralada lavava arroz enquanto suportava e resistia, perceberam todos. Em seguida, os sete se quedaram em silêncio, pensando na mulher que lavava arroz para enfrentar o medo, assim como nas pessoas assustadoras que se imobilizavam diante da casa.

— Mas por que estaria ela com a janela aberta? — perguntou o jovem ator de vinte anos momentos depois. E como ninguém disse nada por alguns instantes, o rapaz corou, e o poeta, dando-se conta da situação, comentou:

— Talvez ela estivesse com calor. Agora refrescou porque já estamos no meio da noite, mas acho que aquela mulher está lavando arroz desde o fim da tarde, quando ainda era muito quente para trabalhar dentro de casa.

— Realmente, hoje foi o dia mais quente deste verão. Mas por que ela não fecha a janela mesmo a esta hora da madrugada, quando tudo está bem mais fresco?

— Deve estar com medo de que a turba do lado de fora tome sua atitude como uma afronta.

— Estou me sentindo mal — disse o ator.

Em seguida, todos se calaram. Alguns estremeceram. O Jaguar subia agora em marcha lenta rumo ao topo da colina situada ao sul da baía.

Ao chegarem à cabana, os sete descarregaram o Jaguar retirando do seu interior equipamentos de filmagem, garrafas de uísque e gim, comida, gravador portátil e alguns cadernos e livros. Como fazia um pouco de frio, a cantora de jazz vestiu sua roupa de baixo dentro do carro, dobrando com dificuldade as costas e o pescoço, mas acabou descendo com o vestido de cetim e o cobertor xadrez debaixo do braço por considerar difícil completar o serviço. Ela e os demais já começavam a sentir que a embriaguez passava. E o grupo inteiro queria beber mais.

A cabana tinha sido construída num exíguo espaço plano, obtido pelo corte de uma encosta que faceava a baía: suportada por colunas de madeira e cabos de aço, ela se projetava no espaço como um cesto de balanço. O Jaguar tinha sido estacionado sob a cabana. Uma escada íngreme apoiada na encosta dava acesso à casa e, quando os sete acabaram de subir os degraus, o Jaguar cor de marfim perdeu-se no meio do denso negrume. Céu escuro, nuvens negras. O mar e a vila se estendiam aos pés deles, tão negros quanto as nuvens.

Quando entraram na cabana e acenderam a luz, os sete sentiram um leve alívio da sensação de temor. Do lado oposto ao mar, havia um espaçoso jardim. Começava na altura de uma varanda existente em plano levemente inferior ao térreo e aos poucos se elevava e ampliava. Em decorrência disso, o jardim não parecia situar-se muito abaixo, mesmo para aqueles que o contemplavam da janela do andar superior. A luz acesa na sala de estar ressaltava em vívido verde a grama e o mato crescido durante o verão. O resto do jardim mergulhado na escuridão apresentava um tipo de negrume que se obteria imprimindo tinta preta sobre o verde em chapa litográfica. Os sete depositaram os volumes no piso da sala de estar e contemplaram a escuridão do jardim através da porta de vidro.

— Este salão é o único aposento deste andar. Mas temos no fundo o banheiro, o quarto de banho e uma cozinha. No andar de cima existem três dormitórios e um depósito. Eles são independentes, à maneira dos quartos de um hotel, de modo que quem quiser privacidade pode ocupar qualquer um deles. Mas deixe-me prevenir, faz frio — explicou a escultora de vinte e sete anos para os quatro visitantes que ainda não conheciam a casa, ignorando o irmão mais velho e sua mulher.

— Que frio danado em pleno agosto! Aposto que os lavradores lá do nordeste estão apavorados. Passei uma temporada com eles para colher material sobre os danos causados pelo frio e notei que se apavoram por qualquer coisa, como um bando de cães medrosos, vou pegar um resfriado, J! — disse estremecendo o cameraman, cujas faces vermelhas da bebida tinham se arroxeado.

Quem primeiro o apelidara de J tinha sido um professor estrangeiro da irmã. O nome dado pelo pai era devidamente imponente e longo, talvez um tanto difícil de ser lembrado por um estrangeiro. A partir de então, todos passaram a chamá-lo de J. Pois a inicial J, com sua sugestão de personagem ficcional e de ambiguidade, lhe caía bem.

— Mas como você é friorento! Será verdadeira essa história de que você embarcou num baleeiro para ir fotografar no Polo Sul? Não sei como não morreu congelado.

— É verdadeira, sim senhora, mesmo porque, ser friorento não tem relação alguma com morrer congelado, Keiko. Você, que não sente frio e vive pelada, pode um belo dia acabar congelada antes de se dar conta de que está com frio. Mas, para falar a verdade, minha câmera vivia apresentando defeitos no Polo Sul e eu parecia muito mais um conserta-tudo do que um fotógrafo.

A irmã e a mulher de J, que tinham trazido da cozinha lenha curta e fina assim como folhas de jornal, tentavam agora introduzi-las na lareira para acender o fogo, mas o cameraman logo se encarregou da tarefa.

— Fiquem sabendo que eu conheço a técnica de acender fogo, sou também capaz de fazer isso sem usar fósforos — vangloriou-se ele de uma maneira que soou realmente fútil.

Os demais (com exceção do indolente J) carregaram todas as cadeiras existentes no salão e as dispuseram em semicírculo diante da lareira. Aproveitaram também para encostar a mesa e os sofás na parede contrária à da lareira, para o caso de quererem dançar. No sofá voltado para a parede, especialmente, quem quisesse poderia até dormir sem ser incomodado pelos demais.

A fumaça e seu cheiro inundaram o salão. As faces do cameraman de meia-idade, que se erguera de perto do fogo, já não estavam arroxeadas. A cor da embriaguez havia retornado. A fumaça lhe pusera uma gota de lágrima num canto da boca e numa face, mas os olhos brilhavam de satisfação pelo fato de ter conseguido um bom fogo.

— Mitsuko, minha querida, vamos fazer um bruto fogaréu na lareira e filmar a cena introdutória do inferno — disse o cameraman para a mulher de J.

— Boa ideia, o ideal seria fazer uma composição só com a cor do fogo em negativo tecnicolor, como naquele filme de vampiros de Roger Vadim, muito embora aquilo fosse sangue — respondeu Mitsuko com seriedade, enquanto entregava um copo a cada um dos convidados e lhes perguntava se preferiam gim ou uísque antes de servi-los.

— Deixe que eu idealizo esse sistema, ah, eu prefiro gim — disse o cameraman em tom carregado de emoção para a mulher de J, como se esta fosse sua amante. Baixando um pouco a voz.

O tema do filme deles era "Inferno". Quando ouviu de J e Mitsuko que pretendiam produzir um curta cujo tema seria o inferno, o jovem poeta sentiu que havia algo estranho. A impressão que ele tivera do casamento de Mitsuko nada tinha a ver com o inferno. Além disso, Mitsuko, que depois do casamento conseguira um Jaguar e uma Arriflex, verdadeiras flores do paraíso na Terra, parecia muito feliz, e seu marido, que tinha agora uma mulher feliz, parecia ainda mais que ela, de modo que o jovem poeta não entendia por que o casal J se prendia tanto ao inferno. Ainda mais que já haviam todos deixado para trás o gosto romântico da adolescência. Enfim, o poeta sentia que, mesmo escrevendo a crítica, não conseguiria compreender o motivo por que precisavam de um inferno no filme. Contudo, quando o cameraman apagou a luz do salão para avaliar o efeito do fogo da lareira no filme, pareceu ao poeta ouvir ecos de seu inferno particular no interior da modesta fogueira.

A escultora de vinte e sete anos, irmã de J, acocorada atrás das cadeiras dispostas em semicírculo, manipulava um antiquado toca-discos. No aposento iluminado apenas pelo brilho do fogo na lareira, a área em torno dela se assemelhava a um vale escuro. E então, repentinamente, a tensa, inquietante, mas ao mesmo tempo suave Suíte em Si Bemol Maior de Bach começou a soar. Bem baixo e fracamente. O disco era parte das gravações dos últimos recitais de Dinu Lipatti. Talvez usem este solo de piano como trilha sonora para o filme do inferno. Lipatti apresentou-se em péssima condição física para a gravação desse que seria seu último concerto. Dois meses depois, ele morreria ouvindo o Quarteto em Fá Menor de Beethoven.

— Mitsuko, o quadro sobre a lareira lembra aquele que você mostrou para mim e para a Keiko — disse o jovem ator. Dentre os sete, ele é o que menos entende de música. Isso, porém, não quer dizer que os seis restantes estivessem com a atenção presa ao piano de Lipatti.

— É do mesmo pintor, nascido na Bélgica.

— Quer dizer então que eu venho andando nua com essa espécie de blusa parecida com fita escondendo só o peito? — perguntou Keiko Sawa.

— Isso mesmo. Há duas estátuas do tipo no romano no jardim, e eu quero que você, Keiko, venha andando entre elas. E você, garoto, vai estar em pé em primeiro plano, nu e voltado para o lado de lá. Vamos filmar em *pan focus*, de modo que você também terá de estar atento, lógico.

— Meus pelos não são vistosos como os delas — disse a cantora de jazz com franqueza.

O quadro é uma reprodução da tela do pintor surrealista Delvaux. Num cenário de eterna tranquilidade em estilo De Chirico, jovens graciosas e desatentas vêm caminhando com seus formosos pelos púbicos à mostra. Os outros seis são capazes de perceber com facilidade por que o corpo nu das jovens provoca constrangimento em Keiko. Os tufos de pelo público castanho das jovens, cor de bronze na sombra, são de indescritível beleza. Os sete (e desta vez até a irmã de J) redescobrem a embriaguez dos momentos passados no interior do Jaguar. A sensação daquela viagem de carro empreendida desde a boca da noite até a madrugada ainda lhes resta nas coxas e nas pernas, e lhes acelera a embriaguez. A cantora de jazz de dezoito anos logo se queixa do calor da lareira e despe o vestido. Cor de vinho escuro, está caído a seus pés como um pássaro morto. Logo, ela tirará até a roupa de baixo. Se característica havia nesta moça de dezoito anos, seria a de exibicionista, a marcá-la fortemente como individualidade e a humanizá-la. Ninguém achava que Keiko Sawa era narcisista. Seu corpo era radicalmente franzino e subdesenvolvido. Com relação ao motivo do exibicionismo da garota, o jovem poeta achava que J, em alguma ocasião, talvez tivesse dito que ela ficava melhor despida do que vestida. J tinha o poder de influenciá-la. Como todos contemplavam o quadro acima da lareira em silêncio, ela se irritou e disse algo no sentido de que poderia, caso necessário, colar uma peruca semelhante a um camundongo no baixo-ventre. Depois, com a sensação de que era ignorada pelos demais intensificando-se cada vez mais, começou a beber gim como se fosse água.

— De que ponto nasce o sol nesta época do ano, J? — perguntou o cameraman.

— Boa pergunta — diz J, que nada sabe.

— De todo modo, nasce do mar, não é? Então, Keiko deve vir andando entre as estátuas com o sol incidindo na metade frontal esquerda do corpo, projetando uma sombra comprida atrás de si e diametralmente à direita. Quanto a você, garoto, o sol vai lhe bater na cabeça, num ombro e na lateral do seu corpo, e um lado do seu rosto vai ficar bem escuro. A câmera ficará posicionada a um metro de distância das suas costas, entendeu?

— É isso aí — disse o cameraman para Mitsuko. — Espero filmar de manhã, enquanto o sol estiver numa posição um pouco inferior à deste local, e quero o serviço terminado até as seis.

— E, Keiko, não comece a rir, ouviu?, mantenha-se impassível, mesmo que sinta cócegas nos pés descalços, é a cena mais importante do filme!

A cantora de jazz de dezoito anos não respondeu. Agachou-se e tirou as roupas de baixo. Em seguida, sentou-se de novo na cadeira, com os pés sobre o assento e os joelhos dobrados, segurando firmemente o copo de gim com limão e açúcar com ambas as mãos, como um esquilo a noz. Todos perceberam que já não adiantava tentar um diálogo normal com ela. Sua cadeira estava posicionada ao lado da de J, e esta ocupava o extremo direito do semicírculo. Ela e J, igualmente embriagado, sonolento e respondendo vagamente às perguntas, tinham-se isolado dos demais. Enquanto os cinco restantes continuavam a falar do filme em torno de Mitsuko, o corpo nu de Keiko Sawa vai aos poucos girando para a direita e tombando na direção de J. No final, ela acaba transformando suas costas e nádegas magras em barreira e segrega a si mesma e a J do círculo dos amigos. O fato de as duas cadeiras estarem um tanto afastadas das demais pode ter sido o resultado de uma ação proposital de um dos sete. Todos sabiam que J e a cantora de jazz iriam sentar-se ali.

— A cena em que a jovem nua vem andando entre as estátuas é para ser uma visão do inferno? — perguntou o jovem poeta. Ele tinha de se preparar para escrever a crítica. — Ou é anterior à queda para o inferno?

— É uma tomada de dentro do inferno, nem é preciso explicar. Não existe nenhuma outra além dessa! Já não expliquei um milhão de vezes?

— Mas, no meu entender, uma jovem andando languidamente entre duas estátuas com seus lindos pelos púbicos expostos ao sol não dá a impressão de cenário típico do inferno.

— Você é sexualmente frustrado, só isso.

O jovem poeta soltou um suspiro ressentido. Estou pouco ligando para o inferno mental deste casal de ricaços, pensou ele em silêncio, para se consolar.

A quantidade de lenha no interior da lareira diminuiu perceptivelmente. O cameraman se agachou com o copo na mão e introduziu o atiçador na lareira tentando avivar o fogo, mas o resultado foi pífio. O calor impregnara o recinto, mas todos sentiam uma necessidade anímica de um fogo vivo na lareira.

— Mitsuko, meu bem, será que ainda temos lenha? — perguntou o cameraman erguendo o rosto redondo, que havia adquirido um feio tom acobreado em decorrência do calor, da posição forçada e da congestão.

— Temos sim, deve estar empilhada do lado de fora da porta da cozinha. Isso, se o povo da baía não a roubou.

— Essa história de roubo é obsessão sua, Mitsuko! Foi essa mesma obsessão que a fez dizer, outro dia, quando desapareceu seu livro de pinturas, que com certeza eu o tinha roubado — disse o jovem ator.

— Nada disso, até J sabe que você anda tirando um monte de coisas de minha casa para vender. Não entendeu ainda que, se a gente continua admitindo você dentro de nossa casa, é porque não nos importamos com essa sua mania de roubar? Se você não está surrupiando as coisas de casa, onde é que consegue os trocados para viver?

Lábios trêmulos, o rapaz enrubesceu e ficou com os olhos repletos de lágrimas. Mas essa era a sua atuação favorita, de modo que ninguém se deu ao trabalho de se comover.

— Que é isso! Assim também é de mais! Você acha que pode dizer tudo que lhe vem à cabeça, Mitsuko? — reclamou o ator com voz chorosa e, erguendo-se de repente, foi na direção do toca-discos.

O disco de Lipatti terminara havia muito, e, embora todos se tivessem dado conta disso, ninguém se importou. Como se o ruído apressado e insignificante da agulha fosse o do vento. O ator pôs outro disco sem ao menos examinar a capa. Era um *dixieland*.

— Vamos dançar, vamos, Mitsuko — disse o rapaz com voz de coitadinho. Ele possuía esse tipo de emotividade pegajosa, desequilibrada.

— Nem pensar, garoto! — disse Mitsuko, irritada. Com pena do rapaz, a irmã de J se levantou e aproximou-se.

O jovem ator e a escultora começaram a dançar em estilo charleston. As feições do jovem ator, acentuadamente infantis para alguém de vinte anos, logo se iluminaram de felicidade. Sempre dançando, a moça de vinte e sete anos enxuga com a mão os traços deixados pelas lágrimas no rosto do rapaz. Ele lhe agarra o braço, passa-o em torno do pescoço e a abraça com força. Depois disso, a dança assume outro estilo.

— Que tal buscar a lenha em vez de ficar dançando? — diz Mitsuko.

— Nem pensar, Mitsuko! — responde o ator maldosamente, provocando o riso da moça em seus braços.

— Eu busco, a porta da cozinha não está chaveada? — pergunta o poeta.

— A chave deve estar na fechadura.

O jovem poeta passa ao lado de J e da cantora de jazz recostados um no outro, dá a volta em torno do ator e da escultora, que dançam, e se vai, embriagado, trocando as pernas. O fogo na lareira lança sombras instáveis e perturba ainda mais seu senso de equilíbrio. Pisa na própria sombra oscilante, cambaleia mais um pouco e prossegue. Ao lado do sofá voltado para a parede, pensa brevemente: alguém vai transar com alguém por aqui, as festas destes caras são sempre assim. Em seguida, abre para fora a porta situada no canto da parede em contato com o sofá, e que dá para o mar, e sai. Ali fica a porta de entrada por onde, depois de subir a escada, todos tinham entrado, e ali também se acham reunidas a escada para o andar superior, as portas da sala de banho, do banheiro e a da cozinha. Ele aperta o interruptor ao lado da última e a abre.

Um ar frio e agreste, ainda assim doce das madrugadas de verão, o envolve. A porta que dá para o jardim está aberta e balança de leve ao vento noturno. Naquele instante, ele não suspeita de nada. Bebe diretamente da torneira a água que escorre e estende o pé descalço na direção do gramado do jardim. A grama está crescida e dificulta o cálculo da altura real do solo. O jovem poeta solta um instantâneo berro de profundo terror e cai de bruços. Na certa gritara porque lhe viera à mente a lembrança da ladeira escarpada descendo rumo ao mar. Mas com a face metida em segurança na relva alta, rosto e pescoço encharcados — como se tivesse acabado de nadar — do sereno que molhava a grama, riu e pensou: estou muito bêbado, e ali continuou imóvel por algum tempo. Em seguida, apoiou lentamente o corpo sobre os joelhos, ergueu-se, urinou, carregou uma grande braçada de lenha e retornou ao salão.

O ator e a escultora beijavam-se e dançavam abraçados, ventre contra ventre. Mais uma vez, o disco apenas chiava, mas os dois pareciam não se importar com isso. J e a garota nua continuavam do mesmo jeito, ao menos pelo que lhe foi possível ver por trás. Vis-à-vis, o cameraman e Mitsuko ajoelhavam-se diante da lareira e estudavam a continuidade. O poeta descarregou a lenha ao lado deles. E enquanto o cameraman atiçava o fogo, o rapaz recebeu das mãos de Mitsuko um novo copo de bebida e se acomodou numa cadeira.

— Você tem um arranhão no rosto! Está sangrando um pouco — disse Mitsuko, sentando-se numa cadeira ao lado dele.

— Pois é, eu caí. Mas não sei como fui me arranhar.

— Coitadinho! Nem consegue se lembrar?

— A porta da cozinha estava aberta.

— Não é possível — disse Mitsuko. E esticando o pescoço que dá a impressão de ser excessivamente longo, lambe com sua língua quente o sangue no rosto do rapaz. Ele sente forte cheiro de bebida, repulsa e desejo explosivo. E foi exatamente por causa desse desejo que não consegue conter o impulso de lançar um olhar de esguelha para J. E se apavora.

A cantora de jazz está com as costas voltadas para o lado do poeta e repousa a cabeça num dos ombros de J. Sua mão direita está sob as nádegas dele e, a esquerda, sobre a virilha. As pontas dos dedos da mão esquerda estão estendidas sobre o órgão sexual que, enrijecido, ergue a frente da calça de J, e ali se mantêm imóveis. J dorme e sorri a meio. Os dois estavam obviamente fechados num recinto particular inter-relativo. Em seguida, o odor da genitália da garota nua define-se claramente em meio ao cheiro de lenha nova que fumega na lareira. Horrorizado, o jovem poeta deseja então, com violência e afobação, que a mulher de J não perceba nada daquilo, e se enfurece com a insensatez da cantora de jazz. E, claro, também sente ódio de J.

— Vou pôr toda esta lenha úmida em torno da lareira para secar, me ajudem — diz o cameraman. E então, o jovem poeta e Mitsuko começam a ajudar, pondo-se de joelhos no chão e curvando-se como gatos.

Nesse momento, às costas deles, a garota nua e J se erguem com os braços entrelaçados, cruzam lentamente o salão e vão para o andar superior. O poeta começa a ter receio de encarar a mulher de J. Mas não era a primeira vez que isso acontecia. O único problema era que o poeta não conseguia se habituar a isso. Se bem que o próprio cameraman não parecia também totalmente à vontade com a situação. Ele inventou uma nova brincadeira.

— Mitsuko, vamos ouvir aquela fita? É que a Keiko se zanga quando está presente. O momento é oportuno, não acha?

— Tudo bem, mas Keiko não é contrária ao uso daquilo como efeito sonoro no filme — responde Mitsuko com calma exagerada, olhos congestionados e rosto inchado por causa da bebedeira.

O cameraman manipula a fita e o gravador portátil que trouxera do Jaguar. Em qualquer circunstância ele age no sentido de valorizar sua habilidade de engenheiro. Era assim que ele se reconhecia como o ser ideal que deveria ter sido. À luz das labaredas provenientes da lenha renovada, a fita cor de caramelo gira lentamente. A princípio, não reproduz som algum. O jovem ator e a escultora continuam com os ventres colados e abraçados, mas não se beijam mais: com as cabeças baixas, contemplam a fita intensamente. Enquanto a fita permanece silenciosa, só a respiração áspera da escultora de vinte e sete anos borbulha no ar como espuma. Do andar superior, ouve-se o som de algo pesado e macio movendo-se um pouco. Depois, o ruído se torna indistinto.

Repentinamente, a voz de uma mulher jovem começa a declamar a tradução de um poema de Baudelaire: "Convite à viagem". O timbre é ligeiramente diferente, mas logo se percebe que é de Keiko Sawa. Assemelha-se mais ao de quando ela conversa do que de quando canta, assemelha-se ainda mais ao de quando, excitada, esta garota de dezoito anos se põe a falar sem parar. Declamação simples de um mesmo verso repetida vezes sem fim, repetida como num exercício de dicção. Que prossegue por pelo menos dez minutos. É sempre a mesma tradução do mesmo poema, mas aos poucos algo oculto no fundo da voz começa a se alterar. Estará embriagada?, desconfia o jovem poeta, sem maldade, pois a garota quase sempre está. E então, de repente o poeta se dá conta de que a garota está sexualmente excitada. A voz se inflama, resseca, adquire um leve tremor infantil, torna-se aguda e fina e, aos poucos, irregular e apressada. Pausas ocasionais que se estendem de maneira desregrada. Ela se empenha em resistir e ainda tenta declamar, luta contra uma resistência íntima e busca manter o equilíbrio da voz. Dá também a impressão de que está irritada e que se rebela. É momentaneamente comovente. Em seguida, uma voz sem sentido começa a se mesclar à declamação do poema. Voz de fundista cantando enquanto corre. Ela começa a ofegar, mas se força a continuar. Ah, ah, vem a voz da fita cor de caramelo. Ah, ah, lá tudo é paz e rigor, luxo, beleza e langor. Ah, ah, ordem e beleza, luxo, calma e langor, ah!

A impressão é de uma árvore raquítica que, fortemente vergada, submersa e trêmula, resiste à inundação. E, de repente, a árvore é tragada pela correnteza e se transforma em elemento essencial da força da inundação. Ah, ah, grita a garota derrotada, e começa a soluçar de repente, ah, rigor e beleza, ah! Uma última luta tenaz. O jovem poeta quase vai às lágrimas. Depois, a voz se torna brutal, violenta, e se eleva explosivamente, ah, ah, oh, J, J!

Abalado, o jovem poeta olha para Mitsuko. A fita produz um ruído seco e gira à toa em torno da bobina. Mitsuko se agacha, aperta o botão e desliga o gravador. Todos os sons se dissolvem num silêncio ambíguo. Agora, há um pesado silêncio também no andar superior. E então, o ator de vinte anos começa a rir baixinho.

— O coadjuvante da fita não é J, sou eu! — diz, a voz entrecortada pelo riso.

— Claro que é! — diz Mitsuko erguendo a cabeça e voltando-se para seu ex-colega de classe, que a encarava.

— Não é J, sou eu! — insistia o ator com ar triunfante para a escultora, a quem continuava a abraçar. — Eu me mantive em silêncio o tempo todo enquanto a excitava!

— Ah, seu peste, malandro! — disse a escultora de vinte e sete anos com rosto enrubescido, boca aberta em amplo sorriso. A garganta fica à mostra, vermelha.

— Quero usar estes três últimos minutos como fundo para os créditos do filme — explica Mitsuko.

— Sei — diz o jovem poeta que, sentindo estranha fraqueza, pressiona o corpo contra o encosto reto da cadeira e fecha os olhos.

— Sabe, lá naquela longa descida que dá para a baía? — diz Mitsuko para o cameraman. A fita já não parece merecer especial atenção destes dois. Talvez tivessem até participado da gravação.

— Do lado de lá ou de cá?

— De cá, quando J era pequeno, ele diz que viu um velho, que andava em companhia de um cachorro, morrer atropelado por um caminhão que lhe passou por cima da barriga. E então, disse que o cachorro, louco de alegria, lambeu o sangue que escorria da barriga do dono.

— Louco de tristeza? — pergunta o cameraman com o discernimento típico das pessoas de meia-idade.

— Louco de alegria.

— Que tipo de cachorro?

— Filhote de dobermann.

— Nossa!

— Pois eu acho que essa história é simplesmente o produto da imaginação do J menino. Como tem uma história infantil tcheca de um cão que lambe o sangue, eu me pergunto se ele não estava lendo essa história.

— De que jeito era essa história?

— Diz que, quando Cristo morreu, um cão lambeu o seu sangue e, por isso, os cães conseguem ir para o céu também.

— Os cães *não* conseguem ir para o céu também? — perguntou o cameraman.

— Os cães *conseguem* ir para o céu também.

— Mas então, não tem uso para o filme.

— É isso — respondeu Mitsuko.

— Você não está com fome? Vamos comer o frango que a gente trouxe. E depois vou dormir um pouco.

A mulher de J tirou o frango assado, embrulhado em papel oleado, e um vidro de molho da bagagem empilhada a um canto com o Arriflex 16mm. O molho, à base de limão e alho, tinha sido feito pela irmã de J, que levara a tarde inteira no seu preparo.

— Garoto, você não quer comer o frango?

— Quero sim — veio a voz do ator da direção do sofá rente à parede.

— Eu também quero — gritou a irmã de J, e uma inesperada risada, quase um grito, se ergue.

— Eu também vou comer — diz o jovem poeta abrindo os olhos, ofuscado pelo brilho do fogo restante na lareira, pois todos os que estavam no andar inferior sentiam-se famintos.

Quando os cinco se reuniram diante da lareira e começaram a comer o frango assado, o garoto elevou a voz para ser ouvido por todos e disse, continuando o diálogo que mantivera com a irmã de J no sofá, duvidando com veemência:

— Impotência aos dezenove anos?, isso não existe!

— Aí que você se engana. Existe, sim, porque meu amigo inglês tinha — disse a irmã de J gargalhando e mostrando outra vez o fundo da garganta. Uma escuridão rubra, assustadora.

— Ele era pervertido?

— Nada disso.

— Então essa mulher deve ter sido horrorosa, o rapaz tem a minha simpatia.

— Pois "essa mulher" era eu, ouviu? — disse a escultora muito satisfeita. — E você, garoto, continua com ereção e está com "essa mulher"!

Todos riram do jovem ator. Ele era sempre alvo desse tipo de carinho sádico. E estava consciente disso.

— Uma amiga francesa resolveu me ajudar. E então nós três discutimos o assunto. A francesa examinou até os genitais do meu amante, suspeitando que ele tivesse o mesmo problema do jovem Luís XVI.

— Droga! Não meta Luís XVI e coisa parecida no caso, eu não sei quase nada de História.

— Mas ele não tinha nenhuma anormalidade. E então minha amiga disse o seguinte. A impotência do meu amante, esse rapaz inglês, não é responsabilidade única dele, pois, no final das contas, o sexo entre dois seres humanos tem relação com fatores matemáticos, ou seja, a esfera de estímulo à excitação mútua é limitada. Será que o sexo com três pessoas ou mais não teria muito mais capacidade de excitar?, disse ela.

Todos riram. A irmã de J parou de rir primeiro e disse:

— Em seguida, essa amiga francesa também entrou na cama e dormimos os três juntos, quando então o rapaz de dezenove anos conseguiu perfeitamente, e todos viveram felizes para sempre!

— Mas você não achou nada divertido, certo?

— Por quê? — disse a escultora de vinte e sete anos com acentuada frieza e desdém, fazendo calar o jovem ator.

Nesse momento, a cantora de jazz retornou ao salão. Tinha um cobertor leve enrolado em torno do corpo. Mais que na nudez, seu corpo envolto em cobertor fez com que todos desviassem o olhar. Indicava com demasiada clareza o que ela e J estavam fazendo até então. Porém, a própria Keiko era especialmente obtusa em relação a esse tipo de efeito psicológico.

— Gente malvada, comeram o frango e nem me chamaram! — disse ela, ressentida.

— Ainda tem muito sobrando — disse Mitsuko.

— J quer que você vá ter com ele.

— Por quê? — perguntou Mitsuko, impassível.

— Lá em cima, dá a impressão de que tem alguém espiando! Tanto J como eu tivemos a mesma impressão. Eu mesma vi dois olhos pequenos na porta e, por causa disso, J não consegue, de jeito nenhum.

— Eu também vi um par de olhos pequenos espiando a gente da sombra da porta que vai para a cozinha! Eu disse isso, não disse? — gritou o jovem ator.

— Mentira, eu não vi nada disso — interveio a irmã de J, revelando outra vez a garganta vermelha e gargalhando.

— Eu também tive há pouco a impressão de estar sendo observado, na hora em que ouvíamos a fita da Keiko — disse o cameraman com cara séria.

O jovem poeta também começou a achar que viera sentindo olhos observando-o às costas. Em seguida, lembrou-se de que a porta da cozinha estava aberta quando fora pegar a lenha. Mas nem nesse instante o fato despertou suspeitas mais sérias em sua mente. O que então se avolumava de maneira ameaçadora em sua mente era J, à espera da mulher no andar de cima.

— Mas no final das contas, se uma pessoa acha que está sendo observada por alguém, sempre consegue descobrir um espírito a observá-la, não é? É assim que funciona a consciência humana, não acham? Em outras palavras, são os olhos de Deus ou do diabo. Quando eu tenho um ataque de histeria, eu vejo esse tipo de olho mesmo no meio da mais absoluta escuridão — disse a escultora.

— Histérico, até eu? — disse o cameraman de meia-idade.

— Quando assisti a uma palestra sobre filosofia na Sorbonne...

— Chega, pare com essa história de filosofia — disse o jovem ator. E como a escultora não se ofendeu com a súbita e rude interrupção, os demais compreenderam vagamente a natureza das carícias trocadas entre os dois havia pouco em cima do sofá.

— Nesse caso, eu vou comer o frango, esquecendo por enquanto os olhos das crises histéricas — disse a cantora de jazz pegando uma grande asa e começando a comer. O molho lhe sujou o peito nu.

— Escute, vá ter com o J, vá. Comigo ele não consegue de jeito nenhum, estou cansada — pressiona a cantora de jazz, mastigando a carne do frango com seus dentes grandes e brancos.

Mitsuko acenou vagamente com a cabeça, e lançou um olhar incongruente, de pobre gatinha molhada, para o jovem poeta. Ele devolveu-lhe o olhar. Em suas entranhas quentes, entorpecidas e morosas por causa da embriaguez, um núcleo de paixão, só ele nitidamente brilhando de desejo, se solidificou. Caso Mitsuko não suba para perto de J, vou convidá-la e me esconder com ela em algum canto!, pensou. Não suba, não suba!, desejou ele intensamente. Mas em que canto nos esconderíamos? Seria muito bom se esses quatro bêbados acabassem caindo no sono de repente...

Nesse instante, ouviram J gritando do andar superior. Irritada e premente, a voz chamava repetidamente por Mitsuko. O jovem ator explode num riso exagerado. Mitsuko se ergue lentamente. Sempre olhando para o jovem poeta. E então, ele também se ergue e cruza o salão lentamente, lado a lado com Mitsuko. Fecham a porta às costas e, no estreito pedaço delimitado pela cozinha, o banheiro e a escada, os dois ex-colegas de classe se abraçam. A mão dele estava sob a saia da mulher de J, entre as nádegas pequenas e nuas. Seus dedos alcançam o olho úmido e quente. A mulher de J aperta com firmeza o pássaro exuberante por cima da calça.

— Vamos nos esconder em algum canto, vamos — sussurra o poeta cheio de paixão.

— Que canto? — responde uma voz também rouca de desejo. — Em que canto nos escondemos?

O poeta sente-se acuado e pensa, onde poderiam se esconder? No andar de cima está J, irritado e à espera, na cozinha viria sempre alguém sedento em busca de água, no banheiro as pessoas vinham a cada dez minutos para urinar...

— E dentro do Jaguar? — lembrou-se repentinamente o poeta, pressentindo uma tênue esperança. — Vamos nos esconder dentro do Jaguar.

— A chave do carro está com a irmã de J — disse Mitsuko, colhendo imediatamente o botão da esperança.

— Vamos então fugir para fora desta cabana, vou salvar você de J. Vamos!

— Nós dois estamos apenas embriagados, estamos tentando nos esconder nalgum canto não por amor, mas por paixão — disse Mitsuko. Em seguida, a mão que agarrava com firmeza o sexo pendeu inerte à altura das coxas.

J gritava outra vez do andar superior. Mitsuko se contorce e escapa dos braços do poeta e sobe a escada às carreiras. O poeta acompanha com o olhar o perfil do rosto esverdeado e feio e dá-se conta de que suas palavras haviam assustado Mitsuko. Em seguida, ele próprio se assusta. Assusta-o a visão de um amargo amanhã com uma Mitsuko que perdeu a esperança de produzir o filme. É verdade, estamos apenas embriagados, era por paixão e não por amor que tentávamos nos esconder nalgum canto, pensou. Abriu a porta do banheiro e entrou cambaleando. Afastou as pernas e, urinando, abaixou a cabeça, momento em que as lágrimas até então retidas nos olhos caíram sobre o volumoso sexo e o umedeceram. Achou cômico e sorriu. Depois, foi tomado por um desejo solitário que nada tinha a ver com Mitsuko. Buscou no fundo da insensibilidade proveniente da embriaguez um tênue indício de orgasmo e se masturbou com persistência. Logo, o sêmen caiu como espessa neve sobre a cerveja espumante feita de lágrimas e urina. Gemeu sem sentir prazer. Ele já pensava principalmente em J, e não em Mitsuko. Sentiu afeto por J. J haveria de reduzir a cinzas o desejo que despertara em Mitsuko. O poeta associou vagamente J, Mitsuko e a si mesmo à imagem de sexo a três relembrada pela irmã de J e sentiu que a fantasia era bastante harmoniosa e satisfatória. Sentiu-se pela primeira vez confortável nos domínios de J. Percebeu que, como a cantora de jazz e o jovem ator, ele também se sujeitara a um J poderoso, mas não sentiu vergonha. Guardou na calça o sexo, que diminuía rapidamente de tamanho, puxou a descarga e sentou-se imóvel na borda da banheira ao lado. O sono começou a se avolumar de maneira insuportável. Ele se deitou na banheira vazia. E, em seguida, caiu no sono, mas um segundo antes, sentiu-se um defunto feliz dentro de um caixão e pensou em compor um poema sobre isso e, também, sobre o par de olhos puros que parecia espiá-lo do outro lado da porta que acabava de se abrir. Então, o poeta adormeceu...

No meio da escuridão, Mitsuko sentiu que J enfim começava a galgar a ladeira que levava à ejaculação e estimulou-o acariciando-lhe o ânus e gemendo forte como um garoto. Sem vestígio de prazer, límpida e serena, como a lembrança que guardava das brincadeiras no vale de sua infância quando, deitada de costas no fundo de um rio, contemplava a superfície brilhante de raios de sol. J grita, um tanto constrangido, e estremece. Mitsuko sente imediatamente o corpo de J molhar-se inteiramente de suor e pesar, e suporta tudo com a serenidade de uma enfermeira. Pela demora em ejacular, fica claro que Keiko não mentira. Além disso, Mitsuko sabia que J não deseja de maneira especial relacionar-se sexualmente com Keiko. J também demonstra apenas um falso entusiasmo na relação com a própria Mitsuko. E ela tem noção das razões por trás disso. Era, segundo lhe parecia, a justificativa da falsa emoção que Mitsuko, por sua vez, encenava durante os atos sexuais. Mas o que se ocultaria por trás do fato de, ainda assim, J recorrer sexualmente a Keiko e a Mitsuko com persistência? Algumas raras vezes, Mitsuko tentara aprofundar-se na questão, mas jamais procurara descer à base do problema. Ela apenas recuava, prevendo vagamente uma resposta assustadora. Ela sentia que talvez houvesse uma falsidade básica na atitude do marido em desejar mulheres. J desmoronou suavemente ao lado de Mitsuko e, como ela, deitou-se de costas na escuridão. Lado a lado, ouviam a respiração tranquila um do outro, ambos com os olhos arregalados no escuro. Quando o suor começou a gelar-lhes o corpo, os pés nus de ambos cooperaram para puxar o cobertor e cobrir-lhes os corpos. No ínterim, os dois se mantinham em silêncio. Do andar de baixo, ressoam as risadas de Keiko, do ator e da irmã de J. Nada se ouve do cameraman, nem do poeta...

— Você nunca pensou em alcançar um orgasmo real em vez desse falso? — perguntou J repentinamente.

— Isso não é importante para mim, meu verdadeiro orgasmo é o filme — respondeu Mitsuko. Esse diálogo poderia ter sido trocado pela centésima vez pelo casal.

— Mas esta noite você caminhava para um orgasmo real, a princípio.

— Mentira, isso é impossível — negou Mitsuko com violência, realmente assustada, quase em pânico.

— Mas você estava excitada.

— Mentira! Impossível!

— Está bem, então. Eu vou dormir — disse J. E calou-se em seguida.

Mitsuko se sentia insegura. Sim, eu estava realmente excitada, conforme disse J, pensou. Quando o poeta, seu ex-colega de classe, a apertara em seus braços do lado de fora da porta, ela descobrira repentinamente um novo eu que caminhava para o orgasmo. Quando J abraçava Mitsuko, jamais acontecia de seus dedos imitarem o movimento dos do poeta naquela fração de segundo, por mais que Mitsuko o provocasse. Quando os dedos do poeta alcançaram sua genitália sem nenhuma hesitação, Mitsuko sentira vagamente que aquele era o gesto de alguém que realmente procura uma mulher, não era fingimento. O oposto de J. Naquele instante, Mitsuko ficara profundamente apavorada por sentir que estava prestes a abandonar a produção do filme e a fugir para a escuridão do lado de fora da cabana em companhia de seu antigo amante. Foi então que Mitsuko, recusando o caminho da destruição pelo orgasmo existente em seu íntimo, repelira o jovem poeta na tentativa de retornar para a sua única paixão, o filme, e subira a escada, pálida e trêmula. Chegara ao quarto escuro repleto do odor da cantora de jazz e, ao começar sua relação com o marido, que a aguardava na cama morna, sentira que tinha conseguido vencer aquele breve instante de abalo.

Para Mitsuko, J era o marido ideal. Ele lhe concedia todos os recursos necessários à produção do filme e lhe permitia sempre permanecer em seus próprios limites íntimos. Ela tentava tornar-se uma autêntica artista liberada mas, para tanto, necessitava ser livre de tudo que a restringisse como mulher. Ela precisava recusar toda e qualquer tentação que representasse o perigo de transformar sua firmeza íntima numa pasta pegajosa e espessa de inquietude. Na qualidade de produtora de filme, seu orgasmo, como mulher, haveria de destruir seu direito básico de oposição à feminilidade. Mitsuko decidira não cair nessa armadilha. Além disso, empenhava-se em ser livre desse veneno feminino, o ciúme, e achava que vinha tendo êxito. Mas como proceder doravante, se aquela rápida carícia do poeta tivera o poder de transtorná-la tão vivamente? Enrijecendo levemente o próprio corpo para que o marido, adormecido rente a ela, não percebesse, Mitsuko soluçou baixinho. Enquanto transávamos, J virara a cabeça diversas vezes e insistira que havia um par de olhos contemplando-nos. E eu o animei dizendo não, não tem ninguém nos vendo, J, isto é bom, não é?, vamos, fique tranquilo e deixe-se levar, ninguém está nos vendo. Mas eu também tive a impressão de que alguém nos observava. Teriam sido os olhos de um espírito maligno que veio ver de perto o instante da minha derrota, o instante em que eu, como uma tola mulher, sentiria o orgasmo de qualquer cadela e trocaria a paixão de produzir um maravilhoso filme de vanguarda por sujo instinto sexual? Mitsuko adormeceu soluçando...

J se sentia livre. Nu, deitado de costas e mal respirando, J fingia-se morto de puro medo e também por estratagema, assim como o faria um turista que topa com um urso, enquanto a mulher soluçava. Se possível, queria respirar por guelras. Dois anos antes, o cameraman, que fora amigo de J na juventude, apresentara a este uma jovem aspirante a diretora cinematográfica que trabalhava temporariamente em seu estúdio de filmes educativos. De jeans, cabelos sujos presos com firmeza numa argola de borracha e olhar febril, era uma moça pobre masculinizada que tinha acabado de se formar na faculdade. Era sexualmente liberada e, além do mais, frígida, motivo por que não dava grande importância para o sexo, sua única paixão sendo a produção de filmes. Um ano depois, J e a moça se casaram. A partir de então, J dera início ao seu plano grandioso, traiçoeiro, perseverante. Desejava construir um pequeno mundo sexual à moda dele e que o tivesse por núcleo. J tinha medo de protagonizar escândalos, que se constituíam numa espécie de sangue da sociedade a que sua família pertencia. Além disso, ao contrário da irmã, excessivamente corajosa, tinha o espírito de um tímido coelho e reagia com extrema sensibilidade ao medo. Depois da morte da primeira esposa, tinha se tornado incapaz de abordar o mundo real. Ainda assim, ele se apegava à ideia de um pequeno mundo sexual à moda dele, da mesma forma que uma ostra se agarra à rocha. Acreditava ser esse o único caminho que daria um sentido para o resto da própria vida.

Durante o primeiro ano de casados, J já tinha dado a entender à Mitsuko que ele próprio não era do tipo que se satisfazia com uma relação sexual comum. Mitsuko se dera conta da relação entre o ânus pontudo como cabeça de limão e o orgasmo do marido e se habituara a acariciar a área. Concordara também que J introduzisse no mundo sexual deles a cantora de jazz. E isso se transformara em outro hábito deles. Mitsuko estava em vias de compreender também que J, mesmo assim, sentia falta de alguma coisa durante o ato sexual. Mas o passo seguinte era bastante difícil.

Meu mundo sexual tornar-se-á completamente satisfatório proximamente?, pensou J, encerrado numa névoa de vaga sensação de insegurança e de impossibilidade. Durante incontáveis noites, ele vinha passando os minutos que precediam o negrume do sono exposto à umidade dessa névoa abafada e exaustiva. E enquanto não concluísse seu difícil mundo sexual, a névoa dificilmente se desfaria por completo. O último passo consistia em introduzir o jovem ator no mundo sexual deles, em substituição à cantora de jazz. Do mesmo jeito que sua mulher aceitara sem se abalar a participação da garota de dezoito anos na cama deles, seria possível que aceitasse a intromissão daquele jovem de vinte anos sem se sentir especialmente chocada? J vinha conduzindo a mulher de modo que ela aos poucos se libertasse do preconceito contra o homossexualismo. Ela já não estranhava quando ele convidava homossexuais às festas. Contudo, participar de uma relação sexual na cama em que o marido transava com outro homem representava sem dúvida um salto sobre uma fenda extremamente funda e larga. Ser-me-á possível implantar na mente de minha mulher a visão de que, para ela própria se livrar da frigidez, não havia outro recurso senão o de efetuar esse audacioso salto?, pensava J. Sempre lhe restaria uma esperança se, até o distante dia em que isso efetivamente se desse, sua mulher se mantivesse indiferente a qualquer orgasmo fácil, dedicando toda a sua paixão apenas à produção do filme. Mitsuko dormia respirando penosamente. J se lembrou da madrugada daquele inverno em que a primeira mulher se suicidara. Na ocasião, os dois dormiam na mesma cama e, de repente, J notara que ela respirava de maneira irregular. De algum modo, ela havia descoberto que J mantinha uma relação de natureza homossexual com o professor estrangeiro da cunhada. J vivia apenas à espera do dia em que conseguiria se refazer totalmente do profundo terror que sentira na madrugada daquele inverno. Achava que ele próprio só se libertaria da falecida primeira mulher no momento em que sua segunda mulher aceitasse seu pequeno mundo sexual. Isso porque, uma vez que ele já não podia remediar coisa alguma com relação à primeira mulher, não lhe restava outro recurso senão transformar o sentimento de culpa que existia nele em legítimo sentimento de autoconfiança e assim recuperar a paz espiritual.

Com o espírito enegrecido como uma assombração, J foi caindo no sono, num sono negro como breu. Ele naturalmente já percebera que não diferia de um criminoso acuado que resolve enfrentar a situação com agressividade. Eis por que, no fundo poço do seu sono, não pôde deixar de rever o par de olhos brilhantes e acusadores que pensara ter visto há pouco. E dormiu um sono inquieto sentindo-se profundamente aterrorizado...

No salão, o cameraman dormia diante da lareira. Dormia com o corpo encolhido, como um feto. Agora, ele dava a impressão de ser muito mais velho e isolado em mau humor do que quando estivera desperto, conversando. Repelira todos e dormia. Não haveria de ser apenas na empresa que ele era um indivíduo solitário, avesso à cooperação. Não devia existir um único momento de total cooperação em toda a sua vida. Quem visse esse homem de quarenta anos, imóvel, adormecido e enclausurado em si mesmo como um animal, não conseguiria deixar de se indagar por que razão estaria ele ali cercado de jovens.

Ao lado do cameraman e também sentada diretamente no chão, abraçando os joelhos, estava a cantora de jazz de dezoito anos, em vias de esgotar o último gole de gim com tônica. O ato sexual insatisfatório com J tinha produzido uma dura resistência em seu íntimo. E isso era desagradável. Ela queria dissolvê-la e expulsá-la do organismo e, por isso, tomava sem parar uma bebida de alto teor alcoólico. Já bebera demais. A embriaguez e o sono faziam girar no interior da pequena cabeça da rapariga de dezoito anos uma cômica nebulosa vermelha espiralada. O copo escorregou como areia de sua mão. Ela bocejou de maneira forçada e tentou se erguer. Não era fácil. Lançou um rugido indignado contra os próprios pés e, cambaleando, fez novas tentativas frustradas.

— Quem foi melhor, o estrangeiro ou eu? — repetia com insistência o garoto do fundo do sofá encostado à parede, com voz sonolenta, satisfeita e dengosa.
— Quem foi melhor, o estrangeiro ou eu, hein?

— No exterior, eu apenas sentia um medo mortal de engravidar, é isso, e, depois, eu era criança ainda — fez-se ouvir a voz da escultora, também sonolenta.

— Quem foi melhor, o estrangeiro ou eu, hein? — continuava a repetir o ator de vinte anos como se cantasse.

A cantora de jazz começou a caminhar lentamente na direção da porta. Quando passou ao lado do sofá, os dois ocupantes já tinham caído no sono. Ela abriu uma porta e fechou-a em seguida. Depois, identificou com muito custo a porta do banheiro e a da cozinha e entrou no banheiro. Ela cantava em voz baixa um soul, mas a canção só lhe chegava aos ouvidos como um zumbido de abelhas. Sentada na latrina, a cantora de jazz urinou lentamente, quase dormindo. O cheiro da urina e do álcool encheu o recinto como vapor de uma chuveirada quente.

Nesse momento, um pequeno corpo em movimento semelhante à rápida sombra de um pássaro em voo escureceu momentaneamente o espaço além de suas pálpebras fechadas. A garota de dezoito anos abre os olhos quase em transe, ainda urinando. Diante dela, o pequeno ser estava parado, como em suspensão, e a contemplava com dois olhos brilhantes. Ah, é você então, os olhos!, grita ela no fundo da garganta, sem que o grito se transforme em palavras. Os olhos saltam para trás agilmente. A cantora está tão embriagada e sonolenta que nem com o olhar consegue seguir o movimento. O pequeno ser parecia um filhote de macaco ou uma *Sae-no-kami*, a pequena divindade protetora dos que viajam por estradas. Mas até o momento em que terminou de urinar e ergueu-se morosamente da latrina, a garota já tinha se esquecido do intruso. E enquanto rumava para o salão andando como uma sonâmbula, aos poucos adormeceu profundamente. A vidraça do salão que dá para o jardim começa a clarear num tom leitoso. O fogo da lareira apagou-se totalmente. Não há mais ninguém desperto. O vento que vem do mar traz consigo o canto de alguns galos da vila na baía. As pessoas adormecidas agitam-se no frio matinal mas não acordam...

Às quatro da manhã, o cameraman descobre no escuro vão da escada o pequeno intruso de uns dez anos que dorme em pé, agarrado à parede como um morcego. O cameraman entra no banheiro pisando com cuidado, urina agachado como uma mulher a fim de não fazer barulho, volta atrás e agarra o menino. Mal desperta, o menino começa a se debater desesperadamente. O cameraman se apavora e acorda os colegas aos gritos. Resmungando e protestando, mas ainda assim curiosos, acodem, em primeiro lugar, o jovem poeta, que dormia dentro da banheira, em seguida, a escultora de vinte e sete anos e o ator, que dormiam abraçados no sofá e, por fim, a cantora de jazz. Momentos depois, J e a mulher também descem a escada, juntam-se ao grupo e todos rodeiam o menino. O cameraman segura os braços do menino, o qual por sua vez tenta mordê-lo e, para evitar que isto aconteça, o jovem ator agarra-lhe a cabeça com ambas as mãos, e dessa maneira os dois arrastam a criança com muito custo até o salão, ambos levando contínuos chutes do pequeno prisioneiro. Sempre em volta e agitados, os cinco restantes também se movem. O menino parece um pequeno demônio. O jovem poeta se agacha e tenta imobilizar-lhe as pernas, mas logo leva uma joelhada no rosto e começa a sangrar pelo nariz. Agarrado por três robustos homens, o menino mantém, ainda assim, um silêncio obstinado, e se contorce como uma enguia. O ator leva uma mordida nos dedos e berra de raiva e dor. O sangue goteja também do rosto do cameraman. O menino tanto podia estar louco de raiva como apavorado. A cena lembrava um filme de captura de um animal de pequeno porte do Kenya, e o receio de que aquele pequeno animal morresse de ataque cardíaco caso continuasse a se debater assaltou os sete captores. Os três diretamente empenhados em conter o menino não conseguiam impedir que a raiva lhes crescesse no íntimo. Mas o que fariam, capturando o menino? E então, tão artificialmente quanto uma mola de aço quebrando de repente dentro do pequeno corpo, o menino cessou toda e qualquer resistência. Em seguida, ele gritou com uma estranha voz metálica e aguda, repleta de ódio: "Eu vi tudo!". Seu rosto voltado para cima estava molhado de lágrimas e a língua, dura e aguda como a de cobras, batia contra o céu da boca ruidosamente...

Os sete captores se quedaram estupefatos. No momento seguinte, o menino recuperou a aparência ágil de filhote de macaco ou de *Sae-no-kami* vislumbrado pela cantora de jazz na noite anterior. Desvencilhando-se das mãos dos três que o retinham, derrubou as mulheres, rompeu o cerco e disparou na direção da porta de vidro fechada. Um estrondo que fez lembrar o fim do mundo encheu o salão. Os sete fecharam os olhos. Quando tornaram a abri-los, viram para além da porta de vidro arrebentada as minúsculas costas escuras da criança que, aos berros e em prantos (na certa tinha cacos de vidro espetados nos pés descalços e sujava de sangue a relva molhada de orvalho), corria para o fundo da névoa que revoluteava no jardim ainda escuro. A manhã se aproximava, e a névoa dava a impressão de retroceder no decorrer daquele curto espaço de tempo...

Agitados e ressentidos como pescadores que derrubaram o peixe na água e observam a superfície marítima readquirir seu aspecto acetinado, os sete contemplaram em silêncio o jardim onde a névoa redemoinhava. Do enorme rombo aberto na porta de vidro o vento da madrugada penetrou numa lufada carregada de gotículas de névoa e produziu intensa corrente de ar. Todos tinham a cabeça quente, mas os pés esfriavam. Aos poucos, o cheiro de maresia tornou-se perceptível no salão. Conservando a mesma posição do instante em que o menino fugira e apenas com as cabeças voltadas para o jardim, de onde a madrugada se aproximava, os sete buscavam com o olhar a imagem residual daquilo que se dissolvera na névoa, estáticos como se o filme que registrava o movimento de todos eles tivesse parado nesse ponto e a lâmpada de mercúrio iluminasse em vão um único still. E então, uma solitária figura, a cantora de jazz, escapou da cena estática e correu para o fundo do aposento. Ela tinha ido até lá para apertar o botão do interruptor e apagar a luz do salão. O aposento mergulhou uma vez mais no fundo da noite e todos os rostos começaram a parecer mumificados. Intensificando imediatamente sua coloração leitosa, as portas de vidro, tanto as quebradas como as inteiras, modificaram seu aspecto, parecendo agora uma parede destinada a isolar a noite do aposento daquela outra do jardim, envolto em névoa. Excetuando a cantora de jazz, todos os demais imaginaram que ela logo tornaria a acender a luz, tamanha era a escuridão na sala. Acharam que ela havia imaginado erroneamente que já amanhecera. Mas com a cabeça pousada na parede logo acima do interruptor, a cantora continuava imóvel.

— Ei, que aconteceu?, acenda a luz! — berrou J, tão irritado que sua voz soou amedrontada, e todos acharam ser aquela a primeira vez que ouviam J gritar tão alto.

— Não, não, temos que ficar no escuro — disse a garota de dezoito anos com violência. Em seguida, soluçou com o rosto voltado para a parede e, ombros trêmulos, começou a rolar a ladeira da crise histérica quicando de maneira incontrolável. Ai, ai, chorava a garota contorcendo-se. Ai, ai, vamos ser todos mortos por essa gente da baía. Essa gente vai aparecer aqui depois de ouvir a história do menino e vai nos matar! Essa mesma gente que castigou uma mulher só porque ela cometeu adultério...

Os seis restantes mantinham-se longe da borda da histeria. Contudo, ninguém mais conseguia se libertar da opressiva imagem dos pescadores que ameaçavam com seu silêncio, abarrotando a rua no meio da noite...

— Escutem, vamos fugir no Jaguar, vamos!, vamos fugir de carro antes que eles venham! — chorava a cantora.

— Não dá mais tempo, se conforme você diz aquela gente estiver realmente irritada conosco e disposta a nos hostilizar, vai fechar a rua da baía num instante e impedir nossa rota de fuga! — contradisse J.

— Que vamos fazer, que vamos fazer?! — soluçava a garota histérica.

— Antes de mais nada, vamos acender a luz e, em seguida, pensar com calma na refeição matinal — tornou J. Em seguida, foi para o lado da cantora de jazz e, enquanto acendia a luz com a mão esquerda, tocou com a direita o pescoço da garota, mas esta soltou um grito curto de insuportável aversão, afastou-lhe a mão com um tapa e se agachou. Sua testa comprimia-se contra a parede com tanta força que deixou a todos preocupados quanto à possibilidade de a pele se romper.

À luz da lâmpada, os seis restantes baixaram a cabeça sentindo desconforto e constrangimento, cada qual buscando, com o olhar desviado dos demais, uma cadeira em que pudessem se sentar ou uma parede a que se recostar. O poeta tinha desde os lábios até o queixo bastante sujos de sangue, e o ator chupava o dedo mordido ensanguentado. O cameraman também esfregava com a mão o sangue da face e gemia. Embora não estivessem em estado tão deplorável quanto os três homens ensanguentados, as mulheres com seus rostos sem maquiagem também não suportavam contemplar-se mutuamente debaixo da forte luz sem certa dose de aversão. E estavam todos desalentados e desinteressados por falta de sono e ressaca. E então, com crescente velocidade, tornaram-se irritados e inseguros.

— Você tinha de tratar o menino daquele jeito?, não podia ter lhe dado uma caneta ou algo parecido e deixá-lo ir-se embora alegremente? — disse J, ressentido, para o cameraman.

— Quando eu dei pela coisa, o moleque já estava se debatendo em meus braços — justificou-se o cameraman. E depois, um tanto hesitante, acrescentou: — Além do mais, ele disse "eu vi tudo!", não disse? Acho que só podia acabar daquele jeito.

Um silêncio ainda mais constrangedor e ainda mais cheio de armadilhas que aquele até então reinante pairou sobre suas cabeças como a sombra de um aeroplano. É verdade, o moleque viu tudo, pensavam todos. E então, deram-se conta de que até aquele momento os sete não se tinham visto mutuamente, muito menos a si mesmos.

Em pé junto à porta de vidro que o menino quebrara a fim de por ali mergulhar no jardim como se fosse em água, a irmã de J contemplava um pouco de sangue caído. As gotas de sangue continuavam até o ponto em que a varanda se encontrava com o gramado. Uma considerável quantidade de sangue deveria ter sido derramada à toa e sujado as folhas da grama alta. Qual seria a quantidade de sangue passível de ser desperdiçada por um menino tão pequeno?

A irmã voltou-se para J. E quando este ergueu a cabeça e começou a fabricar um sorriso perturbado, ela deu seu veredicto:

— Se aquele menino por acaso se jogar no precipício e morrer, você terá matado seu segundo ser humano inocente, ouviu, J?

— Por que você diz essas coisas cruéis? — reclamou Mitsuko, a voz tão comovida e penalizada que fez todos se esquecerem momentaneamente do menino que fugira.

— Porque J já fez outra pessoa ingênua e pura se suicidar.

— Fala da primeira mulher dele? Mas ela se matou porque era neurótica, não é? Como é que essa responsabilidade pode ser imputada a J? — disse Mitsuko voltando-se para o marido.

— É minha, sim — respondeu J. Em seguida, todos se calaram, apenas a cantora de jazz continuava a soluçar voltada para a parede, ela lembrava uma aluna de QI baixo isolada em sala de aula. E seus soluços penosos e feios irritaram os demais e os enraiveceram.

— Por quê? — indagou Mitsuko.

— Esta história é um pouco complicada.

— Porque sua ex-mulher era? — tornou a perguntar Mitsuko, vislumbrando um leve sinal de esperança.

— Não só por isso.

O desespero retornou e se intensificou em Mitsuko.

— Como assim? — tornou ela a perguntar ao marido.

— Você se casou comigo sabendo que minha primeira mulher tinha se suicidado, não é? Sendo assim, nada tem a ver com você — respondeu J, também sentindo o próprio desespero se aprofundar e tentando às pressas recolher-se à egoística concha de um eremita-bernardo.

— Claro que tem, pois você está prestes a fazer a mesma coisa outra vez! — disse a irmã de J definitivamente. — Se aquela criança tiver realmente caído do penhasco no mar como um saco todo arrebentado, você já tornou a fazer a mesma coisa.

— Só eu? Terá sido só eu que aquela criança viu fazendo sexo indecoroso? Será que você também não foi vista? Fazendo sexo tão indecoroso quanto o meu?

— Você não tem vergonha mesmo! — disse a escultora de vinte e sete anos, e sua voz, trêmula e dura além de acentuadamente sombria, lembrava o grito agudo de um pássaro, e seus olhos, remelentos e congestionados parecendo prestes a derreter, se encheram de lágrimas. Sempre fixando no irmão um olhar ameaçador, chorou silenciosamente.

— Que foi que você fez? De que jeito levou sua primeira mulher ao suicídio? — pressionou Mitsuko, ignorando por completo a cunhada trêmula e chorosa.

— Eu lhe conto qualquer dia.

— Quero ouvir agora — disse Mitsuko.

— E depois, que vai fazer? Afinal, que tem isso a ver com você? Você se casou comigo só porque queria produzir um filme, não é? E agora que está produzindo o seu cômico filme de vanguarda sobre o inferno, que mais quer de mim? — retorquiu J. Todavia, sua voz não era especialmente persuasiva, tanto assim que o próprio J se sentia desgostoso dela.

— J, não está certo fugir do assunto — interveio nesse momento de maneira repentina o cameraman, espantando J. Os dois eram amigos havia cerca de dez anos, mas durante todo esse tempo, J sempre tivera ascendência sobre o amigo. Jamais acontecera de o cameraman se voltar contra J. Naquele momento, J descobrira um estranho no amigo e sentiu muito medo.

— Eu apenas... — disse J, corando de maneira abjeta, tateando às cegas em busca de uma conciliação. Ele tinha de fazer o cameraman aceitar outra vez a posição de súdito que ocupara durante os últimos dez anos. Àquela altura, J já tinha se transformado de maneira irremediável em algo parecido com uma criança egoísta e fraca.

— A primeira mulher de J se suicidou porque, mesmo depois de casados, ele se deitava com um asqueroso estrangeiro homossexual em pleno dia. J não revelou o que fazia à moça verdadeiramente ingênua que era a primeira mulher dele, mas também não tomou o devido cuidado para não ser descoberto. J, você quis que sua mulher se suicidasse desde o primeiro dia do seu casamento. Você sabia que ela havia tomado cem pílulas de barbitúrico, mas continuou fingindo que dormia e esperou imóvel até ela morrer. Até quando você vai manter o silêncio e esconder a verdade?

J se ergueu da cadeira com um salto e avançou para o cameraman. E enquanto lhe esmurrava o rosto, o cameraman, cada vez mais pálido e com o sangue escorrendo dos lábios, suportou tudo em silêncio, não ofereceu nenhuma resistência. Ele era agora um homem de meia-idade extremamente cansado. Nem gemeu. E J apenas o esmurrou, como se isso fosse uma obrigação.

— Segurem J, por favor, segurem, ele vai acabar matando de tanto esmurrar — gritou Mitsuko com voz aguda, levada por raiva e dor, como se ela própria estivesse apanhando.

O jovem poeta se ergueu e segurou J pelas costas. Ao contato da mão do poeta, o braço direito de J, com sua mão fechada em punho, e também seu ombro esquerdo imediatamente amoleceram, como se fossem os de um recém-nascido. O poeta temeu que J caísse. Mas nada disso aconteceu. Respiração acelerada e rosto rubro, J se manteve imóvel, sem opor resistência. Em seguida, disse para o poeta às suas costas, com voz sombria, como se tivesse sido ele o esmurrado:

— Solte-me, acho que já basta.

Quando o poeta deixou descaírem os braços que seguravam J, este desviou o rosto e retornou à cadeira onde estivera sentado. O poeta se manteve em pé ao lado da cadeira de Mitsuko com ar protetor, olhando de maneira ameaçadora para J, o qual enterrara o rosto nas mãos e se imobilizara. Parecia que ele também estava prestes a chorar. Mas J não se deu por vencido. Num instante ergueu o rosto febril e avermelhado como o de um macaco e, enfrentando com igual ferocidade o olhar do poeta, disse:

— Sei que você dormia com Mitsuko e que mesmo agora você às vezes deseja minha mulher. Você vem à minha casa escondendo todas essas coisas nesse seu silêncio manso e nesse seu sorriso e, agora, apesar de me olhar feio como um inquisidor prestes a sentenciar, quase certamente não está se sentindo à vontade, está?

Um silêncio sombrio, repleto de violento ódio, encerrou J, Mitsuko, a escultora, o jovem poeta e o cameraman, cada um em sua jaula. Estáticos, eles se encolhiam com suas vísceras tingidas por uma tinta preta como *sumi*, feita de indignação, desconfiança e privação de amizade. Tinham nas mãos um pedaço do elo imaginário que até o dia anterior os unia em íntima amizade e suspeitavam que o próprio pedaço se desvaneceria rapidamente, como neblina. Sentiam-se miseráveis, solitários, abandonados. Os soluços da cantora de jazz lhes pareciam sair de suas próprias gargantas feridas pelo ódio...

O ator, o único livre de histeria e da corrente de ódio, estava também ele descobrindo uma anormalidade em seu íntimo. Ele era um mero garoto durão, insensível e carente de imaginação e de capacidade decisória. Contudo, não podia deixar de sentir que no âmago do desconforto físico e da indisposição que o assolava ocultava-se algo que o deixava profundamente inquieto. E isso o deixava maluco, ele queria de alguma forma substituir o germe desse estranho fenômeno por algum objeto real insignificante que pudesse ser vencido. Desassossegado, percorreu o olhar de um lado a outro. E eis que lhe veio uma ideia repentina. Ele disse bruscamente, rompendo o silêncio:

— Ah, eu quero tomar um banho de chuveiro, quero mergulhar num ofurô e tomar uma chuveirada. Estou me sentindo mal. Pois fiquem sabendo que, depois de transar com uma mulher, eu sempre entro num ofurô e tomo um belo banho de chuveiro na manhã seguinte! Meu sêmen e o líquido das glândulas de Bartholin pregaram meu pênis como se fossem cola. Ah, estou me sentindo realmente mal!

Tanto o ator como todos os demais sabiam que, como não tinham gás propano, a banheira não podia ser usada. E sentiram então a desagradável sensação de coceira na pele suja. A corrente de ódio tingiu-se de autorrepugnância perfazendo camada dupla. Não restou ao ator outra solução senão a de fazer palhaçadas.

— Estou realmente me sentindo mal, meu corpo inteiro fede! Sinto como se tivesse pênis e vagina ao mesmo tempo e, pior ainda, ambos muito fedidos!

Os seis restantes não riram, naturalmente. O jovem ator sentiu-se ainda mais entristecido e irritado. Como uma criança rabugenta. E então, levantou-se de maneira violenta de modo a derrubar propositadamente a cadeira e caminhou na direção da porta de vidro. Andando cuidadosamente com os passos padronizados do ladrão ou do adúltero de peça teatral clássica para não ferir a planta dos pés nos cacos de vidro. Depois, de repente sua voz perdeu a teatralidade e ele gritou como uma criancinha medrosa:

— Gente!, eles estão aí, olhem!

Todos voltaram o olhar para o jardim além da porta de vidro, aonde a manhã chegava. A névoa tinha se erguido por completo e revelava uma gloriosa manhã de verão. Uma rampa inteiramente forrada de grama crescida se estendia além da vidraça. Não se viam nem mar, nem céu. Nem árvores. No gramado malcuidado, avistavam-se apenas ervas daninhas mais resistentes, que formavam tufos altos de um verde mais intenso. E duas estátuas. A de Apolo, em primeiro plano, tem o braço esquerdo sem mão estendido adiante e à esquerda, e sua bela cabeça juvenil também se volta na mesma direção. Úmido do orvalho matinal, o feixe de músculos relaxados de sua perna esquerda, de calcanhar placidamente erguido, mostra-se imponente e levemente sombreado à serena claridade que precede o surgimento dos primeiros raios de sol. E apenas a área onde se encontram a folha de parreira e a parte interna das coxas estão ocultas em densa sombra. A estátua em segundo plano só pode ser de Zeus. No rosto idoso cercado por barba e cabelos esculpidos no mesmo padrão, os olhos abertos são dois buracos vazios. Constituem-se num dos poucos vestígios de noite no verdor do jardim uniformemente iluminado pela tênue claridade matinal.

Aos olhos dos que aguardavam no fundo do salão, sentados ou em pé em torno das cadeiras, os pescadores materializaram-se de repente entre as duas estátuas. E todos os que os viram estremeceram. O pequeno agrupamento era composto das mesmas pessoas que na noite anterior tinham ocupado a estreita rua pavimentada da vila na baía de Miminashi. Mulheres de meia-idade, velhos, crianças, à claridade do amanhecer seus rostos pareciam ainda mais obtusos e animalescos e, sobretudo, ainda mais contraídos e pequenos do que no momento em que afloraram à luz dos faróis. Teriam eles passado a noite na rua, sem dormir? A reunião silenciosa destinada a aterrorizar e envergonhar a adúltera solitária, que furtivamente preparava sua refeição, teria prosseguido até a madrugada? Se toda a população enfurecida da vila, excetuando os homens que tinham saído em seus barcos para pescar, ficara a noite inteira na rua, a vila da baía de Miminashi seria composta de pessoas apavorantes que, por ódio, não hesitam em desintegrar seu próprio cotidiano? No interior do salão, as pessoas sentiram-se, uma vez mais, unidas pelo medo compartilhado. Da mesma maneira que até a noite anterior uma ambígua afinidade os tornava solidariamente responsáveis por uma reunião desregrada, a mesma afinidade os fazia juntar forças para uma nova reunião de medo e de violência, prestes a começar naquele momento. Em silêncio, as cerca de quarenta pessoas da aldeia de pescadores se aproximaram. E chegaram até a beira da varanda. Os sete no interior do salão viram então uma mulher de meia--idade, de bastos cabelos e pele trigueira que lembrava uma índia, e um menino de faces sujas de sangue serem pressionados pela pequena multidão e se adiantarem. Todos se sentiram encurralados. Àquela altura, já estava claro que as pessoas da aldeia de pescadores que, imóveis, espiavam o interior do salão tinham o mesmo olhar severo e ocultavam em seus íntimos a mesma paixão cruel da noite anterior, quando estiveram diante da casa da pobre mulher oprimida. O ator de vinte anos sentiu-se pressionado e retrocedeu para o meio das cadeiras dos companheiros. As pessoas lá fora iriam gritar, invadir a casa e agir com violência? E os sete do salão acabariam chorando e, trêmulos, desfaleceriam diante deles? Impossibilitados de agir, os amedrontados sete esperavam em prontidão, e as pessoas da baía de Miminashi acertaram a formação aprontando-se para atacar...

Nesse instante, a irmã de J ergueu-se da cadeira e adiantou-se. Pisou nos cacos de vidro fazendo-os ranger sob seus chinelos caseiros, atravessou cuidadosamente a perigosa abertura na porta de vidro quebrada e, saindo sozinha à varanda, enfrentou bravamente o agrupamento hostil. Os seis que restaram no salão viram então claramente a agitação percorrer o grupo da baía de Miminashi.

— Estávamos todos preocupados se esse garoto não teria despencado penhasco abaixo, ele esteve escondido aqui a noite inteira e depois quebrou o vidro e fugiu. Mas parece que ele não se feriu gravemente, não é? — disse a irmã de J para o povo com uma arrogância que beirava a descaramento. Ela tinha partido para um contra-ataque suicida. Aquela gente cairia na armadilha diplomática? O povo da baía de Miminashi não farejaria a frágil mentira em seu ardil e, fincando o pé no pequeno buraco de mentira, não destroçaria imediatamente a irmã de J? Terrível ansiedade e dúvida aprisionaram os seis às suas costas.

Repentinamente, uma sutil sensação de solução iminente. O menino desmascararia a fraude da irmã de J aos gritos? Uma fração de segundo. E a irmã de J obtém a vitória. A mulher de meia-idade com jeito de índia agarra com a mão esquerda a cabeça do menino que, cabisbaixo, se mantém rente à cintura grossa e alta da mãe. Em seguida, ergue a mão direita num movimento amplo e a descarrega com toda força sobre a área logo acima da orelha do menino. A pancada ecoa alta e aguda. A moça na varanda e os seis no interior do salão sentem um arrepio de náusea. O menino cai de bruços no gramado. A perna forte da mulher chuta seu traseiro. O menino escapa engatinhando sobre o gramado como um animalzinho, ergue-se com rapidez e foge, berrando a plenos pulmões:

— *Mais* eu vi tudo! Eu vi tudo! — grita com voz chorosa e indignada.

— Aquele peste disse que viu o diabo, disse que viu o diabo matando alguém! Peste, danado, mentiroso! Ai, que vergonha! — disse a mulher deixando aflorar às faces um pequeno sorriso vexado e feio. As fisionomias de todos em torno dela relaxaram e tornaram-se honestas, insignificantes e carentes de personalidade. Constrangidos, todos sorriam, presos à vaga sensação de vergonha...

— Ah, e não se preocupem com a vidraça quebrada. Vocês me entregam os peixes como de costume? Nós estamos aqui para fazer um filme e precisamos de uma boa quantidade de peixe porque somos sete, está bem?

— Um filme? — repetiram as pessoas da baía de Miminashi de boca em boca provocando uma pequena balbúrdia, elas já tinham caído no ardil da irmã de J.

— Mas o que aconteceu para vocês estarem todos juntos fora de suas casas tanto ontem à noite como esta manhã?, não estamos nem em época de festivais! — disse ela aplicando um golpe final em tom de censura e parecendo totalmente confiante e até bravateira àquela altura.

As mulheres e os idosos se justificaram: os barcos saídos da baía de Miminashi estão todos sofrendo com a pior temporada de pesca jamais experimentada, em razão do que os restantes em terra estavam todos empenhados em desmascarar e expulsar prováveis espíritos malignos que pudessem ser a causa da ausência dos peixes. Aquela adúltera deverá ser vigiada até que confesse tudo em público e peça perdão. Quando aquela mulher se submeter, um dos espíritos malignos será banido. Diversos outros espíritos têm ainda de ser desmascarados...

Quando enfim as pessoas da baía de Miminashi se reagruparam e desceram em silêncio por entre as estátuas, a irmã de J saiu da varanda e, atravessando outra vez com cuidado o rombo na vidraça, retornou para o salão. Com o jardim às costas, seu rosto parecia uma massa negra em que apenas o contorno, coberto de rala penugem, brilhava à claridade esverdeada. Embora se tivesse mostrado soberba e autoritária diante dos pescadores, parecia irresoluta como uma velha ao retornar ao salão, exausta, entorpecida e atordoada. Voltou-se então para os demais e disse com voz rouca e fina:

— Vou dormir um pouco. Não tem mais nada urgente para eu resolver, tem? — disse ela mal-humorada, de um modo que soou autodepreciativo mas ao mesmo tempo desafiador e, passando ao lado das cadeiras, cruzou o salão, abriu uma porta e desapareceu. Momentos depois, todos ouviram o ruído de uma porta de quarto, diferente daquele que J ocupara, abrindo-se no andar superior. Como todos se quedavam imóveis e em silêncio, ouviram também a irmã de J fechar a porta e o som pesado de seu corpo desabando sobre a cama, na certa com roupa e tudo. Em seguida, fez-se silêncio absoluto no andar superior.

— Vamos montar a câmera, temos de começar os preparativos para a filmagem, senão o sol vai ficar alto — disse o cameraman também mal-humorado, mas claramente desejoso de restaurar aquilo que tinha sido destruído durante o diálogo de momentos atrás. Levantou-se então sozinho, acocorou-se ao lado da caixa da filmadora Arriflex e começou a trabalhar. Calado, com movimentos bruscos como se estivesse irritado, mas ainda assim lentos.

Apesar de tudo, a sugestão do cameraman salvou a todos, como sempre. Mitsuko começou a acalmar e a consolar a cantora de jazz, que estava pálida e lacrimosa com os resquícios da crise histérica, e procurou convencê-la a voltar ao trabalho. O jovem poeta encheu um balde de água, caminhou pelo gramado e lavou a estátua de Apolo com o intuito de realçar o efeito fotográfico. Até J que, preguiçoso, nunca participava de atividades que representavam trabalho físico, naquele dia lavou a estátua de Zeus. O jovem ator se apressou em despir-se da cintura para cima e, agachando-se nas proximidades do local em que o menino esmurrado caíra, examinou se não havia sinais de sangue no gramado. Condizente com o clima de pleno verão, a temperatura já começava sua rápida ascensão e não fazia frio no jardim. Momentos depois, a cantora de jazz, finalmente persuadida por Mitsuko, desceu para o gramado totalmente nua e, cambaleante, se aproximou da estátua. Sujo de lágrimas, o rosto pequeno e infantil da garota de dezoito anos parecia enegrecido e feio, mas o corpo nu e esbelto era sem dúvida erótico e secretivo. Suficiente para produzir a imagem de nu feminino surrealista no filme. Ao lado do cameraman, que ajustava o aparelho de filmagem, estava Mitsuko, também pálida e feia, observando a continuidade. Longe, muito abaixo deles, o mar já refletia os flamejantes raios solares. O jardim era então uma plena e brilhante manhã de verão.

— Ei, vejam, aqui tem um dente quebrado do menino — gritou o jovem ator, pachorrento. Com um pequeno fragmento na mão direita, ele sorria com a rosada claridade matinal refletindo no tronco nu. — O moleque deve ter sentido uma dor e tanto! A dor da bochecha talvez o faça esquecer a dor espiritual!

J, sua mulher, a cantora de jazz, o cameraman e o jovem poeta repentinamente perderam a capacidade de se mover. Estáticos e em silêncio, voltaram o olhar ardente de censura para o ator.

— E não é? O moleque vai esquecer que viu o diabo enquanto tiver de suportar estes ferimentos sangrentos e dolorosos, não é? — gritou o ator.

Todos continuaram em silêncio e em pé, totalmente perdidos. Desconfiado e irritado, o jovem ator continuou a gritar:

— Vocês não acham? Ora essa, que aconteceu com vocês? Parecem mumificados! Que aconteceu? Parece até que o tempo parou!

Sem lhe responder, todos apenas o contemplavam em pé e perfilados. De repente o jovem ator, ainda segurando na mão direita fechada o dente da criança, deixou-se cair de joelhos sobre o gramado sujo de sangue e, cabisbaixo, começou a se contorcer e a chorar.

— Ah! — gemeu o ator de vinte anos — Ah, não gosto disso, não sinto nenhum prazer em fazer esta porcaria de trabalho nesta porcaria de lugar e nesta porcaria de nudez, não sinto nenhum prazer nisso! Ah, tenho certeza de que existe trabalho mais divertido e mais adequado para mim, mas, ah, esse tipo de trabalho está sendo feito por outros rapazes...

2

Um minuto tinha-se passado desde que o trem partira da estação subterrânea atulhada de gente diante da Assembleia Nacional. J e um velho perceberam simultaneamente a presença de um rapaz de cerca de dezoito anos. Corpulento, ele usava um *trench coat* de fabricação inglesa repleto de botões e fivelas, ao gosto dos jovens. Da gola, emergiam brancos e brilhantes o pescoço e o rosto encharcados de suor. Os dois viram o rapaz introduzir um pé no meio da multidão compacta e avançar. O pé estava calçado em bota de couro de cervo e por uma fração de segundo os dois viram também uma panturrilha e um joelho nus. O rapaz parecia magro, mas a carnosidade da área que ia do queixo à testa dava a entender que ele era pesado, do tipo com mais de setenta quilos. A impressão de magreza se devia certamente ao fato de ele estar nu, exceto pelo *trench coat* e pelas botas.

O trem do metrô corria trêmulo, às pressas como um entregador de jornais atrasado em madrugada de inverno. Com a testa porejada de gotículas de suor semelhantes a ovas de peixe, o rapaz deu mais um passo à frente. Naquele momento, seu corpo se encostara às costas e às nádegas de uma garota. Uma garota com duas volumosas proeminências carnudas na testa, semelhantes às de diabos, e que mantinha o nariz arrogantemente voltado para o alto. Exercendo um autocontrole férreo, o rapaz soltou um suspiro calmo, inaudível, e lançou um olhar cauteloso ao redor. Seu olhar era o de um cão doente vencido pela febre e que já não consegue nem perseguir um rato de esgoto, mas mantinha ainda certa vivacidade astuta. As narinas do rapaz, totalmente infladas e que farejavam em busca de algum fator inesperado, tinham evidente forma mongólica. Cerca de cinco metros acima da cabeça dele e de todos os passageiros, estendia-se uma paisagem desolada de começo de inverno de uma metrópole onde viviam dez milhões de pessoas, mas o solitário rapaz parecia saber que nem um único ser humano no meio delas estava disposto a cooperar com a sua ação.

Em seguida, o rapaz corpulento encharcado de suor tranquilizou-se e, pensando com arrogância que o mundo inteiro não lhe importava, excitou-se de repente e, tomado de frenesi, fez espiar sua rígida arma da abertura de um bolso falso do *trench coat* e começou a fricciná-la com ternura, aflição e meticulosidade no casaco laranja da moça. Com um sorriso beatífico e sadio espalhando-se pelo rosto inteiro, a partir dos lábios que se arreganhavam de prazer...

J e seu amigo, o velho corpulento, contemplavam a cena lado a lado. Tamanha era a tensão, que os dois sentiam vontade de fechar os olhos. Principalmente o velho, que na certa temeu sofrer um ataque cardíaco. O trem entrou na estação, parou, expeliu pessoas, engoliu outras e tornou a partir. Desejando que o rapaz tivesse desaparecido, os dois tornaram a voltar o olhar para o lado dele e o descobriram ainda em atividade na floresta humana diante dos olhos deles, pouco menos densa que há pouco. Além disso, o orgasmo, inevitável como a morte, estava então prestes a avassalá-lo. E naquele exato momento, pareceu que os olhos não só de J e de seu amigo, mas de todos os incontáveis passageiros no interior do vagão tinham se arregalado simultaneamente e visto o rapaz. E no meio do dilúvio de olhares estranhos, o rapaz alcançou o orgasmo. Naquele instante, ao lado de J e do velho que contemplavam o rapaz, um robusto homem de meia-idade adiantou-se num salto e agarrou-o pela gola do *trench coat*. J e o velho engoliram em seco e suspiraram febrilmente, temerosos de que o casaco fosse arrancado do corpo do rapaz.

— O sujeito se excedeu — sussurrou J junto à orelha do velho, orelha que lembrava um vegetal.

Naquele momento, a poça de prazer que se formara no ventre do rapaz começaria a se turvar com a tinta da vergonha e do medo e, com o último latejo do orgasmo, o desespero faria o sujeito gemer e estremecer de leve, pensaram os dois com tristeza, sentindo-se pisoteados pela pulsação anormalmente acelerada dos próprios corações. Em seguida, uma sensação de estar encurralado e sem saída faria com que as jovens entranhas do rapaz se retorcessem qual pedaço de corda. Ele deve estar antevendo o momento em que, com o casaco arrancado, seria conduzido à delegacia, o pequeno olho semelhante a uma prega gotejando e o pênis murcho, como o de um chimpanzé que acabou de se masturbar. Tudo isso com as virilhas começando a enrijecer do esperma gelatinoso cor de lágrima e diante de incontáveis olhares repletos de animosidade...

— Que acha de salvarmos esse aventureiro? — perguntou J com entusiasmo.

— Muito bem, vamos salvá-lo, se conseguirmos! — respondeu o velho.

Avançaram então lado a lado na direção do homem que segurava o rapaz de *trench coat*. Pálidos de emoção e sentindo como se eles próprios fossem os resgatados.

— Deixe-nos entregar este molestador sem-vergonha à polícia — disse o velho para o indignado homem de meia-idade que segurava o rapaz. O velho manejou, depois de extremo esforço, uma sombra de sorriso nas faces rígidas de tensão e empenhou-se em fazer aflorar uma expressão descontraída aos olhos, que brilhavam agudos e ambarinos como os de um falcão, ao mesmo tempo em que, de maneira serena mas ainda assim inflexível, se impunha com seu físico imponente que nada ficava a dever ao do robusto homem de meia-idade parecido com um bombeiro. J sempre se sentia fascinado pela dignidade física desse velho. E também uma vaga inveja dos feixes de músculo que o idoso homem deveria ter tido na faixa dos trinta. Quem além de J seria capaz de perceber que, no íntimo desse velho touro selvagem, havia um espinheiro de insegurança e frustração florescendo de maneira compacta e em perpétuo tremor como tentáculos de musgo?

— Este tipo de molestador merece uma surra, imagine só fazer uma indecência dessa contra uma ingênua mocinha desprevenida! — dizia o homem de meia-idade, exagerando a indignação.

O velho foi invadido por uma intensa cólera solitária, e a pele ao redor dos olhos coberta de incontáveis rugas cor de folha seca se avermelhou. O homem de meia-idade, porém, entendeu erroneamente que o velho se irritara por lhe ser solidário e assentiu balançando a cabeça num gesto típico de gente boa. J observava as feições do velho enrubescendo de raiva e tornando-se cada vez mais parecidas com as do lobo embriagado na etiqueta da garrafa de Gordon Gim. J dera-se conta dessa semelhança desde o primeiro dia em que conhecera o velho.

— Seja como for, nós o entregaremos à polícia e, se o senhor me der seu cartão de visitas, declararemos às autoridades que o verdadeiro captor deste sujeitinho foi o senhor — interveio J antes que o velho começasse a investivar contra o homem de meia-idade.

— Foi um prazer muito grande me deparar com os senhores que, como eu, são defensores da justiça, se eu tivesse um pouco mais de tempo os acompanharia à delegacia. Vai, tarado sem-vergonha! — assim dizendo, o homem de meia-idade tirou de um bolso interno a carteira e um cartão de visitas velho e amarfanhado e entregou este último a J.

O velho e J ampararam o rapaz de *trench coat* pelos lados. O tremor do corpo do jovem preso se transmitiu aos flancos e aos quadris dos outros dois.

— Não chore, não grite e não faça súplicas tolas! — sussurrou J, voz soturna vibrando apenas no fundo da garganta, para o rapaz que continuava a tremer em silêncio e cabisbaixo.

O homem de meia-idade se dedicou a consolar a rapariga, que soluçava com o casaco cor de laranja sujo na altura das nádegas. Tentou limpar o líquido seminal com seu lenço cinzento e fez a garota gritar outra vez. Exultantes e excitados, os passageiros que se aglomeravam ao redor riram. A garota das proeminências carnosas na testa semelhantes às de um diabo estava pálida e parecia pronta a vomitar um suco gástrico amarelado a qualquer momento. A imagem humilhada da garota feia transformou-se em leve motivo de aversão de J para com o jovem molestador que fora a causa de tudo. Por que você foi friccionar seu pênis nessa garota desagradável que, a despeito da aparência arrogante, se acovarda de maneira tão miserável?, pensou J, insatisfeito.

— Você não vai engravidar por causa disso, mocinha, nem vai perder a virgindade, você continua invicta, ouviu? — sussurrou para a rapariga o homem de meia-idade, cada vez mais animado com o próprio sucesso e provocando uma vez mais o riso dos demais passageiros. Só então o velho e J se deram conta do cheiro de álcool que o homem exalava.

Na estação seguinte, o velho e J desceram à plataforma, cada qual segurando um braço do rapaz. Quando a porta se fechou, o homem de meia-idade sorriu como um macaco, exibindo os dentes amarelos como grãos de milho, e acenou com a mão. J rasgou e jogou fora o cartão que recebera e, voltando-se para o homem, mostrou-lhe a língua com a cara mais séria do mundo. E sem demonstrar interesse algum pela reação do homem de meia-idade, J e o velho, sempre agarrando o rapaz pelos braços, andaram pela plataforma na direção da escadaria (agora, porém, como se fossem três amigos brincalhões de diferentes faixas etárias), chamando alternadamente a atenção do rapaz da seguinte maneira:

— Seu modo de agir é absurdo, daquele jeito você está pedindo para ser pego. Por que não atua de maneira mais discreta?

— Depois, tem de ser num momento em que haja mais gente no trem, não é? Se você quer se aventurar daquele jeito, só mesmo em vagões superlotados.

E então, o velho e J pararam e soltaram os braços do rapaz simultaneamente, permitindo-lhe que se fosse. Os dois tinham tido êxito na tarefa de salvar o rapaz. Mesmo depois de liberado, o rapaz deu alguns passos adiante mantendo a mesma atitude de quando ainda se sentia preso e, em seguida, parou de repente, olhou para trás rapidamente e fixou o olhar desconfiado em J e no velho. Suas narinas já não estavam exageradamente infladas e seus olhos já não se pareciam com os de um cão doente. A agradável serenidade física que sobrevém depois do orgasmo imprimia no rosto grande do rapaz uma impressão quase angelical. Ele lembrava um mártir moribundo depois de passar por provação, ou um santo depois de ser martirizado.

— Vocês vão me...? — perguntou ele com voz aguda. Dizia com óbvia desconfiança, pronto a sair correndo.

— É isso mesmo, nós não vamos entregá-lo à polícia, aquilo foi só uma brincadeira — resmungou J como se estivesse dizendo algo muito difícil. O rapaz estava tão sério que os salvadores se sentiram constrangidos.

— Mas, hoje, eu já estava mentalmente preparado para ser preso e passar maus bocados. Eu já tinha me decidido e avançado até o ponto em que não era mais possível voltar atrás — disse o rapaz agressivamente.

J e o velho se entreolharam, atônitos. Depois, J viu o velho sorrir com muito custo e resolveu, com certa relutância, imitá-lo. Um sorriso semelhante ao do boxeador indulgente que reavalia seu opositor depois de levar um golpe certeiro no ponto fraco. Com a curiosidade espicaçada outra vez, J e o velho observaram o rapaz com mais cuidado. O rapaz parecia irritado, raivoso e também triste. A impressão de serenidade pós-orgástica de há pouco se desfizera rapidamente e, em seu lugar, começava a aflorar uma marcante, densa sombra de insatisfação.

— Não tenho nada além deste casaco e destas botas sobre mim, e vocês não sabem quanta agonia passei até chegar à resolução de vir à cidade deste jeito. Saibam também que saltar a última barreira do prazer, ciente de que todos os olhares estavam fixos em mim, foi tão apavorante quanto fechar os olhos e soltar as mãos do guidão de uma moto que corre a oitenta por hora. E justo a mim, que agia com a seriedade de um membro de esquadrão suicida, vocês dois transformaram em instrumento de brincadeira?

Então, lágrimas afloraram aos olhos congestionados do rapaz, que avançou para J disposto a surrá-lo. J usou a técnica de boxe que treinara durante os verões na faculdade e bloqueou-lhe o antebraço de maneira brutal e cruel. O rapaz gemeu de dor, deixou os dois braços descaírem ao longo do corpo e derramou algumas lágrimas.

— Se você prefere, posso entregá-lo aos seguranças do metrô ou à polícia — ameaçou J, ofegante, friccionando um no outro os pulsos que começavam a se avermelhar e olhando com ferocidade para o rapaz.

— Não é preciso — disse o rapaz com ar cauteloso, deixando aflorar, por instantes, óbvios sinais de medo renovado nos olhos repletos de lágrimas.

J deu-se conta de que o rapaz tomara um entorpecente qualquer e parecia estar na situação de desequilíbrio psicológico e agitação que antecedem o sono. Talvez fosse a agitação provocada por algum tipo de droga especial que desconhecia, pensou J, e então se lembrou das pastilhas brancas de um narcótico alemão, repletas de pavoroso fascínio, de cuja dependência demorara a se livrar havia alguns anos. Era o narcótico que sua primeira mulher usara para se suicidar, e, depois da morte dela, J sentira uma agitação vazia, após o que, submergira de repente nas profundezas de uma inconsciência repleta de medo...

Com o pensamento povoado de reminiscências, J se livrou da sensação desagradável que lhe ficara depois de sofrer o ataque do rapaz. Sorriu, portanto, e disse:

— Em vez de irmos à polícia, que acha de nos acompanhar a um bar onde montamos nossa toca? É um bar de hotel no bairro de Unebi.

— Se vocês dois aí não são homossexuais, eu vou. Deixo bem claro que não sou nenhum bichinho bonito destinado a alegrar homossexuais — disse o rapaz com um sorriso desdenhoso.

J nada disse. Fazia já muito tempo que não dormia com um homem. Contudo, vezes havia em que um súbito e violento desejo por um jovem corpo masculino nu ou por um falo o perturbava. Achava, porém, de maneira por assim dizer autopunitiva, que nunca mais haveria de se envolver em relacionamentos excitantes desse tipo. Todavia, J não era dos que julgavam ser a homossexualidade inerente a uma pessoa desde o seu nascimento e tampouco que ela era capaz de definir tal pessoa para o resto da vida.

— Nós não somos homossexuais, e pare de se referir a nós como "vocês dois aí"! — disse o velho.

O velho, J e o rapaz emergiram do metrô na tarde de inverno que caía. Um pouco de neve trazido por lufadas intermitentes fustigou-os repetidas vezes e com persistência. O rapaz estremeceu e deixou escapar diversos soluços cômicos. Antes de mais nada, o velho e J o levaram a uma loja de artigos masculinos e lhe compraram roupas de baixo, convencendo-o, a seguir, a vesti-las no banheiro masculino. O rapaz, que mesmo assim continuava com os lábios inchados e enegrecidos como amoras por causa do frio, adormeceu imediatamente e se pôs a roncar mal embarcaram num táxi. J compreendeu que ele estava realmente sob o efeito de algum alucinógeno. Ele dormiu sem parar enquanto o carro disparava pelas perigosas ruas nevadas do entardecer rumo a Unebi. Vez ou outra, deixava escapar um pequeno bocejo e murmurava algumas palavras. J não entendia o sentido delas, mas o velho logo compreendeu.

— Acho que sonha com monstros, está murmurando "estou com medo, estou com medo" — disse o velho.

— Entrar no metrô vestindo apenas um *trench coat* e um par de botas é o tipo da experiência que dá medo, não acha? O monstro no sonho deve ser ele mesmo transformado em molestador. É típico da idade dele.

— Típico da idade dele?

— Sim, dos dezoito aos vinte e dois anos, aproximadamente, penso que alguns vivenciam uma sensação apavorante de estar gerando um monstro dentro de si mesmos.

— Mas eu não acho que exista um abismo de idade tão grande entre você e este rapaz, eu mesmo tenho sessenta anos e... — começou a dizer o velho e se calou em seguida.

Quando emudecia dessa maneira, surgia em torno do velho uma impressão de hermético fechamento, que repelia qualquer abordagem e o revestia da cabeça aos pés como uma armadura da Idade Média. Aliás, ele se calava repetidas vezes durante as conversas. E quando isso acontecia, dardejava o olhar penetrante como o de um falcão em torno de si e caía no silêncio, cerrando os lábios com firmeza e dando a entender que, embora seus dentes envelhecidos parecessem feitos de pedra-pomes, as presas verbais que mordia com eles jamais escapariam. E toda vez que via o velho desse jeito, J tecia mil conjecturas a respeito de seu passado. J e o velho eram simples "companheiros de rua". J não sabia nada do passado do velho, nem qual seria sua posição social atual. E como a relação dos dois era do tipo antissocial, o próprio J nunca contara ao velho que tipo de pessoa ele próprio era. Se bem que J não se achava capaz de contar a si mesmo que tipo de pessoa era atualmente. Deduzia que o velho já fora a países estrangeiros como diplomata e que atuara como político. Tais deduções se prendiam ao fato de o velho ter marcado diversos encontros nas proximidades do Ministério de Relações Exteriores e do Parlamento e ao fato de que, nessas ocasiões, ele surgia respeitosamente escoltado por funcionários do Ministério ou por parlamentares, sempre com o aspecto de alguém que acabava de sair de uma reunião extremamente cansativa. Nada em seu comportamento dava a perceber que privava com poderosos, mas, também naquele dia, ao descobrir J em pé na cancela da estação do metrô diante do Parlamento, o velho o havia saudado acenando a mão com uma expressão de alívio mais que evidente se espalhando por todo o rosto. J sentiu-se cumprimentado por uma velha feia e decrépita. J pôs-se então a imaginar a continuação da frase "eu mesmo tenho sessenta anos e...", que o velho deixara assomar à boca. Achou que tinha a ver com velhice e morte. O idoso homem já lhe falara diversas vezes a respeito do medo da morte por câncer ou infarto que o assombrava de maneira vívida e real. Eu mesmo tenho sessenta anos e vivencio uma sensação apavorante de estar gerando um monstro chamado morte que cresce vertiginosamente dentro de mim — teria sido isso que o velho pretendera dizer? J deduzira que o velho tinha arteriosclerose e, também, que guardava mansamente em algum lugar de seu ser um câncer inoperável, da mesma maneira que um apreciador de vinho deita uma preciosa garrafa em sua adega. Mas o velho nada dissera claramente...

— Será que este rapaz é um molestador de mulheres de verdade? Quero dizer, será que ele não consegue ser nada além do que um molestador enquanto ser humano? — disse J com um sorriso para o velho.

— Acho que ele assim se julga. Além disso, seu jeito de agir hoje foi peculiar. Falando em termos de crítico do sumô, seu movimento foi peculiar.

— Foi peculiar, realmente. Como se estivesse atacando depois de cortar sua própria rota de fuga, parecia até um soldado com excesso de coragem direcionado para uma arriscada missão suicida. Mesmo assim, acha possível que, novo como é — deve ter apenas uns dezoito anos! —, seja capaz de descobrir que é um molestador de mulheres, sem nenhuma outra opção de vida além disso? Ou será que é do tipo que não consegue arrumar uma namorada, nem se satisfaz em ser onanista, ou um tipo sexualmente frustrado porque tem fobia de sífilis, ou simplesmente porque não tem dinheiro para pagar uma prostituta?

— Não, acho que ele é um molestador de mulheres do tipo mais consciente — disse o velho observando atentamente o rosto adormecido. J sentiu que tanto ele como o velho começavam a interessar-se mais profundamente pelo rapaz. Até então, J vinha sentindo seguidos choques pelas violentas demonstrações de misantropia do idoso homem. Desde que conhecera o velho, aquela parecia ser a primeira vez que o via assumir uma atitude tão tolerante para com um estranho. J perguntou-se qual a razão de se sentir tão atraído pelo rapaz e concluiu, conforme dissera o velho, que era a peculiaridade no modo de agir do rapaz. Realmente, o rapaz era solitário, cheio de medos, um molestador de mulheres comovente...

— Não acho que as palavras de protesto proferidas por este rapaz na plataforma da estação do metrô tenham sido impensadas. Seja como for, é um rapaz interessante — disse o velho.

A neve suja tinha sido juntada e formava dois montículos em ambos os lados da entrada do hotel em Unebi. Quando J e o velho sacudiram o rapaz para acordá-lo, o rapaz viu a neve suja, estremeceu de frio, e um pouco de lágrima que se assemelhava a muco aflorou-lhe aos olhos.

— Você consegue caminhar? — perguntou J.

— Que pensa que sou? — disse o rapaz com arrogância, franzindo o cenho e enfrentando o olhar de J com um quê de censura no olhar.

O boy uniformizado que abriu a porta de entrada do hotel para os três homens arrastava, como se fosse um peso de chumbo, uma galocha enorme que não condizia nem com o casaco verde-escuro, nem com o dourado do brocado, nem com as calças de um azul-claro. A neve devia tê-lo amedrontado. Tremendo, os três se encaminharam diretamente para o bar nos fundos do saguão. Ali havia um sistema de aquecimento que os fez suspirar de alívio. J e o velho se sentaram lado a lado diante da cadeira a que sentou o rapaz como se o vigiassem. Ofendido, o rapaz ordenou, antes dos outros, ao boy que ainda arrastava as galochas:

— Quero um uísque, estou com sono.

J e o velho pediram o mesmo. Antes de mais nada, os três tomaram um gole em silêncio. O rapaz pareceu recuperar imediatamente a vivacidade. Os três pediram uísque puro mais uma vez. Pensando em poupar trabalho, o boy trouxe a garrafa de uísque diretamente à mesa.

— Que querem saber de mim? Ou estão esperando que eu me desculpe? — disse o rapaz, ainda agressivo. — Que planos sinistros vocês reservam para mim?

— Naturalmente, o que nós queremos saber de você é: por que você se tornou um molestador de mulheres, sendo tão novo? Que foi, você queria saber a consistência de uma nádega feminina? Se era isso, bastava ter apalpado a própria — disse J em resposta ao desafio do rapaz.

— Quer briga? — disse o rapaz com voz rouca, seu corpo inteiro parecendo ondular como um mangusto que acabou de descobrir uma naja.

— Ora, não fique nervoso. Nós só queremos saber o que o levou a se tornar molestador de mulheres, e o que você pensa dessa sua condição. Nunca vimos um novinho como você, entendeu? — disse J.

— Eu sou poeta — disse o rapaz com orgulho.

— Poeta?

— Há muito venho tentando escrever um poema espetacular intitulado "Domínio restrito" — disse o rapaz com entusiasmo. — A obra se assemelha a uma tempestade e tem por tema um molestador de mulheres. E o poema e o molestador — eu mesmo — temos uma relação do tipo galinha e ovo. Como eu era tarado desde muito novo, acabei desejando compor esse poema e, para tornar ainda mais espetacular esse poema, resolvi que me tornaria o mais corajoso e mais desesperado de todos os molestadores de mulheres.

J se lembrou então de outro poeta que conhecia, também jovem. Ele era ex-amante de sua segunda mulher. Enquanto a mulher produzia o seu primeiro curta-metragem, o jovem poeta, mergulhado na névoa de um desejo incombusto, vigiava incansavelmente J e a mulher no interior do apartamento, na casa de campo e no interior do Jaguar, com seu olhar ressentido. Contudo, ao que tudo indicava, o jovem poeta e a mulher de J não reataram a relação até o fim. Mas que estaria fazendo àquela altura o pacifista de olhar de gato faminto que desaparecera repentinamente da vida deles? Será que continuava escrevendo seus poemas frágeis e introspectivos na tentativa de extirpar aos poucos o câncer do desejo sexual insatisfeito por sua mulher? De todo modo, mais do que aquele, este rapaz parecia ser talentoso como poeta, pensou J. Ao menos este tinha um ar humanamente mais ardente que o coitado do outro poeta manso. Pois se era capaz de vestir apenas um *trench coat* e um par de botas sobre a pele e ejacular no meio de uma multidão que lotava o metrô!

— Que tipo de poesia é essa? Já compôs alguns versos, ao menos? — indagou o velho, entusiasmado e com a curiosidade espicaçada.

— Como é? "Já compôs alguns versos, ao menos?" Poemas não são compostos dessa maneira! O meu, ao menos, não. Tenho certeza de que algum dia vou sentir instintivamente que os preparativos para compô-lo estão prontos. Quando esse dia chegar, vou escrever sem parar por muitas e muitas horas seguidas à velocidade de uma palavra por segundo e, assim, terminá-lo — disse o rapaz com arrogância.

— Mas você deve ter algumas anotações, não tem? Mesmo que sejam anotações mentais? — disse J.

— Ah, isso eu tenho. Pois foi para compô-las que suportei muitas vicissitudes. Ou seja, quero escrever o poema de maneira empírica.

Depois, incansável e cada vez mais eloquente, o rapaz falou como um ébrio a respeito da concepção do seu poema. Molestadores de mulheres havia na cidade de Tóquio em número que ultrapassava algumas dezenas de milhares, mas ainda assim eram apenas indivíduos extremamente solitários, toureiros de um cotidiano tacanho, vazio, repleto de paixão perigosa, rigorosos artistas da corda bamba...

Com feições que chegavam a ser melancólicas em sua severidade, agiam com mãos nuas e desvelada comicidade, expondo a franco perigo posição social, honra e por vezes até a própria vida, tudo em troca de um curto, fútil momento de prazer. Para começo de conversa, os tempos atuais não são favoráveis aos aventureiros. Exceto para aqueles tremendamente corajosos, capazes, por exemplo, de embarcar num foguete e depois manipular todos os controles a seu bel-prazer. Nos últimos dois mil anos, os homens uniram esforços no sentido de transformar o mundo numa enorme sala de creche inteiramente forrada de borracha macia, extirpando todo perigo em seu nascedouro. Molestadores de mulheres, porém, são capazes de transformar essa segura sala de creche numa selva de animais selvagens. Como num ritual, com um único gesto, como, por exemplo, o de tocar por um rápido segundo as coxas de uma menininha, ele é capaz de expor ao perigo tudo que construiu ao longo de uma vida inteira.

Muito embora molestadores de mulheres tenham profundo medo de ser descobertos e punidos, sem o medo, por outro lado, seu prazer se tornará tênue, ambíguo, débil, nada, até. A proibição imposta pela sociedade garante a estes artistas da corda bamba o prazer do perigo. E no instante em que tais pervertidos conseguem realizar seus intentos com segurança, a finalização segura anula o sentido revolucionário de todo o processo contido no suspense. No fim, como não houve perigo de espécie alguma, a sensação de perigo, que até então se constituía em motivação oculta do prazer, passa a não ser nada mais que uma fraude, ou seja, o pervertido dá-se conta de que o prazer que acabara de sentir é uma fraude. É então que ele se vê compelido a reiniciar esta inútil travessia na corda bamba. Não tarda muito, ele é preso, sua vida inteira entra em crise e todas as suas tentativas fraudulentas de até então dão frutos de prazer real...

Molestadores de mulheres em geral agem em silêncio, pois se tagarelassem, tanto seus atos como seu discurso se provariam cômicos e ineficazes. São calados, como artistas da corda bamba em circos. Contudo, uma vez presos, rotulados como pervertidos ante os olhares hostis de estranhos e definida a perversão, alguns dentre eles põem-se a fazer emocionantes discursos de autopromoção. No pós-guerra, época de maior instabilidade política do Japão, um molestador de mulheres foi preso no meio de uma manifestação que reuniu uma multidão de cem mil pessoas em torno do Congresso. Ele confessou aos policiais: "Há pouco, senti como se temerosas cem mil pessoas politicamente engajadas, como se a excitação sexual que essas cem mil pessoas deram por perdida, por não ser oportuno o momento, começasse a se concentrar no dedo privilegiado de um único ser, eu mesmo, e este dedo que visava às nádegas de uma menina sem importância alguma no meio da multidão se incendiou ao calor de tão espantosa bênção. Sobretudo porque agi diante do numeroso e armado Quarto Esquadrão de Repressão!". Molestadores de mulheres são solenes artistas da corda bamba do cotidiano...

— Nada mau, acho que você deve escrever esse poema e se precisar de capital para a publicação, pode contar comigo — disse o velho. Era isso que J pensara em falar também. Um rapaz que, para escrever seu poema tempestuoso, cobrira o corpo nu com um *trench coat*, pegara um trem de metrô numa tarde de inverno e, além de tudo, depois de muito angustiar-se, decidira enfrentar o perigo com expressão de alguém pronto para tudo, ejaculara e sujara o casaco felpudo de uma mocinha feiosa — esse não seria um rapaz digno de ser classificado como único?

— Acontece, porém, que o poema que anda tomando forma em minha mente até agora não tem nada de tempestuoso — disse o rapaz mal-humorado.
— Ou seja, é de cunho contemplativo.

— Que tem o contemplativo de errado? — perguntou J.

— Só de contemplar, um poema não se torna formidável como uma tempestade — disse o rapaz de modo ponderado, como se fosse veterano na arte de composição poética.

— Mas, nesse caso, hoje você conseguiu penetrar fundo no mundo do seu poema, não é? — disse J. — Hoje, ao menos, você ultrapassou essa fase de contemplação.

— Não ultrapassei porque fui salvo! Naquele momento, meu medo e minha coragem heroica se transformaram em fraudes, pois me parece agora que eu previa, sem nenhuma razão aparente, o surgimento de um bote salva-vidas, vocês dois — disse o rapaz.

— Você teve a sensação de ter previsto nosso aparecimento apenas depois que nos viu. Fique sabendo que, quando aquele monstro da moralidade o pegou, você parecia prestes a ter um ataque cardíaco! — disse J zombando e consolando ao mesmo tempo.

— Não, a esta altura já sei que não foi isso que aconteceu, não tem mais jeito porque, neste momento em que já fui salvo, eu mesmo estou começando a sentir que não foi isso que aconteceu— murmurou o rapaz com expressão realmente exausta e triste. Seu rosto infantil parecia infinitamente deprimido.

J e o velho perderam a fala e apenas observavam o rapaz, penalizados. Não haveria um meio de desviar este garoto prestes a cair no buraco "molestador de mulheres" sem saída e lhe dar outro rumo? Uma vez que o rapaz desejava com fervor escrever um poema semelhante a uma tempestade acerca de um molestador, teria sido melhor tê-lo deixado nos braços daquele desprezível moralista e nas amarras do desejo por fama? Caso tivessem agido dessa maneira, estaria o rapaz àquela altura na sala de uma delegacia qualquer, tremendo de frio e de vergonha, escrevendo num só ímpeto um poema a respeito da *solene arte de andar na corda bamba*, um poema de violência que ele mesmo consideraria satisfatório e à velocidade de uma palavra por segundo, por um período longo a perder de vista?

— Você pretende se aventurar amanhã mesmo em outra daquelas aventuras que parecem suicidas e sem saída? Na certeza de que nenhum salvador como nós surgirá? — perguntou J.

— Amanhã? Impossível, neste momento estou muito cansado e, até me decidir por uma nova aventura, acho que vou ter de me angustiar por muito tempo. Ah, eu me sinto desajeitado como um suicida que pensou ter morrido mas acabou resgatado do fundo do rio e se descobre respirando ruidosamente outra vez. Os salvadores nem se dão ao trabalho de pensar nas provações por que esse suicida desajeitado passou antes de tentar se matar, eles apenas salvam, alegres e sorridentes. E arrastam o pobre coitado de volta ao fogo infernal que é este mundo usando o atiçador do humanismo, vejam só.

— Mas por que se apega tanto à ideia de ser preso? Você não estaria dando demasiada importância ao sentido de ser preso? Mesmo que tenha escapado ileso, isso não invalidaria de maneira alguma o sentido do risco que foi agir como um molestador, não acha? — disse o velho.

— Deve haver muitas espécies de molestador, não é? Como poeta, escolhi da caixa de amostras de molestadores o método de ação mais arriscado — respondeu o rapaz evadindo à questão do velho com tranquilidade.

Comovidos, o velho e J observaram o rapaz. Realmente, ele tinha o ar do sujeito infeliz, cheio de paixão e de tensão do mais perigoso tipo, prestes a explodir. Isso era atraente. Ele parecia ter acabado de deixar para trás a longa e feia faixa etária que se sucede à infância. Na certa se tornaria ainda mais belo e atraente. Mas muito mais que por sua beleza, o velho e J sentiram-se cativados pela irritante arrogância do rapaz, de um fulgor típico de sua faixa etária.

— Quando você foi pego por aquele moralista, tive vontade de lhe aplicar uma injeção de cânfora para impedi-lo de morrer fulminado por um ataque cardíaco, você estava apavorado demais para ser o valentão que se tornou molestador de mulheres pelo método mais arriscado — disse J, passados instantes.

— Tem certeza de que eu estava realmente com tanto medo? Então, estou ficando aos poucos mais parecido com um molestador verdadeiro. Não com o molestador consciente, criado e calculado em todos os detalhes por minha mente, mas com um que é estranho a mim, que extrapolou o âmbito da minha mente. Estou me aproximando desse molestador estranho que inesperadamente existe em mim — disse o rapaz. Não dava importância à zombaria de J e concentrava todo o entusiasmo no próprio discurso. J gostava deste tipo de gente narcisista. Em decorrência, conseguiu manter o sorriso e continuar zombando do rapaz com cordialidade.

— Fique sabendo que na sua idade eu também tive vontade de me transformar num ser estranho dentro de mim. Simplificando, isso nada mais é que um anseio infantil por se tornar adulto — disse J, tratando o rapaz como se ele fosse uma criança. — Da mesma maneira que adultos ficam com vontade de estender a mão e amparar a criancinha que perdeu o equilíbrio por ter-se posto na ponta dos pés, nós também ficamos com vontade de socorrer você. Neste mundo só de adultos, por mais que você tente se aproximar do molestador que existe em sua mente, será sempre resgatado por adultos ao seu redor e terá de retornar à estaca zero. Você é um pequeno Sísifo molestador de mulheres, pobrezinho!

— Posso até ser e, nesse caso, vou ter de inventar até a próxima oportunidade um padrão fatal de conduta pervertida à minha moda, à prova de anulação e de ajuda por parte dos adultos. Do tipo que os tais adultos, em vez de tentarem impedir minha queda, tenham vontade de me pôr de cabeça para baixo e de me pisotear — disse o rapaz em tom queixoso, uma sombra escura de cansaço tornando a surgir no fundo de seus olhos sonolentos e pueris. Parecia um aluno estudioso desnorteado por ter sido reprovado em exame vestibular, e não um indivíduo decidido a escrever um poema violento como uma tempestade.

A essa altura, J se arrependeu de ter zombado demais do rapaz. Sentindo-se constrangido, olhou para o velho, o qual, por sua vez desconfortável, devolveu-lhe o olhar. J achou que o velho pensava da seguinte maneira: não estamos sendo excessivamente defensivos e desagradáveis, em contraste com a franqueza com que este garoto se revela? Não estamos empenhados em proteger apenas a nós mesmos como dois psicanalistas diante de um paciente? Então, J concordou com um movimento de cabeça e lhe sugeriu: vamos, vamos contar a ele a nosso respeito.

— Pois nós somos os molestadores que optaram por escolher padrões que valorizam a segurança. Mas, claro, como um molestador de mulheres nunca está totalmente seguro, nós dois nos protegemos mutuamente — explicou o velho.

— Ora essa, quer dizer que este bar é um clube de tarados — gritou o rapaz com exagerada demonstração de graça. — Agora entendi por que vocês me salvaram e insistem em se interessar por mim. Mas por que vocês fundaram um clube em vez de agirem sozinhos?

— Porque molestadores, especialmente, devem formar um clube, se é que se pode chamar a isto de clube — disse o velho. — Veja os homossexuais, eles estão sendo perseguidos como se fossem um tipo de negro novo, especial. E eles reagem compondo pequenas associações em diversos cantos do mundo. Talvez estejam pensando em construir um país só com os da espécie deles no século XXI e declarar independência. No mínimo vão ter representantes próprios no seio dos congressos de seus respectivos países. É o tipo da coisa que alguém como eu, destinado a morrer logo, só pode imaginar; mas você, que com certeza vai viver até o século XXI, verá com seus próprios olhos e, desta vez sim, como um observador impessoal. Os congressistas deles com certeza serão competentes e poderosos. Mas os molestadores são ainda mais antissociais que os homossexuais. Não vai demorar muito o dia em que o homossexualismo não será considerado crime, mas nunca chegará o dia em que o molestador deixará de ser criminoso. Ainda mais que existem tipos como você, que consideram condição básica do molestador ser preso e punido! Contudo, molestadores também devem elaborar um plano de proteção própria, não é? Foi então que nós dois inventamos um simples meio de proteção mútua. E, do mesmo modo como salvamos você hoje, viemos nos livrando de situações difíceis.

Desta vez, foi o rapaz que observou cuidadosamente J e o velho. Ele parecia profundamente interessado. A partir de então, sua fisionomia passou a registrar certo respeito (atitude de quem reconhece no outro uma espécie de peculiaridade), coisa que lhe faltava por completo até então no modo de falar e de se comportar, e disse:

— E o número de associados deste clube, aumentou?

— Não, até agora somos só nós dois, mas ainda assim é sem dúvida uma descoberta nos dias atuais em que molestadores agem sozinhos, é um progresso e tanto. Tanto assim que eu e este moço aqui não fomos presos até o presente momento — disse o velho com um sorriso. — Como é, não quer se juntar a nós?

— Eu não quero ser resgatado, mas vou me associar a vocês dois na qualidade de especialista em salvamento. Pois ainda não planejei minha próxima ação e estou me sentindo entediado. Além disso, quero também ver outros em ação. O herói do meu agressivo poema é naturalmente um molestador que gosta do perigo como eu, mas acho até que trazer à cena outros tipos comuns que apreciam a segurança seria muito eficaz no sentido de incrementar a estrutura do poema.

— Nesse caso, passe por este bar toda vez que vier à cidade e vamos combinar de andar juntos de metrô, trem ou ônibus. Naturalmente, contamos com você para nos auxiliar até o momento em que lhe ocorrer seu novo plano autodestrutivo. Pois, afinal, isso é o que você quer — disse J.

— Isso mesmo, isso é o que eu quero! — disse o rapaz alegremente. A sombra escura já havia desaparecido de seus olhos. Agora, pareciam vivos e interessados, prestes a se inflamar. Depois, o rapaz depositou o copo de uísque na mesa, afundou o corpo no sofá, bocejou abertamente e, esfregando as pálpebras com as mãos em punho, disse com olhar ofuscado:

— Agora que estou tranquilo, fiquei com sono, estou realmente com muito sono. Pois eu desconfiava que vocês eram homossexuais e estava me cuidando para não cair no sono, mas se vocês se interessaram por mim como molestadores, posso ficar à vontade. Mas como foi que vocês resolveram fundar esse clube? Que tipo de conversa tiveram inicialmente? Ou será que vocês são pai e filho? Espero que não sejam.

— Não somos pai e filho, nem irmãos — disse o velho com um sorriso.

— Nesse caso, um de vocês deve ter se apresentado ao outro como molestador de mulheres e o convidado a fundar um clube, não foi assim? Mas acho que, quem fez isso, precisou de muita coragem — disse o rapaz, deduzindo com grande sensibilidade. Naquele momento, o rapaz demonstrava maior proximidade espiritual em relação ao velho e a J. Havia nele um ar inacreditavelmente infantil quando demonstrava franco interesse.

— Realmente, precisei de coragem. Pois molestadores de mulheres não têm características capazes de ser detectadas no ar como os homossexuais, não é? Se bem que, no nosso caso, houve uma feliz coincidência, assim como hoje no nosso encontro com você. Se não fosse por isso, não teríamos sequer nos falado! — disse o velho alegremente, fixando o olhar em J e sorrindo.

Certa manhã, J decidira de súbito tornar-se molestador de mulheres. Na época, andava num mundo bem distante do sexual ou, em outras palavras, sentia-se premido por um desejo de autopunição "antissexual", por assim dizer. Ao mesmo tempo, J se sentia presa de sintomas de excitação sexual, algo como uma sede violenta. Contudo, nessa conversão inicial, J não tinha ainda plena consciência do monstro sexual de duas cabeças que existia dentro de si. Ele apenas pensou, ainda na cama, em se tornar um molestador de mulheres às nove horas de certa manhã de inverno depois de passar uma noite insone. Saiu então do quarto, rumou para o salão onde se situava a oficina de trabalho da mulher, e lhe disse — no momento, ela discutia com o cameraman a continuidade de seu novo filme — que podia usar o Jaguar quando quisesse porque ele próprio sairia de trem naquele dia. Aonde vai?, perguntaram a mulher e o cameraman. J disse que queria andar de trem, só isso. Desde então, tivera início o hábito de passear todos os dias pela cidade. Diariamente, ele saía cedo do apartamento. Depois, retornava tarde da noite. A mulher quase sempre dormia, exausta, no sofá do salão onde trabalhava, com o cobertor puxado até a altura do peito. J e a mulher passaram então a não se falar por dias seguidos.

Naqueles dias, a mulher e o cameraman de meia-idade estavam planejando um filme totalmente novo. O primeiro filme da mulher havia terminado, realmente, mas apenas os envolvidos na filmagem tiveram a oportunidade de assistir a ele algumas vezes. Em seguida, o filme foi adquirido por uma companhia cinematográfica ao preço de dois milhões de ienes e, depois, queimado. A princípio, a mulher se opusera violentamente a esta sugestão, mas, enfim, não lhe restou alternativa senão concordar. Agora, ela planejava um filme em que só apareciam paisagens e árvores. Colorido, com os dois milhões de ienes como capital. O jovem ator de vinte anos que todos chamavam de garoto fora a razão de tudo isso ter acontecido. Ele tinha sido a única causa de toda a confusão e azar. Terminada a filmagem, e enquanto a mulher de J fazia com louvável paciência a edição do filme durante um período tão longo que pareceu interminável, o jovem ator participara de uma novela na TV e acabara se transformando em estrela de sucesso. E no momento em que foi chamado por uma companhia cinematográfica para estrelar seu primeiro filme, a mulher de J terminou a edição do seu primeiro curta. O jovem ator começou então a temer o escândalo que certamente resultaria da apresentação do filme em que surgia totalmente nu, vivendo o cotidiano do inferno. O medo foi confidenciado ao produtor e transmitido à diretoria da empresa cinematográfica. Em seguida, teve início uma desagradável discussão, e a mulher de J teve enfim de se sujeitar. J viu uma única vez o jovem ator depois do estrelato — ele dava uma entrevista na TV —, mas ele já não era mais o jovem de vinte anos, instável como uma planta aquática, esperto e sexualmente livre: ele parecia agora seguramente estabilizado, atoleimado, um defensor da acomodação que só acredita num tipo de sexo permitido pela moralidade popular e limitado da maneira mais mesquinha possível. E eu queria dormir com ele, pensou J, mas sentiu que nem conseguiria recordar-se da paixão que ele devia ter sentido pelo rapaz. J escreveu uma longa carta à irmã escultora, que tinha retornado a Paris, narrando a história do nascimento dessa estrela. A carta era cômica e agradável e, pelo jeito, divertiu bastante a irmã em Paris. O filme estrelado pelo jovem ator foi bem recebido, mas o "garoto" parecia incomparavelmente mais bonito no curta, disse o cameraman. O jovem ator nunca mais apareceu no apartamento de J.

A cantora de jazz exibicionista também se afastara do apartamento de J. Contudo, em vez de se transformar em outra defensora da acomodação, tornara-se cada vez mais rebelde e dessa maneira vivia plenamente livre. Ela havia sido matéria de uma revista especializada em escândalos que a ligava a uma organização de prostitutas e precisou abandonar o trabalho de cantora num cabaré. Depois disso, começou um novo tipo de vida, viajando pelo país em companhia de turistas do sudoeste asiático interessados em negociações políticas, ou dormindo em hotéis em companhia de compradores americanos. J ainda recebia, vez ou outra, telefonemas da cantora de jazz tornada prostituta de alto padrão. Contudo, ela nunca aparecia no apartamento de J. Pois já não precisavam de atrizes no novo filme, nem houvera mais festas no apartamento de J.

Enquanto J perambulava pela cidade, a esposa e o cameraman ficavam encerrados no apartamento, tristes e solitários, a planejar a continuidade do novo filme. Atualmente, J nem entrava no salão onde os dois trabalhavam. No final das contas, o alegre e divertido salão no chalé de J que dava para o mar desmoronara naquela manhã. Desde aquele episódio, com exceção da mulher de J e do cameraman, cuja união se estreitara ainda mais, os demais se isolaram e, sozinhos, começaram a viver cada qual de acordo com os objetivos que haviam escolhido. E, vista pelo ângulo de J, a dupla formada pela própria mulher e pelo velho amigo cameraman tinha também o mesmo ar de extrema solidão e incomunicabilidade. Os dois se dedicavam com exagerado empenho ao planejamento do novo filme, e não pareciam divertir-se de maneira especial com o trabalho. Se bem que J, por andar quase sempre fora do apartamento, só tinha tempo de verificar o trabalho dos dois casualmente. O Jaguar de J estava na garagem para o uso da mulher e do cameraman, mas, como o filme não tinha ainda chegado à fase das locações externas, ninguém andava com o carro. A carroceria cor de marfim cobriu-se de pó e perdeu o brilho.

 J nunca pensara a fundo na razão por que escolhera tornar-se molestador de mulheres. Isso se devia, em parte, ao fato de ele ter consciência de ainda não ser um molestador real e, em parte, por antever penosamente que seria obrigado a pensar nisso em caráter definitivo no momento em que fosse agarrado com violência por braços estranhos e passasse por inúmeras humilhações. Contudo, havia momentos em que, do fundo de si mesmo, o sentido de ser um molestador de mulheres emergia à superfície da consciência, cintilando como um rápido clarão. Como uma súbita suspensão do recurso que garante o adiamento de uma execução.

 Certo fim de tarde, J estava num trem expresso da Ferrovia Central Federal. À sua frente, e em ângulo reto com ele, estava em pé uma mulher da sua mesma faixa etária pressionando o corpo contra peito, ventre e ponto de junção das coxas dele. J acariciava a mulher. A mão direita introduzida entre as nádegas se movia mais para o fundo, e a esquerda descia do monte pubiano para o côncavo no baixo-ventre. E o seu pênis, inutilmente ereto, tocava o lado externo da coxa da mulher. J e a mulher tinham quase a mesma altura. O hálito de J agitava de leve a penugem das orelhas enrubescidas da mulher. No começo, J tremia de pavor e respirava forte. A mulher gritaria? Não agarraria com as mãos livres os braços de J para pedir ajuda às pessoas ao redor? No auge do pavor, seu pênis atingira a máxima rigidez e pressionava com toda a força a coxa da mulher. Enquanto contemplava muito de perto o nítido perfil do rosto feminino, J oscilava em meio ao mais profundo terror. Testa sem rugas mas estreita, nariz curto e arrebitado, boca grande sob pele coberta de leve penugem cor de café, queixo firme, magníficos olhos que quase não piscam e que parecem inteiramente negros e sombreados por causa da pigmentação demasiado escura. Ainda acariciando por cima da saia de lã áspera, J se sente de súbito prestes a desfalecer. Naquele instante, sente que chegaria ao orgasmo se a mulher gritasse de nojo ou de medo. J se apega a essa imagem com horror e ansiedade. Mas a mulher não grita. Os lábios continuam firmemente cerrados. E como pano caindo sobre o palco, as pálpebras se fecham de repente com firmeza. Nesse instante, as mãos de J se veem livres do cerceamento imposto por nádegas e coxas. A mão esquerda desliza entre as nádegas relaxadas e alcança o fundo. A mão direita atinge com precisão o côncavo do baixo-ventre.

E então, J se liberta do medo e, ao mesmo tempo, seu próprio desejo se arrefece. Seu pênis já começa a murchar. Ele continua a acariciar teimosamente, levado pelo senso de dever ou pela curiosidade. Nesse instante, J pensava com a mente que aos poucos clareia: ah, como sempre, tudo é aceito e torna impossível alcançar o âmago, para além desta situação. Até esse ponto, era apenas a repetição de um mesmo padrão que acontecera diversas vezes desde o dia em que decidira tornar-se molestador de mulheres. Logo, J sentiu na ponta dos dedos das duas mãos o orgasmo solitário dessa estranha.

E então, logo em seguida, com o trem prestes a entrar trovejando pela estação de Shinjuku, J viu uma gota de lágrima grande e brilhante que escapara por entre as pálpebras cerradas da mulher se intumescer visivelmente, explodir e deslizar pelo rosto. Os lábios cerrados apresentavam vincos profundos semelhantes a rachaduras, como se tivessem acabado de sentir o azedo de uma ameixa. Mas, nesse instante, a porta se abriu e, empurrado pela onda humana, J foi imediatamente afastado da mulher e se viu desembarcado na plataforma. Depois que o trem partiu, J continuou em pé na plataforma e, quando lhe ocorreu que a mulher não o encarara de volta nem uma única vez, sentiu profunda solidão e os próprios olhos marejados. Acabara de se lembrar da premente solidão e do pavor daquela noite em que sua primeira mulher tomara entorpecente e se suicidara. Ele e a mulher dormiam com as faces coladas um no outro, e as lágrimas caíam incessantes por entre as pálpebras cerradas da mulher, que roncava alto em seu sono profundo, resultante da droga. Tinham sido as lágrimas que despertaram J. Era cômico, mas J ficara de tocaia durante algumas semanas na estação de Tóquio no mesmo horário vespertino porque, caso lhe fosse possível encontrar-se com aquela mulher outra vez, queria casar-se e viver com ela, nem que para isso tivesse que suplicar. Mas ele já não se lembrava claramente da aparência dela. Só se recordava, com incrível exatidão, do formato, da cor, do brilho e do movimento da lágrima.

O único encontro com essa mulher era a lembrança mais feliz de J como molestador. Incontáveis eram as recordações sombrias e infelizes. Nos primeiros dias após resolver que seria molestador de mulheres, conseguira apenas permanecer imóvel e em pé, queimando de desejo, pálido e molhado de suor, dentro de bondes e de ônibus e também de elevadores em lojas de departamentos. Semanas a fio, saía cedo do apartamento e ficava até tarde da noite perambulando por toda a cidade de Tóquio como um holandês errante, incapaz de estender a mão na direção de um estranho. Como molestador, havia descoberto uma diversidade incrível de emboscadas, proibições e códigos sociais, restritivos e repletos de animosidade. Desde que nascera, J nunca sentira que a sociedade se erguia contra ele dessa maneira clamorosa e autoassertiva. No momento em que J, como molestador, se transformara num homem de comportamento antissocial, acabara se tornando mais sensível à sociedade como um ente. As pessoas que viram J na rua naquela época com certeza acreditaram que ele era um ferrenho moralista, pobre J, que acabava de se converter em molestador de mulheres e atravessava um difícil período de aprendizado e treinamento...

Um dos "amuletos" capazes de provocar medo em J era, por exemplo, a propaganda que costuma pender do teto no interior dos vagões de trem. Suponhamos que numa dessas propagandas houvesse impressa a expressão "enciclopédia para oitenta milhões de pessoas". No mesmo instante J se sentia como um general solitário atacando oitenta milhões de leitores de enciclopédia, e estremecia inteiro. Nesse momento, as correias de apoio com suas argolas creme que balançam simultaneamente no interior do vagão passam a lhe parecer instrumentos de execução destinados a estrangulá-lo. Suando em abundância, J fecha os olhos com força.

Embora tais semanas sombrias tivessem ficado para trás e J já conseguisse atuar livremente como molestador, não era sempre que ele se sentia feliz. Entrar no meio de um aglomerado composto de pessoas totalmente desconhecidas, tocar furtivamente o órgão sexual de uma delas, escapar em segurança desse meio e tornar a ficar sozinho... J já começava a achar que realizar e concluir essa espécie ideal de ação fosse algo impossível. Sonhava com uma cena em que um caçador penetrava numa selva de animais selvagens, abatia um cervo, abandonava ali mesmo o animal morto e se retirava exausto, experimentando estoico e másculo enlevo. J não esperava nada mais que o enlevo desse caçador ao lutar na selva de um trem lotado de estranhos e se retirar, mas quase sempre perdia a coragem no meio do caminho e acabava humilhado, sentindo irritante insatisfação, ou então, ia longe demais e terminava cheio de nojo...

Certo fim de tarde, J estava em pé na área central de um ônibus que partia de Shibuya. Com a mão direita na correia de apoio e a esquerda premendo por trás a pele entre a meia e a cinta de uma mulher volumosa, J contemplava-lhe a cabeça maciça e o cabelo, basto e pesado, que tremia a dez centímetros de distância de seus olhos enquanto aspirava o cheiro que lhe vinha dele, sentindo a garganta seca e áspera de tanta tensão e excitação. Para J que, com o intuito de esconder a saia de lã grossa arregaçada, tinha os joelhos avançados e o torso tombado para a frente em posição de cavaleiro, manter a mão esquerda pressionada contra a coxa nua da mulher era tarefa difícil. Uma dor irritante parecia amortecer-lhe os sentidos desde o ombro esquerdo até a ponta dos dedos. Mas J continuou suportando, imóvel. E então, a mulher repentinamente abaixou-se como se pretendesse agachar-se e pôs o peso do corpo na instável mão esquerda de J. Este perdeu o equilíbrio e bateu em cheio com a testa no ombro da mulher. E no momento em que se aprumou, sentiu que a mão esquerda tinha sido agarrada com firmeza pela robusta mão da mulher. Estupefato, J sentiu que começava a girar e a submergir numa torrente de pavor. Quando o ônibus parou na estação seguinte, J passou em meio às pessoas e desceu do ônibus, pálido e transpirando por todos os poros, puxado com firmeza pela mão da mulher. Naquele instante, pareceu-lhe sentir o cheiro da harmonia preestabelecida no âmago do seu ser emporcalhado de pavor e desespero. E foi então que J se deu conta, pela primeira vez, de que por trás de sua ânsia de prazer como molestador de mulheres se agregava o desejo de autopunição. Em vez de tentar fugir, J seguiu a mulher como uma criança protegida pela mãe, rumo talvez a uma delegacia do tipo mais cruel e humilhante. A mulher, porém, não o conduziu a uma delegacia, e, sim, ao quarto de um hotel barato, com paredes, teto e soalho protegidos por diversas camadas de papelão que se constituíam em recurso para tornar o aposento à prova de som. E então, embora J se empenhasse em terminar o mais rápido possível a amarga servidão de pária sexual, nada conseguia. Como larva de abelha, a mulher deitava o corpo nu coberto de banha amarelada sob a feia luz fluorescente, fechava os olhos em sofrimento e mantinha-se imóvel, sem pronunciar uma única palavra. Nu e ajoelhado ao lado da mulher, J pendia a cabeça em total desespero. Parecia-lhe que a única coisa a se mover no aposento era o odor de seus corpos nus. Instantes depois, J também cerrou os olhos e se encolheu passivamente, à espera de que os cem anos desse inferno se escoassem. Imóvel por um longo tempo como se estivesse se decompondo rapidamente, a mulher parecia uma raposa em morte simulada.

Exaltado a ponto de apostar a própria existência no fugaz toque, por cima da roupa, de uma genitália no meio de uma multidão, J aprendeu através de penosas experiências semelhantes a essa que, no momento em que a dona dessa genitália e ele se tocavam com os corpos nus, seu intenso desejo sexual passava a trabalhar no sentido de rejeitar a referida dona. Embora estivesse em perene estado de frustração sexual, J não mantinha relações com a própria mulher havia muitos meses. Vagava todos os dias desde a manhã até altas horas da madrugada em meio à multidão de desconhecidos da metrópole apenas em ávida busca da oportunidade de um fugaz contato sexual. Submerso num tipo absoluto de solidão que jamais experimentara desde o nascimento — até o dia em que encontrara o velho. Caso não o tivesse conhecido, J já teria agido de maneira explosivamente perigosa e sido preso. Nesse sentido, J sentia que a relação de ajuda mútua estabelecida entre ele e o velho lhe fora benéfica.

Naquele momento, J pretendia dar uma volta por Tóquio num trem da linha Yamate. Era um fim de manhã de inverno iluminado por fracos raios solares e, no vagão em que J se encontrava, os passageiros ocupavam quase todos os assentos, mas não havia ninguém viajando em pé. O piso do vagão, ressequido como dorso de rato cinza, quase negro, liberava de maneira incessante finas partículas de terra seca ao sol. Entediados, mas sem estar cansados ainda, os passageiros passeavam o olhar em torno. Momento traiçoeiro para um molestador de mulheres.

Contudo, após chegar à plataforma da estação Ueno, as circunstâncias se alteraram. Um bando de quase vinte garotas de esfuziante alegria, colegiais que na certa tinham sido levadas por um professor ao museu para estudar múmias e utensílios de barro do período Jomon, embarcou no vagão em que J se encontrava. J se ergueu de imediato e juntou-se ao grupo com o intuito de assegurar para si o ponto mais vantajoso à prática de suas perversões. Contudo, antes ainda de ele próprio agir, viu um homem idoso e corpulento erguer-se do seu lugar com notável presteza e naturalidade. Com o coração batendo rápido, J resolveu ser um espectador. O velho era robusto e avantajado. Seus ombros largos e peito volumoso, cobertos por um caro casaco de pele de camelo, emergiram acima do sujo aglomerado de cabeças das colegiais. O velho tinha um lenço de seda branco em torno do pescoço grosso e um chapéu de feltro enterrado na cabeça. Exceto pelo fato de ter a pele do rosto coberta de rugas cor de folha seca e olhos excessivamente penetrantes como os de um pássaro de rapina, o homem era a imagem ideal do idoso que, com um taco de golfe nas mãos, surge em propagandas de fortificantes, uma visão, aliás, bastante agradável. Do tipo que fazia sonhar com a imagem da própria velhice a quem o visse. Mesmo notando a existência de alguns assentos vagos, nenhuma das colegiais procurou se sentar: como um bando de zebras acuadas por um leão ou uma ninhada de pintos medrosos, comprimiam-se de maneira compacta e conversavam sem parar. As vozes sobrepujavam o rugido do trem e dominavam o interior do vagão.

Por muito tempo a cabeça e o tronco do velho permaneceram absolutamente imóveis. Aos poucos, o velho cerrou os olhos sem pressa: como uma criancinha que luta contra o sono mas acaba vencida, e as pálpebras se fecharam com lentidão. J viu a pele vincada de rugas cor de folha seca em torno dos olhos fechados do velho adquirir um tom rosado. O velho lembrava agora o javali simplório e bêbado do rótulo das garrafas de Gordon Gim. Em seguida, J percebeu que as colegiais se calavam de maneira simultânea e repentina. Agora, já se ouvia apenas o rugido do trem. Depois, as feições das colegiais começaram a adquirir uma feia expressão de puro pavor. Garotas em fase de crescimento, de rostos carrancudos, congelados de pavor. Mesmo assim, o velho, e só ele, permanecia imóvel e em pé, com os olhos fechados, expressão enlevada e feliz, um leve tom rosado tingindo a área em torno dos olhos. J sentiu o medo invadi-lo, como se ele próprio estivesse naquela situação. Mais um minuto, e as garotas começariam a chorar e a gritar, e o velho seria preso e acusado de molestá-las.

O trem tinha parado rente à plataforma da estação Nippori e as portas acabavam de se abrir. Num salto, J abriu caminho entre as colegiais, avançou até a frente do velho, agarrou-lhe o braço coberto com o casaco de pele de camelo e o arrastou à força para a plataforma. Mal desceram, a porta às costas deles se fechou. J se voltou e passeou o olhar pelas colegiais que lhes lançavam olhares raivosos através da vidraça. E descobriu que, no meio delas, a menor de todas tinha o rosto totalmente enrubescido e parecia prestes a chorar. Na certa o velho mexera nos seios dela e se abandonara a um solitário enlevo sexual...

— Você me pareceu descuidado demais — justificou-se J, desvencilhando o próprio braço passado em torno do peito do velho, um tanto amedrontado e sentindo agora até certa aversão por si mesmo.

— Muito obrigado. Se você não me tivesse defendido, eu teria ido até as últimas consequências — agradeceu o velho com admirável franqueza.

Dessa forma, J e o velho se tornaram "companheiros de rua", e juntos se encaminharam ao bar da cidade de Unebi, onde tomaram um trago.

E assim tiveram início os dias em que a J e ao velho se juntava o rapaz no bar da cidade de Unebi, de onde os três partiam ao encontro da multidão urbana. Depois de se formar no colegial, o rapaz não continuara seus estudos nem procurara emprego por ansiar unicamente compor seu tempestuoso poema a respeito de um molestador de mulheres. Da vida pessoal do rapaz, J e o velho não quiseram saber mais nada. Não era preciso. Aliás, os três nem sabiam os nomes uns dos outros. Da manhã à noite, por vezes noite adentro, os três andavam quase todos os dias de metrô, vagavam em trens da ferrovia federal e municipal, viajavam várias vezes de ônibus pelo circuito Shinbashi-Shibuya em íntima amizade. Eles eram leais "companheiros de rua". As peças do vestuário do rapaz — a começar pelo *trench coat* de procedência inglesa (ainda que um tanto inapropriado para aqueles dias gelados de inverno), passando pelo terno, pela camisa, pela gravata e até pelos sapatos — eram de excelente qualidade, luxuosos demais para a sua faixa etária, mas seus bolsos continham apenas algumas moedas na grande maioria dos dias. Vez ou outra, o velho e J introduziam algum dinheiro no bolso do *trench coat*. O gesto não constrangia o rapaz nem o fazia sentir escrúpulos: comprava artigos de luxo, como luvas de couro com vistosos enfeites próprios para a prática de esqui e gastava no mesmo dia todo o dinheiro que ganhava. Contudo, de tão cheias de adornos, as luvas eram de pouca utilidade, pois, caso o rapaz tocasse as nádegas de uma mulher com as mãos cobertas com elas, a mulher se sentiria com certeza abalroada por um tanque de guerra em vez de se sentir acariciada.

J, o velho e o rapaz mergulhavam, portanto, no meio da multidão, mas desde que o rapaz se juntara aos dois primeiros, quem atuava como molestador era quase sempre o velho, enquanto J e o rapaz se encarregavam apenas da segurança do homem. Isso acontecia porque o rapaz manifestara desde o início a vontade de se limitar a essa tarefa, e J acabara optando por permanecer ao lado dele. O velho não se incomodou com a mudança de atitude de J e continuou a agir como molestador veterano da maneira habitual. Seu entusiasmo beirava o fanatismo, tanto assim que J, com toda a certeza, mas também o rapaz, pareciam reconhecer a superioridade do velho monstro molestador.

Enquanto vigiavam a atividade do velho de um canto distante do vagão, J e o rapaz discutiam diversas vezes o sentido de ser molestador. Como o rapaz pensava dia e noite sem cessar a respeito do poema tempestuoso que enaltecia o molestador, falava em qualquer lugar ou hora de maneira entusiástica e incessante toda vez que o assunto vinha à baila. No final das contas, ficava claro que o rapaz via de regra não reconhecia como autêntico o molestador que tomava medidas preventivas contra o perigo. Isso não o impedia de confessar que o velho começava aos poucos a lhe inspirar admiração. O rapaz tinha também um lado fanático em sua personalidade. Não queria nem pensar na possibilidade de um molestador seguro ser ainda mais fascinante. Pois ele se recusava peremptoriamente a toldar a imagem do temerário herói molestador do seu poema tempestuoso.

— Você também não acredita que se excitaria caso atuasse de maneira segura num lugar seguro, acredita? Esse pacto de ajuda mútua que existe entre nós também não é cem por cento seguro, e talvez seja por isso que conseguimos nos excitar um pouco, não acha? Naquela noite em Unebi em que conversamos pela primeira vez, o velho também disse que a segurança não era total. O molestador de mulheres se assemelha ao caçador de animais selvagens: numa savana em que leões e rinocerontes são mansos e vêm esfregar seus corpos ronronando, a maioria dos caçadores acabaria neurótica de tanto tédio! — dizia o rapaz.

J nunca se cansava da argumentação do rapaz. Talvez porque o próprio J se visse forçado, por seus argumentos, a pensar no sentido do que existia por trás da sua escolha de se tornar molestador de mulheres.

— Pense bem, essa história de molestar com segurança é complicada, não é verdade? — repetia sempre o rapaz.

— Realmente, é complicada. No entanto, se ser preso eventualmente, passar indescritível vergonha e experimentar a graduação máxima de perigo é algo semelhante ao destino de todo molestador, não é necessário apressar tal destino, concorda? A mesma coisa pode-se dizer da morte, só porque temos de morrer um dia, não é preciso apressá-la, não é?

— Eu acho que é um erro pensar dessa maneira. Se a morte é a única coisa capaz de revelar o sentido da vida, quero morrer o mais rápido possível. Se o perigo de ser preso é um dos elementos definitivos da essência do molestador, aquele que exclui tal elemento é, no final das contas, um falso molestador, não é real. Esse tipo acaba não sendo nada, logo vai sentir um tédio tremendo. O herói do meu poema não é um sujeito tão mesquinho! A única coisa que eu não entendo, porém, é: como é que, embora aja protegido por nós, o velho consegue ter esse ar de molestador genuíno, exposto a perigo real em quase vergonhosa solidão? — disse o rapaz, lançando um olhar de soslaio ao velho que, olhos fechados e pálpebras levemente rosadas, imergira em seu mundo.

Então, J falou ao rapaz da suspeita que nutria de que o velho abrigava em seu robusto físico um foco de câncer e também de que o velho sentia profunda apreensão por alguns dos seus sintomas cardíacos. Desde então, o rapaz passou a se devotar mais ao velho. Talvez tivesse decidido criar um personagem secundário à beira da morte em seu poema tempestuoso.

Além disso, o rapaz falava com incrível frequência dos seus planos para o próximo e definitivo passo como molestador e apavorava J. Tais planos podiam ser classificados como crime sexual irrefutável e, caso o rapaz realizasse qualquer um deles, J e o velho estariam com toda a certeza incapacitados de ajudá-lo. Tais atos ultrapassariam o âmbito do molestamento de mulheres e passariam a se enquadrar no do crime hediondo.

— Não faça isso, para o seu próprio bem. Se você fizer, será massacrado pela sociedade muito antes de compor o seu poema tempestuoso. Por que é que você tem de chegar a esse ponto para escrever seu poema violento?

— Pensando bem, eu talvez precise chegar a esse ponto não tanto pelo poema, mas para que eu possa ser eu mesmo — disse o rapaz mostrando-se enigmático.

Contudo, J não tinha acreditado piamente nos devaneios do rapaz. Mas, como aos poucos começava a alimentar profunda amizade por ele, tinha vontade de libertá-lo de seus devaneios. De maneira inconsciente, talvez raciocinasse do seguinte modo: J sabia que era capaz de se transformar num molestador semelhante a um perigoso ouriço espinhento e tinha medo disso. E então, retirava os perigosos espinhos do rapaz desejando proteger a si mesmo...

Certo dia em que J e o velho ficaram até tarde da noite a sós no bar do hotel de Unebi, J procurou se aconselhar com o velho.

— Estou pensando em levar aquele rapaz para uma garota que eu conheço há tempos e que é quase uma prostituta. Penso que talvez seja melhor para ele se o seu interesse por um poema que tem por herói um molestador de mulheres se transferir para outro, do tipo lírico que canta o amor carnal.

— Faça isso, mas faça mesmo. Pois, se ele pretende ser um molestador, ele poderá sê-lo perfeitamente mesmo depois dos sessenta, sempre é tempo — disse o velho com um sorriso.

Foi então que J telefonou para a cantora de jazz e levou o rapaz a conhecê-la. A cantora continuava morando num hotel da área de Shinbashi. J contou as circunstâncias para a cantora e convenceu o rapaz de que ele devia vivenciar ao menos uma vez uma relação sexual normal. O rapaz ouviu a argumentação de J com um sorriso ambíguo nos lábios. Em seguida, pediu a J que o esperasse no bar do hotel porque se sentia um tanto inseguro. As palavras do rapaz pareceram encher de satisfação a leviana cantora de jazz. No entanto, quem ligou aos berros e quase aos prantos para J — que esperava no bar e que mal tivera tempo de beber um copo de Pernot —, exigindo que levasse "esse monstro embora!", tinha sido a cantora. Quando J subiu ao aposento dela, encontrou o rapaz já vestido e até com o nó na gravata feito, sorridente e sentado em pose relaxada numa cadeira. A cantora tomava um banho de chuveiro e, pelos violentos ruídos que produzia, parecia ter perdido a cabeça por completo. Quando J espiou pela porta do banheiro para anunciar que estava levando o rapaz embora, a cantora voltou para J o rosto totalmente pálido, em parte, talvez, pela frieza da água. Em seguida, berrou que cortava relações com J definitivamente. Enquanto fechava outra vez a porta, J viu algumas gotas de sangue no azulejo ao lado da banheira. O rapaz continuava em silêncio e J também nada perguntou. O jovem tinha cometido alguma atrocidade.

Desde então, J e o velho desistiram de interferir na vida pessoal do rapaz. Nessa altura, as andanças pela cidade dos três "companheiros de rua" foram retomadas sem percalços. Todavia, o rapaz não era um visitante que surgira com intenção de permanecer muito tempo em companhia dos outros dois. Ele apenas se pusera sob a proteção de J e do velho com o intuito de protelar a própria sentença de morte até o dia em que daria o seu próximo passo. Ele era apenas um viajante que ficaria pouco tempo.

O inverno estava por terminar e, depois de relâmpagos terem percorrido o céu e de haver chovido de maneira intermitente no meio da noite, o sol tinha desde cedo um calor semelhante ao do ventre de um gato. A mulher de J e o cameraman elaboraram a programação das externas e a pregaram na parede da sala onde trabalhavam. Os dois estavam para filmar uma nova peça entre a primavera e o começo do verão. Certa manhã, J marcou um encontro com o velho e, juntos, foram ao bar da cidade de Unebi. Naqueles dias, o rapaz andava desaparecido. Havia indícios de que estava deprimido. Àquela altura, J e o velho já sentiam o anseio por se misturar à multidão arrefecer-se nos dias em que o rapaz se ausentava. Assim, naquela manhã, ao descobrirem o rapaz esperando por eles no bar do hotel de Unebi, J e o velho não conseguiram impedir que um cálido sorriso lhes subisse aos lábios. Então, J se lembrou, embora de maneira vaga, que certa vez, nos tempos em que ainda compunha simples dupla com o velho, o rosto deste se iluminara de uma alegria intensa a ponto de enfeá-lo no momento em que vira J surgir. E da mesma maneira que J naquela ocasião, o rapaz agora parecia abertamente mal-humorado, como se sentisse repugnância pelos outros dois. Na mesa baixa diante dele, havia um vidro de narcótico e um copo com uísque. Embora reprimissem críticas abertas, J e o velho lançaram um olhar reprovador ao que havia sobre a mesa. Contudo, nada disseram quanto ao fato de o rapaz estar tomando drogas e bebida desde a manhã. Sentaram-se diante do rapaz em silêncio e, sempre sorrindo, remexeram-se nas cadeiras em busca de uma posição confortável.

— Já terminei o segundo período preparatório. Pretendo entrar em ação — disse o rapaz.

O velho e J fixaram o olhar no rapaz e enrijeceram de imediato as faces e os lábios, abertos num sorriso. Tudo indicava que o entorpecente e a bebida começavam a aquecer a mente do rapaz. Em seu rosto, havia uma expressão agressiva que trouxe à lembrança do velho e de J o aventureiro desesperado do primeiro encontro, aquele que vestia um par de botas e um *trench coat* sobre o corpo nu. Os olhos pareciam congestionados e inchados, e a pele do rosto, pálida e suja até as proximidades da orelha. Além disso, a voz soava trêmula, histérica e rouca, como a de uma criança com ataque de raiva.

— Mas hoje você está usando paletó e calças. Ou a sua intenção é se trancar nalguma saleta daqui a pouco e se trocar por roupas mais leves como *trench coat* e botas? — disse o velho em canhestro tom de desafio, com evidente intenção de disfarçar a ansiedade.

— Nada disso, eu não vou agir como daquela primeira vez, eu já disse isso naquela ocasião, quando vocês me sabotaram, não disse? — replicou o rapaz. Ao dizer "sabotar" em vez de "salvar", J sentiu que o rapaz espezinhava parcialmente a amizade que nutria por ele.

— Você não está querendo dizer que pretende realizar seu plano de violentar uma mulher dentro do trem ou matar uma velha num vagão do metrô, está? — disse J de maneira propositadamente fria.

— Não vou mais contar meus planos para ninguém, já vi que minha programação desaparece feito miragem quando faço isso. Seja como for, me deixem em paz, está bem? Eu tinha prometido que me juntaria a vocês simplesmente como encarregado de salvamento do seu clube de tarados, não foi? Pois então, esqueçam que existo de agora em diante, por favor! — disse o rapaz.

— Nesse caso, por que é que veio até aqui especialmente para nos avisar que terminou a fase de preparativos e que pretende iniciar a sua segunda grande aventura? Você não devia ter ido para bem longe da gente e realizar o seu plano sozinho sem dizer nada?

— Vim apenas me despedir de vocês, afinal, éramos amigos, não éramos? — disse o rapaz em franca demonstração de afeto que abalou J e o velho, fitando-os em seguida com olhos injetados que num instante se encheram de lágrimas e erguendo-se com estardalhaço, como uma criança enraivecida. — Não sabotem, ouviram?, tornei a sofrer muito e passei por mil provações para conseguir chegar à decisão de levar adiante meu novo projeto, eu realmente me sacrifiquei para chegar a esta decisão, não o sabotem mais, está bem? Eu realmente não suporto esse jeito seguro de molestar que vocês praticam como se fosse uma brincadeira. Se vocês sabotarem, eu os denuncio à polícia, digo que vocês é que são os verdadeiros tarados!

Em seguida, o rapaz saiu às carreiras pela porta do hotel. O velho e J pagaram a conta e foram em seu encalço. Ofegantes, seguiram o rapaz que andava furiosamente pela calçada seca, sem vestígios de neve, a passos largos e curvado para a frente. O rapaz ia na direção da estação ferroviária de Unebi. Voltou então a cabeça de repente com expressão astuta estampada no rosto e, ao localizar o velho e J, gesticulou com malcontida irritação, fitou-os com fúria no olhar e parou. J e o velho se aproximaram, hesitantes.

— Por que é que vocês estão me seguindo? — gritou o rapaz. O narcótico e a bebida tinham rompido seu equilíbrio psicológico. O rapaz perdera também a normalidade física. Seu tronco avantajado pendia lentamente para um lado, tornava a se aprumar de súbito e em seguida pendia outra vez.

— Você está alterado, volte para o seu quarto e durma um pouco. Nós o levamos de táxi!

— Por que é que vocês me seguem? Por que se metem na vida alheia? Estou agora num momento importante da minha vida! — berrou o rapaz sacudindo os braços de maneira ameaçadora. Estavam numa rua comercial efervescente e, logo, pessoas começaram a se juntar em torno deles.

— Está certo, não vamos nos meter em sua vida. Mas você não pode nos impedir de assistir à sua aventura, pode? Queremos ver com nossos próprios olhos o momento de sua transformação num tipo perigoso de molestador de mulheres. Isso porque não nos parece que você terá liberdade para escrever seu tempestuoso poema depois de realizar a sua aventura. Vamos, faça tudo o que quiser. Não vamos nem salvar nem sabotar. Se você sente medo neste momento, o medo é real, com certeza — disse J cada vez mais irritado e, finalmente, com ódio.

Por uma fração de segundo o rapaz fitou J com uma expressão espantada, onde havia franqueza novamente. Depois, voltou-se de repente e começou a se afastar. Sem tornar a olhar para trás, concentrado apenas em si mesmo, como se J e o velho tivessem sido completamente esquecidos. Os dois o seguiram em silêncio a uma distância de quase trinta metros.

O rapaz entrou na estação ferroviária de Unebi. Só depois que o viram passar pela catraca, J e o velho foram ao guichê e compraram suas passagens, mas perderam algum tempo. E quando os dois passaram pela catraca, o rapaz já tinha começado a agir. Estava em pé ao lado de um quiosque existente num ponto em que duas escadarias — uma, na direção da plataforma de Kanda e, outra, na de Ikebukuro — formavam um espaço em forma de leque. Sua mão direita segurava a mão de uma menina e, a esquerda, exibia diante dos olhos da criança um macaco vermelho de brinquedo movido a pilha. Em seguida, o rapaz se curvou levemente, falou com a menina e, depois de lhe dar o brinquedo, começou a subir com ela a escada que levava à plataforma dos trens para Kanda, sua atitude íntima e carinhosa de irmão mais velho provocando sorrisos nos lábios de quem os via passar. As exceções eram J e o velho, os quais, mesmo adivinhando a intenção do rapaz de raptar a menina, continuavam estáticos, atordoados e com medo de acreditar no que viam.

Depois que o rapaz e a menina acabaram de subir a escada e desapareceram, uma mulher jovem empurrou a porta do banheiro no fundo do quiosque e saiu. Ela olhava em torno e chamava alguém em voz baixa, temerosa. Em seguida, tomada de pavor, começou a gritar o nome da criança e, quase tropeçando diversas vezes, subiu rapidamente a escada em direção à plataforma de Ikebukuro. O velho e J deram um passo simultâneo à frente e tentaram avisar a mulher que ela devia subir pela outra escada. Mas, com os lábios firmemente cerrados, os dois deixaram descair a mão estendida e se quedaram em silêncio. Estariam eles enfeitiçados pelas palavras do rapaz?

Instantes depois, um grito feminino semelhante a um protesto desceu sobre a cabeça dos dois como um gavião em mergulho. Sem se voltar para o velho e saltando alguns degraus de cada vez, J subiu a escada por onde o rapaz e a menina haviam desaparecido. E então, J viu a cena dolorosamente patética. Rente à plataforma, um trem da linha Yamate estava prestes a entrar trovejando na estação. Na plataforma contrária, uma jovem mulher estendia as mãos, pronta a mergulhar na direção dos trilhos. A menina com o macaco vermelho na mão se debatia, caída numa depressão existente nos pedregulhos cinzentos entre os pares de trilho das duas plataformas. E com os joelhos apoiados nos trilhos por onde vinha o trem, só com o tronco voltado para o céu, o rapaz parecia um cavalo tombado, prestes a relinchar. Seus braços, vazios depois de terem lançado a menina à segurança da depressão, estavam dobrados com força na altura do peito. Na fração de segundo antes de fechar os olhos, J viu, como num sonho monstruoso, a cabeça do trem se tingir instantaneamente de vermelho com o sangue do rapaz. J gritou e lágrimas lhe escorreram pelo rosto.

Uma hora depois, J e o velho se sentavam lado a lado no sofá do bar da cidade de Unebi e, em silêncio, contemplavam os copos que tremiam em suas respectivas mãos. J estava se lembrando das palavras da jovem mãe que, apertando com força a menina nos braços, dizia entre soluços para a multidão que a cercava: "Ele é um santo, quando a minha filha me viu e saltou da plataforma para os trilhos, todos já sabiam que ela morreria, até eu! E foi esse santo rapaz que a salvou, mas, ah, o coitado!".

— Aquele rapaz conseguiria viver apenas como molestador de mulheres, e só pensando desta maneira obtenho um mísero conforto — disse o velho. — Acho que pervertidos desse tipo vivem perigosamente e não têm outra opção senão a de continuar sendo o que são, mesmo com o risco da própria vida. Acho também que um clube de tarados que procura segurança, como o nosso, nada mais é que um meio de beber veneno diluído.

— Realmente, o rapaz vivia me dizendo isso — disse J.

— Não tenho mais dúvida de que havia algo falso em nós. Tenho a impressão de que, no final das contas, resta-nos apenas um de dois caminhos: sermos um molestador perigoso como o rapaz, ou deixarmos de sê-lo — disse o velho.

— Eu também penso da mesma maneira, nunca mais virei a este bar nem terei a oportunidade de me encontrar com você — disse J, tomado de profunda tristeza.

— Acho que você desistirá de ser molestador. E eu me tornarei um molestador mais perigoso. E tenho também o seguro pressentimento de que um dia serei preso no meio da multidão do metrô e, então, morrerei de um ataque cardíaco.

J se levantou. Ainda sentado no sofá, o velho ergueu o olhar para J e sacudiu a cabeça. Como sempre acontecia quando se enfurecia ou se excitava sexualmente, o velho tinha agora as pálpebras rosadas e sorria tristemente, o que o tornava parecido com o javali embriagado dos rótulos de Gordon Gim. Nos olhos semelhantes aos de uma ave de rapina, lágrimas formavam uma névoa branca e constituíam o olhar mais brando que J jamais vira no velho homem até então. Quase em lágrimas outra vez, J também sorriu levemente, balançou a cabeça como o velho, atravessou o bar sem nada dizer e saiu do hotel. Tinha medo de desfalecer enquanto o ancião, às suas costas, ainda o acompanhava com o olhar. Dentro do táxi que o porteiro do hotel chamara para ele, J soluçou totalmente desesperado. Ele acabara de perder os dois melhores amigos de sua vida...

Depois disso, J viveu enclausurado em seu apartamento durante algumas semanas. Com o passar do tempo, começou a perceber que sua presença constante em casa era um peso e um tormento para a mulher. Impossível também lhe foi deixar de notar que tal percepção provinha não só da reação da mulher à presença dele, como também da do cameraman, que lá ia todos os dias trabalhar nos preparativos do filme. Mas como J passava o tempo todo apenas pensando no velho e no rapaz, não buscou a fundo o significado da reação dos outros dois. Naqueles dias, J andava obtuso como uma criança.

Tanto assim que, certo dia, quando a manhã já ia avançada e o cameraman entrou no quarto de J para lhe dizer de maneira formal que queria conversar, J imaginou tratar-se de questões relacionadas com os custos da produção cinematográfica ou com o direito de uso do Jaguar. Mas o cameraman lhe confessou que estava apaixonado pela mulher de J e que a engravidara. Por instantes, J examinou com olhar de dúvida a cabeça arredondada e grande como a de uma baleia, o rosto escuro com um cômico bigode espetado e os olhos injetados e esbugalhados do homem de meia-idade que o contemplava. Em seguida, deu-se conta de que, em seu íntimo, não brotava nenhum sentimento de dor exacerbada, fato que considerou muito natural. Mas como é que isso pôde acontecer entre esse pária arrebatado, esse homem de meia-idade com predileção por instrumentos de precisão, e a magricela da minha mulher, de corpo masculinizado que se interessa única e exclusivamente por produção de filmes?, perguntou-se J, incrédulo. Quem, aliás, diria que sua mulher, de quadris caracteristicamente não femininos, teria a capacidade de engravidar? Ela podia morrer de parto, não podia?

— Sei que está abalado, J. Afinal, você foi traído por seu amigo mais antigo, não é? — disse o cameraman em tom consolador. "Amigo mais antigo?", contrapôs J, atônito, pois, naquele momento, o que a palavra amigo lhe trazia corretamente à lembrança era a imagem do rapaz morto e do velho que, naquele instante, ainda vagava no meio da multidão como um molestador solitário.

— E então, desde quando? — perguntou J um tanto tolamente, corando ao perceber o despropósito da pergunta: que sentido tinha afinal saber com exatidão desde quando vinha sendo traído? Mas o cameraman lhe respondeu de maneira conscienciosa:

— Desde que você começou a se ausentar de casa, J.

— Você a engravidou em plena luz do dia? — perguntou J, zombeteiro.

O cameraman, cujo rosto grande, redondo e escuro adquiriu instantaneamente um tom acobreado, gaguejou com voz trêmula:

— J, você é homossexual, e, de acordo com aquilo que ouvi de Mitsuko, fica claro que você a usa sexualmente no lugar de um eventual rapaz que seria seu parceiro homossexual. Para falar com franqueza, quando um homossexual se casa, outro homem deve ter relação sexual com a ex-esposa dele, outro homem tem esse dever.

J imaginou o cameraman e a mulher comentando suas preferências sexuais e só então se sentiu enfurecer. O próprio cameraman parecia estar se preparando para suportar uma surra sem reagir. Mas J acabou não usando de violência contra o cameraman. Em vez disso, sentiu dissolver-se o sarcoma do desprezo por si mesmo, guardado no íntimo desde o dia em que lhe dera um soco na cabana sobre a baía de Miminashi.

— E agora, que pretendem fazer? — perguntou J com sincera preocupação, fixando o olhar naqueles olhos injetados e inseguros que se habituara a ver havia muito.

— Vou me casar com Mitsuko e nós dois vamos ter este filho, caso você concorde em se divorciar dela — disse o cameraman, emocionado.

— E sua mulher e seus filhos, que vai ser deles?

— Acho que, no final das contas, vou ter de lhes pagar uma pensão, mas eu gostaria de ficar com as crianças, caso seja possível.

— Vocês terão tempos difíceis pela frente — disse J.

— Realmente difíceis, e temos de concluir o filme, além de tudo — disse o cameraman. Aos poucos, porém, um brilho de orgulhosa segurança começou a aflorar em suas feições maduras, imóveis e apáticas. Quantas pessoas serão obrigadas a passar privações, doravante, por causa deste inconsequente homem de meia-idade, deste protótipo de líder de tribo patriarcal?, perguntou-se J com um misto de simpatia e piedade.

— Vou providenciar o divórcio o mais rápido possível — disse J. — E você já encontrou um lugar onde possa abrigar Mitsuko?

— Não, ainda não.

— Nesse caso saio eu, vou morar com meu pai por algum tempo — disse J.

— E quanto ao filme...

— Dou a Arriflex 16mm de presente para vocês e, além disso, também o produto da venda do filme anterior que Mitsuko depositou em nome dela. Quanto ao valor investido por meu pai no filme, acho que não precisam se preocupar com isso.

— Obrigado, J — disse comovido o cameraman bigodudo, tremendo como uma frágil mulher ante o súbito dissipar da própria tensão, abafando soluços que soavam infantis enquanto se afastava rumo ao estúdio.

J deitou-se de costas na cama e permaneceu imóvel por instantes. Não conseguia pensar em nada. Do estúdio, vinham-lhe de vez em quando as vozes sussurradas do cameraman e da mulher. Depois, J guardou roupas e objetos pessoais numa maleta, desceu pela escada da cozinha diretamente à garagem sem ver a mulher e, pela primeira vez em muitos meses, embarcou em seu Jaguar. Foi em seguida ver o pai, o presidente da indústria siderúrgica, na sede da companhia, no prédio Marunouchi. J contou a ele as circunstâncias em que se dera seu divórcio, e lhe pediu permissão para retornar à casa paterna por algum tempo. O pai o ouviu do começo ao fim com um sorriso sereno nos lábios. Em seguida, perguntou: quantos anos você tem agora, J? Trinta, respondeu ele. Pareceu-lhe que a palavra trinta ressoava de maneira especial em seus próprios ouvidos. Sentiu culpa, sem saber por quê. Trinta anos? Já não era criança.

— Depois que sua primeira mulher se suicidou, você viveu recluso como um eremita, mas agora que sua segunda mulher o traiu e o abandonou, não acha que está quite com a dívida? Agora que já está com trinta anos, não é hora de voltar a ter uma vida normal aos olhos da sociedade? Minha empresa está para construir brevemente uma revolucionária fábrica de amálgamas, e como parte dos preparativos estou indo aos Estados Unidos inspecionar a empresa associada. Não quer ir comigo na qualidade de secretário? E assumir um posto de importância na nova fábrica de amálgama? Vou lhe mostrar agora slides de um prédio de quarenta andares construído apenas com esse amálgama. Você com certeza vai se entusiasmar. É impressionante. Tenho certeza de que vai ficar com vontade de aceitar minha proposta e de começar uma nova vida!

Sentado ao lado do pai e observando os slides coloridos, J pensou na proposta do pai. Agora que um velho amigo e a esposa o tinham abandonado, um novo amigo morrera num desastre, e outro desaparecera no meio de uma multidão de dez milhões de pessoas de Tóquio, J estava absolutamente sozinho. Não seria esta a verdadeira oportunidade para retornar à vida real como o indivíduo conformista de antigamente? J sabia perfeitamente que compensar a responsabilidade e o sentimento de culpa com relação ao suicídio da primeira mulher pela traição e pela fuga da segunda mulher, mesmo que só no aspecto sentimental, não passava de um recurso para enganar a si mesmo. Mas admitir tal recurso não representaria o primeiro passo para o seu retorno à vida real como um conformista? J previa que, doravante, depois de enganar incontáveis vezes a si mesmo, transformar-se-ia num velho idêntico a este idoso monstro que se sentava agora a seu lado e contemplava os slides coloridos, gemendo como um animal descontente. Era uma sensação semelhante à resignação, mas, ao mesmo tempo, à do náufrago salvo após vagar longo tempo em águas revoltas, muito embora por um navio inimigo...

No final, J se rendeu ao pai e aceitou sua proposta. A partida seria dentro de três semanas, e seu cotidiano sofreria repentina reviravolta. J saiu da sala da diretoria, andou pelo longo corredor e tomou o elevador enquanto imaginava a si mesmo, dentro de quarenta anos, com as feições e o porte do pai, de quem acabava de se despedir. Tanto o pai de hoje como ele próprio dentro de quarenta anos poderiam estar com câncer ou com risco de enfarte, mas continuariam impassíveis, não desfariam a expressão imperturbável de velho monstro conformista. Muito bem, a nova vida do conformista que engana a si mesmo tinha começado. J andou movendo os ombros vivamente como um assalariado ocupado e competente, passou pela porta automática do prédio e dirigiu-se para o Jaguar que deixara estacionado ao lado da entrada da estação do metrô. E então J se viu de súbito tomado de uma agitação tão intensa que quase perdeu os sentidos e, abandonando o Jaguar, desceu voando a escadaria do metrô.

J embarcou num vagão lotado do metrô, avançou sem hesitar por entre os passageiros que se comprimiam e, ao chegar às costas de uma moça, ali parou sem vacilar, como se assim tivesse sido combinado, e lançou um rápido olhar ao redor. Naquele momento, o trovejar do trem e o burburinho das pessoas tinham sido absorvidos pelo ruído do próprio sangue fervente que pulsava alto no interior de seus ouvidos. Fechou com firmeza os olhos e esfregou o seu sexo nu repetidas vezes na depressão quente e úmida do traseiro da garota, gordo e resistente como um faisão. No mesmo instante sentiu-se dando o primeiro passo rumo a uma situação em que não haveria retorno. Vida nova, uma vida nova em que não teria de enganar a si mesmo, J gemeu baixinho na mente rubra, incandescente, e atingiu o orgasmo. Todo o tumulto do mundo externo renasceu. Seu sêmen, agora irremovível, sujava o casaco da garota e existia como uma prova. Num átimo, dez milhões de estranhos pareciam contemplá-lo com animosidade e berrar "J!". A onda de pavor que lutava contra a de bem-aventurança se expandiu infinitamente e o tragou. Mãos de diversas pessoas o agarraram com firmeza. Tamanho era o medo que J chorou e, então, pensou: lágrimas em desagravo às derramadas por minha mulher ao longo da noite de seu suicídio.

(Seiteki ningen, publicado em maio de 1963. Extraído de *Seiteki ningen*, Editora Shinchosha, 25/04/1968.)

A semana do idoso

A sala de visitas onde a enfermeira introduziu os três estudantes, contratados para um serviço temporário, era ampla e escura como um depósito, um aposento separado do restante da casa e provido de grossas cortinas em todas as janelas que impediam por completo a entrada de luz e som externos. Atulhado de uma quantidade absurda de móveis, o local era também comparável a um ponto de venda de bricabraques. Os três estudantes, que tinham chegado a essa construção semelhante a um depósito caminhando por um gramado quente, iluminado impiedosamente pelo sol do meio-dia, piscavam sem parar na tentativa de ajustar a visão à escuridão repentina e, chocando-se contra as inúmeras peças do mobiliário, avançaram até as poltronas que lhes foram indicadas no centro da sala e nelas se acomodaram enfim com um suspiro de alívio. Todos eles começavam a se sentir levemente intimidados. Com efeito, a sala era uma floresta de mobília antiga e inútil. No momento em que a enfermeira — a única que, como um animal de hábitos noturnos, andava livremente em meio à penumbra — puxou a corrente de um abajur alto com enfeite de borlas diante das poltronas dos estudantes, uma luz fraca e amarelada iluminou seus rostos tensos. Por um breve instante, os três se entreolharam como se procurassem ler os segredos ocultos nos rostos uns dos outros, mas logo desviaram os respectivos olhares. Diante das três cadeiras alinhadas lado a lado, havia uma cama baixa com dossel cor de vinho. E de um canto da cama, um velho aprumou a cabeça à maneira inesperada e cautelosa de um lagarto e os contemplou atentamente. Tinha cabelos aparados bem curtos, cabeça pequena como a de um bebê e olhos de falcão.

— Estes são os estudantes que aqui virão todos os dias durante uma semana para lhe falar do mundo lá fora. O senhor não pode se excitar, e serão apenas trinta minutos de cada vez, não se esqueça de cumprir este acordo — disse de maneira impositiva para o ancião a enfermeira, em pé atrás dos estudantes e por cima de suas cabeças.

— Pois eu lhes agradeço, estou encerrado neste aposento há muito, muito tempo, e resolvi que gostaria de saber o que se passa no mundo lá fora antes de morrer. Faz dez anos que não ouço o rádio nem leio os jornais. Em que situação estariam as coisas a esta altura, me pergunto agora — disse o velho com voz roufenha e fina, como se estivesse tossindo.

— E nem assiste à televisão — acrescentou a enfermeira.

— Ah, e mais importante que tudo, vocês são os primeiros do mundo externo a me visitar desde que me encerrei neste quarto, entendem? Por favor, façam o seu trabalho bem-feito, pois minha expectativa é grande — disse o idoso com aparente satisfação.

— Este moço estuda literatura, este, ciências, e esta moça, pedagogia. Muito bem, vovô, hoje vamos ficar só nas apresentações. Não quero vê-lo excitado demais — disse a enfermeira. Ela própria parecia ter mais de cinquenta anos, e a ruga profunda que lhe vincava a face verticalmente como uma cicatriz brutal lhe dava um aspecto ressentido e até selvagem.

— Está bem, vou seguir seu conselho, aliás, assim como eu, esta mulher também não sabe nada do mundo externo. Quando pergunto alguma coisa para ela, só obtenho respostas vagas, sabem? — disse o velho rindo serenamente, um riso sem voz feito apenas de chiados que lembravam leves suspiros.

— Muito bem, rapazes — disse a enfermeira pressionando os estudantes. E ainda falando, já puxava a corrente do interruptor do abajur.

De um ponto mais abaixo, no meio da escuridão, brotou uma voz apressada:

— Uma, só uma. Antes de mais nada, e como uma opinião geral, como vai o mundo lá fora: bem? Posso morrer tranquilo?

— Vai bem, sim senhor, vai muito bem — disse o estudante de letras com certa insegurança na voz, mas com entusiasmo suficiente para compensar.

Em seguida, os três estudantes saíram para a claridade daquele dia de começo de verão, deixando para trás o ancião que parecia querer retê-los. Lado a lado, os rapazes andaram apertando os olhos como mongóis e percebendo o intenso calor como agulhadas no rosto. Sentiam-se livres, aliviados, e ninguém se voltou para olhar o depósito construído como um anexo da construção principal. Andaram pelo gramado a passos que aos poucos se tornavam mais rápidos, como se da fortaleza em que se encerrava o ancião de noventa anos um miasma precursor de morte pudesse brotar e avançar na direção deles para asfixiá-los.

Ao notar que começava a ficar para trás em consequência da aceleração dos passos dos estudantes, a enfermeira, que caminhava ao lado deles protegendo-se do sol com ambas as mãos num gesto exagerado que lembrava o de um adorador do sol, correu agilmente e, alcançando-os, disse:

— Conforme já lhes disse antes, informem a ele que o mundo hoje transborda de felicidade, ouviram? Quando você disse "vai bem, sim senhor, vai muito bem", teria sido muito melhor se os outros dois o tivessem apoiado imediatamente.

Com o cenho franzido por causa do sol forte, o estudante de ciências e a de pedagogia acenaram às pressas em concordância, eles deviam realmente ter apoiado em uníssono. Pois os três tinham sido contratados para fornecer ao ancião de noventa anos, prestes a encarar a morte, a visão de um mundo real festivo e feliz. Diante da entrada de serviço da mansão, os estudantes se despediram da enfermeira, enfim liberados do trabalho daquele primeiro dia. Depois, andaram à beira da rua saltitando sobre blocos de pavimento revolvido, rumo à estação do metrô. Seus rostos logo se umedeceram de suor.

— O trabalho não me pareceu muito fácil — disse o estudante de ciências, um tanto apreensivo.

— Como me disseram que ele tinha noventa anos, achei que estivesse mais debilitado e com a cabeça bastante fraca, mas ele me pareceu de uma normalidade surpreendente, não é?

— Debilitado ele está, com certeza. A enfermeira me disse que dificilmente sobreviverá a este verão — disse a estudante.

— Mas, mudando um pouco de assunto, quando você respondeu "Vai bem, sim senhor, vai muito bem!" à pergunta "o mundo lá fora vai bem?", eu me senti um tanto relutante em concordar com a sua resposta — disse o estudante de ciências. — Desculpe eu não ter dito nada, mas foi por esse motivo.

— Explique-me então como eu deveria ter respondido, mesmo desconsiderando a promessa feita àquela enfermeira — disse o contrariado estudante de letras em tom acusador. — Como posso dizer cruamente a um velho às portas da morte coisas que o farão partir decepcionado com o mundo real?

— Não é bem disso que estou falando, eu apenas acho que não existe ninguém neste mundo capaz de responder sem reservas àquele tipo de pergunta, entendeu? O único ser, se é que existe, capaz de responder claramente se este mundo vai ou não bem seria Deus, não é? Um ser humano não é capaz disso.

— Concordo que não, ninguém é capaz de chegar a uma conclusão correta sobre o mundo real destes nossos tempos. Mas eu também não tenho intenção alguma de falar a primeira bobagem que me venha à cabeça, conforme nos recomendou a enfermeira. Mesmo que seja para uma pessoa prestes a morrer, e mesmo que esse velho não saiba absolutamente nada a respeito do que se passou fora das paredes do seu quarto durante os últimos dez anos, ainda assim me repugna contar uma mentira irresponsável. Resolvi então falar do meu mundo utópico vinte anos à frente como se fosse uma visão atual do mundo real. Em vez de empregar os verbos no futuro, uso-os no presente. Ou seja, se eu pensar que estou fazendo um relatório com vinte anos de antecedência, a mentira deixa de ser mentira, concordam? — disse o estudante de letras.

— Quer dizer que o seu mundo em 1980 vai bem. Eu gostaria muito que isso se tornasse realidade, até para benefício próprio — disse o estudante de ciências de maneira cínica, um tanto irritado por estar ameaçado de perder a liderança do grupo para o estudante de letras.

— Seja como for, que acha de apoiar de uma maneira geral tudo o que eu disser àquele ancião? Se não agirmos assim, podemos deixá-lo confuso. Basta apenas ter sempre em mente que o velho estará ouvindo a descrição de um cenário atual, mas nós estaremos descrevendo um utópico mundo futuro.

— Tudo bem, posso até apoiá-lo. Mas fique sabendo que, via de regra, são pessoas gentis e bem-intencionadas como você que semeiam a confusão...

— Não importa, coopere comigo, por favor, vou pensar no mais feliz dos meus cenários futuros esta noite. Muito embora no fundo eu seja do tipo pessimista... Sinto que vou gostar daquele velhinho.

— Eu também posso entrar nesse esquema. Só lhe peço para não criar uma utopia muito complexa. Afinal, a mim só me interessa trabalhar a semana sem sustos e receber meu pagamento — disse a estudante de maneira franca e realista.

Aliás, o pagamento que cada um dos três jovens de bom coração receberia, dedicando todos os dias trinta minutos de seus respectivos tempos ao ancião de noventa anos, seria de dez mil ienes, e como de valor tão alto nunca se ouvira falar no meio estudantil, tinham sido numerosos os candidatos que se apresentaram assim que o anúncio em busca de interessados surgiu no quadro de avisos da faculdade, tendo enfim cabido a esses três a sorte de serem escolhidos em sorteio para o trabalho. Eis por que os referidos estudantes estavam basicamente de bom humor e, em princípio, dispostos à cooperação mútua. Depois, os três falaram de planos para as próximas férias de verão até o momento em que se despediram na plataforma do metrô. Tinham todos vinte anos de idade e, àquela altura, da escura sombra da morte que pairava em torno do ancião de noventa anos, deixado para trás no quarto escuro, restara apenas uma leve lembrança tanto física quanto mental.

Terça-feira: com aspecto cansado e sem erguer a cabeça, como um lagarto, o ancião recebeu os três estudantes deitado de costas, seu pequeno corpo fazendo um volume quase imperceptível sob a coberta leve de verão. Quando a enfermeira saiu do quarto após adverti-lo repetidas vezes que não se excitasse, o ancião disse com voz algo afetada e cerimoniosa:

— De uma maneira geral, as crianças que nascem atualmente no mundo lá fora são felizes?

— São felizes, sim senhor, exceto por uma ou outra que nasce com focomelia — respondeu a estudante inadvertidamente.

Tanto o estudante de letras quanto o de ciências fixaram na descuidada um olhar crítico e hostil. A estudante se deu conta de seu erro e, no mesmo instante, enrubesceu até o pescoço.

— E isso acontece em consequência de algum medicamento especial que a mãe tenha tomado durante a gravidez? — indagou outra vez o velho demonstrando espantosa sensibilidade.

— Sim senhor, um sonífero — respondeu a estudante dando mostras de querer desaparecer terra adentro.

— Mas por que uma mulher grávida, em vez de se alegrar, haveria de querer tomar soníferos? Acaso seria sinal de que aumentou o número de mães ansiosas?

O estudante de letras interveio às pressas:

— Mas essas crianças com focomelia também estão crescendo felizes, sabe?, existem instituições muito bem aparelhadas e, outro dia, o jornal publicou a foto de um rapaz com focomelia que arrumou emprego e se casou — disse ele, rapidamente acrescentando à sua utopia instituições para o tratamento de focômelos.

— E quanto ao número de pessoas que morrem de câncer, continua alto? — perguntou o velho em seguida.

— Não, senhor, está diminuindo rapidamente, o câncer já é um mal totalmente vencido, da mesma maneira que a tuberculose — disse o estudante de letras com segurança. — Em comparação com os níveis de dez anos atrás, a expectativa média de vida do japonês cresceu de maneira inimaginável.

— Nesse caso, a área de Ginza, por exemplo, deve estar fervilhando de idosos, não é mesmo? E no meio deles, o jovem e feliz focômelo anda de braços dados com a jovem esposa... — espere um pouco, um focômelo não poderia andar de braços dados —, mas, seja como for, anda alegremente nesse meio, é esse o quadro, certo? — disse o ancião como uma ingênua criancinha.

Por momentos, os três estudantes fixaram um olhar duvidoso no ancião e calaram-se. Pareceu-lhes que o velho de cabeça pequenina que se deitava de costas com um leve cobertor amarelo-claro puxado até a altura da clavícula, em torno da qual a pele aparecia morena e retesada, podia até ser declarado morto naquele instante sem causar estranheza. Aqueles lábios finos cor de carne seca podiam dizer qualquer coisa, mas restaria àquele velho pequenino e decrépito algo assim como energia supérflua suficiente para zombar de três jovens?

— E quanto aos acidentes de carros? — começou outra vez a perguntar o ancião, com voz serena e formal.

— Estão diminuindo — afirmou o estudante de letras resolutamente.

— O número de automóveis não aumentou?

— Ah, sim, o número de carros cresceu de maneira espantosa. Pessoas comuns, de médio poder aquisitivo e loucas por carro, andam de um lado para o outro com seus veículos particulares. Creio que a taxa de difusão de automóveis entre a população japonesa está próxima à americana de dez anos atrás.

— Nesse caso, é estranho que não aconteçam acidentes. Ou será que esses indivíduos tão loucos por carro são capazes até de se suicidar se alguém danificar seu tesouro e por isso andam devagarzinho como tartarugas para não baterem nele?

— A qualidade das estradas melhorou muito, hoje em dia há uma rede de rodovias cruzando o Japão inteiro, especialmente pela área de Tóquio, que está uma beleza — explicou o estudante de letras, corado e com convicção.

— Ah, então é isso, essa é a razão por que o número de acidentes diminuiu. Se a taxa de mortalidade por câncer e por acidente de trânsito diminuiu, qual é a causa mais comum de morte hoje em dia? Afinal, deve haver pessoas morrendo todos os anos, pois, caso contrário, o Japão vai transbordar de gente, não é?

— Claro, naturalmente...

— Pois então, qual o tipo de doença que tem matado as pessoas? Será que surgiu outro mal em substituição ao câncer?

Os três estudantes se viram imediatamente perplexos e se calaram. Estavam todos pensando qual seria o tipo de morte banal que mataria os japoneses no mundo utópico vinte anos adiante.

— Ah, já sei — disse o ancião como se lhe ocorresse de repente, voltando debilmente na direção dos jovens, ainda calados e pensativos, a pequena cabeça sobre o travesseiro coberto com fronha de linho e fazendo brilhar, por um breve instante, os olhos de falcão.

— A causa mais frequente de morte deve ser o suicídio, estão todos se matando, não é?

Quarta-feira: aparentando um cansaço cada vez maior, o idoso homem perguntou primeiramente se o príncipe herdeiro do trono japonês já teria se casado. Os três estudantes não souberam o que responder de imediato e entreolharam-se rapidamente. Seria ele um fanático admirador da família imperial assim como muitos idosos?, ponderavam em silêncio os rapazes, pois alguns desses idosos tinham sofrido uma espécie de abalo emocional alguns dias antes e depois do casamento imperial. Por fim, a estudante, dos três a mais pragmática, disse:

— Realmente, ele se casou. Tem até um filho.

— A mulher dele descende de qual família da nobreza?

Os estudantes de letras e de ciências lavaram as mãos e observaram a colega, que parecia ter caído numa cilada. Reagindo com um ímpeto que mais parecia um golpe direto no ancião, a jovem disse:

— Não, o príncipe herdeiro se casou com uma moça comum, a família dela não tem relação alguma nem com a casa imperial, nem com a nobreza.

E então, os três observaram, tensos, a reação do velho. Mas este ficou impassível.

— Muito bem, aliás esse tipo de coisa já aconteceu na antiguidade — disse o homem. — Pois na coletânea *Man'yoshu* tem até aquele poema "Ó pequena que com um cesto e uma espátula a colher brotos de ervas estás nestes montes..."?

Os três estudantes soltaram um suspiro de contentamento por se terem livrado de uma situação aflitiva com facilidade. Cedo demais, pois o ataque do velho teve início a seguir.

— A família imperial continua a cativar a grande maioria da população japonesa? — perguntou.

— Assim me parece — respondeu a estudante.

— Nesse caso, o poder deve estar ainda na mão do Partido Conservador — disse o velho.

Antes de responder, a estudante lançou um rápido olhar para o estudante de letras. E então, o porta-voz do mundo vinte anos à frente assentiu com um relutante movimento de cabeça. Ou seja, em vez de dizer à moça "isso mesmo, o poder deverá estar ainda nas mãos do Partido Conservador daqui a vinte anos" com voz desanimada, ele havia movido a cabeça em sinal de assentimento. De modo que a jovem disse:

— Exatamente.

— Se, conforme vocês me disseram, as estradas estão em situação incomparavelmente melhor, os impostos devem ter subido um bocado, não é? E se há dez anos ou mais o Partido Conservador detém o poder e além disso os impostos aumentaram, o povo deve ter se revoltado... Houve algum protesto?

— Não senhor, nenhum — disse o estudante de letras, acudindo ele mesmo desta vez, depois de ser alvo de outra mirada da estudante.

— Isso significa que o povo japonês não está descontente?

— Se houvesse algum bom motivo para descontentamento, acredito que o Partido Conservador teria perdido as eleições.

— Você realmente acredita nisso? — perguntou o velho, fazendo o estudante enrubescer instantaneamente, mas, para a sorte do rapaz, o idoso homem não se aprofundou no assunto. — Ou será que vivemos um boom econômico? Ou teria uma guerra estourado pelos lados da Coreia ou de Taiwan e possibilitado aos japoneses lucrarem um bocado?

— Não houve guerra alguma, nem haverá nenhuma doravante — disse o estudante de letras.

— E por que não haveria de haver guerras doravante?

— Porque, se houver, só poderia ser atômica, mas essa não acontece de maneira alguma a esta altura — disse o rapaz imbuído de autêntico fervor e fazendo cintilar o olhar.

— Realmente? Nesse caso, não posso alimentar a esperança de morrer com todo o mundo em consequência de uma guerra atômica em vez de morrer sozinho, de velhice? — disse o velho com uma ponta de insatisfação na voz.

— Isso mesmo, não há nenhuma possibilidade de as pessoas do mundo inteiro morrerem por causa de uma guerra atômica. A certeza disso está se tornando cada vez mais forte. O modo de gerenciar o botão das armas atômicas também está evoluindo a olhos vistos e, hoje em dia, já podemos evitar qualquer tipo de guerra acidental — disse o estudante de letras.

— Mas isso não significa que o presidente americano e o líder soviético tenham alcançado pleno entendimento, significa?

— Não, mas, em troca, o medo estabeleceu um sólido equilíbrio entre os dois exércitos possuidores de armas nucleares.

— Ou seja, cautela mútua? Contudo, mesmo que Washington e Moscou se imobilizem nesse lamacento equilíbrio medroso, guerras localizadas podem eclodir, não é?, guerras, como direi, por procuração?

— Sim, guerras desse tipo realmente eclodiram, no Vietnã e em Laos. Mas são águas passadas — afirmou o estudante de letras, aos poucos mergulhando de cabeça em seu próprio mundo utópico e afundando cada vez mais. Almejava a paz espiritual do ancião e, para tanto, empenhava toda a sua boa vontade, mas...

— E nesses locais também houve equilíbrio decorrente do medo? Na certa houve, pois os vietnamitas também devem ter conseguido suas próprias bombas atômicas. Estou vendo que o mundo lá fora progride com rapidez. Mas, em troca, não começaram a surgir algumas guerras tribais? Numa espécie de redução da escala bélica?

— Sim, realmente — disse o estudante de letras desalentado, ainda assim tentando recuperar de golpe o terreno perdido. — Mas a paz, também nesses casos...

— Outra vez o equilíbrio decorrente do medo? Será que até os chefes tribais de Laos compraram pequenos artefatos atômicos? Nesse caso, a guerra agora teria se transferido para o campo individual? Presos entre as diversas camadas de paredes dos diversos estágios do equilíbrio imposto pelo medo, será que os atuais seres humanos do mundo externo não estarão experimentando uma terrível, devastadora solidão? — disse o ancião com ar aterrorizado.

— Seja como for, não há mais guerras na superfície da Terra — disse o estudante de letras de um jeito que tanto parecia estar cantando como soluçando.

— Paraíso na Terra, é? Mas se os seres humanos da face da Terra estão todos furiosamente empenhados em guerras individuais, já não deve sobrar espaço para coisas como amor fraterno ou amor à humanidade.

— Essas coisas logo serão restauradas.

— Haverá mesmo alguma possibilidade de isso acontecer sem que a torre feita de blocos de medo compensado desmorone?

— Algum dia, com certeza...

— Algum dia, com certeza? E quando será isso, hein?

Exausto, o estudante de letras pendeu a cabeça e se calou. Acometido por um novo tipo de veneno denominado guerra individual, naquele momento seu mundo utópico começava a exalar um cheiro azedo, desagradável.

— Algum dia, com certeza, ou seja... — disse o ancião com a voz sempre fina e rouca, mas que naquele momento se tornou leve, viva e bem-humorada, e que correu ligeiro como um camundongo por entre a numerosa mobília do aposento semelhante a um depósito — ...ou seja, no dia em que os marcianos invadirem a Terra, certo? Individualmente, as pessoas se entenderão e se aliarão, tribos também assinarão pactos de ajuda mútua, países perceberão a insensatez das diferenças, Moscou e Washington nomearão um representante cada um e, dos dois, não importa quem será eleito para o posto de comandante supremo das forças defensivas da Terra, pois nenhum ser humano sobre a face do globo haverá de reclamar. E isso, veja bem, só acontecerá quando marcianos e terráqueos entrarem em guerra. Se bem que, nessa hora, a Terra talvez seja destruída em pouco tempo...

E então, o ancião riu guinchos sucessivos como uma criança doente. Os três estudantes encolheram-se e, rostos tensos, quedaram-se cabisbaixos. O estudante de letras, principalmente, permaneceu ainda um longo tempo com os músculos faciais contraindo-se espasmodicamente no rosto pálido de emoção. O rapaz queria libertar o ancião às portas da morte desse sombrio quadro futuro, mas não encontrava o caminho e impacientava-se. Afinal, esse quadro futuro sombrio não seria uma flor venenosa que brotara da semente que o próprio rapaz semeara num ato de boa vontade? Não teria ele praticado uma crueldade imperdoável mostrando ao velho moribundo um trailer do inferno? O estado de pânico mental do estudante de letras teve efeito sobre seus colegas. Na penumbra que envolvia a cama sob o dossel cor de vinho, apenas o pequeno ancião de noventa anos parecia curioso e vivo, quase ingênuo de tão satisfeito. Não obstante, os três estudantes entreviam o brilho de uma profunda desilusão no fundo dos olhos ambarinos, semelhantes aos de um falcão, cavados no pequeno rosto satisfeito.

Quinta e sexta-feira: os três jovens, com o estudante de letras na liderança, juntaram forças na tentativa de anular o erro, e procuraram descrever um quadro feliz, em estilo século xx, como o da descida de Amitabha à Terra para salvar a humanidade, mas quanto mais boa vontade empenhavam nessa tarefa, mais abismos profundos de desesperança surgiam de maneira inesperada e súbita diante do ancião, deixando os rapazes consternados e desesperados. Ao imaginar o tamanho do abalo que o velho devia estar sentindo, tanto o estudante de ciências como a de pedagogia sentiram-se, da mesma maneira que o de letras, impelidos a dedicar grande empenho na estratégia de recuperação dos danos. E assim, os dois também forçaram a aflorar ao consciente as vagas imagens utópicas que lhes iam na mente e, transformando-as em pretensos quadros descritivos do cotidiano real, sussurraram tais descrições ao pé do ouvido do idoso. Contudo, enquanto respondiam às perguntas feitas na voz pequena e rouca do ancião, as imagens desmoronavam em instantes e originavam um efeito diametralmente oposto. À parte o ancião, que era deixado para trás na cama do anexo semelhante a um depósito, passados os trinta minutos da entrevista diária, os três estudantes sentiam-se completamente extenuados e, atormentados por uma sombria e irritante sensação de impotência, demoravam a se recuperar de um insidioso estado de exasperação.

O último diálogo de sexta-feira, por exemplo, se dera da seguinte maneira. O ancião quisera saber como se situavam os jovens ultimamente quanto às ideologias:

— Nesse aspecto, acho que não houve grandes alterações em comparação com dez anos atrás, há tanto esquerdistas como conservadores. O que não acontece mais são aqueles tumultos sangrentos de há dez anos. Ou seja, conseguimos superar a questão dos posicionamentos ideológicos e restaurar uma situação de franca camaradagem — acudiu o estudante de ciências. Ele se dera pressa em responder porque, conforme passavam os dias, o estudante de letras tendia gradativamente a se calar e poucas se haviam tornado as ocasiões em que oferecia respostas antes dos demais, além do quê, o próprio estudante de ciências tinha abandonado sua atitude cínica inicial e, agora, empenhava-se em recuperar o terreno perdido, visando a proporcionar ao ancião pacíficos últimos dias de vida.

— Mas não é verdade que a China, a União Soviética e os Estados Unidos estão emparedados num labirinto de medo compensado? Isso não significaria que a juventude japonesa, mesmo a esquerdista, está sob o jugo do eterno regime conservador? Em vez de franca camaradagem, o que existe entre os jovens não seria falta de ânimo? Ou seja, não significaria que entraram em decadência?

— Não senhor, mesmo que pareçam decadentes e apenas em apática harmonia, isso é só impressão — interrompeu às pressas o estudante de ciências.

— Ah, está vendo?, quer dizer que a guerra entre indivíduos existe, conforme conversamos no outro dia, não é? Nesse caso, acho que o ódio atualmente reprimido poderá explodir em breve e acontecer um choque realmente sangrento entre universitários e jovens policiais. Você está prevendo algo no gênero?

— Não, não estou. Aliás, prevemos um futuro repleto de esperança — disse o estudante de ciências em voz alta que fingia coragem mas que soou insegura, digna de piedade.

— Por falar nisso, amanhã será a última visita que vocês me farão, de modo que vamos combinar o seguinte: vocês vão me contar o que esperam do século XXI. Eu não vou durar muito, mas, uma vez que vocês viverão até o século XXI, devem ser capazes de visualizar a própria imagem futura, pois não? Contem-me a respeito da sua mais bela visão. Aguardo com muita curiosidade — disse o ancião fechando os olhos.

No instante em que os três saíram do anexo em forma de depósito, o estudante de letras pediu aos demais que esperassem um pouco e se afastou na direção do portão principal da mansão, aos cochichos com a enfermeira, a qual ali viera para anunciar as horas. Com a sensação de haverem recebido a mais difícil lição de casa entre todas que lhes tinham sido passadas até aquele dia, o estudante de ciências e a de pedagogia esperaram em pesado e depressivo silêncio, olhos quase fechados contra a forte claridade, cada um sentindo o cheiro do suor do outro de maneira inesperadamente próxima. Logo, o estudante de letras voltou correndo, com as faces anormalmente avermelhadas e olhar sorrateiro. Mal os três saíram pelo portão de serviços, o estudante de letras gritou de maneira súbita e em voz grossa que chegou quase a soar ameaçadora:

— Amanhã, eu não venho mais, acabo de receber o dinheiro do biscate correspondente a cinco dias.

Os outros dois contemplaram-no atônitos e raivosos.

— Espere aí, isso não se faz! Afinal, aquela propaganda utópica e mentirosa foi invenção sua! Fugir a esta altura dos acontecimentos é covardia, sem falar que você está nos impingindo a tarefa de amanhã, a mais difícil de todas! — gritou de volta o estudante de ciências, trêmulo e pálido de indignação, avançando para o companheiro.

O estudante de letras também tremia, obviamente de vergonha. Em consequência, o estudante de ciências conteve a custo a vontade de surrar o outro.

— Estou com medo, tenho a impressão de que, se continuo a conversar com aquele ancião, vou enterrá-lo de uma vez por todas num infeliz pesadelo. E depois, apesar de eu ser essencialmente um pessimista, nunca cheguei a imaginar meu futuro em cores tão horríveis e sombrias quanto hoje. Acho que tudo isso é consequência da conversa penosa que mantivemos com esse velho. Eu jamais imaginei que as coisas fossem acabar assim! — revelou o estudante de letras arregalando os olhos que pareciam úmidos de medo.

— E se confessássemos que tudo o que dissemos até agora é ficção e lhe contássemos a realidade nua e crua? — sugeriu a estudante.

— Não podemos, se fizéssemos isso, o velho ficaria tão chocado que morreria de verdade. Pensem bem, ele é do tipo capaz de descobrir inesperados infernos no fundo das histórias utópicas que nós elaboramos com tanto custo! Depois de ouvir que existe realmente uma mãe que matou o filho focômelo e foi inocentada, que os hospitais para tratamento de cancerosos estão sempre lotados, que há uma guerra suja em evolução no Laos e tantos outros fatos desagradáveis, vocês acham que o velho não teria um ataque cardíaco? — replicou o estudante de letras com violência, alteando a voz de maneira repentina, como se estivesse apavorado.

— Mas se nós não o esclarecermos, esse velho vai pintar um quadro mental em que rapazes focômelos andam aos montes por Ginza e em que todas as pessoas sobre a face da Terra estão empenhadas em odiosas guerras individuais, ele vai morrer totalmente desiludido — contrapôs a jovem estudante tristemente.

Na rua, a terra revirada enredou-se num quente pé de vento e choveu impiedosamente sobre a cabeça dos três. De cima de um trator que avançava com um barulho ensurdecedor, o motorista, um jovem de olhar alegre e atoleimado, contemplou com aberta curiosidade os três estudantes mergulhados em tristeza e insegurança.

— Ai, que foi que fizemos a um pobre velho prestes a morrer? — disse o estudante de letras num gemido, uma lágrima escorrendo como uma gota escura por sua face suja, coberta de fina poeira. — Por favor, não me desprezem por fugir, estou com medo. Vamos, deixe-me pagar uma refeição para vocês com o dinheiro da minha remuneração.

— Nada disso, de jeito nenhum — gritou a estudante de pedagogia, parecendo histérica e dando um passo para trás.

O estudante de ciências também sacudiu a cabeça e recusou a oferta dos implorantes olhos do estudante de letras e disse tristemente, para ninguém em particular:

— A culpa disso tudo é do velho, por que cargas d'água ele foi de repente se interessar de novo com o que vai pelo mundo aos noventa anos de idade? Ficasse quieto e teria morrido serenamente naquele quarto escuro e tranquilo. Na certa como uma das pessoas mais felizes deste mundo. No final das contas, a culpa é do velhinho.

Sábado: uma hora mais tarde do que nos últimos dias, a enfermeira (ela estivera esperando até aquele momento a chegada dos estudantes) entrou sozinha no quarto mal iluminado onde o ancião aguardava. Tinha perdido a vivacidade das ocasiões em que conduzia os estudantes e aparentava tédio e indolência.

— Os estudantes não vieram mesmo, acho que teremos de mandar o valor do biscate dos outros dois por correio aos cuidados da faculdade — informou a enfermeira para o velho.

O ancião ergueu os ombros desnudados do corpo pequeno e magro. Seu descontentamento também era visível.

— Ora, outra vez! — disse ele repetidas vezes com evidente irritação.

— O senhor atormenta demais esses estudantes, aja como um velhinho ajuizado, por favor! — disse a enfermeira lançando um olhar zangado para o ancião.

Sem lhe dar resposta, o velho homem saltou para o outro lado da cama com a agilidade de um macaco e puxou para um dos lados o dossel cor de vinho. Para além deste, surgiu o gramado iluminado pelo sol de meio-dia de um começo de verão e, faceando-o, um quarto claro de decoração moderna. Televisão, aparelho estereofônico, mesa com jornais, semanários e livros recentemente editados e diversos móveis atulhavam o aposento. Uma coisa se podia afirmar com certeza: o velhinho era do tipo que gostava de viver em aposentos abarrotados de móveis.

O ancião apertou o botão da televisão e começou a executar nervosamente os mais recentes movimentos de ginástica desenvolvidos para idosos, como se não pudesse desperdiçar nenhum minuto, nem os necessários para que a tela se iluminasse. Dobrava, esticava, torcia e movia o corpo miúdo e musculoso com a presteza e a animação de um macaco. Ao chegar aos movimentos giratórios de cabeça, o ancião gritou asperamente para a enfermeira:

— Estou realmente aborrecido com a pobreza de imaginação dos universitários atuais. Da próxima vez, vou procurar nas camadas mais jovens da população. Como serão as crianças da geração moderna?

(*Keiro shukan*, publicado em junho de 1963. Extraído de *Sorano kaibutsu Aguii*, Editora Shinchosha, 30/03/1972.)

Aghwii, o monstro celeste

Quando estou a sós em meu quarto, costumo aplicar sobre meu olho direito uma venda preta do tipo usado por piratas. Embora não pareça, sou na verdade quase cego desse olho. Quase, mas não totalmente. Por conseguinte, se tento ver com ambos os olhos, surgem-me dois mundos perfeitamente sobrepostos: um, luminoso e nítido, e outro, sombrio e indistinto. Eis por que, andando por vias perfeitamente pavimentadas, sou às vezes assaltado por súbita sensação de perigo e insegurança que me prega ao chão, assim como a um rato que acabou de sair do esgoto; em outras, sou capaz de detectar sombras de cansaço e infortúnio nas feições alegres de um amigo e arruinar nosso diálogo até então fácil e inconsequente com o veneno de meu aflito tartamudear. Creio, porém, que me habituarei à situação com o tempo. Caso isso não aconteça, pretendo usar o tapa-olho preto não só em meu quarto, como também na rua e na presença de amigos. Estranhos poderão até achar que me dedico a um tipo de brincadeira antiquada e voltar-se com sorriso compassivo, mas já passei da idade de me incomodar com picuinhas.

Pretendo agora contar-lhes como foi a experiência de ganhar meu próprio dinheiro pela primeira vez, e se lhes falei antes do meu pobre olho direito é porque, no instante em que o feri num acidente violento, lembrei-me, de maneira súbita e totalmente desprovida de lógica, dessa experiência acontecida há dez anos. E, lembrando, libertei-me do ódio ardente que me dominava por completo naquele momento. Quanto ao acidente, pretendo falar-lhes disso por último.

Dez anos atrás eu possuía visão vinte em ambos os olhos. Agora, um deles está arruinado. O *tempo* passou, o *tempo* fez de trampolim o olho ferido por uma pedrada e saltou. Na época em que conheci esse homem, um louco sentimental, eu ainda via o *tempo* por um prisma infantil. Nunca até então experimentara a sensação brutal de ter um *tempo* a me contemplar pelas costas e outro *tempo* a me tocaiar mais adiante.

Dez anos atrás eu tinha dezoito anos, um metro e setenta de altura e pesava cinquenta quilos. Acabara de entrar na faculdade e procurava um biscate. Não possuía conhecimento suficiente da língua francesa, mas estava mesmo assim em vias de comprar uma edição em dois volumes com capa de pano do *L'âme enchantée*. Impressa em Moscou e com prefácio em russo, além de tudo. A publicação, estranha, não só apresentava o prefácio, as notas de rodapé e até o colofão em caracteres eslavos, como também as letras do próprio texto francês entremeadas com uma série de riscos finos que lembravam pedacinhos de linha, mas isso não a impedia de ser resistente e vistosa, além de muito mais barata que a edição francesa. E quando a descobri numa livraria especializada em obras importadas do leste europeu, eu, que nunca nutrira o menor interesse por Romain Rolland, entrei em ação de imediato, determinado a obtê-la. À época, estranhas emoções me avassalavam com frequência. Tais ocorrências, porém, não me intrigavam. Não havia motivo para angústias, achava eu, desde que as ditas emoções me arrebatassem realmente.

Recém-ingressado na faculdade, eu ainda não me havia inscrito no centro mediador de empregos para estudantes, de modo que bati à porta de conhecidos em busca de trabalhos temporários. E assim, apresentado por meu tio, cheguei a certo banqueiro que me indicou o emprego. O referido banqueiro me perguntou:

— Você já assistiu ao filme *Harvey*?

— Assisti — respondi, tentando trazer aos lábios um sorriso de devoção que contivesse a dose certa de reserva, como convém a qualquer indivíduo em vias de obter seu primeiro emprego. O filme tinha James Stewart no papel do homem que vive na companhia de um coelho imaginário do tamanho de um urso. Quase morri de tanto rir ao assistir a ele.

— Pois ultimamente meu filho anda desse mesmo jeito, assombrado por um monstro. Até largou o emprego e se enclausurou em casa. Eu gostaria que ele saísse um pouco, mas alguém teria de acompanhá-lo. Você faria isso para mim? — indagou o banqueiro sem me devolver o sorriso.

A vida do filho do banqueiro, o jovem compositor D, não me era desconhecida. Músico vanguardista premiado na França e na Itália, sua foto quase sempre constava da galeria de personalidades do mundo artístico publicada em revistas, sob manchetes do tipo "Artistas japoneses do amanhã". Eu não conhecia nenhuma de suas composições sérias, mas já assistira a alguns filmes cujas trilhas musicais tinham sido produzidas por ele. E a trilha de um desses filmes — a vida aventureira de um jovem delinquente — tinha como tema uma peça curta de extremo lirismo composta para gaita de boca. Linda, realmente. Enquanto assistia ao filme, lembro-me de ter ficado a imaginar com vago desconforto esse homem de quase trinta anos (para ser exato, o compositor tinha vinte e oito anos quando me contratou, ou seja, a minha idade atual), empenhado em compor uma peça para gaita de boca. Pois, vejam bem, eu mesmo havia cedido minha gaita de boca ao meu irmão menor no ano em que comecei a frequentar a escola primária. Além do mais, as coisas que eu sabia a respeito do compositor não se restringiam a esses fatos de domínio público. Certa vez, o músico havia protagonizado um escândalo. E embora eu mesmo votasse profundo desprezo pela totalidade das notícias sensacionalistas, ainda assim sabia que o compositor havia perdido um filho recém-nascido, que em decorrência disso se divorciara da mulher e, também, que mantinha relação extraconjugal com certa atriz do mundo cinematográfico. Contudo, desconhecia por completo que um monstro semelhante ao coelho do filme de James Stewart o assombrava e que, além de tudo, deixara de compor e se enclausurara em casa. Aliás, que tinha o homem realmente? Apenas um sério esgotamento nervoso, ou esquizofrenia declarada?

— Que tipo de trabalho eu faria como acompanhante do seu filho? Quero lhe ser útil, naturalmente — disse eu, recolhendo o sorriso. Desta vez, ocultei a curiosidade e a inquietação e procurei, atento para não parecer atrevido, expressar a dose certa de simpatia por intermédio da voz e da fisionomia. Fiz o melhor que podia para me adaptar às circunstâncias, pois, embora fosse simples biscate, ali estava a chance de obter o meu primeiro emprego.

— Basta apenas que você o acompanhe quando ele quiser ir a algum lugar de Tóquio. Em casa, quem cuida dele é uma enfermeira, e ela dá conta do recado perfeitamente porque meu filho não é do tipo violento. Não se preocupe quanto a isso — disse o banqueiro, fazendo-me sentir o próprio soldado pego em flagrante ato de covardia. Corei e, na tentativa de recuperar o terreno perdido, experimentei dizer:

— Gosto de música e venero músicos acima de tudo. Será um prazer fazer companhia ao senhor D e conversar com ele.

— Pois neste momento, meu filho só pensa nessa coisa que o possuiu, e é só disso que ele fala — replicou o banqueiro bruscamente e me fez corar ainda mais. — Vá vê-lo amanhã mesmo.

— Na casa dele?

— Pois é, está em casa porque o caso dele não é grave a ponto de exigir internação em manicômio, entendeu? — disse o banqueiro.

Seu jeito de falar só podia indicar uma coisa: o homem era genuinamente mau.

— Se eu for contratado, voltarei aqui para lhe agradecer — disse eu, cabisbaixo e quase em lágrimas.

— Isso não será necessário. Afinal, é o meu filho que vai contratá-lo. (Ao ouvir isso, ressenti-me como cão escorraçado e resolvi que doravante chamaria D de "patrão".) Eu mesmo só quero que você esteja atento durante as saídas do meu filho e evite que ele se meta em encrencas ou protagonize algum escândalo. Afinal, tenho a carreira dele e a preservação do meu próprio nome a considerar. Isso é tudo.

Ah, pensei, agora entendi. Moral da história: eu tinha de vigiar D para que o veneno do escândalo não conspurcasse o bom nome do banqueiro e dos seus familiares. Mas eu naturalmente apenas assenti com um firme movimento de cabeça na tentativa de aquecer, por pouco que fosse, o gélido coração do banqueiro com o calor da confiança.

Além disso, não procurei nem esclarecer a questão que mais me incomodava naquele momento. A questão era realmente difícil de ser abordada, mas eu queria perguntar ao banqueiro: que tipo de monstro se apossou do seu filho? Seria um coelho de quase dois metros de altura semelhante ao Harvey, ou algo muito mais temível e peludo como o abominável homem das neves? Eu não podia perguntar ao próprio D, claro, mas me consolei ao imaginar que, se eu fizesse amizade com a enfermeira, dela obteria a pista destinada a esclarecer o mistério. Por fim, saí do escritório presidencial e, como um humilde Julien Sorel saindo de entrevista com um figurão, andei trêmulo, a ranger os dentes pelos corredores do edifício, ao mesmo tempo em que descobria em mim aguda propensão a implicar com minúcias e tentava avaliar o efeito dessa atitude. Mesmo depois de terminar a faculdade, creio que a lembrança deste estranho diálogo com o banqueiro influiu decisivamente em minha resolução de não realizar nenhum teste de aptidão promovido por empresas e de seguir uma profissão liberal. Não obstante, no dia seguinte tomei o trem depois das aulas e dirigi-me à mansão do banqueiro, situada em elegante bairro residencial do subúrbio.

No instante em que passei pelo portão de serviço da casa que parecia um palacete, lembro-me que uns uivos apavorantes semelhantes aos que quebram o silêncio noturno de zoológicos reboaram no local. Contraído de susto, fiquei imaginando se aquela não seria a voz do meu patrão a me chamar. Por sorte, não me ocorreu desconfiar que os urros bestiais talvez fossem do monstro que assombrava o meu patrão.

Minha perturbação devia ser aparente, pois a empregada que me conduzia pôs-se a gargalhar abertamente enquanto andava. Foi então que descobri, no anexo construído para além da vegetação do jardim, um homem rindo silenciosamente à janela de um quarto escuro. Este era o homem que haveria de me contratar: como num filme que perdeu a trilha sonora, seu rosto apenas se contorcia num esgar risonho além da vidraça. E os intensos uivos selvagens partiam da área em torno dele. Atentando melhor, percebi que o arrepiante ulular provinha de diversos animais de uma mesma espécie e possuía uma qualidade aguda, sobrenatural. A empregada me conduziu até a porta do anexo e ali me deixou sozinho. Nessa altura, porém, já me havia dado conta de que aquilo devia ser uma das muitas gravações colecionadas pelo músico. Recobrei o ânimo, aprumei-me e abri a porta.

O interior do anexo lembrava o de uma escola maternal. Dois pianos, um órgão eletrônico, alguns gravadores, um playback e um aparelho, que nos meus tempos de membro do departamento de gravações do colegial chamávamos de mixer, atravancavam o espaçoso aposento desprovido de divisórias a ponto de não sobrar espaço para andar. E o volume que lembrava um cão adormecido aconteceu de ser um trombone de bronze avermelhado. Aquilo correspondia ponto por ponto ao ateliê de compositor que eu imaginara, tive até a impressão de tê-lo visto nalgum lugar. Teria o banqueiro se enganado ao dizer que D abandonara o trabalho e se enclausurara? Naquele momento, o compositor estava se agachando para desligar o gravador. No ambiente caótico, onde certa ordem prevalecia, D moveu as mãos com destreza e o uivar das feras foi no mesmo instante sugado por um poço escuro e profundo de silêncio. O compositor aprumou-se em seguida e me fitou com um sorriso infantil realmente suave. Àquela altura, eu havia examinado o aposento e, ao verificar que a enfermeira não se encontrava por lá, já me achava em disposição cautelosa. Mas acho que o banqueiro estava certo: o compositor não parecia ser do tipo capaz de cometer súbitos atos de violência.

— Meu pai me falou de você. Vamos, entre — disse-me ele. Sua voz tinha um timbre grave, bem balanceado.

Tirei os sapatos e, sem ao menos calçar os chinelos, pisei o tapete. Procurei em seguida um lugar para me sentar mas, além das banquetas redondas diante do piano e do órgão, não havia naquele aposento nem ao menos uma almofada. Desarvorado, permaneci em pé como uma estátua entre uma caixa de gravador vazia e o bongô. O próprio compositor continuava em pé com os braços pendendo tão inertes ao longo do corpo, que me fez indagar intimamente se ele alguma vez na vida já se sentara. Também não me convidou a sentar, mas se deixou ficar ali em silêncio, sempre sorrindo.

— Eram de macacos as vozes que ouvi? — perguntei na tentativa de romper a barreira de silêncio que tinha ameaçado se adensar imediatamente.

— Não, de rinocerontes. Soavam como uivos porque aumentei a rotação. Além disso, o volume também está bastante aumentado — explicou o compositor. — Mas pode ser que não sejam de rinocerontes, embora eu tenha pedido especificamente que colhessem a voz desses animais. Seja como for, agora que você está aqui poderei ir pessoalmente fazer as gravações.

— Isto significa que estou contratado?

— Claro! Não o chamei aqui para testá-lo. Afinal, um louco não pode testar um indivíduo mentalmente são, pode? — disse o meu já agora patrão com tranquilidade e até um pouco de vergonha, eu diria.

No mesmo instante senti-me desgostoso do tom mercenário e subserviente da pergunta "isto significa que estou contratado?" que eu acabara de fazer. O compositor era totalmente diferente do pai banqueiro. Eu tinha de estabelecer uma relação mais franca com ele.

— Não se chame de louco, por favor. O senhor me constrange — repliquei.

É certo que eu tentava ser franco, mas que jeito de falar!, censurei-me.

— Combinado. Assim facilitaremos o trabalho — concordou o compositor aceitando a observação com candura.

Embora a própria palavra "trabalho" tenha um sentido dúbio, durante os meses que lhe frequentei a casa uma vez por semana o compositor nunca se dedicou a nenhuma atividade que pudesse ser definida como "trabalho", nem mesmo à de gravar rinocerontes no zoológico. Ele apenas se valeu de toda espécie de condução e também dos próprios pés para visitar diversos locais por toda a Tóquio. Por conseguinte, o trabalho que ele pretendeu facilitar talvez tivesse sido o meu. Quanto a mim, trabalhei bastante. Por ordem dele, cheguei até a visitar certa pessoa em Kyoto.

— E então, quando começo? — perguntei.

— Se você não se importa, hoje mesmo.

— Não, não me importo.

— Nesse caso, vou me aprontar. Espere-me lá fora.

Assim dizendo, meu patrão avançou com cautela por entre instrumentos musicais, equipamentos sonoros, papéis pautados e quejandos, rumo ao fundo do aposento, olhos pregados no chão como se caminhasse por um pântano. Abriu em seguida uma porta de madeira pintada de preto e entrou em outro aposento. Naquele momento, vislumbrei rapidamente o vulto da enfermeira — uma mulher de meia-idade, de cara comprida, riscada por um traço escuro e agressivo de ruga ou cicatriz —, que o amparou com o braço direito enquanto fechava a porta com o esquerdo. Pelo visto, era nula a chance de eu conversar com a enfermeira antes de sair com meu patrão. Enquanto remexia os pés canhestramente na tentativa de calçar os sapatos diante da porta mais escura do escuro aposento, senti avolumar-se em meu íntimo a ansiedade pelo trabalho que estava por começar. O homem sorrira o tempo todo e até respondera às minhas perguntas, mas não era do tipo falante. Fiquei cismando se eu devia ter sido mais discreto. A expressão "lá fora" podia ser interpretada de duas maneiras diferentes. Determinado a executar o primeiro trabalho da minha vida da melhor maneira possível, postei-me rente ao lado interno do portão de serviço e me quedei à espera, sempre observando a movimentação em torno do anexo.

Meu patrão era baixo e franzino, mas a cabeça parecia maior que a da maioria das pessoas. Na tentativa de diminuir a testa larga, que revelava cruamente a forma abaulada da caixa craniana, o homem a cobria com alguns tufos do seu cabelo claro, bem lavado e ressequido. A metade inferior do rosto era pequena e, os dentes, especialmente desalinhados. Contudo, as feições bem definidas e serenas harmonizavam-se com o sorriso calmo, talvez por influência dos olhos expressivos, engastados em órbitas fundas. No geral, tinha-se uma impressão algo canina do homem. Por cima das calças de flanela cinza, usava um suéter listrado que lhe dava aspecto de pulga. Ele era discretamente corcunda e tinha braços excepcionalmente longos.

Instantes depois, meu patrão surgiu pela porta dos fundos do anexo. Usava cardigã de lã azul sobre o referido suéter e calçava um par de tênis brancos. Seu aspecto lembrava o de certos professores de música do curso primário. Trazia um cachecol preto na mão e, em dúvida se envolvia ou não o pescoço com ele, voltou-se com um sorriso perplexo para mim. A partir daquele dia, e durante o tempo que durou nosso relacionamento, meu patrão sempre se vestiu assim, exceto no fim, quando o vi deitado na cama de um hospital. Lembro-me bem de seu jeito porque era engraçado ver aquele homem feito andando com um cardigã jogado sobre os ombros, parecia mulher disfarçada. Aliás, caía-lhe muito bem esse cardigã de cor incerta e forma indefinida. Caminhou por entre os arbustos com pés levemente voltados para dentro, ergueu a meio a mão direita, que segurava o cachecol, e me chamou. Em seguida, envolveu-se resolutamente com o cachecol. Já passava das quatro da tarde e fazia bastante frio ao ar livre.

D passou primeiro pelo portão de serviço e, no momento em que me preparava para segui-lo (àquela altura, já se estabelecera entre nós a relação patrão-empregado), senti vaga impressão de estar sendo vigiado e voltei-me. À janela do anexo em que havia pouco divisara o vulto do compositor, descobri agora a enfermeira de meia-idade e rosto riscado por uma cicatriz ou ruga profunda, a nos observar com cara de soldado remanescente que espreita a fuga do desertor. Mantinha os lábios firmemente cerrados, como uma tartaruga. Resolvi então agarrá-la na primeira oportunidade e dela obter os pormenores da doença do meu patrão. Aliás, uma enfermeira não devia instruir o acompanhante no momento em que o paciente dela — um homem que tanto podia estar sofrendo de sério esgotamento nervoso como ser louco — se preparava para sair? Não fazê-lo era negligência profissional, não era? Instruir-me era simples medida burocrática de passagem de comando, ou seja, o mínimo que um sucessor podia esperar do antecessor. Ou será que o meu patrão era manso e inofensivo, o tipo de paciente que dispensa tais medidas?

Quando chegamos à calçada, meu patrão girou os olhos encovados e de bordas extensamente enegrecidas, como os de uma mulher cansada, e inspecionou rapidamente a rua deserta e a silenciosa fileira de casas do bairro residencial. Eu não saberia dizer se aquilo era sintoma da loucura, mas me pareceu que esses gestos súbitos, ligeiros e intermitentes lhe eram habituais. Ergueu o olhar para o céu cristalino, típico de fim de outono, e pestanejou com força diversas vezes. Os olhos castanho-escuros eram encovados mas realmente expressivos: depois de piscar, focalizaram diversos pontos no espaço como se buscassem algo. Postado obliquamente às costas dele, eu o vinha observando e, além do movimento dos olhos, o que mais agudamente me chamou a atenção foi o seu pomo-de-adão, quase do tamanho de um punho. Imaginei então que, na verdade, ele nascera para ser gigante, mas acabara transformado nesse indivíduo franzino em virtude de algum acidente ocorrido na infância. Tanto assim que, do pescoço para cima, ainda conservava os traços do gigante que deveria ter sido.

Meu patrão baixou o olhar e, ao dar comigo a observá-lo com leve desconfiança, disse em tom casual, mas ainda assim severo e incontestável:

— Em dias claros, vejo nitidamente todas as coisas que flutuam no espaço. E muitas vezes ele se encontra entre essas coisas e desce para o meu lado quando vou a lugares abertos.

Assustei-me no mesmo instante e desviei o olhar, conjeturando de que jeito eu contornaria a primeira provação que tão cedo vinha testar minha capacidade. Afinal, eu devia ou não fingir que acreditava na existência disso que o homem chamava de "ele"? Aliás, eu ainda nem conseguira estabelecer se D era louco incurável ou apenas uma espécie de humorista de feições impassíveis, disposto a se divertir às minhas custas... Ao me ver completamente perdido, o compositor veio em meu socorro dizendo:

— Sei muito bem que você é incapaz de ver essas coisas que flutuam no espaço e que, se ele tivesse descido e se achasse neste instante a meu lado, você não conseguiria detectá-lo. Peço-lhe, porém, que não se espante se me puser a conversar com ele nos momentos em que o tenho perto de mim. Ele é capaz de se melindrar se você começar a rir de repente ou se tentar me fazer calar, entendeu? E, se no meio da nossa conversa você perceber que quero a sua participação, participe, mas sempre com um sinais de assentimentos. Estou tentando explicar a ele que Tóquio é algo assim como um paraíso e, se para você a explicação soar estranha e amalucada, encare-a como uma espécie de paródia estranha e me apoie mesmo assim, ao menos nos momentos em que ele estiver perto de mim.

Escutei com atenção e apreendi em linhas gerais o que meu patrão esperava de mim. Mas "ele" seria afinal um coelho do tamanho de um ser humano adulto com ninho no espaço? Em vez de esclarecer a questão, preferi fazer-lhe uma pergunta menos agressiva:

— Como posso saber que ele desceu e está ao seu lado?

— Observe-me e saberá. Aliás, ele só desce quando estou ao ar livre.

— E se o senhor estiver num carro?

— Realmente, já me aconteceu de vê-lo descer quando me sento à beira de janelas abertas em carros ou trens. E também de topar com ele quando estou à janela lá de casa.

— E agora? — perguntei com certo constrangimento, bem à moda de um estudante parvo, incapaz de entender as regras básicas da multiplicação.

— Agora, estamos sozinhos, eu e você — concedeu meu patrão. — Bem... Isto posto, vamos tomar o trem e ir a Shinjuku. Há tempos não vou para aqueles lados.

Dirigimo-nos então à estação férrea. E durante todo o trajeto vigiei meu patrão atentamente para não deixar escapar nenhum indício de que algo surgira ao lado dele. A vigilância, porém, mostrou-se infrutífera até tomarmos o trem. Contudo, enquanto observava meu patrão a caminho da estação, percebi que ele simplesmente ignorava as pessoas que o cumprimentavam. Agia exatamente como se ele mesmo não existisse, como se a imagem refletida nos olhos das pessoas que o cumprimentavam fosse uma simples ilusão que as referidas pessoas pensavam ser ele.

Sua resistência a estabelecer contato com estranhos tornou-se evidente tanto na bilheteria da estação férrea quanto no guichê de conferência das passagens. D me passou uma cédula de mil ienes, pediu-me que lhe comprasse duas passagens e, quando lhe entreguei a dele, não aceitou. E enquanto eu apresentava ambos os bilhetes ao inspetor para serem picotados, D passou livremente pelo guichê como se achasse que era invisível. E mesmo depois que nos vimos dentro do trem, agiu como se fosse o ar que ninguém via: sentou-se encolhido no banco a uma das extremidades do vagão, cerrou os olhos e ali permaneceu imóvel e quieto. Em pé diante dele, senti a tensão crescer em meu íntimo enquanto o vigiava com cuidado, à espera do momento em que o espectro entraria pela janela aberta às suas costas e se sentaria a seu lado. Isso não significava que eu estivesse acreditando na existência desse ser extraordinário. Eu apenas tentava captar o exato instante em que meu patrão seria tomado por sua incrível fantasia para destarte merecer o dinheiro que ele me pagava. Mas como ele continuou no mesmo lugar até chegarmos a Shinjuku, imóvel como um pequeno animal que se finge morto, só pude concluir que o visitante aéreo ainda não surgira. Pelo menos foi o que inferi do fato de ele se manter rabugento e calado como uma ostra sempre que havia estranhos ao nosso redor.

Logo, porém, chegou o momento de saber que eu andara certo em minhas suposições. Pois se tornou óbvio (isto é, a atitude de D tornou óbvio) que alguma coisa viera vê-lo. Depois que nos afastamos da estação, meu patrão e eu andávamos por uma rua reta. Naquela hora de pouco movimento que antecedia o crepúsculo, deparamos em nosso caminho com um pequeno grupamento de pessoas. Nós dois paramos então e nos juntamos a ele. Espiei e descobri no meio da roda um homem idoso que girava sem parar, totalmente concentrado no que fazia. De aparência digna, vestia um conjunto escuro de terno e colete e mantinha pressionados contra as laterais direita e esquerda do corpo respectivamente uma pasta de couro e um guarda-chuva. Alguns fios do cabelo branco moldado com brilhantina tinham se desgrenhado, mas o ancião rodopiava freneticamente, batendo os pés e respirando ruidosamente como uma foca ao nadar. Em meio ao crepúsculo que aos poucos impregnava a paisagem e tornava sombrias, geladas e baças as feições dos curiosos, apenas o rosto do ancião se destacava, afogueado, brilhando de suor, quase fumegante.

Nesse exato instante, dei-me conta de que D — que devia ter estado a meu lado — tinha recuado alguns passos e passava o braço direito em torno dos ombros de um ente qualquer quase da altura dele, porém, invisível. Ele havia estendido horizontalmente o braço direito, formando um semicírculo à altura do próprio ombro, e mergulhava o olhar repleto de ternura num ponto logo acima. A turba não se interessou pelo gesto estranho de D, entretida como estava em observar o rodopio do ancião, mas eu me apavorei. Lentamente, D voltou o rosto na minha direção. A atitude indicava claramente que ele pretendia me apresentar o amigo, mas eu não sabia como responder ao gesto. Vermelho e confuso, fiquei parado no mesmo lugar, como naquele distante dia do curso ginasial em que participava de uma apresentação teatral e não conseguira lembrar minha curta fala. Um brilho de exasperado encorajamento surgiu no fundo dos olhos encovados de D. Ele esperava que eu fornecesse ao visitante celeste uma explicação paradisíaca da performance do ancião desconhecido, seriamente empenhado em rodopiar. Mas o que me vinha à mente acalorada eram frases do tipo: "Seria ataque de coreia, isso que o velhinho está tendo?".

Em silêncio, sacudi tristemente a cabeça e, no mesmo instante, a muda interrogação desapareceu do olhar de D. Seu braço desfez o semicírculo, como se estivesse se despedindo de um amigo. Em seguida, moveu o olhar aos poucos do chão para o céu até ter o rosto completamente voltado para o alto e o volumoso pomo-de-adão exposto por inteiro. O monstro retornara ao céu. Eu, porém, permaneci cabisbaixo, envergonhado por não ter sido capaz de realizar a contento o meu trabalho. Meu patrão se aproximou e disse:

— Vamos apanhar um táxi e ir para casa. Ele já desceu e, além disso, você deve estar cansado. Por hoje é só.

Estas foram as palavras que sinalizaram o encerramento do meu primeiro dia de trabalho. D estava certo: sentia-me realmente exausto depois dos longos minutos de tensão.

Embarcamos num táxi e, com as janelas fechadas, retornamos ao bairro residencial onde se situava a mansão de D. Lá chegando, recebi o pagamento correspondente ao dia de trabalho e saí. Contudo, não retornei diretamente à estação. Em vez disso, escondi-me atrás de um poste na calçada fronteira à mansão e fiquei de tocaia. O crepúsculo se adensou, o céu tingiu-se de rosa-profundo e, no momento em que os primeiros indícios da noite estavam por se manifestar, a enfermeira saiu pelo portão de serviço. Usava um vestido curto de uma cor que eu já não conseguia identificar àquela claridade e empurrava uma bicicleta feminina nova e reluzente. Sem lhe dar tempo para montá-la, corri para o seu lado. Despido o uniforme, a enfermeira era apenas uma mulher pequena e comum de meia-idade, sem nada do aspecto misterioso que eu entrevira na mansão do compositor. Além disso, a mulher estava francamente perturbada com o meu aparecimento. Impedida de montar, mas nem por isso disposta a parar, seguiu adiante sempre empurrando a bicicleta enquanto eu solicitava, em tom quase ameaçador, explicações sobre a doença de nosso patrão. Irritada, ela opunha resistência, mas, como eu agarrara o guidão com firmeza, resignou-se a me prestar os esclarecimentos. Ao falar, a enfermeira movia o queixo rígido e, entre uma palavra e outra, cerrava a boca com firmeza, transformando-se na própria imagem da tartaruga falante.

— O homem diz que é um bebê obeso, vestindo roupinha de algodão branco. Além de tudo, do tamanho de um canguru. E diz também que a coisa desce do céu. Esse bebê monstruoso tem medo de cachorros e de policiais, e se chama Aghwii, diz ele. Quer um conselho? Finja que não viu nada se algum dia lhe acontecer de topar com esse monstrengo assombrando o homem. Nada melhor que mostrar indiferença, pois o sujeito tem uma telha de menos, não se esqueça. Outra coisa: nem que ele peça, não o leve a visitar certas casas escusas. Se o homem me pega uma gonorreia além de tudo o que já tem, não dou conta do serviço, entendeu?

Senti meu rosto em fogo e retirei as mãos que agarravam o selim. A enfermeira pedalou com as pernas tão finas e cilíndricas quanto o cano do guidão, e se afastou a toda a velocidade em meio ao lusco-fusco, tilintando freneticamente a campainha. Céus, um bebê obeso do tamanho de um canguru usando roupinha de algodão branco...!

Quando me apresentei ao compositor na semana seguinte, ele fixou em mim os olhos castanho-escuros encovados e me atordoou ao comentar em tom desprovido de censura:

— Soube que andou emboscando a enfermeira para perguntar a respeito do meu visitante que desce do céu. Como você leva a sério o seu trabalho!

Nesse dia, tomamos o trem e viajamos cerca de trinta minutos na direção oposta, rumo aos arrabaldes, para visitar um parque de diversões montado à margem do rio Tama. Lá chegando, nós dois andamos nos mais variados tipos de brinquedo. Para minha sorte, no momento em que o bebê do tamanho de um canguru desceu do céu para perto de D, ele andava sozinho numa roda-gigante. Preso a uma estrutura gigantesca semelhante a um catavento, o assento de madeira em forma de barco afastava-se lentamente do chão e ganhava o céu. Sentado num banco em terra firme, eu via o meu patrão voltado para o lado e conversando com o interlocutor imaginário lá no alto. D me fez correr diversas vezes à bilheteria para renovar os tíquetes da roda-gigante e só se apeou quando o ente que o visitava retornou ao céu.

Além deste, outro acontecimento daquele dia me restou vivamente na memória: no momento em que cruzávamos o parque de diversões rumo à saída, o compositor acabou pisando inadvertidamente o cimento fresco do autódromo infantil, cuja pista passava por reformas. Ao ver a própria pegada impressa no cimento, D mostrou uma irritação anormal. E enquanto não me fez pagar uma pequena quantia a título de compensação ao pedreiro da obra para restaurar a superfície marcada e não viu a pegada desaparecer por completo, recusou-se de modo terminante a se afastar do local. Esse foi o único momento em que D se revelou rude na minha presença. Arrependido talvez das palavras ásperas que me dirigira, assim se explicou no trem, a caminho da casa:

— Neste momento, eu mesmo não estou vivendo, ao menos de modo consciente, dentro do *tempo* presente. Você conhece as regras das viagens ao passado realizadas em máquinas do tempo? Um indivíduo que viajou para um mundo que existiu há dez mil anos, por exemplo, não pode fazer nesse mundo nada que deixe rastros. Caso faça, provocará distorções, ainda que mínimas, na história mundial dos últimos dez mil anos, pois ele não existiu realmente naquele *tempo*. E como eu já não vivo no *tempo* presente, não posso fazer nada que deixe rastros da minha passagem por ele.

— E por que o senhor deixou de viver no *tempo* presente? — perguntei.

No mesmo instante meu patrão fechou-se em si e, transformado em dura bola de golfe impenetrável, ignorou-me. Arrependi-me em seguida da minha indiscrição. Eu fora levado a ultrapassar os limites convencionais e a fazer esse tipo de pergunta porque o problema que afetava D despertara em mim um interesse exagerado. A enfermeira tinha razão: eu não devia tomar conhecimento dos seus problemas, ou simplesmente manter-me indiferente. Naquele instante, decidi que não me meteria mais, ao menos voluntariamente, nos assuntos particulares de meu patrão.

A nova linha de conduta mostrou-se um sucesso nas diversas vezes em que andei por Tóquio em companhia do compositor. Mas apesar da minha decisão de não me meter mais nos assuntos de meu patrão, ocasiões havia em que, inversamente, seus assuntos se precipitavam ao meu encontro. Certo dia, meu patrão me forneceu um endereço ainda desconhecido para mim, e para lá nos dirigimos de táxi. O endereço era o de um apartamento luxuoso, com estrutura de hotel, situado para os lados de Daikan-yama. Lá chegando, meu patrão me mandou pegar o elevador e subir sozinho para apanhar um pacote cuja entrega havia sido combinada previamente. Ele mesmo ficou à espera numa cafeteria do andar térreo. A pessoa encarregada de me entregar o referido pacote morava sozinha no apartamento e era a mulher de quem D havia se divorciado. Quando bati à porta, muito parecida com a de uma solitária do complexo prisional Sing Sing (à época, eu ia muito ao cinema; chego até a imaginar que, naqueles dias, noventa e cinco por cento do meu conhecimento provinha dos filmes a que assistia), abriu-a uma mulher baixa e gorda, de rosto avermelhado, sustentado por igualmente gordo e roliço pescoço suíno. Ela me intimou a descalçar os sapatos e a me sentar num sofá ao pé de uma janela. É desse jeito que as pessoas da classe alta recebem, pensei comigo naquele momento. Não atendê-la, apanhar a encomenda de meu patrão junto à porta e ir-me embora em seguida era quase o mesmo que contrariar a totalidade da alta sociedade japonesa, exigiria de mim, mísero produto da classe pobre, a mesma dose de coragem daquele açougueiro que ameaçou Luís XIV. De modo que obedeci. Pela primeira vez na vida eu punha os pés num apartamento em estilo americano, com sala de estar e cozinha integradas. A mulher me serviu uma cerveja. Ela parecia ser um pouco mais velha que D e, a despeito da postura arrogante e do modo de falar solene, a impressão geral que se tinha dela era de excessiva gordura e rotundidade, e não de imponência. Usava um vestido de tecido grosso e barra desfiada, semelhante ao das índias americanas, e um colar que lembrava os produzidos em ouro e diamante por artesãos incas. Aliás, penso agora que o cinema foi também a fonte dessas últimas observações. Da janela se avistavam as ruas da área de Shibuya, mas a luz que entrava por ela parecia incomodar a mulher. Ela mudou de posição diversas vezes e, voltando para o meu lado as pernas roliças tão congestionadas e enegrecidas quanto o pescoço, submeteu-me a um verdadeiro interrogatório. Eu representava o único instrumento capaz de lhe fornecer informações sobre o ex-marido. Ela me havia servido, numa tulipa, todo o conteúdo da garrafinha de cerveja preta e amarga. Enquanto respondia às questões que eram do meu conhecimento, pus-me a beber a cerveja em goles minúsculos, como se fosse café quente. Mas o que eu sabia de D era muito pouco e impreciso, não satisfez sua ex-mulher. Além de tudo, ela queria saber se a atriz de cinema amante de D o procurava, e eu não tinha como lhe responder. Mas nada disso lhe concernia, já que ela estava divorciada de D, não era mesmo? Será que ela não considerava vergonhoso fazer esse tipo de pergunta?, pensei comigo, revoltado. Afinal, ela acabou me perguntando:

— D ainda vê o espectro?

— Sim, senhora. Diz que é um bebê do tamanho de um canguru, usa roupinha branca de algodão e se chama Aghwii. Foi o que a enfermeira me contou. Normalmente, ele flutua no espaço e desce de vez em quando para ficar perto do senhor D — respondi entusiasmado à primeira questão sobre um assunto de meu conhecimento.

— Ah..., Aghwii. É o fantasma do nosso bebê morto, não é? Sabe por que ele se chama Aghwii? Porque a única coisa que esse bebê disse nos poucos dias que viveu foi: *aghwii*. A própria ideia de dar esse nome, Aghwii, ao espectro do bebê que o atormenta, mostra como D é complacente consigo mesmo, não acha? — disse a mulher, com um sorriso frio oculto na voz. Da sua boca, chegou-me um odor acre e desagradável.

— Nosso bebê nasceu com uma protuberância enorme na área posterior do crânio, grande a ponto de parecer que tinha duas cabeças, sabe? E o médico diagnosticou erroneamente uma hérnia cerebral. Ao saber disso, D conversou com esse médico e matou o bebê para proteger-nos, a ele e a mim, dessa terrível infelicidade. Creio que, por mais que o bebê chorasse, eles só lhe deram água com açúcar. Acho que D agiu com extremo egoísmo, pois o matou apenas por não querer assumir a criação de um ente com funções compatíveis às de um vegetal (a previsão foi do médico). Contudo, durante a necropsia, descobriram que a protuberância era apenas um abscesso benigno, sabe? O choque foi tão violento que D começou a ter essas visões. A noção do próprio egoísmo tornou-se insuportável para ele. E do mesmo jeito que ele a princípio negou ao bebê o direito de viver, passou depois a negar categoricamente a si próprio o mesmo direito. Mas não se suicidou. Apenas fugiu da realidade e abrigou-se num mundo imaginário. Mas ainda que fuja da realidade, ele não será nunca capaz de limpar o sangue dessa mão que matou o bebê, não é mesmo? E por isso, eu digo: andar por aí com as mãos sujas de sangue a chamar o espectro de "Aghwii" é ser complacente demais consigo mesmo.

Em nome de meu patrão, senti-me ultrajado por essa crítica cruel. Voltei-me então para a mulher que, excitada agora com a própria eloquência, acabara ficando com o rosto ainda mais avermelhado que antes, e golpeei:

— E a senhora, que fez durante todo o episódio? Afinal, a senhora é a mãe, não é?

Mas a mulher não acusou o golpe.

— Eu tinha passado por uma operação cesariana, tive febre alta e fiquei inconsciente durante uma semana. Quando voltei a mim, já estava tudo acabado, entendeu? — disse ela, erguendo-se e indo para a cozinha. — Aceita outra cerveja?

— Não, muito obrigado. Mas agradeceria caso me desse a encomenda do senhor D.

— Nesse caso, espere enquanto faço uns bochechos. Estou com gengivite e tenho de bochechar de dez em dez minutos. Você sentiu o cheiro, não sentiu?

A ex-mulher de D me entregou um envelope contendo uma chave de cobre. Em pé às minhas costas, perguntou o nome da minha faculdade, enquanto me curvava para amarrar o cordão do sapato, e comentou, toda orgulhosa:

— Disseram-me que na república dessa faculdade não tem nenhum assinante do jornal •••. Você sabia que meu pai vai tomar a presidência desse jornal?

Senti tanto desprezo que nem lhe respondi.

Todavia, no momento em que me preparava para entrar no elevador, tive por instantes a impressão de que alguém remexia em meu peito com uma faquinha de manteiga. Uma dúvida acabava de me assaltar. Eu precisava pensar um pouco. Resolvi então ignorar o elevador e descer pela escada. Se a mulher descrevera com exatidão a situação de D, ele podia usar esta chave para abrir uma caixa e dela retirar um pouco de cianureto para se suicidar, não podia? Depois de muito pensar e ainda sem chegar a nenhuma conclusão, vi-me em pé diante de D na cafeteria do subsolo. D se sentava a uma mesa com a xícara de chá intacta diante de si e cerrava com firmeza os olhos encovados no rosto escuro. Agora, que se negara o direito de viver neste *tempo* e se considerava viajante de outro *tempo*, na certa julgava-se proibido de tomar qualquer coisa do *tempo* atual na presença de estranhos.

— Fui vê-la, senhor D — disse eu, decidindo mentir num impulso. — Estive negociando até agora, mas ela não me entregou nada.

Meu patrão ergueu o olhar, contemplou-me serenamente e nada disse, muito embora, no fundo das órbitas, seus olhos de expressão canina tivessem se nublado cheios de desconfiança. No táxi a caminho de casa, sentei-me ao lado de D e permaneci em silêncio, agitado por secreta angústia. Não conseguia saber com certeza se D havia ou não percebido que eu mentira. A chave me pesava no bolso, à altura do peito.

Mas a chave ficou comigo apenas uma semana. Pois comecei gradualmente a achar que era sentimentalismo de minha parte pensar que D podia se suicidar e, também, a temer que meu patrão pudesse contatar a ex-mulher para tirar satisfações, acabei encerrando a chave em outro envelope e, sem declarar o remetente, enviei-o à mansão dele por carta registrada. No dia seguinte, fui vê-lo com certa dose de apreensão. Meu patrão queimava uma pilha volumosa de papéis pautados numa pequena clareira diante do anexo. Na certa, eram os originais de suas composições musicais. A chave servira para tirá-los do lugar onde se encontravam fechados. Naquele dia, não saímos de casa e eu ajudei D a incinerar suas composições. Terminado o trabalho, dedicava-me a abrir uma cova e a enterrar as cinzas farfalhantes quando, de súbito, meu patrão se pôs a falar sozinho com voz suave. O espectro tinha vindo do céu visitá-lo. Lentamente, continuei meu trabalho de enterrar as cinzas até o espectro se retirar. Naquele dia, o monstro celeste chamado Aghwii — o nome tinha um sentido complacente, não havia dúvida — permaneceu ao lado do meu patrão por cerca de vinte minutos.

Depois disso, como eu sempre me afastava para trás ou para um dos lados toda vez que, no decorrer das nossas excursões, Aghwii vinha do alto visitar o meu patrão, este se deu conta de que, das suas duas exigências iniciais, eu apenas cumpria a de não me espantar, enquanto a outra, de participar da conversa com sinais de assentimento, vinha sendo ignorada. Apesar de tudo, acho que no final ele aceitou a situação. E então, o trabalho se tornou ainda mais cômodo para mim. D não parecia ser do tipo que arma escândalos em público e as nossas excursões pela cidade de Tóquio continuaram em ritmo tão pacífico que as advertências do pai banqueiro começaram até a me parecer cômicas. Eu já tinha comprado a edição russa do livro *L'âme enchantée* e, conforme os dias passavam, perdia toda vontade de abandonar meu maravilhoso emprego.

Meu patrão e eu fomos aos mais variados lugares. D quis visitar todas as salas de concerto em que se apresentara e também todas as escolas que frequentara. De um modo geral, procurou também rever todos os lugares onde passara momentos agradáveis, como bares, cinemas e piscinas cobertas, mas ia-se embora sem entrar. Como D tinha especial predileção pela imensa variedade de meios de transporte existentes em Tóquio, é quase certo que chegamos a rodar a extensão inteira da rede subterrânea. Estas viagens eu podia ao menos apreciar tranquilamente porque não havia nenhuma possibilidade de o bebê fantasma nos procurar debaixo da terra. Não obstante, nos momentos em que cruzávamos com policiais ou cachorros, eu costumava me lembrar das advertências da enfermeira e ficava tenso, mas, por sorte, as aparições de Aghwii nunca coincidiram com esses momentos. E então, dei-me conta de que eu amava este biscate. Não era ao meu patrão nem ao seu bebê fantasma do tamanho de um canguru que eu amava, mas ao meu emprego, pura e simplesmente.

* * *

Certo dia, meu patrão quis saber se eu aceitaria fazer uma viagem. As despesas correriam por conta dele, naturalmente, e o valor da diária seria dobrado. Aliás, quadruplicado, pois, como estava previsto que eu passaria uma noite num hotel, o trabalho se estenderia por dois dias. Pressuroso, aceitei. Sobretudo porque o objetivo da viagem era ir a Kyoto, no lugar de D, para me encontrar com sua ex-amante, a atriz cinematográfica. Fiquei muito feliz. E foi assim que se iniciou minha curta, cômica e lastimável viagem. D me forneceu o nome do hotel constante no post-scriptum de uma carta recente enviada por ela, assim como a data em que ela ali ficara de esperá-lo. Em seguida, fez-me decorar o recado. Como o meu patrão não vivia efetivamente no *tempo* atual, porque pretendia ter vindo na máquina do tempo de um mundo futuro distante dez mil anos, ele não podia se dar ao luxo de escrever uma carta e assim originar um fato novo com a marca dele. Eis por que tive de decorar o recado de D para a atriz.

Foi assim que me vi no meio da noite frente a frente com a atriz num bar que funcionava no subsolo de certo hotel em Kyoto, a explicar que eu era universitário, que trabalhava temporariamente para o senhor D e que ele estava impedido de vir vê-la pessoalmente. Em seguida, fiz a atriz compreender a visão de *tempo* de D e, finalmente, tive a oportunidade de lhe transmitir o recado.

— O senhor D me pediu para lhe dizer que seu recente divórcio não deve ser confundido com aquele outro que ele lhe prometeu. E também que, como não pode mais viver no *tempo* atual, nunca mais se encontrará com a senhora — terminei de dizer com o rosto em brasa, dando-me conta, só então, de que meu trabalho era realmente difícil.

— Ahn... Foi isso que D-*chan* disse? — murmurou a atriz. — E você? Que pensou quando aceitou vir me ver em Kyoto?

— Eu? Acho que o senhor D está sendo muito complacente consigo mesmo — disse eu, tornando minhas as palavras da ex-mulher de D.

— D-*chan* é assim mesmo. Aliás, só o fato de ter-lhe pedido para me dar esse recado mostra quão complacente ele é consigo mesmo.

— Mas eu estou sendo pago para isso, entende?

— Que é isso que você está tomando? Peça um conhaque.

Segui seu conselho. Até então, eu tomava a mesma marca de cerveja preta que me fora oferecida no apartamento da ex-mulher de D, mas desta vez acrescida de ovo, para suavizar o gosto. Ao procurar a amante, eu agira influenciado pela lembrança da ex-mulher, num curioso "efeito bilhar" psicológico entre os elementos do triângulo amoroso protagonizado por meu patrão. A atriz tomava conhaque desde o princípio. Aquela foi a primeira vez que tomei conhaque importado.

— E então, o que é na verdade esse espectro que assombra D-*chan*? Esse bebê do tamanho de um canguru, Rúgbi?

— Não, Aghwii. Disse que foi a única coisa que o bebê falou enquanto viveu.

— E D-*chan* achou que o bebê havia declarado o próprio nome, não foi? Que pai mais amoroso! Nós havíamos chegado a um acordo: quando o nenê nascesse, ele se separaria da mulher e se casaria comigo. No dia em que a criança nasceu, ele estava comigo na cama de um hotel quando o telefone tocou e ficamos sabendo da tragédia. D-*chan* levantou-se da cama sozinho, foi direto para o hospital e, depois, nunca mais soube dele — disse a atriz esvaziando o copo num longo sorvo. Em seguida, virou a garrafa de Hennessy VSOP, encheu o copo até a borda como se estivesse se servindo de um suco de fruta qualquer e tomou outro gole.

Com a mesinha de permeio, nós nos sentávamos frente a frente, ocultos por um mostruário de cigarros existente ao lado do balcão. Acima do meu ombro, pendia da parede um grande pôster colorido da própria atriz em anúncio de cerveja. Com seu rosto em forma de coração e nariz caído que fazia pensar vagamente em elefantes, a atriz resplandecia na mesma tonalidade dourada das gotas da cerveja que anunciava. O original diante de mim não tinha o esplendor do pôster: na têmpora, próxima ao couro cabeludo, havia até uma depressão funda o bastante para caber a ponta do polegar de um adulto. E exatamente por causa dessa depressão, ela me passava uma impressão mais humana que a imagem no pôster.

A atriz insistia em falar do bebê.

— Escute, não dá medo pensar que alguém possa morrer sem nunca ter feito nenhuma das coisas que caracterizam um ser humano, ou seja, sem ter tido nenhuma experiência, nenhuma lembrança? Pois é isso que acontece quando um recém-nascido morre... Dá medo, não dá?

— Não deve fazer diferença para o próprio bebê — ponderei com certa timidez.

— Mas pense em termos de vida pós-morte! — disse a atriz. Pelo visto, seu raciocínio progredia aos pinotes.

— Vida pós-morte?

— Se isso existe de verdade, as almas devem viver para sempre com as lembranças dos últimos momentos de suas vidas na Terra, não é? Mas, nesse caso, como fica no mundo pós-morte a alma de uma criança ignorante de tudo? De que lembranças ela vai viver para todo o sempre, me diga?

Confuso, sorvi meu conhaque em silêncio.

— Vivo pensando nessas coisas porque tenho medo da morte, de modo que você não precisa se desprezar por não saber de pronto a resposta à minha pergunta. Mas como eu ia dizendo, acho que, no momento em que o bebê morreu, D-*chan* decidiu não construir novas lembranças para si, como se ele próprio tivesse morrido, e por isso não vive mais no *tempo* real. Em compensação, ele agora deve estar tentando criar uma sucessão de lembranças novas para o espectro do seu bebê, e para isso o chama de diversos pontos da cidade de Tóquio. Que acha da minha teoria?

Naquele momento, concordei com ela. Pensei também que aquela atriz bêbada com depressão nas têmporas, funda a ponto de caber a ponta de um polegar, era, à sua maneira peculiar, psicóloga de mão-cheia. Na certa a afinidade entre D e ela era muito maior que entre D e a filha obesa e rubicunda do homem que queria ser diretor de uma empresa jornalística. Foi então que me dei conta de que, como bom e leal empregado, eu só pensava no meu patrão mesmo estando longe dele, em Kyoto. E não só nele: enquanto continuava a conversar com a atriz, eu também pensava sem cessar nesse espectro que o assombrava, à espera de cuja aparição eu mantinha D sob tensa vigilância toda vez que saía com ele pelas ruas de Tóquio.

O bar estava por fechar as portas e eu ainda não havia reservado meu quarto no hotel. Eu não sabia nada a respeito de reservas porque, até chegar àquela idade, nunca dormira em hotéis, mas graças à interferência da atriz, cujo prestígio no estabelecimento era grande, consegui afinal um quarto para mim. Subimos de elevador e, quando chegamos ao meu andar, ela me convidou a tomar um último drinque em seu apartamento. Foi então que meu cérebro quente e alcoolizado registrou a referida lembrança cômica e lastimável. Ela me fez sentar numa poltrona, retornou à porta, examinou a extensão inteira do corredor, acendeu e apagou diversas vezes a luz do quarto, sentou-se na cama, fez as molas saltarem, foi ao banheiro, abriu a torneira, deixou a água correr um pouco, enfim, realizou uma série de movimentos realmente nervosos. Depois, sentou-se numa poltrona ao meu lado, serviu-me o conhaque prometido e, enquanto ela própria tomava coca-cola, contou-me que dormira com qualquer homem que a seduzisse na época em que mantivera relações amorosas com D, do qual, aliás, levara surras memoráveis em virtude disso. Perguntou-me também se os universitários modernos se dedicavam à prática de *heavy petting*. Respondi-lhe que dependia do universitário. No mesmo instante, a atriz fez pose de mãe conscienciosa que recrimina o filho por estar acordado até tarde e me mandou procurar meu quarto e dormir. Despedi-me, fui para o meu quarto, mergulhei nas cobertas e adormeci instantaneamente. Altas horas, acordei com a garganta em fogo.

O ponto alto do episódio cômico e lastimável aconteceu em seguida. Mal despertei, achei que na noite anterior a atriz havia tentado me seduzir ao despertar em mim o universitário maníaco por *heavy petting*. No momento seguinte, um desejo furioso e desesperado tomou conta de mim. Até então eu nunca havia dormido com uma mulher, e essa afronta exigia reparação. Na certa, sofria ainda os efeitos do Hennessy VSOP que experimentara pela primeira vez na vida e, sobretudo, tinha a mente alterada pelo desejo dos meus dezoito anos a exsudar peçonha. Eram ainda cinco da manhã e os corredores do hotel continuavam desertos. Tomado de fúria, esgueirei-me por eles ligeiro e silencioso como uma pantera e alcancei o apartamento da atriz. A porta estava meio aberta. Entrei e descobri-a sentada diante do toucador, de costas para mim. Não sei bem o que pretendi fazer em seguida. Furtivamente, aproximei-me dela por trás e, com as mãos formando um círculo, creio que pensei em agarrá-la pelo pescoço. Ato contínuo, a atriz se voltou com um sorriso rasgado, ergueu-se, envolveu minhas duas mãos nas dela e as sacudiu, feliz como um convidado que recebe calorosas boas-vindas do anfitrião, ao mesmo tempo em que dizia, quase cantando: "Bom dia, bom dia!". Sem me soltar as mãos, ela me levou a uma cadeira e me fez sentar à mesinha onde já estava servida a refeição matinal, constituída de café e torradas, a qual partilhei com a atriz meio maquiada enquanto lia o jornal. A certa altura, a mulher me disse em tom de quem comenta o tempo: "Você ia me violentar, não ia?". Eu então fugi da atriz que se preparava para terminar a maquiagem interrompida, voltei ao meu quarto e tornei a mergulhar na cama, trêmulo como um paciente com surto de malária. Temi que a mulher reportasse a D o pequeno incidente, mas, posteriormente, meu patrão e eu não voltamos a falar da atriz. O que foi uma sorte, pois isso me permitiu continuar a trabalhar com satisfação.

O inverno tinha chegado. Naquela tarde, eu e D tínhamos planejado andar de bicicleta pela área residencial em que ele morava e fazer ligeiras incursões pela zona agrícola adjacente. Partimos, eu, numa bicicleta velha e enferrujada, e meu patrão, na nova e brilhante emprestada da enfermeira, a expandir aos poucos o círculo que tinha a mansão como ponto de partida, ora percorrendo o interior de um condomínio recém-construído, ora descendo ladeiras rumo à zona agrícola contígua. Suados, desfrutando de aguda sensação de liberdade, íamos aos poucos nos excitando. Uso o verbo no plural porque D também estava obviamente na melhor das disposições naquele dia, dava-se até ao luxo de assobiar o tema da sonata "Siciliana para flauta e cravo", de Bach. Eu a conhecia porque tocara flauta nos meus tempos de colegial, pouco antes de começar a estudar para o vestibular. Não me tornei exímio flautista, mas, em troca, adquiri o hábito de estender o lábio superior, o que me deixava parecido com uma anta. Eu, porém, tive um amigo que insistia em creditar tal hábito aos dentes da minha arcada superior, dentes cuja implantação era bastante irregular no meu caso. Contudo, é verdade também que a maioria dos flautistas acaba ficando com perfil de anta.

Enquanto pedalava, assobiei com D o tema da sonata "Siciliana". Graciosa e refinada, a peça exige considerável fôlego do executor, mas, ofegante como eu estava do exercício, a melodia me saía entrecortada e em curtos acessos. Ah, mas D assobiava com tanto sossego e descontração! E quando, humilhado, parei de acompanhar a melodia, D lançou-me um olhar de relance, sorriu-me serenamente e, arredondando os lábios como carpa em busca de ar, continuou a assobiar. Sem dúvida minha bicicleta era velha e a dele, nova, mas ainda assim era degradante e contrário à natureza que eu — estudante universitário de dezoito anos, magro porém alto, contratado para serviço temporário — estivesse em vias de exaurir as forças e ofegasse muito mais que meu patrão de vinte e oito anos, franzino e, além de tudo, doente. Isso era injusto e irritante. Meu bom humor se evaporou num instante e eu me senti profundamente desgostoso de todo o meu trabalho.

Foi então que decidi erguer-me no selim, transferir todo o peso do corpo para os pedais, à maneira de ciclistas, e acelerar cegamente. Arremeti então de propósito por uma estreita senda de cascalho que corria entre plantações de legumes. Depois de percorrer um bom trecho, voltei-me e vi meu patrão totalmente debruçado sobre o guidão, a sacudir a cabeça grande sobre os ombros estreitos e a correr no meu encalço a toda a velocidade, enquanto pedriscos voavam a seu redor. No mesmo instante envergonhei-me do comportamento infantil e, pousando o pé numa cerca de arame farpado que protegia a horta, parei a bicicleta e esperei D aproximar-se.

Meu patrão continuou a sacudir a cabeça e aproximou-se de mim às pressas. E então, percebi que o espectro o visitava. Ele guiava bem rente ao lado esquerdo da senda, e o que me haviam parecido movimentos pendulares da cabeça destinados a impulsionar a bicicleta eram na verdade palavras de incentivo que D, voltando a cabeça de tempos em tempos para o lado direito, sussurrava ao ente que o acompanhava desse lado, eu não sabia muito bem se a voar ou a correr. Ele lembrava um instrutor de maratona que segue de bicicleta ao lado do corredor com conselhos e incentivos. Ah, D agia daquele modo imaginando que Aghwii corria ao lado dele, pensei. O espectro do tamanho de um canguru, o estranho bebê gordo demais que usava roupinha de algodão branca, devia estar saltitando como um canguru ao lado da bicicleta. Estremeci involuntariamente. Com um chute, afastei-me da cerca de arame farpado e saí pedalando devagar, à espera de que meu patrão e Aghwii, seu espectro imaginário, me alcançassem.

Isso não significava que eu tivesse começado a aceitar candidamente a existência desse bebê imaginário do meu patrão. Conforme já me aconselhara a enfermeira, eu havia jurado não me desgarrar da âncora do bom senso para não fazer o papel do caçador de múmias que acaba virando múmia ou, no meu caso, do guardião de louco que acaba louco, numa dessas tragicomédias cujos textos oscilam entre o drama e a neurose. Este era um papel que eu vinha recusando com firmeza. Resolvido a adotar outra tática, sorri então intencionalmente frio e esforcei-me por pensar da seguinte maneira: acho que este músico neurastênico lançou mão de todos os recursos ao seu alcance para representar esta cena curta e reforçar a mentira que vem me contando; a quanto trabalho ele se dá! Em outras palavras, continuei a manter um distanciamento tranquilo entre mim e D, acompanhado de seu espectro imaginário. Ainda assim, sofri um estranho abalo emocional.

O referido abalo começou da seguinte maneira. Enquanto percorríamos a estreita senda entre as plantações, eu e D, que finalmente me alcançara e me seguia a quase um metro de distância, fomos surpreendidos pelos latidos raivosos de uma matilha de cães, de maneira tão súbita e inexorável quanto incautos andarilhos por um aguaceiro de verão. Ergui a cabeça e vi à minha frente a matilha que se aproximava pela senda de cascalho. Eram cerca de dez animais, adultos e jovens, com quase sessenta centímetros de altura, todos da raça dobermann. Os cães ocupavam a largura inteira da senda e se aproximavam a correr e a disputar avidamente a primazia. Por trás do bando vinha um homem em uniforme de trabalho verde empunhando o feixe das correias de couro preto e fino, talvez atiçando os cães ou, quem sabe, sendo arrastado por eles, mas, seja como for, em desabalada carreira. Os animais tinham pelame negro e brilhante como laca, semelhante ao de focas recém-saídas da água, e algumas manchas cor de chocolate seco espalhadas por cabeça, peito e patas. Na ânsia de arremeter, esses cães agressivos de rabos amputados caíam para a frente, uivavam, espumavam, arquejavam em fúria incontida e aproximavam-se cada vez mais. Além das plantações, abria-se uma clareira não lavrada, coberta de relva. Na certa, o homem andara por lá adestrando os cães e, naquele momento, estava em vias de se retirar.

  Sacudido por inominável pavor, desci da bicicleta e lancei o olhar desamparado para a extensão de terra lavrada do outro lado da cerca de arame farpado, cerca essa que me chegava à altura do peito. Saltá-la e fugir para o outro lado talvez me fosse possível, mas não para o franzino compositor. O veneno paralisante do medo começava a atuar sobre minha mente inflamada e, num átimo, imaginei com incrível clareza a cena trágica que dentro de alguns segundos se desenrolaria perante meus olhos. A matilha se aproximaria e D com certeza sentiria que seu precioso Aghwii seria atacado pelos cães, os animais que ele mais temia. Ouviria os gritos e o choro apavorado do bebê. E então, ver-se-ia inevitavelmente em situação de arrostar a matilha a fim de proteger a criança. Nesse caso, a dezena de cães da raça dobermann o estraçalharia sem piedade. Havia também outra possibilidade: ele tentaria atravessar a cerca de arame farpado com o bebê para escapar da sanha assassina dos cães e seria da mesma forma estraçalhado pelas farpas metálicas. As trágicas e dolorosas suposições me abalaram emocionalmente.

  E ali estava eu, incapaz de tecer um único plano de salvação enquanto a mais de dezena de robustos cães demoníacos, negros com manchas cor de chocolate, chegavam abocanhando nacos do vácuo com suas potentes mandíbulas, rosnando e ladrando, trêmulos de excitação. Tão perto, que eu já lhes ouvia o ruído das unhas aguçadas cor de resina raspando o cascalho. No instante em que me dei conta de que nada podia fazer para salvar D e seu bebê, tornei-me incapaz de esboçar qualquer gesto de resistência, como um tarado apanhado em flagrante pela polícia. Um denso negrume de pavor me engolfou. Eu havia recuado tanto à beira da senda, que sentia dolorosamente as farpas da cerca em minhas costas. Mantendo a bicicleta rente ao corpo como um escudo, fechei os olhos. E quando o inconfundível odor dos animais, os ladridos e o ruído dos passos me alcançaram, senti estuporado que lágrimas começavam a me escorrer por entre as pálpebras cerradas. Renunciei então a mim mesmo e me deixei carregar nas vagas do medo.

Sobre meus ombros, pousou nesse instante uma mão repleta de incrível ternura, mão que concentrava a verdadeira essência de toda a ternura do mundo. Achei que Aghwii me tocava. A mão, porém, era de D, eu sabia: ele deixara passar a matilha demoníaca e nenhum desastre, nenhum medo o tocara. Ainda que ciente disso, meus olhos cerrados continuavam a verter lágrimas copiosas enquanto eu permanecia no mesmo lugar, arquejante, a soluçar. Já tinha passado da idade de chorar diante de estranhos, mas na certa o medo me fizera regredir à infância. Depois disso, eu e D (ele já não se ocupava com Aghwii, que com certeza se fora enquanto eu chorava) fomos empurrando nossas bicicletas pela senda entre as cercas de arame farpado, cabisbaixos e em silêncio como prisioneiros em campo de concentração, rumo ao relvado onde estranhos adestravam cães e jogavam beisebol. Ali deitamos as bicicletas e nos jogamos sobre a relva. Depois do choro incontido, meu ânimo, minha propensão a objetar, a desconfiar e a teimar tinham-se embotado. D também não mostrava nenhuma prevenção contra mim. Juntei as mãos sobre a relva e sobre elas depus a cabeça curiosamente leve e seca depois do choro e, de olhos fechados, ouvi serenamente o que D, com um cotovelo fincado na relva, torso soerguido e sempre a perscrutar-me o rosto, contou-me do mundo do seu precioso Aghwii.

— Você conhece o poema de Chuya Nakahara intitulado "Timidez"?
A segunda estrofe era assim:

Lá onde galhos se entrelaçam,
Triste pisca o céu
Coalhado de espectros de infantes mortos.

E então a campina distante
Era um sonho de mamutes em astracã costurados. *

— Acho que o poema capturou muito bem um dos aspectos do mundo do meu filho morto. E por falar nisso, você já viu os trabalhos do pintor William Blake? Refiro-me especialmente àquele intitulado *Cristo recusando o banquete de Satanás*. Ou àquele outro, *Estrelas matinais cantando em coro*. Neles se veem seres humanos etéreos tão reais quanto os terrenos e que, além do mais, sugerem uma face desse outro mundo que entrevejo. Aliás, também nos quadros de Dali havia coisas muito próximas às desse mundo a que me refiro. Eram seres semitransparentes das mais diversas espécies, dotados de resplendente brancura ebúrnea e flutuando no espaço a quase cem metros da Terra... Pois esse é o mundo que eu vejo. E o que seriam esses seres luminosos que flutuam e preenchem todo o espaço etéreo? Coisas que perdemos no decorrer de nossa vida terrestre. Como amebas visualizadas ao microscópio, lá estão elas, brilhantes, flutuando placidamente no espaço a uma altura aproximada de cem metros da Terra. E de lá são capazes de descer à terra às vezes, como o nosso Aghwii. (Nosso, disse meu patrão. E naquele momento não contestei a qualificação, muito embora não o aceitasse também.) Mas a capacidade de ver tais seres flutuantes ou de ouvi-los quando descem para o nosso lado só nos é assegurada em troca de condizente sacrifício. Contudo, momentos há em que essa capacidade nos é concedida sem que ofereçamos a contrapartida de sacrifício ou de esforço. Foi o que lhe aconteceu momentos atrás, eu acho.

Sem sacrifício ou esforço de espécie alguma, em troca de apenas algumas lágrimas vertidas, era o que o meu patrão queria dizer, pelo visto. Eu, porém, havia chorado porque sentira pavor e imensa sensação de impotência decorrente da percepção de que não fora capaz de cumprir o meu dever, assim como vago temor pelas dificuldades que de um modo geral haveriam de se desdobrar diante de mim no decorrer da minha vida. (Pois se me mostrara incapaz de cumprir a contento a tarefa de tomar conta desse músico maluco, ou seja, de ganhar dinheiro através do trabalho para passar nessa miniatura de teste de vida, eu podia prever com razoável certeza que doravante uma sucessão de acontecimentos

---

* *Edaeda no kumiawasu atari kanasige no/ Sorawa sijira no bourei ni michi mabatakinu/ Orishimo kanata nonoue wa/ Asutorakan no awai nuu kodai no zou no yumenariki.* (N. T.)

insuperáveis, que me deixaria para sempre perplexo e confuso, me aconteceria.) Contudo, não tentei protestar e continuei, em respeitoso e atento silêncio, a ouvir as palavras de meu patrão.

— Você é jovem e na certa ainda não passou pela experiência de perder algo valioso, algo que você não consegue esquecer e que o obriga a viver com contínua sensação de perda, não é? A cem metros da Terra, o céu continua sendo para você apenas céu, não é verdade? Mas esse céu não passa de um depósito que se apresenta vazio por enquanto. Ou será que você já perdeu algo muito valioso?

Naquele instante, veio-me do nada a lembrança da ex-amante do compositor, a atriz da depressão na têmpora capaz de conter a ponta de um polegar, com quem eu tivera um estranho encontro num hotel de Kyoto. Mas eu não podia ter perdido nada importante relacionado a ela, claro. Eu estava apenas coletando o mel do sentimentalismo num desvão da mente lavada de lágrimas.

— Você já passou pela experiência de perder algo muito valioso? — tornou a perguntar meu patrão, mostrando-se insistente pela primeira vez desde que nos conhecemos.

Foi então que, mais para disfarçar o constrangimento, senti vontade de me sair com uma observação cômica.

— Perdi um gato — declarei.

— Siamês ou o quê?

— Um gato comum, estriado, cor de laranja. Sumiu há uma semana.

— Uma semana? Nesse caso, ele ainda pode voltar. Quem sabe é época de cio e...

— Eu também pensava assim, mas... acho que ele realmente não volta mais.

— Por quê?

— Porque era um macho valente, com território extenso. Mas esta manhã, um gato desconhecido e franzino andava por seu território sem demonstrar muita apreensão. Meu gato não volta mais — expliquei, dando-me então conta de que, em vez do anticlímax cômico planejado, eu acabara de contar em detalhes a história do meu gato desaparecido com voz enrouquecida de genuína tristeza.

— Nesse caso, há um gato flutuando no seu espaço celeste — disse meu patrão com seriedade.

Cerrei os olhos e experimentei imaginar a mirabolante cena de um enorme gato semitransparente de brancura ebúrnea, muito parecido com um balão publicitário luminoso, a boiar no céu. Era cômico, mas ao mesmo tempo tocante.

— A quantidade dessas coisas flutuantes aumenta progressivamente com incrível rapidez, você vai ver. E foi para deter essa proliferação que deixei de viver no *tempo* real da Terra a partir do momento em que perdi meu filho. Agora, já não perco nem acho mais nada, e a situação do meu espaço celeste cem metros acima da Terra permanece inalterada — disse meu patrão com evidente alívio.

Mas no meu espaço aéreo cem metros acima da Terra teria realmente apenas um gato estufado, de estrias cor de laranja?, pensei. E então, naquela hora próxima ao anoitecer, senti vontade de abrir os olhos para examinar o límpido céu de quase inverno, mas fui assaltado por forte sensação de medo que, pelo contrário, me fez cerrar os olhos com força. E se eu realmente visse no céu um batalhão de cintilantes seres de brancura ebúrnea, seres perdidos no decorrer do nosso *tempo* terrestre?, pensei, assustado como um menininho, com medo agora do que seria de mim depois disso.

Meu patrão e eu ficamos deitados naquela clareira por tempo consideravelmente longo, dois seres humanos encerrados num letárgico círculo de afinidade, a compartilhar a mesma desesperança. Depois, recuperei aos poucos o equilíbrio emocional. Eu estava sendo influenciado por esse compositor maluco a despeito de todo o pragmatismo dos meus dezoito anos!, censurei-me. Não quero dizer com isso que eu tivesse recuperado totalmente o equilíbrio emocional. No dia em que senti o estranho pânico, tínhamos, tanto eu como meu patrão, chegado emocionalmente à menor distância possível do batalhão de coisas de brancura ebúrnea que flutuam a cem metros de altura, e isso deixara uma espécie de sequela em mim.

E então, chegou o último dia da minha relação com D. Era véspera de Natal. Lembro-me disso muito bem, porque D me deu um relógio e se escusou por estar me entregando o presente um dia antes da data certa. Além disso, nevou durante cerca de trinta minutos no começo daquela tarde. Eu e o meu patrão tínhamos ido a Ginza, mas, como o tráfego já andava intenso, resolvemos sair daquela área e ir ao porto de Tóquio. D queria ver o cargueiro chileno que devia ter aportado naquele dia. Imaginei o espetáculo da neve acumulando-se sobre o navio e também me entusiasmei. Resolvemos então ir andando de Ginza rumo ao porto. No momento em que passávamos diante do teatro Kabukiza, D ergueu o olhar para o céu escuro e sujo que prenunciava nova nevasca. Nesse momento,

Aghwii desceu para o lado dele e eu, como sempre, caminhei a alguns passos de distância de meu patrão e de seu espectro. Logo, tínhamos de atravessar um amplo cruzamento. Mas o sinal mudou no instante em que D, acompanhado de seu espectro, pôs o pé para fora da calçada. D parou. Caminhões abarrotados com encomendas de final de ano passaram a toda a velocidade como uma manada de elefantes. Foi nesse exato instante que D, com um grito repentino, saltou diante dos caminhões com as duas mãos estendidas, como se pretendesse acudir alguém, e foi instantaneamente jogado longe. Eu apenas fiquei olhando, aturdido.

— Foi suicídio! Ele se matou! — disse um desconhecido ao meu lado, com voz trêmula.

Eu, porém, não tive tempo de ficar cogitando se tinha ou não sido suicídio. O cruzamento logo se transformou num pandemônio semelhante ao que reina nos bastidores de um circo, com os elefantinos caminhões supercarregados disputando espaço aos empurrões. Trêmulo como cachorro abandonado, ajoelhei-me ao lado do ensanguentado D e o envolvi em meus braços. Eu não sabia o que fazer e, o guarda que acudiu, logo desapareceu também. D não estava morto ainda, mas antes estivesse. Com o sangue e mais algum fluido semelhante a seiva a lhe escorrer do corpo, ele agonizava a um canto da rua imunda, enlameada pela breve nevasca. O céu negro que ameaçava outra nevasca partiu-se naquele momento, e uma esplendorosa claridade de pintura sacra espanhola incidiu sobre o sangue e lhe emprestou um brilho fútil de gordura. Tendo a pele como divisória, frio e curiosidade digladiavam-se manchando o rosto dos estranhos que espiavam o meu patrão, enquanto inúmeros *"Jingle bells"* se entrecruzavam como uma revoada de pombos alarmados no espaço aéreo sobre nossas cabeças e, para mim, ajoelhado ao lado de D, a apurar os ouvidos à toa e a ouvir pessoas gritando continuamente na distância, pareceu-me que a multidão ao nosso redor permanecia em friorento silêncio, insensível a tais gritos. Depois daquele dia, nunca mais me aconteceu de apurar os ouvidos daquele jeito nem de ouvir gritos semelhantes pelas esquinas da cidade.

Uma ambulância chegou momentos depois e meu patrão foi carregado inconsciente para dentro dela. Estava sujo de sangue e lama e parecia encolhido em virtude do choque. Seus tênis brancos lhe davam aspecto de um cego ferido. Entrei na ambulância em companhia de um bombeiro, do médico e de um jovem de atitude inexplicavelmente arrogante. O rapaz era o motorista do caminhão de entregas de longo curso que havia atropelado meu patrão. A ambulância cruzou a área de Ginza, ainda mais congestionada que antes. Estatísticas recentes dão conta de que a véspera de Natal daquele ano registrou o maior afluxo de pessoas de todos os tempos nas ruas de Ginza. Havia uma nota comum de seriedade e contrição no rosto dos que ouviam o uivo das sirenes e acompanhavam a passagem da ambulância. Em meu cérebro parcialmente embotado, ocorreu que, embora pareça verdadeiro, o propalado hábito de sorrir misteriosamente imputado ao povo japonês é, na realidade, noção errônea. Enquanto isso, D agonizava, inconsciente e a sangrar sobre a maca instável e propensa a tombar para o lado. Logo, chegamos ao hospital e D foi carregado pelos bombeiros, ainda com os tênis nos pés, para algum lugar nas profundezas do hospital. Eu então fui interrogado com delicadeza sobre a ocorrência pelo mesmo policial de havia pouco, surgido repentinamente não sei de onde. Em seguida, o policial me deu permissão de procurar o quarto para onde D fora transferido. Ao chegar, encontrei o jovem motorista sentado num banco diante da porta. Sentei-me ao lado dele e esperei longamente. A princípio, o rapaz resmungava que o desastre havia atrasado todo o seu cronograma de entregas, mas, passadas cerca de duas horas, senti meu antagonismo por ele diminuir ao ouvi-lo queixar-se de fome com voz inesperadamente infantil. Mais um tempo se passou e, então, chegaram o banqueiro, a mulher e as três filhas, todas vestidas para alguma festa. O grupo entrou no quarto sem tomar conhecimento nem de mim nem do jovem motorista. As mulheres eram todas obesas, baixas e de rostos avermelhados, ou seja, fisicamente parecidas com a ex-mulher de D. Eu continuei a esperar. E no decorrer daquelas longas horas uma dúvida me atormentou sem cessar. Meu patrão não teria tido a intenção de se suicidar desde o princípio? Não teria sido com isso em mente que regularizara o relacionamento com a ex-mulher e com a ex-amante, queimara os originais de suas composições e se despedira de todos os locais que lhe eram queridos? Eu não teria sido simplesmente o guia pressuroso desse macabro ritual? E se ele inventou a história do fantástico bebê que flutua no espaço com o intuito de me iludir e de camuflar essa intenção? Nesse caso, eu teria sido contratado apenas para auxiliar D a se matar? O jovem motorista acabou adormecendo com a cabeça apoiada em meu ombro e se debateu muitas vezes no sono. Na certa estava tendo um sonho aterrorizante em que atropelava e matava alguém.

Quando a noite caiu por completo, o banqueiro surgiu à porta do quarto e me chamou. Afastei a cabeça do rapaz do meu ombro com delicadeza e me ergui. O banqueiro me pagou a diária e me deixou entrar no quarto. D se deitava enviesado na cama e parecia personagem de uma farsa com aqueles canos introduzidos nas narinas. Sobressaltei-me ao ver-lhe o rosto enegrecido, com aspecto de defumado. Eu, porém, não podia deixar de esclarecer a horrível dúvida que me atormentava, de modo que interpelei meu patrão agonizante:

— O senhor me contratou apenas para ajudá-lo a se matar? Aghwii era apenas uma camuflagem?

Com a garganta apertada das lágrimas que lutavam por escorrer, esbravejei então algo surpreendente até para mim:

— E eu, que já estava quase acreditando em Aghwii!

Nesse momento, meus olhos embaçados de lágrimas viram surgir no rosto de D, diminuído e enegrecido, um sorriso zombeteiro e ao mesmo tempo repleto de carinho, como o de alguém prestes a fazer uma traquinagem. O banqueiro conduziu-me para fora do quarto. Enxuguei as lágrimas e, quando me preparava para partir, notei que o jovem motorista tinha se estendido no banco e dormia a sono solto. Introduzi os mil ienes da minha diária no bolso dele e fui-me embora. No dia seguinte, soube pelos jornais vespertinos que o compositor havia morrido.

E então, nesta primavera, eu passava por uma rua quando, subitamente e sem motivo algum, fui atacado a pedradas por um bando de crianças espavoridas. Não sei o que as assustou daquele jeito, mas o fato é que uma pedra do tamanho de um punho, lançada por uma das crianças que o medo tornara extremamente agressiva, acertou-me o olho direito. Com o impacto, dei com um joelho em terra e senti o peso de um naco de carne na mão que levei ao olho ferido. Com o olho são, vi que gotas de sangue caíam sobre o asfalto e, como ímãs, atraíam a poeira próxima. Nesse exato instante, senti às minhas costas certa presença saudosa e enternecedora do tamanho de um canguru alçar voo rumo ao céu de tocante pureza azulada, onde ainda demoravam os rigores do inverno. Adeus, Aghwii!, gritei em meu íntimo, surpreendendo-me a mim mesmo. Dei-me conta então de que o ódio por meus pequenos e apavorados algozes se dissipava e que, no decorrer destes últimos dez anos, o *tempo* se encarregara de encher meu céu de inúmeras coisas de brancura ebúrnea, nem todas a brilhar candidamente. Ao ser ferido pelas crianças e pagar um tributo realmente gratuito, eu conquistara, ainda que por um momento fugaz, a capacidade de sentir junto a mim um ser descido do meu céu.

(Sorano kaibutsu Aguii, publicado em janeiro de 1964. Extraído de *Sorano kaibutsu Aguii*, Editora Shinchosha, 30/03/1972.)

Em português brasileiro

A bordo de um jipe, eu e o guarda-florestal corríamos a toda a velocidade pela estrada que, à semelhança de uma galeria, varava uma floresta densa e perfumada, escavando e lançando longe, nas curvas, a argila coberta de folhas mortas. As folhas mortas eram negras, a argila, vermelha, e me pareceu que corríamos atropelando inúmeras lagartixas. Momentos depois, saímos repentinamente numa elevação onde o campo visual se ampliava. Avistamos então um vale em forma de fuso cercado pela floresta e cintilando sob o sol a pino de fim de verão. Um caminho pavimentado descia em ladeira suave da elevação onde nos encontrávamos até o vale e, em seguida, começava a subir novamente só para se extinguir do outro lado, subitamente como riacho em leito arenoso, no exato ponto onde se encontrava com a floresta. De ambos os lados do caminho, uma dezena de casas espalhadas e alguns trechos de terreno arado. O vale resistia debilmente aos avanços da mais compacta, mais densa floresta da cadeia de montanhas de Shikoku. A floresta é dominadora. Paramos o jipe no platô e contemplamos o vale. Aos poucos, uma enorme sensação de ausência parece encobrir o vale como uma tampa. O guarda-florestal desligou o motor e um silêncio tão grande quanto a sensação de ausência pareceu tragar até a nós, no jipe. Descemos a ladeira com o veículo que, com o motor desligado, lembrava uma cigarra muda.

— Repare no mato crescido entre as pedras do pavimento — sussurrou o guarda-florestal e, no vale cercado pela floresta, gigantesca parede à prova de som, sua voz se perdeu imediatamente.

Observei as folhas duras e fortes do mato que crescia entre as pedras do pavimento. Fazia muito tempo que ninguém as pisava. Descobri, no meio do mato, o esqueleto de um gato que ficara exposto ao sol e à chuva. Os ossos, de estrutura perfeitamente conservada, não eram nem de cão nem de carneiro, eram indubitavelmente de um gato, e se ocultavam no caminho pavimentado. O guarda-florestal evitou-os e desceu em zigue-zague o estreito caminho.

— Tinha um gato morto — comentei.
— Morreu de fome.
— Bem que podia ter comido um rato.
— Pois esse rato deve ter morrido de fome antes do gato ou fugido para a floresta.

Gosto de gatos e senti minhas emoções se agitarem. Esses animais não terão mais a capacidade de viver numa floresta hoje em dia? Afinal, dez mil anos a.C., os antepassados do gato tinham sido domesticados pelos egípcios como animais de caça nas florestas à jusante do Nilo. No meio das folhas fortes e duras que cresciam entre as pedras do calçamento entrevi mais alguns esqueletos. Seja como for, por que teriam esses representantes da timidez e da arrogância morrido no meio de uma rua pavimentada, já que ao redor deles havia ilimitados locais de um verde sombrio, mais apropriados para morrer?

Quando o nosso jipe parou silenciosamente no fundo em forma de barco, um cachorro marrom cruzou a nossa frente com a agilidade de um lobo. Gritei involuntariamente. O guarda-florestal sorriu. Ligamos o motor do jipe e subimos a ladeira em direção ao ponto onde a floresta se encontrava com o vale.

Por que teria eu gritado? Depois de passar pelo sombrio túnel de árvores e sair no platô, o único ser semovente que tínhamos visto fora o cão, mas, ainda assim, minha reação era exagerada. Eu havia percebido aquele cão tornado selvagem como uma espécie de espectro canino. Seja como for, tínhamos viajado de jipe sem avistar nem sombra de homem ou de mulher trabalhando na lavoura, de crianças brincando na rua pavimentada ou de animais domésticos. As portas e janelas das casas estavam todas cerradas como estariam contra o negrume noturno...

— Acaso era pobre este povoado?

— Pobre? Não especialmente — disse o guarda-florestal estacionando o jipe diante de uma casa escolhida a esmo.

Descemos sobre o caminho pavimentado, esmagando o mato. Na qualidade de simples viajante, provocou-me um leve constrangimento pisar esta rua pavimentada há muito não percorrida pelos pés dos moradores do povoado. Tive vontade de retornar rapidamente ao jipe. Indiferente à minha hesitação, o guarda-florestal caminhou até a porta da casa, arrombou-a com evidente autoridade e entrou no vestíbulo de terra batida ainda mais escuro que a floresta que acabáramos de cruzar. Ele, afinal, era um elemento da vila. E eu era alguém estranho à vila que administrava aquela gigantesca floresta, da qual também fazia parte o povoado. Imobilizei-me e esperei, resolvido a não esmagar nenhum talo de mato a mais. Sem tirar os sapatos (ele usava botas de cano curto semelhantes às usadas pelos soldados do antigo exército), o guarda-florestal tinha entrado na sala e parecia estar fazendo alguma coisa. No momento em que, perturbado, eu até começava a sentir um pouco de medo, o guarda-florestal pôs a cabeça suja de pó para fora da porta e disse:

— Venha cá, quero lhe mostrar uma coisa.

Obedeci a contragosto e entrei no escuro vestíbulo de terra batida. Em pé ao lado do guarda-florestal, o que vi no fundo da escuridão foi uma válvula catódica emitindo uma luz tão pálida quanto a fosforescente e em vias de formar imagens. E no aposento, provido de um braseiro cortado no meio do assoalho, emergiram à débil luz da válvula, uma robusta cômoda, um oratório, um relógio de parede. O aposento, excessivamente arrumado, parecia ter sido extirpado de todos os detalhes que contivessem traços de vida humana, mas, ainda assim, era o interior de uma típica moradia de lavrador. Uma miniatura daquela sensação de ausência que envolvia a bacia inteira também se infiltrara no local. Instantes depois, uma alegre voz masculina, que parecia até saída de uma garganta metálica, pôs-se a falar e, na superfície da tela, surgiu uma cena marítima de espantosa nitidez. Um oceano vigoroso levemente ondeado, um límpido céu azul, um penhasco esbranquiçado como muralha de castelo. Quando a imagem na tela é ampliada, a cabeça de uma mulher estrangeira debate-se na superfície marítima, que espuma como água gasosa. Ela parece estar nadando. A voz explica os diversos recordes batidos por pessoas que cruzaram o estreito de Dover...

Com um salto, o guarda-florestal sobe, outra vez sem tirar os sapatos, para a área assoalhada e, no mesmo instante, o pó se eleva como uma densa fumaça e intercepta a visão do mar na tela da TV. E quando o aparelho é desligado, eu, que estou em pé no vestíbulo de terra batida, não percebo mais nada além da escuridão. Repelido por ela, saio então para a rua e espano a poeira dos meus ombros.

Depois que recomeçamos a andar de jipe, o guarda-florestal disse:

— O fato de quase todas as casas terem um aparelho de TV parece indicar que as pessoas não eram especialmente pobres. Além do mais, é coisa acontecida há um ano.

Quando acabamos de subir a ladeira, o guarda-florestal mudou de direção com destreza diante da floresta que se erguia sólida como uma parede diante de nós. Daquela elevação, podiam-se avistar as hortas por trás das casas. Estavam literalmente arruinadas. Vi diversas vezes ratos de esgoto mortos decompondo-se ao sol e nunca consegui me familiarizar com essa visão. As hortas da bacia tinham, naquele instante, o aspecto de incontáveis ratos mortos deitados lado a lado. Eu soube então que vegetais e animais inspiram o mesmo asco quando em decomposição.

— Estou me sentindo nauseado — eu disse, experimentando repentino cansaço.

— Sei — respondeu com simplicidade o guarda-florestal, esse tipo de reação direta era raro num homem de caráter introvertido e tortuoso como ele. — Nesse caso, vamos embora. Você já viu o suficiente.

O jipe tomou impulso, subiu a toda a velocidade a rua pavimentada e atingiu outra vez o platô na entrada da floresta. Além do cão que se tornara selvagem, não havia no povoado daquele vale nenhum ser com risco de ser atropelado, de modo que podíamos correr à vontade. Antes de seguir do platô para o interior da floresta, voltamo-nos uma vez mais e contemplamos o vale logo abaixo.

— Passou-se apenas um ano desde que os moradores do povoado Bannai saíram daqui e foram para um lugar distante e desconhecido. Não obstante, dá a impressão de que a floresta já começou a avançar na direção do vale. Caso se passem dez anos sem que eles retornem, o vale será tragado pelas árvores da floresta.

— Pode ser que isso realmente aconteça — concordei, sentindo o medo me invadir.

— Essas florestas densas são realmente aterrorizantes, sei muito bem porque vivo percorrendo com o meu jipe estradas que são como veias capilares da floresta, à procura de madeireiros clandestinos. Fico imaginando se um dia as árvores não vão fechar a minha passagem e me encerrar na floresta à semelhança de sangue esquecido no cérebro de um velho que sofreu um acidente vascular. Realmente, este trabalho é muito duro para alguém que só estudou literatura francesa na universidade. Sem falar que se trata de uma região onde acontecem coisas loucas, como o sumiço de um povoado inteiro de quase cinquenta pessoas que deixaram para trás aparelhos de TV, menina dos olhos deles.

Lançando na direção do povoado abandonado uma exclamação que era uma complexa mistura de autoescárnio e inesperada autoadmiração, meu amigo, o guarda-florestal, avançou resolutamente o jipe para dentro da galeria de árvores no meio da floresta. Se não conseguíssemos chegar à vila antes do pôr do sol, na certa correríamos riscos. Eu também senti então um medo real da densa mata. Em silêncio, disparamos pela floresta que exalava um odor intenso de suor em axila. Na época em que eu e o guarda-florestal estudávamos literatura francesa na mesma classe de uma universidade, um batiscafo francês aportou em Tóquio. Eu e meu amigo fomos então ouvir uma palestra do comandante do submarino. E a mim me pareceu que o batiscafo que víramos num curta, acompanhado de explicações do comandante, parecia-se com o jipe que corria agora conosco a bordo. Tanto o submarino como o jipe estremeciam continuamente como fera molhada e avançavam por um denso vazio, iluminado por uma leve luz esverdeada clandestinamente introduzida na escuridão.

— Você se lembra da palestra do capitão do batiscafo? — berrei para me contrapor ao zunido do quebra-vento que lembrava o de uma pipa.

— Ando muito ocupado com o meu trabalho de guarda-florestal, entende? Hoje em dia, não me acontece de lembrar nem da literatura nem da língua francesa — berrou de volta o motorista do jipe.

Mas isso era obviamente uma mentira que evidenciava certa inclinação deste guarda-florestal. Na noite anterior, a mãe dele, que aparecera em meu alojamento para me cumprimentar, havia lamentado a recusa terminante do filho em se casar e, em seguida, comentara que nos últimos tempos ele andava se embriagando muito e que, quando perdia a noção de si, declamava aos berros um poema francês (é Baudelaire, sua tese de formatura tinha sido "Assonância e rimas recorrentes em 'Canto do outono'", e até na escolha do tema há um vago indício de sua inclinação), e que por esse motivo não era bem visto entre seus colegas de profissão. Pergunto-me agora se nos tempos de universitário ele costumava beber tanto.

Meu amigo, o guarda-florestal, não era do tipo que se evidenciava na faculdade. Ele dava a impressão de ser um daqueles bebês prematuros que cresceram com muito esforço e, por baixo da testa larga, de acentuada curvatura, tinha um par de olhos fundos, estrábicos convergentes, de expressão mansa, eternamente tímida, e um queixo pequeno. Tinha vergonha dos dentes extremamente mal-alinhados e, ao falar, sempre escondia a boca com uma das mãos em forma de concha. Certa vez, um de nossos colegas mais rudes zombou dele comparando-lhe o rosto com o de um dos bonecos que personificam o lavrador oprimido em peças do teatro de marionetes de Awa. Na ocasião, meu amigo expôs, diante de todos, os seus dentes tortos como bico de um trinca-nozes e, fixando longe o olhar feroz, soltou um berro e caiu para trás com espalhafato, como se quisesse vingar-se de todas as suas atitudes acanhadas, originadas na timidez de até então. Ele havia encenado os momentos finais do mais oprimido de todos os lavradores oprimidos, condenado a morrer numa cruz, e todos os que viram a cena ficaram profundamente perturbados.

Mas perturbação muito mais séria ele provocou às vésperas da formatura: com total desprezo a todos nós, seus colegas, que percorríamos emissoras e editoras de Tóquio em busca de emprego, anunciou que retornaria a Shikoku, sua terra natal, onde se transformaria num jovem proprietário de uma empresa madeireira. E ele se foi realmente para lá. Passados alguns anos, compareceu a uma reunião de classe no começo de certo ano e voltou a monopolizar nossas conversas. Sua madeireira tinha sido vencida pela concorrente, uma poderosa cooperativa florestal, e falira. E quem haveria de saber o poder de uma cooperativa florestal de Shikoku? O jovem empresário falido efetuou então uma mudança de curso ousada e se empregou como guarda-florestal da cooperativa. Seu trabalho era percorrer de jipe todos os dias, desde a manhã até a noite, caminhos abertos até no coração da densa floresta e inspecionar madeireiros clandestinos. Ele dizia que já tinha prendido quinze. Impressionados com o seu fanático cotidiano real, havíamos concedido a ele um prêmio fictício, o de personagem menos conformista dentre nós. E nas reuniões de classe anuais, ele sempre declarava, emocionado, que continuaria a monopolizar o prêmio. Já havia perdido o hábito de cobrir a boca com a mão ao falar. Ao contrário, entreabria os lábios como uma flor para exibir os estranhos dentes.

Pois o meu amigo guarda-florestal me mandara uma carta. Dizia que, das pouco mais de dez casas de certo povoado de nome Bannai existente na extensa floresta sob sua supervisão, todos os quase cinquenta habitantes, incluindo homens, mulheres, velhos e crianças, tinham abandonado o vale onde se situava o dito povoado e desaparecido. Ninguém sabia o motivo do desaparecimento nem o destino deles. O líder e as cabeças pensantes da vila resolveram manter em segredo esse estranho incidente. Se a mídia tomasse interesse pelo povoado e a vila inteira fosse envolvida num turbilhão de boatos, poria em jogo a reputação de todos. Tudo se resolveria se as pessoas desaparecidas retornassem ao vale; assim pensando, a liderança da vila decidiu que deveriam comportar-se como se o povoado Bannai inteiro tivesse saído para um piquenique. Um ano já se passara e o povoado continuava deserto. Você não gostaria de vir e conhecer um povoado de onde todos os moradores tinham fugido? Estou encarregado de inspecionar toda a extensão da grande floresta, assim como o povoado do vale, e acredito que poderei ser um bom guia para você. Foi assim que vim parar na vila de meu amigo, o guarda-florestal. Mas não imaginava que um povoado abandonado no meio da floresta fosse me impressionar de maneira tão devastadora. Quando retornamos aos alojamentos da vila, o cético guarda-florestal perguntou:

— Como é?, está arrependido de ter vindo de Tóquio até as profundezas da floresta de Shikoku?

— Ao contrário, estou abalado, o nome daquele povoado é Bannai, que significa demônio, certo? É o demônio do festival de primavera de Kizuki, na região de Izumo, citado na tese de Shinobu Origuchi.

— Demônio? Você está querendo me dizer que os moradores daquela bacia eram aparentados com demônios? Eles teriam abandonado o povoado e retornado à condição de demônios? Mas aquele povoado foi desenvolvido no fim da guerra. É formado por um conjunto de pessoas perfeitamente normais, vindas de diversos lugares. Nós aqui andamos pensando bastante durante este último ano, mas não encontramos nenhuma razão plausível para a partida deles. Não é que tivessem fugido no meio da noite por estarem falidos. Como o lucro obtido na exploração da floresta é considerável, a vila quase não cobra imposto deles. Não há também relatos de dívidas vultosas contraídas por eles. Tem gente sugerindo que foi um caso de loucura coletiva, mas a partida deles não foi coisa de loucos, foi feita de maneira realmente silenciosa e calma. Senão, teria sido notada pelas pessoas dos demais povoados, não é? Eles se foram em silêncio, como animais selvagens, e cruzaram a floresta no meio da noite. Se houve um motivo, eu gostaria de saber qual foi. Pois se existe algum tipo de profecia prevendo que uma catástrofe terrível vai atingir a vila e nos destruir a todos, nós também teríamos que fugir!

Em vez de rir, nós dois nos olhamos deprimidos e desconfiados, como se tentássemos mutuamente enxergar o fundo de nossas almas.

A enorme sensação de ausência que pairava sobre o povoado daquele vale me invadiu repetidas vezes, mesmo depois de retornar a Tóquio. Eu e meu amigo trocamos correspondências muitas vezes. Os moradores do povoado Bannai não retornaram, nem surgiu nenhum fato que pudesse esclarecer o motivo da partida deles. As cartas de meu amigo foram aos poucos se tornando sombrias e ele chegou até a me confessar que talvez estivesse com depressão. Dia após dia, fazia rondas solitárias de jipe à grande floresta em torno do vale, de modo que estava constantemente exposto à venenosa sensação de ausência proveniente do povoado, não era de se estranhar que ficasse deprimido.

Estávamos no fim do inverno, meio ano após a minha visita à bacia. Recebi um telefonema do guarda-florestal em que ele me dizia que acabara de desembarcar na estação de Tóquio. Nessa ocasião, sua voz me soou antes viva e febril de emoção do que deprimida. Uma das moças do povoado Bannai tinha mandado uma carta para amigos da vila. O endereço não constava na carta, mas o envelope, cúmulo de ingenuidade, era da oficina onde a moça trabalhava. Oficina de pintura no distrito de Katsushika, nº x. Meu amigo encarregou-se então de procurar a referida jovem e de instar com os demais fugitivos para que retornassem ao povoado de origem, para isso tinha vindo a Tóquio. Estabeleci a hora em que me encontraria com ele e desliguei o telefone. O vírus do entusiasmo que infectara meu amigo tinha vazado pelo aparelho de baquelite preto e me contagiara instantaneamente. Fiz meu velho Renault suportar uma velocidade de oitenta quilômetros por hora e corri para o local onde meu amigo me esperava. Em breve estávamos, eu e o guarda-florestal, cruzando um rio inúmeras vezes (pelo jeito, a região era cortada não só pelos rios Sumida e Arakawa, mas também por incontáveis canais, e nós tínhamos nos perdido nesse emaranhado) em meu Renault, que ofegava como um bebê asmático à procura da oficina de pintura em questão. Debaixo do céu nublado de inverno, a superfície de todos os rios parecia turva como olhos com catarata. Finalmente, descobrimos a oficina, que ocupava inteiramente o fundo de um beco. O guarda-florestal tinha o rosto tenso e pálido de emoção — na certa do jeito que ficava ao encurralar madeireiros clandestinos na densa floresta — e desceu do carro com os olhos estrábicos brilhando como se estivesse intoxicado com bebida alcoólica. No exercício de sua função de guarda, não teria ele desenvolvido o instinto de caça de um galgo? Estávamos no distrito de Katsushika, Tóquio, e não na floresta de Shikoku, mas ele usava uma jaqueta de cor cáqui com o emblema da associação florestal, botas de cano curto e estava muito tenso.

Entrevistamos inicialmente o diretor da oficina. Pequeno e mal entrado na velhice, o homem examinou o cartão de visitas do guarda-florestal, mas não demonstrou nenhuma reação. Em seguida, examinou o meu e disse, de maneira especulativa:

— O senhor veio levantar as condições de trabalho das crianças excepcionais?

Eu e o guarda-florestal não sabíamos a que atribuir o mal-entendido. Pegos de surpresa e confusos, declaramos a nossa vontade de encontrar com a moça que tinha vindo de Shikoku e trabalhava ali, mas temíamos ouvir uma recusa peremptória.

— Ah, é a respeito daquelas pessoas que vieram de Shikoku? Venham, eu os levarei até elas — disse o diretor prontamente. — A filha do nosso diretor presidente tem síndrome de Down, de modo que ele fez arranjos que possibilitaram a outras crianças excepcionais trabalharem com ela na fábrica. Por causa disso, a nossa oficina, apesar de ser uma empresa de médio porte, é bastante conhecida no meio jornalístico, entendem?

— Escute, o senhor acaba de dizer "aquelas pessoas vindas de Shikoku" — interveio o guarda-florestal como se as crianças com síndrome de Down não lhe interessassem nem um pouco —, mas serão muitas as pessoas da mesma vila empregadas aqui?

Por instantes, o diretor contemplou meu amigo com olhar avaliador. Parecia querer entrar em detalhes a respeito das condições de trabalho das crianças excepcionais. Logo, porém, numa demonstração de autocontrole típica das pessoas miúdas, respondeu com voz serena ao urgente questionamento do guarda-florestal.

— Sim, sim, temos mulheres trabalhando no Departamento de Pintura, só ali deve haver mais de vinte pessoas, todas da mesma vila. Como são esforçadas e perseverantes, não?, a contratação do grupo foi um sucesso. O serviço é realmente muito simples, sabem?, de modo que, quanto mais caladas elas são e mais capacidade de concentração têm, mais produzem. As que mais se distinguem são as crianças excepcionais e, em seguida, esse pessoal de Shikoku. Os piores são os trabalhadores comuns. Esses, nós mandamos para outras seções.

Acompanhando o diretor, entramos no depósito onde trabalhavam os homens do Departamento de Expedição e, em seguida, subimos uma estreita escada rumo à oficina no segundo andar. O cheiro forte do material de pintura nos atingiu em cheio como uma ducha, deixando-nos até estonteados. As crianças trabalhavam ao redor de uma mesa comprida na entrada da oficina. Elas posicionavam pedaços de alumínio que lembravam caranguejos sobre uma tela de arame do tamanho de uma página de jornal, preparando-os para a pintura. Quando vinte caranguejos de lata foram arrumados sobre a tela de arame, esta foi posta sobre outras empilhadas no chão, momento em que as crianças apanharam nova tela e tornaram a enfileirar os pedaços de alumínio. Sem lançar um único olhar na nossa direção, elas continuaram a trabalhar em silêncio. Os pescoços das que, cabisbaixas, davam as costas para nós eram curtos e grossos, e os rostos voltados na nossa direção, todos parecidos: distanciamento entre os olhos maior e nariz quase inexistente. Elas realmente lembravam pequenos e dóceis mongóis.

Para além dessas crianças, trabalhavam outras mulheres taciturnas em torno de uma mesa igualmente longa. Elas também continuaram a trabalhar sem nos dar a mínima atenção. De idades variadas, todas usavam jaleco e boina azul-marinho, e, embora não se parecessem tanto umas com as outras no aspecto físico como as crianças da mesa mais próxima à entrada, havia em torno delas um mesmo clima. Sobretudo, a semelhança não se limitava apenas às roupas que usavam, mas a algo mais íntimo, como impressão de cansaço, de temor e de cautela.

Enquanto eu e o diretor parávamos ao lado das crianças com mongolismo, o guarda-florestal já se fora em linha reta na direção das mulheres silenciosas e entabulara conversa com elas.

— Vim a pedido da Associação Florestal. Vocês são do povoado Bannai, não são? — disse ele, posicionando-se de pernas abertas de modo a ocupar por completo a passagem ladeada por telas de arame empilhadas, indicando ostensivamente que a saída estava barrada, caso as mulheres, em momentâneo pânico, resolvessem procurar uma rota de fuga.

Mas à exceção das meninas mais novas, que ergueram o olhar para ele demonstrando leve curiosidade, tanto as mulheres idosas, como as de meia-idade e as moças, continuaram a trabalhar ignorando por completo a presença do guarda-florestal assim como o que ele lhes dizia. As meninas mais novas continuaram num silêncio natural, como se soubessem perfeitamente que não estavam qualificadas a se manifestar.

— Estas pessoas não falam quase nada enquanto trabalham e o mesmo acontece com as crianças desta mesa de cá. É por isso que o serviço rende. Bem, fiquem à vontade — disse o diretor despedindo-se com uma leve mesura; em seguida, abaixou-se bruscamente, agarrou uma pilha de telas com pedaços de lata posicionados em ordem sobre elas, ergueu-a e, com as pernas arqueadas, seguiu por um corredor tornado estreito por causa de paredes de produtos empilhados e que parecia levar a outra porta da oficina. Para além desta, devia haver máquinas de aspersão e de secagem de tinta.

O guarda-florestal pareceu dar-se conta de que a tática de dirigir-se a ninguém em particular era extremamente ineficaz. Escolheu, portanto, uma mulher miúda da meia-idade. Deu um passo, aproximou-se dela e, contemplando fixamente o rosto tenso e moreno da mulher como se ela fosse sua amante, perguntou: "você tem trabalhado sempre nesta oficina?".

Então, a mulher enfim capitulou:

— Sim — disse ela.

— Sempre, desde que saíram da vila?

— Sim.

— Todas as mulheres do povoado Bannai trabalham aqui?

— Sim.

— E os homens?

— Alguns trabalham no Departamento de Expedição aqui mesmo, outros na manutenção de estradas e ruas, e em muitos outros lugares — disse a mulher, voltando-se para encarar o guarda-florestal pela primeira vez. Com seu rosto pequeno, de pele tesa e olhos protuberantes, ela mais parecia um passarinho.

— Onde moram?

— Casais que trabalham juntos nesta oficina moram nos alojamentos da empresa. O resto, assim como os idosos, estão em hospedarias.

O guarda-florestal citou os nomes de dois idosos, na certa os mais velhos do povoado Bannai, e perguntou o endereço deles. A mulher de meia-idade deu o nome e a rua de uma hospedaria barata onde os dois idosos ficavam e, em reposta às perguntas do guarda-florestal, disse que eles compareciam todas as manhãs às dez horas a um grande refeitório existente no trecho central da rua, ali faziam a refeição matinal e, em seguida, tomavam o trem e andavam sem parar por toda a cidade de Tóquio. Na certa porque permanecer na pensão durante o dia encarecia a diária. Naquela cidade aconteciam com frequência distúrbios provocados por pensionistas de hospedarias: teriam os fugitivos do vale participado deles?

— Vocês não voltam mais para a vila? — perguntou o guarda-florestal.

Nesse momento, todas as mulheres que enfileiravam os pedaços de lata na tela de arame pareceram estremecer de leve. Contudo, a mulher de meia-idade continuou calada.

— Vocês não voltam mais para a vila? — tornou a perguntar o meu amigo.

— Pergunte aos anciãos — respondeu a mulher numa atitude rebelde e negativa.

— Nesse caso, transmita a eles que estarei no grande refeitório amanhã de manhã — disse o guarda-florestal, recuando.

— Sim — disse a mulher, outra vez submissa.

— Acaso morreu alguém?

— Não.

— Tem alguém doente?

— Temos um. Já estava doente quando saímos do povoado.

— Que tipo de doença?

— Uma doença horrível, a barriga começa a inchar...

O guarda-florestal fez uma pergunta atrás da outra, na tentativa de saber o estado do doente. Mas a mulher de meia-idade não conseguiu responder a quase nenhuma e acabou apenas informando o nome do hospital onde o doente se achava internado. O hospital pertencia à universidade onde havíamos estudado.

— E não teria sido o aparecimento dessa doença horrorosa o motivo por que vocês fugiram do povoado?

Desta vez, a pergunta encerrou a mulher numa couraça de perseverante mutismo que se prolongou interminavelmente. O mesmo aconteceu com as demais mulheres. O guarda-florestal experimentou com afinco uma série de perguntas diferentes, mas, assim como aconteceu no momento em que as vimos, as mulheres ocultaram-se completamente por trás de uma barreira de trabalho. E quando ele insistiu, as mulheres apanharam cada qual uma pilha de telas de arame com os pedaços de lata já montados e começaram a transportá-las com as pernas arqueadas, do mesmo jeito que o pequeno diretor da oficina.

Só nos restou então desistir. Quando nos dirigíamos para a escada e passamos ao lado das crianças com síndrome de Down, elas continuavam a encaixar os caranguejos de lata sobre as telas de arame e não nos dispensaram a mínima atenção. No momento em que descíamos a escada do armazém, vimos alguns homens com óbvia aparência de lavradores afastarem-se da fila de expedição de mercadoria e desaparecerem na direção da porta dos fundos. Na certa uma das mulheres correra para avisá-los. Ali também só nos restou desistir.

Entramos uma vez mais no Renault e nos dirigimos ao hospital universitário. O guarda-florestal continuava entusiasmado, mas, ao mesmo tempo, começava a mostrar sinais de depressão. Vocês estão empenhadas em realizar um trabalho que até crianças com síndrome de Down são capazes de fazer!, dissera ele fustigando verbalmente as mulheres do povoado de Bannai. Percebi que meu amigo se envergonhava delas diante de mim.

— Mas acho que você devia se alegrar, já que as pessoas vindas do povoado estão saudáveis e trabalhando — disse eu com a intenção de animá-lo.

— Alegrar-me por estarem trabalhando numa oficina de pintura enfileirando pedaços de lata e por estarem morando em pensões baratas? — revoltou-se meu amigo. — Afinal, que será que pretendem? Elas com certeza deixaram o povoado porque receberam um convite à viagem, mas bem que podiam ter procurado um pouco de organização, beleza, prosperidade, tranquilidade e diversão. Em vez disso, realizam o trabalho de crianças com síndrome de Down numa oficina de pintura.

Em seguida, o ex-estudioso de Baudelaire, imitando o refrão de "Convite à viagem", criou o seguinte verso:

Lá, onde tudo é desordem e feiura/ Pobreza, barulho e *impoté*. (*"Là, tout n'est que ordre e beauté/ Luxe, calme e volupté."*) Aqui, ele deve ter trocado o termo *volupté* por *impoté* com a intenção de manter a rima. Pois o tema de sua tese de formatura tinha a ver com métrica.

Chegados ao hospital universitário, solicitamos a presença de um interno que tinha sido nosso colega. Ele providenciou a nossa entrevista com o menino doente. Este se deitava no leito mais próximo à janela de um quarto onde havia cerca de dez pacientes da sua faixa etária. No começo, tratou-nos com explícita cautela, mas isso se devia claramente ao fato de que ele quase nunca recebia visitas.

O guarda-florestal explicou ao menino que viera da aldeia dele e, momentos depois, ao saber que, nos tempos em que era estudante universitário, o meu amigo tinha lhe ensinado a jogar baseball, o menino fez aflorar um sorriso tranquilo no rosto levemente inchado, de pele morena mas um tanto descorada, e pôs-se a falar interminavelmente.

— Você consegue ver que minha barriga está estufada mesmo por cima do cobertor, não consegue? Meus amigos me chamam de grávido, sabe? — disse o garoto indicando com um movimento do queixo, como o faria para mostrar um cachorro, a área da barriga que se salientava como se ele estivesse deitado com as pernas dobradas.

— Amigos?

— Deste quarto — disse o menino.

— Sua barriga estava alta desse jeito desde a época que você saiu do povoado?

— É, já estava bem alta, o pessoal do povoado Bannai inteiro já tinha reparado. Mas os médicos não sabiam dizer que tipo de doença eu tinha. Só fomos descobrir depois que chegamos a este hospital.

— Qual era a doença?

— Equinococose. As doninhas têm um verme teníedo bem pequeno de uns três milímetros, sabe, e quando a larva desse verme entra no corpo humano, transforma-se num tipo especial de larva chamado policerco. O verme adulto é minúsculo, mas a larva vai crescendo cada vez mais e chega até ao tamanho da cabeça de um bebê, sabe? No meu caso, o policerco se fixou no fígado e continua a crescer vigorosamente. Se ele crescer demais e eu morrer, essa larva grande em forma de cisto também morre. Mas se eu não morrer, a larva também não morre. E como é que médicos de vila haveriam de saber da existência de um verme assim? Por isso, ficaram todos espantados ao ver minha barriga inchando cada vez mais — disse o menino, rindo baixinho de maneira inesperada. — E foi nessa época que o pessoal resolveu abandonar o povoado. Eu tive sorte, sabe? Se consegui me internar neste hospital, foi porque todos saíram da vila e vieram para Tóquio, eu até consegui ver um pouco da cidade, e como meu policerco vai servir de material de estudo, não preciso pagar a internação. Tive sorte, realmente.

— Vocês andaram pela floresta em busca da saída através de outra vila, não foi?

— Isso mesmo, andamos muito tempo.

— Você também andou?

— Não, fui de maca. Tive sorte. Na verdade, eu não podia viajar, corria risco de perder a vida. Se a parede do policerco se rompesse, eu podia ficar paralisado por causa do veneno existente no líquido contido no cisto. Mas eu tive sorte, já que fui sacudido durante três dias na maca no meio da floresta e não me aconteceu nada, tive sorte de verdade!

O menino foi se animando cada vez mais, enquanto nós nos deprimíamos cada vez mais. Ao menos o meu amigo, o guarda-florestal, encontrara uma pessoa que considerava essa fuga uma sorte.

Na manhã seguinte embarcamos no meu Renault, dirigimo-nos à pensão barata e encontramo-nos com os dois anciãos num grande refeitório semelhante a uma quadra de basquetebol coberta. O guarda-florestal conseguiu localizar rapidamente os dois velhos do povoado Bannai por já os conhecer de vista e por não ser o horário de maior movimento do refeitório.

Os dois idosos eram igualmente magros e miúdos. Um deles tinha a pele escura, os cabelos brancos de um cacique indígena americano e feição dura e azeda. O outro era careca, de pele avermelhada e tinha certo ar vulgar. Seja como for, possuíam ambos a aparência de lavradores, nada mais nada menos, mas me pareceu que suas personalidades eram diferentes. O velho de cabelos brancos parecia ser o líder. Ele era esperto e cauteloso e respondia o mínimo possível, ignorando com frequência as perguntas que lhe eram feitas e detendo, com uma careta, o companheiro careca quando este se sentia convidado a respondê-las.

— Os senhores precisam retornar para não prejudicar o pessoal tanto da vila quanto da associação florestal. Pensam acaso em não voltar nunca mais? — perguntou meu amigo, o guarda-florestal, decidido a convencê-los.

— Vamos voltar sim — disse o velho da cabeça branca.

— Quando?

— Dentro de meio ano.

— E por que não imediatamente?

O velho dos cabelos brancos calou-se.

— O senhor diz meio ano, mas nesse ínterim, pretendem desaparecer outra vez, não pretendem? — insistiu o guarda-florestal.

— Nós sempre estivemos aqui desde que saímos do povoado — respondeu o careca no lugar do companheiro de cabelos brancos. — Porque não existe outro lugar onde possamos ficar ou trabalhar.

— Há algum motivo especial para fixar a época do retorno para daqui a meio ano?

O homem dos cabelos brancos ignorou a pergunta, mas o outro velho começou a dizer alguma coisa no sentido de que a criança doente não aguentaria nem meio ano, e se calou no meio da frase.

— A doença do menino que está internado no hospital universitário foi o motivo da saída de todos vocês do povoado? — indagou o guarda-florestal agarrando-se instantaneamente à sugestão implícita nas palavras do idoso careca.

— Ora, o moleque! — disse o velho dos cabelos brancos com desprezo, quase cuspindo as palavras.

O outro ancião enrubesceu e não falou mais nada.

— Por que os senhores abandonaram a nossa vila? — perguntou o guarda-florestal enchendo-se de coragem e abordando a questão que mais lhe importava.

Os dois anciãos ignoraram a pergunta mantendo-se em silêncio.

— Se depois de sair da vila viveram sempre nesta localidade, por que não mandaram uma carta ou usaram qualquer outro meio para se comunicarem conosco?

Os dois continuaram calados por algum tempo, mas logo o velho dos cabelos brancos, que lembrava um cacique índio americano, desmanchou o rosto de expressão severa num sorriso astuto e disse:

— Ficamos tão escabreados que não pensamos nem em carta nem em nada.

O guarda-florestal acusou o golpe. Dando a entender que seus recursos tinham se esgotado, desistiu da inquisição de eficácia ambígua que apenas cansava o inquiridor e disse, numa fútil tentativa de intimidar:

— Seja como for, retornem no prazo de meio ano. Se atrasarem mais que isso, não teremos outro recurso senão tornar público o fato. Vocês têm em sua companhia crianças que ainda precisam frequentar a escola obrigatoriamente mas que estão agora fora das salas de aula, entenderam?

Os dois anciãos ergueram-se devagar e, sem se despedir, saíram do grande refeitório deixando-nos para trás. Dali, iriam vagar de trem por toda a cidade de Tóquio. Pela janela, contemplamos os dois que, mal chegados à rua, começavam a discutir. E sempre discutindo, afastavam-se. Nós os acompanhamos com o olhar.

— Escabreado quer dizer envergonhado, entendeu? É de se pasmar — disse então o guarda-florestal erguendo o olhar para menus que, como quadros em paredes, achavam-se colados em toda parte. — Pelo jeito, eles só têm *shochu* ou saquê de segunda, e se é assim, vou de *shochu*.

— Eu também — concordei, dando-me conta do cansaço que se apossara de mim.

— Por que essa gente saiu do vale e por que vai voltar para lá são questões a respeito das quais decidi não pensar mais. Dizem que retornarão daqui a meio ano e eu considero minha missão mais que cumprida só pelo fato de ter obtido essa promessa — disse o guarda-florestal.

Duvidei que ele pudesse deixar de pensar naquela enorme sensação de ausência que pairava sobre o vale e no motivo, qualquer que fosse, que levara os cerca de cinquenta habitantes a fugirem de lá repentinamente. Pois todos os dias ele varava a toda a velocidade a escuridão daquela densa floresta fazendo o jipe disparar como um rinoceronte-negro. Em silêncio, bebemos nosso *shochu* no refeitório semelhante a uma quadra de basquetebol coberta que, exceto por nós dois, se achava vazio àquela altura.

Depois disso, passaram-se seis meses e, durante esse período, não escrevi ao meu amigo nem dele recebi nenhuma correspondência. Esforçávamo-nos mutuamente para não pensar nas pessoas que tinham fugido daquele vale. Passados os seis meses, porém, não consegui mais me conter. Mandei uma carta perguntando-lhe a situação e recebi resposta imediata. Nela, ele me dizia que fazia já alguns dias que aquelas pessoas começavam a voltar. Ao mesmo tempo em que me contava as novidades, meu amigo me dizia que a associação florestal queria me convidar para uma palestra. Respondi por telegrama que aceitava. Na verdade, eu queria rever o vale uma vez mais e observar o cotidiano das pessoas que para lá haviam retornado.

Uma semana depois, parti para Shikoku. Quando saí — carrapichos grudados à barra das calças — do aeroporto tomado de mato, o guarda-florestal, que me aguardava sentado ao volante do jipe, dobrou apenas um dedo em minha direção num cumprimento preguiçoso. Ele parecia no fundo de uma crise depressiva. Aproximei-me do jipe um tanto cauteloso.

— *Bom dia!* — disse ele.

— Isso é português?

— Mas com pronúncia brasileira. *Bom dia* quer dizer *kon-nichi-wa. Como está?*

— Isso é *how are you?*

— Isso mesmo — disse meu amigo. — *Obrigado, muito bem, e o senhor?* Aposto que isso você não sabe. Em japonês quer dizer *arigatōgozaimasu, shoseiwa genkide arimasu, shikashi kidenwa?*

Sacudi a cabeça, assentindo em silêncio.

— *O senhor está doente?* — continuou o guarda-florestal. — Isso quer dizer *kikunwa gofureide?*

— Sua tradução é em japonês arcaico!

— Achei um livro que era de meu pai e me baseei nele. Parece que meu pai chegou a pensar em ir para o Brasil. Mas, no fim, ele viveu na vila do meu vale até os noventa anos. Seja como for, é um livro engraçado, sabe?, e desde que me formei, nunca mais me interessei tanto por uma língua estrangeira como agora. Bem, *partamos*! Ou seja, *shuppatsu shiyō*. Vou ter que levá-lo por uma estrada em zigue-zague em meio a montanhas durante cinco horas. Ficaremos mortalmente cansados. Vamos, suba de uma vez. E agora, *partamos*!

— *Partamos*!

Partimos, e foi realmente uma viagem difícil. Meu amigo com certeza estava acostumado a dirigir o jipe, mas tínhamos que transpor um pico muito íngreme. Para evitar riscos desnecessários, não podíamos nos dar ao luxo de conversar. Meu amigo dirigiu com o cenho carregado de ansiedade, lábios cerrados com firmeza, faces tensas. Como todo intelectual do interior, ele era muito cínico, mas tinha também um caráter comum a todo interiorano, qual seja, o da confiabilidade. Havia algo quase doloroso na intensa seriedade com que ele dirigia o jipe e que me provocava a vontade de desviar o olhar.

Assim, nós dois prosseguimos quase em silêncio durante as mais de cinco horas de marcha forçada, mas sempre conseguimos conversar um pouco. Eu não podia deixar de perguntar que tipo de vida os fugitivos do povoado tinham iniciado desde que retornaram ao vale. Meu amigo me disse, com leve toque de frieza na voz, que eles se empenhavam agora em recuperar a lavoura abandonada durante mais de dois anos. Será que vão se dar bem? Na certa vão, ao menos por um tempo, pois não têm outra escolha, respondeu meu amigo. O menino com equinococose acabou morrendo e, com ele, o enorme policerco, o menino tinha sido cremado, mas o parasita tinha sido preservado em álcool num recipiente de vidro grande, especial, que permanecerá no hospital universitário.

— Triste, não é? Toda vez que me lembro daquele garoto, sinto como se despejassem ar liquefeito sobre o meu cotidiano alegre e pacífico — disse meu amigo. Não obstante, não me pareceu que o cotidiano dele fosse nem alegre nem pacífico atualmente.

— Quer dizer que os anciãos resolveram retornar porque a morte do menino foi uma espécie de cordeiro de sacrifício que conseguiu livrar o povoado de um grande infortúnio?

— Mas quando fui ao povoado Bannai e conversei com diversas pessoas, senti que não foi bem por ter havido essa espécie de sequência lógica de eventos que eles retornaram. Tem até um homem que insiste em dizer que a partida deles da vila e a equinococose do menino não têm absolutamente nenhuma relação. Ele diz que partiram por partir e retornaram por retornar. Não dá para entender direito essa gente. Neste momento, eles estão empenhados em reconstruir a aldeia devastada.

— Qual seria o sentido de tudo isso?

— Nem tudo no mundo é explicável, a área serrana de Shikoku não é cartesiana, entende? Se bem que Tóquio também não é. Vou lhe ensinar um exemplo de frase em português brasileiro. A cidade do Rio de Janeiro parece que também não é cartesiana. Eles dizem assim:

O senhor compreende? Kikun wa rikai shimasuka?

Não senhor, não compreendo! Iie, shosei wa rikai shimasen.

Depois de mais de cinco horas de viagem de jipe, foi me dado descansar durante meia hora na sala de reuniões da associação florestal e, em seguida, fui conduzido à sala de conferências da uma escola primária. Lá chegando, fiz uma palestra de uma hora e meia. Realmente exausto, retirei-me para as coxias, mas lá me aguardava o cínico guarda-florestal, que me disse:

— Quando você fala em tom de palestra, e só então, você se transforma numa pessoa esperançosa. Parecia haver sangue cor-de-rosa correndo por sua cabeça. Mas você fala rápido demais. Meus colegas da associação estão espantados, acho que não entenderam nada. *O senhor falou muito depressa. Kikunwa kiwamete hayaku hanashita.*

Ele parecia ter adquirido certa propensão a continuar interminavelmente o que quer que tivesse começado a fazer, seja estudo de línguas ou zombarias.

Comecei a me sentir infeliz. Ainda assim, no jantar que me foi oferecido pelos dirigentes da associação florestal, ao notar que ele foi o primeiro a se embriagar, a recitar Baudelaire aos brados, a berrar frases em português e, com uma careta de indescritível ressentimento, a desabar, pálido como da vez em que representou o líder crucificado da revolta camponesa numa sala de aula da faculdade, e ao notar também seus colegas observando-o com um olhar nitidamente gelado, não consegui deixar de sentir que minha amizade por ele continuava intacta. Seria realmente verdade que ele prendera quinze fortes madeireiros clandestinos? Pois, uma vez que eram clandestinos, não carregariam eles enormes machados consigo?

No dia seguinte, eu e o guarda-florestal cruzamos de jipe a densa floresta. Nesta época do ano, as estradas no interior da mata secavam e a terra argilosa erguia-se à nossa passagem à semelhança de finas escamas das asas de uma mariposa vermelha. As árvores também secavam e já não recendiam. A floresta já tinha sido ocupada uma vez mais pelas pessoas que haviam retornado ao povoado e o poder usurpador dela parecia ter sido desativado. Agora, eu já não sentia a dominância da floresta, era como se o nosso jipe fosse um bom antagonista. Corremos adiante, fazendo ondular a escuridão.

No instante em que o jipe alcançou o platô no extremo da floresta, em vez do vale que deveria abrir-se à nossa frente, o que vimos foi uma névoa pesada, cor de leite. Como um dossel, a névoa cobria o vale delimitado pela enorme extensão de mata. Na minha primeira visita, o que fechava o vale era uma enorme tampa de ausência e quietude, mas agora, em seu lugar, havia uma pesada névoa cor de leite. Porém, uma coisa era certa: os moradores tinham retornado ao povoado abaixo dela. Do vale, brotavam vozes infantis, latidos e uma infinidade de ruídos de origem incerta.

O guarda-florestal estacionou o jipe no platô e acionou o freio de mão.

— Fiz uma boa amizade com os anciãos, mas como hoje estou com você, que é um estranho para eles, e como me parece que estão muito ocupados, não vamos entrar no povoado — disse ele.

Concordei. Àquela altura, o povoado no vale cercado pela floresta já era um território que repelia estranhos. Do mesmo modo que os animais selvagens possuem seus territórios, supus que moradores de um povoado como aquele — um ponto na imensidão infinita da floresta — deviam ter também um território só deles. Além de tudo, acabavam de retornar de uma jornada sem rumo que durara dois anos.

— Que névoa é essa? — perguntei. Achei que podia ouvir uma resposta totalmente inesperada e senti leve ansiedade. A cor da névoa continha realmente algo capaz de despertar ansiedade nas pessoas.

— Você se lembra do estado da lavoura no vale, não se lembra? Pois eles a estão queimando. Os produtos apodreceram, derreteram, aderiram à terra e secaram, à semelhança de algas que restam na areia na vazante. Além disso, em dois anos as ervas daninhas tomaram muito espaço. Só mesmo queimando. Eles estão nisso há dias. Em seguida, têm de arar a terra endurecida, e isso vai ser um trabalho muito pesado. Eles perderam todos os bois e os cavalos e nem devem ter dinheiro para comprar implementos agrícolas. Pior ainda, boa parte dos jovens não voltou para o povoado, ficou em Tóquio para trabalhar em construção de estradas. Estes foram os que acabaram desertando de verdade. Mas acho que as pessoas deste povoado vão acabar dando a volta por cima. Elas podem até vender um pouco da floresta. Além disso, até o presente episódio, os agricultores deste vale, assim como os das demais vilas, não tinham firmado um acordo entre si; mas, depois de viverem dois anos fora do povoado, parece que aprenderam o sistema de trabalho em grupo. Neste momento, trabalham sob um comando, como no exército. Da próxima vez que ficarem com vontade de ir embora da vila, acho que conseguirão abandonar o vale de maneira realmente eficiente.

Espantado, olhei para o meu amigo.

— Como assim, da próxima vez?, você não está achando que eles tornarão a fugir, está? — perguntei.

— *Por quê?* (*Nazekane?*)

Calei-me. *Por quê?* Se não sabíamos por que haviam partido, por que acreditaríamos que nunca mais tornarão a fugir? *Por quê?* Contudo, ao pensar que eles não sairão mais daqui, conseguimos garantir a sensação de ordem do nosso cotidiano. *Por quê?* Porque assim são as coisas, pensei. Mas o guarda-florestal tinha eleito um modo de pensar oposto ao meu.

— Da próxima vez que esta gente de Bannai resolver sair do vale e desaparecer, acho que terão de ir para algum lugar decididamente mais distante, sabe. Pois, se forem de novo para Tóquio, a associação florestal logo os trará de volta. Além disso, quando tiverem vontade de sair daqui, terão de ir a algum lugar incomparavelmente mais distante do que da vez anterior, porque só assim eles mesmos se sentirão distantes da vila e seguros.

— Parece-me que você tem certeza de que eles terão vontade de partir outra vez e que realmente partirão, não é mesmo? E acho que, agora, a pergunta cabe: *nazekane?*, *por quê?* — perguntei eu sem conseguir me acalmar, pois a voz do meu amigo, o guarda-florestal, continha um traço de fervor.

Meu amigo voltou-se para mim com uma expressão belicosa, como se tivesse sentido que eu o havia desafiado.

— Por nenhuma razão especial, mas — disse ele —, veja bem, com relação a esta última fuga, apesar de parecer quase certo que ela foi motivada pela estranha doença do menino, essa doença não passou de uma desculpa. A verdadeira causa foi a vontade de partir que começou a irromper neste vale. Todos eles, desde os mais velhos até as crianças, estavam recebendo convites de certa divindade deles — aquela que protege os viajantes —, a música que convida a viajar pairava no ar deste vale. Não fosse por isso, essas pessoas conservadoras não haveriam de partir todas juntas e de uma só vez simplesmente porque, conforme disse o ancião, uma criança ficou doente. Mesmo que a doença possa tê-las posto em movimento, não passou de uma desculpa. Se não houvesse a doença daquele menino, acho que teriam encontrado outra desculpa e partido. Se a questão fosse uma desculpa, talvez tivessem inventado uma. Esses velhos são terríveis. Podiam ter inventado uma absolutamente sinistra, como, por exemplo, um caso de incesto entre eles, ainda bem que havia essa criança doente. Creio que na próxima vez que a vontade de partir, ou seja, o descontentamento por estarem presos neste vale começar a irromper no seio desta comunidade, vai acontecer algo terrível que se transformará em desculpa para eles partirem. Nessa hora, vão ter que ir para um lugar decididamente mais distante que Tóquio. Que lugar será esse? Acho que o Brasil será uma boa opção.

— Brasil, essa terra cujo idioma você está estudando sozinho agora?

— Isso mesmo, Brasil. Se eles quiserem partir e vierem me consultar, vou aconselhá-los a irem para o Brasil. A emigração de uma vila inteira vai contar com o apoio do governo, não acha? E então os anciãos de Bannai na certa me dirão: *partamos*! Ou seja, *shuppatsu shiyō*! E eu vou com eles. Não quer ir também?

No vale, a fumaça da queimada da produção podre continuava a se elevar e tornava a pesada névoa cor de leite mais densa, mas uma repentina e forte lufada rompeu a membrana de névoa e, pelo vão, espiaram o fogo e uma nesga de terra queimada cor de breu. As pessoas do povoado tinham a cabeça envolvida em panos vermelhos ou amarelos e, sem nenhum pedaço de pele exposto, trabalhavam sacudindo pedaços de madeira com gancho na ponta, cena que me fez uma vez mais recordar o sentido da palavra *bannai*. Podia até ser que aquela fosse a maneira habitual de esse povo executar suas queimadas, mas, seja como for, o aspecto era estranho, lembrava um bando de demônios.

Meu silêncio irritou o guarda-florestal, que iniciou uma demonstração de sua personalidade introvertida e tortuosa. Suas palavras seguintes, espinhosas, eram uma provocação dirigida a mim e ao mesmo tempo uma autozombaria.

— Francamente falando, muito mais que esses lavradores, talvez eu esteja com vontade de partir. Você também não está com vontade de ir para bem longe? Nós dois talvez estejamos ligados mais por frustrações do que por amizade — disse ele. E depois, quase aos berros, acrescentou: — *O senhor compreende?*

Kikun wa rikaishimasuka? Eu também gostaria de responder em português brasileiro, mas tudo que eu poderia usar era apenas uma frase que aprendera dele mesmo. Hesitei um momento e, em seguida, também disse aos berros, para espantar a minha desairosa indecisão:

— *Não senhor, não compreendo!*

O guarda-florestal ruborizou-se como se tivesse sido afrontado e calou-se, assim como eu. Suspeitei que eu acabara de gritar para a voz que, em meu íntimo, me convidava a viajar ou que me instava a fugir. *Não senhor, não compreendo!, Iie, shosei wa rikaisimasen!*

(*Burajiru funo porutogarugo*, publicado em fevereiro de 1964. Extraído de *Sorano kaibutsu Aguii*, Editora Shinchosha, 30/03/1972.)

O nascimento de uma nova Izumi Shikibu

Acalento a ideia de escrever uma longa história sobre as "mulheres extraordinárias" referidas na tradição oral de um vale existente numa floresta onde nasci e cresci. O projeto está formulado há muito — chego até a sentir que desde antes de nascer —, e já comecei a executá-lo, realmente. E embora não tenha conseguido terminá-lo até hoje, jamais me esqueci dele. Desde que eu persista em minha profissão de escritor, e desde que nunca deixe de pensar nessas "mulheres extraordinárias" que encontrei/encontrarei tanto neste como em mundos anteriores e posteriores, sinto ser possível que, um belo dia, eu saiba repentinamente como escrever a referida história da mesma maneira que vejo brilhar a gota de água da pedrinha de gelo derretida sobre uma placa de vidro.

Episódios cujo cerne são experiências e sonhos de infância, e que com certeza terão lugar nessa grande história que projeto, parecem esvoaçar em torno de mim em forma de blocos de palavras. Neste instante, tento pôr no papel um deles. Um velho amigo meu, dos tempos de estudante universitário e que faleceu de leucemia, disse-me ao ler um livro que eu acabara de publicar: "Por que razão você excluiu tais e tais episódios do seu romance? Ao pensar neles nesta altura da minha vida, percebo que eram, afinal, histórias já nem diria cômicas, mas comoventes, repletas de nostalgia". Isso se deu algumas semanas antes do acidente vascular cerebral que mataria meu amigo, acamado num hospital. Eu havia estruturado e iniciado a história mítica das "mulheres extraordinárias", e me vira na contingência de produzir um romance diferente. Ao ler as anotações excluídas do manuscrito definitivo, houve até um argentino estudioso da literatura japonesa que entrou em contato comigo. "Acho que a versão original é mais interessante, quero editá-la e publicar uma 'edição pirata' do seu romance. Vamos lançá-la primeiro em espanhol e, em seguida, também a sua tradução japonesa e banir a edição oficial", dizia ele.

Embora eu já houvesse concebido a história das "mulheres extraordinárias" e até acumulado alguns episódios por escrito, fazia algum tempo que vinha me acontecendo repetidas vezes não conseguir unificá-los no momento de sua redação e, em decorrência, ver o romance assumir uma forma totalmente diferente. E entre os episódios assim abandonados, penso que talvez tenha havido alguns da maior importância. Em minha juventude, acreditava que, episódios e imagens, mesmo fragmentados, que me vinham à mente e eram registrados por escrito seriam preservados como se tivessem sido impressos em meu ser e que, uma vez chegado o momento de obterem seu verdadeiro lugar, eu seria capaz de reproduzi-los numa única penada, razão por que queimei muitos dos meus manuscritos. Mas, neste momento, incapaz de escrever o que realmente deveria — em cujo centro se assenta a história das "mulheres extraordinárias" —, começo até a desconfiar se não estaria detectando em mim, da mesma maneira que, dou-me conta agora, em muitos de meus insubstituíveis amigos, os insanáveis sintomas da morte. O amigo argentino que cito acima também faleceu há dois anos de osteossarcoma.

Assim sendo, escrevo agora um dos episódios destinados a compor a história das "mulheres extraordinárias" e que, percebo agora, voeja ao meu redor de maneira constante, como a mancha em forma de mosca o faz em torno dos que sofrem de afecção no globo ocular. Talvez isso se transforme em força motora e a história longamente planejada por mim comece a tomar forma, quem sabe? Ou talvez eu desista de uma vez por todas da ideia de escrever a história das minhas "mulheres extraordinárias" e perceba que é chegada enfim a hora da troca de função com aquele que nascerá depois de mim — e quem seria capaz de afirmar categoricamente que esse não serei eu mesmo, renascido com mais talento?

Até o ano do fim da guerra, um grande número de mulheres retornou dos centros urbanos para a vila existente no vale em meio à floresta em que nasci. Dentre elas, algumas foram expulsas, mal passados alguns meses, e outras ainda ali permanecem no decurso destes quase quarenta anos. Das mulheres que retornaram à vila, a maioria era remotamente ligada por sangue à minha mãe. Ou seja, por esse mesmo sangue de ligação que ainda mais rarefeito percorre minhas veias. E a mim me parece que todas essas mulheres de mais de cem anos que restaram na vila, entre elas minha mãe, vivem uma velhice tranquila e, de longe, continuam a lançar olhares ora compassivos, ora afetuosos, a nós, homens que se apressaram a viver longe do vale...

No centro do episódio que ora escrevo está uma personagem de seus cinquenta e tantos anos chamada tia Hana, de quem minha mãe parecia cuidar com especial carinho. Embora tenha sido a última a retornar ao vale e, embora as demais pessoas evacuadas só tivessem conseguido alugar casebres deteriorados pelo uso, anexos às casas principais ou barracos de madeira, tia Hana foi posta a morar sozinha na casa de armazenagem de um dos meus tios do ramo principal da família, tios que, aliás, eram também numerosos na vila. Ao mesmo tempo, ouvi também dizer que as roupas antigas que ela tirou desse armazém e procurou descartar — vez ou outra, chegou efetivamente a vender algumas — eram na verdade propriedade da tia Hana e, como tal, ali estavam guardadas. A começar por este boato e por muitos outros que ouvi, e também pelo modo como minha mãe servia à tia Hana, eu, que frequentava o curso básico Kokumin Gakko,* tinha a impressão de que a referida tia era a sobreposição de dois indivíduos independentes. Tais indivíduos, apesar de diferentes, manifestavam-se no corpo de um único ser humano vivo que realmente retornara da cidade para o vale. Unificado no volumoso corpo de uma mulher quinquagenária, algo além do espaço-tempo perambulava calmamente pelas ruas da cidade e lia um livro, sentada numa cadeira diante da casa de armazenagem. Assim eu a percebia. Essa estranha sensação de dualidade e unidade prendia-se por um lado aos versos da poetisa Shikibu-san. E com referência a essa questão, envolvi-me diretamente numa situação problemática e, em decorrência, a vila inteira acabou vivenciando um novo incidente.

Certa tarde de começo de verão, permaneci na escola depois da aula e, en-

---

* Sistema educacional reformulado, implantado em 1941. (N. T.)

quanto brincava no pátio, contemplava de longe a professora ensinando língua pátria aos alunos do curso secundário do sistema educacional reformulado. Em seguida, aproximei-me da janela, espiei a sala de aula e, induzido por algo que parecia vir das profundezas de meu ser, tomei uma atitude que, pensando bem, foi precipitada. No quadro-negro, estavam escritos cerca de dez poemas que, segundo conhecimento adquirido posteriormente, eram parte da obra *Coletânea poética de Izumi Shikibu*. E era com relação a esses poemas que eu, então um menino, pensei com uma ponta de estranheza: "Estes poemas são da Shikibu-san, e eu conheço todos eles porque a tia Hana me ensinou, mas na lousa eles têm acréscimos. Por que a professora teria feito isso?".

Entrei então sorrateiramente pela janela, pois, por sorte, a professora não se encontrava na sala de aula e, com o giz, tracei dois ou três riscos sobre as palavras que considerei acréscimos às que eu aprendera oralmente enquanto corria de um lado para outro realizando tarefas a mim delegadas por minha mãe desde a chegada da tia Hana, no começo da primavera. Fui então pego em flagrante pela professora que, em virtude da falta generalizada de material escolar por que passava o país, pretendia preservar os poemas escritos na lousa com o intuito de usá-los durante as aulas dos dias seguintes. Conduzido à diretoria, levei repetidas bofetadas, aplicadas segundo o método de segurar um lado da face com a mão esquerda e bater no outro com a palma da direita. Não bastasse isso, a professora espezinhou e ridicularizou a lenda, isto é, a história transmitida oralmente, geração após geração, envolvendo as pessoas do vale ligadas por sangue a mim, história que me foi transmitida principalmente por tia Hana, mas com certeza compartilhada por minha mãe.

Hoje, acho interessante que, embora tenha lido incontáveis versos de Izumi Shikibu posteriormente como parte do currículo escolar, eu tenha guardado perfeitamente na memória os trechos que a professora chamava de "pedaços soltos" de versos, trechos esses que eu, na minha inocência infantil, sentia serem o cerne, a medula dos poemas, e que, apesar disso, não me lembre claramente de nenhuma peça poética inteira desta autora. A causa disso, penso, é a renovada certeza que, a partir da humilhação daquele dia, se implantou bem fundo em mim, de que os versos da poetisa Shikibu-san que a professora chamava com desprezo de "pedaços soltos" eram o verdadeiro poema, e que o poema de Izumi Shikibu que assumiu a forma de *tanka* com palavras acrescidas que pareciam empacotar os referidos "pedaços soltos" era apenas o verdadeiro poema revestido de cobertura.

Nos momentos em que subia a montanha para pisar o trigo, no pequeno pedaço de terra arável que minha mãe alugara para obter um pouco de farinha e verduras, ela declamava com a tia Hana, que ali comparecia para ajudar, versos da poetisa Shikibu-san aos gritos. Gritava, realmente, como um pássaro. *Em fundo vale/ embora eu não esteja!** No mesmo instante, algo existente no cerne, na medula do poema de Izumi Shikibu "Em fundo vale/ embora eu não esteja/ onde flores não há/ por que a primavera/ tanto em ti me faz pensar...",** se revela de golpe em todo o meu corpo e alma ou, ainda, nas sendas, na paisagem geral da montanha. Algo que, percebo ao repensar agora, se revestia de amplitude e profundidade por não estar limitado por palavras como *"flores não há"* ou *"primavera". Em fundo vale/ embora eu não esteja!*

O diretor, muito provavelmente, não nutria especial interesse nem pela *Coletânea poética de Izumi Shikibu*, nem pelo poema de Shikibu-san que tia Hana e minha mãe desfrutavam revivendo a lenda. Ele apenas tinha o intuito de educar uma criança rebelde, de fragilidade quebradiça, e, para tanto, amparava adequadamente um lado do rosto com uma das mãos e, com a outra, esmurrava o outro lado. "Quem é o cretino (tabefe!) que resolveu apagar com giz branco e vermelho o que a professora fez o favor de escrever na lousa com tanto cuidado?"

Por seu lado, a professora parecia nutrir um sentimento especial pela poetisa Izumi Shikibu, como bem se podia perceber pelo fato de ter usado sua obra à guisa de texto escolar, e, portanto, continuou o inquérito minuciosamente. O que, por sua vez, fez com que minha mãe e a tia Hana também contra-atacassem de maneira meticulosa. Pois profundo era o amor que elas e todas as mulheres de nossa consanguinidade sentiam com relação à Shikibu-san. Judiciosamente, porém, não apregoaram perante o diretor a relação existente entre elas e Shikibu-san.

A professora começou por me repreender a própria forma de tratar a dona dos poemas: "Chamar familiarmente uma figura historicamente famosa como Izumi Shikibu de 'Shikibu-san' é procedimento grosseiro e vulgar, típico de uma criança caipira como você", disse ela. "Um poema *waka* é composto de cinco versos com 5, 7, 5, 7 e 7 sílabas respectivamente e, vez ou outra, até se admite uma ou outra sílaba a mais ou a menos, mas decorar apenas 'pedaços

---

* *"Tani no sokonimo aranakuni!"* (N. T.)
** *"Hanasakanu/ tani no sokonimo/ aranakuni/ fukakumo monowo/ omou harukana!"* (N. T.)

soltos' do poema e teimar que são poesia é vergonhoso, sinal de pura ignorância, entendeu?"

A professora irritou-se de maneira especial com o fato de eu ter passado o giz sobre trechos extensos do poema "Rio de lágrimas/ que de mim brota sem cessar/ o fogo do amor,/ que em mim arde, extinguir/ não consegue jamais",* deixando apenas *"Rio de lágrimas!"*. E tudo isso apesar de eu ter exposto com veemência algo semelhante a uma justificativa no sentido de que eu sabia muito bem que esse verso era o melhor meio de expressar a dor porque, por ocasião da morte de certo parente nosso, minha família recitara esse verso aos gritos, e que assim também fizéramos por ocasião da morte de meu pai.

— Este é um poema de amor, e o importante aqui é que o rio *não apaga o fogo do amor*, entendeu? Vocês gritaram *"Rio de lágrimas!"* por ocasião da morte de seu pai? Mas não vê que isso não tem relação alguma com a poetisa Izumi Shikibu? E por que é que vocês se comportaram de maneira tão bárbara num momento de introspecção como deveria ser o da morte de seu pai? Como podem ter gritado *"Rio de lágrimas!"*...?

Eu não seria capaz de responder direito a questão, claro. Partindo do pressuposto de que existe uma divindade poética, essa divindade depositara na mente da poetisa Shikibu-san aquela única expressão *"Rio de lágrimas!"*. E essa personagem famosa da história antiga, chamada Izumi Shikibu, envolvera essas palavras com outras e as deixara para a posteridade em 5, 7, 5, 7 e 7 sílabas. Paciência, dissera a divindade poética, e permitira. Assim pensando, me defendi da seguinte maneira e levei mais um duro bofetão do diretor, que esperava palavras de arrependimento:

— Como é que alguém pode dizer "fogo do amor extinguir não consegue jamais" na ocasião em que uma pessoa acaba de morrer? Os que choram pelo morto são capazes de se enfurecer!

Todo ano, em meados da primavera, juntamos capim seco e estolho num montículo no meio da pequena área arável e ateamos fogo, com vistas à próxima semeadura. E naquele ano, cercamos o fogo por ambos os flancos, minha mãe e tia Hana cuidavam do lado norte, e eu, do lado sul, cantando em coro. *"Nem sei se viva/ inda estarei no outono!"* declamam minha mãe e tia Hana. ("Nem sei se viva/ inda estarei no outono/ mas galhos secos/ de trevos na primavera/ estou a queimar, a queimar."**) *"A queimar, a queimar!"*, completo eu.

* *"Namidagawa/ onaji miyoriha/ nagaruredo/ koiwoba kesanu/monozo ari."* (N. T.)
** *"Akimadeno/ inochimo shirazu/ haruno noni/ hagino furunewo/ yakuto yakukana."* (N. T.)

Outra cena de recitação que me vem de imediato à lembrança é a do verso da poetisa Shikibu-san que parecia ser um dos preferidos de tia Hana: *"Que ao menos a fumaça/ possa confortar!"*. Tia Hana envolve num pano *furoshiki* algumas roupas velhas que retirou de um baú da casa de armazenagem e, seguindo o curso de um riacho que deságua num grande vale, embrenha-se por uma prega da montanha ou, ainda, transpõe a própria prega e vai pedir trigo em grão e batatas. As roupas que tia Hana, sem altivez nem humildade, retira do embrulho, como se estivesse a cerzir na sala de visitas da casa de armazenagem, são tão antigas que Shikibu-san podia realmente tê-las usado e, ao vê-las, vezes havia em que as donas das propriedades rurais e mesmo eu, que observava ao lado delas, admirados, nos púnhamos a rir. Mesmo assim, tia Hana continuava ali em pé, calma, com expressão normal, e deixava aflorar no rosto uma sombra de sorriso, como se pretendesse apenas acompanhar nossa risada. Logo, certa quantidade de cereais era posta diante da tia Hana, não como uma esmola, mas como uma oferenda. Parecendo considerar que a exibição das roupas velhas não passava de uma formalidade, tia Hana — que, a meu ver, não era absolutamente rica — pagava às mulheres com uma nota dobrada em dois que trouxera entre as pregas do seu *obi*, um método diferente do das mulheres do vale, que costumavam carregar o dinheiro dobrando-o diversas vezes até torná-lo bem pequenino e metê-lo num porta-moedas. Quanto à mulher do lavrador que nos vendera os cereais, esta nada dizia a respeito do valor da nota — se era muito ou pouco —, mas comentava, reverente, apenas com relação às roupas antigas:

— Ver coisas tão preciosas foi alimento para os meus olhos.

E quando, ao percorrer vales sem casas ou vilarejo, nessas andanças pelas montanhas para comprar comida, transpúnhamos uma prega da montanha e avistávamos uma solitária casa na vertente da montanha vizinha, tia Hana declamava, com a voz embargada de emoção:

— *Que a fumaça ao menos/ possa confortar!*

Tia Hana havia declamado os versos acima no momento em que avistara um roçado de forma arredondada muito bem cuidado, aberto num estreito espaço entre o denso arvoredo numa prega de montanha e a casa com um caquizeiro no jardim. *"Que a fumaça ao menos/ possa confortar!"*

Voltando à minha discussão com a professora em torno dos versos da poetisa Shikibu-san, eu não entendia, em minha inocência de menino, a razão por que os versos *"Que a fumaça ao menos/ possa confortar!"*, que tia Hana recitara, combinados com o cenário, comparar-se-iam desfavoravelmente ao poema que a professora escrevera na lousa: "Quanta solidão!/ Que a fumaça ao menos / possa confortar/ gravetos levo ao fogo/ no inverno da montanha". Ao declamar os versos numa saudação aos moradores da casa cercada pelo roçado e encravada numa prega da montanha, tia Hana, por um lado, externava sua solidariedade a eles pela solidão que com certeza sentiam e, por outro, saudava geração após geração de moradores daquela casa solitária perdida na montanha, dizendo-lhes: quanta bravura, quanta coragem! Como era possível compactar o sentimento dessas pessoas na expressão "Quanta solidão!"? Era fazer pouco deles. E se você acrescenta "gravetos levo ao fogo/ no inverno da montanha", a saudação seria dirigida apenas à pessoa que, sozinha numa cabana solitária perdida no meio da montanha, quebra gravetos e alimenta o fogo no meio do inverno, não é? Do que isso, *"Que a fumaça ao menos/ possa confortar!"* se adequaria a situações muito mais abrangentes! Realmente, tia Hana — e minha mãe também estava presente na ocasião —, certa tarde, erguera o olhar para o céu, em que fiapos de nuvens esfumaçavam o luar, e declamara em altos brados, como se mandasse uma mensagem ao universo: *"Que a fumaça ao menos/ possa confortar!"*.

— Soube que a senhora considerou vulgar o fato de meu filho ter declamado em voz alta "pedaços soltos" de poema, mas que tipo de poema, declamado de que maneira, seria considerado fino? — perguntou à professora minha mãe que, em companhia de tia Hana, tinha comparecido à escola para desfechar um contra-ataque.

— É considerado fino declamar em voz baixa, mas pronunciando as palavras com nitidez, como se cantasse uma canção serena — disse a professora, e fez uma demonstração real. — "Em cismas perdida/ vaga-lumes a piscar/ no charco eu os vejo/como nacos de minha alma/ partindo em busca de ti."*

A mim me pareceu que minha mãe e tia Hana continham o riso e, substituindo minha mãe que, talvez por causa disso, parecia ter perdido a impetuosidade, minha tia Hana interveio:

— Shikibu-san cantou apenas: *"Nacos de minh'alma/ partindo em busca de ti!"*. Isso não seria muito mais fino? Nós consideramos assim. Se bem que cada um percebe o fino e o vulgar de maneira diferente, e não há como defini-los com exatidão...

* *"Monoomoeba/ sawano hotarumo/ waga miyori/ akugareizuru/ tamakatozo miru."* (N. T.)

— Pois num *waka* existe algo que chamamos de formato poético — rebateu a professora com ardor, atropelando as palavras de minha tia. — Vocês talvez não sejam capazes de compreender este modo de pensar, mas certa pessoa muito respeitada disse que, num poema *waka*, mais importante que o sentido é o seu formato, entenderam? Se o formato de 5, 7, 5, 7 e 7 sílabas é a coisa mais importante, caso você separe um *waka* em "pedaços soltos" o poema perderia o formato e tudo o mais, não é verdade? Tais pedaços já não são *waka*.

Agora, minha mãe interveio dando um exemplo aleatoriamente:

— Shikibu-san disse: *"Promessa alguma haja/ capaz de me consolar"*. Quanto à Izumi Shikibu, de que jeito ela compôs esse poema?

— "Tua carta ao menos/ quisera relancear/ mesmo que nela..." — disse a professora e, ressaltando a diferença entre sua pronúncia e o sotaque de minha mãe, concluiu lentamente: — "... promessa alguma haja/ capaz de me consolar". (*Atowodani/ kusanohatsukani/ miteshigana/ musubu bakarino/ hodonarazutomo.*)

— Ora essa, agora se tornou claro! Pois nós às vezes nos perguntávamos o seu sentido.

— Está vendo? Porque, se os primeiros versos inexistem, o sentido do poema se torna duvidoso, não é mesmo?

— Mas, se o importante num *waka* é o formato e não o sentido — interveio agora minha tia Hana —, basta declamarmos *promessa alguma haja/ capaz de me consolar* para nós divisarmos o formato das palavras de Shikibu-san! Tem mais alguém que verseje com estas palavras? A senhora disse que *waka* é formato e, se 5, 7, 5, 7 e 7 sílabas são o formato, então todos os *waka* seriam do mesmo formato, não seriam? Das palavras de Shikibu-san dá para se ver o formato do seu poema, ou seja, o modo de ela versejar! Nós aqui, quando declamamos um poema de Shikibu-san, sentimos que nossa alma e corpo assumem o formato da própria Shikibu-san!

A professora na certa era uma pessoa séria e inteligente. Sinto também, enquanto tateio a memória em busca de minhas lembranças, que ela talvez tivesse estudado, durante seu curso de magistério, com um especialista em Izumi Shikibu. A professora se calou por instantes, como se procurasse a conexão lógica do que a tia Hana acabara de expor, e aos poucos foi baixando a cabeça. E então, de repente, ergueu o rosto — em sua testa suada, alta, mas tão estreita que se esconderia na palma de uma mão, havia alguns fios de cabelo solto colados, pois estávamos no começo do outono e o ar andava abafadiço — e atacou com certa aspereza que diferia do seu comportamento de até então.

— Vocês, mãe, filho e parente, parecem não ter vergonha na cara! É imperdoável, mesmo para um bando de matutos! A audácia de chamar uma personagem historicamente famosa com tanta familiaridade! Isso é o tipo da grosseria inaceitável! Chamá-la de Shikibu-san, como se ela fosse igual a vocês, é vergonhoso, entenderam? Vocês não só não educam seus filhos, como vocês mesmas se comportam mal!

— Tratar alguém famoso e importante tanto da antiguidade como da atualidade de maneira íntima, como se fosse alguém conhecido da gente, acabaria sendo, no final das contas, uma humilhação para nós mesmos! Não acha que nós, gente do interior, sabemos disso por experiência própria muito mais que qualquer um? Mas Shikibu-san era uma mulher muito próxima às mulheres de nossa família! E é por isso mesmo que nós, apesar de sermos tão incultas, viemos transmitindo oralmente, geração após geração, os poemas dela e compreendemos tanto sua forma como seu sentido! — disse tia Hana serenamente.

— Próxima às mulheres da família de vocês? Que é que vocês estão dizendo, afinal? Mesmo que fosse possível traçar a árvore genealógica de vocês até dez ou vinte gerações anteriores, nem assim as contas bateriam, não veem? O pai de Izumi Shikibu se chamava Oe Masamune,* e, mesmo pelo calendário ocidental, seu registro remonta ao ano 999 d.C., entenderam?

— Nós estávamos falando de Shikibu-san, mas foi a professora que nos ensinou a respeito da Izumi Shikibu... — interveio minha mãe também tranquilamente. — Até o momento, nós jamais nos referimos a uma pessoa tão ilustre como Izumi Shikibu...

Assim como eu escoltava minha mãe e tia Hana, o diretor se sentava de lado numa cadeira atrás da professora e, ao se dar conta de que esta perdera a fala e se calara por um tempo, ergueu-se abruptamente. Estremeci e me arrepiei inteiro de indignação, ao imaginar que o diretor pretendia bater em tia Hana e em minha mãe do mesmo jeito que o fazia comigo todos os dias, mas o diretor deu sonoras passadas com seus sapatos grandes que lembravam coturnos e, aproximando-se de um dos cantos da sala dos professores, apanhou uma vassoura de bambu que ali se encontrava encostada. E então, tia Hana se ergueu em primeiro lugar e, em seguida, minha mãe, que tocou de leve com os dedos em meu pescoço sinalizando de maneira quase imperceptível: pessoas de nossa linhagem

* O autor se chama Kenzaburo Oe. (N. T.)

não devem nunca ser varridas da presença de forasteiros com uma vassoura de bambu. Tia Hana, minha mãe e eu, com a face ainda inchada, saímos da sala de aula e percorremos o pátio escolar iluminado pela claridade do entardecer e, no portão de trás, seguimos em silêncio por dois caminhos separados, um levava à casa de armazenagem, e o outro, à cidade.

Vem-me agora à lembrança a imagem da professora que, com seu rosto de pele tão branca que chegava a parecer sombria, dificilmente encontrada em pessoas da nossa vila, e com os cabelos ondulados, úmidos de suor atrás das orelhas e em torno do pescoço, subia usando uma camisa masculina e *monpe*, as pantalonas femininas fechadas em torno do tornozelo, por um estreito caminho entre um antigo muro caiado e uma plantação, rumo a seu aposento, no interior da propriedade do diretor dos correios. Hoje, estou com quase cinquenta anos e acho que o aspecto daquela professora mal chegada aos trinta anos de idade, que ainda conservava algo juvenil em seus traços, não era tanto o de uma tirana das salas de aula sancionada pela autoridade do diretor, mas muito mais o de uma vítima, uma pessoa excluída do cotidiano fechado de estranhos e que se vê totalmente perdida...

Quando o outono chegou ao meio, certo comportamento estranho da professora passou a ser comentado como se fosse algo muito agradável. O boato dava conta de que, no começo da noite, sob a fraca luz do luar, a professora meio que se escondia — até para mim, então um garoto, isso era uma maneira eufemística de indicar que ela estava nua — num oco existente no tronco de uma gigantesca zelcova que se erguia junto ao templo Jizo, ao lado do santuário Mishima Jinja e, contorcendo-se e marcando passo, punha-se a dançar com tanta paixão que chegava a parecer angustiante, enquanto de sua garganta escapava a custo uma espécie de silvo alto e fino. Os adultos que, em pé à beira da estrada, na boca da noite, teciam tais comentários diziam a respeito da professora:

— Aquela mulher nada sabe a respeito das tradições deste vale e até faz pouco delas, mas, ainda assim, dizem que por temor religioso sentiu escrúpulos em praticar atos obscenos em ocos de árvores existentes no pátio do santuário e que, por conta disso, desceu até as proximidades do templo Jizo...

Em seguida, o comportamento da professora, que se tornou assunto de conversa para a posteridade, acabou testemunhado por diversas pessoas em plena luz do dia. E uma vez que os idosos, que habitualmente viviam enfurnados em suas respectivas moradias, e até os doentes vieram para fora e postaram-se em pé sob o beiral de suas casas ou, ainda, sentaram-se em bancos improvisados e assistiram ao espetáculo, parecia até que o festival de outono, evento suspenso desde o começo da guerra, seria outra vez realizado na estrada provincial naquele dia. E embora o que aconteceu naquele dia tivesse sido um incidente claramente imprevisto, a informação se espalhara por todo o vale e se propagara até a "vila", de modo que houve até pessoas que levaram metade de um dia para chegar e se postar no palco dos acontecimentos, qual seja, o caminho que leva desde o santuário Mishima Jinja, atravessa a ponte e leva até a montanha Koshin, do outro lado do rio. Escrevi mais acima que parecia o festival do outono, mas, melhor dizendo, foi o próprio festival de outono, realmente. As pessoas esperaram rente ao curso por onde normalmente o andor e o "monstro bovino" dos festivais de outono passavam em disparada. E até a tristeza, que invade a alma quando tudo termina e a excitação se vai, era idêntica à do festival de outono.

Desde cedo, a sensação de que o incidente estava prestes a acontecer aos poucos começou a se fortalecer entre o povo do vale. Ao meio-dia em ponto, correu a notícia de que, envolta desde a cabeça num cone de pano branco feito de lençóis remendados, a professora se trancara no interior do santuário Mishima Jinja. O sacerdote descendia de uma família que deixara seu nome nos anais da história por ter sido uma das líderes do levante do primeiro ano do período Meiji, mas nada disso o ajudou a retirar a professora do interior do santuário e, segundo diziam, ele apenas andava a esmo no escritório do templo. A essa altura, as crianças subiram correndo a escadaria de pedra do santuário e foram observar o tal cone de pano branco.

Às três da tarde, as encostas das montanhas que formavam o vale foram varridas por lufadas de vento, e tanto as vertentes cobertas de árvores com folhas coloridas pelo outono como as repletas de sempre-verdes agitaram-se em sequência, exibindo o avesso das folhas, e, em meio à ventania dessa tarde sombria, a professora veio descendo até a altura da caixa de oferendas, obrigando as crianças a recuarem em debandada. Depois de cruzar o pátio do santuário arrastando a base do cone de pano no chão, a professora se pôs em pé no topo de uma respeitável escadaria de quase cem metros de altura, muito embora descontinuada aqui e ali, e, talvez com o intuito de melhor visualizar os degraus a seus pés, entreabriu as bordas do pano unidas diante do corpo e pôs o rosto para fora.

Exatamente nesse instante, uma lufada de vento se insinuou para dentro do cone de pano e arrancou-o de suas mãos: como um enorme pássaro branco a adejar sobre o vale, o pano desapareceu nas alturas acima das sempre-verdes. O que restou ali foi apenas um corpo nu que, embora notavelmente menor que o coberto por roupas, começou a descer a escadaria em passos rápidos mas seguros.

Quando enfim a professora acabou de descer os degraus e se dirigiu com passos decididos rumo à nascente do rio pela estrada provincial apinhada, as pessoas que a observavam gritaram em uníssono. Ao ouvir o alarido indescritivelmente alegre que vinha da jusante, eu, que esperava na base da ponte, reagi gritando como um eco. Logo, a professora surgiu, apressada mas serenamente, entre a fileira de espectadores aglomerados na estrada que marginava o rio, trazendo atrás de si um cortejo, a cuja frente vinham alguns indivíduos autonomeados organizadores de improviso, seguidos por um bando de crianças que tentava a todo custo ultrapassar tais indivíduos. O ventre da professora parecia cavado, como se os órgãos internos tivessem sido extraídos, e vi então, com o coração aos saltos, que a larga faixa de seus pelos púbicos chegava até a altura do umbigo e cobria desde a base das coxas até a região anal.

O rosto da professora, que passava então bem diante de mim, parecia o de alguém que nunca tinha visto a luz do sol e estava coberto de doentias gotas de suor, as quais escorriam pela larga faixa de pele que descia da garganta e cobria a região plana entre os seios. E nesse rosto coberto de suor, a boca se movia morosamente. Em seguida, a professora exibiu por entre as nádegas, magras e pontudas, semelhantes a asas abertas de um morcego branco, o tufo de pelos púbicos que lembrava um rato a espiar e se afastou andando. Eu, porém, que não a segui e, estupefato, permanecia em pé à beira da estrada, sentindo o coração bater acelerado, fui acotovelado e empurrado para dentro de um fosso cheio de uma água gelada que chegou até os tornozelos de meus pés descalços...

Quase uma hora depois, rindo e gritando — os gritos lembravam incitamento a cães — de maneira ainda mais viva e agressiva que na ida, a turba retornou partilhando um clima de festa que também se intensificara na mesma proporção. A professora, que a precedia, parecia extremamente cansada, mas o que me fez arregalar os olhos outra vez foi o fato de que ela voltava com uma grande quantidade de folhas e ervas secas coladas em todo o corpo nu. Lembrava uma larva de heméróbio camuflado com insetos mortos e detritos. As folhas e ervas secas que o suor pegajoso da professora colara no corpo inteiro eram removidas por lufadas de vento, mas logo substituídas por outras, jogadas pelos circunstantes.

No dia seguinte ao da parada, primeira manhã de intenso nevoeiro daquele outono, a professora estava a caminho da casa dos pais numa cidade à beira-mar e, friorenta e solitária, sentava-se a um canto da carroceria de um caminhão carregado de enormes toras de pinheiro, com alguns poucos pertences agrupados ao redor dos joelhos. Erguendo o rosto que, pela primeira vez em sua vida, estava queimado de sol e parecendo ainda entorpecida pelos efeitos secundários da profunda e espantosa experiência por que passara, a professora observava, com o pescoço ereto, os telhados das casas que, estreitando a passagem, enfileiravam-se dos dois lados da estrada provincial naquele trecho urbano.

Terminado o carregamento e com muito trabalho a fazer ainda, o motorista do caminhão fumava uma imitação de cigarro feito com palha e cabelo de milho, afastado de seu veículo. Ao lado do caminhão, bem perto da carroceria, diversos homens da localidade, assim como nós, crianças, apenas nos postávamos por ali sem olhar diretamente para a professora nem procurar entabular conversa com ela, alguns com um meio-sorriso nos lábios, outros, com expressão compenetrada. Quando se enjoou de observar o telhado das casas, a professora passou a transferir cuidadosamente para a ponta dos dedos algumas formigas que rastejavam por suas pernas sem meias nem *monpe*, e a reconduzi-las para as toras que ainda conservavam suas cascas úmidas.

E então, no meio desses homens, ergueu-se uma voz que soava irritada mas que também pretendia conservar certa distância, como a de alguém que não tem nada a ver com a situação: "Confirmem se as cordas estão seguras! Não veem que se estas toras se deslocarem vai ser o fim?". Logo em seguida, não foram apenas dois ou três os homens que galgaram de um salto a carroceria e, com gestos destros, verificaram o assentamento da carga.

Mas então, o motorista, que permanecera apático até esse instante, saiu correndo de repente e, chamando seus ajudantes aos berros, arrastou para baixo os indivíduos sobre a carroceria do caminhão. Os homens que permaneciam no vale sem nada fazer naqueles tempos de crise eram indivíduos que não tinham nem ido para a guerra nem sido arregimentados. Não eram parada para a força bruta dos trabalhadores de madeireiras, um dos ramos da indústria militar. Sem se perturbar com o conflito, a professora parecia contemplar uma vez mais os telhados e a área sobre eles. Seja como for, o incidente fez com que o motorista ligasse o motor do caminhão, e os homens que restaram puseram-se a rir alto. À sombra das toras sobre a carroceria do caminhão que se ia do vale, o rosto da professora oscilava e eu, que a via partir, fui acometido de uma irritação tão sofrida que minha cabeça chegou a reboar, como se tivesse levado uma pancada.

No dia levemente nublado em que lufadas de vento varreram a montanha, e no dia seguinte, o primeiro dia frio de outono daquele ano, houve um incidente no vale. É o que diz minha memória. Além disso, há ainda outra lembrança, cujas cores parecem aprofundar-se ano a ano desde a minha infância. Se eu perguntar à minha mãe de oitenta anos e à minha tia Hana, que com mais de noventa anos continua a viver no vale, sinto que elas negarão peremptoriamente e me dirão que a lembrança é de um sonho tipicamente infantil, mas recordo-me de mais um cenário que revive, sempre com maior nitidez.

No dia em que a professora se foi do vale no caminhão de uma madeireira, fui entregar à tia Hana um litro de *amazake* — o saquê doce caseiro, fermentado a partir de arroz fresco maltado —, que nos tinha sido fornecido por parentes da vila e, no caminho, removi algumas vezes a rolha para permitir que os vapores da fermentação se dissipassem, conforme me fora recomendado. A porta da casa de armazenagem, feita de madeira grossa e pesada demais para a força dos braços de uma criança, achava-se entreaberta na exata largura dos meus ombros e havia uma lâmpada nua acesa na sala de estar, onde minha mãe catava alguns grãos brancos e lustrosos sobre um cesto de vime.

Em pé, no escuro vestíbulo de terra batida que antecedia a sala de estar, tia Hana observava com olhos carinhosos a professora que, de frente para mim, sentava-se no umbral da casa e enxugava os pés recém-lavados numa tina. A professora subira descalça a longa ladeira até a casa de armazenagem. Esse detalhe fez com que minha penetrante sabedoria de criança criada no vale compreendesse: a vila e a professora tinham se reconciliado.

Já escrevi acima que, no começo da tarde do dia anterior, eu, que no meio do povo observava a parada da nudez, não tinha acompanhado o movimento da turba e, empurrado para trás, caíra num fosso onde havia água corrente e molhara os pés descalços até a altura dos tornozelos. Existia uma razão mais objetiva que simples escassez material do período de guerra por trás do fato de nós, crianças, nos termos reunido descalças naquele dia que lembrava o de um festival.

Nem preciso fechar os olhos: ainda hoje, qualquer detalhe da festa que a parada de uma mulher nua iniciou, me vem à memória livremente. Pés sujos de poeira branca que caminham resolutos. Embora estivesse completamente nua, a professora calçava *tabi*, as meias japonesas, e um par de sandálias com tiras vermelhas e caminhava a passos rápidos. No caminho de volta, as sandálias estavam apenas enroscadas nos dedos e os calcanhares tinham saído das meias, mas, ainda assim, os artelhos da professora prendiam a tira da sandália com firmeza. Ela sabia que uma forasteira não podia pisar o solo da floresta com pés descalços.

Em total oposição a esta situação, havia outra, a da água pura que banhava os pés descalços de uma criança do vale, eu, até os tornozelos. A água cristalina que nascia na floresta passava por vários fossos e descia correndo para dentro da cidade. O fosso tinha sido antigamente um aqueduto. Ainda hoje, a água que por ele corre conecta a floresta com o vale. Qualquer anomalia nas profundezas da floresta surge na água que desce pelo fosso. Quando o fosso secava, era sinal de que haveria quebra de safra no outono. Naquele instante, a professora andara descalça de maneira espontânea pelo vale e, recebendo de tia Hana a mesma água de fosso diante da casa de armazenagem situada no alto da montanha, lavava os pés maculados/ purificados pela terra...

O quadro seguinte de minhas lembranças é o de minha mãe cozinhando os grãos catados no aposento ao fundo do vestíbulo de terra batida, virada a meio para a tia Hana e a professora — ambas estão na sala de estar —, anuindo com leves acenos de cabeça ao que as duas diziam. Elas bebem *amazake*. Sem ter sido autorizado a entrar na sala de estar, eu me encontro em pé no vestíbulo de terra batida e bebo minha porção diluída de *amazake*. Tia Hana falava numa cadência tranquila, serena e com malcontida alegria, e a professora a ouvia com a cabeça e os ombros abaixados, deixando-se banhar na chuva de palavras. O acontecimento de ontem assumirá um sentido totalmente novo amanhã e será considerado um ato venturoso no vale da floresta, um ato que merecerá o agradecimento não só de pessoas como também de animais, peixes, pássaros e plantas e, você, que ensina as crianças, continuará sua vida escolar alegremente. Tais eram as palavras de incentivo, apreciação e congratulação.

A professora passa nua pelas ruas da cidade, cruza a ponte e se dirige à montanha Koshin, que se eleva sobre o amplo espaço plano de terra fértil acumulada e cultivada. Nessa montanha, ou melhor, nesse pequeno morro, há também uma escadaria de pedra com um portal tori no topo. A meia altura da escadaria, do lado direito, há um pequeno santuário em honra a Koshin, sob os cuidados de minha mãe. Durante os acontecimentos do dia anterior, minha mãe e tia Hana se trancaram no santuário e rezaram sem parar. A escadaria leva ao topo do morro e a um santuário irmanado ao de Mishima Jinja, e, nos dias de festival, tanto o andor como o "monstro bovino" sobem até lá às carreiras. Se no momento em que a professora começou a subir o morro Koshin o perdão tivesse sido decretado, os acontecimentos do dia anterior teriam tido um desenvolvimento diferente. Amanhã de manhã, as pessoas que acordarem no vale terão a memória do que aconteceu refeita e se lembrarão do incidente da maneira como na verdade devia ter ocorrido. A professora não tem mais nada com que se preocupar...

O incidente da maneira como na verdade devia ter ocorrido: a professora vem subindo a escadaria e ouve a voz de minha mãe, que desde cedo se trancara no santuário Koshin. A professora entra no pequeno santuário conforme lhe é indicado, veste as roupas antigas que tia Hana havia trazido da casa de armazenagem. No momento em que a professora, escoltada por minha mãe e tia Hana, ressurge na escadaria como Shikibu-san e se dirige ao santuário irmanado ao de Mishima Jinja, a multidão que quase cobre o morro Koshin compreende de súbito, silenciosamente. Tudo não passava de um serviço divino, um ritual que vinha sendo praticado por longos anos, desde que o vale passou a ser habitado, e que fora esquecido ultimamente, um ritual realizado quase sempre por deuses e por homens, era o ritual revivido...

A professora revela à tia Hana e à minha mãe, numa voz suave, levemente embriagada com o *amazake*. Desde o fim do verão, quando a lua começava a subir no horizonte, me parecia que os poemas brotavam em meu ser, e eu me via compelida a sair de meu aposento alugado, a subir a senda entre as plantações e a me esconder entre o templo Jizo e o santuário Mishima Jinja. Acho que não há quem não conheça a gigantesca zelcova que se ergue ao lado do templo Jizo e se inclina para o santuário quase o encobrindo. E, no oco da raiz da zelcova, eu me sentia incapaz de resistir à vontade de declamar os poemas que brotavam em mim: *"Nem sempre o coração/ seguir podemos!"*,* ou ainda, *"Não tornaste à minha/*

---

* "Ah, tu mesmo sabes/ que nem sempre o coração/ seguir podemos!/ Se tu mesmo o teu não podes/ eu ao meu muito menos." (*Onogamino/ onoga kokoroni/ kanawanuwo/ omowazu monowa/ omoishirinamu.*) (N. T.)

desolada moradia!",* declamava eu, contorcendo o corpo. Como pude declamar tantos e tantos poemas que brotavam do fundo do meu coração?

Um largo sorriso preenche o rosto grande, de traços antiquados, de tia Hana: "Mas isso você já sabia há muito, não é mesmo?", diz ela, ao que minha mãe faz coro, acrescentando: "Com certeza já sabia", também sorrindo de maneira cativante. A professora continua a questionar, como se tivesse voltado a ser uma menininha, ou uma criança menor ainda:

— Eu sabia que Shikibu-san era quase uma divindade antiga, uma mulher preciosa, mas como é que fui duvidar de que ela realmente existiu? Como seria possível que poemas de alguém que nunca existiu fossem preservados até hoje, e que nós, hoje em dia, não consigamos imaginar nada melhor que eles? Poesias daquela magnificência teriam sido compostas por rochas, árvores ou plantas? Mas se foram compostas por um ser humano, só o seriam por alguém como Shikibu-san, não é mesmo? Como seria possível que Shikibu-san não tivesse existido? *"Que tanto sofrias até ontem? Que tanto sofrias até ontem?"*

(*Mohitori Izumi Shikibu ga umareta hi*, publicado em maio de 1984. Extraído de *Ikani kiwo korosuka*, Editora Bungei Shunju, 10/12/1987.)

---

* "Ouço dizer que/ tornam os mortos às casas/ esta noite mas/ tu não tornaste à minha/ desolada moradia." (*Nakihitono/ kuruyoto kikedo/ kimimonashi/ wagasumu yadoya/ tamanakino sato.*) (N. T.)

Viver em paz

Aconteceu no ano em que meu pai foi convidado para o cargo de escritor residente de uma universidade californiana e certas circunstâncias levaram minha mãe a acompanhá-lo. A data da partida se aproximava e, embora estivéssemos como sempre reunidos em torno da mesa de refeições de minha casa, o jantar transcorria num ambiente mais formalizado que o costumeiro. Meu pai, que mesmo nessas ocasiões só consegue tratar assuntos importantes — ao menos os familiares — como uma brincadeira, procurava falar de planos para o meu casamento (eu completara vinte anos e alcançara a maioridade recentemente) como um tema agradável e divertido. Eu mesma, embora fosse o tema da conversa, apenas ouvia a opinião dos demais, em parte porque esse era o meu jeito de ser desde a infância e, em parte, por costume recente. Isso, porém, não desencorajou meu pai que, animado por um copo de cerveja, disse:

— Seja como for, exponha ao menos os requisitos que considera básicos.

Não obstante, voltava para mim o rosto risonho e meio constrangido porque esperava de antemão receber uma resposta pouco afável. Fiquei então tentada a externar o que vez ou outra me vinha à mente. Mas a vibração peremptória da minha voz bem que me incomodou...

— Para casar comigo, meu noivo terá de ter capacidade financeira para comprar ao menos um apartamento de dois dormitórios, já que Iiyo estará comigo. Depois, quero viver em paz.

Mal me calei, percebi que meu pai e minha mãe ficaram abalados. Antes de mais nada, os dois pareceram dispostos a considerar uma cômica resolução infantil tudo que eu acabara de dizer e propensos a mudar o rumo da conversa com uma risada. Essa maneira de encaminhar os diálogos de nossa família era também a especialidade de meu pai. O irmão que apelidáramos de Iiyo era quatro anos mais velho que eu e trabalhava numa instituição beneficente, o Centro Profissionalizante para Deficientes Mentais. Qual seria a atitude de um jovem marido caso tal pessoa viesse de mudança com a mulher para o lar recém-constituído? Mesmo que o assunto tivesse sido ventilado antes do casamento, não teria ele pensado que se tratava de algo sem sentido e deixado passar sem prestar-lhe a devida atenção? E quando, no primeiro dia da nova vida de casados, um avantajado cunhado lhe surgisse diante dos olhos no apartamento de dois dormitórios adquirido com tanto custo, que susto não levaria o inexperiente marido!

Contudo, permaneci tensa e cabisbaixa por sentir que havia uma proposição séria por trás da maneira jocosa de meus pais tratarem o assunto. Pois, apesar de soar como um contrassenso, o assunto já fora abordado e era importante para mim. Passados instantes, não me foi possível continuar mantendo o silêncio e continuei:

— Sempre me disseram que eu não tenho senso de humor, e não tenho mesmo. Pode ser que vocês dois estejam querendo me transmitir uma mensagem oculta, mas... Seja como for, eu, por mim, acabei pensando dessa maneira. E eu disse "para casar comigo", mas é claro que não tenho nenhum pretendente real, entenderam? Depois de imaginar diversos casos hipotéticos que sempre terminavam num beco sem saída, fosse qual fosse o ponto de partida, acabei pensando dessa maneira. Nessa questão, por exemplo, vocês dão a entender que minha resolução é cômica e... eu mesma não acho que haja alguém capaz de receber-nos, a mim e a Iiyo, juntos... Por outro lado, vocês dois não me dão a entender nenhuma maneira de transpor este beco sem saída, não é?

Isso foi tudo que eu disse. Sabia muito bem que aquilo não era suficiente. Às vezes, por um hábito cultivado desde a infância, fico em pé como uma atendente ao lado de minha mãe enquanto ela se maquia em seu quarto. E desse jeito continuei o diálogo na manhã seguinte. Tomando de empréstimo a expressão favorita de meu irmão menor, Ō-chan, eu havia "de um modo geral" preparado o terreno. Se bem que seria mais correto dizer que o inconsciente também trabalhou para me fazer preparar o terreno...

Na conversa do dia anterior, fiquei decepcionada comigo mesma. Acho que foi pior que não ter dito nada. Por causa disso, não consegui conciliar o sono depois de me retirar para o quarto e, enquanto pensava em inúmeras coisas, e também parcialmente levada pelo fato de me encontrar em estado de cansaço espiritual, vi-me prestes a ter um pesadelo tenebroso em que me achava sozinha num local totalmente ermo. Pois, mesclada ao sono, ainda me restava a consciência real de que continuava acordada. E ali estava eu em pé em meio a essa sensação de tristeza e de distância — embora também soubesse muito bem que meu corpo jazia na cama.

Logo, em pé e obliquamente atrás dessa minha pessoa mergulhada no sono, percebi alguém que se sentia da mesma maneira que eu. Sem ao menos me voltar, eu sabia que essa pessoa era o "futuro Iiyo". Esse "futuro Iiyo", que estava prestes a se adiantar de sua posição obliquamente posterior a mim, era o assistente da noiva e, nesse caso, eu devia ser a noiva. Vestida a caráter, lá estava eu, sem pretendentes à vista, em pé nesse local totalmente ermo e vazio, tendo o "futuro Iiyo" como acompanhante. Era uma campina gigantesca, onde a tarde já caía. Uma campina gigantesca. Foi o sonho que eu tive...

Enquanto relembrava o sonho depois do amanhecer, permiti que o mais negro sentimento de desolação revivesse em mim, impossibilitando-me de permanecer na cama no quarto escuro. Subi a escada e entrei no quarto de meu irmão pela porta entreaberta e fracamente iluminada por uma luz que permanece a noite inteira acesa para impedi-lo de tropeçar quando vai ao banheiro no meio da noite. Da mesma maneira como costumava fazer em criança, cobri as coxas com um cobertor desgastado pelo uso, que eu carregara comigo sem me dar conta de que o fazia, sentei-me aos pés da cama de Iiyo e fiquei escutando aquela respiração ritmada que parecia ultrapassar o âmbito de um pulmão humano. Quase uma hora depois, meu irmão desceu da cama em meio à penumbra e foi com passos decididos rumo ao banheiro diante do quarto dele. Senti renovar-se em mim a sensação de solidão pelo fato de meu irmão ter-me ignorado completamente.

Contudo, Iiyo, cuja ruidosa micção parecia prolongar-se para sempre, retornou pouco tempo depois e, assim como um cão de grande porte empurra seu dono com a ponta do nariz e a cabeça para cientificá-lo de sua presença, curvou-se e pressionou sua testa em meu ombro, sentou-se a meu lado com os joelhos contra o peito e pareceu cair no sono ali mesmo. No mesmo momento me senti feliz. Passados instantes, Iiyo disse, com o jeito de um homem maduro e judicioso que contém o riso, mas com a voz cristalina e suave de uma criança: "que será que aconteceu com a Maa-chan?". Recuperei completamente o ânimo e, depois de ajudar Iiyo a voltar para a cama, retornei ao meu quarto.

Foi num fim de dia de verão, véspera da partida de meus pais para os Estados Unidos, pois, na Califórnia, o período letivo do outono começaria no dia seguinte. Com uma mala de viagem abarrotada e de aspecto pesado ao lado, meu pai, que lia um jornal acomodado numa poltrona, disse o seguinte, sem se dirigir especificamente nem a mim nem à minha mãe, que trabalhava na cozinha, mas muito mais como se falasse consigo mesmo depois de muito pensar no assunto:

— Acho que Iiyo deve voltar a praticar um esporte! Acho que natação é o mais indicado.

Se Iiyo estivesse compondo suas músicas, como sempre deitado de barriga sobre o tapete ao lado de meu pai, ele teria intercalado uma pausa na conversa, como se pensasse por momentos, e respondido de maneira a provocar o riso de toda a família:

— Esporte?, se for natação, esse é o meu esporte favorito, sabe?

E então, as palavras de meu pai não teriam rolado para dentro de mim como um porrete ou algo do gênero e ali ficado. Meu irmão representa — nem sempre de maneira inconsciente — esse papel de amortecedor jocoso no seio de minha família.

Mas quando meu pai falou de esportes de maneira inopinada, Iiyo não estava ao lado dele. Era manhã, eu já tinha levado Iiyo ao Centro Profissionalizante e ajudava a arrumar a cozinha da refeição matinal quando meu pai, que se levantara tarde, lera o matutino e... acho que foi isso. Conforme escrevi acima, eu continuava com o objeto estranho rolando dentro de mim. E então, quando meu pai subiu para o gabinete dele, fui em seguida arrumar a sala de estar e dei com o matutino aberto na matéria do ferimento infligido por um rapaz com retardo mental numa aluna em acampamento escolar — motivação sexual.

Tenho a impressão de que a invectiva "Que merda! Que merda!" que então brotou em mim não surgiu de maneira extemporânea, mas como algo preparado há muito. Pois ultimamente eu vinha empregando com frequência a expressão "Que merda! Que merda!", cujo uso Iiyo reprovava por considerar "palavra feia".

A expressão "explosão" sexual de deficientes mentais, aliás constante também na matéria daquele matutino, tem chamado tanto a minha atenção nos últimos tempos que, desconfiada de que a empresa jornalística estivesse promovendo uma campanha secreta e intencional, cheguei a perguntar à minha mãe se não seria interessante trocar o jornal que assinávamos por outro. Contudo, naquele momento, eu a considerara sobremodo deprimente e me rebelara com o fato de meu pai ter reagido de maneira positiva à campanha — se é que isso realmente existe — da "explosão" sexual de deficientes mentais do referido jornal e de começar a dizer, sem se referir diretamente à matéria em questão, algo a respeito das necessidades esportivas de meu irmão.

Iiyo já atingira a maturidade sexual, disso não havia dúvida. Nas idas e vindas da escola e também no campus universitário, eu me cansara de ver homens sadios situados, assim como Iiyo, no começo da casa dos vinte. E algumas vezes senti que eles — não todos e muito menos meus colegas do serviço voluntário — irradiavam algo semelhante a um brilho agressivo intimamente conectado com sexualidade. Esse tipo de matéria típico de revista semanal abunda em propagandas veiculadas dentro de trens.

Mas se, por causa desse tipo de preconceito generalizado, meu pai se preocupava com a "explosão" de Iiyo pela mesma óptica dos repórteres e, como medida defensiva (?), preconizava atividade esportiva, não haveria em meu pai uma faceta "vulgar" derivada da falta de uma observação acurada da realidade? E foi isso que provocou em mim a rebeldia.

No Centro Profissionalizante já haviam surgido realmente alguns comentários a respeito de acontecimentos que beiravam a "explosões". Entretanto, por tudo que ouvi em companhia de mães que buscavam seus filhos à saída do Centro, tais "explosões" eram contidas, diria até dignas de comiseração, quando comparadas ao brilho agressivo dos rapazes sadios. Não era nada que fizesse elevar em meu íntimo gritos de "que merda, que merda!" — os quais ninguém sequer desconfiava que brotavam em mim enquanto eu, quieta, ouvia no canto da sala — ou que pudesse transformar-se em caso de polícia.

Na época em que Iiyo começou a frequentar o Centro, eu apenas acompanhava minha mãe em seus leva e traz, mas, por tudo que consigo lembrar, não havia nada no entorno do Centro. Hoje, enfileiram-se ali apartamentos com estrutura de madeira e fachada elegante que impedem a visibilidade nas esquinas e tornam a área perigosa. Se algum acidente acontecesse, os novos moradores com certeza iniciariam um movimento contrário à existência do Centro naquela localidade.

Em certa manhã de vento forte no começo da primavera, eu, que acabara de levar meu irmão ao Centro e retornava pela especialmente movimentada rodovia Koshu, aproximava-me de uma via secundária a que se chega contornando a cerca de uma revendedora de carros usados. Um menino que aparentava ser deficiente mental mas que não pertencia ao Centro frequentado por meu irmão — fato que seria constatado após comparação com as fotos dos ausentes e dos presentes do dia — contemplava os carros além da cerca enquanto manipulava os genitais com as belas nádegas brancas expostas até a altura das coxas. A senhora A., que por seus atos e pronunciamentos de caráter decisivos ocupava posição de liderança entre as mães e que estava conosco naquele dia, gritou "Opa!" nesse instante e, antes de se aproximar do garoto, voltou-se para mim dizendo de maneira peremptória e inusitada: "Fique aqui mesmo, Maa-chan, eu e a sra. M. iremos na frente!".

Casualmente, três mulheres passavam pela calçada do outro lado da rua e começavam a mostrar sinais de indignação pelo comportamento do garoto. A sra. A. fez o garoto erguer as calças e carregar ao ombro a mala de tiracolo que ele depositara ao lado, no chão. E uma vez que ela tomou prontamente as medidas necessárias para que o garoto fosse conduzido à escola, de cujo endereço se certificou antes de mais nada, as três mulheres que haviam parado perderam a oportunidade de reclamar e se foram, apenas voltando-se vez ou outra de maneira ameaçadora.

E enquanto nos dirigíamos à estação de trem, a sra. A. disse para mim, que a alcançara uma vez mais: "Se aquelas três mulheres da vizinhança não estivessem olhando e se não houvesse o perigo de o garoto ser confundido com um dos meninos do Centro, podíamos tê-lo deixado fazer até se fartar, não é mesmo?".

Desta vez, foi a sra. M. que disse "Opa!" em consideração a mim, mas eu mesma estava de acordo com a sra. A. e foi nesse sentido que eu disse intimamente: "Que merda, que merda!". Além disso, estava vexada comigo mesma por achar de mau gosto o fato de eu ter enrubescido e sentido lágrimas aflorando aos meus olhos...

Ou seja, não tenho intenção de criticar aquele garoto, mas Iiyo nunca se comportara de maneira semelhante, ao menos diante da família. Ele nunca fez nada parecido nem escondido de nós e, honestamente falando, não o fará futuramente, isso é o que eu sinto. Tenho, não obstante, de acrescentar uma observação um tanto complexa: isso não me tranquiliza nem me alegra necessariamente...

Basicamente, Iiyo tem uma personalidade séria e demonstra reação negativa a brincadeiras de mau gosto de cunho sexual. Em oposição a meu pai, que graceja e se diverte com tais assuntos — de acordo com minha mãe, ele não fazia nada disso nos tempos de estudante, diz ela que ele desenvolveu essa capacidade como segunda natureza à custa de esforço próprio —, meu irmão chega a ser severo e minucioso. Quando penso nisso, pergunto-me se meu irmão, embora não goste, não teria apenas decidido suportar a palavra *"kin"*, que muitas vezes usamos em casa.

"Kin". Meu pai inventou essa expressão para poder converter facilmente situações de caráter sexual em gracejos. Sei também que este uso não consta de dicionários. Meu pai a usa como uma verdadeira palavra-ônibus. Pondo-me na pele dele, acho que a criou para atender à necessidade de transformar num acontecimento divertido e jocoso certas situações esdrúxulas de cunho sexual com as quais o próprio Iiyo não consegue lidar.

Esta lembrança é do tempo em que Iiyo ainda frequentava o colegial da Escola Especial: certa vez, meu irmão, que como sempre se deitava de barriga sobre o tapete e compunha ou ouvia transmissões FM, tentou mudar de posição e começou a se mover de maneira hesitante e canhestra recuando os quadris de um modo que em inglês seria descrita como *awkward*. Ao se dar conta disso, meu pai disse em voz especialmente alta, destinada a alcançar também os meus ouvidos. "Iiyo, o 'kin' espichou, muito bem, vá ao banheiro!"

Então Iiyo vai ao banheiro com passos que fazem lembrar certas pacientes, em hospitais, com problemas no baixo-ventre. Cheguei a pensar em ajudá-lo, preocupada com a possibilidade de o *"kin"* alongado se enroscar na roupa e lhe causar dor, mas, nessas ocasiões, meu irmão se torna bastante restritivo, repele a mão dos que tentam ajudar, não há nada que se possa fazer. Minha mãe também diz que não conseguiu uma solução para este aspecto.

Se bem que, na mesma época, nós nos víamos vez ou outra "cara a cara" com o *"kin"* alongado de Iiyo. Desde criança, meu irmão usava fralda para dormir. Com o passar do tempo, passamos a não encontrar mais em lojas comuns o saco plástico de tamanho ideal para forrar sua fralda, e meus pais andavam lançando olhares pelas prateleiras dos grandes magazines nas ocasiões em que íamos para o centro da cidade. Entrementes, um professor da Escola Especial nos propôs curar Iiyo da enurese noturna, quando então passamos a acordar meu irmão entre as onze e a meia-noite para conduzi-lo ao banheiro. Quase sempre era minha mãe e, às vezes, meu pai que se encarregava disso, mas, em algumas poucas ocasiões em que meu pai viajava para o interior e minha mãe estava cansada demais e não conseguia se levantar, eu, que à época estudava para os exames vestibulares, assumia o encargo.

Ao acender a luz do quarto, Iiyo, sensível como era, acordava, mas nunca se mexia por iniciativa própria. Ele apenas permanecia debaixo do cobertor formando uma volumosa elevação que fazia imaginar um urso deitado. Antes de mais nada, era preciso despir a calça do pijama de meu irmão largado sobre a cama, mas ao chegar a esse ponto, embora parecesse apenas ali jazer pesadamente, ele cooperava movendo-se de uma maneira peculiar que facilitava a remoção da calça.

Quando a fralda ainda não estava molhada, eu removia a fita adesiva com cuidado, para não destruir seu formato dobrado, pois ele a usaria outra vez ao voltar do banheiro. Se já havia urina na fralda, eu logo percebia pela impressão de umidade, mas quando eu acudia a tempo, costumava sentir uma alegria tão grande que pensava se não seria comparável à de um caçador quando consegue capturar uma presa.

Todavia, era então que surgia o problema. Pois no instante em que eu removia a fita adesiva, *"kin"* saltava com tamanha força que deslocava a fralda. Todavia, uma vez exposto o baixo-ventre dessa maneira, Iiyo erguia o torso sozinho e descia da cama, poupando-me assim o trabalho de tirá-lo de lá, mas, em certas ocasiões, ele exalava um hálito a que eu não conseguia me acostumar por mais vezes que o sentisse, algo assim como bafo de animal de grande porte ou cheiro de espuma proveniente de processos metalúrgicos. Era totalmente diferente do cheiro que sua boca exalava durante o dia e também do hálito dos momentos de crise epiléptica.

No decorrer de um acampamento escolar, cujo propósito era habituar crianças deficientes a passar alguns dias fora de casa, e graças a um zeloso professor da Escola Especial, a cura da enurese noturna de Iiyo se processou de uma vez meio ano depois de nos ter sido sugerida. Desde então, creio que nunca mais nenhum membro de nossa família presenciou a cena em que o *"kin"* de meu irmão se ergue com o vigor de uma cobra da cabeça da Medusa. E por falar nisso, dou-me conta também de que há alguns anos não vejo meu irmão assumir a pose *awkward* por causa do "*kin*" alongado. E então, por mais correta que seja a personalidade de Iiyo, uma vez que ele não é do tipo que esconde essa espécie de situação, pergunto-me se o "*kin*" já não teria cessado de se alongar.

Quando conversei com minha mãe a respeito, ela me respondeu com voz um tanto deprimida: "talvez ele já tenha superado essa época, a juventude dele foi tão curta, não é mesmo?". Meu pai, que da sala de estar ouvia o que conversávamos na cozinha, disse: "isso não é nada mau, nos deixa tranquilos no final das contas", e provocou minha rebeldia.

— Ninguém sabe se isso é bom ou ruim para Iiyo, retorqui mentalmente. Realmente, se isso aconteceu, acho que ele não corre o risco de agir como aquele garoto. Contudo, parece-me, não sei ao certo, que não é para nos sentirmos tranquilos por causa disso. Pelo contrário, "que merda, que merda!" — é o que penso.

Durante a semana que se seguiu à partida de meus pais pelo aeroporto de Narita, e muito embora eu tivesse intimamente me preparado para isso, uma série de acontecimentos ocorreu em sucessão vertiginosa. Contribuiu para isso o fato de eu estar escrevendo duas vezes por dia o "diário da casa", prometido à minha mãe antes de sua partida, porque, impossibilitada de dormir mais que quatro ou cinco horas por noite, sinto muito sono e mergulho diversas vezes na cama para cochilos rápidos durante o dia. Era verdade também que eu tinha muita coisa para escrever.

Será que não tive tempo de sentir solidão ou insegurança porque o corre-corre diário desviou minha atenção? Apenas duas coisas, ou melhor, duas pessoas prendiam minha atenção, embora de maneira vaga. Sinto como se algo obviamente carnal pendesse bem no meio do meu corpo, logo acima do meu estômago. São duas pessoas que eu, tempos atrás, numa crise de raiva, chamei de "palhaços". Meu pai, apesar de perturbado por esse meu jeito de chamá-los, nada disse, só minha mãe me aconselhou a não falar assim diante de estranhos.

Desde o fim do ano passado, havia duas pessoas, cuja identidade desconhecíamos, que deixavam encomendas na porta de minha casa. E foi por causa desse comportamento que eu passei a chamá-los de "palhaços". Um deles entrega um ramalhete de flores, não das comuns, vendidas em floriculturas, mas daquela espécie miúda, reunidas de maneira peculiar — um ramalhete que lembrava certo colega sombrio que sempre mantém o olhar direcionado para baixo mas com o qual às vezes invade meu íntimo. O outro entrega uma garrafa de saquê de 360 mililitros, cheia de água e arrolhada. Este apenas larga a garrafa em cima do muro de tijolo aparente da entrada de minha casa e vai-se embora, mas, certa vez, ao sair para receber um brinde de fim de ano que chegara por entrega rápida, vi-me cara a cara com ele. Era forte, musculoso, ar de monge itinerante e, por baixo da testa larga, seus olhos excessivamente espaçados pareciam dois pontos marrom-claros grudados no rosto.

O primeiro toca a campainha e entrega o ramalhete a alguém da minha casa. Tem ar de bancário ou professor, é pequeno, e no ramalhete há sempre um envelope com um bilhete. Nunca cheguei a lê-lo, mas como no envelope comercial consta até um endereço, acredito que é uma pessoa relativamente decente. Contudo, meus pais nada dizem claramente e, pensando bem, lembro-me que parece ter havido uma grande confusão por causa desta pessoa há alguns anos. Como o caso se deu de madrugada e, na época, eu era uma garota despreocupada, profundamente adormecida, tenho apenas vaga lembrança da movimentação, mas quando perguntei a Iiyo para me certificar, ele me deu uma resposta como sempre um tanto fora do contexto mas indicativa de sólida lembrança: ah, que problema, que problema, realmente! O carro da polícia chegou sem fazer nenhum barulho! Eu então lhe perguntei o que acontecera, ao que ele baixou a cabeça e disse, com a maior seriedade, "que problema, que problema!", numa tentativa de desviar o assunto, o que me fez imaginar que meu pai lhe tinha ordenado que nada me dissesse.

Por tudo que sei, o aumento de cartas e telefonemas da mesma espécie que culminaram no aparecimento de visitantes do tipo acima descrito deu-se depois que a palestra "Oração de um ímpio", proferida por meu pai numa universidade feminina, foi transmitida pela TV. Eu mesma acho, como parte diretamente lesada, que declarar-se voluntária e desnecessariamente ímpio e, depois disso, falar de orações, talvez seja, não para alguém em particular, mas de maneira geral, realmente uma impertinência. Uma vez que meu pai agiu dessa forma, acredito que mereceu algum tipo de punição leve. Mas deixem a família fora disso!, queixei-me certa vez à minha mãe, que parece ter transmitido minhas palavras a meu pai. Foi nessa ocasião também que eu falei em "palhaços" pela primeira vez.

E para falar a verdade, meu pai também parecia disposto a suportar a "leve punição" a ele imposta, mas ao pensar nos estranhos que viriam à casa de onde o responsável se ausentaria, tudo indica que se sentiu em débito comigo, pois escreveu uma carta ao remetente do ramalhete de flores solicitando a cessação das entregas. Foi assim que os ramalhetes nunca mais surgiram em casa. Contudo, não havia como entrar em contato com o entregador das garrafinhas de água. Na semana que antecedeu sua partida, meu pai parecia sempre atento ao portão de entrada enquanto trabalhava na sala de visitas, conservando a seu lado a carta que preparara a fim de poder entregá-la no momento em que o referido indivíduo aparecesse, mas, quando nos demos conta, havia apenas a garrafa com água sobre o muro do portão num entardecer de sábado.

E assim, depois que meus pais partiram para a Califórnia, tinha sobrado para mim a preocupação quanto ao que fazer caso topasse outra vez com o homem da garrafa de água diante do portão. Mesmo não topando, o fato de encontrar a garrafa de água já me deixava bastante deprimida.

A carta escrita por meu pai continuava na bandeja de cartões de visita da entrada. Como não me interessa abrir e ler cartas alheias, seja lá de quem for ou para quem for, notei que estava ali mas não mexi nela. No primeiro telefonema que recebi de meus pais, que já haviam se acomodado no alojamento destinado a docentes da universidade, minha mãe me disse que meu pai estava preocupado quanto à conveniência ou não de entregar a carta para o indivíduo da garrafa de água. Como estava escrito na carta que meus pais projetavam viver por um curto espaço de tempo no exterior, era até capaz de provocar no homem da garrafa a sensação de que era missão dele proteger Iiyo com o poder de sua fé... Mas você, Maa-chan, não precisa ficar muito nervosa por causa disso, acrescentou em tom apaziguador o meu pai, que substituíra minha mãe ao telefone, o que me fez achar que ele estava sendo um tanto irresponsável.

As garrafas que nos tinham sido entregues estão enfileiradas em ordem num canto do depósito, porque minha mãe teme ser solicitada a devolvê-las. Fortemente arrolhadas, são todas do mesmo formato, têm aspecto uniforme e, uma vez que a produção é caseira, não devem ter sido esterilizadas, mas quando sacudo as mais antigas, não vejo indícios de putrefação na água, e isso me faz sentir outra vez algo estagnado no meio do meu corpo, logo acima do estômago.

Na tarde do décimo dia após a partida de meus pais, houve numa área não muito distante de minha casa um rebuliço em que carros da polícia, diferentemente da lembrança de Iiyo, acorreram com estridência. Já estou a par dos acontecimentos, mas vou narrar o que senti e pensei momento a momento, conforme acodem-me à memória. O mesmo já venho fazendo com relação ao homem da garrafa de água.

No momento em que, provenientes de todos os lados, as sirenes dos carros de polícia convergiram ruidosamente para a referida área, fiquei tão abalada que minha cabeça pareceu esvaziar-se por completo. Ergui-me totalmente atordoada, e, em estado de choque, caí sentada sobre a mesinha baixa a que me posicionara para escrever o diário. Tamanho susto se deveu ao fato de, exatamente naquele momento, meu irmão Iiyo estar ausente por ter ido ao barbeiro.

Nessas ocasiões, era minha obrigação levá-lo à barbearia existente na esquina da rua da estação de trem com a rua por onde o ônibus passa e pagar o corte adiantado: o próprio Iiyo já está habituado a tais providências porque corta o cabelo nessa casa há muito tempo. Meu irmão também se diverte com o jovem dono do estabelecimento que, terminado o corte, indaga diversas vezes: "está do seu gosto, está do seu gosto?". E na volta, com a disposição revigorada por causa do cabelo agora aparado — ao menos assim me parece —, ele gosta de voltar a pé, andando tranquilamente em ritmo de passeio. Para mim, era conveniente que meu irmão voltasse a pé, já que me seria um tanto constrangedor ficar sentada na sala de espera da barbearia.

Enquanto as sirenes da polícia ecoavam grande variedade de sons sobrepostos e eu confirmava que Iiyo ainda não havia retornado — meu irmão menor, Ō-chan, tinha ido para o cursinho —, arrependia-me também amargamente de termos estabelecido o hábito de não esperar até Iiyo terminar o corte de cabelo...

Por conseguinte, pus-me em ação e disparei porta afora calçando meu tênis de corrida. Quatro carros da polícia estavam parados na terceira esquina da rota que meu irmão usava para retornar, esquina essa pertencente a um quarteirão que se desviava para o lado externo da linha que une a barbearia à minha casa e onde lotes, construções e cercas-vivas restavam intocados desde antigamente. A luz do entardecer, que ainda guardava traços de verão, conferia um aspecto suado à pele de rostos e pescoços e, gozando a fresca vespertina, pessoas da vizinhança tinham parado para contemplar a movimentação dos policiais.

Meu corpo já se equilibrava para seguir na direção dos últimos, mas contive o ímpeto e, com o coração pulsando forte, perguntei a um homem idoso vestindo roupa caseira: "foi acidente de carro?". A expressão do rosto de traços antiquados que o ancião voltou para mim lembrava a de alguém que estivera assistindo a um conturbado seriado televisivo. Intuí então vagamente que o acontecimento que movimentava os policiais logo adiante tinha mais a ver com relações humanas do que com acidentes de carro. Enrubescendo mais ainda de emoção o já avermelhado e lustroso rosto, o homem me disse, indignado:

— Não foi um acidente de carro. Parece que pegaram um tarado. Acho melhor a mocinha não passar por ali.

Despedi-me do velho com uma leve mesura e, imprimindo ao ombro uma nova direção, disparei outra vez pela rota por onde meu irmão devia retornar. Ah, um tarado, eu nunca ouvi ninguém falar em tarado homossexual nesta terra, Iiyo está bem, Iiyo está bem!, eu gritava no meu íntimo, uma estrondosa sensação de alívio invadindo-me o peito. Todavia, quando cheguei ao barbeiro, não havia mais ninguém nem na sala de espera nem no salão e a limpeza de fim de expediente já tinha sido iniciada. Com uma vassoura na mão, o tio do "está do seu gosto, está do seu gosto?" endireitou o tronco curvado e, perplexo, disse cometendo um engano a que eu já me acostumara:

— Seu *irmãozinho* já se foi há muito.

No caminho de volta, uma ideia nova e apavorante tomou conta de mim. Nunca ouvi falar de tarado homossexual, eu pensara com displicência, mas será que não havia a possibilidade contrária de Iiyo ter atacado alguém? Talvez não fosse essa sua intenção inicial, mas... e se ele procurou mostrar-se bondoso com uma menina bonitinha e, em vez de agradá-la, a tivesse apavorado...? Iiyo detesta gritos e choros...

Meu irmão já tinha chegado em casa são e salvo e, sentado no sofá, examinava a grade semanal das transmissões FM. Sentei-me ao lado dele e acalmei meu coração, que ainda pulsava forte. Da cabeça de meu irmão, que depois de me lançar de soslaio um olhar um tanto perplexo continuara em silêncio a ticar com lápis vermelho os títulos das músicas clássicas, me vinha o perfume do produto usado no corte curto do cabelo e, dos ombros de sua camisa de manga comprida, um exuberante cheiro de plantas!, que naquele momento me acalmou por completo mas do qual, a partir do dia seguinte, eu me lembraria vividamente como explícita prova de meu infortúnio. Outrossim, quando saí naquela tarde para trancar o portão, encontrei pela primeira vez em muito tempo — sem nenhuma nostalgia, deixe-me frisar — a garrafa de água sobre o muro de tijolo aparente, fato que me abateu completamente.

O jornal regional da manhã seguinte trazia uma matéria sobre o tarado de nosso bairro. Uma menina que frequentava a escola primária tinha sido atacada.

Eu mesma não sabia até então, mas diziam que, desde o final do ano passado, um tarado desse tipo vinha atacando as redondezas com frequência. No final das contas, não haviam conseguido prendê-lo no dia anterior. Dois ou três dias depois, enquanto eu varria o espaço externo até o portão, a dona da casa diante da minha conversava com a vizinha dela com quem costuma sempre ir até a estação ferroviária para fazer compras. Em pé na rua que, para além do meu portão, descai na direção delas, as duas não devem ter-se dado conta da minha presença, uma vez que eu me achava curvada no meu exíguo jardim.

O tarado, que esperava na esquina da mansão, agarrara a menina, empurrara-a para dentro de uma concavidade existente na sebe e, segurando-lhe os dois pulsos com uma mão forte, imobilizara-a enquanto mexia com a outra mão na abertura da própria calça e espirrava alguma coisa no rosto da criança. Acho que usaram também uma expressão parecida com "emissão facial". Que horror seria se ele fosse portador de AIDS!, diziam que o rosto da menina estava todo ensopado, também por causa das lágrimas. Por que a menina não gritara? Pelo jeito, levara um soco no começo e ficara totalmente aterrorizada. Por falar nisso, vi outro dia as costas de uma pessoa parada imóvel junto a uma sebe...

Como eu tinha agora de varrer além do portão, saí para a calçada e cumprimentei as duas senhoras com uma leve mesura, a que ambas corresponderam sorridentes, mudando imediatamente o assunto da conversa. E antes de eu terminar de varrer, uma delas desapareceu às pressas para dentro da casa, enquanto a outra montava em sua bicicleta e se afastava.

A conversa das duas senhoras adicionou uma pesada carga de mau agouro ao meu já agoniado espírito, que andara inquieto desde o dia seguinte ao ataque do tarado. Isso porque, quando fiz emergir minha cabeça redonda e pequena acima do portão, a passagem "vi uma pessoa parada imóvel junto à sebe", da conversa interrompida, de imediato me atingiu em cheio como um baque. Pois, para falar a verdade, agoniada como estava e com forte sentimento de culpa com relação ao meu irmão, eu acabara de realizar uma experiência.

No dia anterior, eu tinha ido com Iiyo a uma cafeteria na rua da estação ferroviária e, depois de pagar antecipadamente a conta, disse-lhe que eu ia fazer compras no supermercado e que ele devia ir embora sozinho assim que acabasse de tomar o café. E fiquei vigiando do outro lado da rua, à sombra de algumas sóforas, cujas folhas miúdas já começavam a amarelar e a encolher. Meu irmão apareceu com uma expressão suave no rosto, prestes a se abrir num sorriso, ou seja, bem-humorado. Estava feliz por ter recebido uma proposta diferente e por poder executá-la sozinho. Aguardou uma brecha no trânsito, atravessou a bastante movimentada rua do ônibus com extremo cuidado e lá se foi andando devagar, como se ainda estivesse naquela excursão de anos atrás.

Se Iiyo obedecesse à rota que percorríamos em nossas idas e vindas à estação ferroviária, minha agonia não teria sido nada mais que sofrimento por antecipação. E realmente, ele dobra a esquina e vai fazendo o trajeto habitual. Acho que eu já respirava aliviada. Contudo, no cruzamento em que tinha ocorrido o rebuliço com o tarado, meu irmão atravessa rumo sul, lado contrário ao do incidente, é verdade, mas, ainda assim, escolhendo um desvio que o levará a fazer uma volta maior. Além disso, de maneira inusitada, vai movendo com firmeza o pé defeituoso, como se sentisse muita confiança. E então, ao chegar a uma mansão antiga, rodeada por uma sebe ainda irregular depois do vigoroso crescimento das azaleias de que se compunha em sua quase totalidade, meu irmão enterrou o ombro direito numa reentrância e estacou, quase oculto na vegetação.

Acho que não consegui ficar vigiando nem um minuto. Não havia ninguém passando por perto. Apenas avistei um par de estudantes ao longe — papagaios ou passarinhos? —, caminhando em nossa direção. Mesmo assim, a agonia me destruiu por completo e me fez aproximar correndo de Iiyo, a cujo lado parei e perguntei com voz trêmula: "Que foi, que aconteceu, Iiyo? Você não está no caminho certo, vamos para casa, Iiyo!".

Ao reler meu "diário da casa", vejo que são passados mais dez dias. E é estranho que, uma vez passados, não tenha restado sombra ou sinal da agonia sob a qual eu teria estado soterrada, dez dias de uma agonia realmente pesada. Ainda assim, ao sobreviver aos dez dias que durou essa intensa agonia, não teria eu reformulado a minha pessoa? Pois acabei me comportando de uma maneira que eu, habitualmente tímida e covarde, jamais imaginara possível.

No dia em questão, o tempo não refrescava nunca e, na atmosfera estagnada, apenas o céu a oeste era belo com seu pôr de sol levemente avermelhado. Fui pegar o jornal da tarde e vi sobre o muro do portão a costumeira garrafa de água. Na limitada superfície logo abaixo da rolha, a água refletia o tranquilo ar externo do entardecer e se avermelhara como se uma lente tivesse convergido para ela a cor do pôr do sol — um vermelho pretensioso, pensei. Ocorreu-me então que, se o homem tinha deixado a garrafa naquele momento, eu poderia correr-lhe no encalço para devolvê-la, ideia que me chegou à mente como um súbito afluxo de sangue e entusiasmo.

Retornei até a lateral da entrada, espiei pela cortina rendada da janela, certifiquei-me de que Iiyo continuava a fazer suas composições deitado de barriga sobre o tapete, fechei a porta silenciosamente e fui empurrando a bicicleta até o portão. E então, deitei a garrafa de água morna na cestinha metálica presa ao guidão para estabilizá-la — mas, mal comecei a correr, ela logo começou a rolar de um lado para o outro — e, imprimindo velocidade, pedalei pela rota que levava à estação ferroviária.

Corri sempre em frente até a rua do ônibus e, nela chegando, dobrei para o sul e, só depois de alcançar o cruzamento do semáforo no pedaço em que, se dobrasse à esquerda, estaria na rua da estação ferroviária, senti-me insegura ao perceber que o tráfego continuava intenso apesar da hora e que, mesmo alcançando o homem da garrafa de água, eu talvez não conseguisse identificá-lo, pois o vira apenas uma vez. Talvez fosse preferível percorrer uma a uma as ruas paralelas que corriam no sentido sul-norte, onde quase ninguém passava ao entardecer, pois seria capaz de distinguir melhor o indivíduo da garrafa de água, caso topasse com ele.

Certa vez, durante uma temporada que passamos na nossa cabana nas montanhas de Gunma, nos velhos tempos em que a vida não representava preocupação de espécie alguma para mim, meu pai me disse que eu corria como um potrinho. Enquanto pedalava a bicicleta pela primeira vez em muito tempo alteando vigorosamente os ombros como se cavalgasse um cavalo de verdade, percorri a primeira rua a partir da rua do ônibus esquadrinhando ambos os lados a cada encruzilhada. Foi quando alcancei o extremo norte e fiz um retorno em U para percorrer a rua seguinte rumo sul. No final de uma longa cerca viva de azevinho, aparada de maneira arredondada em torno de uma antiga mansão, bem no seu ponto de encontro com a sebe do vizinho, esta, malconservada, avistei dois vultos, um grande e um pequeno, entrelaçados.

Depois de avançar cerca de mais dez metros, apertei os freios com força. Dos dois vultos enlaçados que pareciam lutar entre si, um era um homem: usava naquele calor uma capa de chuva verde-escura e parecia disposto a esmagar sob a pressão de seu braço uma garota em idade de frequentar os últimos anos do primário ou os primeiros do secundário, obrigando-a a se agachar entre as suas pernas retesadas. O outro braço estava metido na capa na altura da virilha e se movia intensamente.

    Tomei então uma atitude impulsiva que me pareceu cômica tanto naquele instante como mais tarde, quando relatei o caso à polícia. Pois, como o patrulheiro das brincadeiras de minha infância, ergui meu corpo do selim, baixei a cabeça e, pisando diretamente nos pedais, passei correndo ao lado dos dois vultos em luta fazendo tilintar de maneira contínua a campainha da bicicleta. Reparei, num fugaz olhar de esguelha, que os olhos marrons semelhantes a dois pontos do homem da capa se fixavam em mim.

    Avancei cerca de dez a quinze metros, saltei da bicicleta e, mudando-lhe a direção, subi no selim outra vez e, com um pé no chão, olhei para a frente na direção do homem. Sempre tilintando a campainha da bicicleta. Ele tinha parado de movimentar o braço diante da abertura da capa de chuva, mas empregava ainda muita força no braço que imobilizava a garota enquanto voltava para mim o rosto de olhos anormalmente distanciados, parecendo fazer cálculos urgentes. Logo, tirou a mão das dobras da capa e, erguendo-a, gesticulou na minha direção como se espantasse um cachorro.

    Mortificada a ponto de quase cair em prantos, eu também sacudi minha cabeça, momento em que percebi que uma mulher de seus trinta e cinco anos espiava pela janela do segundo andar de uma construção semelhante a uma caixa, no limite do terreno da mansão rodeada por cerca viva maltratada.

    — Eeei, eeei!, socorro!, socorro! — gritei. A mulher abriu a vidraça com estrondo, projetou-se para fora para observar a rua e recolheu-se com ímpeto, gritando algo para alguém às suas costas.

    O homem da capa tinha soltado a garota e voltou-se na direção de onde provinham os novos movimentos. Inclinou então o ombro obliquamente em pose que demonstrava extrema urgência e estava prestes a se afastar com passos rápidos para o lado contrário ao meu. Só então a garota começou a chorar em gemidos e a fugir de joelhos para o meu lado. Sempre tocando a campainha, passei ao lado da garota e fui em perseguição ao homem. Mas tudo o que eu pude fazer quando o homem, ao perceber minha presença, parou e me fitou fixamente, com seus olhos semelhantes a dois pontos, foi parar a bicicleta e também olhar feio para ele. Instantes depois, o homem fez a capa ondular como Batman e correu para a rua ao lado com incrível velocidade...

O homem foi preso porque o irmão da mulher do segundo andar pegou rapidamente a sua motocicleta e, em vez de apenas correr de maneira primária atrás do homem como eu, deu a volta pela rua do ônibus e lhe cortou a dianteira. Contudo, quem conseguiu identificar como sendo o tarado de há pouco o homem, que pálido, suado e ofegante, se fazia de desentendido, fui eu, que os alcancei de bicicleta com bastante atraso e sempre tocando a campainha, ou seja, creio que representei um papel à altura dos acontecimentos.

Até a chegada do carro da polícia, o robusto rapaz da motocicleta e o dono da casa — a mulher tinha ficado para trás para acudir a pequena vítima — seguraram o homem por ambos os lados. Enquanto isso, eu também estava atenta ao fato de que o indivíduo, agora mais parecido com um bagre febril, me olhava fixamente com seus olhos semelhantes a pontos, mas, segundo ouvi dos policiais, ele disse que não se esforçou para fugir porque sabia que eu descobrira sua identidade.

O homem parece ter dito também que vinha entregando continuamente a garrafa de água em minha casa. Ao ouvir isso, eu, que vinha me sentindo incomodada pelo fato de a frente de minha saia estar toda molhada, dei-me conta de que isso acontecera porque a rolha da garrafa que eu levava no cesto do guidão tinha se destampado.

A partir do dia seguinte, tive febre alta e não consegui me levantar da cama, de modo que Iiyo não frequentou o Centro Profissionalizante e Ō-chan preparou as refeições. Em linhas gerais, prestei atenção no sentido de equilibrar o valor nutritivo, disse-me ele enquanto arrumava a mesa, mas era tudo comida pronta comprada no supermercado, se bem que muito bem escolhido, o que não deixava de ser engraçado. Ao longo dos dias e noites em que estive com febre e acamada, esse foi o único momento em que senti certo alívio, pois passei os demais presa de um pavor opressivo.

Como é que o homem da garrafa era o tarado? O guarda me disse que o homem provavelmente escolheu um morador cujo nome surgia vez ou outra nos jornais, para poder alegar que entregava garrafas de água para ele caso fosse parado e perguntado o que fazia andando por aquelas ruas onde havia apenas casas residenciais. Mas eu acho que havia algo anormal no jeito de ele me encarar fixamente enquanto esmagava a garota contra a sebe, ou enquanto fugia, ou mesmo depois de ser preso. Tenho a impressão de que aqueles olhos marrons semelhantes a pontos mostravam o íntimo do "palhaço", interessado na "oração" do meu pai, à filha deste, ou seja, eu.

Insone e na minha já referida situação entre sonho e vigília, pensei em algo mais apavorante ainda conforme amanhecia. Um tarado não deve ficar preso durante muito tempo. Quando ele sair da delegacia, será que não virá diretamente às proximidades de minha casa e, ocultando-se numa sebe, não olhará fixamente para cá, não me agarrará, agora que já conhece meu rosto, e não me porá de joelhos? Do mesmo jeito que aquela menina que levara um soco e nem conseguira chorar, eu também não lograria opor a mínima resistência e teria meus olhos e meu nariz encharcados com a água da garrafinha que nunca apodrecia...

Num dia de aspecto verdadeiramente outonal em que a febre finalmente cedeu, segui com Iiyo até o supermercado diante da estação ferroviária. Como eu estava totalmente debilitada, Iiyo, cujos braços eram fortes, levava as duas sacolas de compras para mim enquanto voltávamos andando devagar e, ao atingirmos o cruzamento que levava à mansão rodeada pela sebe de azaleias onde o vi parado sozinho certa vez, meu irmão, que parecia ter-se autonomeado meu guia, foi andando rapidamente para esse lado. "Que foi, Iiyo? Desse jeito, vamos dar uma volta maior", disse eu baixinho, enquanto o acompanhava, mas meu irmão, que também nesse dia estacara metendo o ombro num vão existente na sebe, apurava os ouvidos com cara séria. Um exercício de piano soava em surdina. Depois de ouvir por instantes, Iiyo voltou para mim o rosto de expressão serena, satisfeita. "Sonata para piano, Köechel 311, e está tudo certo. Daqui para a frente não tem mais nenhum trecho difícil. Realmente nenhum!"

E então, percebi que sobrepujara também a agonia a que vivera presa. Mesmo que venham a existir novas preocupações, que serão elas, comparadas àquela monstruosa agonia...?

(Shizukana seikatsu, publicado em abril de 1990. Extraído de Shizukana seikatsu, Kodansha, 25/10/1990.)

A dor de uma história

Da possibilidade de pensar sobre meu pai com distanciamento apropriado por estarem tanto ele como minha mãe atualmente na Califórnia. Uma das boas impressões que guardo da relação com meu pai é a lembrança da ocasião em que li *Momo*, de Ende. Foi uma das leituras obrigatórias do ginasial e, ao notar que todos da classe pareciam emocionados, nosso professor de língua pátria disse, sentindo talvez a necessidade de jogar um balde de água fria em nossa ingênua e febricitante comoção: "contudo, essa história de uma única garota salvar o mundo inteiro não acontece na realidade".

Mal cheguei da escola, fui reclamar com minha mãe, que preparava o jantar na cozinha, circulando em torno dela e cerceando-lhe os movimentos. Cautelosa, minha mãe disse: "é que ainda não li *Momo*'" No entanto, meu pai, que lia um livro no sofá da sala e tudo ouvira, veio entrando na cozinha como quem quer um gole da água mineral guardada na geladeira e disse:

— Maa-chan, acho que histórias de garotas que salvaram sozinhas o mundo inteiro aconteceram diversas vezes. Apenas não foram transmitidas de geração em geração. Para começar, acho que a própria menina que salvou o mundo inteiro sozinha não entendeu direito o que tinha feito... Mas se você, Maa-chan, sentiu o coração disparar e teve vontade de tomar de volta o tempo dos homens cinzentos e salvar o mundo enquanto lia o livro *Momo* na cama, isso foi um "sinal", viu? O "sinal" de que até mesmo uma menina é capaz de salvar sozinha o mundo inteiro, entendeu? E se lhe acontecer, minha querida, de salvar o mundo inteiro, lembre-se bem disso e me conte, combinado? Se não tiver vontade de contar para mim, conte para Iiyo. Ele é um ouvinte ainda melhor que Momo, sabe?

Meu pai escreveu sobre Ende numa das primeiras cartas que me mandou da Califórnia. E como tenho certeza de que também conversei com ele a respeito de *A história sem fim*, acho que Ende é um escritor que, coisa rara, atuou como intermediário entre mim e meu pai.

Maa-chan:

Nos momentos em que sua mãe e eu — ambos mentalizando cenas cotidianas da sua vida em Tóquio em companhia de Iiyo e Ō-chan — passeamos pelo campus de tamanho extraordinariamente grande, examinando uma a uma a imensa variedade de árvores, a começar pelas nativas da Austrália, sinto às vezes algo assim como uma remota tranquilidade, diferente da sensação de premência dos últimos tempos. É como se espiássemos por um prisma especial vocês todos seguindo suas vidas com segurança, enquanto nós mesmos fluímos sempre avante pela correnteza natural dos anos. Aliás, isso não é apenas imaginação minha, pois vocês estão realmente se defendendo sozinhos e muito bem em Tóquio, e eu me sinto grato por isso. Muito obrigado, Maa-chan.

Pois bem: hoje, ao resolver que lhe escreveria uma carta um tanto mais longa, uma das lembranças — aliás, é exatamente sobre elas que lhe escrevo — que tenho na mente é de um momento em que você tinha seus três anos de idade, do qual você com certeza não se recorda. Enquanto eu, como sempre espalhado sobre o sofá, leio um livro, você está em pé, pressionando sua barriga sobre o ponto mais baixo de minha perna, dobrada e projetada para fora em ângulo aberto, e tem uma expressão sonhadora estampada no rosto... A lembrança me restou como um instante místico, pois, como eu sempre andava muito ocupado com Iiyo, você não era muito apegada a mim.

Outra lembrança é a de quando você, uma teenager ainda menos afeiçoada a mim, veio conversar comigo a respeito de um livro que você lia na ocasião. Anteriormente, eu havia exposto minha opinião a respeito do livro Momo. Imaginei então de imediato que você ia me dizer algo relacionado a essa leitura. Pois você segurava ciosamente o livro A história sem fim, que tinha "uma capa de seda cor de cobre".

Então, se era a continuação de nossa conversa sobre Momo, considerei também a possibilidade de você querer falar a respeito do diálogo: "Você está realmente pensando em entregar tudo aos cuidados de um único filhote de humanos?" "Estou." Aquele diálogo entre Você Criança e o Ancião da Montanha do Destino, sabe?

Mas você se voltou para mim não com uma pergunta, mas com algo semelhante a uma impressão: depois de avançar até quase a metade na leitura do livro A história sem fim, tudo indicava que você precisava de qualquer jeito comunicar a alguém o que brotava em seu íntimo, pois Ende, exímio escritor, imprimira destramente grande animação ao trecho central da sua história. Isso porque, assim me pareceu, ocorrera a você que talvez fosse melhor falar disso comigo, o pai escritor, do que com Iiyo; você então me abordou da seguinte maneira:

— Bastian, que até o meio da história era o leitor, acaba afinal entrando na história, não acaba? Depois que decidiu chamar de Filho da Lua o personagem Você Criança que salvaria a Terra da Fantasia? Até a página anterior, eu estava ansiosa sem saber de que maneira Bastian entraria na história, e cheguei até a duvidar que isso fosse possível, mas, a partir do momento em que Bastian diz Filho da Lua e entra na Terra da Fantasia, todos os acontecimentos se tornam plausíveis... Ou seja, senti que tudo numa história está na maneira de contá-la.

— É verdade — respondi, pego de surpresa. — Acho que isso acontece não só com histórias, mas com narrativas em geral. Visto pelo lado de quem escreve, tudo se resume na maneira como um modo de narrar é apreendido pelo leitor. Em essência, é isso. Eu mesmo venho escrevendo há muito e não gostava da maioria das críticas quando era mais jovem, mas hoje em dia, se me dizem que entenderam de determinada maneira o que eu narrei, sinto quase sempre que isso foi o que eu relatei, sabe?

— Tomara que exista um leitor parecido com Bastian para os seus romances — disse você com um olhar místico, que me fez lembrar de você aos três anos de idade.

Pois saiba que ultimamente penso nessas suas palavras quase todos os dias. Isso porque gostaria, se possível, de eu mesmo, que estou imaginando um novo romance aqui na Califórnia, me tornar um leitor-ouvinte semelhante a Bastian, de cuja imagem no mundo de cá me aproximo no aspecto das pernas nada esguias e da leve tendência à obesidade.

Pois bem, foi para mim uma grande surpresa que, logo depois dessa carta, meu pai tenha sido convidado por uma emissora de rádio a se encontrar com o autor de A história sem fim.

Entrevistei Michael quando ele veio a São Francisco a fim de participar de uma abrangente mostra retrospectiva das obras do pai dele, o pintor Edgar Ende, morto no *auge do poder nazista. Estou lhe mandando também o catálogo da exposição de Edgar Ende, pois gostaria que você, Maa-chan, a visse nem que fosse apenas em fotos. Pois, havia nos arquivos das entrevistas com Ende, que eu lera de antemão por causa desta que realizei — acho que em breve esta entrevista será levada ao ar também no Japão, ela transcorreu num ambiente um tanto pesado, sabe? —, a seguinte passagem: "Contudo, se em virtude desta nossa conversa uma pessoa que vê uma pintura continuar seu trabalho e conseguir descobrir uma entrada que leve para dentro da pintura, acho melhor pararmos doravante de nos dar pressa em compartilhar muita coisa com ela para não atrapalhar a descoberta que ela própria faria sozinha".*

Pois enquanto conversava com Ende, lembrei-me do que você, Maa-chan, me disse, embora não seja o que lhe escrevi na carta de dias atrás. Ou seja, o que você pensou com relação à leitura de A história sem fim. Bastian, que entrara na Terra da Fantasia, vai perdendo rapidamente a lembrança do mundo de cá. A cada vez que um desejo é atendido no novo mundo, ele perde uma lembrança do velho mundo, sem falar que não se dá conta do próprio fato de a estar perdendo. E então você disse que sentia medo porque, mesmo que renascesse num novo mundo, se você ia se esquecer de você mesma do mundo velho, seria o mesmo que desaparecer, e, se você não se dá conta disso no novo mundo, seria o mesmo que o você atual morrer...

Foi isso mesmo que ouvi de você, e não sei por que razão não procurei lhe dar uma resposta realmente boa. Relembrando agora, acho até curioso: o que você, Maa-chan, pensava naquele tempo, era exatamente a questão que me apavorara em criança, qual seja, a da morte e do que a ela se segue. Penso que lhe dei uma resposta até certo ponto esclarecedora, e hoje, em meio a um renovado sentimento de depressão, sinto que estou em falta com você, ou melhor, que fui um tanto omisso.

Como ficou para você a questão do renascimento que você descobriu naquela época? Espero que se tenha revestido de cores mais alegres.

Realmente, naquela época eu passava o dia inteiro pensando no medo da morte. Por mais infantil que tal pensamento fosse. Hoje, sei por intermédio do senhor Shigeto que esse foi um dos temas de meu pai desde a mocidade. Ocorre-me também que a questão persiste no íntimo de meu pai. Pois, no meu caso, o medo da morte está intimamente relacionado com certo episódio em que meu pai, bêbado e com o rosto congestionado, ficou chorando sozinho até altas horas, noite após noite, depois do falecimento do professor W. E sempre que meu pai se punha a beber sozinho, minha mãe, que tinha por hábito não lhe dar atenção e se recolher sem perda de tempo ao quarto dela — eu mesma dormia em cobertas estendidas sobre o tatame ao lado da cama de minha mãe, de modo que, quando meu pai, embriagado, fazia barulho na cozinha, eu não conseguia dormir e me irritava por achar que minha mãe também não —, disse a meu pai certo dia com voz um tanto severa que subisse de uma vez para o gabinete-dormitório dele no andar superior. A isso, meu pai replicara com voz que se inflamava de maneira assustadora, muito embora com certeza estivesse se esforçando por contê-la. "Em não sei que ocasião, o professor W disse o seguinte", bradava meu pai. "O número de meus amigos e conhecidos do lado de lá tornou-se maior que o do lado de cá, e chego até a sentir maior intimidade com o lado de lá do que com o de cá, não tenho medo da morte. Mas isso se a agonia não for intensa! Contudo, como o professor falecera de câncer no pulmão, sua agonia não teria sido excessiva?"

Como eu não podia fazer nada, metia a cabeça debaixo do travesseiro e, na altura em que minha mãe retornava, costumava estar adormecida. Todavia, na ocasião em que li *A história sem fim*, lembrei-me do que ouvira naquela noite e, sem me importar com a perplexidade de meu pai por eu estar, coisa rara, fazendo-lhe uma pergunta, tinha continuado a inquirir.

— É mesmo? Quer dizer que você me ouviu falando para sua mãe alguma coisa sobre a agonia da morte naqueles dias que se seguiram ao falecimento do professor W...? Mas, naquela época, eu apenas temia vagamente a agonia da morte, sabe? Eu só sentia medo do fato de o professor W ter morrido depois de intenso sofrimento. Aliás, acho que, para mim, o centro do temor estava mais nessa questão de eu deixar de existir depois da morte.

— Pois o meu também — disse eu encorajada pelo livro *A história sem fim*, que tinha nas mãos, procurando perguntar tudo que precisava, muito embora para falar com franqueza não fosse muito de conversar com meu pai. — Tenho medo que tudo deixe de existir depois que a gente morre. E uma amiga diz que tem medo de nada ter existido muitos milhões de anos antes de ela nascer.

— É mesmo? Que problema! Eu mesmo já não penso muito a respeito dessas coisas, mas é apenas porque, com o passar dos anos, a gente vai se embotando em relação ao medo de se tornar zero, não significa que eu tenha uma ideia capaz de lhe dar coragem, Maa-chan. De um ponto de vista amplo, do tipo História da Humanidade, o renascimento de pessoas que morreram é algo em que sempre se pensou, sabe...?

— Mas mesmo renascendo, se você esqueceu tudo da vida anterior, é o mesmo que o você atual desaparecer, não é? É o que acontece com Bastian de *A história sem fim*.

Acontece, porém, que, atualmente, quando penso em renascer, acho preferível me transformar numa nova pessoa — ou num novo animal ou vegetal —, ou seja, num ser vivo totalmente esquecido do eu atual. Já não acho que esquecer este eu atual signifique que tudo deixa de existir. Aliás, acho preferível que, depois de renascer, não me lembre de nada da vida anterior e que, enquanto estiver vivendo a atual, não tenha ideia da forma como renascerei depois...

Se tal renascimento existe, tanto Iiyo, como eu e Ō-chan vivenciamos diversas vidas das quais nenhum de nós tem a mínima lembrança. E daqui para diante, conheceremos muitas outras que nesta nem conseguimos imaginar. E se é assim, não acho que faz muito sentido minha família sentir como algo irreparável, digno de ressentimento, o fato de o cérebro de meu irmão ter sido danificado no momento de seu atual nascimento.

Quando meu pai distribuiu entre amigos o livro com as composições de Iiyo publicado, às próprias expensas, muitas pessoas tiveram a gentileza de nos dizer que ouvem nas composições uma voz mística que transpõe a fronteira humana. Quanto a mim, achava que esse tipo de impressão era apenas sentimentalismo, embora, como sempre, pronunciasse tais palavras apenas em meu íntimo. Tanto em "Verão em Hokugaru" como em "Réquiem para M", meu irmão começou a composição pensando muito bem no que queria expressar, e a técnica necessária ele obteve ouvindo transmissões FM ou, ainda, por intermédio dos perseverantes ensinamentos do professor T. E, apesar de não conseguir explicar suas criações com a eloquência de um compositor comum, acho que ele as compôs não por sugestão celestial, mas com temas e regras musicais propostos por seres humanos terrestres.

Falando de meu pai como escritor, ele compôs, depois de ler Blake durante alguns anos de manhã à noite no sofá da sala ou do gabinete, uma série de contos em que sobrepunha as Profecias de Blake ao desenvolvimento de Iiyo. Descreveu também personagens baseados em mim e em Ō-chan. E então, eu disse a meu irmão menor:

— Acho muito aborrecido me ver descrita, mesmo favoravelmente, de um ponto de vista tendencioso. Isso não me cria problemas entre as pessoas que já me conhecem, mas fico deprimida só de pensar nas que vou conhecer futuramente, pois elas poderão ser induzidas a criar preconceitos.

Ao que Ō-chan, sempre ponderado, respondeu:

— Diga apenas que "é tudo ficção".

Nem eu nem meu irmão menor lemos de maneira cuidadosa o conjunto de contos posteriormente transformado num único livro, mas, cerca de dois anos atrás, a mãe de uma menina com paralisia cerebral, a quem assisti como membro do meu grupo de voluntários, aconselhou-me a ler ao menos o conto que servia de epílogo ao livro, e assim fiz. Fiquei então fortemente impressionada não tanto pelo conto em si, mas pelos poemas de Blake traduzidos por meu pai e citados no conto.

Lembro-me também de maneira simultânea que, no dia em que terminou o referido romance, meu pai queimou, numa cova aberta no quintal, um maço de cartões com as anotações que viera fazendo enquanto lia Blake. Quando minha mãe lhe disse que ele devia ao menos conservar as traduções dos poemas, meu pai considerou a questão seriamente e disse: analisadas por um especialista, elas devem estar cheias de erro. Que os céus protejam o bom nome da família!, pensei então, remexendo ciosamente o bloco de cartões com um galho a fim de atiçar as labaredas.

"*Jesus respondeu: 'Nada temas, Albion, sem que eu morra não poderás viver./ Mas se eu morrer, ressuscitarei, e tu comigo./ Isto é Amizade e Fraternidade: Sem elas, o homem é nada'./ Assim falou Jesus! O Anjo Protetor surgindo na escuridão/ Os envolveu em sombra, e Jesus disse: 'Assim fazem os Homens na Eternidade/ Uns pelos outros, para apagar com o perdão todos os pecados'.*"

Como meu pai já me havia explicado que esta era uma passagem das Profecias denominada "Jerusalém", peguei da estante de Blake, na biblioteca do andar superior, uma edição fac-símile grande e vi a ilustração do próprio Blake. Na superfície escura do desenho, destaca-se o contorno branco de uma árvore. "A Árvore da Vida". E nela está Jesus crucificado. Albion, que está em pé na base da árvore ouvindo suas palavras, parece representar sozinho o papel de toda a humanidade.

Li repetidas vezes esta passagem a ponto de memorizá-la e dormi em seguida, quando então sonhei que, em vez de Albion, era eu que estava em pé diante da "Árvore da Vida" — esta história começa a ficar alarmante, mas, afinal, eu também sou parte da humanidade. Em meu sonho, Jesus também não está claramente visível para nós, míseros humanos, mas na escuridão sobressaía apenas o contorno da árvore a emitir raios platinados. E quando a voz de Jesus disse *"Mas se eu morrer, ressuscitarei, e tu comigo"*, um anjo da guarda com evidente experiência se aproximou em meio à penumbra, envolvendo-me em sombras ainda mais densas. "'Assim se comportam' deve significar 'comportam-se dessa maneira elegante'", pensei e, impelida pela sombra de nostálgica forma, ergui o olhar e vi um Iiyo alado, a conter o riso e a flutuar.

Pensei então que assim tinha Jesus morrido e renascido incontáveis vezes, e que Iiyo parecia tão experiente porque estivera presente a cada uma delas... Quando eu falava desse sonho à minha mãe na cozinha, meu pai, que como sempre estava na sala de estar lendo um livro e, arguto, captou a nossa conversa — pode também ser que eu estivesse querendo falar com meu pai, ainda que desse jeito, a respeito do meu sonho com Blake —, me disse:

— Acho que a noção de que Jesus entra repetidas vezes no mundo histórico, ou seja, no mundo temporal, não é aceita pelos cristãos. Quando falar com seus amigos devotos, tome cuidado. Esse assunto é de suma importância para os fiéis, ouviu, Maa-chan?

Depois disso, por algum tempo não consegui passar de cabeça erguida ao lado de pessoas reunidas diante de uma catedral toda vez que eu ia à faculdade num domingo para trabalhar com o grupo de voluntários. Tanto assim que minha amiga, que olhava para mim do ponto de encontro, chegou a estranhar e a me perguntar: "Que foi, Maa-chan? Está com cara de donzela arrependida?!".

Algum tempo depois da carta acima referida, chegou-me outra de meu pai, que me fez perceber que ele realmente se preocupava com a questão do renascimento que me ia na mente.

Sabe o filme Stalker, *a que você e Ō-chan assistiram até tarde da noite e gravaram? Como aqui não disponho de um aparelho reprodutor e não posso assistir a ele, pensei em ler a obra original, ao menos. Fui então para uma livraria em São Francisco que reúne traduções inglesas de romances russos. Infelizmente, não encontrei o livro* Roadside Picnic, *dos irmãos Strugatsky, mas encontrei outro, este também de autoria de um russo contemporâneo, Aitomatov, cujo tema é a crucificação e o renascimento de Jesus. Mando o livro por correio separadamente, entregue-o a Shigeto. Pode ser que ele já o tenha lido diretamente do russo.*

Quanto à apresentação direta do sentido ideológico da crucificação de Jesus em romances através do diálogo com Pôncio Pilatos. Acho que os escritores russos, inclusive Dostoiévski em O grande inquisidor, *gostam desse tipo de trama, pois havia um enredo semelhante de autoria de Bulgakov, sabe? Bem, o tempo passou desde a morte de Jesus e de seu renascimento, aliás dois mil anos, certo? O personagem principal é um rapaz da atualidade que, adorando Jesus Cristo de uma maneira diferente daquela preconizada pela Igreja, resolve trabalhar para que sua morte não tivesse ocorrido em vão, tipo da coisa que acontece em qualquer tempo. A trama central gira em torno desse rapaz que é enforcado numa árvore de uma região remota da Rússia por um grupo de caçadores de alces provenientes da capital, os quais, diferentemente dos homens da localidade, são selvagens e tinham sido contratados por industriais da carne.*

Esse rapaz já tinha anteriormente se infiltrado num grupo ilegal que vinha colher ervas alucinógenas. Ele pretendia reportar o fato a um jornal, é descoberto e derrubado a pontapés de cima de um caminhão em disparada. O rapaz experimenta, então, duas vezes o drama da morte e do renascimento de Jesus como se fosse dele mesmo. No romance, a crucificação e o renascimento de Jesus surgem três vezes. Pois, em outras palavras, este rapaz ressuscita o martírio de Jesus uma vez em sua mente e duas vezes como experiência própria, certo?

Pensando bem, um tema abrangente como o da crucificação e renascimento de Jesus não pode ser escrito por autores modernos à maneira de uma narrativa simples, linear. Então, constrói-se, no que diz respeito ao martírio de Jesus, um ser humano que vivencie simultaneidade ultra-histórica. E por essa via se retraça a morte e o renascimento de Jesus originais. Essa é uma técnica narrativa que, embora criada em desespero de causa, talvez se assemelhe ao modo de pensar das pessoas que professam a fé, sabe?

Eu mesmo nunca escrevi romances que extrapolam o mundo real, mas sei da eficiência dessa técnica pela leitura de obras renomadas. É nisso que torno a pensar enquanto leio o trabalho de um escritor nascido na República do Quirguistão, ou seja, de um escritor asiático como nós... No final das contas, esta carta acabou se transformando em monólogo de escritor em refúgio emergencial num recanto calmo do exterior e talvez não seja muito útil para os problemas espirituais que você, Maa-chan, está enfrentando, não é mesmo?

Isto posto, e em virtude de ser este o tipo de relação que mantenho com meu pai, talvez cause estranheza se eu revelar, a esta altura, algo que na verdade não se constitui revelação importante, ou seja, que estudo literatura francesa na faculdade. Realmente, acabei escolhendo essa trajetória acadêmica apesar de não ter nenhuma conexão com a área literária e, além de tudo, seguindo unicamente meu critério, livre de qualquer influência de meu pai. E se eu disser agora que tanto o motivo da escolha como o tema da tese de formatura é Céline, será que vou tornar esta história ainda mais incompreensível? O orientador de minha tese de formatura disse-me francamente que eu talvez não conseguisse dar conta do francês repleto de gírias de Céline. Disse também achar pouco provável que uma moça da abastada sociedade atual fosse capaz de apreender o modo de sentir e de pensar de Céline. Seu jeito de falar foi rude, mas imparcial, e seu conselho, instrutivo, pensei.

Contudo, alguns dos estudantes seniores da pós-graduação que souberam que eu lia Céline todos os dias e aos poucos compilava cartões me dirigiram palavras venenosas. *Você* vai traduzir Céline? A ingênua filhinha de papai pretende fingir que é malvada? Nessas ocasiões, a resposta que dou enquanto bato em retirada é: mais que de Céline, eu gosto é de gatos, de modo que estou pensando em reunir descrições deste autor relacionadas a gatos.

Todavia, desde o começo eu já tinha decidido, em meu íntimo, a forma de abordar Céline. Será através de crianças, crianças em situação comovente mas que resistem com tenacidade e a quem Céline chama de *"nos petits crétins"*.*
Na faculdade, faço parte de um grupo de voluntários que cuida de crianças excepcionais. Das amizades que fiz por intermédio desse grupo não falo a meus familiares, nem venho escrevendo sobre elas no "diário da casa", levando em consideração a complexa privacidade de cada uma. E pretendo continuar assim. Contudo, pelo fato de me encontrar com essas crianças, seus pais e seus irmãos, ou ainda com voluntários de outras faculdades, acho que consegui reformular em parte meu caráter tímido que me fazia sempre querer viver "como alguém que não está presente". Além da experiência que obtive nesse grupo, eu ainda tenho Iiyo, de modo que, segundo penso, tenho base para entrar no mundo das crianças excepcionais.

Seja como for, fico espantada por encontrar novas palavras estranhas a cada vez que releio a história de *"nos petits crétins"*, que Céline descreve tão vividamente. Pois no trato com as crianças Céline exagera, agora sim, sua pretensa maldade, muito mais em palavras do que em atitudes. Todavia, por tudo que vivenciei até hoje, os assim chamados indivíduos sadios de nosso país, muito embora não cheguem a pôr em palavras o que pensam, agem de maneira por vezes tão cruel em relação às crianças excepcionais que me chocam. Mesmo levando em conta

---

* "Nossos pequenos cretinos." (N. T.)

que, às vezes, uma criança excepcional em situação de extrema tensão como, por exemplo, na escadaria de uma estação ferroviária, é capaz de, num ato reflexo, provocar atitudes discriminatórias. Penso que Céline, pelo contrário, deve ter sido uma pessoa que nunca conseguiu se *habituar* a esse tipo de crueldade.

O que eu gostaria de analisar especialmente são essas crianças e o gato Bébert, que surgem em *Rigodon*. Para compor a estrutura de minha tese, resolvi transcrever algumas passagens em cartões e também acrescentar a elas minhas traduções. Numa delas, por exemplo, me pergunto se não se revela o caráter bondoso e sério de Céline. A começar pela expressão *nos petits crétins*, que venho usando desde antes e que também surgiu nela.

"*Nos petits crétins* se acomodaram onde puderam, nada mais há que possamos fazer, são todos suecos, babam, são mudos e surdos... Depois de trinta anos, penso neles: se vivos, devem ser adultos a esta altura... Ou melhor, talvez não babem mais e estejam ouvindo direito, bem educados... Aos velhos não resta nenhuma esperança, mas às crianças, tudo..."

Não tenho conhecimento suficiente para criticar estilos franceses, mas gosto do jeito como Céline escreve, um jeito que, contrariando o que eu a princípio imaginava, parece chamar a atenção para temas sérios com leveza e candura. Dias atrás, enquanto trabalhava até altas horas da noite transcrevendo o trecho acima num cartão e o traduzindo, meu pai tinha se postado ao meu lado sem que eu percebesse. Esse é também mais um motivo por que o referido cartão resta gravado especialmente em minha mente. Se o que estou lendo é uma carta endereçada a mim, é claro que meu pai não tenta pegá-la, mas, se é um livro ou um cartão, ele logo quer tomá-los nas mãos. E isso sempre me irritou desde a época em que eu frequentava o jardim da infância. Naquele dia, eu compilava meus cartões de excertos na mesa da sala de jantar e meu pai apanhou alguns e me disse com estranha candura e tristeza na voz: "'Aos velhos não resta nenhuma esperança, mas às crianças, tudo...', é? Sabe que concordo?". Tanto assim que não consegui fazer cara de desagrado pelo fato de ele ter lido meus cartões sem o meu consentimento.

Mas no dia seguinte, retirou da prateleira de seus especialmente queridos livros da *Pléiade*, os volumes I e II de Céline e disse: "Acho que, nestes, há apêndices e anotações úteis a respeito de gírias e modelos de personagens, eu os dou para você. E se você precisar, pode usar o terceiro volume, assim como os estudos". Na verdade, fiquei realmente feliz por ganhar dois volumes da *Pléiade*, caros demais para o meu bolso.

A origem do meu interesse por Céline também teve a ver com o encontro que eu, a serviço de meu pai, tive com certo escritor americano. E nesse caso, acho que, embora eu imagine ter tomado a decisão independente de meu pai, existem muitos aspectos dessa decisão relacionados com ele.

Quando eu ainda cursava o segundo colegial, K. V., escritor bastante conhecido na América, veio ao Japão. Meu pai o entrevistou num programa televisivo e, por ocasião da divulgação dessa entrevista numa revista literária, o sr. K. V. decidiu doar seus direitos autorais ao hospital para vítimas da bomba atômica de Hiroshima. E para corresponder à boa vontade do sr. K. V., a editora também decidiu pagar um valor mais alto que o normal pelos referidos direitos. O valor seria posto num envelope de papel-arroz e entregue em mãos primeiramente ao sr. K. V., o qual por sua vez faria oficialmente a doação. Meu pai declarou que faria com muita alegria a intermediação com o Hospital, mas começou a dizer que não queria participar da cerimônia, pois se sentiria pouco à vontade, de modo que acabei me encarregando da entrega do envelope. Enquanto eu aguardava com a equipe da editora, o sr. K. V. surgiu do elevador com seu corpo alto, encimado por uma cabeça formidável e simpática que lembrava a de um cientista de desenho animado. Eu havia treinado uma frase em inglês que devia ser enunciada no momento de receber o envelope, algo no sentido de que enviaria o recibo correspondente aos cuidados da editora na América. E resolvi então, por decisão unicamente minha, usar a palavra *voucher* em vez de *receipt*, por me parecer mais adequada à situação. Pelo visto, a palavra soou cômica aos ouvidos do sr. K. V., que não riu abertamente, mas rolou de um lado para o outro seus olhos esbugalhados.

Em seguida, aproximou-se de uma banca de livros num canto do vestíbulo e ali procurou qualquer obra dele em edição *pocket book*, não encontrando nenhum, infelizmente. "Os responsáveis por esta banca souberam escolher seus livros muito bem", comentou ele um tanto decepcionado, mas com cara tão séria que tanto eu como a equipe da editora caímos na risada.

Graças a esse momento de descontração, senti-me encorajada a pedir-lhe o autógrafo num livro da *Penguin Books* prefaciado por ele e que meu pai me havia aconselhado a ler antes de nosso encontro. No prefácio, havia o desenho de uma lápide que parecia ter sido bosquejada por um garoto e, ao lado dele, o sr. K. V. apôs seu autógrafo e um desenho — feito com os mesmos traços da pedra tumular —, de uma menina segurando uma pequena placa em que se via inscrito "VOUCHER!". Pois bem, gravados nessa lápide em linhas paralelas estavam o pseudônimo literário do autor, o nome real, o de médico, e as datas de nascimento e de morte de: Louis-Ferdinand Céline, Le Docteur Destouches\ 1894-1961.

Com o livro autografado por ele levei para casa a impressão de que o sr. K. V. era um americano fino e gentil e, depois de fazer um breve relatório para o meu pai e de lhe entregar o envelope, fiquei comentando essa impressão com minha mãe na cozinha. Meu pai, que iniciara providências para mandar imediatamente o dinheiro para Hiroshima, entreouviu nossa conversa e disse alegremente que K. V. era um homem *decent*. E, ao ler o prefácio do sr. K. V. no livro autografado, eu também senti que a palavra inglesa usada por meu pai era adequada.

Ao mesmo tempo, a seguinte passagem no final do referido prefácio despertou em mim a vontade de ler Céline. Nela, K. V. trata do ensaio "Vida e obra de Ignaz Philipp Semmelweis" (médico húngaro do século XIX), ensaio esse compilado por Céline na qualidade de médico Destouches. "Isto foi escrito numa época em que, em decorrência da ignorância reinante a respeito de doenças e do corpo humano, a medicina precisava mais que nunca ser uma arte e, por isso mesmo, um tratado médico ainda podia ser uma bela peça literária."

O jovem Destouches escreveu a respeito desse médico movido por uma espécie de culto ao herói. Semmelweis se empenhou em combater a febre puerperal, que então grassava na ala obstetrícia de um hospital vienense. As vítimas dessa febre se constituíam principalmente de pessoas pobres. Era uma época em que mulheres que possuíam casas boas, ou seja, casas *decents*, preferiam parir em suas próprias casas.

"O índice de mortalidade hospitalar chegava a ser sensacional. Vinte e cinco por cento ou até mais. Semmelweis deduziu que as mães estavam sendo mortas por estudantes de medicina. Eles dissecavam cadáveres esburacados por bactérias e depois vinham diretamente para a ala hospitalar. Semmelweis demonstrou suas ideias mandando os estudantes lavarem as mãos antes de tocarem em mães em trabalho de parto. O índice de mortalidade despencou.

Contudo, a inveja e a ignorância de seus colegas acabaram por demiti-lo de seu cargo. O índice de mortalidade subiu outra vez.

O fato talvez tenha ensinado a Destouches, se é que sua infância de exaustão oriunda da pobreza e sua labuta no exército já não o tinham, que o que decide o andamento do mundo é muito mais a vaidade que a inteligência."

Perguntei imediatamente a meu pai a respeito desse tratado médico, e ele me pareceu espantado e ao mesmo tempo divertido com o próprio espanto. Com razão, uma vez que nessa época eu ainda não sabia nada de francês, e imagino se não foi essa lembrança que o motivou a me dar sua edição *Pléiade* que ele guardava com tanto cuidado. E antes disso, ele também tinha me presenteado com o livro da editora Gallimard *Semmelweis (1815-1865), thèse*, comprado numa viagem que fizera à França. Eu o tenho guardado numa prateleira sem ler, mas, ao analisar desta maneira, percebo que meu pai tem pensado seriamente nas perguntas que lhe faço.

Pois bem, houve de minha parte um motivo psicológico para não ler essa tese que meu pai comprou especialmente para mim naquele período em que eu já era estudante de literatura francesa e cujo conteúdo me seria compreensível com um pequeno esforço. Pois essa crônica que me fora apresentada pelo sr. K. V. vinha me provocando pesadelos. Mãos que tocam um cadáver devorado e esburacado por micróbios do tamanho de insetos visíveis a olho nu, dedos que brilham molhados de sangue negro e pus. E as mãos e os dedos, embora parecendo pertencer a braços de médicos obstetras de filmes televisionados, aproximam-se de meus joelhos dobrados e abertos...

Em outro sonho, as mãos não aparecem, mas micróbios semelhantes a paramécios estão firmemente agarrados à parte posterior da cabeça de Iiyo, que acaba de nascer e jaz sobre a mesa cirúrgica... Ao imaginar que o que produzia tais sonhos era o meu inconsciente, eu sentia desgosto de mim mesma por possuir tal inconsciente e uma repulsa diferente daquela originada no sonho me invadia fazendo meu corpo inteiro tremer. Seja como for, esses motivos me levaram a ler Céline e a seguir estudando literatura francesa na faculdade.

Mas o que eu quero realmente é centralizar minha tese de formatura em *Rigodon*. Nele, Céline não deixa o sentimentalismo, tendente a surgir nesse tipo de situação, se interpor na sua relação com *nos petits crétins*. Sem abraçá-los carinhosamente nem lhes dizer "pobrezinhos", Céline, que também é médico, usa seus conhecimentos e envida ingentes esforços em favor das crianças. E nesse ambiente repleto de dificuldades as próprias crianças, que além de tudo são portadoras de incapacidades, se comportam à altura da situação. É desse aspecto que eu realmente gosto.

Estamos na Alemanha, onde a guerra mundial ainda não terminou. As forças aliadas já bombardearam as estradas de ferro, que estão começando a entrar em colapso, há muitos refugiados perambulando de um lado para o outro, e a narrativa progride tendo como palco central a referida estrada de ferro. Criticado como colaborador do nazismo — mas ele é apenas contra o judaísmo, hoje em dia, a denúncia da resistência francesa durante a guerra e da opinião pública francesa no pós-guerra parece ser considerada correta —, Céline, que não consegue voltar para a França nem continuar na Alemanha, tenta escapar ora para a Suíça ora para a Dinamarca, indo e vindo pelo território alemão como se dançasse *rigodon*. Em companhia da mulher Lili, do gato Bébert e do amigo ator La Vigue.

Tendo um oficial do exército russo de passado aparentemente sombrio como único e incerto recurso para lhes salvar a vida, eles fogem pela estrada de ferro bombardeada repetidas vezes, arriscando suas vidas a cada passo. Céline vai descrevendo, em linguagem coloquial e de maneira detalhada, suas idas e vindas, bem como os pensamentos que lhe ocorrem no ínterim. Ele também descreve livremente o que pensou em 1961, no interior da França, onde realmente viveu enquanto compunha esta obra e, segundo dizem, faleceu no dia seguinte ao em que escreveu suas peculiares reticências no final da obra. Acho que seu jeito de escrever é realmente egocêntrico. Além de tudo, repleto de autojustificativas irracionais que beiram o fanatismo. Claro está que o fato de isso se constituir vívida atração para o leitor resulta do trabalho de um grande escritor...

Contudo, Céline, que em meio ao fogo da guerra vagueia de um lado a outro com o único objetivo de salvar a própria vida e a de seus companheiros, não consegue se manter indiferente a um recém-nascido, nem a *nos petits crétins*, com os quais depara de maneira inesperada. Isso sem dúvida não é natural, mas está escrito com tanto sentimento que penetra como uma farpa no coração. É por este aspecto de *Rigodon* que me sinto atraída. E por isso, embora me magoe quando me dizem "*Você* vai traduzir Céline? A ingênua filhinha de papai pretende fingir que é malvada?", acho que tenho boa base para não desanimar e para me reerguer. Se fosse para reagir de maneira um tanto ácida, diria que quem faz esse tipo de observação não leu Céline direito...

Sem ter para onde ir, Céline, a mulher, o gato e o amigo acabaram numa fazenda de certo vilarejo, de onde partem rumo a Nordbord, na margem oposta, via Dinamarca, levando uma permissão da *Reischsbevoll* — dizem que esta palavra significa "plenipotência imperial", mas penso em pesquisar objetivamente o seu sentido na biblioteca da faculdade —, que estava para perder eficácia a qualquer momento. Eles conseguem com muito custo embarcar num vagão de carga aberto, protegido por artilheiros, mas são obrigados a desembarcar no meio do trajeto, entre Berlim e Rostock. Precisavam procurar outro trem em meio à multidão de refugiados provenientes de Berlim. Entrementes, recebem a notícia de que o governo francês de Vichy se dirige a Sigmaringen, na fronteira com a Suíça, e decidem passar também por ali e retornar à França em meio às pessoas que para lá se dirigiam...

O trem que novamente conseguem pegar rumo a Ulm via Leipzig também é bombardeado, e eles são obrigados a se abrigar num túnel para não serem queimados por bombas incendiárias de fósforo amarelo líquido. E em meio a esse pavoroso cenário, Céline descobre, dentro do referido vagão, um recém-nascido abandonado envolto em panos, e não consegue ficar indiferente. Não há fraldas, não há leite, mas ele sente urgente necessidade de fazer algo pelo bebê.

"Vazio... Sozinho!...Ah, não! Na poltrona do meio, um bebê recém-nascido envolto em panos! De mais ou menos um mês... Não está chorando... A mãe o abandonou aqui... Entro... Olho... Não está mal... Não respira com dificuldade... Um recém-nascido em boas condições... E agora, que faço?"

Talvez não seja possível sentir nas entrelinhas de minha sofrida tradução, mas enquanto eu transcrevia para os cartões o trecho que daria origem à passagem em que Céline, ou melhor, o médico Destouches descobre em meio a circunstâncias terríveis um bebê abandonado, cuida dele e, momentos depois, o entrega aos cuidados de pessoas idôneas, senti que as reações emocionais naturais do escritor ao descobrir a criança, os cuidados a ela dispensados como médico e, sobretudo, a terna vontade de cuidar de alguma maneira do bebê me eram transmitidos de maneira direta. Sinto também que o uso das reticências do estilo de Céline é aqui absolutamente natural. Estou sendo ingênua, mas penso: e se eu fosse essa criança? Que alegria ela não deve ter sentido ao ser descoberta e erguida pelas mãos grandes e experientes de um homem, cuja cara é apavorante como a de um cão, mas que é carinhoso e nada hipócrita!

Pois bem, durante essa penosa viagem de trem, semelhante a um pesadelo, em que seguidamente são encurralados em becos sem saída e obrigados a mudar de rumo à força, Céline se depara com *nos petits crétins* e acolhe o grupo inteiro em seus braços, sem hesitar.

Isso, assim como o caso do recém-nascido anteriormente citado, só pode ser uma decorrência do caráter de Céline. Pouco antes disso, quando experimentara descer do trem e andar por uma rua diante da estação de Ulm — que ainda não havia sofrido ataque aéreo —, Céline se depara com um ancião de cavanhaque que se diz capitão dos bombeiros. Numa manhã maravilhosa de maio, Céline dá-se ao trabalho de subir até o quarto andar do prédio da estação e de realizar um exame médico no capitão dos bombeiros que, com exceção do capacete, fica completamente nu. Quer dizer, ele se tornara refém dos caprichos de um velho que parecia ter voltado a ser criança. Mas isso não lhe ensinou a lição. Em seguida, Céline, que já tinha sido ferido na cabeça em decorrência de um bombardeio, não se recusa quando lhe pedem que cuide de *nos petits crétins*.

Este episódio começa da seguinte maneira. Céline está deitado num vagão de carga aberto, bem perto da locomotiva de uma composição que está indo para Hamburgo, e sente que a camisa ainda está molhada de sangue. Acalenta a incerta esperança de que, uma vez em Hamburgo, baldearia e prosseguiria viagem sempre em direção norte. É então que chega, fugida de Berlim e do exército soviético, uma moça francesa, que se diz preletora de uma faculdade em Breslau e que possui qualificação para ser professora de língua alemã, trazendo consigo quarenta e duas crianças com retardo mental a ela confiadas. Durante a viagem, as crianças morrem de sarampo umas após outras e, àquela altura, só restavam cerca de doze ou treze. Céline quer verificar logo a situação do sarampo, mas as crianças estão espalhadas no interior da composição e ele não consegue achá-las de imediato. Têm entre quatro e dez anos de idade e nenhuma consegue sequer compreender o que lhe dizem. Como no momento a moça francesa está com febre, vomitando sangue e incapaz de alimentá-las, ela pede que o médico Céline tome conta das crianças.

O trem chega a uma Hamburgo destruída. As crianças descem com muito custo sozinhas do trem e vêm se aproximando.

"As crianças se aproximam, indistinguíveis, meninos de meninas... Todas vestem uma estranha roupa de lã apertada... São cerca de quinze... Só de olhar se percebe facilmente que são cretinas... Babam, coxeiam, enviesam os rostos... São retardadas institucionais..."

Se eu fosse a um piquenique do Centro Beneficente acompanhando Iiyo e ouvisse esse tipo de crítica numa estação movimentada qualquer, sem dúvida sentiria o sangue me ferver nas veias. Mas Céline não está sendo maldoso, tanto que pede à mulher Lili que tire o gato Bébert do saco e o mostre às crianças. E enquanto espera o trem para Magdeburgo, que está para chegar no meio da noite, sai à procura de comida pelos destroços de Hamburgo. Levando consigo todas essas crianças. "Vamos, meus filhos, vamos! Quero que todos me sigam... Eu os conduzirei... Este espírito de luta, *'hardi, petits'*, restará para sempre em mim, fique eu maluco ou não... Realmente, o que aprendemos em criança nos resta gravado... Depois, é apenas imitação, reprodução, trabalho duro, competição de rapapés..."

As crianças mergulham corajosamente num lugar que lembra um vale de tijolos e barro de uma Hamburgo destroçada, onde até cadáveres rolam. São as ruínas de uma farmácia e de um mercado bombardeados, e de lá as crianças saem trazendo pãezinhos, geleia e até latas de leite. De um lugar de trânsito impossível semelhante a uma greta, Céline retorna impassível. Dentro do trem, estavam todas desanimadas e ninguém ria mas, agora, as crianças retornam bravamente, eretas e firmes — embora continuem babando —, depois de conseguirem sua própria comida...

Dezembro chegou e, uma vez que este ano eu sou a responsável pela cozinha e pelo planejamento de toda a atividade doméstica, dava tratos à mente em busca de um plano para o Natal que merecesse a aprovação de Iiyo e de Ō-chan, quando então me dei conta de que só faltavam dez dias. Além de ser naturalmente inapta para a condução das tarefas domésticas, eu tinha também mais uma preocupação e me impacientava por não conseguir traçar um plano de ação.

Ou seja, a tese de formatura sobre Céline. Apavorada como sou, já havia obtido todos os créditos necessários até o primeiro semestre do terceiro ano. Tinha também adotado a linha de dedicar-me à elaboração da tese em vez de comparecer às aulas de matérias que necessitavam apenas de apresentação de relatórios. E então, meus pais foram juntos para a Califórnia e eu estou desperdiçando o tempo que não vou à faculdade com tarefas domésticas e com o leva e traz do meu irmão. Acho que as atividades em si me proporcionam um sentimento de realização nunca antes experimentado, mas, se esta situação perdurar até a chegada de meus pais em abril próximo, a elaboração de minha tese irá para o brejo.

Eu possuía os dois volumes da *Pléiade* que ganhara de meu pai — as explicações das gírias, com as quais meu professor me apavorara, estavam em sua maior parte ali — assim como os *Cahiers Céline* 1 a 7, cuja localização na biblioteca me fora mostrada, e, lançando mão de mais algumas pesquisas em inglês, acho que consigo elaborar minha tese. Isso se o meu conhecimento da língua francesa correspondesse ao de um aluno excepcional. Exceto por *Rigodon*, usarei na tese citações já traduzidas, caso existam. As pesquisas sobre Céline reunidas por meu pai na biblioteca são muitas, mas parecem obedecer a um viés dele, eu mesma quero procurar algo mais genérico. Para tanto, quero ir à faculdade alguns dias por semana para pesquisar no laboratório de literatura francesa e na biblioteca. E tenho de começar já, no início do próximo ano, pois, devagar como sou em tudo, logo estarei em palpos de aranha...

Não falei das coisas que me perturbavam intimamente mas, mais que palavras, minhas atitudes devem tê-las demonstrado com eloquência. Pois o sempre independente Ō-chan, que possui também um lado atencioso em sua personalidade, havia se dado conta delas e parece ter pensado nas razões por trás delas, razões essas que eu não lhe diria, mesmo que ele me perguntasse. Ou talvez tenham sido os bons resultados do simulado de fim de ano do cursinho. Naquele dia, Ō-chan, que terminara de jantar e subira uma vez para o próprio quarto, tornou a descer para a sala de jantar quase três horas depois, ou seja, após considerar maduramente a ideia que lhe ocorrera. Eu, como sempre, acrescentava dados nos cartões de Céline e ora os arrumava de um modo, ora os repunha na ordem anterior.

— Escute, a partir do começo do ano que vem, eu me encarrego de levar e trazer Iiyo metade dos dias da semana, está bem? — disse ele inesperadamente.
— É que eu já não preciso ir diariamente ao cursinho. Vamos fazer um teste a partir de amanhã. Eu lhe devo desculpas por ter deixado todas as tarefas da casa nas suas costas, Maa-chan.

Aturdida, disse a meu irmão que, sem nenhuma explicação adicional, já fora à cozinha em busca de algo para comer:
— Mas justo agora, na reta final dos preparativos para o vestibular? Não faça isso. Mamãe vai ficar preocupada!

Meu irmão pareceu registrar meus protestos em sua mente e tecer considerações a respeito do que me responder. No ínterim, parece também que se dedicava a cortar em pedacinhos a metade de um bife grelhado que me sobrara do almoço e a transferia para um prato. E ao voltar à sala com o prato, perguntou antes de mais nada:
— Posso comer isto? — Em seguida, dedicou-se a me dar em ordem as explicações que, ao que tudo indica, não pretendera me dar a princípio.

— Pelos resultados finais dos exames divulgados nesta tarde, acho que serei aprovado na faculdade que almejo, desde que não fique doente e desde que controle os estudos à minha maneira. Ou seja, essa foi a previsão do cursinho. Juntando o que eu percebi depois de falhar no vestibular do ano passado, acho que a previsão deste ano está bem baseada. E, como estou afastado das corridas cross--country desde a competição do primeiro dia de janeiro do ano passado, minha condição física está em baixa. E se levo Iiyo de ônibus, a carga sobre as minhas pernas será mais eficaz do que aquela que eu obteria indo ao cursinho de trem.

Ao ver que eu hesitava em aceitar sua boa vontade, pensou que eu não acreditava na história das boas notas do simulado, o que o fez lamber os dedos sujos do suco da carne, tirar do bolso da calça a lista amarrotada com a relação dos primeiros colocados e mostrá-la para mim. O nome dele aparecia em quinto lugar na lista dos candidatos à área de ciências.

— Sinto que se eu expuser argumentos contrários, você os destruirá com facilidade, já que deve ter tomado essa decisão depois de muito ponderar, não é? Não vou, portanto, resistir à toa e aceitarei sua sugestão. Além do que, ela me é muito bem-vinda na situação atual...

— Que ótimo! — disse meu irmão encerrando a discussão da maneira como meu pai sempre faz, e indo para a cozinha devolver o prato. Por meu lado, senti que duas questões pendentes de suma importância se resolviam de um só golpe.

— Já que os resultados do vestibular estão garantidos, vamos festejar adiantado, Ō-chan? No Natal, vamos nos banquetear com pato chinês, que há muito não comemos.

Iiyo — acho que, refletindo o meu silencioso nervosismo, ele tinha perdido algo de sua atitude descontraída — que até então deitado de barriga diante do gravador ouvia música com fones de ouvido em consideração ao meu trabalho de selecionar cartões, ergueu de repente a cabeça e me contemplou com muita atenção.

— Iiyo, vamos ao restaurante chinês da madame Cho para comer pato!, nós nunca mais fomos lá desde o bota-fora de nossos pais, não é? Vamos festejar, pois Ō-chan será aprovado na faculdade!

— Parabéns, Ō-chan!

— Muito obrigado, mas... — observa meu irmão, talvez se sentindo um tanto apreensivo com a reação de Iiyo. — Não estou dizendo que eu já passei realmente, os exames só acontecerão no ano que vem, entendeu?

— Vai ser o ensaio geral da festa de sua aprovação — disse Iiyo, como especialista de programas musicais tanto de emissoras FM como de TV, ele tinha entendido perfeitamente nossa intenção.

Ainda assim, Iiyo subiu animado como não o víamos havia alguns dias e, passados instantes, desceu trazendo uma fita cassete na mão diante do corpo, do mesmo jeito que faz quando mostra a passagem na entrada da estação. O que ele destramente introduziu no gravador, depois de mudar o modo de operação, foi uma fita de cuja existência eu sabia mas que eu não ouvia havia cerca de dez anos, qual seja, a da gravação do jantar comemorativo quando da admissão de Ō-chan na escola primária. A princípio, meu irmão menor pareceu ter se assustado, mas não deu mostras de que impediria os movimentos repletos de segurança de nosso irmão mais velho, nem reagiu passivamente, retirando-se para o próprio quarto.

"Papai, mamãe, meu irmão e minha irmã, muito obrigado. Graças à cooperação de todos vocês, fui aprovado nos exames. Achei um pouco difícil, mas me empenhei. Teve até um recreio... No recreio, fizeram charadas e brincadeiras do tipo 'o que é, o que é'. Daqui para a frente, toda vez que eu passar em testes ou exames, quero que vocês me digam: Parabéns... Quando eu crescer, quero ser onze vezes doutor. Quero saber tudo sobre estrelas, sobre estrelas e o céu e o mar, sobre montanhas e rios e planícies, sobre a terra depois que ela se formou, sobre a vida nas florestas, sobre as plantas, sobre a vida das plantas, sobre um ano da vida dos insetos, sobre peixes, sobre a vida das cobras e dos sapos, sobre a vida dos pássaros, sobre a vida dos macacos japoneses... Ah, quero tirar a vida dos macacos japoneses e a vida das plantas. Aí serei onze vezes doutor..., e também quero saber sobre cogumelos."

Fim do discurso de voz excepcionalmente serena, um brinde com coca-cola e, em seguida, um pequeno discurso de congratulação feito por meu pai — assim progride a fita; mas, no ínterim, Ō-chan vai para a cozinha fazer uma averiguação (passados treze anos, algo de seu caráter resta inalterado e, ao pensar nisso, achei cômica a cara emburrada de meu irmão diante de mim, a ouvir atentamente a fita com sua quase evanescente barba de dois dias) e descobre uma nova garrafa de coca-cola na geladeira, momento em que sua voz entra, anunciando a descoberta a todos. E isso com a fala característica de um garoto traquinas, diferente daquele jeito de falar como se escrevesse, que tanto me irritava: "Ei, tem coca-cola na geladeira!".

Meu pai, que tivera seu discurso interrompido, o admoesta. "Talvez tenha cabeça boa o suficiente para ser doutor onze vezes, mas você só pensa em você mesmo. Nunca se põe na pele dos outros. Você está indo agora para a escola a fim de se encontrar com crianças da mesma idade que cresceram em ambientes diferentes e assim aprender a conviver com eles. Isso talvez seja mais importante ainda que ser doutor onze vezes..."

— Muito obrigada, Iiyo, a fita já acabou. Você já pode voltar para sua programação FM... Ō-chan, você vivia se rebelando contra seu pai, mas, pelo visto, prestou bastante atenção às palavras dele. A ponto de levar bomba no vestibular do ano passado por ter aceitado dirigir o Departamento de Cross-country no último ano do colegial, não é mesmo?

— Não consigo lhe dar a resposta adequada por não compreender direito o objetivo desse seu elogio, senhora — disse meu irmão sem conseguir se livrar ainda do constrangimento que sua voz infantil lhe criara e recusando minha oferta de um novo copo de refrigerante. — Iiyo foi muito gentil em se lembrar da fita cassete, procurá-la e trazê-la para mim, e cumpriu perfeitamente o papel de irmão mais velho nas pequenas intervenções desse diálogo gravado, não é? Se não houvesse a voz dele, esta celebração seria algo insuportável, do tipo "família de elite comemorando o ingresso de um dos filhos numa escola de prestígio"... Vou começar amanhã, em caráter experimental, o leva e traz de Iiyo ao Centro Educacional.

— Muito obrigado! — disse meu irmão, guardando a fita cassete com muito cuidado em sua caixa.

— Eu é que agradeço — disse Ō-chan, em tom igualmente formalizado.

Pela primeira vez em muito tempo, fui à faculdade pegando um trem da linha Chuo e, depois de me encontrar com colegas previamente contatadas e de dar uma chegada ao laboratório, dirige-me à biblioteca. Contudo, lá me aguardava uma estranha experiência. Pretendendo estabelecer um plano para os livros que levaria proximamente da biblioteca, sentei-me a princípio na sala de leitura e encontrei, ao lado de uma cadeira da qual o ocupante se afastara, certamente para almoçar, o saudoso *livro de capa de seda bronze A história sem fim*. Pedi licença mentalmente, estendi a mão e descobri, na página inicial, a seguinte inscrição, feita com letras cuidadosas: "Por que não surgem no Japão escritores capazes de animar seus leitores?".

Lembrei-me então da emoção de quando eu mesma lera Ende e me solidarizei com a pessoa que se sentira compelida a escrever essa observação. Ao mesmo tempo, havia em mim outro sentimento, pessoal, ou melhor, familial que, hesitante, me paralisava o coração: "está certo eu me solidarizar com o que está escrito aqui?...". Eu ainda não lera quase nada das obras de meu pai, atualmente na Califórnia em processo de superação de uma crise. Assim sendo, eu não estaria sendo injusta ao repudiar todos os escritores japoneses e me solidarizar com a crítica elogiosa a Ende, ao menos como filha de meu pai? Ō-chan talvez dissesse que isso era uma reflexão sem sentido, pois "filha de" já era uma qualificação injusta.

E então, perdido o entusiasmo inicial, escolhi num índice de obras de Céline em japonês a peça teatral *A igreja* e uma crônica de um pesquisador americano que visitara Céline na época em que ele se refugiava na Dinamarca, e acrescentei no papel de pedidos a obra de meu pai *M/T e as histórias misteriosas da floresta*,* na qual deviam constar os "mistérios da floresta" que surgiram na minha conversa com minha tia Fusa. Feito isso, afastei-me da cadeira rapidamente, antes que o ocupante retornasse...

De modo que, graças à ajuda experimental de Ō-chan e à possibilidade de frequentar a biblioteca e o laboratório ainda no decorrer do ano, acabei lendo também os livros de meu pai. Contudo, meu irmão menor, que começou também a estudar na sala de refeições/de estar onde eu e Iiyo despendíamos a maior parte do dia, ficou aparentemente com vontade de conhecer as obras de Céline, as quais eu espalhara ao meu redor para elaborar minha tese. E insistia em lê-las na tradução inglesa, a fim de apurar seus conhecimentos da língua — e também para não fazer feio perante seus colegas de classe do cursinho, uma vez que pretendia aparecer por lá nos intervalos entre o leva e traz de Iiyo ao Centro Educacional —, já que na qualidade de estudante às vésperas de um vestibular, lê-las em japonês seria algo embaraçoso.

Eu então lhe emprestei, "em princípio", o *Penguin Books* que motivara meu encontro com Céline — na verdade, pergunto-me se eu realmente já me encontrei com o verdadeiro Céline depois de ler a crônica da visita em que se constata uma personalidade quase pavorosa, incompatível com a consistente bondade e dedicação às crianças, perceptíveis em suas obras desde as iniciais até a última, *Rigodon*.

* "M/T to mori no fushigina monogatari." (N. T.)

★ ★ ★

Na noite de Natal conseguimos, graças à reserva feita por Ō-chan, uma mesa para três no restaurante chinês superlotado, apesar de o estabelecimento não ter nenhuma relação com as comemorações da fé cristã. Iiyo, especialmente, comeu com elegância o prato de pato que aguardara com grande expectativa, envolvendo a pele do pato, a cebolinha e o molho na fina massa com gestos que chegavam a parecer solenes. Ō-chan comeu tão bem quanto Iiyo. Deixando de lado qualquer reserva, eu também não lhes fiquei atrás, mas, sem a presença de meu pai, que, nessas ocasiões, tinha o hábito de tomar cerveja ou Laojiu em ritmo lento, nosso jantar terminou muito rapidamente.

— Nesta hora, percebe-se bem que o hábito dele cumpria o papel de marca-passo — disse o meu irmão menor ao ver que o nosso vizinho de mesa mal tinha terminado seu hors-d'oeuvre e nós já saíamos da nossa. Paguei a conta, que ficou dentro do preço estipulado por minha mãe via telefone, e agora com o espírito leve, andei ao luar seguindo Iiyo, rumo à nossa casa. Passamos o resto da noite ouvindo discos e conversando, pois, "afinal, hoje é *ansokunichi*",* disse Ō-chan, definindo o feriado de maneira estranha, coisa rara.

Iiyo expôs os CDs para a noite de Natal que havia escolhido e relacionado anteriormente num cartão e os enfileirou ao lado do gravador. Colei o cartão escrito por meu irmão no diário da casa. *Jesus, alegria dos homens*, de Bach, *A flauta mágica*, de Mozart, e *Despertai, chama-nos a voz*, de Bach...

Na qualidade de responsável pela totalidade do concerto, Iiyo se aboletou diante do gravador, mas eu e Ō-chan resolvemos conversar à mesa da sala de jantar. Pois o tema da conversa também já tinha sido escolhido. Meu irmão terminara de ler o livro da *Penguin Books*, e eu, o *M/T e as histórias misteriosas da floresta*, a respeito do qual eu pensara algumas coisas que não podiam ser escritas nem no diário da casa nem em carta a meus pais, mas das quais eu queria muito falar com alguém, e melhor pessoa não havia para isso do que meu irmão menor, Ō-chan. Pois bem, eis o comentário inicial dele a respeito de *Rigodon*:

— Isto aqui é um romance de estrada de ferro!

Ele conhece bem as estradas de ferro por ter viajado de trem pelo país inteiro desde os tempos do ginasial para participar de competições cross-country.

* Sabá. (N. T.)

Hesitei em relacionar *Céline* à série de romances que têm estradas de ferro por palco e que eu mesma conceituara como leitura leve, mas a definição naquele momento me pareceu realmente adequada.

— Não é o típico romance plácido, de apreciação de paisagens e de montanhas, claro. É exatamente o contrário disso. Sabe a expressão que você usa às vezes, "lá vem bomba!"? Acabo de descobrir sua proveniência. Aquelas cenas são realmente terríveis!

Em sua desordenada rota de fuga, Céline "lá vem bomba!" machuca a cabeça enquanto vaga em meio ao bombardeio de Hanover a que me referi anteriormente, pouco antes ainda de *nos petits crétins* lhe serem confiados.

Em busca de um caminho de saída da Alemanha, ele sobe rumo norte pela estrada de ferro interrompida aqui e ali e, no meio dessa viagem, abandona o trem a certa altura e cruza a cidade de Hanover, que continua a queimar depois de ter sido atacada por bombas incendiárias. Depois de peitar o chefe da estação — meu linguajar vulgar haveria de chocar Iiyo se ele fosse meu interlocutor —, ele obtém um carrinho de mão no qual leva suas coisas da estação inutilizada até outra num canto diferente da cidade. Porém, invejosas de Céline, que se movimenta agilmente, um grupo de pessoas que também desembarcaram mas não veem como sair do lugar, berram e vaiam. A situação piora e logo a turba começa a persegui-lo aos gritos de "Assassino! Assassino! Corram!". No momento em que Céline e sua turma em fuga se veem encurralados por um balcão caído sobre a rua, uma nova bomba cai. "*Vlac!*" Um tijolo o atinge, ele cai e, quando enfim volta a si, está com a cabeça, a camisa e até a calça ensanguentadas. Contudo, mesmo cambaleando por causa do ferimento na cabeça, Céline continua bravamente a cuidar das crianças.

— No prefácio de K. V. também está escrito que Céline vivia preocupado com sua saúde mental, já que tinha sido ferido uma vez na Primeira Grande Guerra Mundial e mais uma vez enquanto cruzava a cidade de Hanover. Aliás, em estilo bastante solidário. Gosto do trecho de Céline traduzido para o inglês, citado no prefácio. Na verdade, não se pode simplesmente dizer que se gosta deste tipo de texto e sei também que a leitura em francês pode causar outra impressão.

Assim dizendo, Ō-chan me mostrou um cartão que estava preso entre as páginas do livro da *Penguin Books*. Eu e meu irmão temos o mesmo jeito de ler livros, jeito que, aliás, aprendemos com nosso pai. Comparei o texto traduzido por meu irmão com o correspondente que eu vertera do francês num cartão.

"A morte e o sofrimento não podem ter a importância que imagino. Pois como são banais, o fato de eu lhes emprestar tamanha importância deve significar que estou louco. Tenho de me esforçar para manter a sanidade."

— Você traduz melhor que eu, Ō-chan, eu não consigo verter em tom tão categórico e, além disso, em francês há uma nuance um tanto mais alegre... Este foi também o primeiro livro de Céline que li e, naquela ocasião, esta passagem me provocou uma estranha emoção, sabe?

— Realmente, havia um grifo vermelho no trecho.

— Embora esta conversa se destine somente aos seus ouvidos, Ō-chan, sinto-me um tanto impertinente falando destas coisas, sabe? Mas é que tenho pena tanto de Céline, como do senhor K. V., como de nosso pai, que me aconselhou a pedir o autógrafo neste livro... E não posso deixar de pensar em Iiyo também, não é? Pois Iiyo também foi ferido duas vezes na cabeça, uma vez na barriga da mamãe e outra na cirurgia, logo após o nascimento dele. Quando li isto, percebi muito bem o motivo por que Iiyo é tão sensível em relação a doenças e à morte...

Este assunto também veio à tona por ocasião do falecimento de nosso tio-avô: quando Iiyo descobre na seção de anúncios fúnebres o nome de algum mestre de baia do mundo do sumô, ou de algum compositor, ele exclama, totalmente abatido, "Ah, não!, outro que morreu!". E quando do enterro de ninguém menos que nosso tio-avô, meu irmão Iiyo se mostrou verdadeiramente devoto. Se tem febre por causa de um resfriado, ou se tem diarreia depois de uma crise, ele parece completamente dominado pelas anomalias em seu organismo, cai sobre o sofá como se tivesse sido derrubado. E quando vai ao hospital para se submeter a exames rotineiros a cada meio ano, Iiyo se mostra realmente feliz — tão feliz que chega a correr em diagonal, diz minha mãe, admirada —, e seu entusiasmo não arrefeceu mesmo após o falecimento do dr. M, que, desde a operação inicial, sempre cuidou dele. Acho que a saúde o preocupa e ele se sente feliz mais por poder checá-la do que por reencontrar seus queridos médicos.

E se Iiyo é assim, quão intenso não será seu pavor quando chegar o dia em que eventualmente perceba que vai morrer? E se for uma dessas doenças que vêm acompanhadas de dor, como o câncer, ele deverá sofrer muito, além de sentir medo. Comparada à de pessoas sadias, ou seja, *saner*, segundo o sr. K. V. no texto, sua agonia não será muito maior?

Uma vez que ele mesmo estava ao meu lado ouvindo músicas, eu não podia externar tais pensamentos. Mas já que meu irmão chegara até a copiar este trecho do prefácio do sr. K. V. num cartão, considerei que eu tinha base para acreditar que ele também sentira e pensara o mesmo que eu pela leitura do livro. De modo que fiz a conexão em meu íntimo e continuei:

— Céline tem, tanto na vida real como no universo de seus romances, uma faceta imprudente, algo assim como a "coragem cega, em desespero de causa" de Iwano Houmei, de que papai me falou certa vez, não é? Ende, por seu lado, parece ele próprio se equilibrar pouco antes de alcançar a estabilidade no fim do romance. Papai se encontrou com Ende em São Francisco, e parece que ele era realmente uma pessoa equilibrada, sabe?

Li ultimamente uma obra do nosso pai pensando nele pela primeira vez de maneira consciente e senti que, no universo ficcional, a história chega a uma conclusão, enquanto o autor que conta a história é arremessado na direção de uma realidade mais dura ainda. No momento, porém, acho que a questão da fé talvez lhe seja mais importante... Autor e personagem não se salvam juntos, como acontece com Ende, e, diferente de Céline, papai não é do tipo que age em desespero de causa tanto na vida real como no universo ficcional, não é verdade? E embora Céline seja assim, ele se dedica inteiramente à luta por seus *petits crétins*, enquanto papai é um homem de ação morna... Vive com saudade do vale no fundo da floresta, mas a partir do momento em que terminou de escrever a lenda de sua vila e de seu povo, já não consegue viver e morrer naquela localidade, como a vovó e a tia Fusa... Acho que papai se viu realmente em situação difícil quando terminou de escrever este romance.

— Que problema! — disse meu irmão de um jeito que me fez lembrar meu pai outra vez. — Realmente, as coisas se tornam complicadas se, ao escrever o romance, as questões problemáticas do mundo real se tornam evidentes e se, além disso, é impossível suplantá-las no próprio romance.

— Não sou entendida no assunto, mas acho que foi isso que aconteceu. E depois, de acordo com a vovó, parece que o papai não escolheu ser escritor porque gostava dessa profissão. Tudo indica que, por causa do que a família representa na vila, ele se viu obrigado a se transformar naquele que aprenderia a tradição oral das profundezas da floresta e as transmitiria para as gerações futuras. As pessoas esperavam isso dele...Você também era bem articulado, falava como se estivesse lendo algo escrito corretamente desde antes de entrar na escola, não é, Ō-chan? Será que o papai também não foi uma criança desse tipo? Embora com o sotaque e o linguajar das pessoas da vila, claro...

— Que perigo, será que eu também estava para ser transformado em romancista?

— Sabe a vez que fomos à vila do papai para o enterro de nosso tio-avô? Enquanto conversava com nossa avó, tive a impressão de que, em nossa casa, já era esperado o surgimento de um escritor e de um compositor, os quais algum dia dariam voz aos "mistérios da floresta". Certifiquei-me disso depois de ler *M/T e as histórias misteriosas da floresta*.

— Graças ao nosso pai e a Iiyo, você e eu conseguimos escapar dessa. Sorte nossa! Mas nem por isso podemos considerar o nosso futuro com despreocupação, não é?

Ao ouvir falar em compositor e no próprio nome, Iiyo recuperou o interesse por nós e juntou-se à nossa conversa:

— Isso mesmo, não podemos nos despreocupar!

— Ora essa, você conhecia a palavra despreocupar, Iiyo? — perguntei.

Meu irmão mais velho inventou então um trocadilho canhestro que me libertou da melancolia por momentos e me fez rir, mas, inesperadamente, Ō-chan se enfureceu. Pode ser que a leitura de *Rigodon* lhe tivesse provocado pensamentos sérios. Ou tivesse simplesmente se lembrado que o forçaram a ouvir a gravação dos tempos em que entrara na escola primária.

— Escute aqui, Iiyo, eu acho que esses trocadilhos malfeitos não têm graça alguma. Não há nada producente em trocadilhos. Papai costuma ficar contente e se apressa a transcrevê-los em seus romances, mas eu nunca vi interesse algum neles. Trocadilhos não trazem soluções reais, entendeu? Eu não gosto nada de ver você inventando-os e se divertindo com eles. Amanhã, eu não vou mais levar você, entendeu?

Pálido, Ō-chan saiu da sala. Tanto eu como meu irmão mais velho nos deixamos ficar ali, completamente arrasados. Tive vontade de consolá-lo, dizendo que não ligasse, mas percebi que Ō-chan reprovava meu comportamento com relação a Iiyo e, aliás, senti que a crítica procedia, de modo que pela primeira vez em muito tempo me senti *"robotizar"*. Contudo, antes ainda de alcançar seu próprio quarto, Ō-chan se arrependeu de seu gesto e, introduzindo a cara ainda pálida pela fresta da porta entreaberta, retratou-se:

— Desculpem minha atitude de há pouco. O que eu disse não tem nenhuma lógica... Iiyo, amanhã nós dois vamos juntos ao Centro, está bem?

Fechou então outra vez a porta, desta vez com calma, e subiu a escada.

Meu irmão mais velho apenas moveu a cabeça afirmativamente e continuou ali, quieto, em atitude respeitosa. Embora para Ō-chan a perspectiva de ser aprovado no vestibular *em princípio* fossem boas, nada havia que lhe assegurasse êxito real e, ao pensar no quanto ele tinha a considerar e no tempo que ele perderia levando e trazendo Iiyo, eu mesma não consegui me recuperar facilmente de minha condição robotizada.

Contudo, a administradora de uma casa não pode permanecer desalentada para sempre. Aproveitando o momento em que Iiyo acabou de ouvir a pequena cantata de Bach, levei-o para o quarto, observei-o enquanto se trocava sozinho, envolvi seu corpanzil com cobertores e o cobri com o edredom. Com um dedo no botão do abajur, meu irmão mais velho espera, como sempre, até me ver no corredor iluminado pela lâmpada de emergência. Ele ainda está desanimado e mantém o rosto desviado de mim. Quando saía do quarto, ouvi o estalo do interruptor às minhas costas e o aposento escureceu. E então, de lá me veio a voz serena e contida de Iiyo, num quase solilóquio:

— Acho que andei muito despreocupado!

(Shosetuno kanashimi, publicado em maio de 1990. Extraído de *Shizukana seikatsu*, Kodansha, 25/10/1990.)

Sobre o autor

Kenzaburo Oe nasceu num povoado da ilha de Shikoku, no Japão, em 1935. Descendente de uma linhagem de samurais, até os dezoito anos quase não saiu de seu vale ancestral, onde se acostumou a ouvir as lendas e os mitos contados pelas anciãs. Após realizar sua primeira viagem à capital do país, em 1957, ingressou no departamento de literatura francesa da Universidade de Tóquio, onde teve contato com as obras de suas referências literárias principais: Rabelais, Balzac, Sartre, Poe, Dante e Blake. Ainda estudante, estreou na ficção com um conto que lhe rendeu o cobiçado prêmio Akutagawa. Em 1963, o nascimento de seu primeiro filho com uma grave deficiência deflagrou uma crise encenada no romance *Uma questão pessoal*, publicado no ano seguinte. A enfermidade do filho é um motivo recorrente em sua obra, que compreende inúmeros contos, escritos políticos e um ensaio famoso sobre Hiroshima. Um dos romancistas mais populares do Japão, recebeu o prêmio Tanizaki em 1967 e o prêmio Nobel de literatura em 1994, ocasião em que a Academia Sueca destacou a força poética de seu mundo imaginário, onde "mito e vida convergem sob a forma de um panorama desconcertante da condição humana atual".

Além de *Uma questão pessoal* (2003), a Companhia das Letras também publicou de Oe o livro *Jovens de um novo tempo, despertai!* (2011).

1ª EDIÇÃO [2011] 1 reimpressão

ESTA OBRA FOI COMPOSTA POR ACOMTE EM DANTE E
IMPRESSA PELA GEOGRÁFICA EM OFSETE SOBRE PAPEL PÓLEN NATURAL
DA SUZANO S.A. PARA A EDITORA SCHWARCZ EM MAIO DE 2023

A marca FSC® é a garantia de que a madeira utilizada na fabricação do papel deste livro provém de florestas que foram gerenciadas de maneira ambientalmente correta, socialmente justa e economicamente viável, além de outras fontes de origem controlada.